Zu diesem Buch

«Norbert Klugmann und Peter Mathews haben sich mit ihren Krimis schnell eine treue Gemeinde und einen Ruf als die Wunderknaben des deutschen Krimis erschrieben. Gelang ihnen doch das scheinbar Unmögliche: die Krimi-Groteske, die alles und jeden (einschließlich sich selber) durch den Kakao zieht, ohne in Platitüden zu versacken. So etwas ist rar, nicht nur in deutscher Zunge... Klugmann/ Mathews erweisen sich als die literarischen Enkel eines Charlie Chaplin oder, mehr noch, eines Jacques Tati mit seinem Hang zum Absurden», schreibt der Krimikritiker Rudi Kost. Dieser Band versammelt die ersten drei der fünf Kriminalromane der Autoren.

In «Beule oder Wie man einen Tresor knackt» findet der Versicherungsangestellte Heinz Borbet, genannt «Beule», im Misthaufen seines Schrebergartens einen roten Tresor. Was passiert, als Beule versucht, diesen Tresor zu öffnen, anstatt ihn bei der Polizei abzugeben, nennt die *taz* «eine ins Absurde schweifende Geschichte, mit verzweifelten Charakteren und knappen, bitterbösen Dialogen».

In «Ein Kommissar für alle Fälle» verliebt sich ein Kommissar in eine Frau und läßt sie Tag und Nacht beschatten, rächt Rochus Rose den Tod seines Vaters und den Abriß der geliebten Gartenlaube.

Henry und Gabriel aus Kenia sind auf dem Weg zum Chemiekonzern Reiher AG, um den Tod ihres Onkels aufzuklären. Rochus Rose legt den Glaspalast der Versicherung in Scherben, und die Belegschaft einer alternativen Tankstelle ist einem Millionencoup auf der Spur. In «Flieg, Adler Kühn» gibt es die ultimative Antwort auf die Frage, ob Kaffeetrinken gefährlich ist.

«Da werden endlich wieder Geschichten erzählt, die so intelligent und spannend sind, die zum Zittern und zum Lachen bringen. Allererste Empfehlung: die subtil anarchistischen Polizeikomödien der beiden Hamburger Norbert Klugmann und Peter Mathews.» *Lui*

Norbert Klugmann und Peter Mathews (beide Jahrgang 1951) haben ihre fünf Krimis zwischen 1983 und 1990 geschrieben. Die beiden folgenden «Die Schädiger» (Nr. 2771) und «Tote Hilfe» (Nr. 2973) sind auch bei rororo thriller erschienen und führen die Geschichten und Abenteuer um Rochus Rose, Adler Kühn, Beule & Co. fort.
Norbert Klugmanns Phil-Parker-Romane «Die Hinrichtung» (Nr. 2837), «Der Dresdner Stollen» (Nr. 2891), «Das Pendel des Pentagon» (Nr. 2954) und «Krieg der Sender» (Nr. 3038) ebenfalls bei rororo thriller.

Norbert Klugmann / Peter Mathews

Beule & Co.

Beule oder
Wie man einen Tresor knackt

———

Ein Kommissar für alle Fälle
Ein Polizeimärchen

———

Flieg, Adler Kühn

ro
ro
ro

Rowohlt

rororo thriller
herausgegeben von Bernd Jost

Veröffentlicht im Rowohlt Taschenbuch Verlag GmbH,
Reinbek bei Hamburg, Februar 1994
Copyright © 1994 by Rowohlt Taschenbuch Verlag GmbH,
Reinbek bei Hamburg
«Beule oder Wie man einen Tresor knackt»
Copyright © 1984 by Rowohlt Taschenbuch Verlag GmbH,
Reinbek bei Hamburg
«Ein Kommissar für alle Fälle»
Copyright © 1985 by Rowohlt Taschenbuch Verlag GmbH,
Reinbek bei Hamburg
«Flieg, Adler Kühn»
Copyright © 1985 by Rowohlt Taschenbuch Verlag GmbH,
Reinbek bei Hamburg
Umschlagfoto Diether Krebs in der Fernsehverfilmung
«Beule oder Wie man einen Tresor knackt» des NDR.
Regie Ralf Gregan
Umschlagtypographie Peter Wippermann / Susanne Müller
Gesamtherstellung Clausen & Bosse, Leck
Printed in Germany
1200-ISBN 3 499 43101 7

Beule

oder

Wie man einen Tresor knackt

Hauptpersonen

Heinz Borbet	hat das Glück im Keller stehen.
Marianne Borbet	liebt Mann und Familie und spricht aus, was die schweigende Bevölkerungsmehrheit denkt.
Jutta und Andreas Borbet	leiden mäßig unter ihren Eltern und tragen's mit Humor.
Götz Wegemann	wird bestohlen: Sein Tresor ist weg. Er allein weiß, was das bedeutet.
Fred Frenzel	will groß raus und stiehlt einen Tresor, aber das geht schief. Als auch noch die Tante stirbt, bleibt Fred nur die Flucht.
Bruno Kalkowski	bleibt bei Tag und Nacht stets gleichbleibend knapp überfordert.
Jo Puttel	ist immer zur Stelle, weil es die Stellung hebt.
Elfriede Frenzel	erliegt der Fernsehwerbung. Total.
Mona	hat Maße, die erinnerungswürdig sind. Auch für Tresorknacker.
Oberkommissar Fleischhauer	schlägt sich mit unfähigen Gaunern und Mitarbeitern herum.

Ähnlichkeiten oder Namen sind rein zufällig und haben nichts mit wirklichen oder lebenden Personen zu tun. Sollte Ihnen eine dieser Figuren begegnen, seien Sie nett zu ihr. Sie hat durch uns schon genug zu ertragen.

«Die Beule auf meinem Rücken
ist nicht harmlos, ist kein Buckel,
es ist eine Bombe, und sie wird
eines Tages explodieren.»

Marty Feldman

Die beiden Amerikaner hatten die Seitenstraße im Hamburger Stadtteil Harvestehude ganz für sich allein. Kaum ein Auto befuhr Freitag nachmittag das kurze Stück zwischen Rothenbaumchaussee und Hochallee. Der jüngere der beiden Amerikaner, er war Anfang Zwanzig, steckte in einer weiten Baumwollhose mit großen roten und grünen Karos. Er trug weiße Cowboystiefel, die mit goldenen Nieten beschlagen waren. Auf der Vorderseite seines knallgelben T-Shirts stand der Schriftzug «Oregon Pepper – der hilft dem Vater auf die Mutter». Der ältere Amerikaner, er war Ende Dreißig, trug ein Hawaiihemd und Bermudashorts, aus denen kräftige und stark behaarte Waden hervorschauten. In der Hand hielt er eine Polaroidkamera.

In diesem Moment bog aus der Hauptstraße eine Gruppe von sieben US-amerikanischen Touristen in die Seitenstraße ein. Sie sahen genauso aus wie die zwei anderen Amerikaner. Von weitem schon konnte man die für Amerikaner im Ausland so charakteristischen Lautäußerungen vernehmen. Es waren in der Häufigkeit ihres Vorkommens die Wörter «marvellous», «wonderful», «good old England», «yeah», «Rome tomorrow, and Europe is done», «it's not like Heidelbörg», «darling look there». Die letzten Worte galten den beiden Amerikanern, die der am buntesten gekleidete US-Tourist in diesem Moment erblickt hatte. Die sieben Amerikaner blieben überrascht stehen. Die zwei Amerikaner wirkten weniger überrascht als vielmehr ertappt und ängstlich. Der Anführer der sieben Amerikaner ging schnell auf die Landsleute zu und sprach sie an. «Hello, fellow countrymen. Nice to see you here in good old London town. Wonderful idyllic small houses. What's your opinion?» Die zwei Amerikaner hielten sich gegenseitig am Arm fest.

«Verstehst du was?» zischte der Jüngere. «Kein Wort. Am Anfang hat er, glaube ich, ‹Hallo› gesagt.» «So?» fragte der Jüngere zweifelnd. Dann wandte er sich an den Anführer der sieben Amerikaner, hob zackig den rechten Arm und sagte: «Hällo.» Da freuten sich die Amerikaner. Blitzschnell umarmte der Anführer den jüngeren Mann. Er wollte sich spontan vorstellen und griff in seine Jakkentasche, um den Paß herauszuziehen. Dabei fiel ihm ein Packen Kreditkarten auf den Bürgersteig. Die sieben Amerikaner fielen auf die Knie, um die Karten aufzusammeln. Diesen Augenblick der Verwirrung nutzte der ältere der zwei Amerikaner, um dem Jüngeren zuzuflüstern: «Nichts wie weg.» Der Anführer der sieben Amerikaner winkte ihnen nach: «Hope we'll see us again.»

Plappernd und sich gegenseitig auf schöne Hausfassaden und raffiniert angelegte Vorgärten hinweisend, marschierten die sieben Amerikaner die Seitenstraße in Richtung Rothenbaumchaussee entlang. Einmal sagte einer: «Yippiyeah.» An der Rothenbaumchaussee angekommen, bogen sie ab und näherten sich den Gebäuden des Norddeutschen Rundfunks. Begeistert rief der Anführer aus: «O lovely, look over there, good old aunt BBC.»

Nicht schlecht, die Szene mit den Amerikanern, was? Wir haben sie dennoch gestrichen. Keine weitschweifigen Einleitungen, der Plot muß rasen.

Die beiden Amerikaner schlenderten an einigen Häusern vorbei. Dann drehten sie sich um und gingen die Strecke langsam zurück. Dabei guckten sie häufig zu einer zweistöckigen Altbauvilla auf der gegenüberliegenden Straßenseite. Die Fassade wirkte frisch renoviert. Im winzigen Vorgarten stand ein Firmenschild «Werbeagentur Wegemann + Khurtz».

«Sieht stabil und sicher aus», sagte der Ältere leise und schaute unauffällig auf die dunkelblaue Villa. «Nur was für Fachleute», bemerkte der Jüngere sachlich. *Wenn das klappt, ich leg ein Ei. Mäuse, Mücken, Moneten, geil. Heute abend den Bruch, den Kasten knacken, Kohle zählen, teilen, halbe-halbe Bruno und keine Rechenkunststückchen, Montag kündigen, wie kündigt man beim Arbeitsamt? Fred meldet sich ab, tschüs, Freunde, ihr mittelmäßigen Piffer. Ohne Phantasie wird das eben nichts. 1600 De Em netto? Nein danke. Hallo, Honda, Fred kommt. 500 Kubikzentimeter freuen sich. Ich zahle in bar. Eigene Bude, Tante Frieda ade. Und dann willige Frauen anmachen – vielleicht doch besser ein Auto, falls es regnet. Wir schaffen das. Wenn Bruno in Form ist, ist er unübertreff-*

lich. Vier Arme schaffen mehr als zwei. Meine Intelligenz, Brunos Körperkraft.

«Dann wollen wir mal», sagte der Ältere und hantierte an der Polaroidkamera herum. *Warte, Bruno, noch ein Weilchen, dann kommt Bargeld auch zu dir. Da sind garantiert 10 000 Märker drin. 20 000, 30 000, ich werd nicht wieder. Das ist ... das ist ... mehr als ein Jahr arbeiten ist das. Knapp die Hälfte für Fred, den Rest für mich. Was braucht der junge Spund so viel Kohle. Verplempert der doch garantiert in vier Wochen. Wir schaffen das, und dann bin ich reich.*

Sein Begleiter ging über die Straße und stellte sich vor die Villa. Der Ältere hob die Kamera vors Gesicht und dirigierte den Jüngeren mit der freien Hand nach links. Der Mann im knallgelben T-Shirt begann zu lächeln. Die Kamera surrte. Der Mann stellte einen Fuß vor und lächelte wieder. Die Kamera surrte. Er eilte zu seinem Freund zurück. Gespannt beobachteten sie, wie sich aus der eben noch konturenlosen hellgrauen Fläche der Fotos die Villa herausbildete. Auf einem Bild war nur das Haus zu sehen, auf dem anderen erschien am Rand ein Bein des Amerikaners. Der Ältere tippte auf das Bein. «Ärgerlich. Aber sonst in Ordnung.»

Ein Ford-Kombi parkte vor der Villa ein. Der Fahrer stieg aus und schloß den Wagen ab. Er war schon fast völlig durch den kleinen Vorgarten zur Tür des Hauses gegangen, als er sich plötzlich vor die Stirn schlug. Er ging zum Wagen zurück, schloß ihn auf und lehnte sich zum Beifahrersitz hinüber, auf dem ein Briefumschlag lag. Dabei bemerkte er auf dem gegenüberliegenden Bürgersteig zwei Männer, die wie Amerikaner aussahen. *Typisch. So sehen sie aus. Daß die sich nicht schämen. Aber sie machen gute Western* und sich eilig entfernten.

Der Mann ging durch den kleinen Vorgarten. Der zur Türklingel umfunktionierte Spielzeugaffe auf dem Schreibtisch der Sekretärin Roswitha knallte scheppernd die Becken zusammen, die er in seinen vorgestreckten Pfoten hielt. Roswitha erschrak, starrte den Affen an. *Ich hasse dich. Widerliches Vieh** und drückte einen Knopf. Die

---

* Roswitha
Es ist das Los der Nebenfiguren, daß sie zu kurz kommen, Staffage sind, unentbehrlich zwar, aber dennoch nicht recht ernst genommen. Nie wer-

Haustür schnarrte, der Mann lehnte sich dagegen und betrat das Haus. Er stand im Flur einer weitläufigen und sehr hohen Wohnung. Links führte eine Treppe in den ersten Stock. Auf der rechten Seite erblickte der Mann durch eine offenstehende Tür den Affen auf Roswithas Schreibtisch. Er ging auf den Affen zu. Die Sekretärin blickte ihm entgegen wie ein Mensch, den man in einer wichtigen Arbeit stört. Roswitha war 24 und zeigte oberhalb des Tisches eine weite weiße Bluse. Sie hatte scharf geschnittene Gesichtszüge, die ihr Chef Götz Wegemann in Momenten der Harmonie «klassisch schön» und nach Streitereien «hart und brutal» nannte. Neben dem Affen stand eine kleine altmodische Tasche, in die Roswitha jetzt Tiegel, Tuben, Töpfe und einen Spiegel steckte. Der Mann trat vor den Schreibtisch. «Schönen guten Tag, ich komme von der Passau-Paderborner-Versicherung. Herr Lindemaier schickt mich. Ich soll Herrn Wegemann einen Brief aushändigen.» «Donnerwetter, Ihr Herr Werbeleiter schreibt am Freitagnachmittag noch einen Brief», sagte Roswitha. Der Mann riß seinen Blick von den vier mal sechs an der Längswand des Büros gestapelten Kartons los. Aus einem aufgerissenen Karton in der obersten Reihe guckten zahlreiche Osterhasen hervor.

«Scheißdreck verdammter. Sollen die sich ihre Anzeige doch in

den sie plastisch, erhalten ein Gesicht oder gar eine Geschichte. Nicht so bei uns.

Roswitha Grabowski, 24, geboren in Husum / Schleswig-Holstein, Vater Realschullehrer und ehrenamtlicher Vogelwart; Mutter Hausfrau, blutarm, weshalb sie zum Kränkeln neigte und sich der Religion (altkatholisch) zuwandte. Roswitha besuchte Haupt- und Realschule in Husum. Im Alter von fünf Jahren wurden ihre abstehenden Ohren durch einen chirurgischen Eingriff korrigiert («Vorher habe ich mich bei Sturm nicht auf den Deich getraut»). Roswitha las alle «Fünf Freunde»-Bücher von Enid Blyton, anschließend 40 Bände Karl May und einige Kurzgeschichten von Wolfgang Borchert. Dabei wurde sie von der Pubertät überrascht und schwärmte fortan für einen Biologie-Studenten aus Hamburg, der ein Praktikum in der Husumer Vogelwarte absolvierte. Aus diesem Kreis bezog Roswitha in den folgenden drei Jahren ihre Liebschaften. Im Alter von 17 ging sie mit zögernder Zustimmung ihrer Eltern nach Hamburg, mietete sich im Stadtteil Wandsbek ein Zimmer bei einer liberalen Kriegerwitwe und besuchte eine Schule für Maskenbildnerei, die sie nach wenigen Monaten schmiß. Zeitweise jobbte Roswitha in der Parfümerie-Abteilung eines bekannten Kauf-

die Haare schmieren», brüllte ein Mann im Nebenraum. Der Bote drehte sich um und sah durch die offenstehende Flügeltür, wie Rainer Kurz ein Typometer auf den Tisch knallte. Dann nahm er es in beide Hände und bog es wütend übers Knie. Obwohl der füllige Mann in seiner eng sitzenden hellbraunen Lederhose mit zornrotem Gesicht und aller Kraft die Enden des Typometers nach unten zog, wollte das breite Lineal nicht brechen. Der Bote sah Roswitha an, die zuckte die Achseln und packte die blaue Dose, die sie in der Hand hielt, in die Tasche. Kurz stampfte mit dem Fuß auf und hielt das Typometer anklagend vor sein Gesicht.

«Warum haben wir nicht Faber Castell als Kunden?» schrie er zu Roswitha hinüber. «Ich hätte jetzt tausend Ideen für eine Kampagne.» Wütend warf er das Typometer auf die schräggestellte Platte des Zeichentischs, von wo es auf den Parkettfußboden fiel. Kurz kickte das Gerät quer durch den Raum.

«Kurz, du bist ein alter lärmender Saftsack», ertönte eine Stimme von der Seite. Ein etwa dreißigjähriger Mann in abgewetzten Jeans und gestreiftem Hemd, über dem er eine Weste trug, lehnte am Türrahmen. In der Hand hielt er eine Bierdose, aus der er einen tiefen Schluck nahm. Der Bote sah den Mann an. *Ich muß nachher Bier holen. Sechserpack vom Kiosk. Nein, so teuer wie der ist. Zehn Mi-*

hauses in der Hamburger Mönckebergstraße. Auf Anraten von Freundinnen begann sie im Alter von 19 eine Ausbildung zur Stenotypistin, die sie erfolgreich abschloß. Es folgten diverse Arbeitsplätze: eine Versicherung mit Sitz an der Außenalster, die Geschäftsstelle des Fußballvereins FC St. Pauli und vor eineinhalb Jahren die Werbeagentur «Wegemann + Khurtz». Im Vorfeld der Anstellung in der Agentur hatte Roswitha eine drei Wochen dauernde Liaison mit dem Texter Rolf Kunze.

Sonst noch: zwei Abtreibungen, regelmäßige Leserin von *Brigitte*, *Petra* und der *Allgemeinen*, fährt einen kleinen englischen Gebrauchtwagen, bewohnt ein Einzimmer-Appartement in den Mundsburger Hochhäusern, seit sieben Monaten liiert mit Lucas Messerschmid, einem 59jährigen Im- und Export-Kaufmann, der mit seiner Frau in Scheidung lebt. Roswitha geht gern ins Kino (Science-fiction, Grusel, Horror). Sehr bunte Kleidung, bevorzugt farbige Strumpfhosen und kleine Jäckchen, die nicht mal die Nieren bedecken, weswegen Roswitha fortgesetzt an Blasenentzündungen leidet, die mittlerweile bis in die Nieren hochgeklettert sind. Ihre Arbeitsmoral ist untadelig, bei allen Mitarbeitern der Werbeagentur beliebt. Ein Beinahe-Beischlaf mit Götz Wegemann, über den beide nicht sprechen.

nuten früher Schluß machen und zu Penny. 24 Dosen, kosten 60 Pfennig. Scheiß-Freitag, wieder voll bis zur Tür, und die haben nur zwei Kassen besetzt. Die Jungs hier lassen sich ihr Bier garantiert ins Haus liefern. Bei der Arbeit trinken, mannomann.

Kurz kam aus dem Raum, dessen Wände genauso weiß gestrichen waren wie das Büro und der Flur. Die Wandregion um seinen Zeichentisch war mit Papierbögen verschiedener Formate übersät. Auf den meisten erkannte der Bote Anzeigenentwürfe für seinen Arbeitgeber.

«Was macht die Headline?» bellte Kurz den Mann mit der Bierdose an. «Oder bist du erst beim achten Bier?»

Der Mann hob die Bierdose gegen Kurz.

«Genie säuft, Durchschnitt frißt.» Kurz sah ihn wütend an und blickte an seiner Leibesfülle herunter. ‹Iiih, wie siehst du denn aus? Na, hoffentlich ist deine Masse wenigstens auch Klasse.› Zitat Marion: *schlank, geile Figur, Busen zum Verrücktwerden, Hintern zum alsbaldigen Verbrauch bestimmt, liegt breit und bräsig auf dem Laken, und du pellst dich mühsam aus den Klamotten. Idiot. Das müßtest du jetzt endlich mal kapieren: entweder Kerzen als gnädige Weichzeichner oder Licht völlig aus. Aber dann haust du dir bei deinem Talent garantiert an irgendeiner Ecke deinen Schniepel an. Und du hast doch nur einen.*

Kurz ging in seinen Raum zurück, wo er in einer Ecke heftig zu rumoren begann. Der Mann mit der Bierdose nahm einen letzten Schluck und warf die Dose in den Papierkorb neben dem Schreibtisch. Dann ging auch er. Sekunden später ertönte auf dem Flur der kreischende Schrei einer Frauenstimme: «Rolf, laß das.»

Roswitha guckte den Boten an.

«Herrn Wegemann finden Sie hinter dieser Tür.»

Dabei winkte sie mit dem Daumen über ihre Schulter nach rückwärts. Der Bote ging zur Tür und klopfte. Von drinnen ertönte ein Geräusch. Der Bote öffnete. Götz Wegemann, den er von früheren Botenfahrten schon kannte, stand vor einem knallroten Tresor. Die Tür des Tresors war geöffnet. In der Hand hielt Wegemann einen Aktenordner. Ein Schreibtisch stand quer im Raum. An einer Wand hechtete Onkel Dagobert in einen Geldhaufen. Hinter dem Tresor, der frei im Raum stand, hing das Plakat «The Hamburger», die Kopie von Saul Steinbergs «The New Yorker».

«Tach, Herr Wegemann, ich soll Ihnen dieses Schreiben von Herrn Lindemaier übergeben.»

Lindemaier, du ekelhafter Gockel. Schwanzfedern hoch, aufplustern und blöde in der Gegend herumkrähen. Aber vorher immer erst gucken, ob der Oberhahn im Stall ist. Wie ich so was hasse. Eitler Lackaffe, nein: Hahn. Karriere-Hahn. In den Topf mit Lindemaier / Soll es munden, noch zwei Eier. Aua aua. «Das ist ja nett, geben Sie her.»

Der Bote überreichte den Brief, sagte: «Ein schönes Wochenende noch» und verließ den Raum. Roswitha war gerade im Weggehen. Im Nebenzimmer fluchte Kurz herum. Als der Bote den Wagen aufschloß, sah er, wie Roswitha von einem Mann begrüßt wurde, der doppelt so alt war wie sie.

Götz Wegemann, Zweidrittel-Inhaber der Werbeagentur «Wegemann + Khurtz», wendete den Brief hin und her. Dann ging er zum Schreibtisch, legte den Aktenordner ab und setzte sich hin. Mit dem Brieföffner, den ihm seine Ex-Frau Britta kurz vor der Trennung geschenkt hatte, *Britta, du scheußlich-schönes Weib. Das wäre noch gegangen mit uns, ich wette. Diese zwei läppischen Affären hatte ich doch am nächsten Morgen schon vergessen. Aber nein, die Frau Lehrerin muß auf moralisch machen. Und was war mit Jochen und Volker und Gregor? Fortbildung am Wochenende im lauschigen Gewerkschaftsheim draußen im Grünen, ich lach mich tot. Dann die Agentur, das erste Jahr, höllisch viel Arbeit, 14 Stunden am Tag und am Wochenende auch. Da hättest du für mich da sein müssen. Was war? Selbstverwirklichung, Volker, hysterische Schwangerschaft, klitzekleine, völlig unbedeutende Affäre von mir und aus. Scheiß der Hund drauf* schlitzte er den Umschlag auf.

Wegemann las.

Dann ließ er den Brief auf den Schreibtisch sinken. Mit versteinertem Gesicht betrachtete er den Kopf des Geschäftsbogens, den seine Agentur vor einem Vierteljahr entworfen hatte. Draußen drohten sich Rainer Kurz und Texter Rolf Kunze lautstark gegenseitig Prügel an. Wegemann stützte den Kopf in beide Hände und blickte lange auf den Brief. Dann nahm er ihn, stand auf, ging zum Tresor und feuerte das Papier hinein. Er warf die Tür zu, blickte sich noch einmal im Büro um und ging hinaus.

«Roswitha, ich ...» rief er und sah erst dann, daß Roswitha

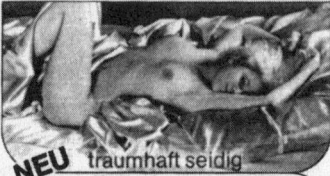

Aus: *«Playboy»*

schon gegangen war. Im Raum des Grafikers und Eindrittel-Inhabers der Werbeagentur Rainer Kurz wurden kurz hintereinander zwei Verschlüsse von Bierdosen aufgerissen. Sehen konnte Wegemann weder Kurz noch Kunze.

Er ging in seine Wohnung im ersten Stock. Wegemann durchquerte den ganz in Dunkel gehaltenen Flur, eilte durch den 46 Quadratmeter großen Wohnraum und betrat das Schlafzimmer. Auf dem schwarzen Satin-Bettzeug des in der Mitte des Raums stehenden zwei mal zwei Meter großen Bettes lag eine Reisetasche aus Wasserbüffelleder, darum herum verstreut Kleidungsstücke. Wegemann warf sie in die Tasche, riß unwirsch den Verschluß zu und verließ die Wohnung. Schon an der Haustür stehend, zögerte er einige Sekunden und sah durch die geöffnete Bürotür, hinter der Kurz und Kunze arbeiteten. Dann drehte sich Wegemann um, warf die Tasche auf den Rücksitz und kurvte schwungvoll aus der Parklücke heraus.

Die vierspurige Hauptstraße war stark befahren. Mißmutig blickte Wegemann auf den dichten Strom der Autos. Er trommelte ungeduldig auf das Lenkrad. Bei der ersten sich bietenden Gelegenheit schoß er nach rechts in die vorfahrtsberechtigte Straße hinein. Dabei unterschätzte er die Geschwindigkeit eines heranrollenden Wagens. Der Audi 100 bremste ab. Der Fahrer mußte den Wagen auf die zweite Spur hinüberreißen, um eine Kollision zu vermeiden. Wegemann gab auf der rechten Spur Gas und merkte nach wenigen Metern, daß der silber-metallic Audi auf gleicher Höhe neben ihm fuhr. Der Fahrer blickte erregt zu ihm hinüber und schien etwas zu rufen.

«Nun krieg dich schon wieder ein, du Piefke», murmelte Wegemann. Der Audi-Fahrer winkte drohend mit der Faust zu Wegemann hinüber. Der winkte lässig zurück.

Die Ampel an der nächsten Kreuzung zeigte Rot. Zunehmend

genervter sah Wegemann, daß der Audi direkt neben ihm hielt. Der Fahrer war völlig aus dem Häuschen. *Audi-Fahrer, dicke Frau zu Hause, zwei ekelhafte Blagen, die die Realschule nicht schaffen, Sachbearbeiter, heimlich Pornofilme kaufen und zu Hause auf Video gucken. Mittelmäßig, mittelmäßig. Stinkt nach Schweiß oder 4711, Cottonovahemd, Recht und Ordnung, Plastiksocken, geblümte Unterhose, zwei Nummern zu groß, in den Ferien nach Borkum, jeden Monat Playboy kaufen und die Geldstücke nicht aus dem Portemonnaie kriegen, weil die Finger klitschnaß sind. Pöbel hier nicht rum, hör dir lieber deinen Jürgen Marcus an. Oder Maffay. Wichser.* Wegemann drehte die Stereoanlage auf volle zweimal 40 Watt Sinus. Er schlug den Takt von Elton John auf dem Lenkrad mit. Endlich hatte die Ampel ein Einsehen und erlöste ihn von dem Audi. Wegemann fuhr zum Weinhaus und packte einen Karton Chablis in den Kofferraum. Dann quälte er sich durch diverse Staus Richtung Süden. Sein Landhaus lag im Elbholz im Landkreis Lüchow-Dannenberg.

Am späten Abend desselben Tages fuhr ein Passat-Kombi vor der im Stadtteil Lokstedt gelegenen Kleingarten-Kolonie «Blüh auf» von 1952 vor. Der Fahrer rangierte den Wagen, bis er mit der Heckklappe vor dem Eingang zur Kolonie stand. Er stellte den Motor ab, die Scheinwerfer erloschen. Einige Sekunden blieb alles ruhig. Dann stiegen zwei Männer aus dem Passat. Die amerikanischen Touristen vom Nachmittag trugen jetzt dunkle Arbeitsanzüge. Der Ältere sah sich witternd nach allen Seiten um. Der Jüngere öffnete die Heckklappe. Unter einer grob karierten Wolldecke lag ein knallroter Tresor. Der Ältere kam nach hinten. Schweigend standen die Männer nebeneinander und betrachteten den Tresor. «Mensch, Fred», sagte der Ältere ergriffen, «wir haben es geschafft. Wir haben es tatsächlich geschafft.» «Kneif mich mal, Bruno», bat der Jüngere. «Geiler Anblick», schwärmte sein Freund. Fred riß sich zusammen. «Packen wir's. Wenn man eine Arbeit angefangen hat, soll man sie auch beenden.»

Er bückte sich, griff mit beiden Händen um die Rückseite des Tresors und rückte ihn bis an den Rand der Ladefläche. «Nun pack mal mit an.» Bruno reckte und streckte sich, dann faßte er zu. Fred zählte: «Eins, zwei, drei», und sie hoben gleichzeitig den Tresor hoch. «Bruno, wo ist die Karre?» schnaufte Fred. «Die hat Borbet, mein Parzellen-Nachbar. Seit vier Wochen schon. Das hat man davon, wenn man hilfsbereit ist.» «Also dann eben so», stöhnte Fred dem Freund über den Tresor zu. Mit kleinen Schritten schleppten sie den Tresor bis zum vergitterten Eingang der Kolonie. Fred versuchte, mit dem Hintern die Tür aufzudrücken. «Fester», zischte Bruno und blickte sich nach allen Seiten um. «Scheiße, das Ding ist abgeschlossen», sagte Fred. «Wo ist der Schlüssel?» «In meiner Hosentasche.» «Dann hol ihn raus und schließ auf. Das Ding wird immer schwerer.»

Vorsichtig setzten sie den Tresor ab. Bruno schloß die Tür auf. «Bitte sehr», sagte er mit einer tiefen Verbeugung. «Also los», kommandierte Fred, «ich zähle bis drei. Eins, zwei, drei.» Bruno spürte plötzlich einen Stich im Rücken, ließ den Tresor los und faßte sich mit beiden Händen auf die schmerzende Stelle. Der Tresor polterte auf den Schotterweg. «Idiot», fluchte Fred. «Mein Rücken», jammerte Bruno. «Was ist mit deinem Rücken?» – «Hexenschuß*, schon wieder Hexenschuß. Dabei war ich ihn gerade erst los. Habe extra Massagen bekommen. Hat mir Doktor Strothmann verschrieben. Ein guter Arzt, kann ich dir wärmstens empfehlen. Der …» «Laß es», bat Fred flehentlich. «Reiß dich zusammen. Die paar Meter müssen wir noch schaffen.» Bruno jammerte vor sich hin. «Man faßt es nicht», klagte Fred. Er griff durch das Drahtgitter der Tür und rüttelte daran herum. «Was sollen wir jetzt machen?» fragte er klagend.

Bruno stand gekrümmt neben dem Tresor. «Der Komposthaufen», sagte er. Fred sah ihn an. «Wir verstecken ihn im Komposthaufen», sagte Bruno eifrig. «Ich lasse mir heute nacht von Renate ordentlich die Stelle mit der Creme einschmieren und nehme noch Rotlicht dazu. Das hilft garantiert. Doktor Strothmann hat auch gesagt …» «Schnauze», brüllte Fred. Bruno sah sich erschreckt um. «Wo ist der Misthaufen?» «Gleich hinter dem Tor. Das schaffst du allein.» Bruno drückte beide Hände auf den Rücken und stöhnte leise.

«Als Dieb bist du ein glatter Ausfall», zürnte Fred. Dann machte er sich an die Arbeit. Er bewegte den Tresor vorwärts,

***Lumbago:** Hexenschuß; Muskelschmerzen (Myalgien) des Lendenbereichs (anfangs segmental) mit Schon- u. Zwangshaltung der Wirbelsäule, ausgelöst durch Wirbelsäulenveränderungen (Nervenirritation an kleinen Wirbelgelenken oder im Längsbänder-Bandscheibenbereich: jedoch keine Irritation der Ischias-Wurzel).

indem er ihn mühsam von Seite zu Seite kantete. Bruno blieb auf gleicher Höhe und feuerte den Freund an. Fred wurde mit zunehmender Erschöpfung immer gereizter. «Andere Leute klauen Briefmarken oder Aktien. Und wir Idioten, was klauen wir? Einen Tresor.» «Warte doch erst mal ab, was wir in dem Ding finden», riet Bruno altklug. Dann hatten sie den Komposthaufen erreicht. Die kleingärtnerische Solidarität der Parzellenpächter hatte hier ihren sinnfälligsten Ausdruck gefunden. In einer Art überdimensionierter Sandkiste lagerten, von vier hohen Holzbohlen eingegrenzt, zwei Anhängerfuhren Pferdemist, den «Blüh auf» dank der Spürnase des Vereinsvorsitzenden im Frühjahr von einem Landwirt bezogen hatte. Trotz hemmungsloser Dünge-Orgien war noch eine große Menge übrig.

Fred guckte zweifelnd auf den Haufen. *Scheiße, nichts als Scheiße.* «Und nun?» fragte er angeekelt. «Das ist der beste Dünger, den du dir denken kannst», sagte Bruno begeistert, griff in den Haufen und hielt Fred eine Handvoll Pferdescheiße unter die Nase. Der wich entsetzt zurück. «Und es geht wirklich nicht?» unternahm er einen letzten Versuch. Bruno legte demonstrativ beide Hände auf den Rücken und nahm eine noch krummere Haltung ein. Fluchend drückte Fred den Tresor über eine Holzbohle, er fiel in den Komposthaufen. «Und jetzt zudecken», ereiferte sich Bruno. «Das machst du», befahl Fred. Bruno bekam spontan eine dramatische Verschlimmerung seines Zustandes. Er klappte fast zusammen. Fred stieg in den Mist hinein und scharrte mit beiden Händen Scheiße auf den Tresor. «Das zahle ich dir irgendwann heim», kündigte er finster an. «Warum nimmst du auch keine Handschuhe?» fragte Bruno hilfsbereit. «Weil ich sie ins Handschuhfach gelegt habe, darum», brummte Fred. «Schön blöd. Ich habe meine immer dabei», strahlte Bruno und zog aus jeder Hosentasche einen Handschuh. Fred stand auf und blickte den Freund an. Einen Moment schien es, als ob er auf ihn losgehen wollte. Dann betrachtete Fred seine Hände, sagte deprimiert: «Ist sowieso alles zu spät» und setzte die Arbeit fort.

Zwei Minuten später standen Fred und Bruno vor dem Misthaufen und prüften, ob der Tresor noch zu sehen war. «Toll», lobte Bruno. Fred roch angewidert an seinen Händen. *Scheiße, nichts als*

Scheiße. «Und morgen nacht bringen wir ihn in meine Laube», sagte Bruno munter. «Bist du sicher, daß den bis dahin keiner entdeckt?» fragte Fred zweifelnd. «Was ist, wenn einer von deinen verrückten Gärtnern im Haufen rumwühlt? Die rücken doch morgen garantiert alle an.» «Du hast wirklich null Ahnung vom Gärtnern», tadelte ihn Bruno. «Die große Düngerei machst du im März, na, bis in den April hinein vielleicht noch. Danach mußt du höchstens die Tomaten ein wenig anhäufeln. Da reicht ein Eimer voll. Hier gräbt morgen keiner rum.»

Sie verließen das Gelände der Kolonie. Fred schloß das Tor ab und steckte Bruno den Schlüssel in die Tasche. «Kannst du wenigstens fahren?» Bruno nickte. «Logisch.» Während der Fahrt hingen beide ihren Gedanken nach. Fred roch einmal an seinen Händen und streckte sie weit von sich. Bruno setzte den Freund zu Hause ab. Fred Frenzel wohnte bei seiner Tante zur Untermiete.

Am Samstag öffnete sich um 6 Uhr 30 die Tür dieses Hauses. Der Versicherungsangestellte Heinz Borbet trat in seinem neuen orangefarbenen Trainingsanzug auf den Bürgersteig. Tief und genüßlich zog er die frische Morgenluft in die Lungen, hustete und holte aus der Tasche des Oberteils eine Stoppuhr. Mehrfach drückte er die drei Knöpfe und steckte die Uhr wieder ein. Danach betrachtete er liebevoll seinen direkt vorm Haus geparkten Audi 100. Borbet trat an den Wagen heran. *Hallo, Freund, gräm dich nicht. Die nächste Wäsche kommt bestimmt. Noch 18 Raten, dann gehörst du mir, uns. Dann wirst du verkloppt, dann gibt's dich in neu. Oder einen BMW. Man ist so alt, wie man sich fühlt.*

Borbet hatte soeben den gegenüberliegenden Bürgersteig erreicht, als im ersten Stock des Hauses ein Fenster aufgerissen wurde. Eine Frau im Morgenmantel lehnte sich weit hinaus und rief: «Heinz, die Mütze.»

Borbet zuckte zusammen und guckte unwillkürlich die benachbarten Fensterreihen ab, ob sich eins öffnen würde. Beschwichtigend winkend ging er zum Haus zurück. Marianne Borbet ließ die Mütze fallen. In diesem Moment öffnete sich das Fenster direkt unter Frau Borbet. Eine ältere Frau schaute heraus und lächelte:

«Na, Herr Borbet, etwas für die Gesundheit tun? Das ist recht.»

«Guten Morgen, Frau Frenzel. Jeder ist so jung, wie er sich fühlt. Aber man kann ja etwas nachhelfen», sagte Borbet höflich und setzte sich die Mütze auf. *Eines Tages stürzt du vor Neugier aus dem Fenster. Vor 50 Jahren wäre so eine wie du Blockwart geworden.* Er startete die Stoppuhr zum zweitenmal.

Borbet hatte die Strecke zur Schrebergarten-Kolonie «Blüh auf» so gewählt, daß er fast ausschließlich durch verkehrsarme Nebenstraßen kam. So konnte er die knapp vier Kilometer ohne übermäßige Abgasbelästigung joggen. *Einauseinauseinauseinundzwanzigzweiundzwanzig nicht nachlassen nicht schwach werden 43 ist kein Alter 43 ist das Doppelte von einundzwanzigzweiundzwanzig da ist das Sportgeschäft so schlapp hast du dich an diesem Punkt noch nie gefühlt einen Zahn zulegen nicht nachlassen schneller werden packen wir's einauseinauseinaus Arme schmeißen Luft in die Lungen Luft in die Lungen das gibt Tinte auf den Füller wenn dich Marianne hören könnte kann sie ja nicht Andreas würdest du glatt stehen lassen so hinfällig wie der ist allein schon diese Körperhaltung als wenn er im nächsten Augenblick zusammenklappt Jüngelchen Jugendgreis Hänfling dein Sohn scheiß der Hund drauf da steht sie wieder auf ihrem Balkon und tut so als wenn sie Gymnastik macht die weiß genau daß dies meine Zeit ist Heinz Borbet treibt Lokstedts Frauen ins Freie Brust raus Bauch rein und einauseinauseinaus Stiche in der Seite früher zog es in den Lenden das waren Zeiten nur nicht nachlassen durchhalten am Ende winkt dem Sieger was winkt am Ende dem Sieger eigentlich reiß dich zusammen Leistung Power Durchstehvermögen dieser Affe im Jaguar gestern beim Scheitern deiner Erektion ein Jaguar der bringt es schon der Audi muß zur Inspektion einundzwanzigzweiundzwanzig du kommst heute nie an die Bestzeit heran Altersrabatt von der Endzeit abziehen Heinz Borbet joggt zu fetten Regenwürmern vor zwanzig Jahren hattest du noch lohnendere Ziele wozu brauchst du eigentlich deine Fitness.*

Kurz vor sieben erreichte Borbet schnaufend die Kleingartenkolonie. Ein Blick auf die Stoppuhr zeigte ihm, daß er im Rahmen seiner läuferischen Möglichkeiten geblieben war. Das Tor war noch verschlossen. Er klopfte auf die rechte, dann auf die linke Tasche seiner Trainingshose. Nachdem er auf diese Weise festgestellt hatte, daß die Schlüssel zu Hause im Flur hingen, nahm er Anlauf und kletterte über das Tor. Borbet lief, sich Arme und Beine ausschüttelnd, bis zur Parzelle 34, die die Borbets vor vier Jahren auf Drängen von Marianne gepachtet hatten.

Im Gegensatz zu fast allen Mitgärtnern verzichteten sie darauf, die Tür abzuschließen. Borbet ging den mit Waschbeton ausgelegten Plattenweg bis zur Laube. Neben der Regentonne bückte er sich und löste einen halben Mauerstein aus der Unterlage. Mit spitzen Fingern zog er den Schlüssel für Laube und Geräteschuppen heraus. Borbet betrat den Schuppen, den er seit Wochen aufräumen wollte, und suchte nach einem Marmeladenglas. Seit dem letzten Jahr hatte er eine neue Leidenschaft: angeln. Mit dem Glas und einer kleinen Schaufel ging Borbet zum Komposthaufen der Kolonie. Er krempelte die Ärmel hoch und begann, nach Regenwürmern zu graben. Kräftig stieß er mit der Schaufel zu *Kommt raus, Jungens, baden gehen* und spürte einen spitzen Schmerz im Ellbogen. Er war auf etwas Hartes gestoßen. *Feldkamp*. Man hatte Hans-Joachim Feldkamp schon zweimal dabei erwischt, wie er heimlich die Reste seiner regelmäßigen Grillfeste im Dung vergraben wollte. Nach dem zweiten Vorfall hatte er eine schriftliche Abmahnung des Vereinsvorstands erhalten.

Heinz Borbet schaufelte den harten Gegenstand frei. Verwundert guckte er auf die knallrote Spitze. Er klopfte mit dem Fingerknöchel dagegen. *Massiv*. Das sah nicht nach einer erneuten Freveltat Feldkamps aus. In den folgenden Minuten schaufelte Borbet emsig weiter. Erstaunt betrachtete er seinen Fund. Er hatte einen Tresor aufgespürt. Borbet wußte, was zu tun war.

Eilig lief er zum Eingang der Kolonie, kletterte über das Tor und lief zur zwanzig Meter entfernten Telefonzelle. Dort wählte er die Ziffern 1, 1 und 0. Am anderen Ende meldete sich die Polizei. «Ich habe einen Tresor gefunden», rief Borbet aufgeregt in die Muschel. «Was haben Sie?» kam es überrascht zurück. «Ja, in einem Misthaufen, stellen Sie sich das vor.» – «Einen Tresor in einem Misthaufen?» Borbet nickte. «Ja, ja, das wollte ich Ihnen melden. Sie müssen sofort einen Streifenwagen schicken. Da ist garantiert Geld drin. Oder Wertsachen.» Der Beamte am anderen Ende schwieg. «Sind Sie noch da?» rief Borbet. «Einen Tresor in einem Misthaufen? In einem stinkenden Misthaufen?» kam es zweifelnd durch den Hörer. Dann lachte der Beamte. Borbet war überrascht. «Pecunia non olet», sagte der Polizist. «Wie bitte?» fragte Borbet. «Sie sind Lateiner?» fragte der Polizist. Borbet war verwirrt. «Ich stamme aus Niedersachsen.» «Nun hören Sie mir mal gut zu, lieber Mann.» Die Stimme des Polizisten wurde schneidend. «Besoffene Anrufer haben wir gar nicht gern. Das ist übrigens sogar strafbar, uns mit Ulk-Anrufen zu belästigen. Warum sind Sie überhaupt schon am frühen Morgen dun? Oder haben Sie durchgefeiert?» Borbet wurde ärgerlich. «Hören Sie, Herr … Herr … ich habe einen Tresor gefunden. Und ich halte es für meine Pflicht, Sie davon zu unterrichten. Würden Sie jetzt bitte tun, was Ihre Pflicht ist?» – «Meine Pflicht ist es, dafür zu sorgen, daß die Demonstration nachher ohne Verkehrs-Katastrophe über die Bühne geht.» – «Ihre Demonstration interessiert mich nicht», rief Borbet hilflos. «So», sagte der Polizist pikiert, «das sollte sie aber, das sollte sie aber.» Borbet hatte die Nase voll. «Ich gebe Ihnen jetzt den Fundort durch, und dann können Sie machen, was Sie wollen.» – «Auf dem Misthaufen», lachte der Beamte, «einen Tresor. Wie heißen Sie eigentlich? Und von wo rufen Sie an?» In diesem Moment schwindelte es Heinz Borbet.

«Hallo Sie, sind Sie noch da?» Die Stimme des Polizisten holte Borbet in die Telefonzelle zurück. «Ich warte immer noch auf Ihren Namen und Ihren Standort», bellte der Beamte. *Geld. Der Tresor steckt voller Geld. Du hast ihn gefunden, und niemand ist in der Nähe.* «Hallo, Sie Witzbold», schrie der Beamte. Borbet hängte den Hörer auf die Gabel. Er starrte durch die Scheibe nach draußen. Aber er sah nichts. Dann lächelte er. Heinz Borbet wußte jetzt, was er zu tun hatte.

Borbet ging zum Eingang der Schrebergartenkolonie und kletterte über das Tor. Mit entrücktem Blick schaute er auf die Spitze des Tresors. *Das ist das Ende des ganzen Schlamassels. Heute beginnt ein neues Leben. Geld haben, reich sein, Luxus, Schluß mit Passau-Paderborn, auf den Zapfen hauen, neue Wohnung, Haus, großes Haus, Villa, an der Elbe, unverbaubarer Blick, Südlage, Hypotheken? Haha.* Erschreckt drehte Borbet sich um und witterte nach allen Seiten. Mit hastigen Bewegungen häufelte er Mist auf den Tresor und sprintete zur Parzelle. Im Schuppen zog er mit Schwung die halb unter Gartengeräten verborgene Schubkarre hervor. Ärgerlich rieb sich Borbet den Ellbogen, gegen den der Stiel der Hacke gefallen war. Dann besann er sich eines Besseren und holte die seit Jahren nicht mehr gebrauchte Sackkarre aus der Ecke.

Borbet eilte zum Misthaufen. Er stellte die Karre dicht an die Umrandung, krempelte die Ärmel der Trainingsjacke hoch und legte mit beiden Händen den Tresor frei. Er war kleiner, als er ihn sich vorgestellt hatte. Doch er war schwer. Nach einer halben Minute hatte Borbet ein schweißbedecktes Gesicht. Er mühte sich, den Stahlschrank an den Rand des Misthaufens zu kippeln. Dabei rutschte Borbet einige Male in dem feuchten Mist aus. Nach zwei vergeblichen Versuchen gelang es ihm, die beiden eisernen Zähne des Karren-Unterteils so vor den Tresor zu setzen, daß er ihn durch hartnäckiges Drücken auf die Karre wuchten konnte. Die Vollgummiräder der Karre sanken in den Schotter.

Sein erster Gedanke war, den Tresor im Gerümpel des Geräteschuppens zu verstecken. Als Borbet vor dem Durcheinander von Spaten, Harken, Eimern, Rasenmäher und Schubkarre stand, befiel ihn die Furcht, daß die leuchtendrote Farbe des Tresors durch alle davorgestellten Geräte hindurchscheinen würde. Borbet änderte seinen Plan. Vorsichtig zog er aus dem Haufen einen Spaten und eine Schippe heraus. *Mensch, du mußt Bruno Kalkowski endlich die Karre zurückgeben.* Borbet trat ins Freie und sicherte nach allen Seiten. Von ferne hörte er Stimmen. Er lief zur Tür und spähte vorsichtig den Hauptweg hinunter. Behles von Parzelle 14 begannen soeben mit ihren Zwillingen und dem vietnamesischen Adoptivkind das Wochenendvergnügen.

«Nun aber dalli, dalli», murmelte Borbet, lief zur Laube zurück und ging prüfend die schmalen Wege zwischen den Beeten und den Rabatten entlang. Er stach den Spaten neben die wild wuchernde Hortensie, die sie von ihren Vorgängern übernommen hatten und die Borbet immer an Friedhof erinnerte, obwohl Marianne ihm schon hundertmal gesagt hatte, daß er die Hortensie mit Rhododendron verwechselte. *Du legst jetzt diese Mistpflanze um, großes Loch, Tresor rein, Erde rauf.* Borbet holte mit dem Spaten aus und hieb auf die Hortensie ein. *Asche. Du kriegst den Kasten doch nie im Leben wieder aus so einem Erdloch raus.* Borbet ließ den Blick über den Garten schweifen. *Der Komposthaufen.* Seitdem er eine

Ladung Naturbakterien auf den Haufen geworfen hatte und sie dort ihr Wesen trieben, wandelten die Biester in gnadenloser Zielstrebigkeit den gesamten Abfall zu biologisch kostbarem Humus um.

Borbet lauschte auf die Geräusche der Behle-Kinder und schritt zur Tat. Er trug den Komposthaufen ab und rollte den Tresor heran. Er wuchtete ihn auf die freigelegte Fläche und häufelte Humus um den Schrank herum, bis der Haufen aussah wie vorher. Vielleicht war er ein wenig eckiger. Noch nie hatte Heinz Borbet eine solche Nähe zu seinem Misthaufen verspürt.

Das Wasser lief ihm übers Gesicht. Er verabscheute den salzigen Geschmack des Schweißes. Aber hier ging es um eine größere Sache. Borbet war feierlich zumute. Er hatte das Gefühl, Großes vollbracht und einen entscheidenden Schritt getan zu haben. Einige Sekunden stand Borbet mit den Füßen in der Gegenwart, mit der Phantasie weit in der Zukunft. *Alles ist leicht. Die Welt ist dein Freund.* Borbet riß sich los und verstaute die Geräte im Schuppen. Im letzten Moment fiel ihm ein, daß das Glas und die Schaufel für die Regenwürmer noch beim großen Komposthaufen lagen. Mißmutig machte er sich auf den Weg und lief in ein Autorennen der Behle-Kinder hinein.

«Guck mal, wie Onkel Borbet aussieht», rief Antje. Borbet war froh, daß das vietnamesische Adoptivkind wie gewöhnlich seinen Mund hielt. Er hatte genaue Vorstellungen, wie sich sein Name anhören würde, wenn der kleine Asiate ihn in den Mund nahm. Er raffte Glas und Schaufel zusammen und trug beides in die Laube. Mit überreizten Nerven wartete er auf eine neue Bemerkung der Kinder. Als Borbet an Parzelle 14 vorbeiging, rief Frau Behle: «Einen wunderschönen Frühsommermorgen aber auch, lieber Herr Borbet.» Borbet haßte sie für ihre Munterkeit. Immerhin war jetzt das Tor geöffnet.

«Iiih, wie siehst du aus! Zieh sofort deine Schuhe aus! Und wie das hier riecht. Heinz, du stinkst! Und der schöne Trainingsanzug, was hast du nur gemacht?» Borbet prallte vor der Wucht von Mariannes Entsetzen gegen die Wohnungstür. «Laß man», winkte er ab und schleppte sich zur Badezimmertür. Er fühlte sich völlig zerschlagen. Die Tür war verschlossen. Drinnen plärrte ein Radio. Borbet trommelte mit beiden Fäusten gegen die Tür. «Jutta, sofort machst du die Tür auf. Ich habe dir schon hundertmal gesagt, wie ich diese Badeorgien hasse. Davon gehen die Pickel auch nicht weg. Sofort machst du die Tür auf.» Die Tür blieb verschlossen, die Radiomusik wurde lauter. «Du sollst Jutta nicht immer mit ihren Pickeln aufziehen», sagte Marianne vorwurfsvoll aus der Küche. Borbet ließ sich aufseufzend auf die Küchenbank fallen. Aggressiv registrierte er ihren angeekelten Blick. «Willst du mir nicht endlich sagen, was passiert ist?» fragte sie. «Und wo hast du die Würmer?» «Scheiß Regenwürmer», murmelte er. «Bist du in den Misthaufen gefallen, mein armer Liebling?» sagte Marianne zärtlich, trat auf ihn zu und fuhr ihm – wie sie es zu gerne tat – gegen den Strich durch die Haare. «Ja, ja», ließ Borbet deprimiert aus sich herausfallen und genoß die Anteilnahme seiner Frau. Als er an ihr emporblickte, sah er in ein Gesicht, das hin und her gerissen war zwischen Mitleid und Ekel vor dem penetranten Gestank.

Die Küchentür wurde aufgerissen, Jutta stürmte herein. Sie hatte ihr weißes, langes Nachthemd über den nassen Leib geworfen, so daß Borbet sich unwillkürlich abwendete, als er den jugendlich reizvollen Körper seiner Tochter sah. «Und das sage ich dir», fauchte Jutta, «ich bleibe im Badezimmer, so lange es mir paßt. Und wenn ich Pickel habe, habe ich sie geerbt. Und außerdem ist es ja nicht zum Aushalten, wenn ich noch nicht mal am Wochenende meine Ruhe habe.» Sie brach ab und schnüffelte dermaßen demonstrativ, daß Borbet es ohne hinzusehen, allein an den Geräuschen, mit denen sie die Luft in die Nase zog, erkennen konnte.

«Was stinkt denn hier so?» fragte Jutta verblüfft. Borbet fühlte ihre lufteinziehende Nase an seiner Wange, im nächsten Moment brüllte Jutta: «Papa, du stinkst ja. Bist du in Scheiße gefallen?» Borbet stand auf, winkte deprimiert ab und flüchtete ins Badezimmer.

Er blickte in den Spiegel, hörte im Hintergrund die Frauen streiten. *Heinz Borbet, das ist der wichtigste Tag in deinem Leben.* Er warf einen abwesenden Blick auf Juttas Töpfe, Tiegel und Tuben mit den wohlklingenden Namen. Dann zog er den Trainingsanzug aus.

Der Passat-Kombi stand schon eine halbe Stunde auf der gegenüberliegenden Straßenseite der Schrebergartenkolonie «Blüh auf».
Nur an der in regelmäßigen Abständen aufglühenden Spitze einer
Zigarette war zu erkennen, daß jemand im Auto saß. Leise Radiomusik drang nach draußen. «Wenn du nicht aufhörst zu rauchen,
fange ich auch an», fauchte Bruno, der hinter dem Steuer saß. Fred
drückte die Kippe im überquellenden Aschenbecher aus. Bruno
war nervös, trommelte mit den Fingern auf dem Lenkrad herum
und suchte ständig einen neuen Sender im Radio. «Ich halte diese
Behles nicht mehr aus. Sollen die doch in ihre Laube ziehen, wie
der alte Willi Rose. Wie kann ein Mensch nur so lange in seinem
Garten zubringen?» «Das mußt du doch am besten wissen. Bist
doch genauso einer», hetzte Fred. «Wie geht es denn deinem Rükken? Hält er heute durch?» «Logo», sagte Bruno überzeugt, «Renate hat mir sofort den Rücken eingeschmiert. Die Creme, weißt
du, die mir Doktor Strothmann verschrieben hat. Habe ich dir
schon davon erzählt?» «Stell dir vor, du hast», sagte Fred eisig.
«So, habe ich?» sagte Bruno, als ob er das nicht für möglich hielt.

«Da, guck, sie reißen sich von der Scholle los», flüsterte Fred
und wies mit dem Kopf auf das Tor der Kolonie. Familie Behle
erschien im fahlen Licht der Straßenlaterne. Während die drei Kinder wild durch die Gegend liefen, schloß Herr Behle – er trug
kurze Hosen und ein durchlöchertes Turnhemd – das Tor ab. Seine
Frau trug zwei Kühltaschen. Gespannt sahen Fred und Bruno zu,
wie Behles ihre Kinder einsammelten und ins Dunkle abwander-
ten. Bruno startete den Passat und fuhr den Wagen vor den Eingang der Kolonie. Er rangierte ihn mit dem Heck vor das Tor.
«Und nun los», sagte Bruno. Er rieb sich die Hände. «Der Schatz
gehört uns.»

Die Männer stiegen aus dem Wagen, Bruno schloß das Tor auf,
sie eilten zum Misthaufen. «Ach, ist das schön», jauchzte Bruno
und warf sich kopfüber in den Misthaufen. Fred schaute zu. *Jetzt
hat es ihn endgültig erwischt.* Befriedigt auf seine mühsam gereinig-
ten Fingernägel blickend, wartete er auf Brunos Erfolgsmeldung.
«Na, nu komm schon», hörte er ihn schnaufen. Er wühlte mit beiden Händen derart ungehemmt in dem Mist herum, daß Fred beim
Zusehen ganz komisch im Magen wurde.

«Der Tresor ist weg», keuchte Bruno und blickte sich zu Fred um. Der trat neben Brunos Kopf und fragte mit belegter Stimme: «Kannst du nicht aufstehen, das ist ja widerlich, dieser Anblick.» Bruno murmelte: «Das Ding ist weg, wenn ich dir's doch sage.» Fred fühlte eine ungeheure Leere in sich. So hatte er sich zuletzt gefühlt, als der HSV vor drei Jahren in letzter Sekunde nur Vizemeister geworden war. «Das ist nicht dein Ernst», brüllte Fred, warf sich neben Bruno in die Scheiße und begann, mit beiden Händen in den Pferdeäpfeln herumzuwühlen.

Nach weiteren zwei Minuten saßen Bruno und Fred Seite an Seite im Mist. «Ich könnte heulen», sagte Bruno und zerkrümelte trübsinnig einen Pferdeapfel. «Den hat einer geklaut», sagte er. «Ach nee», erwiderte Fred höhnisch. «Ich könnte heulen», sagte Bruno. «Nach außen ja. Aber wie sieht es drinnen aus?» «Wie meinst du das?» fragte Bruno und rückte ein Stück von Fred weg. «Ich muß gerade daran denken, daß nur du und ich wußten, wo der Tresor steckt.» «Willst du damit sagen ...» sagte Bruno und erhob sich. «Nun sag's schon, spuck's aus. Hast du mich im Verdacht, daß ich den Tresor weggeschafft habe? Ausgerechnet ich? Bei meinem Hexenschuß?» «Der eine hat Hexenschuß, der andere tut so, als ob er Hexenschuß hat», erwiderte Fred kalt. «Du Schwein», zischte Bruno und bekam im nächsten Moment eine Ladung Pferdemist ins Gesicht. Er wollte ausweichen, verlor das Gleichgewicht, kam ins Straucheln und landete neben Fred in der Scheiße.

«Hallo, Bruno», sagte Fred dumpf und starrte in die Nacht. Bruno rappelte sich hoch. *So ist das immer. Von wegen Freunde. Einer behumpst den anderen.* «Und du? Du bist unschuldig wie die Jungfrau, was?» fauchte er Fred an. «Ach laß.» «Nein, das will ich jetzt doch genau wissen», begehrte Bruno auf. «Wie hast du das angestellt?» «Ich habe nichts angestellt. Ich habe ausgeschlafen und meiner Tante geholfen, die Stores im Wohnzimmer anzubringen.» «Die was?» «Die Stores. Gardinen, wenn du verstehst, was ich meine.» Bruno brummte beschämt vor sich hin. Er hatte einen Fremdwörter-Komplex. «Na und», sagte er trotzig, «hättest du immer noch einige Stunden Zeit gehabt, das Ding abzuschleppen.» «Soll ich den Tresor in einen Eimer packen und durch die Kolonie schleppen oder was? Du hast sie doch nicht mehr alle. Kriegst den Arsch nicht hoch, aber mich anmachen. Junge, du weißt doch selber, was hier gespielt wird. Uns hat einer aufs Kreuz gelegt. Das ist die brutale Wahrheit. Der Tresor ist weg. Die ganze Arbeit war umsonst. Wir sind die Dummen.»

Bruno schwieg. «Willste 'ne Zigarette?» fragte Fred. «Das war einer von deinen Kohlrabis.» Spontan wollte Bruno aufbegehren, weil er Solidarität mit den Schrebergärtnern in sich spürte. Doch er hielt den Mund, weil er Freds Gedankengang völlig überzeugend fand. Bruno knirschte mit den Zähnen. «Das hätte ich nicht von euch gedacht», murmelte er. Er spürte, wie ihn Fred von der Seite ansah.

Bruno sprang auf. «Ich finde den. Ich kriege den raus.» «Und was ist, wenn der, der den Tresor gefunden hat, eine ehrliche Haut ist?» «Daran habe ich noch gar nicht gedacht», sagte Bruno verblüfft, «was meinst du denn damit?» «Ich meine damit, daß so einer die Polizei alarmiert und wir vielleicht hier auf einer Bullenwiese sitzen.»

Fred beobachtete, wie sich der Kumpel verängstigt nach allen Seiten umblickte. «Das kriege ich raus», zischte Bruno und rannte los. Überrascht sah Fred, wie er auf das Vereinsheim zulief und auf dessen Rückseite verschwand. Fred stieß sich mit beiden Händen im Mist ab, stand auf, betrachtete ergeben seine Fingernägel und eilte Bruno nach.

Nach dem schweren Einbruchdiebstahl (StGB § 243 I. 1) macht er sich in kurzer Zeit ein zweites Mal strafbar. Er will sich doch nicht ins Unglück stürzen?

Er kam gerade noch rechtzeitig, um zu sehen, wie Bruno durch ein offenstehendes Fenster ins Vereinsheim kletterte. Fred kletterte hinterher. «Wo ist das Ding denn, verflucht noch mal?» hörte er Bruno flüstern.

Im nächsten Moment stand Fred im Lichtkegel einer Taschenlampe. Spontan ließ er sich auf den Boden fallen. Bruno lachte sich halbtot. «Haha», sagte Fred, stand auf und klopfte Krümel von seinem verschlissenen Jeansanzug. Bruno schwenkte die Taschenlampe auf einen Schreibtisch. Der Raum war wie ein Büro eingerichtet. Fred sah ein Regal mit Aktenordnern, Schnellheftern und Karteikästen. An der Wand hingen vier Kalender mit Werbeaufdrucken von Saatbau-Firmen. Der Schreibtisch war aufgeräumt, die Schreibmaschine, die auf einem kleinen Tisch im rechten Winkel zum Schreibtisch stand, war mit einer Plane abgedeckt.

«Ach nee», murmelte Bruno. Er blätterte Karteikarten durch.

«Hättest du gedacht, daß Behles mit der Pacht im Rückstand sind?» Fred schämte sich für seinen Kumpel. «Was willst du hier eigentlich? Laß uns verschwinden und überlegen, wie wir weiter vorgehen.» «Da bin ich gerade bei», belehrte ihn Bruno. «Wenn heute einer den Tresor gefunden hat, hat er garantiert von hier aus die Polizei angerufen. Dann müßte doch eine Notiz zu finden sein. Guck mal auf dem Schreibtisch nach.»

Fred hielt die Idee für idiotisch, schlenderte aber doch an den Schreibtisch und blätterte betont gelangweilt in dem Kalender herum. Er durchforschte einige Zettel, die unter die Plastik-Auflage des Schreibtischs geschoben worden waren. Fred hielt diese Sucherei für einen Schuß in den Ofen. Er wollte gerade einen diesbezüglichen Satz zu Bruno sagen, als aus der Ecke, in der Bruno stand, ein unterdrücktes Geräusch kam. «Ist was?» «Allerdings», antwortete Bruno und kam an den Schreibtisch. Ehe Fred ihn daran hindern konnte, hatte er die Schreibtischlampe angeschaltet. «Völlig verrückt geworden, was?» zischte er und wollte die Lampe wieder ausschalten. Bruno legte schützend seine Hand über den Schalter und wuchtete mit der anderen einen Aktenordner auf die Tischplatte. «Du kannst also doch lesen», höhnte Fred. «Is ja ein Ding, is ja ein ungeheures Ding», murmelte Bruno. «Was ist denn?» Bruno blätterte einige Seiten um, schlug dann wieder die erste Seite auf. «Hör mal zu.» Er nuschelte und brummte herum. «‹Es dürfte Sie nicht überraschen ... hm ... hm ... naturgemäß einige Schwierigkeiten innerhalb des Vereins ... hm ... hege ich vollstes Verständnis ... na, das ist ja ein Ding ... für den Bau Ihrer neuen Firmenzentrale auf dem Gelände unserer ... ich gucke ja wohl nicht richtig ... unbedingte Priorität ... hm ... Vertraulichkeit in diesem Punkt unbedingt zu wahren ... ist ja nicht zu fassen, hör dir das an ... und gebe ich Ihnen im folgenden meine Kontonummer an. Mit freundlichen Grüßen, Ihr Fritz Elstner›. Dieses Schwein.»

Bruno ließ den Brief, aus dem er mit zunehmend empörter werdender Stimme vorgelesen hatte, sinken. «Na, was sagen wir denn dazu?» rief er Fred zu. «Wie finden wir denn das?» Dabei klopfte er

auf das Papier. «Hört sich an wie eine diskrete Bestechungsge-
schichte. Aber was haben wir damit am Hut?» Bruno starrte ihn an.
«Fred, hier wird über das Schicksal unserer Kolonie verhandelt,
und ich weiß nichts davon.» «Ach nee, Bruno der Volkstribun»,
lachte Fred. «Der was?» «Volkstribun, Politiker, du verstehst?» «Ist
ja egal», sagte Bruno und winkte ab, «jedenfalls muß hier was geschehen, und zwar schleunigst. Das hänge ich an die große Glocke,
wirst mal sehen. Das gibt einen Aufstand, Revolution. Ach, was
sage ich.» Bruno schnappte nach Luft. «Nun hör mal zu», unterbrach er den eben zu einem neuen Wortschwall ansetzenden Kumpel, «wenn ich mich recht entsinne, haben wir einen Tresor geklaut
und wollten ihn knacken, um gemeinsam den Inhalt zu verbraten.
Kannst du dich daran noch erinnern?»

«Ja, ja», sagte Bruno mißmutig. «Na also. Irgendwer hat unseren
Tresor geklaut. Den müssen wir finden. Scheiß auf deinen Verein.»
«Na hör mal», begehrte Bruno auf, besann sich und murmelte:
«Was verstehst du schon davon?» «Genau», sagte Fred hocherfreut,
«was verstehe ich schon davon. Und deshalb gehen wir zwei beide
jetzt in deine Laube und klönen aus, was wir als nächstes machen.»
«Wieso in meine Laube?» schoß Bruno hoch. «Traust du mir
nicht?» «Selbstverständlich traue ich dir», sagte Fred ironisch, «ich
traue dir, wie ich meinem besten Freund traue. Deshalb möchte ich
jetzt auch mit meinem besten Freund in seiner Laube ein Gläschen
Obstler schnabulieren.» Er machte eine Pause und schrie dann:
«Oder einen ordinären Korn, weil es bei dir sowieso nicht weiter
reicht, du Arschnase.» Fred schwang sich aus dem Fenster. Bruno
guckte ihm nach, knickte den Brief und steckte ihn in die Innentasche seiner Jacke. Er klappte den Ordner zu, stellte ihn ins Regal
und folgte Fred.

«Ist ja ekelhaft aufgeräumt hier», sagte Fred, als Bruno die Laube
aufgeschlossen und ihm als höflicher Gastgeber den Vortritt gelassen hatte. «Nicht wahr», sagte Bruno, der hinter ihm den Raum
betrat. «Da weiß man doch, wo man suchen muß.» Triumphierend
wies er auf einen kleinen Kühlschrank und riß die Tür bis zum Anschlag auf. Er holte weit mit dem Arm aus und sagte gut gelaunt:
«Bedien dich.» Fred trat vor die Öffnung. Er hatte die Wahl zwischen einer Flasche Mineralwasser, einem Glas Birnenkompott und

einer Flasche Korn. Er nahm den Korn. Bruno zauberte zwei Gläser herbei. Sie tranken im Stehen. Fred goß sich einen zweiten Schnaps ein.

«Und nu?» «Und nun zeige ich dir meinen Garten», sagte Bruno. Fred schüttelte sich. «Bruno.» Der muntere Kleingärtner erstarrte. «Bruno, man hat uns unseren Tresor geklaut», sagte Fred. Bruno grinste. «Unseren Tresor, das trifft ja nicht ganz den Kern der Sache», lachte er. Fred steckte den Kopf zwischen die Schultern. «Nun komm», winkte Bruno ihm aufmunternd zu. Fred stellte das Glas auf den Campingtisch und folgte dem Freund ins Freie. Im müden Lichtkegel der Laubenbeleuchtung wies Bruno ihn in einem dermaßen fanatischen Tonfall auf Dinge wie Erbsen, Bohnen, Karotten, Zwiebeln, Schnittlauch und Gurken hin, daß Fred sich erschüttert an die Wand der Laube lehnte. Dabei berührte er den Knopf der Außenbeleuchtung.

Plötzlich standen die Männer inmitten einer schreiend grellen Beleuchtung, die 80 Glühbirnen in den Farben Rot, Grün, Gelb und Blau verbreiteten. Entsetzt blickte Fred auf die entlarvende Lichtfülle. Sie glühte an Leinen auf, die zwischen Laube und Obstbäumen gespannt waren. Bruno klatschte in die Hände und sagte: «Schön ist das.» Fred griff in die Jackentasche, zog eine Pistole, zielte und schoß. Die anvisierte Birne verfehlte er. Dafür brach der im Hintergrund bis eben noch munter jubilierende Gesang eines Vogels ab. Bruno fiel ein kleiner Klumpen vor die Füße.

«Zizizi! Gluckgluckgluck!»

Hans Christian Andersen,
‹Die Nachtigall›

Er bückte sich und hielt Fred etwas Dunkles anklagend vors Gesicht. «Du hast die Nachtigall ermordet», sagte Bruno mit weinerlicher Stimme. Fred wußte nichts anderes zu sagen als: «Na und?» Bruno brauste auf: «Das ist eine Nachtigall, verstehst du? Du hast unsere Nachtigall erschossen.» Bruno ließ den Kadaver fallen und griff Fred an. Im nächsten Moment wälzten sich die Männer in stummem Zweikampf auf dem Rasen, bestrahlt von 80 Glühbirnen. Mal war Fred in der Oberlage, dann Bruno. Fred versuchte eine Beinschere, bekam den zappelnden Bruno jedoch nicht zu fassen, geriet darüber immer mehr in Wut und landete einen Tritt in Brunos Unterleib. Das war das Ende des Kampfes.

«Du Schwein», jammerte Bruno und preßte beide Hände gegen sein Geschlechtsteil. Fred robbte über den Rasen und suchte nach der Pistole. «Nicht schießen», schrie Bruno entsetzt. «Ich schieße nicht, du Idiot», keuchte Fred. Bruno stöhnte und zog in kurzen Abständen hörbar Luft in die Lungen. «Du hast mir in die Eier getreten. Das kriegst du wieder.» «Nun beruhige dich mal», zischte Fred und stand auf. Auch Bruno erhob sich. «Weißt du, Bruno», sagte Fred, «bis heute habe ich mich immer gefragt, warum so viele krumme Dinger schiefgehen: Einbrüche, Entführungen, Banküberfälle. Seit heute weiß ich es.» «Ach», sagte Bruno ehrlich überrascht. «Und warum gehen sie schief?» «Es sind die falschen Leute dabei.»

Bruno schaltete das Licht ab. «Und was machen wir zwei Schlaumeier jetzt?» «Ich sehe das so», sagte Fred, «das Ding hat auf jeden Fall einer dieser Kleingärtner gefunden. Entweder hat er die Polizei informiert. Das werden wir merken. In der Zeitung wird was stehen, oder die Polizei wird hier auftauchen und rumschnüffeln. Oder der, der ihn gefunden hat, hat ihn in Sicherheit gebracht, weil er in der Tiefe seiner Seele ein Krimineller ist. Dann haben wir noch eine Chance.» «Das ist schön», freute sich Bruno, «und wieso?»

«Bruno», unternahm Fred einen letzten Anlauf, «hast du morgen schon was vor?» «Logo», sagte Bruno, «Sonntag ist Gartentag. Aber eisern.» «Schön, du gehst morgen also in den Garten. Kommt Renate mit?» «Logo. Das ist doch Ehrensache, Renate und ich und der Garten, das ist wie … also das ist …» Fred nahm sich nicht die Zeit, den Korn in ein Glas zu gießen, er trank aus der Flasche. Aus den Augenwinkeln sah er Brunos mißbilligenden Blick. «Du wirst deinen Wanst morgen nicht in die Sonne halten, sondern diskret und unauffällig deinen Kumpanen hier im Lager einen Höflichkeitsbesuch abstatten, verstehst du? Du wirst morgen Grundstück für Grundstück abklappern und …» «Parzelle», sagte Bruno. Fred kam aus dem Konzept. «Wieso?» «Siehst du», freute sich Bruno, «jetzt weißt du auch nicht, wie und was.» «Ich fahre fort», sagte Fred. «Hach, das ist spannend», jubelte Bruno und setzte sich krachend auf den Campingstuhl. «Du wirst in jeder Laube rumschnüffeln.» «Im Klo auch?» «Im Klo auch. Und besonders in den Geräteschuppen. Ist sonst noch was?» «Das Vereinsheim.» «Das läßt du aus, da waren wir eben.» «Ach ja», sagte Bruno und schlug sich die Hand vor die Stirn.

Verbittert sah Fred zu, wie Bruno sorgfältig die Laube abschloß und anschließend an der Tür rüttelte, um sich zu vergewissern, ob sie auch zu war. «Hier häufen sich in der letzten Zeit nämlich die Einbrüche», erklärte er auf dem Weg zum Wagen.

«Renate, Renate», rief Bruno und warf die Wohnungstür zu. «Ich muß dir was erzählen.» Er ging ins Wohnzimmer. Renate, Brunos üppige Ehefrau, saß mit angezogenen Beinen in der Ecke des senffarbenen Sofas. Der Fernseher lief. Auf dem Rauchtischchen stand in Renates Reichweite eine Rolle Toilettenpapier. Vor dem Sofa lag ein Haufen zusammengeknüllter hellgelber Blätter mit aufgedruckten Blümchen. Soeben schneuzte sich Renate donnernd in ein Stück Papier. «Es ist ja so fürchterlich», stöhnte sie. Bruno zog seine Schuhe aus und setzte sich neben Renate. «Ist es wieder so schlimm?» fragte er beklommen. Renate konnte nur stumm mit dem Kopf nicken. Bruno guckte auf den Bildschirm. Dort fragte gerade ein junger Mann eine junge Frau nach der Uhrzeit. Die Frau guckte auf ihre Armbanduhr und sagte: «Zwanzig vor zwölf.» Was der Mann erwiderte, konnte Bruno nicht mehr verstehen, weil Renate in ein markerschütterndes Schluchzen ausbrach. Bruno legte einen Arm um ihre Schulter. *Sie hat zu dicht am Wasser gebaut.* Er spürte, daß er Renate heute nicht mehr mit dem skandalösen Brief behelligen konnte, den er im Vereinsheim gefunden hatte.

Heinz Borbet schätzte die Frau auf 100 – 60 – 100. Sie war jünger als er, das war wichtig. Als sie die Bar betrat, schüttete sich Borbet gerade den Longdrink hinter das Dornbusch-Hemd. Wie schon beim dritten oder fünften Glas biß er auch diesmal versehentlich auf den Eiswürfel statt auf die Olive. Befriedigt registrierte er das Ausbleiben jeglichen Schmerzes. Bis gestern hatte er auf Hitze und Kälte geradezu hysterisch reagiert. Langsam und mit kräftigen Kieferbewegungen zermalmte er den Eiswürfel.

Als die 100 – 60 – 100 im seitlich geschlitzten und von gefährlich dünnen Trägern gehaltenen schwarzen Seidenkleid in Borbets Blick hineingerieten, war es um die Frau geschehen. Wie auf einer unsichtbaren Schiene holte er sie zu sich heran. «Was kracht denn hier so?» fragte die Frau, als sie vor Borbet stand. Dabei entblößte sie für drei Zehntelsekunden ihr Gebiß. An der Stelle zwischen Hals und Schulter, dort wo Borbet kleine, zärtlich-fordernde Bisse am liebsten hatte, bildete sich eine leichte Gänsehaut. «Was da kracht, ist meine Vergangenheit. Ich zermalme sie gerade, damit Platz wird für uns beide», sagte er und schluckte die Eisstücke hinunter. Geschmeidig schwang sich die Frau auf den meterhohen Barhocker. Borbet blickte auf ihren Oberschenkel. Das Glas in seiner Hand zerbrach.

Davon wurde Borbet wach. Wie immer, wenn er nach einem schönen Traum die Augen aufschlug und sein Blick auf den in Plastikfolie gewickelten Urlaubskoffer auf dem Schleiflackschrank fiel, fühlte er sich wie im falschen Film. *Du hast Besseres verdient.* Mit solchen Gedanken erwachte er häufiger. Bis gestern hatte er sie mit einem routiniert wehmütigen Lächeln zu den Akten gelegt. *WV – Wiedervorlage. Datum: St. Nimmerleinstag.* Heute verleugnete er seine Träume nicht, heute stand er zu ihnen. Der Grund für diesen Mut, den Borbet mit einem aufregend zwiespältigen Gefühl zwischen unbändiger Freude und kindlicher Angst an sich wahrnahm, steckte in seinem Misthaufen. Vor 17 Jahren – geheiratet hatte er vor 19 – hatte Heinz Borbet zum erstenmal ausgerechnet, was sie auf dem Konto brauchten, um von den Zinsen leben zu können. Auch heute noch tippte er in den Taschenrechner bisweilen einige Zahlen ein, die er anschließend versonnen betrachtete. Er brauchte rund eine halbe Million. *Macht bei acht Prozent Zinsen 40 000 per Anno gleich 3333 Mark im Monat. Wahrscheinlich sind bei dieser Summe noch zwei Prozent mehr drin.*

Borbet redete mit Marianne nicht mehr darüber, seitdem er gemerkt hatte, daß ihre finanzielle Phantasie nicht über Bausparverträge, Prämiensparen und vorzeitig kapitalisierte Lebensversicherungen hinausging. Heimlich hatte er einen genauen Plan entworfen, wie er vorgehen wollte, wenn ihm der Zufall eine große Geldsumme in die Hand spielte. Als Zufall war für Borbet bisher nur ein Lottogewinn denkbar gewesen.

Marianne Borbet kam ins Schlafzimmer, ihr Mann stellte sich schlafend. Sie beugte sich über ihn und hauchte ihm einen Kuß auf die Stirn. Marianne fand das nach eigener Aussage erotisch, ihr Mann fand es kitzelig. «Heinz», flüsterte sie, «Liebling, Frühstück.» Borbet ärgerte die völlig gleiche Betonung der drei Wörter. Er schlug die Augen auf, lächelte und zog seine Frau an sich.

Zwanzig Minuten später saßen sie am Frühstückstisch. Mariannes Wangen zeigten das schwache Glühen, das Außenstehende leicht übersahen. Für Borbet bedeutete es eine stumme Danksagung. Einmal verschüttete Marianne sogar einen Tropfen Kaffee. Borbet war entzückt, Jutta war angeekelt. «Kannst du nicht aufpassen», muffelte sie mit vollem Mund und pustete eine Wolke Toastbrotkrümel über den Tisch. Die meisten bekam Borbet auf den Unterarm. Er zog ihn angeekelt an sich und wischte die Krümel mit weit ausholenden Bewegungen ab. «Sagt mal, meint ihr, daß wir heute unbedingt in den Garten müssen?» Er hatte den Satz als Versuchsballon gedacht.

«Soll 'n das schon wieder? Seit einer Woche richte ich mich seelisch darauf ein, daß heute wieder die geile Gartenshow steigt, und dann . . .» «Wieso seit einer Woche?» unterbrach Borbet seine Tochter giftig. «Wir waren doch erst vor einer Woche draußen.» Jutta blickte ihn an, und noch ehe sie «eben» sagte, wußte er, daß er wieder einmal verloren hatte. Borbet ärgerte sich, daß er seit Jahren Juttas Mundwerk und Schlagfertigkeit hilflos ausgeliefert war. «Aber natürlich fahren wir in den Garten, Heinz», sagte Marianne. «Wir fahren doch an jedem Wochenende in den Garten.»

Um 11 Uhr 45 streichelte Jutta dem kleinen Vietnamesen über das blauschwarze Haar. Dabei sagte sie laut und vernehmlich: «Tach, Schlitzauge, was macht die Sozialisation?» Borbet sah, wie sich Marianne nach allen Seiten umguckte. *Und das hört auch auf, diese Angst vor den Nachbarn und den anderen Leuten. Ab jetzt geben wir den Ton an. Wem's nicht paßt, der soll den Schwanz einziehen und sich trollen.* Vater Behle grüßte mit schon wieder ziemlich verräuchertem Äußeren. Seine Frau hatte keine Hand zum Grüßen frei, weil ihr Mann sie zwang, den Blasebalg zu betätigen, um den Kohlen zum nötigen Sauerstoff zu verhelfen. «Der hat einen Schaden an der Feinmotorik», sagte Jutta mit Blick auf Herrn Behle. «Herr Behle ist eben nicht so geschickt. Dafür hat er andere Qualitäten», versuchte Marianne zu vermitteln. Borbet eilte sofort zum Misthaufen und prüfte von verschiedenen Standorten, ob auch wirklich nichts zu sehen war.

Sie holten sich Liegestühle aus dem Schuppen. Liebevoll glitt Borbets Blick zu Marianne. Sie trug ihr Kittelkleid mit den zahlreichen Knöpfen völlig geschlossen. Obwohl ihr Mann sie immer wieder aufforderte, mehr von ihrem schönen Körper zu zeigen. Marianne zierte sich, Borbet fand ihren Kleinmädchen-Charme abwechselnd herrlich und lästig. «In unserem Alter muß man nicht mehr halbnackt herumlaufen», pflegte Marianne zu sagen. «Wenn man so aussieht wie du, kann man Tag und Nacht so herumlaufen», ereiferte sich Borbet. Jutta lauschte dem Wortwechsel mit ihrem teilnahmslosen Gesicht, das sie ein halbes Jahr geübt hatte und seit mehreren Wochen bis zur Perfektion beherrschte. *Als wenn sie nicht bis drei zählen kann.*

An den gewohnten Geräuschen auf der Nachbar-Parzelle erkannte Borbet, daß Renate und Bruno Kalkowski den Tisch von der schattigen Terrasse auf den sonnigen Rasen rückten. Mit geschlossenen Augen hörte er Stühlerücken und Renates Kichern. *Lacht euch noch mal ordentlich die Seele aus dem Leib. Oft muß ich mir dieses Gewiehere nicht mehr anhören. Was immer drin ist in dem Tresor, es wird reichen, um diese Bagage hinter sich zu lassen. Ein für allemal.*

Borbet spürte einen Schatten über dem Gesicht. «Tach, Heinz.» Bruno Kalkowski stand vor ihm. «Tach, Bruno.» *Du willst doch was, ich seh's dir an. So guckst du immer, wenn du mich um etwas anpumpen willst.* «Wie geht's denn so?» fragte Bruno. «Och, geht so», erwiderte Borbet. «Alles im Griff?» Bruno ließ nicht locker. Befremdet sah Borbet, wie er auf die Laube zuging und sich mit dem Oberkörper hineinbeugte. «Hol dir keine Zerrung», hetzte Jutta, als sie ihren Vater aus dem Liegestuhl schießen und zur Laube stürmen sah.

«Schön habt ihr's», sagte Bruno, als Borbet in die Laube gewetzt kam. Borbet sah sich hektisch um, er konnte nichts entdecken, was Brunos Lob gerechtfertigt hätte. Als er sich ihm zuwenden wollte, war Bruno verschwunden. Auf dem Sprung nach draußen erhaschte Borbet sekundenkurz den Anblick seines Gesichts in dem kleinen Spiegel. Bruno stand vor dem Komposthaufen. *Um Gottes willen. Geh da weg. Weg. Hörst du. Weg.*

Borbet stellte sich betont unauffällig zwischen Bruno und den Haufen. Bruno machte einen langen Hals. Borbet spürte den Tresor wie ein Stück glühende Kohle in seinem Rücken. Bruno stellte sich auf die Zehenspitzen, um einen Blick auf den Komposthaufen zu erhaschen. Borbet rückte mit dem Körper nach. Bruno wurde immer aufdringlicher. Borbet spürte, wie ihm der Schweiß aus allen Poren schoß.

Wegemann schlug mit beiden Händen kräftig auf das Lenkrad. Dann stieg er aus, fischte die Reisetasche vom Rücksitz und ging ins Haus. Er stand schon auf der Treppe, als er innehielt. Er machte kehrt und ging in sein Büro. Das erste, was Wegemann sah, war das Loch in der Terrassentür. Wie ferngelenkt drehte er den Kopf und blickte zu der Stelle, an der der Tresor gestanden hatte. *Lächerlich, die schultern das Ding und schleppen es durch den halben Garten. Um das Haus herum auf die Straße. Das ist so primitiv. Und ausgerechnet mit meinem Tresor.* Wegemann trat an die Terrassentür. Sie hatten die gesamte Scheibe herausgeschlagen. Er suchte nach einem Stein, fand jedoch nichts. Wegemann trat gegen die Tür, sie schwang leise auf. Er ließ sich in den Schreibtischsessel fallen. *Du darfst jetzt keinen Fehler machen.*

Impulsiv nahm er den Hörer ab, er wollte Rainer Kurz informieren. Er legte den Hörer wieder auf und holte eine Packung ägyptischer Zigaretten aus der Schublade. Er steckte sich eins der ovalen Stäbchen in den Mund und entzündete es mit einem Streichholzheftchen der Passau-Paderborner. Aus dem hohen Fach auf der anderen Seite des Tisches nahm er eine Flasche Scotch und ein Glas. Er goß ein. Dann legte Wegemann beide Füße auf den Schreibtisch und schaukelte auf dem Sessel vor und zurück. In seinem Kopf begannen sich klare Linien abzuzeichnen. Wegemann rief die Polizei an und meldete den Diebstahl.

Kaum hatte er den Hörer aufgelegt, schrillte das Telefon. Wegemann bekam einen Schreck und hob ab.

«Aaah, hab ich's mir doch gedacht. Draußen brüllt die Sonne vom Himmelszelt, und der junge Selbständige sitzt im düsteren Büro und frisiert die Bilanzen.»

«Hallo Friedhelm, alter Räuber. Hat dir ein Surfbrett die Zunge gespalten? Du redest ja doppelt so schnell wie üblich.»

Friedhelm gackerte.

«Ist was? Sag's gleich. Ich hab zu tun.»

«Ach, du hast noch zu tun?»

«Warum betonst du das so dämlich? Worauf willst du raus?»

«Nun ja, es ist ein reiner Freundschaftsdienst. Aber ich finde, alte Freundschaft rostet nicht und so weiter. Und ich habe es nun schon zweimal gehört. Da wird man ja stutzig, nicht wahr?»

Wegemann spürte Unruhe. «Friedhelm, bitte.»

«Aber ja, aber doch. Also am Freitag mache ich ja immer meine Runde. Als ich gegen elf in das *New Yorker* trudele, steht an der Theke so ein Haufen verrotteter Werbefuzzies, kennst du ja. Saufen diesen süßen, klebrigen italienischen Dunkelgrün-Likör und tun ungeheuer witzig mit dem neuesten Branchengerücht.» *Das ist es. Es ist rum. So was ist immer sofort rum. Damals, als Schildhauer & Schnapp den Bach runtergegangen sind, wußte ich es eher als sie.* «Also so ein Lump von ABM hat rumgetönt, daß du den Etat von der Passau-Paderborner losgeworden bist. Na ja, weiß man ja, was man davon zu halten hat. Aber gestern abend, also Sonnabend, wanke ich um halb zwei oder halb drei? Nein um halb zwei, das weiß ich genau, weil nämlich Verena . . .»

«Friedhelm!»

«Jawollja, bin wieder dicht am Thema dran. Also da steht einer von diesen Spruchkaspern und pult seine Erdnüsse aus, damit jeder sieht, außer seiner Leber und seinem Mundwerk funktioniert auch noch die Feinmotorik. Der hatte eine Thusnelda von der Passau-Paderborner dabei, die kenn ich aus anderen Zusammenhängen. Und der hat er dasselbe Ding erzählt, und gefragt hat er sie, ob sie Bescheid weiß, was da läuft. Wußte sie natürlich nicht, ist ja klar.»

Nach dem Telefongespräch fühlte sich Wegemann nicht mehr ganz so gut. Da knallte ein Gedankenblitz durch sein Gehirn, daß er beinahe die Whiskyflasche umgeworfen hätte. Wegemann wurde sehr aufgeregt und wählte wie rasend eine Nummer. «Gratuliere Schatz, Sie haben gut gewählt. Einmal diese Nummer, immer diese Nummer. Hier spricht Gabi, mit wem habe ich das Vergnügen?»

«Ist dort nicht die ‹Allgemeine›?»

Die Frau lachte. «Allgemeine ist gut. Bei mir wird es ganz konkret. Möchten Sie, daß ich Ihr Schicksal in die eigene Hand nehme?»

Wegemann verabschiedete sich schnell und wählte erneut. Diesmal meldete sich die Redaktion der *Allgemeinen Zeitung*. Wegemann verlangte die Redakteurin Jo Puttel aus der Lokalredaktion. Ein Mann brüllte «Jo» in den Raum. Dann war sie dran. «Puttle.»

«Hier Wegemann, Götz Wegemann. Vielleicht erinnern Sie sich an mich. Wir haben uns vor 14 Tagen auf der Vernissage in der Galerie Klumppfuhß getroffen.»

«Ah ja, bei Hockney, natürlich. Der jugendliche Blonde mit dem blauen Daumen, auf den ihm gerade die Motorhaube eines entzückenden silbernen Jaguars gefallen war. Welch süßer Schmerz. Womit kann ich dienen?»

«Also ich falle gleich mit der Tür ins Haus, es ist nämlich eilig.»

«Dann mal Hosen runter.»

Kann man denn heute keine anständigen Gespräche führen? Wegemann wechselte Hand und Ohr und zündete sich eine Zigarette an. «Bei mir ist eingebrochen worden. Mein Tresor ist weg.»

«Tresor? Aha. Wann, wo, warum rufst du nicht eher an? In zwei Stunden ist Redaktionsschluß.»

Die bis eben noch entspannte Plauderstimme von Jo schlug abrupt in einen nervösen, angestrengten Ton um. «Ich war am Wochenende in meinem Landhaus und bin erst vor zehn Minuten wiedergekommen. Ich bin in mein Büro gegangen, also als wenn ich es geahnt hätte.»

«Du hast aber nichts geahnt?» Wegemann lauschte den Geräuschen, die Jo beim Mitschreiben machte. «Wieso? Nein.»

«Ich meinte nur.»

«So? Na ja. Also der Tresor ist weg, Loch in der Scheibe. Mensch, das Ding wiegt gut und gerne seine zwei Zentner. Das müssen zwei oder drei Leute gewesen sein.»

«Was war drin?»

«Ja, was war drin?»

Wegemann biß sich auf die Unterlippe. *Achtung! Bring sie erst mal her. Der Rest folgt später.* «Ich habe eben die Polizei alarmiert. Die muß jeden Moment kommen. Deshalb rufe ich ja überhaupt an. Wäre das nicht was für Sie?»

«Ich bin schon unterwegs. Wo muß ich hin?»

Er nannte die Adresse. Wegemann ging auf die Terrasse. Sorgfältig suchte er nach Spuren, die die Diebe hinterlassen hatten. An der Haustür war Gepolter zu hören. Wegemann ging durch den Garten um das Haus herum zur Tür. Zwei Männer in Zivil hielten einen uniformierten Polizisten mit vereinten Kräften davon ab, sich mit dem Körper gegen die Tür zu werfen. «Laß das, da macht gleich einer auf», sagte einer der Männer.

«Keine Zeit verlieren, die Spuren werden nicht besser mit der Zeit», keuchte der uniformierte Polizist.

«Nun vergiß doch endlich deine Polizeischulweisheiten. Hier draußen herrscht das richtige Leben. Du bist von Fachleuten umzingelt. Mußt uns nur zugucken, das bildet.»

Wegemann stellte sich neben einen Mann, der trotz der Hitze einen leichten Mantel trug. Er hatte einen Zahnstocher im Mundwinkel hängen und beobachtete mit allen Anzeichen von Ekel die Szene.

«Etwas übereifrig», sagte Wegemann zu dem Mann.

«Das sage ich denen jeden Tag zwanzigmal», erwiderte der Beamte und ließ den Zahnstocher in den anderen Mundwinkel hinüberwandern.

«Klingelt noch mal», wies er barsch seine Leute an.

Wegemann fiel ein Mann auf, der einen Koffer in der Hand hielt. Einer der Männer schickte sich an zu klingeln. Wegemann trat nach vorn. «Nicht nötig, ich . . .»

«Seien Sie mal hübsch ruhig», herrschte ihn der Uniformierte an.

«Ich wohne hier», sagte Wegemann überrascht.

Der Uniformierte wollte sich ausschütten vor Lachen. Wegemann drückte die Tür auf, stellte sich in den Eingang und bat die Beamten mit einer einladenden Geste herein. Der Uniformierte blieb draußen stehen und lachte. Wegemann mußte erklären, wie er vor das Haus gekommen war. Danach betraten sie das Büro. Der Beamte mit dem Zahnstocher stellte sich vor. Er hieß Fleischhauer und war Oberkommissar. Wegemann erzählte über Fabrikat und Typ des Tresors. Danach unterrichtete er die Beamten, daß er das Wochenende in seinem Landhaus verbracht habe und vor einer Viertelstunde nach Hause gekommen sei. Er habe am Freitagnach-

mittag das Haus verlassen, seine Mitarbeiter würden erfahrungsgemäß nur wenig später gehen.

«Bewohnt außer Ihnen niemand das Haus?» fragte Fleischhauer.

Wegemann verneinte. Der Beamte sah sich um, blickte dann
Wegemann an. *Der haßt dich jetzt. Der ist neidisch. Ab jetzt mußt du
unheimlich aufpassen. Der wird versuchen, dir ein Bein zu stellen.* Der
Beamte blickte Wegemann lange an. *So, mein Lieber, du bewohnst
diesen Palast also allein. Und jetzt haben dir böse Menschen deinen Tresor entwendet, achgottchen auch. Da war bestimmt ganz, ganz viel Geld
drin und was man in deinen neureichen Kreisen alles für wertvoll hält.
Und deshalb wirst du gleich ein unheimliches Generve anfangen über die
Ungerechtigkeit auf der Welt und daß es immer die Falschen trifft. Warum
müssen wir armen Schweine für euch nur immer die Gerechtigkeit neu auf
die Beine stellen?*

Der Mann mit dem Koffer und ein Mann, dem zwei Fotoappa-
rate vor dem Bauch hingen, bewegten sich langsam durch den
Raum. Als sie sich in der Mitte trafen, sagte der eine zum anderen:
«Kein 08/15-Fall, hier sind wir endlich mal wieder aufs Äußerste
gefordert.»

«Das habe ich schon lange befürchtet», erwiderte der Kollege
irgendwie mutlos und klappte den Koffer auf.

«Ah! Du bist also doch da. Warum nimmst du denn dann nicht
den Hörer ab?» Eine bildschöne Frau stand im Raum. Wegemann
zog den Kopf zwischen die Schultern.

«Mona, ich kann dir alles erklären.»

Die bildschöne Frau blitzte ihn an: «Daran habe ich keine
Sekunde gezweifelt. An dem Tag, an dem dir keine Ausrede einfällt ...»

Der uniformierte Polizist pfiff anerkennend. Mona erstarrte.

«Götz, der in dem Kostüm macht mich an.»

«Chef, die Dame sagt Kostüm zu meiner Uniform», beschwerte
sich der Uniformierte bei seinem Chef.

«Mona, das hat alles seine Richtigkeit», sagte Wegemann.

«Sie kennen die Dame?» fragte Fleischhauer mit einer Mischung
aus Neugier und Bewunderung.

«Jawohl», entgegnete Wegemann, «Mona Leisler, meine äh
Lebensgefährtin.»

«Für dieses ‹äh› hasse ich dich», sagte Mona zischend.

Fleischhauer trat vor sie und betrachtete sie ausführlich. Mona trug zu ihren fast hüftlangen blonden Haaren ein äußerst kurzes Kleid. Ihre Gesichtszüge waren klassisch schön. Keine Hautunreinheit oder Falte trübte den gediegenen Gesamteindruck von Plastik, der den großen Erfolg des Fotomodells Mona ausmachte. Ihre Beine waren zum Verrücktwerden.

«Ich würde Sie so gerne etwas fragen», sagte Fleischhauer lächelnd, «aber ich weiß partout nicht was.»

Er lächelte hingerissen. Über seine Schulter blickte Mona zu Wegemann. Sie hatte sich die Fähigkeit erhalten, auf männliche Bewunderung mit mädchenhaftem Erstaunen reagieren zu können. Damit trieb sie die jeweiligen Männer zu Steigerungen ihrer Verzückung. Das Telefon klingelte. Der uniformierte Polizist sprang zum Schreibtisch.

«Das wagst du nicht», brüllte Fleischhauer. Dabei fiel ihm der Zahnstocher auf den Boden. Der Polizist zuckte zusammen, rannte zu seinem Chef und hob den Zahnstocher auf.

«Und nun? Und nun?» grollte der Kommissar und stemmte beide Hände in die Seite.

Wegemann sah, daß seine Armbeugen durchgeschwitzt waren. Der Uniformierte lächelte verzagt. Sein Chef griff in die Manteltasche und beförderte einen neuen Zahnstocher in den Mund. Das Telefon klingelte immer noch. Wegemann nahm ab. «Wegemann, was ist denn?»

«Götz, bist du's?» brüllte seine Mutter.

Wegemann seufzte. Automatisch setzte er sich hin.

«Götz, so sag doch was», rief die Mutter.

«Ja, Mutter, ich bin es persönlich. Dein Sohn Götz.»

«Götz, Junge, hör mir zu.»

Wegemann lauschte einer erschütternd banalen Begebenheit aus der Verwandtschaft. Währenddessen sah er den beiden Spurensicherern beim Spurensichern zu. Der Fotograf lichtete gerade seinen Chef ab, dem das sichtlich unangenehm war.

Zwischendurch sagte Wegemann in unregelmäßigen Abständen: «Ja, Mutter.» *Die Rente, ihre Rente. Das ist es. Danke, liebe Mama für dieses Gespräch.*

Mona, die bis dahin ziellos durch den Raum gestrichen war, faßte den Fotografen ins Auge. Wegemann sah, wie ein Leuchten des Erkennens über ihr ebenmäßiges Gesicht huschte. Danach drängte sie sich fortgesetzt vor die Kamera des Fotografen. Der Mann war erst überrascht und versuchte, Mona auszuweichen. Er konnte nicht mit ihrer Routine rechnen. Geschmeidig war sie stets schon dort, wo der Fotograf gerade hinfotografieren wollte.

Am Rauschen im Telefon erkannte Wegemann, daß seine Mutter das Gespräch beendet hatte. In diesem Moment betrat Jo Puttel in Begleitung eines dicken Mannes den Raum. Ihr Blick machte die Runde, dann kam sie auf Wegemann zu. Sie schüttelten sich heftig die Hände. Als Wegemann dachte, daß damit die Begrüßung abgefeiert wäre, packte Jo den überraschten Mann an den Oberarmen und drückte ihm je einen Kuß auf beide Wangen. Wegemann spürte Monas brennende Blicke auf den Schulterblättern.

«Also dann mal los, Roß und Reiter», sagte Jo geschäftig und schlug ihren Stenoblock auf.

Mona ließ von dem Fotografen ab und stellte sich sehr dicht neben Wegemann. Jo Puttel tat so, als ob sich außer Wegemann nichts Nennenswertes in der Nähe befand. Wegemann wollte Jo gerade einen Überblick über die Ereignisse geben, als Fleischhauer zwischen sie trat.

«Lieber Herr Fleischhauer, könnten Sie einmal, nur ein einziges Mal die Arbeit der Presse nicht behindern, bitte», sagte Jo zähneknirschend.

Der Beamte lächelte sie an. Jo guckte erst finster, lächelte dann auch.

«Lieber Herr Wegemann», sagte Fleischhauer, «und nun muß ich Sie bitten, mir zu sagen, was sich alles in dem geraubten Tresor befunden hat.»

Schlagartig wurde Wegemann nervös. Unwirsch wehrte er Monas Versuche, sich bei ihm einzuhaken, ab. Er begann, im Raum auf und ab zu gehen. Der Fotograf, der mit Jo gekommen war, trieb sich in den Räumen der Agentur herum. Eben kam er wieder in Wegemanns Büro. Er nahm den Fotoapparat vors Gesicht und dirigierte schweigend die beiden Spurensicherer vor das großflächige Bild mit Dagobert Duck. Erst wehrten sich die Männer kokett, dann nahmen sie vor dem Bild Aufstellung und ergingen sich in den peinlichsten Posen, während der Fotograf sie ablichtete.

«Also», sagte Wegemann.

«Golze», brüllte Fleischhauer so laut, daß Wegemann zusammenzuckte. Ein junger Mann in Jeans und knallgrünem Hemd eilte herbei. «Was liegt an?»

Der Kommissar wies auf Wegemann. «Stenografieren Sie mit.»

Der junge Mann hatte ein blaues Auge, das fiel Wegemann sofort auf. Golze zauberte Block und Bleistift aus dem Hemd und blickte Wegemann mit einem hungrigen Ausdruck an.

«Ja also, um mit dem Wichtigsten anzufangen», sagte Wegemann.

Golze und Jo hoben ihre Stenoblöcke auf Schreibhöhe.

«In dem Tresor lagen 120 000 Mark.»

«Na, das ist eine schöne Scheiße», sagte Golze.

Jo pfiff leise. Mona guckte verblüfft zu Wegemann.

«Warum, bitte schön, bewahren Sie in einem solch verhältnismäßig leichten Tresor solche großen Geldsummen auf?» fragte Fleischhauer.

«Das ist ja das Tragische», erwiderte Wegemann. «Das Geld lag erst seit zwei Tagen drin, und es sollte auch nur bis Anfang nächster Woche drinliegen.»

«Aber davon hast du mir ja gar nichts erzählt», sagte Mona und packte ihn mitfühlend am Arm.

«Meine Mutter, sie lebt in Pforzheim, hat ihre Rente kapitalisiert.» *Und jetzt konzentrieren. Irgendwas, was die garantiert schlucken.* «Sie spielt mit dem Gedanken, auf ihre alten Tage in den hohen Norden zu ziehen.»

Wegemann lächelte Fleischhauer an. «Meine Schwester lebt in Kiel, ich hier, da dachte meine Mutter, Lübeck wäre der richtige Standort für eine kleine Eigentumswohnung. Ich sollte ihr bei der Suche helfen und vor allem den Papierkram abwickeln.» *Hört sich doch gut an. Nur weiter so.*

«Ich habe ja selbst einen Schreck bekommen, als sie bei ihrem letzten Besuch plötzlich die Handtasche aufmacht und das Geld herausholt. In bar, das müssen Sie sich mal vorstellen.»

«Aber Mann», sagte Fleischhauer, «Sie wissen so gut wie ich, daß der Inhalt solcher Tresore von der Versicherung bis tausend Mark abgedeckt ist. Eintausend De Em und kein müder Pfennig mehr.»

Wegemann hatte das geballte Mitleid aller Anwesenden. Golze und Jo schrieben. *Du mußt geknickter sein. Mehr durchhängen.*

«Und sonst noch?» fragte Fleischhauer.

«Sonst noch etwas fürs Herz», erwiderte Wegemann und lächelte bittersüß. *Sehr gut.* «Eine Brosche, Erbe mütterlicherseits. Uralt, Anfang 17. Jahrhundert, irgendwo muß noch eine Expertise herumliegen. Materieller Wert vielleicht 10000 Mark oder auch 12, was weiß ich, ist auch völlig gleichgültig. Denn ideell ...» Wegemann machte eine wegwerfende Handbewegung.

«Natürlich», sagte Jo ergriffen, «ideell.»

«Dann kann man also mit Fug und Recht sagen, daß die Tresorräuber Sie an diesem Wochenende voll auf dem falschen Bein erwischt haben», sagte Fleischhauer beeindruckt.

Wegemann sah ihm scharf ins Gesicht.

«Sonst noch was?» fragte Fleischhauer.

«Sonst noch», sagte Wegemann leise und wanderte wieder im Raum umher, «sonst noch ist da das Wichtigste überhaupt.»

«Ach nee», grinste Fleischhauer.

«Ja, ja», sagte Wegemann, «die neue Kampagne für die Passau-Paderborner.»

«Die kenne ich nur als Versicherung», sagte Fleischhauer.

«Das ist auch die Versicherung», entgegnete Wegemann.

«Wieso ist die Kampagne so wichtig?» fragte Jo.

Wegemann blickte sie lange an. «Die Passau-Paderborner ist unser Hauptkunde», sagte er. «Ich muß ja wohl nicht betonen, daß das, was ich jetzt sage, diesen Raum nicht verlassen darf.»

Jo grinste und sagte: «Logo.» *Es klappt, es klappt. Es ist ja nicht zu fassen, wie leicht die das schlucken.*

«Wir sind eine verhältnismäßig junge Agentur. Wir haben keinen großen Kundenstamm. Deshalb war es für uns lebenswichtig, daß wir den neuen Etat der Passau-Paderborner bekommen. Die gesamte Mannschaft hat seit zwei Monaten an der Kampagne gesessen.»

«Wie groß ist der Etat der Passau-Paderborner?» fragte Jo.

«1,8 Millionen. Aber das ist nur ein Teiletat.»

«Und wieviel ist das von Ihrem Gesamtetat?» fragte Fleischhauer.

«Also ganz im Vertrauen», erwiderte Wegemann und sah erfreut,
wie alle neugierig guckten. «Unser Umsatz beträgt knapp über drei
Millionen. Sie mögen daraus ersehen, daß wir ohne die Passau-Paderborner den Laden sofort zumachen könnten.»

«Haben Sie die Konkurrenz im Verdacht?» fragte Golze.

Fleischhauer blickte ihn vernichtend an.

«Man wird doch wohl mal fragen dürfen», verteidigte sich der
Mann matt.

«Sie werden von mir nicht im Ernst erwarten, daß ich hier Kollegen anschwärze», erwiderte Wegemann.

«Hast du persönliche Feinde?» schoß Jo dazwischen. Der Kommissar, der schon den Mund zu einer Frage geöffnet hatte, klappte
ihn wieder zu.

«Persönliche Feinde», wiederholte Wegemann gedehnt. *Paß auf,
du eitler Fatzke. Laß dich nicht hinreißen.* «Also nein, nicht daß ich
wüßte.»

«Ich darf also noch mal wiederholen», sagte der Stenograf wichtig. «Sie haben in Ihrem Tresor gehabt: 1. 120000 DM in bar, 2. eine
Brosche, materieller Wert 10–12000 DM, ideeller Wert bedeutend
wertvoller. 3. eine Werbe-Kampagne. Alles richtig so?» fragte er
und strahlte Wegemann an. Der überlegte.

«Warten Sie. Wir wollen genau sein, nicht wahr?»

«O ja, bitte», sagte der Kommissar und blickte gut gelaunt auf
Jo Puttel, der er diesmal knapp zuvorgekommen war.

Wegemann sagte: «Es waren ganz knapp unter 120000 Mark,
aber das kann ich aus meinen privaten Unterlagen rekonstru-
ieren.»

Der Stenograf begann einen neuen Zettel vollzuschreiben.

«Die Brosche habe ich geschätzt, das möchte ich betonen. Ich
besitze Fotos. Man müßte sie einem Fachmann vorlegen.»

Der Stenograf zerknüllte den Zettel und warf ihn über die Schulter in den Raum. Wie hungrige Hunde stürzten sich die beiden Spurensicherer auf das Papier. Der Fotograf trug es vorsichtig zum
Schreibtisch. Dann zog er Plastikhandschuhe an. Mit großer Sorgfalt und unter Zuhilfenahme von zwei Pinzetten entfaltete er das

45

Knäuel. Sein Kollege schoß eine ganze Serie von Fotos. Als Wegemann einige Worte über die Bedeutung der Passau-Paderborner-Unterlagen sagen wollte, kam der Spurensicherer zum Kommissar und tippte ihn auf die Schulter.

«Ich habe hier was, was Sie interessieren dürfte», sagte er wichtig und überreichte dem Chef mit großer Vorsicht das Blatt Papier.

Fleischhauer warf einen Blick auf den Zettel und bedachte dann seinen Mitarbeiter mit einem Blick, daß der zusammengekrümmt zu seinem Kollegen zurückkehrte. Die beiden sprachen leise und aufgeregt miteinander.

Der Fotograf von der *Allgemeinen* trat zu Jo: «Ich bin dann soweit fertig. Mir fehlt nur noch das arme Opfer.»

Wegemann mußte sich erst vor die kaputte Tür, dann vor Dagobert Duck und zuletzt neben den Platz stellen, an dem der Tresor gestanden hatte. Danach wandte sich Jo an Wegemann: «Wir verschwinden jetzt. Ich mache einen Schnellschuß, dann haben wir die Geschichte morgen drin. Hört sich aber alles so gut an, daß ich am Dienstag noch was nachschieben möchte. Ich habe da nämlich eine Idee.»

Wegemann faßte Jo am Arm und dirigierte sie in eine Zimmerecke. «Da wäre noch was», sagte er.

Jo hob sofort den Block. «ohne Block, darum geht es ja gerade. Es ist so, die Sache mit den 120000 Mark ...» Wegemann näherte sein Gesicht dem der Journalistin. «Was ich da eben der Polizei erzählt habe, also das ist, ich möchte mal sagen, ein Zipfel der Wahrheit.»

Jo grinste verschwörerisch. «Schwarzes Geld?» flüsterte sie. *Gar nicht schlecht. Wäre ich so schnell nicht drauf gekommen.* Wegemann nickte. «Zwischengelagert auf dem Weg in die Schweiz, Was?» Wegemann nickte. Jo war begeistert. «Davon ein Wort in der Zeitung, und ich kann meinen Laden zumachen.»

«Wer würde das nicht einsehen? Man könnte allgemein davon sprechen, daß ein Batzen Bargeld im Tresor gelegen habe.»

«Das geht», sagte Wegemann.

«Dann wird allerdings die Brosche noch wichtiger. Gerade wegen dem ideellen Wert. Das ist ein Selbstgänger. Es gibt Fotos von der Brosche?»

«Gibt es, habe ich. Muß ich raussuchen. Soll ich gleich . . .»

Jo blickte auf die Uhr. «Das wird für heute zu knapp. Kannst du mir die Bilder morgen reinreichen? Am späten Vormittag?»

«Kann ich, mach ich.»

«Schön», sagte Jo. Sie lächelte den Kommissar an: «Adieu, Herr Fleischhauer. Bis bald mal wieder.»

«Ganz meinerseits», entgegnete Fleischhauer, fummelte einen Zahnstocher aus der Tasche und bot ihn Jo an. Jo nahm das Hölzchen, hängte es in einen Mundwinkel und marschierte grinsend hinaus. Der Fotograf war zwei Schritte hinter ihr.

Fleischhauer kam auf Wegemann zu: «Wer ist denn Ihr Ansprechpartner in der Passau-Paderborner?»

Überrascht blickte Wegemann ihn an: «Wieso?»

«Für den Fall, daß ich mich mit dem Herrn in Verbindung setzen möchte, um mich mit ihm über die Bedeutung der Kampagne zu unterhalten.»

In Sekundenschnelle änderte Wegemann die Reihenfolge der Telefongespräche, die er morgen führen wollte. Er nannte Fleischhauer den Namen von Werbechef Lindemaier und suchte ihm auch noch die Telefonnummer heraus. Dann wollte Fleischhauer Namen, Adressen und Telefonnummern aller Angestellten haben. Bis auf Titas wußte Wegemann alle Nummern auswendig.

«Dann hätten wir es ja soweit», sagte Fleischhauer.

Er sammelte seine Leute ein. Als der Uniformierte an Wegemann vorbei nach draußen ging, zischte er ihm zu: «Und merken Sie sich: Wir kriegen alles raus.»

Wegemann lächelte ihn an.

Als Heinz Borbet am Montag um Viertel nach sieben in die Küche kam, saß Jutta am Tisch und schaufelte ein Müsli in sich hinein. Vor ihr standen diverse Körnertüten und Obst. Marianne blätterte in der Tageszeitung. Borbet fummelte eine Scheibe Toastbrot aus der Packung. «Mama, Papa guckt mich wieder so diskriminierend an.» «Du hast einen dermaßen selbstvergessenen Gesichtsausdruck bei diesem Körnerfraß, das ist nicht zum Aushalten.» «Hast du dich schon mal im Spiegel beguckt, wenn du Sportschau siehst?» «Ge-

schenkt», sagte Borbet. Er hatte Mühe, die üblichen Sprüche aufzu-
sagen. Er wollte so schnell wie möglich die Wohnung verlassen.
Mühsam zwang er sich, etwas zu essen. Dann sprang er auf und
eilte in den Flur. Er riß den Kellerschlüssel vom Schlüsselbrett, das
die Form eines Schlüssels hatte. Er griff seine Aktentasche und
stand schon in der Wohnungstür, als Marianne rief: «Das wagst du
nicht.» Borbet drehte sich um, Marianne kam entschlossen auf ihn
zu, griff mit beiden Händen sein Gesicht und drückte ihm einen
schmatzenden Kuß auf den Mund.

Auf der Fahrt zur Versicherung hörte Borbet das Morgenmaga-
zin im Radio. Weit vor dem Kiosk ordnete er sich rechts ein. Er fuhr
schräg auf den Fahrradweg, mit der Schnauze stand der Wagen auf
dem Bürgersteig. Behende sprang Borbet aus dem Audi, ging zum
Kiosk und verlangte: «Einmal die Tageszeitungen bitte.» Dieser
Wunsch paßte nicht ins Konzept des Verkäufers. «Alle Tageszeitungen? Warum denn das? Eine oder auch zwei, das könnte ich ja noch
verstehen.» «Guter Mann, wollen Sie ein Geschäft machen oder
Grundsatzreden halten?» fragte Borbet ungeduldig. Er suchte sich
die Zeitungen zusammen und knallte sie dem Verkäufer vor die
Nase. «Hier. Zusammenrechnen können Sie ja wohl selbst.» Als er
mit den Zeitungen unterm Arm zum Audi zurückkam, entfernte
sich ohne Eile eine junge Frau. Fassungslos stand Borbet vor der
Windschutzscheibe. Vier Etiketten mit der Aufschrift «Blockiert
nicht unsere Fahrradwege» klebten auf dem Glas. Erbost blickte er
der Frau hinterher. Borbet legte die Zeitungen auf das Wagendach.
Zwei Aufkleber bekam er heil von der Scheibe ab, die anderen zer-
rissen. Er setzte sich hinters Lenkrad, zündete den Motor, sprang
heraus und holte die Zeitungen vom Dach. Wütend erreichte er die
Passau-Paderborner-Versicherung. Borbet kurvte auf den Parkplatz
und suchte nach einer Lücke. Voller Vorfreude rollte er an den leeren Platz heran. Von hinten flog ein dunkelgrüner Schatten vorbei.
Erstaunt sah Borbet zu, wie der Scirocco ihm den Parkplatz vor der
Nase wegnahm. Wolf-Dieter Rettich, genannt «Belmondo», federte drahtig aus dem Schalensitz und strahlte Borbet an. «Morgen,
Kollege Borbet. Tempo heißt die Parole. Wer zuerst parkt, geht
zuerst. Hahaha!» Belmondo tippte mit der Hand kurz an die Stirn
und strebte dem Eingang zu. *Das kriegst du wieder.* Er drehte noch

zwei Runden auf dem Parkplatz. Dann hatte er die Nase voll und setzte den Audi am Ende einer Reihe zwischen den letzten Wagen und die Begrenzung des Platzes. Dabei stieß er mit dem rechten Kotflügel gegen die Umrandung aus Waschbeton. Borbet spürte seinen Herzschlag im Magen. Er stieg aus und besah sich das Malheur. Diesmal hatte es außer einem Kratzer im Lack nichts weiter gegeben. Die Delle, die der rechte Kotflügel aufwies, hatte sich Borbet bei früheren Einparkversuchen zugezogen. Seinen Spottnamen «Beule» trug er mit Fassung.

Borbet stellte sich aus Prinzip nicht vor den Fahrstuhl. Er fuhr mit dem Paternoster in den zweiten Stock. Borbets Abteilung lag im hinteren Teil des Großraumbüros. Als Borbet den Gang entlangging, machte er einen langen Hals. So konnte er über die Stellwände sehen, die die Arbeitsgruppen gegen den Gang abschirmten. Er bog in seine Abteilung ein. Belmondo führte in seiner immer etwas zu lauten und forciert munteren Art ein Telefongespräch mit einem Freund im Haus. Erna Degenhardt steckte trotz der frühen Stunde schon in einem Vorgang. Hildegard Klingebiel, aufrecht sitzend wie immer, grübelte über einer Statistik. Belmondo winkte freundlich zu Borbet hinüber. Erna erwiderte Borbets «Guten Morgen» mit einem Kopfnicken. Gruppenleiterin Hildegard lächelte ihn so hinreißend an, daß Borbet beinahe die Zeitungen neben seinen Schreibtisch geworfen hätte. Er zog die Schubladen auf und stellte die Utensilien, die er jeden Freitag vor den Putzfrauen in Sicherheit brachte, auf den Tisch. Dabei bemerkte er das Flugblatt der Gewerkschaft Handel, Banken und Versicherungen. «Einführung der Datensichtgeräte bedroht uns alle», las Borbet und legte den Zettel zur Seite. Als er aufblickte, sah er, daß sein Gefühl richtig gewesen war. Erna Degenhardt blickte zu ihm herüber. Borbet lächelte sie an und legte das Flugblatt fünf Zentimeter mehr in die Mitte des Tisches. Dann schlug er die erste Zeitung auf und blätterte knallend die Seiten um. Belmondo beendete sein Telefonat. «Na, Kollege Borbet, die Autoanzeigen sind aber nur mittwochs und samstags drin.»

Borbet sah auf. «Lieber Herr Rettich, Ihre Munterkeit am frühen Morgen ist nichts für schwache Nerven.» Belmondo strahlte.

Als Borbet den warmen Blick von Hildegard Klingebiel spürte, fühlte er sich aufgefordert, eine Erklärung zu geben. «Andreas, mein Herr Sohn, hat es sich nicht nehmen lassen, am Wochenende bei der Demonstration mitzuwirken.» «Welche Demonstration? Ich weiß von keiner Demonstration», krähte Belmondo. «Sanierung in St. Pauli», erwiderte Borbet. «Ach, Hausbesetzung», sagte Belmondo. «Und da wollen Sie nun sehen, ob Ihr Andreas auf ein Foto geraten ist?» fragte Hildegard Klingebiel. «Genau», erwiderte Borbet und tauchte tief in ihre gütigen Gesichtszüge ein. «Ich sehe den Bengel ja kaum noch. Also versuche ich es auf diesem Weg.» «Das ist schön», sagte Hildegard ergriffen. Erna Degenhardt blickte kurz auf. In Belmondos Gesicht war nichts los außer der Anwesenheit einer leicht verrutschten Nase.

Im Lokalteil der *Allgemeinen Zeitung* fand Borbet, was er suchte: Auf Seite 3 eine Überschrift quer über die ganze Breite: DREISTER TRESORRAUB und als Unterzeile: *Schwarze Gestalten schleppten roten Tresor aus Villa in Harvestehude*. Unwillkürlich sah Borbet hoch, ob ihn jemand beim Lesen beobachtete. Er war in Sicherheit. Beklommen studierte er die Vierzig-Zeilen-Meldung: «Während er in seinem lauschigen Landhaus weilte, um Kraft und Kreativität für neue Werbe-Kampagnen zu tanken, räumten bisher unbekannte Täter am Wochenende den Tresor aus der Werbeagentur des achtunddreißigjährigen Götz W. Die *Allgemeine* traf zeitgleich mit der Polizei am Tatort ein, einer herrlichen, vor zwei Jahren aufwendig restaurierten Gründerzeit-Villa in Harvestehude. Noch schreckensbleich trotz vitaler Urlaubsbräune schilderte Götz W. unserer Reporterin den Hergang der Tat: ‹Ich habe keine Ahnung, wie die das gemacht haben.› Den Dieben fiel Bargeld in sechsstelliger Höhe in die Hände, weiter alter Familienschmuck, dessen Wert überhaupt nur geschätzt werden kann. Schließlich beklagt Götz W. den Verlust von unersetzlichen Werbeunterlagen für die Passau-Paderborner-Versicherung. Von den Tätern fehlt jede Spur.»

Borbet ließ die Zeitung sinken und blickte zwischen Grünpflanzen und Hildegards linkem Ohr durch den kleinen Spalt zwischen zwei Stellwänden in die Weiten des Großraumbüros. *Bargeld in großer Höhe, wertvoller Familienschmuck*. Impulsiv beugte sich Borbet über den Taschenrechner. Dann ließ er sich wieder zurücksinken.

Sagen wir mal eine runde viertel Million oder mehr. Das ist . . . Das ist . . .
Das reicht noch nicht für die Rente, aber es ist toll. Himmel, was können
wir uns dafür alles anschaffen: Auto, Zweitauto, Haus, die Kreuzfahrt.
Die . . . Die . . . Die . . . Nicht durchdrehen jetzt. Cool bleiben, ganz cool.
Verwirrt sah Borbet, wie Hildegard ihn anlächelte. *Hildegard, ach.*
Er war froh, daß das Telefon klingelte und er sich einer sachlichen
Tätigkeit zuwenden konnte. Mühsam brachte er die nötige Kon-
zentration für die Schadensfälle der Großkunden auf. Hildegard er-
kundigte sich liebevoll, ob er Andreas entdeckt hatte. Borbet wußte
zuerst gar nicht, was sie meinte. Als Hildegard die Frage an ihn
richtete, stand sie zufällig sehr, sehr dicht neben Borbets Stuhl.
Während der Antwort sackte Borbet unmerklich nach links weg.
Links stand Hildegard.

Bei Wegemann + Khurtz war der Teufel los. Texter Kunze, Rein-
zeichnerin Tita und Sekretärin Roswitha standen vor Wegemanns
Schreibtisch und diskutierten lautstark den Diebstahl. Wegemann
saß in seinem Schreibtischsessel und schaukelte auf ihm herum. Er
beobachtete den Glaser, der eine Scheibe in die Terrassentür ein-
paßte. Dann holte Wegemann Flasche und Gläser aus dem Fach.
«Auf den Schreck», sagte er und goß ein. Er mußte sich einige spöt-
tische Bemerkungen über die sechsstellige Summe anhören. Besonders Kurz hatte ihn in Verdacht, daß es sich nicht um die Rente
seiner Mutter, sondern um Geld aus einer anderen Quelle handelte.
«Wie kommst du denn darauf?» fragte Wegemann beleidigt. «Na,
solange in unserer Wirtschaftsordnung die Chefs immer noch einen
Schein mehr verdienen als die Lakaien, da sammelt sich doch was
an.»
   «Was soll denn das mit der Kampagne bedeuten?» fragte Kunze
und wedelte mit der Zeitung herum. «Das ist die Sache, über die
wir uns unterhalten müssen», erwiderte Wegemann. Verdutzt
blickten ihn die anderen an. «O nein», rief Roswitha, «nicht schon
wieder. Erst steht der FC St. Pauli kurz vor dem Konkurs und nun
wir.» «Quatsch», sagte Kurz. «Kein Quatsch», sagte Wegemann.
Sie verteilten sich auf die Sitzgelegenheiten, und Wegemann erzählte, wobei er sich große Mühe gab, den Glaser zu ignorieren:
«Also, Freunde. Mir wäre lieber, wir hätten einen weniger dramati-

schen Anlaß, uns über das Thema Nr. 1 zu unterhalten. Aber das Schicksal hat es nun einmal so gewollt.» «Nun red endlich», forderte ihn Kurz auf. «Gut. Der Passau-Paderborn-Etat wackelt auf allen Füßen. Wir haben ihn fürs nächste Jahr absolut nicht mehr sicher. Im Gegenteil: Wir müssen eine neue Präsentation machen, und die Präsentation muß gut sein. Ich habe läuten hören, daß Hellmann & Partner sowie auch R, B & K mit im Rennen sind.»

«Na, guten Morgen, so wünsche ich mir die Montage», sagte Kunze sauer. «Woher weißt du das?» fragte Kurz. «Telefonanruf von Lindemaier», erwiderte Wegemann. «Und warum wissen wir davon nichts oder zumindest ich?» «Weil der Anruf am Freitag kam und weil ich danach die Nase voll hatte und nichts mehr hören und sehen wollte und weil heute auch noch ein Tag ist, habe ich gedacht.» «Und was für ein Tag», bestätigte Roswitha und spielte an Wegemanns Aufnahmegerät herum. «Und? Termine?» Kurz wanderte im Raum herum und stellte sich neben den Glaser, den das nicht zu stören schien. «Genauen Zeitplan erfahre ich noch von Lindemaier. Sieht so aus, als ob die es diesmal sehr schnell über die Bühne bringen wollen.» «Aber wir haben so viel am Hals», sagte Kunze klagend, «wir können nicht einfach alles fallen lassen und uns auf die Präsentation für PP stürzen.» «Hast recht, Rolf», bestätigte Wegemann, «aber wir haben keine Alternative. Denk daran, was der PP-Etat für uns bedeutet und was es bedeuten würde, wenn wir den nicht mehr haben.» «Das wäre, wie sagt man, das Ende, wie?» fragte Kunze kläglich. «Exakt», sagte Kurz. Titas Kopf pendelte zwischen den jeweils Redenden hin und her. Wegemann fand es erstaunlich, wie lange sie schon keine unqualifizierte Bemerkung mehr abgegeben hatte. «Also los, Freunde», sagte Kurz und kam zum Schreibtisch zurück, «vergeßt die beschaulichen Acht-Stunden-Tage, richtet euch auf 14 Stunden und sieben Tage pro Woche ein, dann haut das hin.» Er klopfte auf seinen Bauch. «An mir soll es nicht scheitern. Ich habe Reserven. Was man von dir nicht behaupten kann», sagte er und tätschelte Titas brettflache Bauchpartie.

Kaum waren die Kollegen aus dem Büro verschwunden, trieb Wegemann den Glaser zur Eile an. Er wollte endlich in Ruhe telefonieren. Der Mann ließ sich aber nicht hetzen. Mißmutig ging Wegemann in seine Wohnung hinauf und rief von dort aus Holger Lindemaier, den Werbeleiter der Passau-Paderborner, an. Lindemaiers Sekretärin verband ihn sofort weiter.

«Na, lieber Wegemann, Sie machen ja Sachen.» *Du tust viel zu munter, mein Lieber. Bist viel zu freundlich. Aber gut für mich. Dann kriege ich dich leichter dahin, wo ich dich hinhaben will.* Wegemann schilderte die Ereignisse seit dem gestrigen Nachmittag. «Tragisch, tragisch», sagte Lindemaier. Wegemann holte tief Atem. «Nun ist es ja natürlich ein merkwürdiger Zufall, daß uns so was passiert, kurz nachdem Sie uns den Stuhl vor die Tür gestellt haben», sagte er. «Schwarzer Freitag, finsteres Wochenende», erwiderte Lindemaier. Wegemann kam es so vor, als ob seine Stimme lauernd geworden war. *Jetzt muß jedes Wort sitzen, keine Schwachstelle jetzt, knallhart und dabei verbindlich.* «Ja, Herr Lindemaier, leider hatten wir ja noch keine Gelegenheit, über Ihr Schreiben vom Freitag miteinander zu reden. Sie können sich sicher denken, daß wir alle sehr überrascht waren.» «Uns ist dieser Schritt gewiß nicht leichtgefallen», sagte Lindemaier betrübt. «Ich möchte Ihnen dazu jetzt gern folgendes sagen.» Wegemann hielt die Muschel zu und schluckte trocken. Knirschend senkte sich der Adamsapfel.

«Hören Sie?» «Ich höre», sagte Lindemaier tonlos. «Sie wissen, und ich weiß auch, daß das Zusammentreffen von Kündigung und Diebstahl ein außergewöhnlicher Zufall ist.» Wegemann wartete, Lindemaier schwieg. «Durch den Diebstahl des Tresors ist meine Agentur zum Gegenstand öffentlichen Interesses geworden.» Wegemann versuchte ein Lachen. Er fand es kläglich, hoffte jedoch, daß Lindemaier es als optimistische Lebensäußerung empfand. «Die Presse reißt sich regelrecht um uns.» «Aha», sagte Lindemaier nur, Wegemann war für jede Unterbrechung dankbar. Er steckte einen Finger zwischen Hemd und Hals und zerrte daran herum. «Herr Lindemaier, das Folgende sage ich Ihnen ganz sachlich und ohne jeden Hintergedanken. Ich möchte es Ihnen quasi nur zu bedenken geben.» «Nur zu, geben Sie.» *Du Schweinehund. Du kommst nicht aus deiner Ecke heraus. Ich zappele mich hier ab. Aber so seid ihr eben. Und so wäre ich auch gern.*

«Ich finde, es sähe für die interessierte Öffentlichkeit ein wenig, na sagen wir, irritierend aus, wenn bekannt werden würde, daß eine Agentur, die soeben das Opfer eines frechen kriminellen Akts geworden ist, im selben Moment nun auch noch von ihrem Haupt-Brötchengeber den Stuhl vor die Tür gestellt bekommt. Ich glaube, daß so eine Handlungsweise mindestens als wenig sozial angesehen werden würde. Der Passau-Paderborner als mittlerem Versicherungsunternehmen, das im scharfen Wettbewerb steht, könnte eigentlich nicht daran gelegen sein, in den Verdacht einer solchen Handlungsweise zu geraten.» Wegemann schwitzte aus allen Poren. Er lag auf dem Bett, die freie Hand war in das Satin-Bettzeug verkrampft. Lindemaier schwieg beharrlich. «Ich möchte wiederholen, daß mir noch diverse Gespräche mit den Medien ins Haus stehen. Wissen Sie, Herr Lindemaier, um ehrlich zu sein: Am liebsten wäre es mir, wenn ich in diesen Gesprächen nur das Allerbeste über Sie berichten könnte.» *Wenn das deine alte Mutter hören würde, enterben würde sie dich.* «Haben wir uns verstanden, Herr Lindemaier?»

Entzückt hörte Wegemann, wie sich Lindemaier mehrfach räusperte. «Lieber Kollege Wegemann, ich darf doch ‹Kollege› sagen?» *Kling Glöckchen klingelingeling.* «Ich habe Ihren Ausführungen interessiert gelauscht. Ich glaube sagen zu können, daß ich sie inhaltlich nachvollziehen kann – in all ihren Konsequenzen. Sehen Sie, Herr Kollege, auch mein Haus ist natürlich von den traurigen Ereignissen, die Ihnen widerfahren sind, überrascht worden. Damit will ich sagen, daß ich mich selbstredend mit den Herren des Vorstands kurzschließen muß, bevor ich befugt bin, weitreichende Zusagen abzugeben. Aber ich glaube, ich kann hier schon in eigener Verantwortung, hahaha, sagen, daß wir über die Wirksamkeit unseres Schreibens vom Freitag letzter Woche dahingehend verbleiben können, daß die Wirksamkeit des Schreibens nicht in Kraft tritt. Haben Sie mich verstanden?» Wegemann setzte sich auf den Rand des Bettes. «Lieber Herr Lindemaier, das läßt sich hören. Wann meinen Sie, daß wir uns über die Präsentation für den neuen Etat so konkret unterhalten können, daß am Ende des Gesprächs ein verbindlicher Termin steht?» «Sagen wir Freitag?» «Abgemacht», sagte Wegemann, «und noch eine letzte Bitte.» «Ja?» Wegemann hatte das Gefühl, als ob Lindemaier erschöpft war. «Könnten Sie bitte dafür sorgen, daß ich morgen, spätestens übermorgen einen Termin in Ihrer Schadensabteilung bekomme?» «Ja, sind Sie etwa bei uns versichert?» rief Lindemaier verblüfft ins Telefon. «Aber ja, aber doch», entgegnete Wegemann gut gelaunt. «Geht klar. Ich geb's weiter. Die melden sich.» «Danke, Herr Lindemaier, danke.» «Bitte», sagte Lindemaier. Es klang nicht gut gelaunt.

Wegemann blieb einige Minuten auf dem Bett liegen. Mit hinter dem Kopf verschränkten Armen starrte er gegen die Stuckdecke. Er spürte, wie ihn eine große Zuversicht durchfloß. Er fühlte sich kräftig, klug und mutig.

«Mensch, Geifrig, das wär doch was», rief Jo Puttel und schwang sich von der Fensterbank im Büro. Sie ging zum Wasserautomaten und hielt einen Pappbecher unter den Hahn. «Das ist doch ein kleiner Fuzzi, unbedeutendes Licht, was kümmert uns so einer», sagte Geifrig uninteressiert. Jo kam mit dem Becher zurück, sie stellte sich vor Manfred Zahn, den Ressortchef Lokales der *Allgemeinen*. Jo holte tief Atem. «Wegemann als Paradebeispiel für einen jungen Unternehmer, der weiß, was er will. Stichworte: aktiv, Zivilcourage, Glück in beide Hände nehmen oder, nee, nicht Glück, wie heißt das: Schicksal, genau. Risiko eingehen, nicht auf den Staat warten, keine Beamtenmentalität, Sprung ins kalte Wasser, Mut gerade in schwierigen wirtschaftlichen Zeiten. Privater Unternehmer eben. Die modernen Hans im Glücks. Die Leute mit Visionen, Platz an der Sonne, weg vom Versorgungsgedanken, ihr wißt schon, was ich meine.» Jo war in Fahrt geraten. «Und dann bauen wir den Wegemann auf, daß es nur so rauscht. Das wollen die Leute doch lesen: Schicksale aus ihrer Nachbarschaft und eben nicht so piefig und langweilig wie ihr eigenes Leben, aber doch viel dichter dran als diese ewigen Fürstenhäuser und Sorayas. Das ist Journalismus.» Jos Kollege Geifrig wiegte den Kopf. Ressortchef Manfred Zahn trank Metaxa. Jo spürte, daß die Entscheidung unmittelbar bevorstand. Sie legte sicherheitshalber Kohlen nach. «Also, ich denke mir den Wegemann praktisch als Pilotfall. Da gucken wir, ob das trägt. Und wenn es bei den Lesern ankommt, können wir blitzschnell eine Serie draus machen: ‹Leute mit Ideen.› Mensch, Männer, eine Serie.» Bei diesem Wort verzogen sich die aufgeschwemmten Gesichter der altgedienten Journalisten zu Grimassen. *Jetzt werden die Kerle spitz wie*

Nachbars Lumpi. Zahn steigerte das Grimassieren. *Jetzt lacht er, jetzt ist er kirre.* Geifrig forschte angestrengt in Zahns Gesicht, um nicht den Anschluß an den Zug der Zeit zu verpassen. Schließlich lachten beide Männer, Jo fiel in die allgemeine Fröhlichkeit ein. Doch sie war noch nicht lange genug im Geschäft. Ihr Lachen mußte auf einen Außenstehenden wirken, als ob sie lachte.

Also, man könnte es zur Bank tragen und einen schönen Zinssatz raushandeln. Nach außen hin alles beim alten lassen. Ausgeben und sich eine dicke Scheibe vom Leben abschneiden. Marianne ist gar nicht so übel. Ich glaube, ich haue gemeinsam mit ihr auf den Putz. Und wenn sie dir verbietet, etwas vom Leben zu haben? Weiß man, wie Frauen funktionieren? «Ja, was ist denn?» fuhr Borbet den Hausboten an. Der Bote stand plötzlich neben seinem Schreibtisch. «Der Ausdruck», sagte der Bote beleidigt. Er gehörte zu den sieben Prozent Behinderten, die die Passau-Paderborner beschäftigte. Seit einem Motorradunfall zog der Mann ein Bein nach. Niemand konnte sich mehr erinnern, warum er mit diesem Handikap gerade als Bote arbeitete, der viel zu Fuß unterwegs sein mußte. «Grauenvoll, so ein langer Lappen», moserte Borbet und ließ den gefalteten Computerbogen neben dem Schreibtisch zu ganzer Länge aufklappen. «Ist das alles?» fragte der Bote und hob mit spöttischem Gesicht einen einzigen Umschlag aus Borbets Postausgangskorb. «Zieh bloß Leine», zischte Borbet. Der Bote erschrak und griff in die Innentasche seiner Jacke. «Laß stecken», sagte Borbet gönnerhaft, «ich tu dir nichts, also brauchst du mir auch nicht zu beweisen, daß du behindert bist.» *Ach, tut das gut, wenn man einen hat, der unter einem steht. Chef sein muß schön sein. Verliebt sein auch.* Sich auf den linken Arm stützend, versank Borbet in Hildegards Augen. Ihr Kontakt wurde durch den Boten zerschnitten, der, wie es seine Art war, ohne nach rechts oder links zu blicken, quer durch die Abteilung latschte. «Hier, fang», lachte Belmondo und warf dem Boten zwei Mappen zu. Der Bote wich den Mappen geschickt aus und sah zu, wie sie unter Erna Degenhardts Schreibtisch rutschten. «Mach ich schon», sagte Belmondo eifrig und federte hoch. Erna Degenhardt zog unwillkürlich den Rock bis zum Fußknöchel herunter. «Laß man», sagte Borbet und erhob sich ebenfalls, «da muß ein reifer Mann ran.» Freudig berührt sah Borbet, wie Erna ihn anstrahlte.

«Ich mach uns jetzt einen Kaffee.» Sie stand auf und ging zur Kaffeemaschine. Borbet hielt seine Nase über den dampfenden Sud. «Herrlich. Das versöhnt einen mit der Arbeit, jedenfalls kurzfristig.» Erna guckte ihn prüfend an. Heimlich wägte sie ab, ob jetzt der richtige Moment war, den Kollegen mit der Einladung für die Versammlung der Gewerkschaftsgruppe zu kommen. «Aber sonst ist es ja nicht so toll», brachte sie versuchsweise vor. «Wieso?» fragte Borbet. «Na, wegen der Einführung der Datensichtgeräte.» «Ach, kommen die modernen kleinen Arbeitserleichterer endlich?» rief Belmondo dazwischen. «Belmondo, wenn es so was wie dich im Tierreich gäbe, wäre es ein Mistkäfer», sagte Borbet nicht einmal besonders unfreundlich. Er genoß den dankbaren Blick Ernas. «Was ist mit den Geräten?» fragte er, als er mit der Tasse zu seinem Platz zurückging und dabei für seine Verhältnisse eine unterdurchschnittliche Menge überpladderte. «Der Bernd aus dem Betriebsrat hat mir letzte Woche erzählt, daß die Geschäftsleitung vorhat, in diesem Quartal noch in zwei weiteren Abteilungen Datensichtgeräte aufzustellen. Du weißt, was das heißt?» fragte Erna. Borbet blickte sie an. *Erna, du bist eine Seele von Mensch. Aber ich habe im Moment wirklich andere Sorgen*. «Das heißt», sagte Erna, «daß die Sachbearbeiterplätze auf Datensichtgeräte umgestellt werden. Du bist Sachbearbeiter, Heinz.» *Noch, Erna, noch. Da reicht deine HBV-Phantasie ja nicht hin, wo ich in Kürze sein werde. Sagt dir der Name Bahamas was? Sylt? Seychellen? Feuerland? Quatsch, wie kommst du auf Feuerland, Norderney, Hallig Hooge, Helgoland. Ogottogott, Heinz, du mußt noch viel lernen.* «Erna, können wir uns nicht ein andermal darüber unterhalten? Ich habe im Moment wirklich andere Sorgen.» «Sie sind demotiviert», rief Belmondo. «Ich bin was?» «Demotiviert.» «Ach, sieh mal an», sagte Borbet. Als er in Ernas trauriges Gesicht blickte, fühlte er sich zu einem erklärenden Satz aufgerufen. «Guck mal, Erna, die Routine bleibt uns doch erhalten. Ob ich nun ein Formular ausfülle oder den Vorgang in so ein Gerät reintippe, das ist auch nicht viel trostloser.» Erna blickte ihn erbost an. «Sag mal, Heinz, bist du so naiv oder tust du nur so?» «Kollege Beule tut nie so als ob. Kollege Beule steht hinter allem, was er tut», hetzte Belmondo. «Sagen Sie, Hildegard», wandte sich Borbet an Hildegard, «was gibt es für Kollegenmißhandlung im Affekt?» Hildegard blickte ihn nachdenklich an. «Im

Normalfall die fristlose Kündigung. Wenn ich mir allerdings den Kollegen Rettich angucke, dann weiß ich nicht ...» Belmondo trollte sich in die Abteilung Schaden Sach, von wo nach dreißig Sekunden albernes Mädchen-Gekicher herüberdrang.

Erna nahm einen letzten Anlauf. «Heinz, so ein Flimmerkasten, das ist eine ganz andere Qualität. Da bist du jederzeit kontrollierbar. Damit wirst du dann auch austauschbar. Von den Berichten der Kollegen aus den anderen Abteilungen wissen wir ja, daß die Arbeitsbelastung nach einer gewissen Zeit hochgeschraubt wird.» «Na ja, na ja», sagte Borbet gedehnt. «Heute abend treffen sich die Kollegen im Gewerkschaftshaus. Da erzählt einer von der HBV, was Datensichtgeräte praktisch bedeuten und wie wir uns dagegen wehren können.» Belmondo kam zurück, trat vor Ernas Schreibtisch und tippte sie auf die Nase. «Erna, Datensichtgeräte erleichtern das Leben. Habe ich erst vor kurzem wieder gelesen. Außerdem –» er drehte sich zu Borbet um und grinste ihn dermaßen kumpelhaft an, daß Borbet sicherheitshalber nicht in das Grinsen einfiel – «außerdem machen wir Herren der Schöpfung aus den Dingern einfach ‹Damensichtgeräte›. Volles Programm auf allen Kanälen, Zeitlupe, Standbild, vor allem Standbild.» Belmondo geriet völlig aus dem Häuschen und keckerte vor Lachen. Erna war empört. «Sie sind ein ungezogener junger Schnösel.» Belmondo flippte völlig aus. «Soll ich den Notarzt rufen?» erkundigte sich Borbet eisig. Erna blickte sich hilflos um. «Kommst du heute abend, Heinz?» «Ich? O nein, rechne lieber nicht mit mir. Ich habe gerade unheimlich viel um die Ohren.» Erna blickte zu Hildegard Klingebiel. «Und Sie, Frau Klingebiel, was sagen denn Sie dazu?» Hildegard straffte sich: «Wie Sie wissen, fand in der letzten Woche eine Gruppenleitersitzung statt. Dort hat uns ein Herr von der Geschäftsleitung noch einmal ausdrücklich bestätigt, daß durch die neuen Anschlüsse keinerlei Nachteile entstehen werden. Für niemanden. Es besteht also kein Grund zu falscher Aufregung.» Erna sah sie zweifelnd an.

Nach dem Mittagessen ging Wegemann in seine Wohnung und suchte nach Fotografien von der Brosche. Zwei wählte er aus. Es gab noch mehr, doch auf den anderen waren die Hand und ein Arm von Britta zu sehen, auf einem sogar ihr Gesicht. Danach fuhr Wegemann in die Redaktion der *Allgemeinen*. Er traf Jo Puttel in einem Telefonat mit irgendeiner Pressestelle an. Während sie sprach, legte ihr Wegemann die beiden Fotos auf den Tisch. Sie strahlte ihn an. *Eindeutig nicht so schön wie Mona. Vielleicht ist sie dafür weniger aufgedreht und hektisch. Handlich. Bißchen wenig Busen, halbe Handvoll, na ja. Gesicht gut, energisch, aber nicht fanatisch, helle. Ein ganz anderer Mensch als Mona.* Jo beendete das Telefonat. «Wollen wir es hier erledigen oder runter in die Kneipe gehen?» Die Redaktionsräume lagen in einer der zahlreichen Passagen, die in den letzten Jahren in der Innenstadt entstanden waren. Wegemann sah auf seine Uhr. «Angesichts der vielen Arbeit, die ich heute nachmittag noch habe, schlage ich etwas anderes vor. Ich lade Sie heute abend zum Essen ein. 20 Uhr 30. Ich hole Sie ab.» Puttel fand den Vorschlag sehr gut, außerdem hatte sie Frühschicht, war also am Abend *free lance*. Sie nannte ihre Adresse und bestand darauf, daß sie sich ab sofort duzten. Jo holte zwei Dosen Cola aus einem Kühlschrank am anderen Ende des Großraumbüros. Wegemann hielt die Dose zur Seite und zog den Verschluß ab. Beim Öffnen von Dosen beschlich ihn stets eine kleine Angst. «Also, aus dem Tresor machen wir eine ganz dicke Geschichte. Was hältst du davon, wenn wir dich ein bißchen pushen? Junger, aufstrebender Unternehmer, Privatinitiative, Mut zum Risiko, kommt dir das bekannt vor?» Sie guckte ihn erwartungsvoll an. «Doch, ja, kenne ich. So was liest man wieder häufiger in der letzten Zeit.» «Ich meine, erkennst du dich darin wieder?» Wegemann lächelte. Jo schien enttäuscht zu sein. «Ich frage dich jetzt ein bißchen was, und daraus machen wir für morgen die Lebensgeschichte des Götz W.» «Aber warum? So wichtig bin ich doch nicht.» «Du bist typisch. Und wenn das gut wird mit dir –» Jo machte eine kurze Pause – «dann habe ich endlich eine große Geschichte im Blatt.» «Ach so», Wegemann grinste, «warum sagst du das nicht gleich? Eine Hand wäscht die andere.» «Verstanden», lächelte Jo. «Das kenne ich», lächelte Wegemann, «darunter kann ich mir was vorstellen.» In der folgenden Dreiviertelstunde erzählte er Jo einiges aus seinem Leben und sehr viel ausführlicher den beruflichen Werdegang des Götz W., 38. Mittelmäßige Karriere in zwei Werbeagenturen, vor vier Jahren unter Mitnahme eines saftigen Werbeetats und seines Freundes Rainer Kurz den Sprung in die Selbständigkeit gewagt. Durststrecke, Frustration, Depressionen, Siebzig-Stunden-Woche, Scheidung, kurz vor dem Aufgeben, Zähne zusammenbeißen, den Teil-Etat der Passau-Paderborner ergattert, dazu gut dotierte kleinere Etats, Umzug vom Universitätsviertel ins gediegene Harvestehude, Landhaus, gutes Auto, Luft zum Atmen. «Ich hatte das Gefühl, daß ich es geschafft habe.» Jo war entzückt. Als sie gerade begeistert eine Frage stellen wollte, klingelte das Telefon. Wegemann hatte Gelegenheit nachzudenken. *Ist das nun gut für dich oder gefährlich? Mensch, du kommst in die Zeitung, mit Bild und allen Schikanen. Da wird Britta sich ärgern, das ist schon mal gut. Und Lindemaier, dem ist der Fluchtweg endgültig abgeschnitten. Fürs Geschäft ist es phantastisch, wenn die Agentur Publicity kriegt.* Jo legte den Hörer auf und nahm ihn sofort wieder ab. Wegemann einen spitzbübischen Blick zuwerfend, wählte sie eine Nummer und stieß, während sie wartete, immer wieder den Bleistift mit der stumpfen Seite auf die Tischplatte. «Einen schönen guten Tag, Herr Fleischhauer, hier ist Jo Puttel, *Allgemeine*.» «O nein, das nicht auch noch», stöhnte Fleischhauer und warf die Fotos auf den Tisch. «Warum so deprimiert? Wie geht es mit den Ermittlungen in Sachen roter Tresor? Eine heiße Spur am Wickel?» Fleischhauer überlegte, ob er die Gabel drücken und später eine technische Panne vorgeben sollte. «Die Ermittlungen laufen auf vollen Touren, wie Sie sich sicher denken können. Wir verfolgen diverse Spuren.» «In welchem Personenkreis vermuten Sie denn die Täter? Neidische Konkurrenz oder ordinäre Muskelpakete, oder gibt es Verbindungen zu ähnlich gelagerten Fällen?» «Liebe Frau Puttel . . .» «Sagen Sie doch Jo zu mir.» «Liebe Frau Jo, es sind noch keine 24 Stunden vergangen. Lassen Sie uns die Zeit, die wir brauchen. Sie wissen genau, daß ich keiner bin, der vor der Presse abblockt. Wenn wir etwas wissen, werden wir es nicht als geheime Verschlußsache behandeln.» «So, na ja, na gut, belassen wir es dabei. Ich bin morgen früh wieder in der Leitung, spätestens. Einverstanden?» Fleischhauer seufzte und legte auf.

Er guckte auf die Bilder, die vor zehn Minuten reingekommen waren. Sorgfältig breitete er sie vor sich aus und winkte seinem Assistenten Golze zu, der wartend an der Tür stand. Gemeinsam betrachteten die Männer zwanzig Bilder, die der Fotograf gestern im Büro der Werbeagentur geschossen hatte. Fünf von ihnen waren dermaßen falsch belichtet, daß sie schon fast künstlerische Qualität besaßen. Einen Eindruck vom Tatort vermittelten sie nicht. Drei Viertel der Bilder zeichneten sich neben ihrer rechteckigen Form durch eine weitere Gemeinsamkeit aus: Auf allen Aufnahmen lächelte das Fotomodell Mona Leisler reizvoll in die Kamera. Dabei verdeckte sie alles, was für einen ermittelnden Kriminalbeamten von Interesse war. Fleischhauer wies mit dem Kopf auf das Telefon. «Holen Sie mir mal diese Flasche her.» Der Assistent wählte eine Nummer, wartete und sagte: «Bluhm soll zum Chef kommen, und zwar im Sauseschritt.» Der Assistent legte auf. Fleischhauer sagte: «Sie gehen besser solange vor die Tür.» Golze nickte ernst, verließ den Raum und setzte sich auf eine der Bänke im Flur. Nach wenigen Sekunden kam Bluhm um die Flurecke gehetzt. Er hatte eine Kamera vor der Brust hängen, winkte dem Assistenten zu und stürmte ins Büro. Drinnen blieb alles ruhig.

Wir wollen unser Verständnis nicht verleugnen, Herr Fleischhauer. Dennoch war das soeben ein blitzsauberer § 340 StGB (Körperverletzung im Amt), das wollen Sie ja wohl nicht bestreiten. Deshalb verzichten wir im folgenden auf spitzfindige juristische Aufrechnerei.

Golze betrachtete ein Fahndungsplakat. Die Tür öffnete sich. Mit schleppendem Schritt kam Bluhm aus dem Raum. Die Kamera hing nicht mehr vor der Brust, sondern auf dem Rücken. Von Bluhms immer sehr peniblem Scheitel war nichts mehr übriggeblieben.

«Also Kollegen, unser Laden ist in diesen Tagen ein Gegenstand öffentlichen Interesses. Deshalb haben wir nicht die schlechtesten Karten, auch im nächsten Jahr im Bett der Passau-Paderborner zu liegen. Das heißt aber nicht, daß wir die Beine auf den Tisch legen können.» Götz Wegemann stieß sich vom Fensterbrett ab und wanderte durch den Arbeitsraum von Rainer Kurz, in dem alle versammelt waren. «Rainer wird uns jetzt seine Idee verklaren.» Kurz strahlte die Vorfreude aus dem pausbäckigen Gesicht.

«Ich hatte die Idee ja schon vor längerer Zeit, aber da wollte sie niemand hören. So kann es einem gehen, wenn man der Zeit voraus ist.» Er stellte sich vor die Schiefertafel, die er vor zwei Jahren in einer

Schule an der Niederelbe abmontiert hatte. «Liebe Kollegen und Tita, die Grundidee ist folgende: Alle Erfahrungen der letzten Jahre zeigen, daß eine Kampagne größere Aussicht auf Erfolg hat, wenn man sie über den Treibriemen einer Identifikationsperson oder eines Sympathieträgers laufen läßt. Stichwort: Tiere und Babies.» «Also dürftest du nie bei so was mitmachen», rief Tita und kam vor Lachen fast um. «Die Passau-Paderborner ist eine Versicherung. Versicherungen verkaufen Sicherheit, Zukunft und Schutz vor Schicksalsschlägen. Ich denke mir nun: Wir müssen eine Familie finden, die ihr Leben quasi öffentlich macht und es der Passau-Paderborner zur Ausschlachtung zur Verfügung stellt. Dann können wir über einen Zeitraum von Monaten diese Familie in ihrem Alltag vorstellen und hätten die Gewähr, daß 90 Prozent aller Leute, die wir über die Medien erreichen, die Sorgen und Nöte unserer Paradefamilie interessiert und neugierig verfolgen, weil sie diese Probleme von sich selbst kennen.» Kurz holte sich zustimmendes Nicken ab. «Ich denke also, daß wir eine Checkliste von möglichen Situationen und Kommunikationen in unserer Familie erstellen und mit Bild und Text zur Stelle sind, wenn sie sich über Pipapo unterhalten, also sagen wir mal private Krankenversicherungen, der Sohnemann donnert den Ball in die Scheibe, oder Töchterchen wird konfirmiert, kriegt die gleichnamige Versicherung ausgezahlt. Oder daß man mit Beleihen von Lebensversicherungen billiger bauen kann als mit Bausparverträgen. Habe ich mich deutlich genug ausgedrückt? Wir bauen eine Familie zur Identifikationsfamilie auf. Und der hängen wir das Sicherheitspaket der Passau-Paderborner um den Hals.» Roswitha klatschte Beifall. Rolf Kunze öffnete eine Dose Bier und reichte sie Kurz. Kurz trank die Dose aus und stellte sich wieder vor die Tafel. Mit schnellen Strichen skizzierte er das Bild einer vierköpfigen Familie, die um einen Tisch sitzt und Abendbrot ißt. «So könnten sie aussehen. Und so könnte man in den Anzeigenraum ihre Unterhaltung und die Passau-Paderborn-Lösungen reinstellen», begleitete Kurz seine Striche. «Die Frage ist nur», warf Wegemann ein, «ob es solche durchschnittlichen Familien tatsächlich gibt oder ob wir sie uns basteln müssen.» «Die gibt es», ereiferte sich Kurz, «aber original. Ich kann dich mal zu meiner Schwester mitnehmen, da fallen dir die Eckzähne aus.» «Oder meine Eltern», schnatterte Tita. «Nicht nötig», sagte Kunze, «wir kennen ja dich.» Kurz scribbelte einige Sprechblasen an die Tafel. «Zum Beispiel könnte der Vater gerade zur Tochter sagen, wenn die Tochter, sagen wir mal, so fünfzehn, sechzehn ist, also die große Schwester von Tita, dann sagt der Vater zur Tochter...»

«... meine liebe Jutta, wenn du deinen Oberkörper aus dem Teller nehmen würdest, könnte ich richtig mit Appetit meine Suppe essen.» Jutta rührte in dem sämigen Brei herum. «Grießbrei ist sehr erfrischend, wenn es draußen heiß ist», stellte Marianne klar. «Ich muß übrigens nachher noch mal weg», sagte Borbet leichthin. «Vati geht weg, das ist ja ein Ding.» Borbet ignorierte seine Tochter und wappnete sich gegen die todsicher kommende Frage von Marianne. «Wo willst du denn hin?» «Ich will nicht, ich muß. Die Gewerkschaft macht eine Informationsveranstaltung über EDV. Das kommt vielleicht irgendwann auch mal auf uns zu. Da muß man ja wissen, was einem ins Haus steht.» «Schade», sagte Marianne betrübt, «aber ist ja klar, da mußt du wohl hin. Kommst du hinterher gleich zurück?» «Komm ich. Und deshalb gehe ich jetzt auch gleich los.» Borbet stand auf, drückte seiner Frau einen Kuß auf die Wange, stand unschlüssig neben Jutta und quetschte ein bißchen an ihrer Schultermuskulatur herum. Dann ging er pinkeln und verließ die Wohnung. Aus dem Keller holte er zwei weiß-rot gestreifte Verkehrshütchen (Pylone) und eine Decke. Im Wagen lag für die sporadischen Picknicks eine zweite Decke. Er setzte den Audi aus der Parklücke, stieg aus und stellte die Verkehrshütchen auf den freigewordenen Platz. *Dauert garantiert noch zwei Stunden, bis es dämmrig wird. Aber in der Woche sind nicht so viele in der Kolonie.*

Auf der Fahrt zur Kolonie fiel langsam ein klammes Gefühl von Borbet ab. Langsam gewannen Zuversicht und Optimismus Platz. Er parkte den Wagen in einiger Entfernung und ging in seinen Garten. Vorsichtig guckte er über die Ligusterhecke von Behles. Das vietnamesische Adoptivkind stellte gerade dem schwächeren der zwei echten Behle-Kinder ein Bein. Das Kind stürzte und plärrte los. Irgendwie befriedigt ging Borbet weiter. Willi Rose spielte vor seiner Laube Pfeilwerfen und hörte dazu Abba-Musik. In einer stillen Minute hatte Borbet seiner Frau gestanden, daß ihm der vierundsiebzigjährige Willi sehr imponierte. Heinz Borbet holte sich einen Stuhl aus dem Schuppen *du mußt aufräumen* und setzte sich. *Ruhig, du hast Zeit, die gehen schon. Dir läuft nichts weg.* Borbet schloß die Augen, er schlief fast ein. Genüßlich lauschte er dem Gebrüll von Vater Behle, der seine Brut einsammelte. Von Rose drohte keine Gefahr. Das warf ihm der Vereinsvorstand ja gerade vor, daß er sich einen Dreck um das Geschehen in der Kolonie kümmerte. Außerdem war es bald 20 Uhr. Dann verzog sich Willi in seine Laube, und die wenigen Kleingärtner, die um diese Stunde noch da waren, sahen, wie sich die vier Meter hohe Antenne auf der Laube drehte. Willi besaß einen Rotor, mit dem er die Antenne ausrichten konnte. «Ostzone haut dir sonst immer wieder raus», war Willis Hauptsorge.

Plötzlich kam Borbet zum Bewußtsein, daß es völlig still war. Er stand auf und ging in die Laube. Ohne Eile zog er sich um. Im Trainingsanzug schaufelte er danach den Tresor frei. Er schaffte es, die Schubkarre aus dem Schuppen zu ziehen, ohne daß weitere Geräte umstürzten. Es fiel ihm genauso schwer, den Stahlschrank auf die Karre zu befördern, wie beim erstenmal. Nach zehn Minuten hatte er es geschafft. Borbet breitete die Decke darüber und fuhr den Tresor zum Eingang der Kolonie. Vor Bernburgers Parzelle schrak er zusammen. Borbet glaubte, einen kurzen Lichtschein in der Laube gesehen zu haben. Von Marianne kannte er das Gerücht, daß Bernburgers achtzehnjähriger Sohn Ulf, den sonst keine Macht der Welt in den Garten zu bringen vermochte, nach Einbruch der Dunkelheit seine sexuellen Fertigkeiten auf Vaters altem Eisenbett perfektionierte. Borbet kicherte. *Wenn das stimmt, dann ist der Lümmel jetzt jedenfalls beschäftigt.* Er stellte die Karre am Tor ab, eilte zum Wagen und rangierte ihn mit dem Heck vor das Tor. Er klappte die Kofferraumhaube auf und rollte den Tresor so dicht wie möglich heran. Borbet holte tief Luft und kippte den Tresor in den Kofferraum. Dabei kratzte er eine lange

§ 18 Wohnen im Kleingarten

Dauerbewohnen der Laube ist unzulässig, Übernachten während der Sommermonate ist erlaubt.

Aus: Satzung des Landesbunds der Gartenfreunde e.V.

◆

«*Einfach frech*, meine Damen und Herren, ist eine Unterhaltungssendung, in der genau das passiert, was Sie nicht für möglich halten, aber vielleicht gern selbst tun würden. Haben Sie nicht auch schon einmal etwas Ähnliches erlebt?» Der Moderator zeigt auf einen Monitor, kurz darauf wird eine Szene eingeblendet: Eine Frau auf einem Fahrrad, beladen mit Einkaufstaschen, wird von einem rücksichtslosen Autofahrer an den Fahrbahnrand gedrängt. Sie muß abspringen, um nicht hinzufallen. «Einfach frech», das Gesicht des Moderators ist wieder da, «aber passen Sie auf, was jetzt passiert.» Die Frau steigt auf ihr Rad und holt den an der nächsten Verkehrsampel haltenden Verkehrsrowdy ein. Sie hält neben dem Wagen, lächelt den Fahrer an und nimmt ihrem im Kindersitz sitzenden Sohn den angebissenen Negerkuß aus der Hand, klatscht ihn auf die Windschutzscheibe und verteilt dort die klebrige Masse gleichmäßig. Dann steigt sie auf ihr Rad, drückt dem staunenden Sohn einen neuen Negerkuß in die Hand und radelt davon. Der Autofahrer steigt aus und kratzt sich am Kopf. Aus einem imaginären Zuschauerraum sind Lachen und Applaus zu vernehmen. «Der wird lange keine Mohrenköpfe essen, meine Damen und Herren! Das ist ‹einfach frech›. Sieben Erlebnisse dieser Art haben wir in den nächsten 45 Minuten für Sie vorbereitet. Aber hier ist erst einmal Frau Elsa Schneider, die Frau mit dem Negerkuß. Applaus für Frau Elsa Schneider!»

◆

Schramme in den Lack. Im Eilschritt brachte er die Karre in den Schuppen zurück. Auf dem Rückweg blieb er vor Bernburgers Parzelle stehen. Borbet war sicher, daß es ein unterdrücktes Kichern war, was er da flüchtig gehört hatte.

Er befand sich zwei Häuserblocks vor seiner Wohnung, als ihn die panische Angst überfiel, er könnte Marianne im Hausflur begegnen. Wehmütig dachte Borbet an seine beige Flanellhose und sein Baumwollhemd. Beide lagen in der Laube. Die Verkehrshütchen standen noch dort, wo Borbet sie hingestellt hatte. Es sah lächerlich aus, weil rechts und links von ihnen kein Auto stand. Borbet parkte, und stieg aus. Er war so angespannt, daß er den automatischen Blick zum Wohnzimmerfenster von Elfriede Frenzel vergaß. So sah er nicht, daß ihr auch heute die Ankunft eines Hausbewohners keineswegs entging. Frau Frenzel saß in ihrem Lieblingssessel. Sie hatte ihn schräg in die Zimmerecke gestellt, so daß sie zu einem Blick auf den laufenden Fernsehapparat und zu einem Blick aus dem Fenster auf den Bürgersteig vor dem Haus den Kopf kaum bewegen mußte.

Im Fernsehen lief eine Unterhaltungs-Show mit dem Titel «Einfach frech».

Vor dem Fenster lief Borbet schnell ins Haus. Er eilte in den Keller, schnappte sich die Sackkarre und lief zum Wagen. Mit eingezogenem Kopf sicherte er nach beiden Seiten ab. Das kratzende Geräusch, mit dem der Tresor den Autolack zerschrammte, tat ihm in der Seele weh. So schnell wie möglich zog Borbet Karre samt Tresor über den Bürgersteig ins Haus. Stufe für Stufe ließ er sie die Kellertreppe herunter. Er wuchtete den Tresor gegen eine Längswand des schlauchförmigen Kellerraums. Mühsam tarnte er ihn mit der Decke und mit zwei leeren Bierkästen, die er vor dem Tresor aufstapelte. Borbet betrachtete sein Werk von allen Seiten und stellte sicherheitshalber den Werkzeugkasten auf den Tresor. Dann war er zufrieden. *Geschafft. Jetzt ist alles geschafft. Du brauchst keine Angst mehr zu haben. Dir kann keiner mehr. Ab jetzt geht es andersherum.*

Frohgemut kam Borbet aus dem Kellerraum und lief gegen Elfriede Frenzel. «Huch, Sie schlimmer Mensch», schrie die alte Frau mit ihrer rauhen und lauten Stimme.

Borbets Herz machte einen Sprung. «Aber Frau Frenzel, haben Sie sich weh getan?» fragte er.

Frau Frenzel hielt einen Mülleimer in der Hand. Er war knapp halbgefüllt. *Selbst wenn du den Kopf unterm Arm tragen würdest, vor lauter Neugier würdest du keinen Schmerz spüren.* Haßerfüllt sah Borbet sie an. Frau Frenzel hielt ihm den Eimer entgegen und sagte zu allem Überfluß noch: «Müll.»

«Ah, Müll», erwiderte Borbet. Dann kam Frau Frenzel zum Thema. «Na, noch so spät unterwegs? Ich habe Sie zufällig aus meinem Fenster gesehen, wie Sie das in den Keller gebracht haben.»

Das Wort «das» sprach sie sehr betont aus. In Borbets Kopf ging es hoch her. Vertraulich näherte er seinen Kopf einem Ohr von Frau Frenzel. «Was ich Ihnen jetzt verrate, muß unter allen Umständen unter uns bleiben. Versprechen Sie mir das?» Frau Frenzel nickte begeistert.

«Es ist nämlich wegen meiner Frau. Sie hat ja bald Geburtstag, und ich will ihr eine ganz besondere Überraschung bereiten, verstehen Sie?»

«Aber Herr Borbet, das ist ja entzückend. Natürlich verstehe ich das. Und natürlich halte ich dicht. Sie wissen doch, ich kann schweigen. Wie ein Sarg», sagte sie verschwörerisch und lachte dazu. *Alte Giftnudel.* Borbet zwang sich zu einem Lächeln und eilte in den ersten Stock.

Noch nie war er so froh gewesen, daß er Wohnungsschlüssel und Autoschlüssel an einem Bund mit sich trug. Sonst wäre die Blamage perfekt gewesen. Borbet lauschte an der Tür. Jemand redete. Vorsichtig drückte er sich in die Wohnung. Marianne saß im Wohnzimmer und telefonierte. Der Fernsehapparat lief mit abgestelltem Ton.

Borbet schlich ins Schlafzimmer, zog den Trainingsanzug aus und versteckte ihn in der karierten Reisetasche, die sie seit dem Bornholm-Urlaub Ende der siebziger Jahre nicht mehr benutzt hatten. Im Schrank suchte er nach Hemd und Hose, die große Ähnlichkeit mit den Sachen in der Laube besaßen. Danach ging er ins Badezimmer, schloß ab und setzte sich auf den Wannenrand. Schlagartig fiel die Anspannung von ihm ab. Borbet fühlte sich zerschlagen und müde. Er blickte kurz in den Spiegel und ließ sich im Wohnzimmer sehen. Marianne guckte erstaunt und winkte ihm freundlich zu.

Borbet ging in die Küche und holte den Kräuterlikör aus dem Kühlschrank. Hastig suchte er sein gesamtes Wissen über Datensichtgeräte zusammen, um Mariannes Fragen beantworten zu können. Ihm wurde bewußt, daß er überhaupt keine Ahnung hatte. Borbet wollte ihr erzählen, daß die Versammlung kurzfristig ausgefallen war und er mit einigen Kollegen die günstige Gelegenheit zu einem Bier oder auch zwei bzw. drei genutzt hatte. Dagegen hatte Marianne nichts, das wußte Borbet. Er rückte neben sie, faßte sie dahin und dorthin und setzte dabei einen Blick auf, bei dem sie sich den Rest auf Grund zahlreicher Ehejahre selbst zusammenreimen konnte.

«Espresso?» Jo Puttel nickte. Götz Wegemann bestellte zwei Espresso. Jo nahm das Weinglas in beide Hände und stützte die Ellbogen auf den Tisch. Versonnen sah sie über den Rand des Glases hinweg Wegemann an. Der guckte nachdenklich. *Wenn sie im Bett genauso wie die Feuerwehr abgeht, wie sie auf diese Serie scharf ist, sollte man sich das Erlebnis wohl gönnen. Aber laß dich nicht von Äußerlichkeiten täuschen. Britta war auch immer putzmunter. Aber kaum hast du mehr als zwei Hemdknöpfe aufgehabt, mußte sie dringend sofort einschlafen und durfte keinem Härtetest mehr unterworfen werden.* Die Anspannung des Tages fiel von ihm ab, Wegemann wurde sehr müde. Die zweite Flasche Barolo gab ihm den Rest.

Jo und Wegemann saßen in einem der bestbeleumdeten Lokale der Stadt. Jo geriet ins Schwärmen: «Eigentlich haben wir es doch gut. Wir wissen, was die Millionen armseligen Büromäuse und Fabrikexistenzen sich gerne reinziehen und bieten es ihnen jeden Tag aufs neue für ein paar lumpige Groschen.» Wegemann erzählte von der neuen Kampagne, auf die sie sich am Nachmittag in der Agentur verständigt hatten. Jo, die zu Wegemanns Überraschung plötzlich anfing, Menthol-Zigaretten zu rauchen, fand die Idee sehr vielversprechend. «So was ist bestimmt ein voller Ankommer. Was interessiert die Leute denn? Entweder Berichte aus dem Schlafzimmer oder aus der großen weiten Welt, von der sie nur träumen können.» «Es ist ja auch wirklich erschütternd, mit wie wenig die meisten zufrieden sind. Die müßten doch irgendwann mal mitkriegen, was die Welt eigentlich zu bieten hat. Warum holen die sich nicht ein paar Krümel davon?» Jo stellte die Theorie auf, daß eine Boulevardzeitung wie ein Katalog der schönen und schrecklichen Seiten des Lebens war. «Unsere Zeitung fordert die Leser doch im Grunde auf, sich zu bedienen. Oder zu verabscheuen.» «Die sind eben amputiert», brummte Wegemann, er kam sich sehr privilegiert vor und fühlte sich gut. Auch Jo vergaß den Ärger mit ihren diversen Liebschaften der letzten Monate. Sie badete in der Aussicht auf die Lobeshymnen, die ihr in den nächsten Tagen von Kollegen zuteil werden würden. Sie nahm sich vor, ihr Telefon so oft wie möglich freizuhalten. Wegemann ging in Gedanken alle Bestandteile seines derzeitigen Lebensstandards durch. An jedem einzelnen Punkt prüfte er nach, ob er sich vorstellen konnte, auf ihn zu verzichten. Befriedigt stellte er fest, daß er genauso lebte, wie er leben mußte, um sich wohl zu fühlen. Er fand es ein wenig langatmig, als Jo über ihr Elternhaus, Sozialisation und Loslösungsprobleme heranwachsender Töchter sprach. Er überbrückte die Zeit mit zwei Glas Wein. «Mein Wagen läßt unten Wasser durch. Muß geschweißt werden», sagte er unvermittelt. Jo fand den Themenwechsel etwas brutal. «Ist denn dein Jaguar kaputt?» fragte sie mitleidig und legte ihre Hand auf Wegemanns. «Kaputt», ließ er aus sich herausfallen, «völlig kaputt. Schön, aber morbide. So sind alte Autos nun mal.» «Ich kann dir die Adresse von einer Werkstatt geben. Ich habe gute Erfahrungen mit den Leuten gemacht, jedenfalls witzige.» Wegemann hob den Kopf und stierte sie an. «Sind so Alternative, in Altona. Arbeiten total nach dem Bockprinzip. Also mit Termin abmachen läuft da nichts. Und mit komplizierteren Reparaturen sind sie natürlich hoffnungslos überfordert. Solche Typen können alles immer nur ein bißchen. Aber wenn es ums Schweißen geht, sind die genau richtig.» «Na gut», sagte Wegemann schwer, «man muß eben auch die Neger der Gesellschaft unterstützen.» Jo schrieb die Adresse der Werkstatt auf eine Serviette. Wegemann steckte die Serviette ein und hatte sie im nächsten Moment vergessen. «Ich habe Hunger», maulte er, «bei diesen Italienern werde ich nie satt.» Sie bezahlte. Jo bestand darauf, Wegemann eingeladen zu haben. Zwei Straßen weiter fanden sie eine Kneipe, in der sich Wegemann den Bauch mit Bratkartoffeln vollschlug.

Er brachte Jo nach Hause. Vor dem Haus guckte sie ihn prüfend an, er guckte müde zurück. «Na, dann geh ich mal», blies Jo ihren Versuchsballon auf. «Ich freue mich auf die *Allgemeine* von morgen», sagte Wegemann und guckte hartnäckig nach vorne auf die Straße. Er wartete, bis Jo die Haustür öffnete. Dann winkte er ihr zu, fuhr zum Hauptbahnhof und kaufte sich die *Allgemeine* von morgen. Der Verkäufer suchte dermaßen lange nach Wechselgeld, bis sogar der müde Wegemann das Signal verstand und verzichtete. Zu Hause angekommen, beschlich ihn wieder das merkwürdige Gefühl beim Anschauen des eigenen Gesichts in der Zeitung.

«Paß doch auf», fauchte Elfriede Frenzel, als Fred mit dem großen Paket gegen die Garderobe stieß. «Ja, ja», brummte er und drückte die Tür seines Zimmers auf. Er wollte sie schnell schließen, doch seine Tante stand schon im Raum und pumpte sich für die folgende Rede mit der nötigen Wut auf. «Du wolltest heute zum Arbeitsamt und hast bis in die Puppen geschlafen. Am Sonnabend habe ich dir die Zeitung mit den Stellenanzeigen hingelegt, du hast sie nicht angerührt. Und jetzt kommst du mitten in der Nacht nach Hause und zerstörst mir die halbe Wohnung. Fred, Fred, was soll nur aus dir werden?» *Der erste Tantenmörder, der freigesprochen wird.* «Ich hatte zu tun. Und ich habe einiges am Laufen. Wirst mal sehen, das klappt schon. Bald. Bestimmt», sagte er leise. Fred war zerschlagen. Der Wachmann vorhin in Hammerbrook war zehn Minuten eher zurückgekommen, als Fred eingeplant hatte. Dann hatte er auf der Flucht ein Paket verloren. Vor allem jedoch nagte die Wut über den verschwundenen Tresor an Fred. Der Tresor war das erste Ding gewesen, das eine gewisse Klasse und Rasse besaß, das hieß für Fred: mehr als 1000 Mark wert war.

Elfriede Frenzel weitete ihre Abneigung gegen den nichtsnutzigen Neffen zu einer vernichtenden Kritik der bundesdeutschen Jugend überhaupt aus. Mißmutig schlitzte Fred den Karton auf und entfernte die Holzwolle. Silbrig blinkte ihm die Espresso-Maschine entgegen. *Das dürfte ja wohl in etwa das Ding sein, das Josty haben wollte.* Elfriede Frenzel redete sich in Rage. «Weißt du, was ich jetzt am liebsten machen möchte?» fragte Fred dumpf und ging langsam auf die alte Frau zu. Sie wich etwas zurück und sagte mit fester Stimme: «Nein, aber es wird schon nichts Rechtes sein.» Fred drehte sich um und holte die Espresso-Maschine aus dem Karton. «Hier, Tante Frieda, für dich. Von deinem nichtsnutzigen Neffen.» Frau Frenzel schlug beide Hände vor den Mund. «Aber Fred, das sollst du doch nicht. Immer diese teuren Geschenke. Das ist doch viel zuviel für deine alte Tante.» *Da hast du ausnahmsweise völlig recht.* Aus früheren Brüchen hatte Fred der Tante ab und an ein gutes Stück zukommen lassen. Elfriede Frenzel war dem Weinen nahe. Weil die Espresso-Maschine so schwer war, mußte Fred sie ihr in die Küche tragen. Dort stellte er sie neben die andere Espresso-Maschine auf die Resopalplatte.

Kurz nach elf klingelte es bei Frenzels. Fred öffnete. «n'Abend, Bruno, komm rein, wenn es unbedingt sein muß», sagte er müde, holte Bier aus der Küche und latschte in sein Zimmer. «Mensch, mußte mal lüften», sagte Bruno mit erstickter Stimme und riß das Fenster auf. Fred antwortete gar nicht erst. Bruno brachte das Bier auf den Weg und seufzte abgrundtief. «Ich habe den ganzen Tag darüber nachgedacht. In der Firma habe ich einen Lkw komplett mit der falschen Ladung beladen lassen. Kabel statt Eternit, muß man sich mal vorstellen.» «Ja, ja», murmelte Fred. «Ich habe gegrübelt und gegrübelt. Was können wir bloß machen, um den Tresor wiederzukriegen?» «Nix», sagte Fred nüchtern, «nix, nix, nix, gar nichts.» «Aber das ist doch schrecklich», jammerte Bruno, «die ganze Mühe umsonst.» «So geht das nun mal im Leben. Die einen säen, die anderen ernten.» «Das mußt du mir als Kleingärtner nicht sagen. Wenn wir bloß einen Anhaltspunkt hätten.» «Wir hatten einen, mein Lieber. Deine Kohlrabis. Gestern hat das Ding garantiert in irgendeiner Laube gestanden. Aber dir ist es ja peinlich gewesen, mal nett und zufällig bei den Kumpels reinzugucken.» «Bei Borbet war ich», protestierte Bruno. «Na toll», sagte Fred höhnisch. *Borbet haben wir hier auch im Haus.* «Das heißt also, der Tresor kann schon auf der Zugspitze stehen oder ganz in der Nähe», sagte Bruno nachdenklich. «Oder ganz in der Nähe», wiederholte Fred und schüttelte sich unwillkürlich. «Daran möchte ich nicht mal im Spaß denken.»

«Oh, guck mal da. Die könnte mir auch gefallen.» Marianne schob ihrem Mann die Zeitung über den Frühstückstisch. Borbet wollte gerade herummuffeln, da sah er das Foto von Wegemann unter einem Artikel mit der Überschrift «Männer mit Ideen» – «Neue Serie: Unsere Selbständigen – großer Report über moderne Abenteurer.» Marianne tippte auf ein Bild. Es zeigte die Brosche, die in Wegemanns Tresor gelegen hatte. «Soso, die gefällt dir», sagte Borbet mehr zu sich. «O ja», erwiderte Marianne schwärmerisch. Den Tonfall kannte Borbet. *Wenn sie diesen Schmelz auf die Stimmbänder bekommt, dann ist es ihr ernst.*

Borbet fuhr nicht direkt zur Arbeit. Erst holte er Hemd und Hose aus der Laube. Danach fühlte er sich wohler. Als Borbet zum wiederholtenmal einen Blick von Erna Degenhardt aufgeschnappt hatte, fragte er höflichkeitshalber nach dem Verlauf des gestrigen Abends: «Oh, es war sehr informativ. Und mir tun alle von Herzen leid, die nicht dabei waren», erwiderte Erna böse. Hildegard sah wieder hinreißend aus. Borbets Schreibtisch stand so, daß er nur den Kopf heben mußte, um mitten in Hildegards Gesicht zu gucken. Borbet war besorgt, als er sah, daß sich Hildegard offensichtlich mit einem Problem herumquälte. Sie stand auf und kam mit einer dünnen Akte zu Borbet hinüber. Er spürte, wie er sich verspannte, es war ein schönes Gefühl. Hildegard stellte sich neben ihn, legte die Akte auf die grüne Schreibunterlage und schlug sie auf. Mit einem perfekt manikürten Zeigefinger tippte sie auf eine Zahlenkolonne. Borbet zog den Duft des Parfums in die Tiefen seiner Lungenflügel. «Hier, Heinz, sehen Sie?» «Ja?» «Hier», wiederholte sie und drückte den Finger auf die Zahlenkolonne. «Ja und?» «Dieser Termin», sagte Hildegard, ihre Gesichter waren jetzt ganz dicht beieinander, «dieser Termin ist seit genau fünf Tagen vorbei.» «O Gott», flüsterte Borbet, «wie peinlich, daß mir das passieren muß. Geben Sie her», sagte er und grapschte nach dem Bogen. «Aber das kann doch jedem mal passieren», sagte Hildegard beflissen. «Das darf aber nicht passieren», trumpfte Borbet auf. «Ach was, wir sind doch alle nur Menschen», sagte Hildegard verzweifelt. «Sie vielleicht.» Er bemerkte, was er für einen Quatsch geredet hatte, und schwieg peinlich berührt. «Nächstes Mal ein bißchen drauf achten, ja?» brachte Hildegard zaghaft vor. Sie schlug die Akte zu und ging zurück zu ihrem Schreibtisch. *Achtung, Junge! Nicht vor der Zeit nachlässig werden. Die Fassade bleibt stehen, bis das Geld auf dem Konto ist. Die paar Tage hältst du auch noch durch. Hast schließlich 43 Jahre durchgehalten. Ach, Hildegard, warum bist du da drüben, und ich bin hier?* Ein abgrundtiefer Seufzer, in seiner Intensität nur einem Rülpser vergleichbar, entrang sich Borbets Eingeweiden. «Ich habe drei kleine Stonsdorfer in der Schublade, das hilft bei Blähungen», sagte Belmondo freundlich. Borbet drehte sich um. *Und dir tue ich persönlich was an, ich werde mir was Feines ausdenken.*

In der Mittagspause verzichtete Borbet auf den immer wieder aufregenden Gang ins Casino mit Hildegard. Er eilte durch die Wandelhalle des Hauptbahnhofs, wo zwei mit Sprechfunkgerät ausgerüstete Bahnpolizisten gerade von einer Gruppe Punker mit Wasserpistolen naßgemacht wurden. Die Beamten riefen in ihre Sprechfunkgeräte um Hilfe.

Borbet betrat ein Kaufhaus und fragte sich in die Heimwerkerabteilung durch. Vor einer Wand mit zahlreichen Bohrerlängen und -durchmessern verweilte er hilflos. «Das ist eine Auswahl, was?» ertönte eine Stimme hinter ihm. Borbet drehte sich um. Der Verkäufer war älter als er. «Kann ich damit auch Stahl bohren?» fragte Borbet und zeigte auf alle Bohrer gleichzeitig. «Kommt darauf an», erwiderte der Verkäufer und guckte wichtig. «Und worauf kommt es an?» «Na, wie dick er ist, der Stahl. Sehen Sie zum Beispiel mal hier», tönte der Verkäufer und griff nach einem Bohrer. «Was soll's denn sein? Guß, St 34 oder 54 oder was?» Borbet deutete mit Daumen und Zeigefinger eine Dicke an. «So ungefähr. Zwei bis drei Zentimeter vielleicht.» «Wollen mal sehen», sagte der Verkäufer, zauberte einen Zollstock herbei und hielt ihn an Borbets Hand. «Das sind vier Zentimeter, aber dicke.» Der Verkäufer zeigte Ungeduld. «Was wollen Sie denn nun bohren?» fragte er herablassend. «Ungehärteten Stahl oder gehärteten?» Borbet ging aufs Ganze. «Gehärtet, auf jeden Fall gehärtet. Eher noch härter. Wie ein Panzerschrank.» Borbet lachte. Der Verkäufer nahm einen anderen Bohrer. «Hiermit sind Sie gut bedient, der bohrt, wo sie ihn ranhalten. Ist nicht ganz billig, aber damit kommen Sie rein, wo Sie wollen.» Der Verkäufer stieß Borbet mit dem Ellbogen vertraulich in die Seite und lachte meckernd. Borbet lachte nicht. Der Verkäufer ließ sein Lachen sanft auslaufen. «Wie viele denn?» fragte er nicht mehr freundlich. «Zwei», antwortete Borbet spontan, «nein, geben Sie mir sechs.» «Die volle Leistung bringt der Bohrer natürlich nur, wenn Sie eine entsprechend leistungsfähige Maschine haben. Wenn ich Ihnen da mal dieses Modell zeigen dürfte ...» «Ich möchte zahlen.» «Aha, zahlen, na, auch gut.» Borbet verstaute die Bohrer in der Innentasche seines leichten Jacketts.

Als er auf den ersten Außenspiegel am Eingang des Kaufhauses zukam, hatte er das Gefühl, daß die Bohrerpackung unter der Jacke wie eine Pistole aussah. Borbet ging durch die Wandelhalle des Hauptbahnhofs. Ein Punker, der sehr niedlich aussah und höchstens dreizehn Jahre alt war, raste auf ihn zu. Er wurde von einem Dutzend Polizisten verfolgt. Im Vorbeilaufen warf der Junge Borbet etwas zu. Automatisch fing Borbet es auf und starrte verblüfft auf eine Wasserpistole. Sofort sah er sich von mehreren Polizisten umringt. «Sie, geben Sie das sofort her. Das ist ein Beweisstück», herrschte ihn einer von ihnen atemlos an. Borbet reichte ihm die Wasserpistole. Der Bahnpolizist beguckte sie wichtig, dann schüttelte er sie. Gebannt beobachteten die jüngeren Polizisten den Vorgesetzten. Der Beamte richtete die Pistole auf einen jungen Kollegen und spritzte ihm Wasser ins Gesicht. Der nasse Polizist schnaufte, die Kollegen blickten zwischen ihm und dem Vorgesetzten hin und her. Plötzlich fing der donnernd zu lachen an. Augenblicklich lachten auch alle Umherstehenden.

Auf dem Weg zur Versicherung kam Borbet durch die Bremer Reihe. Die meisten der zahlreichen Bars und Kneipen hatten geöffnet. Vor einigen Türen standen Männer: braun gebrannt mit durchtrainierten Körpern oder aufgeschwemmt mit über die Hose hängenden Bäuchen. Aus den Lokalen quoll die Mischung aus kaltem Rauch, Alkohol und Duftwässern. Borbet fühlte sich abgestoßen und angezogen. Mit betont beiläufigem Gesichtsausdruck und hungrigen Augen guckte er flüchtig in die Schaukästen, in denen ausgeblichene Fotos von dürftig bekleideten Frauen hingen. Die Fenster einer Bar waren schwarz bemalt, dieses Lokal wählte Borbet. Eine üppige Frau von über vierzig, die in extremer Weise kosmetische Hilfsmittel angewendet hatte und eine Piccolo-Flasche Sekt in der Hand hielt, blickte zu Borbet hinüber. Dann stellte sie die Flasche auf die Theke, an der zwei Personen saßen. Die Frau war jung, eine richtige Zeitschriften-Schönheit. Sie trug ein Kleid, das geeignet war, verklemmte Phantasien auf rumpelnde Touren zu bringen. Neben ihr saß ein Kavalier von Mitte Vierzig. Die Frau verteilte das bißchen Sekt in die Schalen, hob ihr Glas und prostete dem Galan zu. Die Frau hinter der Theke *wie eine Herbergsmutter* hielt ihren Mund vor eine Wechselsprechanlage und sprach ein paar Worte. Sekunden später erschien eine junge Frau. Sie trug die Haare auf altmodische Art hochtoupiert, was Borbet sehr anmachte. Ihr Kleid war nicht der Rede wert. Borbets Augen begannen leicht zu tränen. Die Frau lächelte ihn an und lüpfte ihren Hintern lässig auf einen Barhocker. Zögernd näherte sich Borbet der Theke. Die Herbergsmutter kam ihm entgegen. Borbet fühlte sich taxiert und bis aufs Hemd ausgezogen.

«Haben Sie Rum Collins?» fragte er knarrend. Die Frau nickte und sagte mit einer Stimme, daß sich an Borbets Waden die Haare hochstellten: «Habe ich.» «Auch Bloody Mary?» «Auch Bloody Mary.» Borbet hatte nie gedacht, daß man diese Worte dermaßen anstößig aussprechen könnte. «Möchten Sie eine Bloody Mary?» fragte die

Rum Collins
Für 1 Person
9 cl mitteldunkler Rum
3 cl durchgeseihter, frischer Limetten- oder Zitronensaft
1 TL extrafeiner Zucker
2 oder 3 Eiswürfel
18 cl gekühltes Club-Soda
1 dünne Orangenschale (nach Belieben)
1 Maraschinokirsche (nach Belieben)

Bloody Mary
1 Teil Wodka
2 Teile Tomatensaft und Eis
einen Spritzer Tabasco,
etwas Worcestersauce
Salz, Paprika, Zucker,
Pfeffer und Zitronensaft
gut durchrühren

Bier
Wasser
Hopfen
Malz
Hefe

Herbergsmutter. Borbet spürte, wie der Blick der Frau auf dem Barhocker seine rechte Wange wärmte. «Nein danke, geben Sie mir lieber ein Bier.» Von einer Sekunde zur anderen verwandelte sich die Smith & Wesson in Borbets Jackentasche in einen Sechserpack Stahlbohrer. Die Herbergsmutter guckte, als ob Borbet ihr einen unzüchtigen Antrag gemacht hätte. Die Frau auf dem Hocker drehte sich zur anderen Seite und zeigte einen absolut makellosen Rücken. Unwillkürlich dachte Borbet an Juttas Akne. Die Mutter hielt ein Glas unter den Zapfhahn und ließ Bier hineinschäumen. Der Anblick des Versicherungsgebäudes zehn Minuten später tat Borbet richtig gut.

Kurz nach zehn erhielt Götz Wegemann einen Anruf der Passau-Paderborner. Eine Sekretärin fragte, ob es ihm morgen um 9 Uhr 30 passen würde. Wegemann genoß die übertriebene Freundlichkeit der Frau. Danach wählte er die Nummer der Schule, an der seine frühere Frau Britta unterrichtete. Eine Sekretärin teilte ihm mit, daß an der Schule gerade Unterricht herrschte. Sie war beleidigt, weil Wegemann das nicht gewußt hatte. Routiniert poussierte er mit der Frau herum, sie neigte zu plötzlichen Kieksern im oberen Frequenzbereich. Am Ende sagte ihm die Sekretärin zu, daß sie der Kollegin Wegemann einen Zettel ins Fach legen würde.

Wegemann kam sich in der Agentur kurzfristig überflüssig vor. Er machte die Runde und ließ sich von allen Kollegen bestätigen, daß der Fotograf der *Allgemeinen* ihn selbst von rechts, was nicht seine Schokoladenseite war, kongenial abgelichtet hatte. Die achtzehn Stufen hinauf in seine Wohnung fielen ihm heute leicht. Wenn er sie an anderen Tagen während der Arbeitszeit ging, spürte er stets die neidischen Blicke der Kollegen. Wegemann setzte sich im Wohnzimmer vor den Sekretär, den noch Britta gekauft hatte. Er zog für sich eine Bilanz der nervenaufreibenden letzten Tage. Wegemann drückte seine Lügen zur Seite und konzentrierte sich auf die positiven Seiten. Er hatte die Passau-Paderborner in der Hand. Der Teiletat würde seiner Agentur erhalten bleiben, das hatte er Jo zu verdanken. Durch die Berichterstattung in der *Allgemeinen* bekam die Agentur einen Bekanntheitsgrad, der für sie unter normalen Umständen unerreichbar gewesen wäre. Wegemann nahm sich vor, in den nächsten Tagen telefonisch und persönlich bei potentiellen Kunden aufzutreten. *Und abends auf die Piste, Glückwünsche und neidische Blicke einsammeln.* Diese leicht angesoffenen Gespräche, das hatte Wegemann schon häufig erlebt, waren bares Geld wert. Wer im Gespräch war, und dann noch positiv, hatte gute Karten.

Wegemann ging hinunter ins Büro und schlug in der Zeitung die Seite mit dem Artikel über ihn auf. «Bangemachen gilt nicht, diese alte Kalenderweisheit gewinnt durch Menschen wie Götz Wegemann neue Aktualität. Die Wegemanns könnten bahnbrechend wirken, zeigen sie doch durch ihr aktives Beispiel, wie hinter der allgemeinen Volkskrankheit ‹Anspruchsdenken› am Horizont die Chance der Selbstverwirklichung leuchtet.» Versonnen blickte Wegemann aus dem Fenster. *Aber genau, so bin ich. Ist gut getroffen.* Er ging nach nebenan und informierte Roswitha, daß er am Nachmittag außer Haus sein würde.

Als Wegemann gerade gehen wollte, kam noch ein Anruf. Ein Volker war am Apparat. Wegemann kannte keinen Volker und wunderte sich über dessen Vertraulichkeit.

«Ich bin ganz zufällig an Brittas Fach vorbeigekommen. Da lag der Zettel mit der Bitte um Rückruf. Ich wollte nur der Ordnung halber durchsagen, daß Britta nicht in der Stadt ist. Sie ist draußen in Reinbek und macht Fortbildung. Die gesamte Woche, toll für sie, was?»

Wegemann war ehrlich verblüfft. *Der Volker ist das, dieses locker-flockige Plappermaul, mit dem Britta auf ihrer Fortbildung schwach gewor-*

den ist. Mit beherrschter Stimme dankte Wegemann für den Anruf. Volker sagte am Schluß: «Vielleicht sieht man sich ja mal. Ich würde mich freuen. Aloha.»

Auf der Fahrt zum *New Yorker* fuhr Wegemann sehr aggressiv.

Er gab Volker die Schuld, als er vor dem Lokal keinen Parkplatz fand. Vor einem Hotel scheuchte ihn ein herrischer Empfangschef fort, und als er direkt hinter einer Kreuzung hielt, winkte ihm ein Kontaktbereichsbeamter schon von weitem zu.

Mißmutig betrat Wegemann einige Minuten später das *New Yorker*. Es war halb eins, im vorderen Trakt wimmelte es von Lehrern, die ihr Halbtagslos hinter sich gebracht hatten und vor dem Mittagsschlaf mit ihresgleichen plaudern wollten. Eine Lehrerin sah von schräg hinten sehr reizvoll aus. Sie drehte sich um, Wegemann sah woanders hin. Es roch durchdringend nach Königsberger Klopsen.

«Hey, Josty», sagte er scharf und warf seine Hand lässig in die Höhe.

«Gott zum Gruße, Gast Götz. Darf ich dich darauf hinweisen, daß es halb ein Uhr mittags ist und nicht halb ein Uhr nachts.»

Und dann ging es los. Josty war im Besitz des schrecklichsten Lachens von Norddeutschland. Blitzschnell pumpte er sich auf und ließ ein donnerndes Geräusch ab, das geeignet war, Ziegel von den Dächern zu fegen. Der größte Bewunderer seines Lachens war er selbst. Hatte er erst einmal angefangen, berauschte er sich an dem Lärm und produzierte eine Fortsetzung nach der anderen. Deshalb bemühte sich Wegemann, fahrlässige Scherze zu vermeiden. Als er noch nach einer harmlosen Eingangsfloskel suchte, kam ihm Josty entgegen.

«Brauchst wohl 'nen neuen Job, was? Wie hart hat dich denn die Sache mit dem Stahl-Portemonnaie getroffen?»

Wegemann lächelte melancholisch, Josty stieg mimisch voll ein.

«Ich kann's nachfühlen.»

Wegemann erzählte dem Wirt die Hintergründe der Tat und warum sein Fall so groß in die Zeitung gekommen war. Auf solche Informationen legte Josty größten Wert, das war er dem Ruf des Lokals schuldig.

Das *New Yorker* war eine Kneipe, die mit großer Sicherheit auf der Grenze zwischen Schickeria-, Intellektuellen- und Halbweltlokal balancierte. Hier trafen sich Popper aus vornehmen Elternhäusern, Jurastudenten aus der Jungen Union, Fotomodelle, Kreative aus allen Werbebereichen, der geisteswissenschaftliche Unter- und Mittelbau der Universität, Journalisten aus allen Lagern. Den Bodensatz der Kundschaft bildeten Lehrer sowie junge Versicherungsangestellte. Was das *New Yorker* zu einem Lokal machte, bei dessen Erwähnung der Kundige Kennerschaft signalisierend die Augenbrauen hob, war die Tatsache, daß auch der kriminelle Unter- und Mittelbau der Prostitutions- und Drogenszene der Stadt hier zu zechen pflegte. Das Gefühl, seinen Wein inmitten von mehreren hundert Jahren Gefängnis zu süffeln, beflügelte die Phantasie der Gäste und gab ihnen ein Gefühl von Weltläufigkeit und Mut.

Der Kommunikationsstil im *New Yorker* bewegte sich zwischen Klatsch und schwadronierendem Smalltalk. Ein Kollege von Wegemann hatte es jüngst auf den Punkt gebracht: «Wenn ich in den Laden reinkomme, kann ich sagen, was mir gerade an dummem Zeug einfällt. Ich bin mit meinem Satz auf jeden Fall in einem Gesprächskreis drin. Das ist das Schöne am *New Yorker*.» Noch schöner waren die beiden Razzien gewesen, die die Polizei im letzten halben Jahr hier veranstaltet hatte. Ihre Folge war, daß kaum noch ein Gast ohne Personalausweis oder Paß kam, doch die kribbelnde Vorfreude, Zeuge zu werden, wie heimlich verachtete Ordnungshüter arme Schweine aufmischten, bevor man sich selbst durch bloßes Vorzeigen des Identifikationspapiers und direkte Erwähnung des Berufs «Journalist» als Mitglied der Guten ausweisen konnte, diese Aussicht zog die Leute in Scharen an.

Die Klatsch-Kolumnisten der örtlichen Zeitungen hielten im *New Yorker* regelmäßig Hof. Wenn auswärtige Künstler in der Stadt weilten, kamen sie im Verlauf der abendlichen Sauftour todsicher auf einige Glas herein. Das Lokal hatte sich zum Mode-Trendsetter der Stadt entwickelt. Die Textilien, die hier vor Busen und Schenkeln hingen, hatten gute Chancen, in ungefähr der übernächsten Ausgabe einer Mode- und Frauenzeitschrift als Geheimtip in Millionenauflage abgedruckt zu werden. Wegemann war Stammgast im *New Yorker*. Von seinen Kollegen und Freunden waren viele ebenfalls Stammgast. Merkwürdigerweise war es Rainer Kurz nicht. Kunze kam meist nur kurz vorbei. Bei den Mengen, die er schluckte, konnte er sich das *New Yorker* nicht einen kompletten Abend lang leisten. Zwar gab Josty Kredit, weil solche Handlungsweise sein Image ungeheuer beförderte. Und es gehörte zum Höchsten, die Flasche Schnaps mit aufgeklebtem eigenen Namen im Regal von Josty. Allerdings setzte ein regelmäßiger Besuch entsprechendes Einkommen voraus.

«Sag mal, Josty, ich hätte da eine Information. Meinst du, daß sie bei dir gut aufgehoben wäre?»

«Legal?» kam es zischelnd zurück.

«Logisch, du müßtest sie allerdings an die Richtigen weitergeben. Ich verklare es dir mal kurz.»

Wegemann stellte sich dicht an die Theke, Josty mixte einen schlierigen Drink, den Wegemann mißtrauisch beäugte. «Also mein Tresor ist ja weg», begann er.

Josty nickte.

«Nun ist die Polizei natürlich am Rotieren.»

Josty machte eine Handbewegung, die starken Zweifel ausdrückte.

«Nach menschlichem Ermessen werden die das Ding also irgendwann mal irgendwo ausgraben. Das kann allerdings dauern.»

«Das wird auch dauern», bestätigte Josty.

«Mmh, nun hab ich mir überlegt, was ich als kleiner Privatmann unternehmen könnte, damit vielleicht noch ein paar mehr Leute nach meinem Tresor suchen», sagte Wegemann gedehnt.

Jostys Gesicht nahm den Ausdruck an, zu dem nur jemand fähig war, der auch in der Lage war, so ein Lokal zu betreiben.

«Also, Josty, wir beide wissen, daß du Leute kennst, die unter Umständen einen guten Draht zur Szene haben könnten.» «Wenn du meinst», Josty gab vor Freude noch einen aus.

«5000 Mark», sagte Wegemann leise.

«Wie 5000 Mark?»

«Ich setze 5000 Mark für den aus, der mir meinen Tresor wiederbringt – und zwar, Josty, diskret wiederbringt. Also ohne Pauken und Trompeten und Maul aufreißen. Ganz diskret, wie sich das für Profis gehört. Ich will einfach die Sache mit meinem Tresor breiter streuen. Davon habe ich ja Ahnung als Werbemensch.»

«Aha», sagte Josty, obwohl er den Zusammenhang nicht verstand. Jostys Image als Unterweltwirt hatte dazu geführt, daß er sich nicht mehr seiner Halbbildung schämte, die ihre Wurzeln in einem abgebrochenen Fachhochschulstudium hatte.

Josty hatte schon viel aufgeschnappt, doch mitreden konnte er immer noch nicht. Dafür war er im Besitz diverser Gesichtsausdrücke und einer ganzen Latte von Lautäußerungen, die anzeigen sollten, daß er dem Gang der Unterhaltung zu folgen wußte.

«Es soll auch dein Schade nicht sein», sagte Wegemann. Josty guckte ihn bekümmert an. «Wegemann, du enttäuschst mich. Das fällt bei mir unter Service. Was mach ich nicht alles, damit ihr Lumpen euch wohl fühlt?»

Eine Sekunde stand das Gespräch auf der Kippe, Josty drohte zu lachen, da sagte Wegemann:

«Ich komme dann ab und zu mal die Lage peilen.»

Josty schmunzelte, griff ins Regal und knallte eine Bourbonflasche auf die Theke. Auf dem Flaschenleib stand Wegemanns Name.

«Daran erkenne ich, daß du in der letzten Zeit häufiger mal hier warst.»

«Was, daran?» fragte Wegemann kokett und zeigte auf die zu sieben Achtel leere Flasche. «Das ist, also das ist ... meine Tagesration ist das.»

Josty war in seinem Element. Geschickt bestätigte er Wegemann in seinem Glauben von Männlichkeit. Als Wegemann die Drinks bezahlen wollte, verbat sich Josty diese Beleidigung.

«Kannst da ja reinmachen», sagte er und wies auf den Spendentopf des «Vereins ehrenamtlicher Bewährungshelfer e. V.»

An der Tür kam Wegemann ein junger Mann entgegen. *Sieht auch nicht so aus, als ob er die Arbeit erfunden hat.* Fred drehte sich nach Wegemann um. *Ach Gott, muß das schön sein, sich jeden Morgen zwei Stunden im Badezimmer rumzutreiben. Du stinkst wie ein ganzer Puff.* Fred nickte Elsa, der fixen Bedienung aus dem Lehrertrakt, zu. Hungrig schielte er auf ein Tablett mit Königsberger Klopse-Tellern. Elsa stellte sie auf einen Viermanntisch, an dem drei Männer saßen. Eben kam ein vierter. Er ließ sich auf den Stuhl fallen, öffnete seine Aktentasche und zog einen Stab heraus. Er klappte ihn zweimal aus und stellte einen 30 Zentimeter hohen Ständer auf den Tisch. Die schwarze Schrift auf gelbem Grund lautete: «Atomwaffenfreie Zone.»

«Hallo, du Arsch», rief Josty von hinten.

Fred lächelte geschmeichelt. Josty grinste. Er hatte Fred vor kurzem weisgemacht, daß so die neueste Anrede in einschlägigen Kreisen lautete.

«Das nächste Mal kannst du ein bißchen zurückschalten», sagte Josty leiser. Er langte unter die Theke und drückte Fred zwei Fünfzig-Mark-Scheine in die Hand.

«War nicht schlecht, die Augenklappe, wie?» kicherte Fred und roch an den Scheinen.

«Genau die Augenklappe meine ich. So sieht doch heutzutage kein Gauner mehr aus, noch nicht mal die Kleinen. Mensch, das ist hier kein Piratenfilm.»

«War gut gemeint», muffelte Fred.

«Weiß ich doch. War ja auch dufte sonst. Besonders die Ausbuchtung unter deiner Achsel. Was war's denn? Hasenpfote, was?»

«Das war eine Knarre», sagte Fred erstaunt und bekam ein Lachgewitter um die Ohren. Ein wenig Feuchtigkeit war auch dabei.

«Wer war denn der kleine kugelrunde Fettsack, den du dabeihattest? Das ist ja ein Naturtalent. Wo lernt man das nur, so meschugge aufzutreten?»

«Das war Bruno. Bruno ist mein Freund», sagte Fred mit Betonung, weil es ihm wichtig war. Josty spürte das. *Je dümmer, desto empfindlicher. Muß man immer einkalkulieren. Dann fressen sie dir aus der Hand.*

«Und Bruno war auch nicht verkleidet. Bruno sieht immer so aus.»

«Der Mann ist gekauft. Der darf wiederkommen. Heute abend? Oder hast du zufällig was vor?»

«Leider nicht», sagte Fred betrübt.

«Toll. Fred und Bruno spielen wieder Unterwelt. 21 Uhr 30. Aber bitte pünktlich.»

Fred nickte.

«Und die Maschine?» Josty lächelte erwartungsfroh.

«Ja, die Maschine», erwiderte Fred, «da bin ich noch dran, ganz dicht. Noch in dieser Woche vielleicht. Dann kannst du Espresso in Stereo kochen.»

Beim bloßen Gedanken an die Maschine und Tante Frieda wurde Fred wütend. Er wollte gehen.

«Noch was», sagte Josty. Fred drehte sich um.

«Der zweite Schein ist für deinen Kumpel. Ich verlasse mich da ganz auf dich.»

Die Männer blickten sich an. *Hab ich dich erwischt, du miese Ratte. Betrügst deinen netten, dicken Freund. *Fred grinste. *Getroffen, Josty. Aber du kannst es nicht beweisen. Und ich könnte auch mal eine kleine Rede halten im Lokal, wenn es voll ist. Daß wir gegen Geld Räuber spielen müssen, damit deine feinen Gäste was zum Gruseln haben.*

Fred ging.

«Noch was», rief Josty.

«Es reicht, such dir wen anders zum verarschen.»

«5000 Mark», rief Josty.

Wie ferngelenkt kam Fred zurück.

«Hätte ich beinahe vergessen», sagte Josty lächelnd.

«5000 Mark vergessen?» fragte Fred fassungslos.

«Paß auf, ich habe einen Gast, dem ist ein Tresor abhanden gekommen.» *Alarm! Was soll das? Warum Josty? Ich bin umstellt.* «Hast du vielleicht in der Zeitung gelesen. So ein blonder Neureicher. Große Fresse, reichlich Kohle, Werbung eben.»

Fred schluckte.

«Der hat nun natürlich ein Interesse, seinen Schrank wiederzukriegen. Liegt wohl einiges drin. Oder auch nicht. Weiß man's?»

Josty lächelte breit.

«Wenn du also einen Tip hast oder wenn du den Tresor zufällig treffen solltest, bring ihm den doch vorbei.»

Josty kam dicht an Freds Gesicht. «Es sei denn, er ist noch zu, und du willst ihn aufmachen. Aber das ist nicht ganz dein Format, wie?» *Was weißt du denn? Logisch kriege ich ihn auf, den Tresor. Ich laß ihn mir nur vorher klauen.*

Knappe 20 Minuten später standen Fred und Bruno schnaufend vor Josty.

«Aber hallo», sagte der überrascht.

«Hör zu, Josty», zischte Fred ihm zu, «die Sache mit dem Tresor und den 5000 Mark, die geht in Ordnung. Du hast den Tip doch noch nicht weitererzählt?»

«Nee, habe ich nicht», entgegnete Josty und blickte die beiden prüfend an.

«Aber hört mal, wie kommt denn ihr zu ...»

Fred legte den Finger auf den Mund. «Ich sage gar nichts. Nur soviel: Wir haben einen absolut heißen Draht zu den Leuten, die den Tresor haben, reicht das?»

«Mir reicht's», erwiderte Josty, «mich geht's ja auch nichts an. Und ihr meint, ihr könnt Wegemann wirklich den Tresor besorgen?»

«Jawollja», sagte Bruno stolz und aufgeregt.

Weil sie nun schon mal da waren, aßen sie Königsberger Klopse.

Beim Ausscheren aus der Parklücke knallte Borbet mit der rechten Rückseite gegen den Laternenmast, dessen Neonpeitschenlampen die abgestellten Wagen und ihre Insassen bei Dämmerung und Dunkelheit mit einer ungesunden Blässe überzogen. Borbet wartete ab, bis ein Ford Sierra, der eine Reihe hinter ihm startete, verschwunden war. Dann stieg er aus und besah sich die neue Beule. Zusammen mit den Schrammen vom Tresortransport sowie der dicken Delle vorne rechts hätte der Anblick des geschundenen Automobils Borbet an jedem anderen Tag tief deprimiert. Heute fand er sein Mißgeschick richtig spaßig. *Das ist das Unterbewußtsein. Das rebelliert schon gegen Mittelklasse-Autos. Der brünstige Schrei nach zwölf Zylindern. Du bist aus deiner alten Haut rausgewachsen. Wie die Flußkrebse, die wir damals in den Ferien gefangen haben.* Borbet ließ sich von dem Gedanken an seine Kindheit rühren. Er stieg in den Wagen und drehte den Zündschlüssel. Da fiel ihm ein, daß die Krebse, wenn sie ihren alten Panzer abgestreift haben, eine Woche warten müssen, bis der neue hart geworden ist. Bis dahin sind sie völlig schutzlos, jeder Gegner hat leichtes Spiel mit ihnen.

Borbet leistete sich den Luxus einer schwungvollen Heimfahrt. Er bestätigte sich, was er schon immer geahnt, aber noch nie ausprobiert hatte. Mit genügend Rücksichtslosigkeit, mit Schneiden und Ausbremsen kam man auch in der Rush-hour relativ zügig voran. Am Dammtorbahnhof erwischte ihn natürlich doch ein Stau. Es traf sich günstig für Borbets Zwecke, daß Marianne dienstags immer bei ihren Eltern war. Die rüstigen Alten lebten in einem Heim vor den Toren der Stadt.

Juttas Zimmer lag zur Straße hinaus. Borbet lauschte einige Sekunden auf Musikgeräusche, dann leerte er den Briefkasten, weil er das jeden Dienstag tat. Ein DIN-A5-Umschlag war an den «Schrebergartenfreund» Heinz Borbet adressiert. Er fand eine Art Flugblatt ohne Absender. Es ging um angebliche skandalöse Pläne zur Vernichtung der Kolonie. *Morgen, hat alles Zeit bis morgen.* Sicherheitshalber blickte er in alle Räume. Bei der Gelegenheit zog er die farbverkleckste Zimmermannshose und das baumwollkarierte Hemd an. Dann ging er in den Keller. Angespannt lauschte Borbet auf Geräusche aus anderen Kellerräumen. Bei Kühhls ging er extra gucken. Herr Kühl war ein fanatischer Liebhaber von Zierfischen. Nachdem er durch ständigen Zukauf neuer Becken erst seine Frau vergrätzt und dann einen zur Prüfung herbeigeeilten Statiker zu eiligem Rückzug aus der Wohnung gebracht hatte, mußte er mit den größten Becken in den Keller umziehen. Nachbarin Frenzel hatte darauf bestanden, daß Kühls Kellerstromverbrauch in Zukunft auf einen gesonderten Zähler ging. Borbet war ihr ganz dankbar dafür gewesen, daß sie die Dreckarbeit erledigte. Er wolle auch nicht gern für Kühls Hobby bezahlen. Aber er genierte sich, das laut zu sagen. Kühls Tür war verschlossen. Borbet ging schnell in seinen Kellerraum und schob den Riegel vor. Er räumte den Tresor frei und stand ergriffen vor dem leuchtend roten Schrank. In der Hosentasche fühlte er die Bohrer. Die Entscheidung nahte. *Jetzt bohrst du dein Glück an.* Borbet schraubte einen Bohrer in das Bohrfutter, steckte den Stecker in die Steckdose und drückte auf den Knopf. Sirrend begann der Motor zu arbeiten. Borbet kniete sich vor den Tresor und merkte, daß er nicht wußte, wo er den Bohrer ansetzen sollte. Er wählte eine Stelle knapp neben dem Schloß. Er setzte den Bohrer vorsichtig gegen den Stahl. Der kreisende Stab witschte, wie weggeschleudert, von der Oberfläche des Schranks ab. Borbet riß es fast die Bohrma-

Ein Bohrer ist ein Werkzeug zur Herstellung von Löchern.

Aus: «Knaurs Lexikon von A–Z»

schine aus der Hand. Er setzte erneut an. Diesmal vibrierte der Bohrer auf der Oberfläche herum und schlug erst seitwärts weg, als Borbet den Druck verstärkte. Er war nicht enttäuscht, nur angespannt, setzte wieder an und wieder und wieder. Dann schaltete er den Strom ab. Im nächsten Moment fuhr er wie elektrisiert hoch. Vor der Kellertür hatte er ein Geräusch gehört. Hastig warf Borbet die Decke über den Tresor und legte die Bohrmaschine in das Regal. Er schlich an die Tür und hielt den Kopf gegen das Holz. Zentimeter für Zentimeter schob er den Riegel zur Seite. Dann riß er mit Schwung die Tür auf. Sie entglitt ihm und schlug knallend gegen das Regal, in dem Marianne die Gelees, die eingeweckten Aprikosen und Kirschen sowie Himbeer- und Kirschsäfte aufbewahrte. Elfriede Frenzel ließ erschreckt den Emailleeimer fallen. Er veranstaltete auf dem Zementfußboden einen höllischen Lärm. *Das hört doch jeder, das hört doch das ganze Haus. Bleibt bloß in euren Löchern.* «Na, Frau Frenzel, wieder Müll, was?» sagte Borbet eisig und wies auf den Eimer. «Nein, nein», rief die alte Frau und zupfte verlegen an ihrer Schürze herum. «Was denn dann?» *Du Drachen. Ich hätte wetten können, daß dich die Neugier um den Schlaf bringt. Aber an mir beißt du dir die Zähne aus, wenn du noch welche hast.* «Ach», sagte Frau Frenzel. Borbet konnte spüren, wie sie nach einer plausiblen Erklärung suchte. «Sie sind wohl an Ihrer Überraschung zugange, was?» fragte sie. «Da wird sich Ihre Frau aber bestimmt freuen.» Borbet spürte eine ungeheure innere Spannung. Die Vorstellung, daß ihm ausgerechnet durch eine neugierige Nachbarin der goldene Plan kurz vor der Vollendung kaputtgemacht werden könnte, fand er absurd. «Liebe Frau Frenzel», sagte Borbet unterdrückt und bemühte sich um einen vertrauenerweckenden Tonfall.

Frau Frenzel drückte sich ängstlich gegen die gekalkte Wand des Kellergangs. «Frau Frenzel, es kann sein, daß ich länger als einen Abend im Keller arbeiten muß. Es soll doch auch ein besonders schönes Geschenk werden, nicht wahr?» Frau Frenzel nickte.

«Und deshalb, Frau Frenzel, wäre es sehr schön, wenn ... wenn Sie mich mit Ihrer impertinenten Neugier verschonen würden. Ihnen entgeht schon nichts», brüllte Borbet. Als er sich von dem Schreck über seinen Ausfall erholt hatte, war Elfriede Frenzel verschwunden.

Achtung!

Auch Nebenfiguren haben ihre Geschichte.

Mißmutig ging er in den Kellerraum und schob den Riegel vor. Borbet setzte den stärksten Bohrer auf die Maschine. Der rote Lack kriegte zahlreiche Kratzer, doch Borbet kam nicht in die Tiefe. Zuletzt drückte er sich mit dem gesamten Körpergewicht gegen die Maschine, da fraß sich der Bohrer durch die Oberfläche. In Borbet platzte stille Freude auf, dann hatte der Bohrer eine zweite Schicht erreicht, die offensichtlich noch stärker gehärtet war. Borbet gab auf.

Ein wenig erschöpft und sehr enttäuscht saß er auf dem Bierkasten. Abwesend fischte er sich ein Glas Kompott aus dem Regal. *Völlig verzuckert, die Birnen. Am besten wäre, wenn du die Kombination kennen würdest.* Der Gedanke traf Borbet völlig unvorbereitet. An den konservativen Einstieg in die Traumwelt hatte er bisher keine Sekunde gedacht. *Kein Problem, brichst bei dem Burschen ein, Adresse stand ja in der Zeitung. Der hat die Kombination garantiert auf einem Spickzettel stehen. Jedenfalls wenn er ein schlechtes Zahlengedächtnis hat.* Borbet aß noch ein paar Stücke Kompott. *Los jetzt, der letzte Versuch.* Doch er war fahrig und ungeduldig, er rutschte auf der Oberfläche ab und bohrte im tiefsten aller Löcher weiter. Danach blickte er die Bohrmaschine an wie einen Feind.

Elfriede Frenzel verfolgte die Waschmittelwerbung mit Empörung. Ausgerechnet die Marke, die ihr nach dem Waschen statt eines entfernten Rotweinflecks eine Rotweinbluse beschert hatte, sollte das Gelbe vom Ei sein. *Das kann ich wirklich besser beurteilen, als diese jungen Dinger da im Apparat. Beim Saubermachen braucht man Lebenserfahrung und ein solides Waschmittel, nicht diesen Firlefanz. Und was die jungen Frauen im Fernsehen alle für Hände haben. Die haben doch in ihrem Leben nie wirklich mit Wäsche gearbeitet.* Leise klirrten die Weingläser im Wohnzimmerschrank. «Fred, ich habe dir tausendmal gesagt, du sollst die Tür nicht so zuknallen. Eines Tages fallen noch mal die Wände um, und dann ich bin tot.» Fred steckte

86

den Oberkörper ins Wohnzimmer. *Aber Tante, wer wird denn gleich mit dem Schönsten rechnen?* «Hallo, Tantchen, sorry ... War nicht so gemeint. Ich muß nur kurz was holen. Bin gleich wieder weg.» Fred verschwand, unzufrieden verfolgte seine Tante eine Reklame für Dosensuppen. *Plastik, alles Plastik. Mit zwei Pfund Markknochen und frischem Gemüse lege ich denen eine Suppe hin, da lassen sie ihre läppischen Dosen aber für stehen.* Wenn Elfriede Frenzel Werbefernsehen guckte, wurde sie stets ganz kämpferisch. Mit der Wucht ihrer 62 Jahre Lebenserfahrung wußte sie, was wahr war und was Werbung. Gut fand sie eigentlich nur die Spots, in denen kleine Kinder vorkamen. Kalt ließen sie Spots für Autos, davon verstand sie nichts. Bisweilen rief sie dann nach Fred, und wenn er genervt im Zimmer erschien, war der Spot meist gerade vorbei. Da! Dieses Reinigungsmittel, das ein Arm ständig auf eine Unterlage knallte, das fand Elfriede Frenzel gut, weil sie es selbst benutzte. Sauberkeit gab Elfriede Frenzel ein Gefühl von Macht. Alles, was sie im Leben noch umkrempelte, waren der Schmutz in ihrer Wohnung und die gute Laune von Fred. «Tschüs, Tantchen», rief er ins

Schmutz?	schrill
Ränder?	schrill
Flecken?	schrill
Weg damit!	bam
Ende dem Chaos	bam
CHLO–	bam
RES–	bam
TOS–	bam
putzt und	
ätzt	klingel
zugleich	klingel

In Zukunft sauber mit

CLO–	bam
RES–	bam
TOS!	bam

Zimmer, dann klirrten die Weingläser.

Im Treppenhaus begegnete Fred dem Nachbarn Borbet, der mit schweren Schritten in den ersten Stock ging. Die beiden Männer grüßten sich flüchtig. Vor der Wohnungstür blieb Borbet stehen. *Du mußt das Risiko ausschalten, daß Marianne in den Keller geht. Sicherungen einbauen, kein Risiko eingehen.* Der Gedanke an eine mögliche Entdeckung machte Borbet noch unzufriedener.

Schließlich wollte er durch den Inhalt des Tresors endlich davon wegkommen, Rücksichten nehmen zu müssen. Er wollte an Zukunft nicht immer nur in Form von Bausparverträgen und Versicherungspolicen denken. *Recht und Unordnung, in dieser Richtung.*

Borbet konnte keine Einzelheiten nennen. Noch konnte er nur in großen Linien denken. *Beruf aufgeben, raus aus der Wohnung, viel herumreisen, neue Eindrücke, sich mehr trauen, neuer Bekanntenkreis.* «'n Abend, Herr Borbet, fleißig gewesen?» warf ihm Frau Wassermann aus dem dritten Stock in den Nacken. «Ja, ja», sagte Borbet mürrisch und ging in die Wohnung.

Er latschte in die Küche und stieß gegen Andreas. Da erst hob Borbet den Kopf. «Kaum bist du mal hier, stehst du im Weg», murmelte er. «Guten Abend, lieber Erzeuger», sagte Andreas mit übertriebener Betonung und trug die Salatschüssel ins Wohnzimmer. Marianne kam freudig erregt in die Küche geeilt. «Stell dir vor, Andreas ist vorbeigekommen.» «Ich weiß, wir sind uns begegnet.» Borbet wollte duschen und sich in Ruhe eine neue Strategie ausdenken. «Zur Feier des Tages habe ich im Wohnzimmer gedeckt», sagte Marianne munter. «Wieso Feier?» stänkerte Borbet und blickte sich demonstrativ um. «Ich dachte, du bist noch bei deinen Eltern.» «Ach, Heinz, du weißt doch, länger als bis zum Abendbrot bleibe ich dort nie.» Borbet ging unter die Dusche. Als Andreas seine stürmische Pubertät durchtobt und das Nervenkostüm der Familie aufs äußerste strapaziert hatte, vermochte Borbet seinen Ärger über die Schulprobleme und den rotzigen Ton von Andreas nur dadurch unter Kontrolle zu halten, indem er sich eine barsche Sprache angewöhnte. Irgendwann hatte Marianne ihren Mann sanft darauf hingewiesen, daß er nun eigentlich aufhören könnte, mit seinem Sohn in diesem bellenden Ton zu sprechen. Borbet hatte es bis heute nicht geschafft, alle Reste zu tilgen. Und seitdem Andreas vier Monate vor dem Abitur die Schule verlassen, aus der Wohnung ausgezogen und nach einigen Wochen im 6-qm-WG-Zimmer einer Freundin in den Stadtteil Altona gezogen war, wo er mit Freunden eine alternative Kfz-Werkstatt betrieb, sah Borbet auch gar nicht mehr ein, warum er seine Enttäuschung über den Sohn hinter liberalem Gesäusel verbergen sollte.

Nach dem Duschen griff sich Borbet in der Küche die leise singende Ehefrau. «Hör mal kurz zu, Marianne. Würde es dir etwas ausmachen, die nächsten Tage nicht in den Keller zu gehen?» Marianne verstand nicht, Borbet legte nach. «Wie dir vielleicht bekannt ist, hast du in einigen Tagen Geburtstag. Weiter befindest du dich im Besitz eines dich liebenden Ehemannes. Und der brütet zur Zeit im Keller ein Ei aus, mit dem er seiner Marianne eine kleine Freude machen kann.» «Aber Heinz, das ist ja lieb», rief sie und fiel ihm um den Hals, «du bist doch sonst nicht geschickt beim Basteln.» *Hahaha.* «Natürlich werde ich mich zusammenreißen. Aber dann mußt du runtergehen, wenn wir Besuch haben und Bier oder Brause brauchen, zum Beispiel jetzt.»

«Was soll der Salat auf dem Tisch? Erwarten wir noch deinen hasenartigen Freund zum Essen», pflaumte Borbet Jutta an. «Wer seine Hosen an unmöglichen Orten rumliegen läßt, sollte vorsichtig sein», sagte Jutta und blickte lächelnd in das versteinerte Gesicht ihres Vaters. In Borbets Kopf rauschte es. Erinnerungsbrocken und Angst polterten durcheinander. Marianne und Andreas blickten ihn an. *Woher weiß die Ziege, daß die Sachen in der Laube lagen? Was wollte Jutta in der Laube?* Plötzlich stand Ulf Bernburger, der Sohn von Borbets Gartennachbarn, vor ihm. Borbet stand wieder auf dem nachtdunklen Weg und lauschte auf die Geräusche, die aus Bernburgers Laube kamen. «Pfui», sagte er spontan. Jutta blickte ihn an. *Die denkt, ich hab da in der Laube was mit einer Frau, und dann laß ich die Hosen liegen, und fünf Lauben weiter ist meine Tochter mit dem Schlaks zugange und ...* Er beschloß, in einer ruhigen Minute mit Jutta zu sprechen. Andreas hatte in der Zwischenzeit den größten Teil des Salats in sich hineingeschaufelt. Er fing den Blick des Vaters auf: «Oh, hab ich dir was weggegessen?» «Laß mal», sagte Borbet gönnerhaft, «wenn du nur satt wirst.» Marianne hatte Schnitzel gebraten, dazu gab es eine große Schüssel Spaghetti. Als Borbet das trogähnliche Behältnis sah, fiel ihm ein, daß er seit einiger Zeit nicht mehr beim Angeln gewesen war. Heimlich beobachtete Borbet seinen Sohn. Der achtzehnjährige Andreas trug seine Haare jetzt extrem kurz. Das gefiel Borbet genausowenig wie die Mähne vorher. Bei solchen Frisuren war er auf eine weiße Ratte gefaßt, die im nächsten Moment aus der Jakkentasche hervorlugen konnte. Borbet las regelmäßig Illustrierte. Irritiert stellte er fest, daß Andreas hager und blaß aussah. Er hatte ganz offensichtlich abgenommen. Der Heißhunger, mit dem er aß, bedrückte Borbet. Jenseits aller Anmache, die zwischen ihnen zum Ritual geworden war, kam Borbet die große Fremde zwischen Sohn und Vater zum Bewußtsein. Dabei hatte er zu seinen Kindern einen besseren Draht als einige Kollegen. Da ging es hoch her: vorzeitiges Enterben, Androhungen von Prügel, völlige Funkstille, die im Fall von Oskar Rumpelt aus der Abteilung Leben schon zwei Jahre anhielt. *Schweißgerät, du brauchst ein Schweißgerät, um den Tresor zu öffnen. Andreas muß so ein Gerät haben. Wer Autos repariert, muß schweißen.* Borbet nahm sich vor, seinen Sohn in Kürze zu besuchen. «Wie geht's denn so?» fragte Borbet. «Alles im Griff?» Andreas wischte sich den Mund ab und gab seinen Eltern eine begeisterte Schilderung von unzähligen Vorteilen alternativen Lebens. «Und das Geld? Kommt genug rein?» Andreas schilderte detailliert, wie wenig man braucht, wenn man sich gesund ernährt und in großen Mengen einkauft. Borbet glaubte seinem Sohn kein Wort. Andreas half beim Abräumen. Borbet, der sich schon Richtung Sitzecke orientiert hatte, packte lieber gleich mit an, bevor die weibliche Fraktion sich auf ihn einschoß. Marianne holte Wein, Bier und Eierlikör, Borbet legte seine in Silberfolie eingepackten Havanna-Zigarren auf den Tisch.

Jo Puttel wählte die Nummer und wartete. *Er wartet, bis der Anrufer aufgibt, und wenn er nicht aufgibt, wird er rangehen. Berufskrankheit, kenne ich gut.* «Fleischhauer, was ist denn?» «Guten Abend, lieber Herr Fleischhauer, Puttel hier, Jo Puttel.» «Ich weiß nichts Neues, und ich habe Feierabend. Wie kommen Sie überhaupt an meine Privatnummer?» Puttel bohrte nach und schrieb dann Fleischhauers Antworten mit: «Wir haben einen Zeugen, ich halte nicht viel von dem, aber man weiß ja nie. Er will am Freitag gegen 22 Uhr 45 vor Wegemanns Haus einen Pkw-Kombi gesehen haben, bei dem die Heckklappe offenstand. Er hat sich nur deshalb darüber gewundert, weil kein Mensch weit und breit zu sehen war. Er ist mit seinem Bello, nein Moment mal, es war eine Frau, seine Frau, mit seiner Frau ist er einmal rum um die Tennisplätze, und als sie wieder vorbeikommen, ist der Kombi weg. Muß ja nichts bedeuten, aber der Wagen soll direkt vor Wegemanns Haus gestanden haben. – Dann berichten unsere V-Leute, daß in der Unterwelt ein großes Interesse herrscht, die Tresor-Räuber namhaft zu machen. Von wegen der Konkurrenz. Denn die vier, fünf Kandidaten, die dafür erfahrungsgemäß in Frage kommen, scheiden aus. Zwei sitzen, ein Paar ist nachweislich auf Norderney, und zwei Tandems haben wir abgeklärt: Alibis wie aus dem Bilderbuch. Also neue Kandidaten. Das erschwert uns die Sache natürlich. Den Hehlern ist noch keine Brosche angeboten worden. Und in keinem Lokal oder Puff hat ein kleiner Ganove die Tausender springen lassen. Daraus darf man schließen, daß der Tresor noch dicht ist. Das wundert mich eigentlich. Und dann noch, ja, Fingerabdrücke keine, auch nicht an dem Stein, mit dem sie das Fenster zerdeppert haben. Wir überlegen noch, warum sie ein dermaßen riesiges Loch reingehauen haben. Müssen wenigstens zwei gewesen sein. Üblich ist bei solchen Delikten auch ein Trio. Mehr nicht. So ein Tresor ist nicht leicht. Wegemanns wiegt knapp zweieinhalb Zentner. Die Spur mit dem Pkw-Kombi ist natürlich tote Hose.»

Puttel notierte und stellte dann eine Frage, bei der ihr gar nicht besonders wohl war: «Und Wegemann?» «Wieso Wegemann?» «Ist Wegemann sauber?» «Na, Sie sind mir ja eine, der war doch gar nicht in der Stadt.»

«Haben Sie das nachgeprüft?» Fleischhauer muffelte herum. *Jetzt hab ich ihn. Für den ist der Abend gelaufen.* «Natürlich haben wir das nachgeprüft.» *Spielverderber.*

Das *New Yorker* war rappelvoll. «An diesem schönen Sommerabend fliehen die Menschen aus ihren Wohnungen. Freiheit, Sex und Lindenduft liegen in der Abendluft. Ein längst verschüttet geglaubter Rest des alten Adam bricht machtvoll durch das Urgestein nach außen. Der Mensch sucht seinesgleichen, und wir Medienmenschen suchen zusätzlich nach einer Flasche.»

So, darauf bestand der angeschickerte Manfred Zahn, müsse man diese schändlich überfüllten Lokale mit viel zuwenig Sitzgelegenheiten unter freiem Himmel verstehen. Voller Freude sah er dem herandrängenden Kollegen von der konkurrierenden Boulevardzeitung entgegen.

«Guck mal», flüsterte Zahn der neben ihm stehenden Jo Puttel zu, «ist wieder einer im Anmarsch. Ist der zehnte heute. Mensch», freute sich Zahn, «der ist ja richtig grün vor Neid.»

Der Journalist blieb vor ihnen stehen und sagte nach einigen einleitenden Sätzen: «Übrigens, euer Ding mit dem Hohelied auf die kleinen Selbständigen, das paßt ja wirklich nicht übel in die Landschaft. Da habt ihr das Ohr am Puls der Zeit gehabt, das muß euch der ungehemmte Neid lassen.»

«Mehr, mehr, davon kann ich gar nicht genug hören», sagte Zahn geifernd.

Jo fühlte sich sehr gut. *Jaaa, das ist es. Die Kerle stehen unter Feuer. Die Stimmung mußt du nutzen. Bloß nicht die Gelegenheit verpassen. Jetzt oder nie. Chefreporterin, das wäre die Sache. Platz 3 im Impressum.*

Als Zahn nach einer Bestellung zurückkam, wies er Jo grinsend auf zwei Männer hin, die an der Theke standen. Der jüngere der beiden trug ein schwarzes Hemd mit einem silberfarbenen Schlips, eine weite Hose und Stiefel. Der ältere, dicke steckte in einem weiten Jackett und hatte seine hellbraunen Haare, deren Farbe Jo an Durchfall erinnerte, mit Pomade an den Schädel geklatscht. Josty wieselte hinter der Theke hin und her. Der Jüngere beugte sich hinüber und packte ihn am Hemd.

«He, erlauben Sie mal», sagte Josty empört.

Fred grinste so, wie er sich ein schmieriges Grinsen vorstellte.

«Laß mich sofort los, sonst passiert ein Unglück», zischte Josty leiser.

Bruno, der mächtiges Lampenfieber hatte und deshalb viel lauter redete als sonst, quakte los: «Wann kommt er denn? Kommt er auch sicher?»

«Das weiß ich nicht, du Fuzzi. Ich bin nicht seine Amme.»

Das fand Bruno so lustig, daß er in ein Lachen ausbrach. Eifersüchtig hörte Josty dem Geräusch zu. Es erinnerte ihn an sein eigenes.

Jo, die ruhelos die Gesichter der Gäste durchstreifte, während Zahn so betrunken war, daß er – kaum noch zurückhaltend – begann, auf die bedrückenden Nachteile seiner kaputten Ehe hinzuweisen, sah ihn zuerst. Wegemann betrat das Lokal, an seiner Seite war Mona. Die hemmungslose Art, in der Mona es schaffte, in der folgenden Minute durch Lachen, Kichern und lautstarke Begrüßungen die Kunde von ihrem Erscheinen bis in den hintersten Winkel des *New Yorker* zu verbreiten, nötigte Jo Anerkennung ab. *Volle Profifrau.*

Wegemann stand ihr kaum nach. Er nickte, schüttelte Hände, klopfte auf Schultern, stieß spielerisch gegen Bäuche und Rippen und ließ sich ebenso begrüßen.

«Geil, guck doch mal», sagte Fred und buffte Bruno in die Seite. Seine hungrigen Augen hingen an Mona.

«Eine Frau eben», erwiderte Bruno.

«Ja, aber was für eine.»

«Renate hat mehr auf den Rippen.» «Mensch, das ist doch, das ist ... Wegemann.»

Fred und Bruno guckten sich schweigend an. Die Größe des Augenblicks drohte sie zu überwältigen. Bruno wollte sofort los. Fred bekam das Jackett zu packen und pellte den vorwärtsdrängenden Bruno halb heraus. Dabei wurde die Nummer 9 auf der Rückseite seines weißen Trikots sichtbar. «Laß mich», fauchte Bruno.

«Mensch, du kannst doch nicht einfach los auf den Burschen. Hier vor allen Leuten.»

Mufflig kam Bruno an die Theke zurück. Erschreckt sahen sie, wie Wegemann auf sie zusteuerte. Sie rückten schnell zur Seite. Wegemann begrüßte Josty. Er tat das, wie die besten Kunden und Josty sich zu begrüßen pflegten. Der Anblick war nichts für zartbesaitete Gemüter. Verdattert sah Fred, zu welch schleimiger Masse sich Josty verflüssigen konnte.

«Du gehst aufs Klo», flüsterte Fred Bruno zu.

«Ich muß doch gar nicht», protestierte Bruno.

«Du gehst, und ich sage Wegemann Bescheid, daß ihn einer sprechen will auf dem Klo.»

«Auf dem Klo», sagte Bruno wenig begeistert und trollte sich.

Als Bruno verschwunden war, wartete Fred, bis Josty und Wegemann ihre Begrüßung beendet hatten. Neidisch sah er, wie Josty dem Gast aus einer Flasche eingoß, über die groß und schräg ein Etikett mit dem Namen «Götz W.» geklebt war. Wegemann bestellte und verschwand. Darauf hatte Fred gewartet.

«Josty, Sekunde mal.»

Jostys Blick war genervt.

«Kannst du nicht mal Wegemann sagen, daß auf dem Klo einer auf ihn wartet.»

Josty zog leicht die Augenbrauen in die Höhe.

93

«Es geht um den Tresor», schob Fred nach.

Josty machte sich auf den Weg. Fred freute sich. *Sehr schön. So kommt die Nachricht auch an den Mann. Und mein Gesicht bleibt aus dem Spiel. Man kann ja nicht wissen, wofür das noch mal nützlich sein kann.*

Ich komme mir ja so blöd vor. Bruno stand vor dem Pinkelbecken und starrte auf die leicht abstrahierte Strichzeichnung eines primären männlichen Geschlechtsteils. Als die Wasserspülung auf einem der Sitzklosetts losrauschte, zog Bruno den Reißverschluß herunter. Der Mann wusch sich die Hände und zog dabei etwas Festsitzendes aus der Speiseröhre nach oben. Es saß wohl sehr fest. Dann ging er.

Aus den Geräuschen schloß Bruno, daß er an der Tür mit jemandem zusammenstieß. Bruno rang sich einige Tropfen ab. Ein Mann kam heran und ließ zwei Becken zwischen sich und Bruno frei. Ein Strahl traf auf Porzellan. Bruno riskierte einen Blick. Zur selben Zeit riskierte auch Wegemann einen Blick.

Ihre Köpfe schossen zurück, sie starrten die Wand an.

«Sind Sie der, der mich sprechen will?»

«Kommt drauf an, was Sie wollen.»

«Werden Sie nicht frech. Sie wollen was von mir, sagt Josty.»

Josty, aha. Na warte, Fred. «Jaha», machte Bruno und wußte nicht mehr, wohin mit den Händen. «Ich habe gehört, daß Ihnen ein Tresor abhanden gekommen ist.»

«Ja und», bellte Wegemann. Ihm wurde die Lächerlichkeit der Situation bewußt.

«Könnte sein, daß wir den Schrank wiederbeschaffen können.»

«Aha, und wie sollte das gehen?» fragte Wegemann lauernd.

«Das ist unser Problem. Interesse?»

«Das ist ja bekannt.»

«Wieviel ist er Ihnen denn wert?» «5000, habe ich alles schon gesagt. Aber diskret möchte ich ihn wiederhaben. Sind Sie dazu imstande?»

«Logo.»

«Na gut», sagte Wegemann. Er wollte raus aus dieser Toilette. *Wenn jetzt einer kommt, was muß der denken.*

«Und nun die Beschreibung.»

Wegemann dachte, er höre nicht richtig. «Machen wir hier Quiz oder was?»

«Also los. Ohne Beschreibung läuft nichts.»

Wegemann gab auf. Kurz und sachlich beschrieb er Marke, Baujahr, Farbe und die eingetrockneten Ringe von den Weinflaschen auf der Deckplatte des Tresors.

«Größe?»

«Circa 60 Zentimeter», erwiderte Wegemann und zeigte mit den Händen eine Spanne von rund 60 Zentimetern an. In diesem Moment ging die Tür auf, und ein Mann betrat die Toilette. Wegemann ließ sofort seine Hände herunterfallen. Er hörte, wie der Mann eilig den Raum verließ.

«Gut, gut», sagte Bruno, «und jetzt Betriebskapital.» Mit Daumen und Zeigefinger machte er eine reibende Bewegung.

«Nix da», protestierte Wegemann, «erst die Ware, dann das Geld.»

«Sie hören von uns», sagte Bruno, packte ein, winkte Wegemann grüßend zu und verließ die Toilette. Wegemann verspürte plötzlich einen ungeheuren Druck auf der Blase.

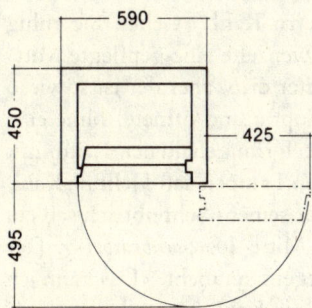

In dieser Nacht schlief Wegemann schlecht. Er träumte wirres Zeug, an das er sich nach dem Aufwachen nicht mehr erinnern konnte. Doch es hatte etwas mit Tresoren, Polizei und Gefahr zu tun. Die Schnelligkeit, mit der der Typ angekommen war, hatte ihn sehr beeindruckt. Er wußte nicht, wie die Informationskanäle im kriminellen Milieu verliefen. Er hatte einfach angenommen, daß es langsamer gehen würde. Mona sah selbst am frühen Morgen tadellos aus. Wegemann fühlte sich wie umgekrempelt. Er bereitete sich ein schnelles Frühstück und kochte ein Ei mehr. Er wickelte es in ein Handtuch und legte es mitten auf den Tisch.

Seine Gedanken waren schon bei dem Gespräch in der Passau-Paderborner. Kurzentschlossen wechselte er die Kleidung, weil er sich zu salopp vorkam.

Igitt, was ist denn das? Angewidert hob Wegemann den Schuh. Im Fußraum vor den Pedalen stand eine Pfütze. Das nächtliche Gewitter mit anschließendem Tropenregen hatte seine Spuren im Jaguar hinterlassen. Wegemann griff ins Handschuhfach. Dort lag die Serviette, auf die Jo Telefonnummer und Adresse der Alternativ-Werkstatt geschrieben hatte. *Da fahr ich hin. Schweißen werden die Typen ja wohl gerade noch können. Tut denen ganz gut, mal was anderes als diese piefigen Enten und Käfer auf dem Hof stehen zu haben. Können sie mal sehen, was das Leben für sie bereithält, wenn sie sich entschließen würden, zum äußersten zu greifen: zu Arbeit.* Der Parkplatz war voll, Wegemann quälte sich zweimal um den Pudding und quetschte sich neben einen Audi, der dieselbe Farbe hatte wie sein Jaguar. Der Audi sah ziemlich verschrammt und zerdellt aus.

Der Pförtner begrüßte ihn überschwenglich. «Aber Herr Wegemann. Warum haben Sie denn nicht unseren Gästeparkplatz benutzt?» Daran erkannte Wegemann, daß der Pförtner Leser der *Allgemeinen* war. Er fragte nach Herrn Kahl. «Gehen Sie ruhig schon rein, Herr Wegemann», scharwenzelte eine gepflegte Mittvierzigerin, «es ist noch ein Mitarbeiter drin, aber der ist sowieso schon über die Zeit.» Wegemann klopfte und öffnete, ohne eine Antwort abzuwarten. In einem dunkelgrün gehaltenen Raum mit dunkelbraunen Möbeln und schweren Lampen saß Helmut Kahl, der Leiter der Schadensabteilung. Vor seinem Schreibtisch saß ein Mann. Wegemann schätzte ihn auf Mitte 40. *Sachbearbeiter.* Der Mann bemerkte den eintretenden Wegemann nicht. «Das kann ich Ihnen verbindlich zusagen, lieber Herr Kahl. Das erledigen wir forciert zu Ihrer vollen Zufriedenheit.» Kahl blickte zu Wegemann und bedeutete dem Untergebenen mit einer Handbewegung, er möge schweigen.

Jetzt bin ich ja mal gespannt. Kahl stand tatsächlich auf und kam auf Wegemann zu, um ihm eine ziemlich labberige Hand hinzuhalten. Wegemann drückte zu. Kahls Lächeln wurde sekundenkurz krampfhaft. «Bitte sehr, lieber Herr Wegemann», sagte Kahl und

96

wies auf die Sitzecke. Wegemann wählte einen Sessel. Erstaunt bemerkte er, daß der Sachbearbeiter ihn anstarrte. Borbet war wirklich verblüfft. *Mensch, das ist doch der Schnösel aus dem Jaguar. Freitag, fährt wie die Wildsau und benimmt sich hinterher noch unverschämt. Na warte, mein Lieber. Wenn ich erst mal meinen BMW habe, dann kannst du mich mal an der Heckklappe lecken.* «Herr Borbet, wir sind soweit wohl klar», sagte Kahl. Borbet nickte: «Ich werde es sofort in die Wege leiten, Herr Kahl.» Er raffte einige Papiere zusammen und ging zur Tür. Dort drehte er sich noch einmal um. Er sah, wie Wegemann einen dünnen Aktenordner auf den Tisch legte und in ihm zu blättern begann. Da traf es Borbet wie ein Schlag. *Wegemann? Wegemann! Das ist doch . . . nicht zu fassen. Das ist er nicht, das ist er doch.* Kahl betrachtete Borbet mit kaum verhülltem Unwillen. «Es ist gut, Herr Borbet», sagte er schon ziemlich vereist. Fassungslos sah er, wie Borbet wieder in den Raum trat. Er näherte sich Wegemann, umstrich ihn regelrecht. *Das ist er, todsicher. Sieht schlechter aus als auf den Fotos in der Zeitung. Aber das ist er.* «Die Welt ist klein, nicht wahr?» sagte Borbet ausgelassen zu Wegemann. Der blickte überrascht und belustigt hoch. «Kommt darauf an, aus welcher Perspektive man sie sieht», entgegnete er.

Kahl war so irritiert, daß er den Chef herauskehren mußte. «Herr Borbet, ich darf nun also wirklich bitten», sagte er flehentlich. Borbet erinnerte sich, daß auch nur die Ähnlichkeit mit einer Vorgesetztenstimme ihm bis letzte Woche den Rücken gebeugt hatte. Heute trat er auf Kahl zu, schlug ihm auf die Schulter, lachte ihn an und sagte leichthin, fast perlend: «Herr Kahl, durchhalten. Langer Atem, das ist das Geheimnis im Leben.» Danach lachte Borbet laut und albern und verließ das Büro. Vorzimmerfrau Hannelore Weber fummelte an der Schreibmaschine herum. «Tschüs, Weberchen. Durchhalten. Und träumen Sie zur Abwechslung mal wieder was Schönes», jubilierte Borbet und drückte im Vorbeigehen auf die Zeilentaste der Schreibmaschine. Der Wagen knallte zur Seite und stieß eine Viertassen-Kaffeekanne um, in der Frau Weber ihren Tee zu bereiten pflegte. Der Tee ergoß sich über die Unterschriftenmappe und tropfte in das obere Fach der linken Schreibtischseite. Entsetzt sprang Frau Weber auf. Dabei blieb sie mit ihrer linken Sandale an einem der fünf Füße des

97

Stuhls hängen und kippte, während sie den Stuhl nach hinten hebelte, nach vorn. Der Stuhl schlug gegen den kleinen Anrichtewagen, auf dem das Geschirr gestapelt war. Während sich der Wagen mit dem Geschirr langsam in Bewegung setzte, landete Frau Weber mit dem Oberkörper zwischen den Grünpflanzen des zur Südseite gelegenen Fensterbretts. Sie fiel mit dem Gesicht in die Humuserde der Schefflera «Henriëtte». *Trocken.* Der Anrichtewagen rollerte gegen die Tür von Kahls Büro. Von drinnen ertönte ein lautes und gereiztes «Herein! Himmelherrgott ja, was ist denn?» Bei diesem Stand der Dinge verließ Borbet das Vorzimmer.

Und wer macht den Dreck weg?
Und wer gießt die Blumen?

Hildegard Klingebiel war leicht verwundert. «Haben Sie eine heimliche Liebe da draußen?» fragte sie Borbet und wies aus dem Fenster. «Wieso Liebe?» fragte er dumm zurück. «Weil Sie mich heute schon den zweiten Tag hintereinander mutterseelenallein ins Casino gehen lassen.» *Sie hat es bemerkt. Wie lieb.* Borbet erzählte ihr die Geschichte vom Geburtstag seiner Tochter Jutta, der sorgfältig vorbereitet sein wollte. «Vor allem von der Geschenkseite her», sagte Borbet, zwinkerte mit den Augen und nahm befriedigt Hildegards wissendes Schmunzeln wahr. *Wenn du wüßtest.*

Zwei Minuten umschlich er das Tresor-Geschäft, dann gab er sich einen Ruck. Drinnen war es nicht angenehm kühl, sondern stickig und schwül. Aus einem Nebenraum kam ein gleichbleibendes Geräusch, das Borbet nicht identifizieren konnte. Als der Verkäufer um die Ecke bog, wußte Borbet, daß dieser Mann neunmalklug, naseweis und vorlaut war. Ergeben ließ er den taxierenden Blick über sich ergehen, mit dem Verkäufer sich Menschenkenntnis beweisen wollen. Borbet zeigte wahllos auf einen Tresor. «Über den würde ich gern mehr wissen.» Während der Verkäufer über Zweiwandsysteme, Sicherheitsstufe B, schwere Bauart, Zahlenkombinationsschlösser mit drei Scheiben sowie die Nachteile von Doppelbartsicherheitsschlössern schwadronierte, nutzte Borbet die Gelegenheit, sich gründlich im Laden umzusehen. Schnell stieß er auf einen Tresor, der seinem weitgehend ähnelte. Sogar die Marke stimmte: Bode Panzer. Er unterbrach den

Verkäufer und wies auf den Tresor: «Der da.» Der Verkäufer verlor einen Moment den roten Faden und stellte sich auf die neue Lage ein. Borbet unterbrach ihn. «Sagen Sie mal, wie kriegt man so ein Ding eigentlich auf?» Der Verkäufer stockte. «Na, die Tür», stammelte er. «Kombination und dann die Tür.» Borbet nickte freundlich. «Sagen wir mal, ich habe die Kombination nicht zur Hand, sagen wir mal, sie ist völlig weg, was mache ich denn dann?» «Spurlos verschwunden?» fragte der Verkäufer zweifelnd. «Ja.» «Dann gibt es eine Möglichkeit, die selten in Anspruch genommen wird, die auch nicht ganz billig ist. Allein deshalb ist es schon wichtig, daß Sie etwas wirklich Wertvolles im Tresor aufbewahren. Damit es sich auch lohnt.» Der Verkäufer lachte. Borbet schwieg. *Nun sag schon.* «Sie können einen Spezialisten der Firma kommen lassen. Der macht Ihnen das Ding auf.» «Wie im Film?» «Genauso», sagte der Verkäufer tief befriedigt. *Mist.* «Gibt es da keinen Trick, ich meine, hat man als normaler Bürger denn gar keine Chance, so einen Tresor aufzubekommen?» «Na, Sie sind mir ja einer. Haben wohl einen geklaut, was?» scherzte der Verkäufer. «Nun sagen Sie schon, ich habe auch nicht ewig Zeit.» «Nein, wenn ich es Ihnen doch sage. Sie brauchen einen Schlüssel und bei den schweren die Kombination oder Schlüssel und Kombination. Und wenn das alles nicht geht, dann müssen unsere Spezialisten ran. Das ist ja das Gute an diesen Geräten», sagte der Verkäufer lebhaft, «sonst hätten sie doch gar keinen Zweck. Die sind bombensicher. Da bekommen Sie noch nicht mal eine Beule rein.» Bei diesen Worten schlug er bekräftigend mit der Faust auf die Decke des Tresors. Lautlos schwang die Tür auf. Borbet fielen fast die Augen aus dem Kopf.

«Arsch offen, was?» fauchte Fred und tippte mit der Hand gegen seine Stirn. «Mußt ihn ja nicht kaufen», sagte der unrasierte Mann mit der kalten Pfeife im Mund. Er steckte in einem ungeheuer schmutzigen Monteursanzug. Bruno saß auf einem Autowrack und blickte fasziniert über die Weiten des Schrottplatzes. Das Gelände war noch größer als die ersten beiden, die sie aufgesucht hatten. «Natürlich muß ich ihn nicht kaufen», brummte Fred, «aber ich brauche ihn.» «Dann akzeptier meinen Preis, und ich frage dich auch garantiert nicht, was du mit dem Ding vorhast», sagte der Mann. Sein Grinsen wurde fast so schmierig wie seine Hände, die er sich fortgesetzt an einem ebenfalls völlig verdreckten Stück Putzwolle abwischte. «Diese Schränke sind nun mal massiv. Da kostet das bloße Material natürlich schon. 600 Mark sind fast ein Freundschaftspreis.» Aus dem Hintergrund winkte Bruno. «Ich ziehe mich mal eben zur Besprechung zurück», sagte Fred. Der Mann nickte und verschwand mit dem Oberkörper im Motorraum eines Opel Admiral. «Was meinst du, Bruno?» «Das ist ungefähr der Typ Tresor. Ich schlage vor, wir nehmen ihn.» «Und wo willst du 600 Mark herkriegen? Und dann noch einen Topf Farbe und einen Pinsel. Mensch, das geht ins Geld», stöhnte Fred und dachte an die Espresso-Maschine, die in der Küche von Tante Frieda stand. *Totes Kapital.* «Tja», sagte Bruno. Schon am Tonfall erkannte Fred, daß er sich auf eine Lebensweisheit gefaßt machen mußte. «Wer ernten will, muß säen.» «Gut, daß du Kleingärtner bist und kein Urologe», knirschte Fred. «Sonst würde mir bei deinen Vergleichen ständig der Appetit vergehen. Wie geht es übrigens deinem Hexenschuß?» Bruno winkte lässig ab. «Längst vergessen. Die Creme von Doktor Strothmann und dann die Massage von Renate ...» Immer wenn die Rede auf Brunos Gattin kam, wurde Fred die ganze Malaise seiner Beziehungen zu Frauen bewußt. *Das muß überhaupt auch wieder anders werden.* Bruno faßte in seine Tasche und zog zwei Schecks heraus. «Hier, meine eiserne Reserve. Wenn ich mal mit dem Wagen liegenbleibe oder so.» Fred packte Bruno an den Oberarmen. «Du bist ein echter Kumpel, Bruno. Weißt du das?» Bruno schrieb die Schecks aus. Fred ging zum Schrotthändler, der sich in der kurzen Zeit noch weiter eingesaut hatte. «Okay, Meister, 600 Mark, nehmen Sie Schecks?» Der Mann schob die Schiebermütze nach hinten. «Nicht gern.» «Das verstehe ich gut», sagte Fred munter. «Aber in diesem Fall muß es mal so gehen, okay?» Bruno reichte dem Mann die Schecks. Er ließ sich die Scheckkarte zeigen. Bruno rangierte den Passat-Kombi so dicht wie möglich an den Tresor heran. Der Schrotthändler faßte beim Einladen mit an. «Ging doch ganz fix», sagte Bruno auf der Fahrt vom Gewerbegebiet zurück in die Stadt. «Und jetzt? Wir können doch nicht einfach klingeln bei dem Werbefritzen.» «Jetzt kaufen wir uns in einem Farbengeschäft Farbe und Pinsel, fahren an einen einsamen Ort und tunken den Schrank in die Farbe. Dann stellen wir ihn in die Sonne, gehen ein Bier trinken, und dann nehmen wir Kontakt mit dem Werbeonkel auf.» «Ach Fred», sagte Bruno versonnen, «ich würde dir zwar nicht meine Tochter zum Heiraten geben, aber so als Freund, der auch ein halbes Pfund Grütze unter dem Scheitel hat, bist du schon unschlagbar.» «Was soll ich mit deiner Tochter?» sagte Fred klagend, «gib mir deine Frau.» Bruno lachte laut, Fred lachte nicht mit. Bruno hörte auf zu lachen. Er guckte mehrmals kurz zu Fred hinüber und hing beunruhigenden Gedankengängen nach.

Auf dem Weg vom Tresor-Geschäft zur Versicherung war Borbets Stimmung ausgezeichnet. Die Zukunft nahm langsam Gestalt an. Er kam an keinem Schaufenster vorbei, ohne in den Auslagen etwas zu entdecken, das er für sich oder für Marianne gebrauchen konnte. Nach einem kurzen Gedankenflug, der ihn unwiderstehlich in Hildegard Klingebiels Zwei-Zimmer-Eigentumswohnung geführt hatte, kam Borbet sanft in seiner Vier-Zimmer-Mietwohnung nieder. Er hatte sich sehr wohl gefühlt in Hildegards Wohnung. Er hatte Hildegard viel besser kennengelernt. Stellenweise waren sie sich sogar nahegekommen. Borbet wußte also, was er aufgab. *Du solltest Marianne ein Geschenk mitbringen.* Borbet starrte in das Schaufenster einer Parfümerie. Da stand es: «Charisma», ein durchdringend riechendes Parfüm, das nebenbei Mücken fernhielt und 87 Mark kostete. In Parfümerien wurde Borbet regelmäßig schlecht. Dennoch hätte er es für Marianne auf sich genommen. Doch er zögerte. *Du darfst jetzt nicht auffallen. Keine überraschenden Geschenke. Das sieht immer wie schlechtes Gewissen aus. Nachher fängt sie doch an zu schnüffeln.*

Borbet landete vor einem Schuhgeschäft. Neidisch blickte er auf die eleganten und sehr modischen Slipper in Rot, Grün und Blau. Sie kamen ihm viel zu schmal für Männerfüße vor, aber er hatte schon zwei Männer in diesen Dingern gesehen. Borbets Blick wanderte von der Eleganz hinter der Scheibe zu seinem eigenen Schuhwerk. Plötzlich erschienen ihm die gesteppten Schuhe mit der soliden Specksohle doch sehr klobig.

Leicht erschüttert blickte er auf und stand Humphrey Bogart gegenüber. Trenchcoat, Kragen hochgeschlagen, weicher und doch nicht labberiger Hut, schräg in die Stirn gezogen, Zigarette im Mundwinkel festgeklebt. Und dann der Blick. Der Blick ging Borbet durch Mark und Bein. *So wirst du in Zukunft gucken. Genauso. Übst ein bißchen, dann haut das hin.* Wie Borbet so auf das Bogart-Plakat schaute, gefiel ihm die Zigarette nicht übel. Vor vier Monaten hatte er zum letztenmal mit dem Rauchen aufgehört. Er fühlte sich noch nicht sehr gefestigt. *Für den richtigen Lebensstil muß man zu gesundheitlichen Opfern bereit sein.* Einige Sekunden fiel das milde Licht des Wagemuts auf Borbet. *Marianne quakt garantiert wieder rum: kalter Rauch, Gestank, orale Phase. Wo sie das nur her hat, von mir jedenfalls nicht. Tschüs, Bogey. Wir sehen uns wieder. Ich glaube, das ist der Beginn einer wunderbaren Freundschaft.* Zwar startete jetzt kein Flugzeug in die neblige Nacht. Dafür fuhr die Vespa Borbet fast über die Zehen. Wütend blickte er dem Jüngling hinterher.

Borbet kam an einem Buchladen vorbei. *Ach ja, Kultur. Das kommt nun auch alles auf dich zu.* Borbet blieb vor dem Schaufenster stehen. *Oper, ach du meine Güte, nein. Man muß auch nicht übertreiben. Theater, schön, laß ich mir gefallen. Man muß sich ja nicht die Sachen zumuten, wo einem die Füße einschlafen. Aber Ohnsorg ist wohl nicht mehr drin bei unserem Lebensstandard. Gucken wir dann heimlich im Fernsehen.* Borbet betrat den Laden. An der Kasse verlangte er eine Quittung. «Aber bitte jeden Titel aufführen. Sonst schießt das Finanzamt quer.» Die junge Frau fing an: «Wie man Erfolg bei Frauen hat», «Die schönsten Inseln der Welt». Sie setzte den Kugelschreiber ab und unterzog Borbet einer kurzen Blickprüfung. Tapfer blickte er zurück. «Brennen und Schweißen von Stahl», «Nummernkonten in der Schweiz – Leitfaden für Erfolgreiche». Die Frau reichte Borbet den Zettel. «Sie sind sehr vielseitig interessiert.» Borbet reichte ihr die Geldscheine. «Ja, ja», lachte er, «man muß auf dem laufenden bleiben.»

Marianne Borbet hielt sich gewiß nicht für neugierig. Sie konnte aus dem Stegreif zahlreiche Freundinnen nennen, die bedeutend neugieriger waren als sie. Darum wunderte sie sich, warum es sie wie unter einem mächtigen Zwang aus der Wohnung über die Treppe in den Keller zog. Den Kellerschlüssel hatte sie vergeblich gesucht. Marianne Borbet strich über die glatten Holzbretter der Tür. Einige Sekunden verharrte ihre Hand über der Klinke. Sie sah zu, wie die Hand sich senkte und das Eisen des Türgriffs umspannte. «Aber Frau Borbet, das geht wirklich nicht.» Marianne fuhr zusammen, drehte sich um und drückte den Rücken gegen die Tür. «Wieso, Frau Frenzel, was ist denn? Ich verstehe nicht.» Elfriede Frenzel, die einen Eimer in der Hand hielt, in dem Marianne trotz wiederholten Hineinguckens nichts entdecken konnte, drohte mit dem Zeigefinger. «Na, na, nicht flunkern. Da gibt sich Ihr lieber Gatte so viel Mühe, und Sie können es nicht erwarten, bis er fertig wird.» Bei diesen Worten hatte Frau Frenzel den altklugen Ausdruck im Gesicht, zu dem Menschen neigen, die sich einbilden, daß sie rundum informiert sind. *Hexe. Heinz hat ganz recht. Du bist eine alte neugierige Hexe. Dir fehlt nur noch die Warze auf der Nase und ein Rabe auf der Schulter. Wie die Concierge in französischen Filmen.* Mühsam lächelnd machte Marianne Borbet gute Miene zu dem Spiel, das Frau Frenzel überhaupt nichts anging. Sie ließ sich am Ende sogar in die Wohnung der Nachbarin bitten und stand erstaunt vor einer großen Espresso-Maschine, die ihr Elfriede Frenzel stolz vorführte. Während die Frauen in der Küche standen, kam Fred nach Hause.

🌴 Borbet wechselte seine Sitzhaltung und legte den Kopf in die rechte Handschüssel. Das Büro versank.

Nun ist alles anders, Hildegard. Es heißt Abschied nehmen. Jetzt muß ich nur mit zwei Haaren einer Augenbraue flattern, und die jungen Dinger schwirren um Heinz Borbet wie die Motten ums Licht. Das mußt du verstehen, daß ein Mann nimmt, was er kriegen kann. So sind wir nun mal gebaut. Der Schniepel ist uns näher als die Hose. Und wenn die jungen Dinger sonst auch nichts zu bieten haben, eins kannst du ihnen nicht absprechen, Hildegard: sie sind jung. Die müssen sich nur hinstellen, dann dröhnt es dir im Kürbis wie Mastroianni in «Der Fremde», bevor er den Araber erschoß. Borbet wurde durch diese Assoziation regelrecht aufgeschreckt, beruhigte sich jedoch gleich wieder. *Aber ich möchte, daß wir zusammenbleiben. Ich stelle mir das so vor: Marianne lasse ich hier in der Stadt, und sie bleibt auch meine Frau. Dann habe ich so drei bis vier Zweitwohnsitze, schätzungsweise. Und pro Wohnsitz ein*

Häschen, du verstehst? Danke, Hildegard, du bist so menschlich. Aber die Geschäfte nehme ich ja immer mit. Telefon ist überall, Telexe bellen dich an, die Geldanlage fordert schnelle Entscheidungen. Ich brauche eine graue Eminenz an meiner Seite, Hildegard, eine, auf die ich mich verlassen kann. Keine überflüssigen Worte, zackzack, dann geht die Post ab. Du würdest das kleine Graue tragen, das du beim Vorweihnachts-Beisammensein im letzten Jahr ... du weißt? Hach, das ist fein. Weißt du auch noch danach auf dem Parkplatz? Als wir alle aus dem Lokal raus, die Parkplatzlaterne war irgendwie kaputt, flackerte immer so hektisch. Arschkalt war's. Ich hatte die Schuhe mit den rutschigen Sohlen an, aufs Klo mußte ich auch, eijeijei, und wie wir uns da in die Augen guckten, wie die Welt um uns versank, nur diese flackernde Parkplatzlaterne und der donnernde Druck auf die Blase. Ach, Hildegard. «Was? Wie? Woher? Wohin?» Borbet orientierte sich mühsam. Belmondo lag schon wieder halb über seinem Schreibtisch. Da er nur 1 Meter 70 groß war und sein Oberkörper davon noch das wenigste abbekommen hatte, sah es so aus, als ob er im nächsten Moment, den Gummibaum als Zwischenhalt nutzend, auf Borbets Schreibtisch weiterklettern wollte. Belmondo grinste. «Ja, lieber Kollege Borbet, wo sind wir denn mit den Gedanken? Lassen wir heimlich den Larry raushängen?» Borbet spürte ein Brennen auf der rechten Wange. Er wandte den Kopf und verfiel einem totalen Augenkontakt mit Hildegard. *Und nach Feierabend, Hildegard, wenn die Warentermingeschäfte mit Kanada, Südafrika und Australien abgewickelt sind, wenn du schon längst die Jacke deines strengen, grauen Kostüms abgelegt hast, wenn du auch deine entzückende Brille abgesetzt hast, dann mußt du darauf gefaßt sein, daß ich, dein Heinz, hinter dich trete und dir mit einer schnellen Handbewegung, die den Weltmann auszeichnet, den strengen, kleinen Knoten löse. Dann fällt dein prachtvolles Kastanienhaar über die weiße Bluse. Dann wirst du herzlich hilflos gucken, Hildegard, weil dir deine Kurzsichtigkeit einen Streich spielt. Dann werde ich dir sanft, aber bestimmt den Bleistift, den du hinterm Ohr trägst, abnehmen und ihn mit zwei Fingern zerbrechen. Ich hoffe, deine Bluse hat nicht mehr als zwei Knöpfe, sonst müßte ich sie nämlich abreißen. Wer hat denn so viel Zeit, wenn du vor ihm stehst? Wir schicken die jungen Dinger aus dem Haus, sollen sie sich in dieser Nacht mit stämmigen Surfern an der Pommes-frites-Bude vergnügen.*

Wir beide aber, Hildegard, wir beide. «Feierabend», brüllte Belmondo. Borbet hätte ihn würgen können.

Kurz vor 17 Uhr stellte Roswitha noch einen Anruf durch. Wegemann saß mit Rainer Kurz zusammen und redete über die Präsentation für die Passau-Paderborner. Kurz hatte Ringe unter den Augen, Wegemann sah das nicht ungern. Immer wenn sein Partner an einer Idee Feuer gefangen hatte, arbeitete er 14 bis 16 Stunden am Tag. Familie Spielmann hatte schon mächtig an Konturen gewonnen. Wegemann nahm den Hörer ab. «Is denn?» «Gespräch, dringend, mehr verrate ich nicht. Ich würde dir aber raten, den Knopf zu drücken», sagte Roswitha hastig. Wegemann blickte zu Kurz und nahm das Gespräch an.

«Wegemann + Khurtz, Wegemann.» «Sagehorn vom Autohaus Sagehorn, Sie kennen es?» Wegemann war die dynamische Männerstimme gleich angenehm. «Kenne ich, wo lebe ich denn? Sie sind das größte Haus am Platz, was Autos von 150 PS an aufwärts betrifft.» «So ist es», sagte die Stimme höchst befriedigt. *Jetzt springt dem der Knopf von der Hose.* «Was kann ich für Sie tun, Herr Sagehorn?» «Je nun, in unseren Kreisen gibt es seit zwei Tagen ein nettes Gesprächsthema. Ich meine die entzückende Serie in der ‹Allgemeinen›.» «Ah ja, natürlich. Und?» «Herr Wegemann. Der Zufall will es, daß wir in diesen Tagen in der Geschäftsführung zusammengesessen haben, weil wir mit unserer derzeitigen Agentur – ich will es zurückhaltend ausdrücken –, weil wir mit ihr nicht gerade deckungsgleich sind.» Automatisch gab Wegemann seine lässige Sitzhaltung auf. Rainer Kurz wurde aufmerksam und schaltete den Telefonlautsprecher an. «Ja, Herr Sagehorn, das hört sich bisher doch alles so an, als wenn wir Ihnen helfen könnten.» Wegemann genoß das leicht brünstige Lachen seines Gesprächspartners. «Also, lieber Herr Wegemann, darf ich Sie Götz nennen?» «Sie dürfen.» «Ich heiße Winfried. Götz, wann können wir uns sehen?» «Wenn ich die Größenordnung des Gesprächs wüßte, könnte ich mich besser einrichten.» «Sagen wir 300000 Deutsche Mark. Eine angenehme Zahl?» «Eine ausgesprochen sinnliche Zahl», bestätigte Wegemann. Er blätterte im Terminkalender. «Montag, sagen wir 11 Uhr, recht so?» «Ist notiert und zu den Akten genommen. Wenn wir miteinander ins reine kommen, woran ich unter Brüdern gesagt eigentlich keine Sekunde zweifle, verehrter Götz, können Sie Ihren im übrigen todschicken roten Tresor vergessen.» Mit einem kehligen Lachen verabschiedete sich Sagehorn.

Kurz eilte spornstreichs in sein Arbeitszimmer, um an Familie Spielmann weiterzubasteln. Wegemann wählte die Nummer der *Allgemeinen*. Er gab sich beim Wählen große Mühe, um nicht wieder bei der gutturalen Sexstimme zu landen. «Puttel.» «Wegemann. Ich möchte nur kurz Danke sagen.» «Was habe ich angestellt?» «Du bist zur Zeit dabei, mir sehr zu helfen.» Wegemann grinste. «Mir und meinen Angestellten. Du machst dich um die wirtschaftliche Situation des Mittelstands in dieser unserer Republik verdient. Dafür möchte ich dir danken. Wir haben vor einer Minute wahrscheinlich einen großen Auftrag an Land gezogen. Saftiger Etat. Wäre nach der Passau-Paderborner unser zweitgrößter Brocken. «Na, dann beginnt sich der Tresorklau für dich ja zu lohnen.» Wegemann schaltete schnell die Mithöranlage aus. Mit leisem Bedauern dachte Jo daran, daß sie heute abend mit Messerschmid verabredet war. Als sie noch überlegte, mit welcher Taktik sie sich für den Abend kurzfristig freimachen konnte, verabschiedete sich Wegemann schon. *Idiot.* Jo blickte auf den Hintern des hinreißend gebauten Redaktionsboten Albrecht, der soeben an ihrem Schreibtisch in Richtung Chefredaktion vorbeischwebte. Sie mußte wieder darüber nachdenken, wie Manfred Zahn seine letzten, schon ziemlich gelallten Sätze im Anschluß an den Besuch im *New Yorker* gemeint haben könnte. *Manfred ist verheiratet, er lebt getrennt, hat keine Kinder. Aber Manfred ist nicht Chefredakteur, sondern Ressortleiter. Lieber Manfred, ich glaube, das habe ich nach den Ereignissen der letzten Tage nicht mehr nötig.*

Aus: Satzung des Landesbunds der Gartenfreunde e. V.
§ 16 11. (Abfälle) Pflanzenabfälle und dergleichen sind als Kompost zu verwerten. Nicht kompostierbare Gegenstände sind sachgemäß zu beseitigen.

«Blüh auf»-Vorsitzender Fritz Elstner guckte nicht besonders erfreut. «Muß das denn sein, Bruno? Ich bin gerade unheimlich unter Druck.» Bruno kam an den Schreibtisch im Büro des Vereinsheims.

«Ist es wegen der anonymen Briefe?» fragte er und freute sich über das belämmerte Gesicht von Elstner. «Hast du etwa auch eins von diesen Machwerken gekriegt?» Irgend etwas in Brunos Miene paßte Elstner nicht. *Du Ohrfeigengesicht, was gibt es da zu grinsen?* «Bruno, ich habe dich was gefragt.»

Bruno fühlte sich stark. Fünf Flaschen Bier stärkten ihm den Rükken. *Da schwitzt du, Elstner, was? Gewürm. Gewürm ist gut.* Bruno fiel nicht mehr ein, wo er das Wort gelesen hatte. Es mußte in einem Perry Rhodan-Heft der zweiten oder vierten Auflage gewesen sein. «Ja, Fritz, ich habe auch so einen Brief bekommen. Und natürlich stelle ich mir jetzt einige Fragen.» Elstner stand auf und trat dicht vor Bruno: «Das sage ich dir», flüsterte er, «wenn ich rauskriege, daß du hinter der Schweinerei steckst ... jeder im Verein weiß, daß ich dich bei der letzten Vorstandswahl geschlagen habe.» «Vier Stimmen», sagte Bruno. Es sollte höhnisch klingen, es klang verbittert. «Vier Stimmen können in einer Demokratie ganz schön was anrichten.» «Ja, ja», winkte Bruno ab. «Adenauer 1949, wissen wir mittlerweile. Du wiederholst es ja häufig genug.» Der Vorsitzende fühlte sich etwas besser. «Wir haben gerade keine Zeugen, Bruno.» Bruno blickte sich um. «Und darum werde ich dir jetzt etwas sagen, was ich an deiner Stelle nicht weitertratschen würde. Ich müßte dann nämlich entschieden abstreiten, jemals so etwas gesagt zu haben.» «Nun sag's schon», forderte ihn Bruno auf. Der Vorsitzende stellte sich ans Fenster, stützte beide Hände auf das Fensterbrett und atmete tief den würzigen Duft des großen Misthaufens ein. «In den letzten beiden Tagen haben alle Vereinsmitglieder diese anonymen Briefe gekriegt. Und, Bruno, ich habe dich im Verdacht, die Zettel verschickt zu haben. Du hast irgendwo was läuten hören, ich weiß nicht wo. Und jetzt betreibst du eine Schmutzkampagne. Wenn ich eines Tages rauskriege, daß du wirklich dahintersteckst, Bruno, werde ich dich zerschmettern. Ich werde dich zerquetschen zwischen Daumen und Zeigefinger.» «Wie eine Sacklaus», sagte Bruno, dem in diesem Moment eine peinliche Affäre aus seinem Leben einfiel. Elstner funkelte Bruno an. Fritz Elstner gehörte zu den wenigen Menschen, die hinter Brunos überfallartig herausgeschleuderten Assoziationen eine Absicht witterten. Dieses Mißverständnis machte Bruno zu einem gefährlicheren Konkurrenten, als es nach Lage der Dinge nötig gewesen wäre. «Starke Worte, Fritz», sagte Bruno, «starke Worte. Schätze, es fehlt dir an Beweisen, wenn du hier so rumpolterst.» Elstner ging zum Schreibtisch und fischte aus dem Plastikbehälter mit der Aufschrift «Eingänge» einen DIN-A4-Bogen. Er wedelte damit vor Brunos Gesicht herum und schnaufte: «Das hier ist der Beweis, mein Lieber, das hier ist er.» «Gib her», sagte Bruno und grapschte Elstner das Papier aus der Hand. «Mal sehen, ob wir zwei auch wirklich dieselbe Post bekommen haben.»

«Schrebergärtner! Naturliebhaber! Freunde von Grün, Ruhe, Blumen, Pflanzen, Obst und Gemüse!

Gefahr droht! Uns! Allen! Uns allen also! Unsere schöne Kolonie soll dem Boden gleichgemacht werden. Beton, Zement und all so was soll dort hin, wo jetzt noch lauschige Grillecken, kraftvolle Nutzgärten und auch ein paar Kinderspielplätze stehen. Uns, dem Gras, den Bäumen, den Vögeln und auch dem Ungeziefer soll die Existenzgrundlage entzogen werden!

Hinter unserem Rücken verhandelt unser sauberer Vereinsvorstand mit einer bekannten Versicherung, der Passau-Paderborner von 1870/71 über den Verkauf unseres Geländes an eben diese Versicherung, damit sie auf unserem Gelände ein Hochhaus errichtet, weil ihr das alte Verwaltungs-Hauptgebäude hinter dem Hauptbahnhof nicht mehr reicht.

Einer, der es gut mit uns allen meint, warnt mit diesem Schreiben alle Kleingärtner vor der tödlichen Gefahr für unsere Gärten und unser aller Freizeit. Wehret den Anfängen!!!

Anlage: Die Fotokopie eines Schreibens unseres sauberen Vereinsvorsitzenden Fritz Elstner (der diebische Elstner) an einen leitenden Herrn der Passau-Paderborner-Versicherung. Kleingärtner, wehrt euch! Fritz Elstner muß weg. Unsere Gärten müssen bleiben. Unterschrift: Einer, der es gut meint mit uns.»

«Genau das habe ich auch gekriegt», sagt Bruno und ließ den Brief auf den Schreibtisch segeln. «Jetzt ist die Kacke am Dampfen, was, Fritz», sagte er spöttisch. «Das kriegen wir wieder in den Griff», knurrte Elstner. «Sind doch alles bloß haltlose Mißverständnisse. Die kläre ich in weniger als einer Minute auf.» «Aber du kommst mir ein bißchen verkniffen vor», erwiderte Bruno und fühlte sich sehr gut. Elstner funkelte den Gegner an. «Der Brief ist schon allein für sich eine große Sauerei. Anonym und so, kennt man ja, feige Kerle eben. Aber die Fotokopien, die sind die eigentliche Schweinerei. Wo hat der die her, frage ich mich.» «Ja, auf diese Frage kann man aber auch wirklich kommen», bestätigte Bruno und fühlte sich kannibalisch wohl. «Natürlich gehst du zur Polizei.» Gespannt wartete er auf Elstners Reaktion. «Wieso denn zur Polizei?» fragte der Vereinsvorsitzende unruhig. «Na, aber Fritz», sagte Bruno, «erstens: ein anonymer Brief, zweitens: Fotokopien aus dem Privatordner, das riecht doch nach Diebstahl oder Einbruch. Und drittens: der Inhalt, also was da drinsteht. Das muß doch alles erstunken und erlogen sein. Denn wenn es wahr sein sollte, mein lieber Fritz, mach unserem Verein bloß keine Schande.» Bruno trat auf Elstner zu und legte ihm eine schwere Rechte auf die Schulter. Elstner war kurz vor dem Platzen. Er hatte Bruno neunundneunzigprozentig in Verdacht. Aber ihm fehlte der Beweis. «Einmal, Bruno, nur einmal habe ich das Fenster vom Büro offenstehen lassen», murmelte Elstner verkniffen, «und den Rest, den reime ich mir zusammen.» Bruno spürte, wie ihm eine leichte Gänsehaut die Wirbelsäule entlangkroch. «Wieso?» fragte er scheinheilig, «verstehe kein Wort.» «Ach laß, Bruno», winkte Elstner ab, «das bringt nichts mit uns beiden.» «Also gehst du nun zur Polizei oder was?» «Ja doch, muß ich ja wohl», sagte Elstner mehr zu sich als zu Bruno.

Auf der Heimfahrt geriet Borbet im Kreuzungsbereich Dammtor mit dem Fahrer eines BMW aneinander. Borbet, von der Alster kommend, sah schon von weitem, daß die Ampel am Dammtorbahnhof Rot zeigte. Dementsprechend ließ er den Wagen auf das Ende des Staus zurollen. Im Radio – Borbet hörte grundsätzlich nur noch NDR I, seitdem der NDR im zweiten Programm Hausfrauensendungen brachte – spielte Herr Herbolzheimer eine Big-Band-Melodie, die Borbet gut leiden konnte. Die Sonne brannte vom Firmament. Auf dem Rücksitz des Audi stand ein Sechserkarton Sekt Marke Mum, mittelmäßig trocken. Borbet war schon fast an die Schlange vor der roten Ampel herangerollt, als ihn rechts ein BMW überholte und sich mit einem flotten Schlenker nach links vor Borbet setzte. Borbet mußte bremsen. BMW-Fahrer waren ihm seit langem ein Dorn im Auge. BMW waren genauso schnell, daß sie unverschämt sein konnten, aber langsam genug, um während des Wegzischens dem Überholten per Blick auf das Heck Gelegenheit zu geben, Unmut und Unterlegenheitsgefühle anzusammeln.

Borbet hatte so etwas viele Male erlebt. Er hatte sich seit Jahren hilflos gefühlt. Heute war das anders. Seit Samstag letzter Woche waren die Karten neu gemischt. Borbet schaltete den Motor aus. Er klappte die Sonnenblende des Beifahrersitzes herunter, beugte sich hinüber und betrachtete sich intensiv in dem kleinen Spiegel. Er klappte die Blende hoch, öffnete die Tür bis zum Anschlag und stieg aus. Als er neben dem Wagen stand, erkannte Borbet, daß er im Begriff war, sich außergewöhnlich zu verhalten. Der Gedanke gefiel ihm. Satt schlug die Tür ins Schloß, und Borbet trat an die Fahrertür des BMW. Er riß sie auf, packte zu und zog den Fahrer an den Aufschlägen seines gestreiften Sommerjacketts aus dem Wagen. Er stellte den völlig überrascht scheinenden Mann mit dem Rücken an die hintere linke Seite des BMW. Dann ließ Borbet von ihm ab, um mit dem gesamten Oberkörper auszuholen. Am Rande registrierte er, daß der Mann sich nicht wehrte. Zwar war Borbet entschlossen, jeden Widerstand im Keim zu ersticken, aber er hatte fest mit Gegenwehr gerechnet. Nun geschah nichts, doch Borbet ließ sich nicht irritieren. Er holte aus und ohrfeigte den Mann sechsmal: dreimal von rechts und dreimal von links, jeweils sehr kraftvoll. Dann ließ Borbet von dem Mann ab. Während er zu seinem Wagen ging, nahm er aus den Augenwinkeln wahr, daß der BMW-Fahrer mit dem Rücken an seinem Wagen herunterrutschte.

Borbet saß gerade wieder im Audi, als der BMW-Fahrer, dessen Wangen leuchtend rot waren, sich mühsam aufrappelte, mit beiden Händen die Wangen betastete, Borbet anblickte, mit einer Hand auf den Audi wies und kläglich hervorstieß: «Der ist bescheuert, total bescheuert.»

Borbet kam eine knappe halbe Stunde später zu Hause an. Der junge Beamte hatte ihm gesagt, daß er mit einer Anzeige wegen

Auszug Polizei-Protokoll, Dammtor-straße–Mittelweg, 16 Uhr 58.
Protokollant Polizeimeister Über-bein.

... der beschuldigte Heinz Borbet sei daraufhin auf den Anzeigenführer Ulf-Volker Haase zugetreten und habe ihn mit voller Kraft gegen das rechte Schienbein getreten. Der Be-schwerdeführer Haase ist über diese Tat besonders empört, weil er das Gefühl gehabt hat, daß Herr Borbet ihm vorher lange quasi genüßlich ins Gesicht geblickt habe. Beschwerde-führer Haase gibt an, daß der be-schuldigte Borbet auch nach dem Tritt dem Haase lange ins Gesicht geblickt habe. Als Haase nicht sofort zusammengeknickt sei, habe Borbet mit demselben Bein wie beim ersten-mal, dem rechten, ausgeholt. Erst als daraufhin Haase mit einem leisen Wimmern zusammenbrach, habe Borbet von ihm abgelassen und sei in seinen Pkw vom Typ Audi 100, Baujahr 1982, gestiegen. Beschwer-deführer Haase führt aus, daß es be-sonders die Kaltschnäuzigkeit des Borbet gewesen sei, die ihn zu einer Anzeige veranlaßt habe, obwohl er sonst gewiß nicht der Typ dafür sei.

Körperverletzung rechnen müsse. Das war es Borbet wert. *So wird es euch allen erge-hen, ohne Ausnahme. Ich werde euch vom ersten bis zum letzten an Ort und Stelle fertigmachen, ihr Twens und Raser. Zeigt mich doch an. Fiffies. Ab heute regieren an-dere Sitten. Heinz Borbet kommt. Von wegen 100 PS gelten mehr als 75. Ab heute hat der Charakter das Sagen. AAAaarrhh.* Borbet fand es amüsant, wie ihn die Besat-zung des Streifenwagens ange-guckt hatte. *Das sind die jungen Spunde eben nicht gewohnt, daß einer im Besitz von Selbstbe-wußtsein ist.* Auf der Fahrt nach Hause war ihm endgültig auf-gefallen, daß der Wagen hinten absackte. *Müssen die Stoßdämp-fer sein. Du mußt zu Andreas. Sollen sie mal zeigen, was sie kön-nen, diese albernen Alternativen.*

Gegen 19 Uhr schlug Jo Put-tel vor, die Feier in eine Kneipe zu verlegen. «Hier an unser al-ler Arbeitsplatz ist ja wohl nicht der richtige Ort», sagte sie und strahlte die Anwesenden an. Acht Augenpaare suchten die zwei Sektflaschen. Kein Zweifel, sie waren leer. Jo hatte nicht geahnt, daß sich die Nachricht von ihrer Beförderung zur Chefreporterin dermaßen schnell herumsprechen würde. Manfred Zahn war ge-kommen und hatte ihr schöne Grüße vom Chefredakteur bestellt. Er würde sich freuen, Jo um 15 Uhr sehen zu können. Fahrig hatte sie ein kleines Mittagessen hinuntergeschlungen und war über-pünktlich gewesen. Der Chefredakteur hatte wenig Worte ge-macht, weil er selbst für launige kleine Reden mittlerweile zu faul war. Er war nur aufgestanden, hatte Jo warm die Hand geschüttelt und sie zu der beruflichen Entwicklung der letzten Zeit beglückwünscht. «Zur Chefredakteuse *hahaha* hat es noch nicht ganz gereicht. Aber der Posten einer Chefreporterin ist ja nun auch nicht ohne. Herzlichen Glückwunsch und so weiter.»

Unter beträchtlicher Lärmentwicklung stieg die Runde in zwei Personenkraftwagen. Jo hatte geistesgegenwärtig noch kurz vor 16 Uhr zwei Euroschecks zu Bargeld gemacht. Die Scheine brauchte sie jetzt auch, denn anders als andere Kollegen war sie bisher nicht im Besitz eines Rufs. Deshalb mußte sie im *New Yorker* bar und sofort bezahlen. *Das wird anders ab heute. Ich kriege meinen Zettel und dazu das intime Lächeln von Josty. Die Kellner wissen nach einer Woche auch Bescheid, und die Laufkundschaft sieht mir nach, wenn ich das Lokal verlasse: Herrlich. Ich gehöre dazu, ab heute gehöre ich endgültig dazu.* Jo war sehr stolz, daß sie die Beförderung durch saubere journalistische Arbeit geschafft hatte und nicht durch halbseidene, mit dem Ethos der Journalisten nicht zu vereinbarende Zurechtbiegungen von Informationen. Sie hatte noch nicht einmal einen Kollegen ausstechen müssen. Jos frühere Skrupel gegenüber der Mitarbeit bei einer Boulevardzeitung waren nicht mehr vorhanden. Sie hielt sich nur noch einige kokette Schlenker für den Fall in Reserve, daß sie in eine Runde geriet, deren Zusammensetzung es ihr vorteilhaft erscheinen ließ, sich kritisch zu geben. Doch kam Jo mit zunehmender Dauer ihrer Beschäftigung bei der *Allgemeinen* kaum noch in solche Kreise. Es war ihr nicht unlieb so. Sie machten sechs Flaschen Sekt leer, und Jo bekam feuchte Augen, als Josty sie nach einem kurzen Blick auf den Verzehrbon noch in derselben Nacht in die Runde seiner besseren Gäste aufnahm.

🌴 Borbet saß mit Hildegard im Keller beim Geldzählen. Die Deckenlampe strahlte auf die umgedrehte Gemüsekiste, so daß Borbet dachte, er sei im Kino. So waren die Lichtverhältnisse, wenn in Filmen Pokerrunden gezeigt wurden. Im Keller mußte drückende Schwüle herrschen, sonst hätte Borbet nur noch einen Grund gewußt, warum Hildegard und er die Oberbekleidung abgelegt hatten. Bis hierher, fand Borbet hinterher, ging der Traum ja noch. Dann jedoch bat ihn Hildegard, die restlichen Scheine aus dem Tresor zu holen. Sie wollte unbedingt die Million vollkriegen. Borbet öffnete die Tür. Im Tresor saß, zusammengekrümmt wie ein Kind im Mutterleib, Marianne. Sie sagte kein einziges Wort, sie blickte ihren Mann nur an. Der Blick ging Borbet durch und durch. Er mußte sogleich aufstehen und im Badezimmer ein Glas Wasser trinken. Er stützte die Hände auf das Waschbecken und blickte sich lange im Spiegel an. Weil er schon in der Nähe war, pinkelte er auch gleich noch.

Diesmal wollte Elfriede Frenzel nicht wieder ins offene Messer laufen. Als das charakteristische Geräusch anzeigte, daß Borbets Wohnungstür über ihr ins Schloß gezogen wurde, griff sie nicht zum Mülleimer. Sie scheute ein erneutes Zusammentreffen mit Borbet. *Dieser Giftzwerg. Rumschreien, das kann er. Und mich für so dumm halten, daß ich ihm die Geschichte mit dem Geburtstagsgeschenk glaube, das kann er. Aber seine Kinder erziehen, das kann er schon mal nicht. Und ein Auto so einparken, daß ich die Kratzgeräusche nicht bis ins Wohnzimmer höre, das kann er auch nicht. Und in diesem Trainingsanzug sieht er aus wie ein Warnlicht mit Beinen.* Elfriede Frenzel hielt ihr linkes Ohr – das bessere – an die Wohnungstür. Tatsächlich ging Borbet in den Keller. Elfriede Frenzel wurde einiges klar. Und sie war fest entschlossen, ihren Verdacht nicht für sich zu behalten.

Borbet holte aus und ließ die Faust auf den Tresor fallen. Die Tür blieb zu. Er versuchte sich daran zu erinnern, ob der Verkäufer im Tresor-Geschäft irgendeinen Trick angewendet hatte, der das Metall in besondere Schwingungen versetzte. Über diesen Versuchen schlug sich Borbet die Handkante blau. *Ist ja alles Quatsch. Pipifax. Wie sich Karlchen Miesnik das vorstellt. Ab jetzt machst du Nägel mit Köpfen. Nitroglyzerin, Zweizentnerbomben, Hartgummigeschosse.*

Elfriede Frenzel blickte auf die Uhr. Geschlagene vier Minuten war der verdächtige Nachbar in seinem Kellerraum geblieben. Sie ging im Wohnzimmer hin und her. *Anrufen, kurz und schmerzlos. Aber was sagst du denen? Die Polizei will immer alles so genau wissen. Das ist ja das Gute bei denen. Kann aber auch lästig werden. Der Borbet hat Dreck am Stecken, da verwette ich mein vierundzwanzigteiliges Service drauf.* Elfriede Frenzel griff den Telefonhörer und zögerte. Sie zählte noch einmal alle Argumente auf, die für Borbets Unschuld sprachen. Außer seiner netten Frau fiel ihr keins ein. Elfriede Frenzel wählte 1, 1 und 0. Während es in der Leitung noch rauschte, fiel ihr Blick auf die eingelassene Glasplatte des Couchtisches. *Nein!* Alles an Elfriede Frenzel versteifte sich. *Dreck. Schmutz. Ränder. Fred, du Ferkel. Wozu gebe ich dir für deine stinkenden Biergläser eigentlich immer die wunderschönen Bastuntersetzer aus dem Spanien-Import-Laden?* «Polizeirevier 37, guten Tag, Sie wünschen?» Frau Frenzel legte den Hörer auf. *Du kannst die Herren von der Polizei unmöglich in so einer dreckigen Wohnung empfangen. Hier gehst du erst einmal mit Wasser und Putzmittel durch. Dann blitzt das wieder. Und dann können sie kommen, die Herren.* Aus dem Werbefernsehen kannte Elfriede Frenzel zahlreiche Reinigungsmittel. Sie hatte sie der Reihe nach durchprobiert und war schließlich an Chlorestos hängengeblieben. Nicht der Preis hatte den Ausschlag gegeben. Als sich nach einer halben Verschlußkappe sogar die notorischen Pinkelränder von Fred in Nichts aufgelöst hatten, hatte Frau Frenzel gewußt, welches Putzmittel für sie das richtige war. Sie wollte vorher nur die Haare zusammenbinden. Als sie das Band nicht sofort fand, stülpte sie in der Eile die knallgrüne Duschkappe über die Dauerwelle. Dann schraubte Frau Frenzel die Kappe des Putzmittels auf.

In der Mittagspause kam Borbet mit ins Casino. Er saß neben Hildegard, zwischen ihnen waren nur das Tablett und der Anstand. Belmondo erzählte irgendein dummes Zeug, in dem es um Frauen, Autos und die Vorteile der hinteren Reihen im Autokino ging. Erna Degenhardt hörte nicht zu. Sie dachte über das Gespräch vorhin im Betriebsratsbüro nach. Dort hatte sie erfahren, daß die Einführung der Datensichtgeräte beschlossene Sache war. Allerdings könne der Betriebsrat im gegenwärtigen Stadium nicht an die Öffentlichkeit gehen, weil er an die Schweigepflicht gebunden sei. Borbet hörte Belmondo zu. *Autokino, warum nicht? Da kann selbst ich alter Fachmann vielleicht noch was lernen.* Sein Blick glitt zu Hildegard. Abwesend gabelte er den gemischten Salat. Erst als Belmondo sich sehr laut räusperte, merkte Borbet auf. Hildegard lächelte ihn tapfer an. Doch es war kein Zweifel möglich. Die letzten Bissen hatte sich Borbet vom Salatteller seiner Vorgesetzten gepiekt.

Der Krankenwagen und die beiden Streifenwagen standen direkt vor dem Haus. Da Borbet aus der Innenstadt kam, sah er sie erst im letzten Moment. Er hatte den Lenker schon nach rechts eingeschlagen. Borbet bremste, schlug den Rückwärtsgang rein, fuhr mit quietschenden Reifen auf die Hauptstraße – der Polizist im Streifenwagen drehte sich nach ihm um – und jagte nach vorn. *Fahren, fahren, raus aus der Stadt, Richtung Norden, über die Grenze, weg, nur weg.* Hundert Meter weiter fuhr Borbet rechts ran. Er hörte seinem rasenden Puls zu. *Du mußt jetzt laufen, fliehen. Tu was. Sitz nicht dumm hinterm Steuer. Das geht alles aufs Herz.* Mit einer fahrigen Handbewegung fuhr sich Borbet übers Gesicht. *Warum ist die Polizei schon da? Das ist unmöglich. Das geht doch nur, wenn mich einer verpfiffen hat. Aber es weiß doch keiner.* Borbet fuhr zum Flughafen. Er wußte nicht, ob er fliegen würde. Aber er wollte an einem Ort sein, der ihm die Möglichkeit eröffnete, sich abzusetzen. Die Fahrt verlief quälend langsam. Die Ausfallstrecke nach Fuhlsbüttel war gespickt mit Staus.

Am Flughafen fand Borbet schnell einen Parkplatz. Die ersten Geschäftsflieger kehrten zu ihren Autos zurück. Borbet holte seinen alten, schmuddeligen Trenchcoat aus dem Kofferraum. Er drückte mit beiden Armen kräftig auf die Hinterachse. Sie gab butterweich nach. *Stoßdämpfer, habe ich ja gleich gesagt.* Lange stand Borbet unter der Anzeigetafel und studierte die Flüge, die heute noch abgingen. *Die Welt steht dir offen.* Vor Aufregung bekam Borbet einen beißenden Heißhunger. Aber er hatte nicht genug Geld dabei, um sich ein Essen zu genehmigen. Diese Eigenart besaß er seit der Pubertät. Wo anderen der Appetit verging oder sie mit Durchfall reagierten, mußte sich Borbet den Bauch vollschlagen. Langsam ließ die Anspannung nach, Borbets Blickwinkel wurde weiter.

Er sah nicht mehr alles wie durch einen engen Schlauch. Er nahm auch wieder mit den Augenwinkeln wahr, beispielsweise die Reihe der Telefone.

«Borbet.» «Marianne, ich bin's, Heinz, dein Mann.» Marianne

lachte. «Aha. Und? Warum bist du nicht schon zu Hause?» «Äh ja, warum, warum nicht. Ich komme gleich. Ich wollte mich nur kurz melden.» Borbet holte tief Luft und fragte hastig: «War was in der Zwischenzeit? Ich meine, irgendwas, was ich wissen müßte?» «Allerdings war was. Frau Frenzel ist tot. Was sagst du nun?» *Na, ein Glück.* Borbet verstand noch nicht die Zusammenhänge, aber das Wichtigste wußte er nun. «Also ich komme dann.»

Borbet fuhr nach Hause. Der Krankenwagen und ein Streifenwagen waren verschwunden. Neben dem zweiten Streifenwagen – schmunzelnd registrierte Borbet, daß es sich um einen BMW handelte – standen ein junger Polizist und ein offensichtlich ausländischer Arzt. Borbet gab sich beim Einparken große Mühe. Dann stellte er sich wie beiläufig zu den beiden Männern und nickte ihnen zu. Sie nickten zurück und unterhielten sich anekdotenreich über den Amtsweg von Leichen. Borbet klopfte auf die Herzgegend, sofort faßte der Arzt seine Tasche fester. Borbet lächelte und fischte ein Päckchen Zigaretten aus der Innentasche, wo er es für den Fall aufbewahrte, daß er auf der Arbeit Besuch empfing. «Mmh?» sagte er und hielt die Packung den Männern entgegen. Der Arzt schüttelte den Kopf, der junge Polizist guckte verbissen auf die Schachtel und zog hektisch einen Zahnstocher aus der Tasche, auf dem er sodann nervös herumbiß. «Meine Frau hat mir schon erzählt», sagte Borbet und nickte in Richtung erster Stock. «Was ist denn die Ursache? Ich meine, woran ist sie denn genau gestorben?» «Putztod», antwortete der Arzt. Borbet verstand nicht. «Putztod. Ihr Deutschen seid ein komisches Volk», sagte der Arzt und ging über die Straße, wo er in einen Pkw stieg. Der Polizist erklärte es Borbet: «Die Frau hat zuviel von dem Putzmittel eingeatmet. Das soll man ja auch nicht tun, steht laut und deutlich auf der Rückseite. Sie ist ohnmächtig geworden und gestürzt. Mit dem Kopf gegen die Kloschüssel, dann gegen den Badewannenrand und dann noch voll auf den Fliesenboden.» «Dann kann man sagen, sie hat nichts ausgelassen», sagte Borbet beeindruckt.

Er bemerkte, daß der Polizist verzweifelt die Zigarettenpackung beäugte, die er immer noch in der Hand hielt. Er steckte sie in die Tasche. Der Polizist entspannte sich. «Na, dann noch einen schö-

nen Abend», sagte Borbet. «Gleichfalls, danke. Ich warte noch.»
«Aha. Auf wen?» «Die Kripo ist drin.» «Ja um Himmels willen»,
rief Borbet und wurde sofort wieder wacklig in der Seele, «warum
ist denn die Kripo da?» «Die kommt doch immer bei ungewöhnli-
chen Todesfällen.» Borbet verabschiedete sich endgültig von dem
Polizisten, eilte in den Keller und rüttelte an seiner Tür. Danach
war er beruhigt. Auf dem Weg in die Wohnung wurde er ganz
langsam, denn die Tür von Frau Frenzels Wohnung stand offen.
Borbet hörte Stimmengemurmel und sah kurz einen Mann im
Trenchcoat. Borbet wunderte sich, daß auch dieser Polizist einen
Zahnstocher im Mund hatte. *Ist vielleicht ein Erkennungszeichen bei
denen, wie die Sicherheitsnadeln bei den Punkern.* Plötzlich brüllte der
Mann im Trenchcoat los: «Natürlich findest du an der Espresso-
Maschine blitzsaubere Fingerabdrücke, du Pilch du, wenn dein
bescheuerter Kollege sich
gleich einen Kaffee kochen
muß, weil er den Anblick von
blau angelaufenen toten Frauen
mit grüner Duschhaube nicht
aushält. Eines Tages werde ich
einen Krimi lesen, und in dem
Krimi wird die Rede sein von zwei völlig verhauenen Spurensicherern. Und ich werde an euch denken müssen.» Die Tür von
Frenzels Wohnung wurde zugeschlagen.

Polizeirat Pilch ist Chef der Wiener
Mordkommission und trinkt leidenschaftlich gern Kaffee, was sein
Kollege Kottan zu verhindern
weiß.

   «Heinz, ist das nicht schrecklich?» rief Marianne und warf sich
gegen die Schulter ihres Mannes. Borbet zog seine rechte Hand ein
paarmal über Mariannes Rücken. Nachdem er meinte, sie ausrei-
chend gestreichelt zu haben, kniete er sich vor den Kühlschrank
und stellte den Inhalt auf den Küchentisch. «Es ist dir also auch
nahegegangen mit der armen Frau Frenzel», sagte Marianne und
blickte auf ihren mampfenden Mann. «Logisch», drückte Borbet
zwischen einer Gewürzgurke und zwei eingerollten Scheiben
Bierschinken hindurch.

   «Ist 'ne Wohnung frei geworden im Haus», rief Jutta, als sie in
die Küche kam. Marianne hielt ihr sofort eine Rede über Pietät
und Anstand. Mit hungrigen Augen hing Jutta auf dem Stuhl.
Aber sie traute sich nicht zu essen, während ihre Mutter so ernst-

haft mit ihr sprach. *Nun gönn deinem alten Herrn doch auch mal was Gutes. Wenn wir erst mal reich sind, schenke ich dir ein Fleischer-Fachgeschäft.*

Borbet dachte ernsthaft, daß es ihm heute gelingen könnte, einen Punktsieg über Jutta zu landen. Erste Zweifel stellten sich ein, als Marianne für kurze Zeit die Küche verließ und Jutta sich ein kaltes Kotelett zu Gemüte führte. «Ah, das gibt Tinte auf den Füller», sagte sie genießerisch. Borbet fand, daß neben einer Ansprache über Pietät jetzt auch der Zeitpunkt für einen sexualtheoretischen Monolog gekommen war. «Liebe Jutta, deine Wortwahl ...» «Laubenpieper», knallte sie dazwischen und nagte am Knochen des Koteletts herum. «Deine Eßsitten sind ein Schlag ins Gesicht von 500 Jahren abendländischer Zivilisation, auch und gerade, was die Beherrschung von Messer und Gabel betrifft.» «Spruchkaspar», sagte Marianne und schneuzte sich in ein Zellstofftaschentuch, das sie danach irritiert betrachtete. «Na, wieder voll durchgeschlagen, was?» lachte Jutta. Die Eltern blickten sich an. «Wieviel verlangst du für einen Kinoabend?» fragte Borbet lauernd. «Ihr wollt mich loswerden, was?» «Die Schnelligkeit, mit der du kapierst, wird nur noch von deiner Unverschämtheit übertroffen», erwiderte Borbet. Jutta stand auf, trat vor ihn hin und hielt die Hand auf. Widerwillig holte er einen Zehn-Mark-Schein aus der Tasche. Jutta schüttelte den Kopf. «Dafür gehe ich nicht.» Borbet legte ein Zwei-Mark-Stück nach. «Dafür bleibe ich eine Viertelstunde länger und keine Sekunde mehr.» Borbet nahm das Zwei-Mark-Stück zurück und legte einen zweiten Zehn-Mark-Schein in die Hand. Die Hand klappte zu. «Tschüs, Laubenpieper», sagte Jutta lachend und lief türenknallend hinaus. «Was meint sie denn damit?» fragte Marianne. «Ach, mußt du gar nicht drauf hören», antwortete Borbet vorsichtig. «Die plappert. So macht das ihre Generation eben. Sie plappert. Wir dagegen –» er holte tief Luft – «wir dagegen handeln.» «Meinst du», sagte Marianne. «Allerdings, und darum gehe ich jetzt auch in den Keller.» Mariannes Gesicht leuchtete auf. «Das ist lieb, tu das.» Borbet verschloß seinen Magen mit Gorgonzola und stand auf. «Meine Güte», sagte Marianne, «wenn ich daran denke, daß mir Frau Frenzel erst gestern ihre neue Espresso-Maschine gezeigt hat.»

Marianne schneuzte sich. «Gestern hat sie noch gelebt, und heute...» «Heute ist sie tot», kam ihr Borbet zu Hilfe. Marianne sah ihn so vorwurfsvoll an, als ob er auf dem Bürgersteig einem kleinen Kind ein Bein gestellt hätte. «Vielleicht hat ihr sauberer Neffe, dieser Fred, die Espresso-Maschine geklaut. Der arbeitet ja sehr unregelmäßig. Hat keine Phantasie», sagte Borbet versonnen. «Was heißt ‹keine Phantasie›?» fragte Marianne erstaunt. «Ich finde das sehr schlimm, wenn einer Espresso-Maschinen stiehlt.» «Pfffft», sagte Borbet und machte eine verächtliche Handbewegung. «Kleinkram, Kraucher. Hat doch kein Niveau so was.» «Ach», sagte Marianne angriffslustig, «und was hat in deinen Augen Niveau?» «Einen Tresor zu stehlen», schmetterte Borbet spontan heraus. Marianne lachte, stand auf und umarmte ihn. «Du Träumer», sagte sie, «jetzt mußt du aber in den Keller gehen. Denk dran, du hast etwas Wichtiges zum Erfolg zu führen.» «Das habe ich, Marianne, das habe ich wirklich», antwortete Borbet mit ergriffener Stimme.

Im Keller zog er sich feste Handschuhe an. Dann räumte er die Farb- und Lackdosen zur Seite. Ganz hinten an der Wand stand die Flasche mit dem Totenkopf. Borbet betrachtete das Etikett: «Vorsicht! Salzsäure! Nur in kleinen Schlucken trinken.» Er konnte sich weder daran erinnern, zu welchem Zweck die Säure angeschafft worden war, noch vermochte er sich vorzustellen, daß er es gewesen war, der diesen erbärmlichen Witz auf das Etikett gemalt hatte. *Das ist ja toll. Sogar der Humor ändert sich, wenn man reich ist.*

Borbet schraubte den Verschluß ab und tröpfelte Säure auf den Tresor. Dabei hielt er unwillkürlich die Luft an. Die kleine Pfütze begann zu qualmen. Freudig erregt sah Borbet zu, wie sich die Säure in den Lack fraß. Er schien leicht zu kochen und Blasen zu werfen. *Weiter so, nur immer weiter so. Unter der Stahlwand liegt der Kies.* Der kleine Rauchfaden riß ab, die Blasen erstarrten. Das hatten sie mit Borbets Gesichtsausdruck gemeinsam.

Fred spürte Angst. Noch nie hatte er so deutlich gefühlt, wie eine dünnflüssige Soße in seinen Därmen schlingerte. Sein Schweiß kam ihm heute besonders unangenehm riechend vor. In Verbindung mit dem Deodorant, das angeblich für den männlichen

Mann gemacht worden war, nahm er einen bestialischen Gestank an. An der Theke der Eckkneipe zog sich Fred den vierten Malteser rein. Der Wirt betrachtete ihn argwöhnisch. *Guck nicht so, du Mickertyp. Du verdienst doch daran.* Vor einer knappen halben Stunde war Fred nach Hause gekommen. Der Anblick des Polizeiwagens hatte ihn in schrille Panik versetzt. Mit äußerster Beherrschung war er an einen Wagen getreten und hatte gefragt. Die Tante war tot, das tat Fred leid. Zu tiefer Trauer war er im Moment nicht fähig. Dazu war der Schreck über die Polizei vor seiner Wohnung zu groß gewesen. Fred orderte trübsinnig einen fünften Malteser. *Du hast kein Zuhause mehr. Die suchen dich doch jetzt garantiert überall. So viele Stereoanlagen in einer Wohnung, und alle neu.*

Fred zahlte, griff sich, ermutigt durch die Wirkung des Alkohols, ein Damenfahrrad, und fuhr zu Bruno. Renate öffnete die Tür. Fred schloß den Mund. Er hatte Angst, daß ihm die Spucke fadenziehend aus den Mundwinkeln fallen würde. *Was für eine Frau. Bruno, du bist und bleibst mein Freund.* Mühsam fragte Fred nach Bruno. «Der ist im Garten. Wo denn sonst?» Fred wollte es zumindest mal versuchen: «Na, zum Beispiel bei seiner entzückenden Frau.» Gespannt wartete er auf ihre Reaktion. Renate lächelte geschmeichelt. Er verabschiedete sich und fuhr wie immer, wenn er Renate verließ, mit einem Gefühl von dannen, eine große Gelegenheit versäumt zu haben.

Auf dem Weg zu Brunos Parzelle fiel Fred auf, daß vor dem **Wir grüßen Gärtner Pötschke.** Vereinsheim großer Betrieb herrschte. Bruno stand am Gartenzaun und betrachtete den Auflauf mit strahlender Miene. «Guck mal», sagte er gutgelaunt zu Fred, «unser verehrter Vorsitzender kommt ins Schwitzen.» Fred wollte die Geschichte mit der toten Tante loswerden, Bruno wollte über die geheimen Pläne mit dem Schrebergartengelände berichten. Beide redeten gleichzeitig und versuchten, sich zu überschreien. Als Fred dreimal gerufen hatte, daß seine Tante gestorben war, brach Bruno ab. «Mein Beileid, Junge», sagte er gedrückt, «mein aus tiefstem Herzen kommendes Beileid.» Er trat auf Fred zu, legte ihm eine Hand auf die Schulter und guckte ihn

mit dem Blick an, von dem Bruno überzeugt war, daß er zu Todesfällen paßte. «Danke, danke», murmelte Fred und kam zur Sache. «Bruno, die Polizei ist hinter mir her. Steht ein bißchen viel
Glitzerkram in der Bude. Kann ich bei dir unterkommen?» «Da
müßte ich Renate fragen.» «Nee, nee, hier meine ich.» Fred zeigte
auf die Laube. Bruno überlegte. «Du bist ein Idiot. Ich habe dir
immer gesagt, daß sich diese kleinen Gaunereien nicht lohnen.
Das hast du jetzt davon.» «Ach nee», höhnte Fred, «und du sitzt
breit und bräsig auf einem wohlgefüllten roten Tresor, was?»
Bruno guckte verbissen. «Das war Lehrgeld. Das wird beim nächstenmal alles viel besser.» «Na ja», sagte Fred versöhnlich. «Da haben wir uns beide nicht besonders intelligent angestellt. Wie geht
es ihm denn, unserem neuen Goldstück?» «Trocken ist er jedenfalls», erwiderte Bruno mürrisch, «dafür kann ich in der Natur
rumpinkeln.» Sie gingen zum Klo neben der Laube. Bruno riß die
Tür auf, Fred tippte mit dem Zeigefinger auf verschiedene Stellen.
«Trocken.» Versonnen blickte Bruno auf den Tresor. «Wenn ich
mir vorstelle, das wäre der richtige ...» «Ja, ja», sagte Fred. Beide
hingen ihren Gedanken nach. «Ich rufe morgen vormittag Wegemann an und bestelle ihn für den Abend an die Stelle, die wir verabredet haben.» Bruno scharrte mit einem Schuh im Sand herum.
«Ist was?» fragte Fred gereizt. «Mir kommt das alles ein bißchen
riskant vor», sagte Bruno schüchtern. «Quatsch. Wir müssen
Wegemann den Schrank in einer Gegend übergeben, wo wir quasi
Heimrecht haben. Irgendein Ort, wo er noch nie war.» «Und du
bist sicher, er macht den Tresor wirklich nicht auf?» «Bruno, das
haben wir lang und breit beredet. Wegemann will seinen Tresor.
Wir bringen ihm seinen Tresor. Wegemann hat nichts vom Inhalt
gesagt. Und weißt du auch, warum?» «Nee», sagte Bruno. Fred
glaubte ihm jedes Wort. «Junge, dem Werbemann wird der Tresor
geklaut.» «Weiß ich doch», sagte Bruno beleidigt, «das waren wir
doch.» Fred zählte still bis zehn. «Also: Tresor weg, im Tresor viel
drin. Wegemann doll traurig. Polizei doof. Wegemann Köpfchen,
gassi gassi nach New York. Pipi machen mit Bruno. Will bitte
bitte Schrank wiederhaben. Hast du's kapiert?» Bruno schüttelte
den Kopf. «Also zuerst habe ich dich gut verstanden, aber zum
Schluß nicht mehr.»

Sie gingen in die Laube, Fred inspizierte den Kühlschrank und warf enttäuscht die Tür zu. «Meine Theorie ist: In dem Tresor liegt nichts drin, was wertvoll ist.» «Aber in der Zeitung stand doch eine lange Latte von all dem Zeug, das drin war. Ich darf gar nicht daran denken», sagte Bruno betrübt. «Stimmt schon. Aber überleg doch mal.» «Mach du's für mich, ja?» Fred warf sich auf das durchgesessene Sofa. «Bruno, laß es. Sonst kriegst du noch eine Beule am Kopf vom vielen Denken. Wir ziehen unseren Plan durch. Morgen um Mitternacht sind wir um 5000 Mark reicher. Treffpunkt Hafenbecken, klar?» Bruno nickte. «Schön, und was ist nun mit der Laube?» «Wie stellst du dir das denn praktisch vor?» «Ich kriege den Schlüssel von dir, besorge mir was zu essen und zu trinken, eine Decke, ein Radio. Und du hältst deine Frau in der nächsten Zeit vom Garten fern. Oder du erzählst ihr was.» «Was denn?» «Zum Beispiel die Wahrheit. Das ist vielleicht ungewöhnlich, aber das einfachste.»

Die Nacht verlief für Borbet verhältnismäßig ruhig. Enttäuscht von dem kläglichen Ergebnis des Salzsäure-Versuchs hatte er Mariannes Nähe gesucht und nach kurzer Gegenwehr auch gefunden. Hinterher sprachen beide nicht mehr über den Vorfall. *Es muß auch solche Beischläfe geben. Dann fallen die wirklich wahnsinnigen wenigstens auf.* Am Morgen fing Borbet Jutta im Flur ab. «Paß auf», zischte er ihr zu und blickte schon zur Küche, in der Marianne rumorte, «du irrst dich. Ich war nicht in der Laube. Das heißt, ich war schon da. Aber das hat einen anderen Grund.» Jutta hörte erst mit überraschtem, dann mit spöttischem Gesicht zu. «Das meine ich ja, daß es einen anderen Grund hatte.» «Und ich sage dir, daß die Sachen in der Laube etwas mit Muttis Geburtstag zu tun haben.» Jutta lachte. «Dein Vater ist ein treuer Ehemann, da brauchst du nur deine Mutter zu fragen. Außerdem geht dich das überhaupt nichts an. Und wenn du jetzt nicht mit diesem blöden Grinsen aufhörst, werde ich eine Runde mit dem Vater eines gewissen Ulf reden.» «Das tust du nicht», sagte Jutta unsicher. Der Tonfall gefiel Borbet schon bedeutend besser. «Das werde ich nicht, wenn du aufhörst, Andeutungen über außereheliche Aktivitäten deines Vaters zu machen. Haben wir uns verstanden?» «Ja, ja», sagte Jutta maulig. *Allein für deinen Tonfall müßte*

die empfindlichsten Stellen des Körpers

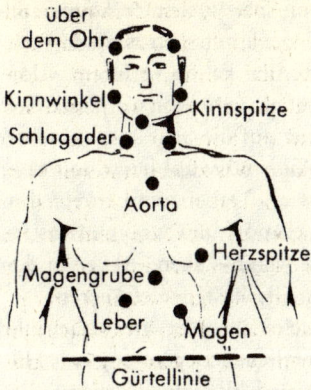

über
dem Ohr

Kinnwinkel
Kinnspitze
Schlagader

Aorta

Magengrube
Herzspitze

Leber
Magen

Gürtellinie

man dir viel öfter eine Kopfnuß verpassen. Oder den Hals von hinten zusammendrücken wie damals Heinckes, unser Mathelehrer. Die wußten noch, wie man quält, die alten Pauker. Das gerät heute doch alles in Vergessenheit.

Auf der Fahrt zur Versicherung bildete sich der Plan in Borbets Kopf zu kristallklarer Form aus. *Schaden im dritten Stock. Die bearbeiten doch jetzt Wegemanns Fall. Die haben die Akte, wenn überhaupt einer außer Wegemann die Nummer der Kombination hat, dann steckt sie in der Akte. Ein Stockwerk über dir, das muß man sich mal vorstellen.*

Er war wirklich keiner der letzten am Arbeitsplatz, trotzdem war der Parkplatz schon wieder voll. Borbet kurvte einmal herum, dann stellte er den Wagen auf einen der Plätze, die Besuchern vorbehalten waren. Er betrat das Gebäude und strebte dem Paternoster zu. «He! Hallo, Sie da mit der weiten Jacke!» *So. Das kriegst du wieder. Diese Jacke paßt mir wie angegossen.* Borbet atmete tief ein, spannte die Nackenmuskulatur an und drehte sich um. Der Pförtner kam aus dem Glaskasten heraus und humpelte auf ihn zu. *Typisch! Geht wie auf Eiern, aber große Klappe. Warum habt ihr Burschen eure Behinderung nicht im Rachen- und Gaumenbereich? Gibt es keine Zungenlähmung?* Der uniformierte Pförtner baute sich vor ihm auf. Befriedigt registrierte Borbet, daß der Mann höchstens 1 Meter 70 groß war. «Sie. Das ist ein Besucherparkplatz. Da dürfen Sie nicht stehen», ereiferte sich der Mann. «Ich bin Besucher», erwiderte Borbet und hätte zu gerne sein Gesicht in einem Spiegel überprüft. Er war sicher, daß er souverän aussah. «Ich bin sogar regelmäßiger Besucher dieser Anstalt. Ich komme jeden Tag hierher, nur Sonntag und Samstag nicht.» Borbet lächelte. *So, Junge, wenn du einen natürlichen Sinn für Würde und Autorität hast, trollst du dich.* «Herr, ich weiß Ihren Namen nicht...» «Das merke ich schon die ganze Zeit», pflichtete ihm Borbet bei. «Soll ich ihn Ihnen nennen?» «Wen?» fragte der Mann verblüfft. «Na, meinen Namen», sagte Borbet. Er zersprang fast vor guter Laune. Sie wurden von Angestellten umspült, die ihren Büros zustrebten. «Na ja», sagte der Pförtner. Er hatte den Faden verloren. «Borbet», sagte Borbet und tat das, worauf er sich schon die ganze Zeit gefreut hatte. Er klopfte dem Pförtner auf die Schulter. «Machen Sie sich nichts draus, guter Mann. Sie sind wohl heute mit dem falschen Bein zuerst aufgestanden, wie?» Dabei zwinkerte er ihm vertraulich zu. Der Pförtner guckte empört und wollte etwas sagen. Borbet winkte ab und ließ den Mann stehen. Als er in den Paternoster stieg, sah er ihn in seinem Glaskasten telefonieren.

Borbet erhielt später für diese Tätlichkeit eine Geldbuße von DM 800.

Gleich nach der wie immer sehr herzlichen Begrüßung mit Hildegard klingelte Borbets Telefon. Nachsichtig lächelnd nahm er ab. Er war sicher, die keifende Stimme des Pförtners zu hören. «Heinz, da ist ein Brief gekommen. Von der Polizei», rief Marianne aufgeregt. «Das ging aber schnell, mein Schatz, ich glaube, ich vergaß, dir von dem kleinen Vorfall zu erzählen», sagte Borbet lässig. Er betrachtete seine Fingernägel und genoß es, daß Belmondo vor lauter Neugier schon wieder auf dem Tisch lag. «Allerdings. Was soll denn das heißen? Körperverletzung, Nötigung. Was hast du denn gemacht?» Borbet erzählte es ihr, Belmondo schien beeindruckt. Borbet war sauer, daß Hildegard gerade auf einer Gruppenleiterbesprechung weilte. Wo Erna steckte, war ihm gleichgültig. Sie steckte im Betriebsrat. «Ja, aber Heinz. Warum machst du denn so was. Hattest du getrunken?» *So ist sie, die liebe Marianne. Von Herzen gut, aber eben ein wenig einfältig.* «Nein, mein Schatz, ich war stocknüchtern. Wie immer übrigens, wenn ich Auto fahre.» Marianne lachte anzüglich. Borbet beschloß, es zu überhören. «Es war mir in der Lage nur einfach ein Bedürfnis.» «Es war dir ein Bedürfnis, einen wildfremden Menschen zu Boden zu schlagen?» Marianne brachte die Frage kaum heraus. *Ach, Marianne, du fragst genauso schön, wie wenn einen einer auf dem Rücken an genau der richtigen Stelle kratzt.* «Ich habe mich gewehrt gegen die Unverschämtheiten eines Schnösels», sagte Borbet. «Und so wird es in Zukunft allen ergehen, die mir dumm kommen.» Hingerissen hörte Belmondo zu. Borbet riskierte es: «Ist dir an mir eigentlich nichts aufgefallen?» «In den letzten Tagen. Eigentlich ja. Du wirkst irgendwie so ausgelassen, so leichthin. Heinz!» Sein Name kam als Schrei aus dem Hörer. «Heinz, hat dir der Arzt etwas gesagt, etwas Schlimmes? Hast du etwa ... Ist es bösartig?» Borbet war Mitte letzter Woche beim Arzt gewesen. Der Arzt hatte ihm eine Salbe gegen seine Hämorrhoiden verschrieben. Borbet lachte. «Ich bin so gut wie kerngesund, das ist es nicht.» «Ja, was ist es denn dann?» fragte Marianne verzweifelt. «Sogar Jutta hat mich darauf angesprochen.» «Ich ziehe hier meinen Stiefel durch, und du machst uns heute abend etwas Schönes zu essen. Nur für uns zwei beide. Einverstanden?» lockte Borbet. «O ja», sagte Marianne, «und dann erzählst du mir, was los ist.» «Man wird sehen», erwiderte Borbet geheimnisvoll.

Nach diesem Morgen stand Fred der Liquidation der Nachtigall noch nachsichtiger gegenüber. Die erste Nacht in Brunos Laube war um halb fünf vorbei gewesen. Dann begannen Tausende von Vögeln einen Lärm, der so lange anhielt, bis Fred hellwach war. In dem Moment brach der Lärm abrupt ab. Fred blickte sich in der Laube um. *Penibel ist Bruno, da beißt die Maus keinen Faden ab.* Die Luftmatratze war ein wenig weich, dafür lang genug. Fred hatte Vorräte gebunkert. Im Moment war er ganz zufrieden. Am meisten beunruhigte ihn, daß er sich eine neue Wohnung suchen mußte. Und er wollte endlich raus aus seiner Arbeitslosen-Existenz. *In dieser Stadt leben 2000 Millionäre und werden ununterbrochen beklaut. Jeden Tag berichten die Zeitungen über einen Bruch. Teppiche, Schmuck, Bargeld, Kunstgegenstände. Die Hehler kennst du doch auch fast alle.* Sorgen bereitete Fred der lange Atem. Wenn sich ein Bruch lohnen sollte, mußte man einige Wochen für Ausspähen und Vorbereitung dransetzen. *Bruno, der kann das, der hat es nicht eilig.* Fred fand, daß er selber der ideale Handtaschenräuber war. *Zupacken, Sprint, weg.* Bei diesen Gedanken kam für Fred Freude auf. *Du bist eben ein typisches Produkt dieser Gesellschaft. Nur auf schnelle Bedürfnis-Befriedigung aus. Unfähig zur mittelfristigen Sehweise. Liest man doch immer wieder.* Fred trat ans Fenster. Willi Rose stand auf seinem Rasen. Er trug nur eine Turnhose und machte Kniebeugen. 30 Stück guckte Fred sich an. Dann wandte er sich verbittert ab und guckte in den kleinen Rasierspiegel. *Da steht so ein Tattergreis, geht 30mal in die Hocke und kommt wieder hoch wie nix. Und du bist unrasiert, stinkst aus dem Mund und lebst ein verpfuschtes Leben. Für ein kleines Licht bist du zu helle. Aber für einen großen Fisch bist du ein Stichling, bestenfalls.* Fred wußte nicht, wie er diesen Tag überstehen sollte.

«Mittagszeit, schöne Zeit», sagte Hildegard perlend und schlug die Akte zu. Vor diesem Moment hatte sich Borbet gefürchtet. Er griff zum Telefonhörer und wählte eine dreistellige Zahl, die es unter den Hausanschlüssen nicht gab. Als sich Hildegard seinem Schreibtisch näherte, legte er den Hörer auf. «Müssen Sie heute wieder was besorgen?» Borbet brach fast das Herz, als er sich in dieses offene Gesicht eine Lüge hineinsagen hörte: «Ich muß die Terminsache noch unbedingt rausknallen.» Er griff zu einem Ordner, den er für diesen Zweck bereitgelegt hatte. «Das hat doch Zeit», lockte Hildegard. «Ehrgeiz», lachte Borbet. «Kommen Sie, Chefin. Man soll die Leute nicht zu ihrem Glück zwingen», mischte sich Belmondo ein. «Ja, geht nur schon vor. Heinz Borbet arbeitet in Windeseile und kommt dann nach.» Borbet tippte erneut die dreistellige Nummer ein.

Vorsichtig guckte er über die Trennwand. Er war allein. Borbet griff den Aktenordner und machte sich auf den Weg. Es hatte ihn ein paar Minuten Fragerei gekostet, bis er herausgefunden hatte, welcher Kollege in der Abteilung Schaden die Wegemann-Sache bearbeitete. Er kannte ihn vom Sehen. Als Borbet die Tür am Ende des Großraumbüros aufdrückte, spürte er, daß er nasse Hände hatte.

Er benutzte die feste Treppe. Das Großraumbüro im dritten Stock war eine Kopie der Räume im ersten und zweiten. Die Abteilung Schaden lag im vorderen Teil. Kein Mensch war zu sehen. Borbet schlenderte den Mittelgang entlang und bog zügig nach rechts ab. Vier Schreibtische, eine Grünpflanze, die bedeutend besser im Futter stand als in Borbets Abteilung. Er setzte sich an den Schreibtisch des Wegemann-Sachbearbeiters. Das fand Borbet zwar gefährlich, aber auch sicher, weil er vom Mittelgang aus nur schwer zu entdecken war. Das Ordnungssystem aus einer Kombination von römischen Ziffern und Buchstaben kannte Borbet nicht. Hastig begann er, den Aktenhaufen abzutragen. Schon die zweite Mappe rutschte ihm aus der unsicheren Hand. DIN-A4-Bögen und kleine Schmierzettel mit handschriftlichen Notizen flatterten auf den Teppichboden. Borbets Herz schlug immer schneller. Auf dem Fußboden kniend und hastig die Zettel zusammenraffend, hielt er plötzlich inne. Der große Raum war vollkommen still. Die Klimaanlage arbeitete mit leisem Zischen.

Auf dem Schreibtisch lag der Vorgang Wegemann nicht. Enttäuscht lehnte sich Borbet zurück. Sein Blick schweifte über die anderen Schreibtische. Die Idee kam aus dem Nichts. Er sprang auf, eilte zum Tisch des Gruppenleiters und suchte dort. Die zweite Akte war Wegemanns. *Du bist ein kluges Köpfchen. So sind sie eben, diese Sachbearbeiter. Immer schön alles dem Chef vorlegen, damit man aus dem Schneider ist, wenn mal was passiert.* Der Vorgang Wegemann besaß einen festen Aktenordner. Wer es dazu gebracht hatte, galt im Haus als besserer Kunde. Borbet schnappte die Zwange auf und blätterte mit fliegenden Fingern die Seiten durch. Police, Schadensmeldung, fotokopierte Zeitungsausschnitte aus der *Allgemeinen*, handschriftliche Notizen, eine Notiz von Kahl persönlich. Borbet konzentrierte sich auf das Schreiben von Wegemann. «118 276.– kapitalisierte Rente zugunsten Sophie Wegemann geb. Schlappner.» Borbet ließ den Zettel sinken und blickte auf den Kübel mit den Grünpflanzen. Einhundertachtzehntausend. *Das sind ... Das sind zwei Jahresgehälter.* Schnell las er weiter. «Brosche wie schon am Tatort beschrieben. Zusätzlich liegt bei: eine Expertise von Juwelier Hähnchen, Pforzheim. Er gibt den materiellen Wert mit 19000 DM an. Gleichzeitig betont er, solche Schätzung sei bei solchen Preziosen völliger Blödsinn. Bei Verkauf seien für die Brosche jederzeit 30000 zu erzielen. Bei Verkauf an einen Liebhaber entsprechend mehr, eventuell das Doppelte.» *Ach, das tut gut, so was zu lesen. Und jetzt die Kombination.* Borbet las sorgfältig, nirgends stand die Nummer der Kombination. Borbet las ein zweites Mal. Er war so in die Arbeit vertieft, daß er den Kollegen nicht bemerkte, der den Mittelgang entlang kam und in den hinteren Teil des Büros ging. Erst als von Ferne zwei Frauenstimmen ertönten, zuckte Borbet zusammen. Hektisch legte er den Ordner an seinen Platz zurück. Die Frauen erreichten die Abteilung Schaden. Über die Trennwand hinweg nickten sie Borbet zu. Borbet strich sich über die Stirn. Er spürte, wie das völlig durchweichte Oberhemd sich schmatzend von der Armbeuge löste.

Und plötzlich stand ein Mann in der Abteilung. Borbet erstarrte. Der Mann lächelte ihn an und blickte munter zwischen den Schreibtischen hin und her. «Da oder da?» fragte er und wies auf zwei Tische. Borbet wollte freundlich gucken. Er war sicher, daß er knallrot war und dumm glotzte. «Der Wehrhahn, der alte Angler, das ist doch sein Tisch, wie?» Erst jetzt nahm Borbet wahr, daß der Mann eine Angelrute in der Hand hielt. Borbet schluckte, das Geräusch dröhnte im Kopf. «Äh ...» sagte er und ließ seine Hand in der Luft herumpendeln. «Danke, danke, habe ich ja gleich gesagt», lachte der Mann und stellte die Angelrute an den Aktenschrank. «Petri Heil», sagte er und legte die Hand an die Schläfe. «Petri Dank», sagte Borbet. Der Mann strahlte. «Donnerwetter, Angelfreund?» Borbet lächelte kläglich. Der Mann verschwand. Mit staksigen Schritten ging Borbet zur Tür. Wie betäubt fuhr er mit dem Fahrstuhl ins Erdgeschoß und ging den nur Eingeweihten bekannten Schleichgang durch einen Lagerraum hinaus ins Freie. In den Beinen begann es und setzte sich in den Armen fort: Borbet begann zu zittern. Er hatte das Gefühl zu frieren. Erstaunt nahm er wahr, wie seine Zähne gegeneinanderschlugen. *Ruhig, Heinz. Das will alles gelernt sein. Ganz ruhig werden. Du warst schon ganz gut für den Anfang. Alles unter Kontrolle.* Hinter ihm klopfte es. Borbet fuhr herum und starrte in die vier Meter hohe Glasfront des Casinos. Hildegard, Belmondo, Erna Degenhardt und ein unbekannter Mann saßen am Fenster und gestikulierten gutgelaunt herum. Er hatte total vergessen, daß die Tür neben dem Casino ins Freie führte. Borbet grinste, hob den Arm, bewegte ihn albern hin und her. Dann ging er ins Casino.

Fred fand es deprimierend, daß er den Anruf aus einer Telefonzelle tätigen mußte. Eine Frau war dran. Schnippisch fragte sie, ob es dringend sei, dann stellte sie durch. «Wegemann.» «New York, Pissoir, drittes Becken von links, capito?» Fred lachte. «Aha. Und?» «Wir haben Ihren Tresor.» «Mmh.» «Übergabe heute abend, 23 Uhr. Kennen Sie sich am Hafen aus?» «Landungsbrücken, Köhlbrandbrücke, Freihafen, so was?» «Das alles gerade nicht. Schuppen 23 A, das ist dieses lange Bauwerk, wo an der einen Seite Wasser ist und an der anderen die Bahn langfährt.» «Werde ich finden. 23 Uhr?» «23 Uhr und 5000 Mark mitbringen, sonst läuft nämlich nichts.»

Nach dem Telefongespräch streifte Fred durch die Straßen. Die Tageszeitungen berichteten keine Zeile über Tante Frieda. Fred wußte nicht, ob er das beruhigend finden sollte. Er ging bald in die Kolonie zurück. Mißmutig stapfte er durch den Garten und zog ein paarmal an Grünzeug herum. Fred hatte die stille Hoffnung, daß sich darunter vielleicht ein Radieschen oder eine Mohrrübe befanden. Als er Bruno davon erzählte, wollte der ihm auf der Stelle eine Einführung in den Zeitplan der Natur geben. Entsetzt winkte Fred ab. «Warum bist du überhaupt schon hier?» «Heute ist Freitag, mein Gartentag. Außerdem möchte ich dabeisein, wenn Fritz rumtönt. Hier, das lag heute im Briefkasten.» Fred hielt die Einladung zum alljährlichen Sommerfest von «Blüh auf» in der Hand. Der letzte Absatz lautete:

Da sich in der letzten Zeit Gerüchte häufen, daß der Weiterbestand unserer geliebten Kolonie gefährdet sein könnte, sieht sich der Vorstand veranlaßt, das Sommerfest am übernächsten Samstag mit einer Informationsveranstaltung zu verbinden. Vertreter der Passau-Paderborner-Versicherung werden sich den Fragen von uns Kleingärtnern stellen. Danach werden dann hoffentlich die feige im Schutz der Anonymität agierenden Dunkelmänner ihre Verleumdungskampagne aufgeben. Liebe Vereinsmitglieder und Freunde, denkt daran: 15 Uhr Informationsveranstaltung mit nachfolgender Möglichkeit zur Diskussion. Ab 18 Uhr großes Sommerfest mit Tanz und Bowle auf dem Vorplatz des Vereinsheims.

Kommissar Fleischhauer ließ das Blatt sinken. «Da gratuliere ich aber auch schön», sagte er zu der vor ihm sitzenden Jo Puttel. «Das ist dann ja wohl quasi Ihr Antrittsbesuch in der neuen Funktion.» Jo Puttel lächelte gequält. Sie konnte nach der sektseligen Nacht dermaßen ausführliche Monologe noch nicht gut ab. «Ge-

129

schenkt», sagte sie, «es ist so, daß wir den Fall Wegemann dermaßen ausgelutscht haben, daß uns nur noch die Betterlebnisse unseres Helden fehlen.» Fleischhauer lächelte nicht. «Wir werden das Ding vom Montag an herunterfahren. Schließlich warten schon die nächsten dynamischen Selbständigen. Deshalb bin ich hier.» «Ich bin kein Selbständiger», wehrte Fleischhauer ab. «Ich bin hier, um zu hören, ob es neue Spuren im Fall Wegemann-Tresor gibt.» «Ach Gott, Spuren», erwiderte Fleischhauer, «was sind Spuren?» Jo legte Stenoblock und Bleistift auf den Oberschenkel. «Kennen Sie das *New Yorker?* Jo blickte auf. «Wieso? Ja, kenne ich.» «Verkehren Sie da auch?» «Bisweilen.» Sie lächelte eitel. «In der nächsten Zeit wahrscheinlich häufiger.» «Aha.» «Wieso aha?» «Ist ein buntes Völkchen, das da verkehrt, wie?» «Kollegen von mir, Rundfunk, Werbung, was eben nach Feierabend noch gern gut essen und trinken geht.» «Das tu ich auch, und ich gehe da nicht hin», sagte Fleischhauer. «Um es kurz zu machen, das *New Yorker* ist wahrscheinlich die Quelle ... äh, vorher noch: Wir führen gerade ein Vier-Augen-Gespräch. Alles ist Hintergrund, nichts verläßt den Raum, klar?» Jo nickte. «Schön. Also in dem Lokal geht die Mär um, daß sich unser Freund Wegemann sehr darum bemüht, seinen Tresor zurückzubekommen. Wie finden wir das?» «Ich finde das sehr ordentlich von ihm. Bei dem vielen wertvollen Zeug, das da drinliegt.» «Er will 5000 Mark für den Tresor zahlen.» «Oh», sagte Jo. «Ja, ja», sagte Fleischhauer und betrachtete seine Fingernägel. «Das muß nichts zu bedeuten haben.» «Hat es sicher nicht», pflichtete ihm Jo bei. «Das kann aber was zu bedeuten haben, wenn man mal für einen Augenblick vergißt, daß unser Freund Wegemann natürlich koscher bis auf die Knochen ist.» Nachdenklich blickte Jo auf Fleischhauers Geheimratsecken. Etwas in ihr begann zu rumoren und Fragen zu stellen.

Kurz vor Feierabend meldete sich noch Personalchef Dr. Kohl, der in der Versicherung den Beinamen «nicht verwandt und nicht verschwägert» trug. Er hatte selbst damit angefangen, dann hatte sich der Scherz selbständig gemacht. Heute war er für jedermann Teil von Kohls Namen. «Lieber Herr Borbet, ich rufe Sie der Ordnung halber an. Heute vormittag hat sich einer unserer Pförtner über Sie beschwert.» «Ach ja», sagte Borbet, «ich hatte es schon ganz vergessen. Eine kleine Meinungsverschiedenheit. Der Herr Pförtner war gereizt, ich hatte es eilig, es war früher Morgen.» «Na ja, na ja», sagte Kohl gelangweilt, «wir wissen alle, daß gerade die Angehörigen unserer, wie soll ich mich ausdrücken, unserer unteren Dienstränge über ein besonders ausgeprägtes Pflicht- und Ehrgefühl verfügen. Der Herr Kienzle ist jedenfalls sehr erzürnt. Es wäre schön, wenn Sie das bei Gelegenheit unter sich ausräumen könnten.» *Mann, hast du einen armseligen Job. Mußt Türsteher anhören und dann für die Sprachrohr spielen. Ich möchte nicht mit dir tauschen.* «Geht klar, Herr Dr. Kohl. Wie war gleich noch mal der Name?» «Kohl.» «Ich meine den Namen des Pförtners.» «Kienzle.» Kohl kicherte. «Wie die gleichnamige Uhr.» Kohl kicherte verstärkt. «Kienzle, danke. Auf Wiederhören, Herr Dr. Kohl nicht verwandt und nicht verschwägert.» Borbet unterbrach schnell die Verbindung. Hildegard schüttelte den Kopf. «Sie haben es ja auch gut, Heinz. Was soll man mit Ihrem Namen schon anfangen?» «Wieso? Borbet ist ein guter Name.» «Das meine ich ja. Ich kenne niemanden sonst, der Borbet heißt.» «Wir Borbets sind eben selten», sagte Borbet, «uns muß man mit der Lupe suchen. Westfalen, ganz im Osten, da soll es ein Nest geben. Dickschädelig, kantig, sympathisch, richtige Charaktere eben.» Borbet warf sich voll in Hildegards Augen. Sie atmete ihm entgegen. Über dem Spannteppich trafen sich ihre Blicke.

Wegemann lief durch die Räume. «Los, los, laßt euch nicht hundertmal bitten. Rainer ist soweit.» Alle trudelten im Arbeitsraum von Kurz ein. Kunze brachte einen Sechserpack Bierdosen mit. Roswitha ordnete ihr Halstuch, das den Knutschfleck verdecken sollte. Jedem war das Tuch aufgefallen, und das Rätselraten über seinen Zweck dauerte schon seit dem frühen Morgen. Von züchtigen Vermutungen («Knutschfleck») war es unaufhaltsam in handfestere Bereiche gegangen.

«Sadomasochistische Male, wa?» fragte ausgerechnet Kurz, der mit schnell aufeinanderfolgenden «ch»- und «sch»-Lauten sowieso gehörige Probleme hatte. Seit Jahren wurde Kurz auf Parties und

Gelagen zu fortgerückter Stunde um das Nachsprechen des Satzes «Charly Chaplin scheißt in Chicago mit Chuzpe vor einen Schießstand» gebeten.

Kurz guckte auf das Bier und fragte Kunze freundlich: «Warum hast du denn für uns nichts zu trinken mitgebracht?» Tita ging in die kleine Küche. Kurz hakte beide Daumen zwischen Bauchspeck und Hosenrand fest. «Mitarbeiter, Freunde ...» Tita kam mit Wein- und Mineralwasserflaschen zurück. «Mitarbeiter, Freunde, Tita. Die Präsentation steht. Passau und Paderborn sind uns sicher. Und wem haben wir das alles zu verdanken? Unserem verehrten ...» Wegemann fühlte sich sehr geschmeichelt. Er stand auf und wollte sich gerade verbeugen, als Kurz seinen Satz fortsetzte. «... unserem roten kleinen Tresor.» Wegemann setzte sich wieder hin. *Diese Gemeinheit zahle ich dir bei Gelegenheit heim.*

«Wir haben eine Familie. Nennen wir sie Spielmann. Vater, Mutter und zwei Kinder. Sohn und Tochter, 3 und 8. Mutter 31, Vater 35. Und einen Hund haben sie, Cocker-Spaniel, Rüde, 2 Jahre alt.»

Kurz stockte, ging zum Schreibtisch, blätterte lautstark in Papier, ging zur Wandtafel zurück. «Ich vergaß die Oma. Alternativ einen Opa. Alternativ Oma und Opa. Müssen wir mal sehen. Eigenheim mit Einliegerwohnung, Stadtrand. Im Dunst des Smogs siehst du die Skyline der Satellitenstadt, den Antichrist in Beton, wo sie nie hin wollten, die Spielmanns. Sie haben gespart und gespart. Die Großeltern haben sich nicht lumpen lassen. Gespart, gespart, und sie haben es geschafft. Verschuldet bis in die Puppen, das erleben die gar nicht mehr, wenn der ganze Klumpatsch abgezahlt ist. Aber sie haben was Eigenes und können um ihr Eigentum einmal herumgehen. Deshalb wollten sie auch ums Verrecken kein Reihenhaus. Na, ist das eine geile Ausgangslage?» Kurz hielt inne. Wegemann schüttelte leicht den Kopf. *Kurz, Kurz, du läßt dich hinreißen, und du willst doch ein Profi sein. Denk daran, Junge, alte Hurenregel: Im Schritt trocken bleiben, das ist die richtige Berufsauffassung.* Kurz nahm einen Schluck. «Das wäre also unsere Familie. Durchschnitt, piefig, wenn man's häßlich sagen will. Liebenswert, typisch, wie du und ich, wenn man es freundlich sagen will. Und das wollen wir doch. Der Witz der Idee ist nun, daß wir Wände, Decken und Fußböden dieser liebenswerten Familie nie-

132

derreißen und Glaswände, Glasdecken und Glasfußböden einziehen. Wir machen sie durchsichtig, die Spielmanns. Durchfall, Ver-
stopfung, Streit, Erektionsprobleme, der Sohn hat eine Rotznase,
der Oma fallen die Haare aus.»

Kurz kratzte sich am Kopf. «Spielmanns machen sich total
durchsichtig für den Fernsehzuschauer, den Zeitungsleser und den
Illustriertenleser auch. Was immer ihnen oder einem von ihnen
widerfährt, sofort steht unser Schlaumeier von der Passau-Paderborner in der Tür, hat das Mikrofon quer im Maul, der Schaum
rinnt von der Schnur ins Erdreich, der Humus teilt sich, und aus
ihm erwächst in Windeseile eine Blume, knallgelb, leuchtendrot,
versonnen-hellblau. Sechs Blütenblätter hat sie, und auf ihnen
steht reihum: ‹Passau-Paderborner – und die Zukunft bekommt
Wurzeln.›» Kurz war regelrecht ergriffen. Roswitha und Tita pfiffen anerkennend. Kurz trank und fuhr fort. «Wann immer unsere
Familie irgendein Problem hegt, steht unser rasender Reporter in
der Tür, ein Spielmann öffnet, freut sich halbtot, weil der Passau-
Paderborner-Mann da ist, und dann zieht der das Zukunftspaket
aus der Tasche: Alle Versicherungen aus einer Hand: von der PP.
Das spart Zeit, Kosten, Organisation. Und die PP kann einen
Mengenrabatt geben oder wenigstens vortäuschen. Leute, wir
hintertreiben einige Jahrzehnte bundesdeutschen Familienlebens.
Adieu Jägerzaun. Tschüs Sicherheitsabstand. Von wegen Tür zu
und Rolläden runter. Unsere Spielmanns sind nach allen Seiten offen. Sie kennen keinen Feierabend und keine Intimsphäre. Sie sind
völlig schamlos, machen theoretisch die Beine breit. Spielmanns
sind ständig bereit», rief Kurz. Darauf erhob sich kollektives Gewiehere der Männer. «Was immer das Problem ist, Passau-Paderborn hat die Lösung parat. Die bietet sie an. Spielmanns gucken
bescheuert in die Kamera, halten Thing wie die Germanen, und
nach 30 Sekunden unterschreiben sie.» Kurz wischte sich Schweiß
von der Stirn. «Schnitt, Gong, Bong, was weiß ich. Jedenfalls
nächste Einstellung: Spielmanns im schützenden Licht der neuen
Versicherung. Alles geht leicht, alles ist easy. Sie haben die gold-
richtige Entscheidung getroffen und können nur jedem empfehlen, es ihnen gleichzutun.» 20 Minuten später beendete Kurz seine
Ausführungen unter dem rauschenden Beifall von acht Händen.

Fehlt bloß noch der Nebel, ein Hund heult und Klaus Kinski guckt um die Ecke. Götz Wegemann wollte unwillkürlich den Mantelkragen hochschlagen. Doch er trug seine abgewetzte Lederjacke, sie hatte keinen Kragen. Wegemann steckte sich eine Zigarette an *große Ausnahme ehrlich* und ging auf und ab. Er hatte den Range Rover direkt vor der Tür geparkt, neben der 23 A aufgemalt war. Der Jaguar stand seit Mittag auf dem Hof der Alternativ-Werkstatt. Den Rover hatte sich Wegemann von Friedhelm ausgeliehen. Eben fuhr ein Zug in Richtung Hauptbahnhof. Wegemann zählte die Waggons. Der Zug rollte vorbei. «Aaaahhh!» Wegemann dachte, sein Herz blieb stehen. Er schleuderte herum, Brunos Hand wurde von Wegemanns Schulter gerissen.

«Na, na, zappeln Sie doch nicht so rum.»

«Mann Gottes», sagte Wegemann keuchend, «das machen Sie bitte nicht noch mal.»

Bruno winkte ihm zu, Wegemann verstand nicht. Er sah, wie Bruno die Tür des Schuppens aufschob und im Inneren verschwand.

«Na los», kam es von innen. Wegemann blickte auf den Rover und folgte Bruno. Gegen den milchig-dunklen Hafenhimmel sah er Brunos Gestalt durch den Schuppen auf die offene Tür an der gegenüberliegenden Seite zugehen. Wegemann beeilte sich. Er hatte keine Angst, doch die Situation war ihm vollständig fremd. Neben einem Poller blieb Bruno stehen. Etwa 50 Meter entfernt hatte ein Frachter festgemacht. Wegemann kam näher. Bruno zeigte nach vorn. Wegemann trat vor den Tresor.

«Und jetzt das Geld», sagte Bruno aggressiv.

«Erst mal werde ich ja wohl gucken dürfen», zischte Wegemann. Er ging in die Hocke. *Ist ja nicht zu fassen. Das ist er. Ist er das wirklich?*

«Das Geld», zeterte Bruno. Wegemann winkte unwirsch ab. Bruno trat auf ihn zu und versuchte, ihn in die Höhe zu ziehen.

«Ich will das Geld, und zwar sofort.»

Wegemann wußte nicht, was das da war in Brunos Gesicht: Angst oder Wut.

«Laß mich los, du Idiot. Wenn das mein Tresor ist, gibt es vielleicht auch sechstausend.»

Bruno trat einen Schritt nach hinten.

«Sechstausend», sagte er völlig verblüfft. *Mensch, bist du blöd.*

Plötzlich ging eine Sirene los. Wegemann fuhr herum, der Polizeiwagen war noch nicht zu sehen.

«Polizei», fuhr er Bruno an. *Der Tresor.* Wegemann packte den Tresor, kantete ihn, der Tresor fiel zur Seite. Wegemann faßte erneut zu und kippte noch einmal. Mit einem satten Klatschen fiel der Tresor ins Wasser.

«Los komm», rief Wegemann Bruno zu und stürmte durch das Tor von Schuppen 23 A. Als er die Tür des Rover aufriß, hörte er, wie die Sirene abbrach. *Jetzt sind sie da.* Wegemann verließ in halsbrecherischer Fahrt das Hafengelände.

Bruno stand an der Kaimauer und starrte aufs Wasser. Fred kam aus dem Nachbarschuppen und lief mit der Sirene in der Hand auf ihn zu.

«Ins Wasser geworfen», sagte Bruno tonlos.

Fred verstand Wegemanns Handlungsweise zwar nicht, aber sie interessierte ihn auch nicht besonders.

«Das Geld. Zeig her. Endlich mal ein Erfolgserlebnis.»

«Kein Geld», sagte Bruno dumpf.

Sein Tonfall bewirkte, daß Fred den Satz nicht für einen Scherz hielt.

«Bruno nein.»

«Doch, Fred, doch.»

«Wir hatten abgemacht, daß du, wenn Wegemann das Geld rausgerückt hat, laut und deutlich ‹fünftausend!› sagst. Das war für mich das Zeichen, die Sirene anzuwerfen. Damit er Schiß kriegt und keine Gelegenheit hat, den Schrank aufzumachen. Du hast ‹fünftausend› gesagt.»

«Ich habe ‹sechstausend› gesagt.»

Sie brauchten einige Minuten, um das Mißverständnis aufzuklären. Danach stellte sich Fred neben Bruno und starrte ebenfalls auf das Wasser.

«Sag mal, Bruno, kannst du schwimmen?»

«Wie ein Aal.» *Mist. Nichts klappt.* Völlig niedergeschlagen ging Fred durch den Schuppen auf die Seite, wo die Züge fahren. Er machte sich zu Fuß auf den Weg.

Um kurz nach Mitternacht war Fred in der Laube. Er kippte die halbe Flasche Korn in die dreiviertel Flasche Birnenkompott und becherte den Sud unter der Überschrift «Rumtopf» rein. Anschließend übergab er sich auf Brunos Komposthaufen. Er reinigte sich, so gut es ging, unter dem Kaltwasserhahn, wühlte in der Reisetasche herum und wechselte Socken, Unterhose und T-Shirt. Mit einer Taxe fuhr er auf den Kiez, wo er sich ausnahmsweise nicht in Richtung Davidstraße zu den blutjungen Huren orientierte, sondern seine Frustration und Wut auf einer Enddreißigerin im Eros-Center herunterzappelte. Die Hure war Rheinländerin und schwatzhaft, das machte es für Fred nicht leichter.

«Heinz, du fällst», rief Marianne entsetzt und schlug beide Hände vor den Mund. *Du hast ja so recht.* Es knallte, Borbet sackte vor der Kommode auf den Läufer. Am nächsten Morgen wußte keiner mehr genau zu sagen, wer als erster auf den Gedanken gekommen war, daß ein Sprung von der Kommode auf das Bett den geeigneten Beginn für einen leidenschaftlichen Liebesakt darstellen könnte. Marianne gestand mit allen Anzeichen von Schamgefühl, daß sie die Vorstellung als sehr aufregend empfunden hatte. «Du liegst einfach so da. Und während du nichts Böses ahnst, senken sich die dunklen Schwingen des angreifenden Adlers über deinen Körper.» Nach diesem Geständnis war Borbet gar nicht mehr so sicher, ob er seine Frau wirklich in- und auswendig kannte, wie er bis heute gedacht hatte. Nachdem er sich aufgerappelt hatte, beschwerte er sich bei Marianne, daß sie ihm nicht zu Hilfe gekommen war. Sie kicherte albern, Borbet lief ins Badezimmer und checkte seinen Körper auf blaue Flecken durch. Dann lief er wieder nackt durch den Flur ins Schlafzimmer. Einerseits fühlte er sich sehr mutig, daß er mit 43 Jahren durch ein quasi öffentliches Gelände wie einen Wohnungsflur hetzte. Andererseits hätte er zu gerne gewußt, wo sich Jutta in dieser Sekunde herumtrieb.

Vorsichtig warf er sich neben Marianne. «Mein ein und alles», hechelte er, den Mund dicht an ihrem Ohr. Borbet, der nun schlagartig die Wirkung der eineinhalb Flaschen Sekt verspürte, ärgerte sich, daß er Marianne nicht schon während des Spätfilms im Fernsehen angedeutet hatte, daß er ihr etwas Wichtiges sagen wollte. *Du mußt es ihr sagen, das ist sicherer. Sie erfährt es ja sowieso, dann kann sie es auch gleich hören. Schließlich ist sie deine Frau.* Während sich Marianne an ihn kuschelte, war Borbet mit den Gedanken sehr weit weg. «Liebling», sagte er. «Mmh», kam es von Marianne. Sie rückte ihm noch dichter auf den Leib. «Liebling, ich muß dir etwas sagen.» «Aber ich weiß doch, ich verstehe das. Das war heute ein harter Tag für dich.» Borbet blickte sie an. *Ach, Marianne, warum verstehst du mich nie?*

Am nächsten Morgen erinnerte sich Borbet, daß er gegen halb zwei das letzte Mal auf den Wecker geschaut hatte. Jutta war bis zu diesem Zeitpunkt noch nicht zu Hause gewesen. Als er mit Marianne am Frühstückstisch saß, kam seine Tochter völlig übernächtigt in die Küche geschlichen. Sie klemmte sich zwischen Tisch und Stuhl, damit sie nicht umfiel. Borbet hatte das Gefühl, daß eine strenge Befragung nötig gewesen wäre. Doch er verspürte starken Widerwillen, sich mit diesem maulenden Wesen herumzuärgern. «Muß ich heute wieder mit in den Garten?» Das wollte Borbet nun doch klarstellen. «Niemand zwingt dich, mit in den Garten zu kommen. Das machst du auf freiwilliger Grundlage, und du weißt auch warum. Auf dem Balkon ist die Sonne ab halb eins verschwunden. Und seitdem du in einer deiner Frauenzeitschriften gelesen hast, daß Sonne gut ist gegen Pickel, bist du ganz wild auf den Garten.» «Ist doch auch schon besser geworden», sagte Marianne versöhnlich und strich Jutta die Haare aus der Stirn. Jutta rührte sich ein Müsli an. Borbet klaute ihr einige Nüsse. Später wurde Jutta von einer Freundin abgeholt. Borbet ging mit Marianne einkaufen. Er fand es köstlich, wie sie darauf bestand, daß die Verkäuferin einen Korb Erdbeeren auswog. *Rührend, Marianne, rührend. Sei ruhig noch ein bißchen preisbewußt. Wenn wir nächsten Sonnabend einkaufen gehen, machen wir das ganz anders: Dann kaufen wir den Laden. Quatsch: Wir lassen einkaufen.*

Genauso, wenn auch nicht auf Bierkästen, sitzt eine bisher viel zuwenig bekannte Gestalt der Kriminalliteratur. Es ist der Wachtmeister Studer, Geschöpf des schweizerischen Friedrich Glauser.

Mittags zog es Borbet in den Keller. Er schmunzelte, als er Marianne wissend lächeln sah. Borbet rückte einen Bierkasten genau vor den Tresor. Dann setzte er sich in seiner Lieblingsstellung auf den Kasten: die Schenkel gespreizt, die Unterarme auf den Schenkeln und die Hände gefaltet. *Jetzt steht das Ding schon fast eine Woche hier unten, und du bist keinen Schritt weitergekommen.* Wut und Hilflosigkeit platzten in Borbet auf. *Was kann ich denn machen, verdammter Mist noch mal?* Er schlug mit der Faust auf den Tresor. *Da hilft Gewalt und sonst gar nichts. Das ist wie im Leben. Sengen, Brennen, Morden, Zündeln. Das ist den Schweiß der Edlen wert. Schweiß. Schweißen. Andreas. Junge, wie schön, daß es dich gibt.* Borbet nahm sich vor, morgen seinen Sohn zu besuchen. *Von dem läßt du dir unauffällig erklären, wie man ein Schweißgerät bedient. Dann wird so ein Ding besorgt und dann Feuer frei.*

Was kostet die Freiheit?

Flug Hamburg – Acapulco
1950,– DM
1 Woche Fünf-Sterne-Hotel
1400,– DM
Outfit: Anzug, Schuhe,
Sonnenbrille etc.   950,– DM
diverse Drinks   300,– DM
Postkarte incl. Porto
mit Grüßen für die
Lieben daheim   1,50 DM

Borbet war sicher, daß noch kein Tag im Garten so langweilig gewesen war wie dieser.

Er versuchte, der satten Abgespanntheit nachzugeben, die sich wie an jedem Wochenende auf ihn senkte. Er döste einige Viertelstunden, schmökerte in der Zeitung und in einem Krimi und wurde immer wieder zum Immobilienteil der Zeitung zurückgezogen. *Das muß ja nun langsam mal Form annehmen. Reihenhaus, Doppelhaushälfte, freistehendes Eigenheim, Bungalow oder mit Dach zum Ausbauen, Reihenhaus. Igitt nee, kein Reihenhaus. Große Altbauwohnung, Eigentum natürlich.* Borbet studierte die Preise. *Unverschämt. Na, wir können es uns ja leisten.* In diesen Minuten kam der Buchhalter in ihm zum Vorschein. Borbet ärgerte sich, daß er nicht gleich heute zu Andreas gefahren war. Schließlich hatte er einen Grund. Die Stoßdämpfer des Audi waren eindeutig angebrochen. Zwar hatte Borbet Angst, mit einem Wagen zu fahren, an dem Andreas und seinesgleichen herumrepariert hatten. *Den Wagen gibst du danach in eine anständige Werkstatt. Man muß mit seiner Lebenserwartung ja nicht vorsätzlich Schindluder treiben.* Doch er hatte mit Marianne abgemacht, daß in dieser Woche Samstag der Gartentag war. Borbet wollte keinen Verdacht erregen. Er hatte eine hohe Meinung von Mariannes Kombinationsgabe. *Nur auf die Sache mit Hildegard, da ist sie dir noch nicht draufgekommen. Ist ja auch geschickt eingefädelt. Keine Mitwisser.* Als Borbet dann klar wurde, daß wahrscheinlich noch nicht einmal Hildegard zu den Mitwissern gehörte, sackte er im Liegestuhl leicht nach unten durch. Plötzlich nervte ihn die Sonne, lärmten die Vögel zu laut, und der Rasenmäher von Bruno Kalkowski funktionierte anscheinend auch nur zwischen 13 und 15 Uhr. Borbet hielt hartnäckig die Augen geschlossen. Er stellte sich vor, daß er ab sofort 15 Zentimeter größer wäre. Seine Höhe von 173 Zentimetern (ohne Schuhe) war langfristig gesehen der größte Makel, den er an sich kannte.

Irgendein Vieh kitzelte ihn im Gesicht. Borbet schlug nach dem Insekt. Es war sofort wieder da. Er schlug erneut zu und knallte sich dabei ein paar. Marianne lachte. Borbet öffnete die Augen. Marianne kniete vor ihm und hielt noch den Grashalm in der Hand.

«Ich möchte dir nur sagen, daß du der beste Mann auf der Welt bist», sagte sie zärtlich. *Mehr, Marianne, die Richtung stimmt. Viel mehr. Ich könnte dir stundenlang zuhören.* Borbet küßte seine Frau zärtlich auf die vollen Haare. Anschließend pulte er mit der Zunge im Mund herum, um das lange Haar herauszubekommen. Mariannes nächster Satz war von leichten Würgegeräuschen ihres Mannes begleitet.

«Ich finde, wir haben es sehr schön miteinander, findest du nicht auch?»

«Ja, ganz schön schon. Aber ein bißchen was fehlt noch.» Borbet war sehr gespannt.

«Ein Sechser im Lotto», lachte Marianne.

«Zum Beispiel», sagte er ernst, «oder überhaupt so viel Geld, daß wir uns etwas leisten können.»

«Aber Heinz, was sollen wir uns denn leisten?»

«Das, was sich alle wünschen und was wir uns auch wünschen.» Marianne setzte sich auf die Lehne des Liegestuhls.

«Wir haben ein neues Auto, wohnen in einer ganz schönen Wohnung, und der Bausparvertrag ist in gut einem Jahr zuteilungsreif. Unsere Kinder sind wohlgeraten. Im großen und ganzen sind sie wohlgeraten. Du brauchst gar nicht den Kopf zu schütteln. Wir haben eine eiserne Reserve auf dem Konto, fahren jedes Jahr in Urlaub. Was willst du mehr?»

Borbet erkannte, daß Marianne mit dem neuen Leben größere Probleme haben würde als er. Er beschloß, ihr fürs erste einen VW Golf als Zweitwagen und eine Haushaltshilfe zur Verfügung zu stellen. Borbet dachte sofort an eine ausländische Putzfrau. Er fand den Gedanken angenehm nachkolonial.

Am späten Nachmittag raffte er sich aus dem Liegestuhl hoch und hackte eine Runde Unkraut. Dabei wurde er Zeuge, wie Renate Kalkowski in der Laube nebenan den Arbeitskittel auszog und ein extrem geblümtes Sommerkleid überstreifte. Renate war das einzige, worum Borbet seinen Parzellennachbarn Bruno beneidete. Es war ein zwiespältiger Neid. Borbet war nicht ganz sicher, ob diese kolossale Frau ihn nicht in Angst und Schrecken versetzen würde. *Mensch, wenn die angreift, die zerdrückt dir glatt den Brustkorb. Da pumpst du wie ein Maikäfer. Wie schafft Bruno das eigentlich, so eine Plautze von Bauch zu behalten?*

Über den Gartenzaun hielt Borbet mit Bruno einen kleinen Plausch. Bruno schien unlustig und deprimiert zu sein. Borbet sprach ihn darauf an. «Ach, das hat nichts zu bedeuten. Mir ist nur ein Projekt in die Grütze gegangen. Unangenehme Sache. Wird nicht wieder vorkommen», sagte Bruno. Seine müden Augen schweiften über Borbets Schulter.

«Da, das ist aber ein Ding», sagte er aufgeregt und blickte in Borbets Garten. Einen Augenblick fürchtete Borbet, daß Bruno seiner Frau beim Umziehen zusah.

«Da», sagte Bruno und wies auf den Komposthaufen.

«Ja, was ist denn?» Borbet fühlte sich nicht besonders wohl.

«Der war letzten Sonntag aber noch bedeutend höher, der Komposthaufen.»

Borbets Nebennieren schwammen in Adrenalin wie ein Schaschlik in Fett. «Ach das.»

Er lachte ausführlich, um Zeit zu gewinnen. «Schnellkompostierer», sagte er und lächelte Bruno erleichtert an.

«So schnell geht das mit dem Schnellkompostierer?» Bruno staunte.

«Ein Teufelszeug, man kann dabei zusehen», bestätigte Borbet.

«Da geht es hoch her. Die stoßen animalische Schreie aus, diese Bakterien, wenn sie sich über den Abfall hermachen. So richtig kleine spitze Lustschreie.»

Bei diesen Worten beugte sich Borbet über den Zaun und rempelte Bruno kameradschaftlich mit der Schulter an. *Wollen doch mal sehen, ob du diesen Unsinn schluckst.*

«Lustschreie?» Brunos Augen funkelten irritiert. *Und der Garten kommt als erstes weg. Man kann sich ja vor unseren neuen Freunden nicht sehen lassen mit solchen Dummis als Nachbarn.* «Kauf ich mir. Gleich am Montag», sagte Bruno entschlossen, «Lustschreie. Ist ja ein Ding.»

«Wahrscheinlich solche Dinger, wie sie nachts immer bei Bernburgers aus der Laube kommen.»

«Wie?» fragte Borbet ernüchtert.

«Ja, entweder erlebt der alte Bernburger mit seiner Gisela den dritten Frühling. Oder der Ulf, ihr Sohn, legt in der Laube die kleinen Mädchen flach.» Brunos Augen strahlten, er rempelte gegen Borbets Schulter und lachte. Indigniert zog sich Borbet auf seine Parzelle zurück.

«Nun hör doch endlich auf damit. Das arme Tier verliert noch sein Fell von dem vielen Streicheln», sagte Götz Wegemann gereizt. Hastig stürzte er den Rotwein hinunter, was sonst nicht seine Art war. Mona sendete unter langen Wimpern einen beleidigten Blick in seine Richtung. Wegemann fühlte, daß er in den letzten Monaten immer häufiger die Augen zusammenkniff. Erst gestern wieder, als Rainer Kurz die Familie Spielmann an der Tafel skizziert hatte, war ihm das aufgefallen. *Schöner Mist, du brauchst eine Brille. Guten Tag, Gevatter Wegemann, wollen die Augen nicht mehr so richtig? Und das Gehör? Ich sagte: und das Gehör? Ja, ja, keiner wird jünger, und manch einer wird besonders schnell alt.* «Götz, was hast du denn?» Unter Monas Wimpern kam einer dieser besorgten Blicke hervor, mit denen sie ein Interesse signalisierte, auf das Wegemann immer wieder hineinfiel, bevor er Minuten später feststellen mußte, daß Mona den Blick nicht ernst gemeint hatte. *So ist das eben bei den Frauen. Entweder du handelst dir eine Mutter ein oder mehr was fürs Auge. Die paar Hans im Glück, die beides in einer Person fin-*

den, die kannst du doch an einer Hand ... Wegemann rutschte zur Seite. Der Schein der Abendsonne, den er auf der Bank vor seiner Kate im Landkreis Lüchow-Dannenberg sonst so genoß, regte ihn heute auf. Mona streichelte weiter auf der schwarz-weiß-roten Katze herum. Wegemann ging auf die Rückseite des Hauses. Dort stellte er sich zwischen die Holzstücke, die er am Vormittag zersägt hatte. Wie besessen arbeitete Wegemann zwei Stunden mit der Axt. Er hätte sich gern etwas vorgemacht, doch das Gefühl kannte er. *So war es, als Britta wegging. Und so war es, als die Agentur im ersten Jahr einfach nicht auf die Beine kam. Der Tresor ist weg, das ist sehr gut. Aber wenn doch noch irgendwas rauskommt, dann kannst du deine Sachen packen. Dann kriegst du hier kein Bein mehr an die Erde. Jetzt bist du das arme Opfer, jetzt haben dich alle lieb. Dann bist du der hinterlistige Täter. Typisch Werbemann Wegemann, den tun wir in die Acht. Ab nach Sibirien. Sümpfe des Amazonas. Helgoland, irgendwas ganz Schreckliches.* Es war keine Angst, es war die Unruhe, daß er etwas übersehen hatte. Vielleicht gab es doch noch eine Ecke, aus der Wegemann Gefahr drohte. Er kannte sie nicht, aber er hielt es für möglich, daß sie existierte.

Borbet befand sich gerade in einer schicksalsträchtigen Entscheidungssituation, zwischen Hildegard auf der einen Seite und einer völlig aufgelösten Marianne auf der anderen – Hildegard lag mit knappem Punktvorsprung vorn –, da griff Marianne an den Oberarm des Gatten. «Guck mal da», zischte sie, «das ist doch Fred.» «Was will denn der hier?» Unwillkürlich redete Borbet leise. Marianne zuckte die Schultern. «Die kennen sich eben, Fred und Bruno.» «Oder Fred und Renate», lästerte Borbet und grinste schmierig. «Komm», sagte Marianne, «den überraschen wir jetzt.» Die Überraschung gelang ihnen vortrefflich. Als Fred plötzlich die Nachbarn am Zaun stehen sah, brach ihm der kalte Schweiß aus. «Ja, Herr Frenzel, das ist aber eine Überraschung», lachte Borbet. Marianne drückte freudestrahlend seinen Arm. Bruno, der durch wildes Hin- und Herschießen des Kopfes die Situation nach einigen Momenten voll im Griff hatte, spielte sich als Gastgeber auf und wollte Borbets unbedingt auf sein Terrain locken. Borbets widerstanden, man einigte sich darauf, daß alle, am

Zaun stehend, einen Birnenkompott tranken. Er schmeckte stark nach Alkohol, und Fred mußte eine Erklärung abgeben. Borbets wünschten herzliches Beileid, Fred brummelte etwas. Marianne fragte nach dem Termin der Beerdigung. «Der Termin? Der Termin steht noch nicht fest», sagte Fred schnell. Bruno erzählte, daß er und Fred seit einem guten Jahr befreundet waren. «Kennengelernt haben wir uns in der Kneipe, wie sich das für Männer gehört, was, Fred?» Bruno schlug dem Freund vehement auf den Rücken. Nachdem Borbets erste Überraschung versiegt war, langweilte er sich bald. Fred hatte ihn schon nicht interessiert, als sie Nachbarn gewesen waren. Da fiel Borbet noch etwas ein: «Haben Sie denn eigentlich mit der Polizei noch Ärger gekriegt, wegen der Stereo-anlagen und der Espresso-Maschinen?» Marianne, die für so etwas eine Antenne hatte, spürte, wie Renate ihren Gatten erzürnt anfunkelte. Mit Brunos Jovialität war es fürs erste vorbei. Fred setzte ein Ohrfeigengesicht auf: «Wieso Ärger?» «Na, wozu braucht der Mensch zwei Espresso-Maschinen?» sagte Borbet lachend. Während er noch lachte, erschlossen sich ihm alle Zusammenhänge. *Und es stimmt doch. Fred ist ein Dieb. Noch einer. Was ist denn das bloß für ein Haus?* Fred versuchte eine lässige Handbewegung. «Ach was, Mißverständnisse alles bloß.» Borbet wollte es ihm nicht schwerer machen, als es für ihn sowieso schon sein mußte. Er nickte beruhigend. Fred fühlte sich trotzdem zu einer Antwort aufgefordert. «War eine günstige Gelegenheit, an die Maschinen ran-zukommen. Da habe ich zugegriffen. Sonderangebote ausnutzen, hat Tante Frieda auch immer gesagt.» Fred lächelte kläglich.

Während Borbets sich zu ihren Liegestühlen begaben, ging Renate mit den Männern in die Laube. Borbets kannten die Geräusche. Erst wurde die Tür, dann wurde das doppelflügelige Fenster geschlossen. Dann war es einige Sekunden ruhig, dann brüllte Renate mit einer Wucht los, daß Borbet zusammenzuckte.

Im Verlauf des Samstagabend wurde Borbet sehr unlustig. Er fand, daß der Tag aus einer Abfolge von Banalitäten und dummer-haften Ritualen bestand. Borbet tat folgendes: Fernsehen in der Reihenfolge Sportschau, Tagesschau, die Viertel-nach-acht-Unterhal-tungs-Show, Ziehung der Lottozahlen, Spätfilm. Zwischen Sport- und Tagesschau duschte er. Die Ziehung der Lottozahlen sah er sich

Speech bubbles: «MEINE DAMEN UND HERREN, ICH BEGRÜßE SIE» «GANZGANZ HERZLICH» «HIER» «IM GROßEN SENDESAAL DES FUNKHAUSES HANNOVER»

nur Marianne zuliebe an. Sie hatte für vier Mark getippt, und als tatsächlich drei Richtige herauskamen, freute sie sich. Sie bestand darauf, daß ihr Mann sich mitfreute. Im Bett las Borbet einen Kriminalroman, Marianne blätterte in einem Versandhaus-Katalog. Weil er schwer war, legte sie ihn auf die Matratze und stützte ihren Kopf in die Hand. Dabei wendete sie Borbet den Rücken zu. Erst guckte er, dann drückte er seinen Rücken gegen ihren und las weiter.

Jutta hatte geweint. Sie war viel schweigsamer als sonst. Die Eltern blickten sich an. Jutta bekam den Blick mit und rutschte unlustig auf dem Stuhl hin und her. Sie verzog sich bald in ihr Zimmer. Ein infernalischer Lärm begann. «Unerhört», murmelte Borbet, «und das in einem Totenhaus.» «Aber Frau Frenzel ist doch schon abtransportiert», sagte Marianne erstaunt. Borbet stürmte in Juttas Zimmer. Sie lag in ihrem Sessel und starrte auf den kleinen Schwarzweiß-Fernseher. Borbet hatte den Mund schon offen, da blickte er auf das Bild. Er schloß den Mund und trat dicht an den Apparat. Eine Rockgruppe spielte. Im Vordergrund schlug ein junger Schnösel mit einem Vorschlaghammer auf einen Amboß. «Einstürzende Neubauten», sagte Jutta. «Mich erinnert das an faulende Großhirnrinde», erwiderte Borbet. Er stürmte aus dem Raum, rannte durch den Flur, rief: «Ich muß mal kurz in den Keller» und verschwand. Keine Minute später ertönte hinter der verschlossenen Tür des Borbetschen Kellers ein helles metallenes Geräusch. Es dauerte fast fünf Minuten, dann brach es ab.

«Renate, kann ich jetzt wieder reinkommen?» Bruno stand vor der Schlafzimmertür und drückte die Hände in den Rücken. Renate antwortete nicht. «Renate, ich kann auf dem Sofa nicht liegen. Mir tut alles weh», jammerte Bruno. «Renate, wenn ich jetzt meinen Hexenschuß kriege, mußt du mir wieder den Rücken einschmieren.» Der Schlüssel drehte sich im Schloß. Als Bruno die Tür aufdrückte, sah er Renate gerade noch unter der Decke verschwinden. Zögernd setzte er sich auf den Bettrand. «Renate, nun sei doch nicht so», sagte er leidend. «Ich bin aber so», sagte die Bettdecke. «Ich hätte es dir bestimmt noch gesagt. Ich hatte es mir ganz fest vorgenommen.» «Haha», höhnte die Bettdecke. «Fred ist doch mein bester Freund. Und seinem besten Freund muß man helfen, wenn er in der Scheiße sitzt.»

«Mäßige deine Ausdrucksweise, ja?» Bruno strahlte. «Ach Scheißerchen», sagte er und legte seine Hand auf das erste beste, was er unter der Bettdecke fand. «Bruno!» Brunos Hand zuckte zurück. Renate guckte unter der Decke hervor. «Du steckst doch garantiert wieder mit drin», grollte sie. «I wo», sagte Bruno eifrig, «das kann ich dir schwören.» Bevor sie ihn daran hindern konnte, hatte er schon geschworen. «Bruno, wenn die Polizei erfährt, daß du Fred versteckt hast, dann bist du mit dran.» «Na ja, sie darf es eben nicht erfahren», sagte er gedehnt und drehte am Bettzipfel. «So schlau wie ihr zwei ist die Polizei schon lange.» «Da gehört ja auch nicht viel zu», sagte Bruno. «Wo steckt er denn jetzt, dein sauberer Freund? Ich kann ihn sowieso nicht leiden. Er guckt mich immer so komisch an.» «Der mag dich.» «So?» Ihre Stimme klang ein wenig versöhnlicher. «Na klar. Der müßte ja blind sein, wenn er nicht vor Neid zerplatzen würde, daß ich mit einer so schönen Frau gesegnet bin.» «Ach Bruno.» «Nichts ach Bruno», trumpfte Bruno auf. «Was wahr ist, muß wahr bleiben. Fred ist eben kein Kostverächter. Genau wie ich. Deshalb verstehen Fred und ich uns ja auch so gut.» Renate lüpfte die Bettdecke, und Bruno machte, daß er drunter kam.

Zehn Minuten ging Borbet im Einbahnstraßen-Gewirr des Stadtteils Ottensen verloren. Er fühlte sich nicht besonders sicher bei der Aussicht, Andreas zum erstenmal in seiner neuen Umgebung zu treffen. Die Irrfahrt machte ihn zusätzlich nervös und gereizt. Noch eine Straße, die er nicht fahren wollte, und Borbet kam wieder am Bahnhof Altona heraus. Exakt hier war er in den Dschun-

gel Ottensen eingedrungen. *Das könnt ihr mit mir nicht machen.*
Borbet bremste und setzte rückwärts in eine Toreinfahrt, wobei er
beinahe einen kleinen Türkenjungen breitgefahren hätte. Das
Heck des Wagens schwamm, Borbet drehte wie rasend am Lenkrad. Im Rückspiegel bekam er mit, daß der kleine Türke freundlich winkte. *Die lieben die Gefahr, die kleinen Exoten.* Er brauste 20
Meter Einbahnstraße in der falschen Richtung zurück, durfte dann
nicht links abbiegen, bog links ab und war in der richtigen Straße.
Borbet parkte ein und legte den Kopf gegen die Nackenstütze. *Es
muß sein. Augen zu und durch. Vielleicht wird es ja auch gar nicht so
schlimm.*

Von vorn sah das Haus nicht gut aus. Borbet war milde ge-
stimmt. Als Mitglied im Mieterverein wollte er dieses Manko
dem Hausbesitzer und nicht Andreas vorwerfen. Borbet suchte
das Klingelbrett, es war keins vorhanden. Er betrat einen dunklen,
muffigen Flur. Leise fluchend quälte er sich durch die hinge-
schmierten Namensschilder der Briefkästen. Neben dem letzten
Briefkasten hing ein Zettel. Fünf Namen, einer davon: Andreas
Borbet. Daneben wies ein Pfeil nach noch weiter hinten.

Borbet ging dem Pfeil nach und gelangte in eine Art Hinterhof.
Er ging um die Ecke und blieb verdutzt stehen. Auf einem bepfla-
sterten Hof stand ein großer Tisch. Um den Tisch saßen acht
junge Menschen, drei Jungen und fünf Mädchen. Sie frühstück-
ten. Ein Mädchen entdeckte den zögernden Borbet. Sie tippte Andreas an. Andreas drehte sich um *Andreas, bitte* und stand auf.
Langsam kam er auf Borbet zu. Dann standen sie sich gegenüber.
Borbet hielt seine Hand hin, Andreas sah sie ziemlich spät, schlug
dann sofort ein. «Ja, Vater, also ich muß schon sagen, ich bin überrascht.» «Und ich erst», sagte Borbet. Er hatte etwas ganz anderes
sagen wollen. Beide lachten. *Durchatmen, durchatmen und viel lockerer in den Schultern.* Ein Mädchen kicherte unterdrückt, als Andreas
mit seinem Vater an den Tisch kam und Borbet während des Gehens zweimal windmühlenartig aus der Schulter heraus mit den
Armen wedelte. «Leute, ihr dürft einen großen Moment miterleben», sagte Andreas. Borbet fand, daß der Sohn bedeutend schneller seine Selbstsicherheit zurückgewonnen hatte als der Vater.
Kunststück. Der hat Heimvorteil. «Leute, dies ist mein Erzeuger und

Namensgeber, Heinz Borbet.» Borbet war auf alles gefaßt. Alle blickten ihn freundlich an, nicht alle gleich freundlich. Doch spuckte keiner vor ihm aus. Andreas stellte ihm die jungen Leute vor. Borbet hörte sieben Namen und vergaß sechs davon auf der Stelle. Einen merkte er sich: Jezebel. Erstens, weil er ihn komisch fand, zweitens, weil er dem Mädchen gehörte, das neben Andreas gesessen hatte. Sie sah niedlich aus. Irgend jemand eilte ins Haus und kam mit einem Klappstuhl zurück. Borbet mußte sich setzen. Dann ging das Frühstück weiter, als ob nichts passiert wäre. Borbet war fest davon überzeugt gewesen, daß sich alle Augen an ihm festsaugen würden. Er wußte, daß er in dieser Lage wieder wie ein Hampelmann herumgestikulieren würde. Auch neigte er bei stressigen Situationen dazu, sein Heil in anzüglichen Witzen zu suchen. *Halt bloß das Maul, sonst hast du hier gleich verschissen.* In den nächsten 20 Minuten lauschte er dem Geplapper am Tisch. Er nahm von einem Mädchen sogar einen Teller Müsli an. Es schmeckte grauenvoll. *Wie Pappe.* Zum Schluß fragte ihn ein Mädchen, das wie eine Eule aussah, ob er nicht auch meinte, daß die neuen Mietgesetze zum Mißbrauch geradezu einluden. Borbet setzte sich in Positur und lud einen altklugen Monolog ab, in dessen Verlauf sich die Eule beide Schuhe auszog und an den Fußnägeln herumzureißen begann.

Als Borbet merkte, daß er nicht den richtigen Ton getroffen hatte, redete er nur deshalb weiter, weil er sich nicht traute, unvermittelt aufzuhören. Es war Jezebel, die ihn erlöste. «Sie möchten bestimmt mal sehen, wie die Leute hier wohnen und arbeiten.» Borbet nickte sich beinahe den Kopf vom Hals. In der nächsten Viertelstunde zeigte ihm Jezebel die Wohnräume, die Gemeinschaftsräume und die Werkstatt. Borbet war beeindruckt. Jezebel schilderte plastisch, wie es hier zur Zeit des Einzugs vor einem guten Jahr ausgesehen hatte. «Wohnen Sie auch hier?» fragte er. «Nein, ich bin Gast, Schlafgast.» Jezebel lief rot an. «Ja, ja, der Andreas», sagte Borbet mit leicht verdrehten Augen. «Ja, ja, der Andreas», bestätigte Jezebel, «das ist schon ein Lieber. Aber ich finde Ernie eigentlich noch toller.» Borbet blickte sich nach allen Seiten um. «Ja, warum machen Sie denn dann mit Andreas ...» «Mach ich doch gar nicht. Ich mach mit Ernie», sagte Jezebel.

Andreas erlöste ihn. «Geil, was?» sagte Borbet hinter Jezebel her und stieß seinem Sohn in die Seite. «Doch», erwiderte Andreas. «Ganz gut schon. Aber bißchen jung. Weißt du. Da fehlt die Erfahrung.» «Ist denn deine Freundin nicht da?» «Ich habe keine Freundin. Zur Zeit nicht.» *Ja, warum lebst du denn dann so, wie du lebst? Laß doch wenigstens die Puppen tanzen. Dann hast du was, das kann dir keiner mehr nehmen.*

Fünf Minuten später fuhr Borbet den Audi auf die Grube. Andreas forderte den Vater auf, mit in die Grube zu kommen. «Kann nie schaden, wenn man weiß, wie die Apparate funktionieren, die man benutzt. Die haben nämlich eine Seele», sagte Andreas ernsthaft. «Ach nee», erwiderte Borbet. «Du verstehst das noch nicht, merke ich», sagte Andreas. Borbet war kurz davor, sich diesen Ton zu verbitten. Da klopfte Andreas schon an der Hinterachse herum. «Die Stoßdämpfer sind jedenfalls im Eimer. Hast du Kohlen transportiert?» Auf diese Frage war Borbet nicht gefaßt. «Und was nun? Willst du neue Stoßdämpfer reinhaben?» «Ja, könnt ihr denn so was?» «Ich noch nicht. Aber Ernie ist schon sehr gut drauf. Das kriegen wir hin.» *Entsetzlich. Das müßte verboten werden. Das ist ja wie Russisches Roulette.*

Andreas klopfte hier und da gegen die Unterseite. «Das kriegen wir hin, kein Problem», sagte er händereibend, als sie aus der Grube kletterten. Da sah Borbet das Schweißgerät. Es stand an der Wand gleich neben einem der großen vergitterten Fenster. Am Fenstergriff hing die Gesichtsmaske. Borbet trat auf das Schweißgerät zu. «Ist ja toll», murmelte er. Als Andreas ihm nicht folgte, sagte er lauter: «Ist ja wirklich toll.» Andreas kam. «Was ist denn? Ah ja, das Schweißgerät.» Andreas drehte sich um. «Komm, wir können uns noch ein bißchen in mein Zimmer setzen.» «Wirklich beeindruckend.» Borbet drehte sich zu Andreas um. «Weißt du, warum ich das Schweißgerät so faszinierend finde?» «Nee», sagte Andreas völlig uninteressiert. «Weil mein Vater früher auch mit so einem Ding gearbeitet hat, und er hat mich nie rangelassen.» *Hoffentlich war das Schweißgerät damals schon erfunden.* «Aha», sagte Andreas. *Junge, nun beiß doch endlich an.* Borbet nahm die Düse in die Hand. «Also, ich traue mich ja kaum, es zu sagen.» *Eins zwei drei.* «Aber ich würde zu gerne einmal in meinem Leben mit so einem

Ding wirklich richtig arbeiten, wenn du verstehst, was ich meine.» «Klar, ist ja nicht schwer zu verstehen», murmelte Andreas. *Dann zeig's mir endlich, du Depp, und stell dich nicht so begriffsstutzig an.* Borbet drückte Andreas das Gerät in die Hand. «Ja, meinst du, ich soll's dir jetzt gleich zeigen?» «O ja, bitte, bitte», sagte Borbet und nickte heftig. Ernie, ein muskulöser Bursche von untersetztem Wuchs, kam in die Werkstatt. In seinem Schlepptau befand sich Jezebel. «Na, Meister», rief Ernie und winkte Borbet kumpelhaft zu, «will der Tresor nicht aufgehen? Brauchen Sie ein sauberes Punktschweißgerät? Da sind Sie bei uns genau richtig. Lehrling Borbet, rühren. Zeigen Sie dem Kadetten, wie man schweißt.» *Was ist denn an dem Gesabbel alternativ?* «Gut, dann komm, ich zeig's dir.» *Danke, Sohn. Du hast soeben dein Erbe gesichert.* «Ich zeig's dir am besten gleich in action.» Andreas blickte sich suchend um. «Aih Män, action, all right», hörte Borbet sich sagen. *Aua aua, ist das peinlich.* Andreas schien nichts zu merken. «Hörnchen, fahr mal den Silberfisch auf die Grube», brüllte Andreas. Borbet mußte den Audi zwei Meter nach vorne rollen. Ein alter schöner Jaguar bog um die Ecke und rollte auf die Grube. Borbet schätzte den Jungen auf vierzehn, bevor Andreas ihm sagte, daß Hörnchen letzten Monat achtzehn geworden war. Andreas schleppte das Gerät in die Grube. Am Jaguar vorbei ging Borbet auf die Treppe zu. Der Wagen war silber-metallic gespritzt.

Schweißbrenner

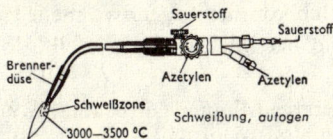

Sauerstoff
Sauerstoff
Brenner-düse
Azetylen
Azetylen
Schweißzone
Schweißung, autogen
3000–3500 °C

«Guck mal da», sagte Andreas, «da und da und da. Das ist Rost. Oben hui, unten pfui. Alter Mechanikerscherz.» Andreas kicherte albern und fummelte am Brenner herum. Er setzte den Gesichtsschutz auf und klappte ihn herunter.

Götz Wegemann schlug auf das Holz ein. Er stand bis zu den Knien inmitten der Scheite. Mona kam um die Ecke. «Dein Nachbar war da. Er hat gesagt, wenn wir wollen, können wir nachher rüberkommen. Er macht ein Kehraus, bevor es wieder in den brutalen Alltag geht, hat er gesagt.» *Fuzzi. Kein Licht im Haus, Plumps-*

klo im Garten und dann auf netten Nachbarn machen. «Danke, kein Bedarf», bellte Wegemann und schlug voll auf einen Ast. *Scheiße verdammte.* «Och, nie hast du Lust», maulte Mona und begann wieder,
an den herrlichen Spinnweben herumzuzupfen, die zwischen Re-
genrinne und Hauswand gesponnen waren und die Wegemann unter seinen persönlichen Schutz gestellt hatte. «Laß bitte die Netze in
Ruhe», forderte er Mona mühsam beherrscht auf. Sie riß das Netz
mit einem Ruck herunter.

«Was ist nun? Kommst du?» Wegemann spaltete ein Stück in der
Mitte, nahm eine Hälfte und traf sie fast in der Mitte, faßte die Axt
ganz vorn und spaltete den nun ziemlich kleinen Scheit mit liebe-
voller Vorsicht. Mona sah erstaunt zu. «Ich komme, ich komme
ja», sagte Wegemann muffelig. «Das ist schön», jubelte Mona und
verschwand um die Hausecke.

«Nun komm schon, Irene», sagte Fred vibrierend und genierte sich
für den in die Tür gestellten Fuß. «O nein, nicht schon wieder»,
entgegnete Irene bestimmt, «du kommst nur noch, wenn die Kacke
am Dampfen ist. Sonst kennst du mich überhaupt nicht mehr. Ich
möchte meine Ruhe haben. Verpiß dich.» *Das hast du nicht verdient.*
Ein Flüchtling hat Anspruch auf Asyl. In den nächsten Minuten versuchte es Fred auf die Mitleidstour. Er bekam nicht mehr als einen
Fuß in Irenes Wohnung. Fred fühlte sich müde und zerschlagen. Er
sehnte sich nach einem bequemen, nicht zu harten und nicht zu
weichen Bett, in dem er achtzehn Stunden nonstop wegratzen
wollte.

«Irene, sie sind hinter mir her. Ich komme nirgendwo mehr zur
Ruhe. Selbst mein Freund Bruno hat mich rausgeworfen», log
Fred.

Nichts fruchtete. Nach fünf weiteren Minuten gab er auf. *Mit der*
Schulter gegen die Tür, und du bist drin in der Bude; sieht man in jedem
Film. Warum kannst du das nicht? Du hast keine Zuhause mehr. Du bist
ausgestoßen. Wegemann, dieses Schwein, dem geht's gut. Und der Bolzen,
der den Tresor abgestaubt hat, der lacht sich scheckig, ist wahrscheinlich
schon auf den Bahamas. Fred bestieg einen Bus, von dem er wußte,
daß er zwischen zwei Haltestellen dicht an der Elbe entlangfuhr.

Punkt 7 Uhr 30 war Borbet schon sauer. Es reichte wieder nur zu einem Parkplatz in einer der Nebenstraßen. *Aber nicht mit mir.* Er würgte den Audi in die zu kleine Lücke auf dem Parkplatz und kam dabei ziemlich schräg zum Stand. Der Wagen schwamm hinten immer noch. Andreas war sehr enttäuscht gewesen, als Borbet auf Ernies Kfz-Künste verzichtet hatte. Als er den Glaskasten sah, verspannte sich seine Nackenmuskulatur. Borbet trat an die Tür der Pförtnerloge. «Guten Morgen, ja, ja, ich weiß, soll auch bestimmt wieder vorkommen. Und bei Kohl nicht verwandt und nicht verschwägert würde ich mich an Ihrer Stelle nicht noch mal beschweren, sonst lacht der Sie nämlich aus. Mal hören, wie sich das anhört? Ha, ha, ha. Guten Tag noch.» Auf dem Weg zum Paternoster betrieb Borbet Manöverkritik. *War gut, Junge. Das vergißt der so schnell nicht.* Völlig verdattert blickte der Pförtner dem wildgewordenen Angestellten hinterher. *Das muß ich unbedingt Kienzle erzählen, wenn er mich nachher ablöst.*

Borbet eilte an seinen Arbeitsplatz. Er war gut gelaunt und zukunftsfroh. Er hatte das Programm des Tages fertig im Kopf. Er dachte ausschließlich an Gutes und lief voll in den gräßlichen Anblick hinein. Borbets Schreibtisch war verschwunden. Er sah es, aber er dachte nichts. Es war, als ob die Verbindung von den Augen zum Gehirn unterbrochen war. Langsam erst sickerten einzelne Fetzen durch. *Weg, Tisch weg. Gekündigt. Und dann gleich der Tisch weg. Wie im Film. Und keiner hat ein Wort gesagt.* Borbet drehte sich um. Alle Schreibtische waren verrückt worden. Borbet näherte sich dem Blumenkübel. Zwei Füße ragten darunter hervor. Sie steckten in schwarzen Arbeitsschuhen. «Ich hab's», brüllte der Mann, dem die Beine gehörten. «Was hast du?» fragte Borbet unwillkürlich. «Hier ist der Kabelkanal. Hier können wir durch.» «Na bitte, dann stimmt die Zeichnung also doch. War ja auch gar nicht anders möglich», sagte eine andere Stimme. Ein Mann kam hinter der Sichtwand hervor. Der Mann unter dem Blumenkübel rappelte sich hoch. «Tach», sagten sie zu Borbet. «Guten Morgen», erwiderte der sehr förmlich. Er hatte sich von dem Schreck noch nicht erholt. «Was bitte soll das, was Sie hier treiben? Ich bin eigentlich gekommen, um zu arbeiten.» «Kann gleich losgehen», sagte einer der Männer. Fünf Minütchen noch, dann schieben wir Ihnen Ihren Tisch an Ort und Stelle.» «Wir wollten eigentlich fertig sein, bevor die ersten kommen», sagte der andere, «wir kontrollieren die Kabelschächte für die Datensichtgeräte.» Er wandte sich ab. «Welche Datensichtgeräte?» fragte Borbet. Der auskunftsfreudigere der beiden Männer notierte sich etwas in eine Zeichnung und antwortete: «Wissen Sie das nicht? Der Fortschritt kommt auf Sie zu.» «Im Sauseschritt», fiel sein Kollege ein. «Im Sauseschritt», lachte der Freundliche. «Da müssen die Anschlüsse stimmen, sonst geht's drunter und drüber.» Borbet half den Männern beim Zurechtrücken der Schreibtische und Stühle. Darüber ärgerte er sich hinterher besonders. *Mensch, so was darf dich doch gar nicht mehr anmachen. So was berührt dich periphär, aber höchstens.* Verstört spürte er, daß der alte und der neue Borbet zusammengeprallt waren. Da kam ihm Belmondo gerade recht. «Morgen, Kollege Borbet, am Wochenende allen Pflichten nachgekommen, die ehelichen nicht ausgeschlossen?» In das gackernde Kichern hinein fragte Borbet: «Morgen, Kollege Rettig. Was macht die Körpergröße? Wieder nichts zugelegt?» «Hoijoijoi, war wohl nicht so gut, Ihr Wochenende.» Erna Degenhardt und Hildegard Klingebiel kamen gemeinsam. Borbet erzählte von seinem Schreck. «Ist aber auch zu ungeschickt von der Org.-Abteilung», meinte Hildegard nachdenklich.

Erna Degenhardt nahm ihre Aktentasche auf den Schoß und holte einen Stapel Blätter heraus. «Nicht auf nüchternen Magen», sagte Belmondo gequält. Erna legte Borbet ein Blatt auf die Schreibunterlage. «Hier, Heinz. Jetzt hast du ja Gelegenheit gehabt, dich endlich mal mit dem Problem zu befassen.» Borbet nahm den Zettel in die Hand.

«... protestieren wir hiermit gegen die kurzfristige und überraschende Einführung der Datensichtgeräte in den Abteilungen Schaden Sach und Leben. Wir fordern die Geschäftsleitung auf, sofort mit dem Betriebsrat in Verhandlungen einzutreten. Ihr Ziel muß sein: eine Vereinbarung über Einsatz und Folgen der neuen Technologie.» Es folgten einige konkrete Forderungen, die Borbet übersprang. Am Ende des Aufrufs war Raum für Unterschriften gelassen. Auf der Liste stand bisher nur ein Name: Erna Degenhardt. «Bißchen mager, was?» sagte Borbet. «Das wird schon

noch», erwiderte Erna eifrig. «Wir fangen ja erst an. Wenn du un-
terschreibst, sieht es schon freundlicher aus.» Borbet unterschrieb.
*Kostet ja nix. Und ist für einen guten Zweck. Hildegard und Erna sollen
es schließlich gut haben, wenn ich nicht mehr da bin.*

«Und unsere kleine Stimmungskanone, möchte die auch unterschreiben?» fragte Borbet maliziös und wedelte mit dem Blatt in
Richtung Belmondo. «Pech gehabt, Kollege», erwiderte Belmondo munter. «Vor einer Woche hätte ich mir das sogar noch
überlegt. Aber jetzt ist es zu spät. Ich scheide aus aus diesem grausamen Spiel. Ich unterschreibe in Zukunft nur noch Versiche-
rungs-Policen und sonst gar nichts.» «Warum denn das?» fragte
Borbet erstaunt. «Glauben Sie etwa den Unfug, den Versicherungsvertreter erzählen?» Belmondo strahlte. «Ihr dürft gerne
staunen. Kollege Rettig wirft den Griffel hin. Ab ersten neunten
bin ich nicht mehr popeliger Sachbearbeiter bei Schaden Sach. Ab
ersten neunten bin ich Bezirksleiter in Dulsberg. Ihr wißt, was das
bedeutet? Ich sage nur ein Wort: selbständig. Ein zuckersüßes
Wort: selbständig. Kennen Sie das Wort, Kollege Borbet?» Borbet
war überrascht. «Sie werden Bezirksleiter ...» Borbet dachte an
den Heinz Borbet von vor zehn Jahren. Damals hatte er die bittere
Wahrheit akzeptiert, daß ihn seine mittlere Reife trotz allen Flei-
ßes, trotz aller Fortbildungsseminare und Schulungen doch ziemlich weit unten auf der Karriereleiter festnagelte. Mit Marianne
hatte er Pläne gewälzt, was er tun könnte, um nicht für den Rest
seines Berufslebens als zweiter Mann in einer kleinen Abteilung zu
kleben. Damals hatte er daran gedacht, sich selbständig zu machen. Borbet hatte es nicht getan, weil ihm der Mut gefehlt hatte.
Sie hatten die Entscheidung immer weiter «aufgeschoben». Und
irgendwann hatten sie nicht mehr über das Thema gesprochen.
«Na, dann herzlichen Glückwunsch», hörte Borbet Erna sagen.
Hildegard lächelte ihr warmes Lächeln. Neidisch sah Borbet, daß
sie nicht nur ihn damit beschenken konnte. «Ich hätte es ja schon
früher erzählt», sagte Belmondo strahlend, «aber es sollte erst
ganz fest sein. Und nach dieser Beurteilung –» er lächelte Hildegard an – «war das Ganze nur noch Formsache.» Hildegard und
Erna gingen zu Belmondo und schüttelten ihm die Hand. Borbet
stand zögernd auf, ging langsam hinüber und schüttelte dem Kol-

legen kurz die Hand. «Warum denn erst September?» «Na, erst
mal Urlaub, danach kommt der Lehrgang, und dann geht's auf
die Dulsberger Hausfrauen. Die warten doch nur darauf –» Belmondo vergaß die Kunstpause nicht – «sich von mir ordentlich
versichern zu lassen.» Belmondo gackerte, Borbet lächelte starr.
«Dann hast du ja gerade noch den Absprung geschafft», sagte
Erna, «läßt uns die Bildschirmzeit alleine ausbaden. Willst du
nicht wenigstens noch unterschreiben?» «Also nee», erwiderte
Belmondo, «ich glaube, das wäre nicht ehrlich. Mich betrifft das
Ganze ja nun wirklich nicht mehr.» Borbet fühlte sich niedergeschlagen. *Kopf hoch, Junge. Du hast eine Schlacht verloren. Heute
mittag kaufst du das Schweißgerät. Dann bist du wieder zwei Klassen
höher als Belmondo.*

«Was heißt ‹relativ bocklos›? Montag früh war abgemacht. Ich
will meinen Wagen wiederhaben.» Wegemann zündete sich fahrig eine Zigarette an. Die verschlafene Stimme am anderen Ende
der Leitung sagte: «Lieber Mann, ich sag's doch. Heute nachmittag. 16 Uhr. Besser nach 16 Uhr. Da ist er garantiert fertig.»
Wegemann spürte, daß er durch Schreien nichts verändern
konnte. Er knallte den Hörer auf und ging zu Roswitha: «Was
hältst du vom alternativen Leben?» Roswitha war gerade dabei,
ihre Fingernägel zu lackieren. Dunkelgrün war angesagt. Sie hob
die Hand. «Genügt das als Antwort?» Roswitha lächelte hinreißend. *Schade, wir hätten das damals durchziehen sollen. Und wenn es
die einzige Vögelei geblieben wäre. So was verbindet letzten Endes eben
doch. Man kennt sich einfach besser danach.* «Du mußt mir eine Taxe
rufen. Diese Latzhosen haben natürlich den Termin geschmis-
sen.» «Kannst meinen nehmen», bot Roswitha an. «Das erspare
ich uns lieber. Wenn Sagehorn mich in dieser Gurke vorfahren
sieht, bekommen wir bestenfalls den Etat zur Gestaltung der
Essensmarken.»

   «Götz, ich freue mich», rief Winfried Sagehorn guttural und
kam auf Wegemann zugestürmt. Dabei hielt er die Hand schüttel-
bereit ausgestreckt, und auch die andere, mit der er Wegemann am
Oberarm packen wollte, war schon an Ort und Stelle. Sie lächelten sich an. Befriedigt stellte Wegemann fest, daß er noch einen

Tick dunkelbrauner war als Winfried. Dafür hatte Winfried einen Vollbart. Wegemann war froh, daß er trotz der Hitze den eleganten Seidenanzug trug. Auf eine Krawatte hatte er verzichtet. Seine Brustbehaarung erlaubte drei offene Hemdenknöpfe. *Du siehst fast so gut aus wie ich.* Winfried lächelte: «Sie sehen in etwa so aus, wie man Sie mir geschildert hat. Nur selbstverständlich noch etwas sympathischer.» Wegemann trat einen Schritt zurück und fixierte sein Gegenüber. «Perfekt», sagte er. «Dieses Farbspiel, einfach perfekt. Herzlichen Glückwunsch zu Ihrem Geschmack.» *So, du Papagei, das war mein letztes Friedensangebot. Und jetzt machen wir Geschäfte.* Winfried strahlte. «Danke, so ein Kompliment ist besonders viel wert, wenn es von einem Mann kommt, der schon von Natur aus so aussieht, als ob er sich über Fragen des guten Aussehens mit Fug und Recht äußern kann.» *So, du Hühnerbrust, jetzt zeig, ob du fachlich was auf dem Kasten hast.*

Winfried komplimentierte Götz in die Sitzlandschaft. Kaum saß Wegemann, ging die Tür auf, und eine Frau trat in den Raum. So eine Ballung von zurückgenommenem, doch extrem präsentem Sex war Wegemann überhaupt noch nie vorgekommen. *Dagegen paßt Mona als Novizin in jedes Kloster.* Wegemann nahm an der Frau überhaupt keine Einzelheiten wahr, für ihn war sie ein Gesamterlebnis. Die Frau lächelte Winfried an. Der stellte Götz vor und orderte zwei Tassen Kaffee. Die Frau ging hinaus, und Wegemann begann, auf den Kaffee zu warten. *Reiß dich zusammen. Hier geht es um mehr. Hier geht es ums Geschäft.*

«Warum denn so früh heute?» fragte Hildegard. *Manchmal, liebe Hildegard, plagt dich die Neugier doch ein wenig arg.* Borbet lächelte, umgab sich mit der Aura des Geheimnisvollen und verschwand. Als er in dem Fachgeschäft schon wieder so eine naseweise Type auf sich zusteuern sah, wie er sie in der letzten Woche mit dem Bohrer hinter sich gebracht hatte, ließ er sich gar nicht erst auf verbale Kommunikation ein. Borbet zeigte stur auf ein Schweißgerät, das ihm die größte Ähnlichkeit mit dem bei Andreas aufzuweisen schien. Der Verkäufer hatte große Mühe, seine neunmalklugen Kommentare zurückzuhalten. Er half Borbet, das Gerät und die Sauerstoffflasche in den Kofferraum zu packen. Borbet kam gerade noch so zeitig zurück, daß er Hildegard im Casino einen Schokoladenpudding spendieren konnte.

Ein Blick auf die Karte zeigte Borbet, daß er die Gleitzeit in den letzten Tagen stark in Anspruch genommen hatte. Er guckte auf den Kalender. *Wie willst du das eigentlich machen? Fristgerecht kündigen? Das wäre ja irgendwie völlig bescheuert. Einfach nicht mehr herkommen. Das kannst du auch nicht machen. Schon wegen Hildegard nicht. Ausstandsfest mit Kaffee und Kuchen wäre ein bißchen popelig. Warten, bis wir das Haus bezogen haben, und dann ein riesiges Zelt in den Garten wie beim Bundeskanzler. Oder war es der Bundespräsident? Man kann die Nasen einfach nicht mehr auseinanderhalten.*

Die Frau hieß Yvonne und war 38 Jahre alt, soviel kriegte Wegemann heraus. *Mensch, muß Sagehorn glücklich verheiratet sein, wenn er das hier Tag für Tag aushält, schon rein nervlich.* Yvonne trug ein sündhaft teures und deshalb völlig unscheinbares Kostüm mit einem Rock, der in Höhe des Meniskus endete. Es waren nicht die Waden, die Wegemann erregten. Es waren die Fesseln. Die hochhackigen Schuhe gaben Yvonnes Schritten das gewisse Etwas, das Wegemann bei jedem Schritt in Alarmstimmung versetzte, weil er voraussah, daß sie jetzt einfach stürzen mußte. Die pechschwarzen langen Haare waren eng an den Kopf gesteckt. Die Art, wie Yvonne die große Brille abnahm, um anschließend auf einem der Bügel zart herumzukauen, ließ Wegemann fest in den Bezug der Sitzlandschaft greifen. Yvonnes Augenfarbe war schwarz. Die Wangenknochen waren hoch angesetzt. *Vollweib, Geliebte, Bettpartnerin, Partnerin, Freundin, Gefährtin, ein Klacks Mutter, ein Pfund zum Angeben. Was so eine Frau für einen Einfluß auf Geschäftsabschlüsse haben muß, das kann man ja nur ahnen. Müßte man glatt mal in Mark und Pfennig ausrechnen.*

Nach dieser Nacht wußte Fred, daß seine Meinung über Künstler kein Vorurteil war. Am Ende einer stundenlangen Wanderung entlang der Elbe ließ er sich in einer Kneipe vollaufen. Als er dachte, daß nichts mehr reinpaßte, beglich er die Zeche und torkelte an den Strand. Dort buddelte er sich eine Kuhle, in die er todmüde hineinfiel. Gegen ein Uhr morgens hob auf einem Grundstück oberhalb des Strands großer Lärm an. Fred wachte auf, orientierte sich und schlich bis zum Zaun, hinter dem der Lärm immer stärker wurde. Er sah über 30 Menschen, die bis auf wenige Ausnahmen volltrunken schienen. Sie gaben sich albernen Tätigkeiten hin: blinde Kuh, Sackhüpfen und Teekesselchen spielen. Fred suchte sich eine dunkle Stelle und kletterte über den Zaun. Er wartete eine günstige Gelegenheit ab und stand auf einmal zwischen den Zechenden. Seine Angst dauerte nur kurz. Dann war ihm klar, daß niemand auf ihn achtete. Fred aß sich satt, trank noch einiges dazu und wanderte zwischen wild diskutierenden Gruppen hin und her. Die Themen der Streitgespräche kamen Fred ohne Ausnahme banal vor. Er begriff nicht, warum es nötig war, aus Fürzen solche Donnerwetter zu machen. Beachtlich fand er, wie einige Männer und Frauen auf ihre zwei Promille im Verlauf weniger Viertelstunden immer weitere Mengen schütteten. Die Themen, denen Fred zuhörte, lauteten in der Reihenfolge, wie Fred ihnen beiwohnte: fortschrittliche Kulturpolitik und ein sozialdemokratischer Senat; die Preispolitik der Filmhauskneipe, die Politik der Filmförderung; gibt es eine Inflation der Vernissagen? Stinkt Geld? Und wenn ja: wonach? Vorschüsse bei Buchverlagen; Vorspeisen bei Paolino, im Cuneo, New Yorker sowie bei Ennio; Einehe und Prostitution; Suchtverhalten bei Arbeit, Alkohol und Kulturförderungsmaßnahmen; Spesenabrechnungen und ein Urteil des Finanzgerichts Bamberg; Depression, Nierensteine und Haarausfall – Zufall oder statistische Auffälligkeit? Eine dunkle Anfangsvierzigerin stellte fest, daß der Samtanzug neben ihr sanft entschlafen war. Sie behalf sich mit einigen Blickkontakten und saß schnell neben Fred. Während er noch nach einer Eingangsfloskel suchte, begann die Anfangsvierzigerin, zielstrebig mit der Zunge in Freds Rachenraum herumzufahren, und fingerte mit der Hand in seiner Genitalgegend herum. Fred hielt stand. Die Frau zog ihn neben eine Zierhecke, und es endete mit einem hastigen Geschlechtsverkehr zwischen lauter Rhododendron, der Fred an Friedhof erinnerte. Der Boden war voller Nadeln. Sie stammten von Kiefern oder Fichten, die den Rhododendron überragten. Es kam Fred vor wie ein Traum. Und er hatte ja auch sehr viel getrunken.

Am frühen Morgen suchte sich Fred eine Schlafstätte im Kellerraum des bildenden Künstlers, bei dem die Feier stattgefunden hatte. Es war nur eine Campingliege, doch Fred war hochzufrieden. Nach dem Erwachen sah er keinen einzigen der lustigen Gäste wieder. Fred bereitete sich in der Küche ein Frühstück. Dabei half ihm eine ältere Frau, mit der er sich vom ersten Augenblick an gut verstand. Fred verließ das Haus am frühen Nachmittag. Er bestieg einen Bus Richtung Altona. Noch bevor er am Bahnhof Altona ausstieg, hatte sich Fred entschieden. *Du gehst jetzt einfach nach Hause und wartest ab, was passiert.*

Das letzte Stück der Grindelallee befuhr Borbet rücksichtslos. Er schnitt, drängelte sich vor, bremste aus, drohte, lachte, gestikulierte herum, machte sich einen Spaß daraus, ein Latzhosenpärchen über die Fahrbahn zu hetzen. *Studenten, haa!* Und genauso parkte er vor dem Haus ein. Ernüchtert beguckte er sich das Ergebnis. *Scheiß Baum. Euch hat man früher einfach umgehauen. Dann wart ihr weg und konntet einem keine Beulen mehr in den Wagen donnern.* Borbet blickte sich um. Dann trat er kräftig gegen den Baum. Er humpelte zum Kofferraum, blickte sich wieder um, öffnete die Haube, umwickelte die Sauerstoffflasche mit der Decke und trug das Schweißgerät in den Keller. *So, und jetzt knack ich dich, du dummer Stahlklotz. Jetzt mach ich dich alle. Jetzt bist du dran.*

An diesem Abend roch es im Treppenhaus sehr angebrannt. Marianne Borbet schnüffelte beunruhigt im Flur herum. Sie bat Jutta, auch mal zu riechen. «Stinkt», erkannte Jutta. «Danke», sagte Marianne. Sie ging ins Wohnzimmer, stellte die Blumentöpfe auf den Couchtisch und öffnete das Fenster. Nachdenklich blickte sie auf die dünnen Rauchkringel, die aus ihrem Kellerfenster kamen. *Heinz, Heinz. Früher hast du mir immer was Fertiges zum Geburtstag geschenkt. Das war manchmal ein bißchen einfallslos. Aber schön war es meistens doch. Warum mußt du jetzt mit diesem Brauch brechen?* Aus dem Kellerschacht kam eine besonders dicke, grauweiße Wolke hervor.

Schweiß Scheißgerät. Völlig entnervt schob Borbet die Sonnenbrille nach oben, enttäuscht betrachtete er sich das Ergebnis der Schweißarbeit von fünfzehn Minuten. Das war nicht einfach, weil er, obwohl dicht vor dem Tresor stehend, diesen vor Qualm kaum sehen konnte. Mit tränenden Augen betrachtete Borbet die Wunde, die er in den Tresor hineingebrannt hatte. Eine große Fläche war schwarz verkohlt. *Du machst was falsch. Irgendwas machst du falsch. Du mußt sie auf den Punkt bringen, die Flamme. Mehr bündeln. Du hast zuwenig Hitze.*

«Wichser», zischte Wegemann und wollte den Hunderter lässig auf den Tisch im kleinen Raum neben der Werkstatt werfen. Der Geldschein begann zu trudeln und schaukelte auf den Fußboden. Wegemanns Blick fraß sich in die Augen des Jünglings, der hinter dem Tisch stand. Wegemann bückte sich nach dem Geldschein. «Hörnchen! Mach schnell. Wir wollen in den Park. Frisbee spielen.» Verbittert legte Wegemann den Lohn auf die Tischplatte. *Hörnchen! Man faßt es ja nicht.*

Kurz vor Feierabend bekam sie noch einen Anruf auf den Apparat. «Puttel, was ist denn?» «Schißlaweng vom Maklerbüro Maurer + Schißlaweng.» *Bei dem Namen wäre ich auch Makler geworden. Oder Polizist. Irgendwas, wo man anderen ständig in die Fresse schlagen kann.* «Sie wünschen?» Jo konnte den Namen nicht aussprechen. «Frau Puttel? Jo Puttel?» Sie brummte Zustimmung. «Also passen Sie mal auf», sagte die Maklerin und rumorte auf ihrem Schreibtisch herum. *Wichtigtuer.* «Da ist etwas, das möchte ich Ihnen mitteilen. Ich könnte mir denken, daß es von Interesse für Sie ist.» «Lassen Sie mal hören.» «Also es gibt da einen Mann. Rose. Willi Rose. Ist schon älter. 74, nicht ganz arm und unheimlich rüstig, der Herr Rose. Dieser Mann sucht eine Wohnung.» «Aha», machte Jo und begann, sich zu langweilen. «Ja, ja», sagte die Maklerin eifrig, «Sie wissen ja noch nicht, worum es geht. Also dieser Rose sucht eine Wohnung. Dauernd besichtigt dieser Mann Wohnungen. Ich bin ihm bis heute bestimmt fünfzigmal begegnet. Wir können keine Zwei- und Drei-Zimmer-Wohnungen mehr annoncieren, ohne daß Rose bei uns auftaucht.» Die Maklerin bekam einen wehleidigen Tonfall. «Und?» «Dieser Rose ist ein Saboteur! Dieser Rose macht uns die Wohnungen madig. Das ist ein ganz Linker ... Ein ganz linker Hund ist das.» Jo strich das Wort «Linker» auf dem Stenoblock wieder durch. «Der kommt zum Besichtigungstermin, guckt sich um, und dann bohrt er in irgendwelchen Löchern herum, zieht Leitungen aus der Wand, tritt gegen die Leisten, daß sie sich ablösen. Alles macht er kaputt.» Die Maklerin schwieg einige Sekunden. «Wie der allein schon an Lichtschaltern dreht, der Rose. Kein Wunder, daß die Sicherungen durchhauen. Zwischen Fensterrahmen und Wand, da pult er am liebsten drin herum.» «Da fliegt bestimmt auch am meisten Putz ab.» «Woher wissen Sie das?» fragte die Maklerin verblüfft. «Ach, nur so», sagte Jo und dachte an ihre Wohnung. «Ja, und das macht dieser Rose ununterbrochen. Jeden Tag besichtigt er der drei Wohnungen, aber wenigstens. Und immer wenn er was entdeckt hat, macht er alle Interessenten darauf aufmerksam.» Die Stimme der Maklerin wurde jammernd. «Und das sind bestimmt ganz schön viele Interessenten», sagte Jo, die plötzlich Interesse an dem Telefongespräch fand. «Natürlich», jammerte die Maklerin. «Der Rose, dieser Anarchist, den kann man nicht vermeiden, der ist überall, und er hetzt die Mieter gegen uns auf. Denn wenn er sie auf die Schwachstellen hingewiesen hat, dann werden die auf einmal unheimlich frech, das glauben Sie gar nicht.» Jo schrieb eifrig mit. «Die kommen an, die reden altklug über die Mängel und daß wir angeblich verpflichtet seien, sie zu beseitigen. Die sagen sogar, daß die Miete zu hoch ist, stellen Sie sich das mal vor.» «Rose heißt der Mann?» «Ja genau, Rose. Willi Rose.» «Und wo wohnt er?» «Das ist eigentlich das stärkste Stück. Der wohnt gar nicht.» «Wie bitte?» «Der haust. Der haust in so einer Schrebergartenkolonie, wissen Sie. Weltkrieg 2, Nissenhütten, Lauben, und jeder hat sich seinen Stall so gut befestigt, wie er konnte.» *Hallo, lieber Willi. Wir zwei kennen uns zwar noch nicht. Und die Serie gibt es auch noch nicht. Aber ich sehe sie schon vor meinem geistigen Auge: «Helden des Alltags». Na ja, bißchen dick. Vielleicht: «Zivilcourage hier und heute». Klingt ziemlich kriegerisch. «Eine Rose mit Herz».* Jos Herz hüpfte vor Freude.

Er stellte den Wagen in der Adolfstraße ab, hielt Marianne die Tür auf und ignorierte ihre verwunderten Blicke. Borbet schloß die Tür ab. Er war sicher, daß er in dieser Gegend darauf verzichten konnte. *Hier klaut doch keiner, wäre ja lachhaft.* Während er mit Marianne durch die Straßen zwischen Außenalster und Hofweg promenierte, deutete er immer wieder auf eine besonders prächtige Villa. Gespannt wartete er auf Mariannes Reaktion. Enttäuscht stellte er fest, daß sie nicht fähig war, zwischen dieser Art zu wohnen und ihrem eigenen Leben einen Zusammenhang herzustellen. «Vielleicht wohnen wir eines Tages auch in so einem Haus.» Marianne lachte, Borbet erstarrte. «Du Dummchen. Ja, wenn wir mal im Lotto gewinnen», sagte sie und betrachtete schwärmerisch ein Haus. Es stand weit nach hinten versetzt, war dreistöckig und schneeweiß. Durch einen Park mit prachtvollem alten Baumbestand führte ein kiesbestreuter Weg auf das Haus und mündete in einer Auffahrt, auf der ein Jaguar und ein VW Golf Cabrio standen. «Weiter reicht deine Phantasie wohl nicht als bis zum Lottogewinn», sagte Borbet verbiestert. «Na ja, erben kann man auch noch», erwiderte Marianne munter. «Und sonst? Hast du sonst noch eine Vorstellung, wie man zu Geld, zu viel Geld kommt?» «Hab ich», flüsterte sie und griff Borbets Arm. «Kriminell werden», sagte sie leise. *Na immerhin, das ist ja schon mal was.* «Wie kriminell?» «Na ja, einbrechen. Irgendwas stehlen.» Marianne wurde ganz aufgeregt. «Einen Tresor?» fragte Borbet lauernd. «Ja genau, ein Tresor. Oder eine Geldbombe. Schmuck, Brieftasche, Bargeld, Briefmarken ...» *Du wirst schon wieder gewöhnlich.* «Aber das ist ja alles Unsinn», sagte Marianne unwirsch. «Und warum?» «Weil es so jeder gewöhnliche Gauner machen würde. Tresor klauen. Was bringt das denn? Wirtschaftsverbrecher, das ist die Sache. Darunter braucht man gar nicht erst anzufangen.» Der Spaziergang ging schneller zu Ende, als Borbet geplant hatte. Ihm fehlte plötzlich jede Lust, mit dieser Frau schönzutun.

Am Dienstag kursierten in der Versicherung Unterschriftenlisten gegen die Einführung der Datensichtgeräte. Borbet mußte nur Belmondo angucken, dann hatte er schon genug. Selbst Hildegard ließ ihn heute kalt. Sein einziger Trost war der Traum, den er in der Nacht genossen hatte. Borbet hatte Belmondos Scirocco auf den Schrottplatz gefahren, ihn dort in eine Schrottpresse bugsiert und anschließend auf den Knopf gedrückt, der die Presse in Gang setzte. Den Blechwürfel hatte er in den Kofferraum seines Audi gepackt, war mit kaputten Stoßdämpfern auf den Parkplatz der Versicherung gefahren und hatte die Reste von Belmondos Auto auf Belmondos Lieblingsparkplatz gestellt. Leider war Borbet dann aufgewacht, weil Marianne sich in ihrem Traum wieder einmal mit irgendwem herumprügeln mußte, was häufig dazu führte, daß Borbet einen Schlag auf den Bauch bekam.

In der Mittagspause fuhr er mit Hildegard per Paternoster ins Erdgeschoß. Sie liebten diese Beförderungsart, weil man sich beim Ein- und Aussteigen so köstlich ungeschickt anstellen und scheinbar spontan Halt am Körper des Mitfahrers suchen konnte. In derselben Minute fuhr Wegemann mit dem Expreß-Fahrstuhl in die oberste Etage. Die Vorzimmerdame von Werbechef Lindemaier ließ ihn sofort vor. «Na, endlich sieht man sich mal wieder von Angesicht zu Angesicht», sagte Lindemaier mit ausgesuchter Herzlichkeit und drückte an Wegemanns Hand herum.

In der nächsten Stunde präsentierte Wegemann die neue Kampagne. Mit Hilfe der Muster-Entwürfe für Anzeigen und Prospekte erweckte er Familie Spielmann zum Leben: eine real in der Bundesrepublik existierende Familie, die für einen Zeitraum von zwei Jahren ihr komplettes familiäres Schicksal regelmäßig in Anzeigen und Spots der Öffentlichkeit mitteilen würde. «Das ist authentisch, ehrlich, nachvollziehbar. Das hat nicht nur Bezug zum Leben. Das ist Leben. Lebendiger geht es schlechterdings nicht mehr. Unsere Spielmanns sind wie du und ich ...» Wegemann lachte herzhaft, Lindemaier lachte herzhaft. Nachdem sie sich auf diese Weise bestätigt hatten, daß Spielmanns natürlich nicht wie Lindemaier und Wegemann lebten, fuhr Wegemann fort: «Die Auswahl muß äußerst sorgfältig erfolgen. Die Leute müssen charmant sein, sympathisch, lieb, aber nicht einfältig. Sondern ehrgeizig, also wenigstens Realschule, besser wäre Fachhochschule und ...» «Zweiter Bildungsweg», fiel Lindemaier ein. «Der Vertrag mit der Familie muß natürlich hieb- und stichfest sein. Die dürfen uns ja nicht nach einem Vierteljahr wieder abspringen. Das wäre eine Katastrophe. Wir haben Ihnen die Einzelheiten hier aufgelistet.» Wegemann überreichte Lindemaier einen Ordner. «Konzeption, Gestaltung, Mediaplanung, alles drin.» Lindemaier blätterte. «Respekt, Herr Wegemann, Sie machen keine halben Sachen. Positionierung, Etatplanung, wie nett.» Lindemaier legte den Ordner auf den flachen Tisch, Wegemann stellte die große

Mappe mit den graphischen Entwürfen an den Rand des Tisches. Lindemaier rief durch die angelehnte Tür: «Frau Filter.» Draußen klirrte Glas, die Sekretärin kam mit einem Tablett herein, auf dem eine Flasche Cognac und zwei Gläser standen. Lindemaier schenkte ein. «Also, lieber Herr Wegemann. Wir wissen beide, daß ich Ihnen in diesem Moment keine feste Zusage machen kann. Meinen Segen hätten Sie. Über die Kampagne entscheidet der Vorstand auf seiner nächsten Sitzung. Aber ich kann Ihnen die erfreuliche Mitteilung machen, daß die nächste Sitzung schon am Freitag dieser Woche stattfindet. Prost!» Wegemann genoß den Schnaps. «Apropos», sagte Lindemaier, «wären Sie in der Lage, uns ganz, ganz kurzfristig einige Vorstellungen zum Ablauf der leidigen Propagandashow bei diesen schrecklichen Kleingärtnern zu entwickeln?» Wegemann guckte fragend, Lindemaier erzählte.

Fred floh mit der Tüte Mohnschnecken aus dem kleinen Bäckerladen. Hinter sich vernahm er die empörten Rufe der Verkäuferin. *Diese kleinen Klauereien hören sofort auf. Das ist ja entwürdigend. Mohnschnecken.* Fred legte einige Straßen zwischen sich und den Bäckerladen, dann aß er. Schnecken waren sein Lieblingskuchen.

Am Abend versuchte es Borbet noch einmal mit dem Schweißbrenner. Nachdem er die alten Zeitungen mit Birnenkompott gelöscht hatte, gab er verbittert auf. Er ging in die Wohnung, duschte und ließ sich in den Fernsehsessel fallen. Die Fernbedienung in der einen Hand, jeweils frische Bierflaschen in der anderen, jagte er durch die drei Programme. Als das alles nichts half, nahm er noch das DDR-Fernsehen dazu. Zwischendurch steckte Jutta den Kopf ins Zimmer und verabschiedete sich. Sie sagte auch, wo sie hin wollte, Borbet hatte es im nächsten Moment vergessen. Im Flur wartete Bea. Bea war gerade achtzehn geworden und besaß schon Führerschein und Auto. Da sie Juttas Freundin war, verzieh Jutta ihr diese Ballung von Privilegien. Sie fuhren auf die andere Seite der Alster und besuchten ein stadtbekanntes Eis-Café. Jutta fand einen dunkelblonden Jungen am besten. Er erinnerte sie an Ulf. Bea fachsimpelte mit einem VW Cabrio-Fahrer. Derart angetörnt fuhren die Mädchen nach Pöseldorf. Sie bummelten durch die Straßen und kicherten über die Preise der Modegeschäfte. In einem Straßenlokal tranken sie zwei Schorle. Sie wollten wegen akuten Jungsmangels gerade das Lokal wechseln, als neue Gäste kamen. In der Agentur Wegemann + Khurtz hatte gleich nach Wegemanns Rückkehr von der Passau-Paderborner ein Umtrunk begonnen. Nach dem Sagehorn-Deal und Lindemaiers hoffnungsvollen Sätzen fühlte sich Wegemann erstklassig. Irgendwann war Friedhelm gekommen, um den Range Rover abzuholen. Mit ihm war Wegemann jetzt unterwegs. Sie hatten schon ziemlich gebechert und ließen sich aufseufzend in die plastikbespannten Stühle fallen.

«Ach, ist das schön», sagte Friedhelm und blickte in den schmutzigroten Abendhimmel, den man nur sehen konnte, wenn man senkrecht nach oben schaute. Danach fiel Friedhelms Blick auf Bea. «Aber das ist noch schöner.»

Wegemann bestellte und folgte Friedhelms Blick. Mona war in Düsseldorf und lief in Damenoberbekleidung über Laufstege. Vor diesem Hintergrund sah Wegemann die kleinen Mädchen am Nebentisch mit ganz anderen Augen. Er stieß Friedhelm in die Seite: «Sind natürlich viel zu frisch für uns Lebemänner.»

Friedhelm lachte schmutzig. «Auch ein alter Traktor braucht ab und zu einen Schuß Treibstoff.» Beide Männer blödelten kichernd herum und tranken harte Schnäpse.

«Guck mal, die zwei Väter», sagte Jutta zu Bea.

«So alt wie die werde ich nie», erwiderte Bea mit Überzeugung.

«Ich schon. Aber ich werde nicht so blöd.»

«Guck mal, die reden jetzt garantiert über uns.»

«Dann steht ja fest, über was sie im Detail reden.»

Einer der Männer stand auf. Es war derjenige, der Jutta von Anfang an bekannt vorgekommen war. Er sagte etwas zu seinem Begleiter und wollte ins Innere des Lokals gehen, dabei mußte er an den Mädchen vorbei.

«Na, Fräuleinchen, ihr müßt wahrscheinlich bald nach Hause», säuselte Wegemann und blieb stehen. «Schade, wirklich schade. Jetzt wird gar nichts aus uns beiden.» Dabei zwinkerte er Jutta zu.

Jutta atmete tief durch: «Mach mich nicht an, du Wichser.» Wegemann stutzte, lächelte jedoch weiter: «Oho», sagte er, «das sind starke Worte.»

«Ich kann noch viel stärker», erwiderte Jutta so laut, daß sich die ersten Gäste umdrehten. «Und ich kann besonders stark, wenn mich Lackaffen dumm von der Seite anquatschen.»

Wegemanns Lächeln wurde starr. Jutta stand schnell auf, so daß er zusammenzuckte. Sie trat dicht auf ihn zu, guckte auf seinen Kopf und setzte sich wieder hin.

«Hab ich mir gedacht», sagte sie mit gleichbleibend durchdringender Stimme zu Bea. «Immer wenn ich so einen kunstvollen Scheitel sehe, ist alles klar: Kein Haar mehr oben auf der Platte, aber untenrum so tun, als wenn es noch zu Zöpfen reicht.»

«Mädchen, nun krieg dich mal wieder ein», sagte Wegemann. Es war ihm unangenehm, daß im Lokal mittlerweile alle Gespräche versiegt waren.

«Kommst sonst noch außer Puste. Bist ja schon ganz rot im Gesicht.»

Juttas Augen verengten sich zu Schlitzen. «Ich bin höchstens vor Aufregung rot, du bist rot, weil du besoffen bist. Kann aber auch am Übergewicht liegen. Oder wie nennst du diese Ringe um die Hüften herum?» Jutta piekte ihn in die Seite.

«Das geht dich gar nichts an», erwiderte Wegemann müde.

«Stimmt. Aber zu Brittas Zeiten hattest du weniger», höhnte Jutta.

In Wegemanns Kopf begann es zu rasen. *Woher? Wie? Unmöglich. Die Welt ist klein. Ich will nach Hause.* Wegemann eilte zu Friedhelm.

«Sag mal, was soll denn ...» setzte der an.

«Komm», zischte Wegemann, «ich muß hier weg, sonst passiert was.» Er knallte einige Münzen auf den Tisch und stürmte aus dem Lokal.

Als Borbet nichts mehr im Fernsehen fand, das er länger als 30 Sekunden ertrug, schaltete er den Fernseher ab. Ohne große Hoffnung zog er in der Küche die Schubladen auf. Er brauchte ein Wunderinstrument zum Öffnen von Tresoren. *Wie ein Dosenöffner. Nur größer.* Jutta kam.

«Was willst denn du schon hier? Es ist doch noch gar nicht drei Uhr morgens», eröffnete Borbet die Kampfhandlungen.

Jutta lachte und eilte ins Wohnzimmer. Als Marianne zum erstenmal empört «Aber Jutta» rief, lehnte sich Borbet neugierig an den Türrahmen.

«Stell dir vor, Mutti, ausgerechnet der Ex-Gatte von Frau Wegemann.»

«Mathe», sagte Borbet bestimmt.

«Frau Wegemann gibt Deutsch. Deutsch und Sozialkunde», sagte Jutta betont langsam.

«Wegemann, dieser Möchtegern, dieser Aufschneider», Jutta schüttelte sich vor Lachen. «Ich habe ihn ja mal kennengelernt, als Britta uns zu sich nach Hause eingeladen hat. Damals wohnte sie draußen in Wellingsbüttel, sie waren noch verheiratet, und er hatte noch richtig Haare auf dem Kopf. Und heute kommt er an mit so einer Gestalt als Saufkumpan. Und was macht er? Macht mich an, das Männchen. Kommt auf mich zu und macht mich an.»

«Aus solchem Holz waren früher die Kamikaze-Flieger geschnitzt», spottete Borbet. Dann bildeten sich die Zusammenhänge. «Wegemann? Das ist aber doch nicht der Werbemensch?»

«Genau der ist das», sagte Jutta, «Werbung, der hat wirklich seine Bestimmung gefunden.»

«Dem haben sie doch seinen Tresor geklaut», sagte Borbet entgeistert.

«Ach, der ist das», fiel Marianne ein.

«Kann sein», sagte Jutta. Borbet schlug mit dem Hinterkopf mehrmals leicht gegen den Türrahmen. *Wieso bist du eigentlich damals aus Uelzen weggezogen? Von wegen Anonymität der Großstadt, ich lach mich tot.*

«Finde ich übrigens ganz dufte, wenn sie dem Wegemann seinen Panzerschrank geklaut haben», sagte Jutta und lachte häßlich.

«Tresor», verbesserte Borbet, der über genügend Hintergrundkenntnisse zu verfügen glaubte, um in diesem Punkt mitzureden.

«Und jetzt sitzen die armen Bösewichter in einem dunklen Keller und schlagen mit Hämmern auf den Panzerschrank ein.» Jutta schien sich sehr zu amüsieren. Borbet hatte das Gefühl, als wenn sich das Lachen gegen ihn richtete. «Na und? Wie soll man so ein Ding denn sonst aufbekommen, wenn's einem nicht gehört?» Er erwartete eigentlich keine Antwort.

«Ist doch idiotisch, sich dabei die Daumen blauzuhauen», dozierte Jutta.

Borbet ließ unauffällig seinen blaugeschlagenen Finger hinterm Rücken verschwinden.

«Du würdest das Ding wahrscheinlich nur mal scharf angucken, und schon würde es aufgehen», sagte Borbet.

«Quatsch. Ich wüßte ja, wem der Schrank gehört, Wegemann. Ein leicht verklebter Enddreißiger mit zuwenig Haupthaar und zuviel Mode, dabei irgendwie ja nicht uncharmant.»

«Jutta», rief Marianne.

Borbet war gespannt. «So einer wie Wegemann, der ist ein Opfer seiner ganzen Art und Weise. So wie der mich vorhin angemacht hat, also ich kann mir vorstellen, der hat seinem Schrank garantiert eine Sexualkombination einprogrammiert.»

«Was ist denn das bitte?» Borbet wurde immer gespannter.

«Na 666, wenn ihr wißt, was ich meine.» Marianne nickte, Borbet schüttelte den Kopf. Marianne blickte ihren Mann erstaunt an.

«Aber Heinz, sie meint doch . . .»

«Ich weiß, was sie meint», bellte er, «das ist doch albern, daß einer sich so eine Kombination aussucht.»

«Kann ja auch raffinierter sein», sagte Jutta, «060606 oder 007 oder was weiß ich. Vielleicht die Maße seiner derzeitigen Allerliebsten. Der ist doch jetzt mit diesem elend langen Fotomodell zusammen.»

«Ach ja», rief Marianne, «von der Frau war ein Foto in der *Allgemeinen*. Letzte Woche, als all diese komischen Geschichten über Wegemann in der Zeitung standen.»

«Stimmt», fiel es Borbet ein, «da war einmal so ein Paßfoto von ihr drin. Und dann war da noch was. Ein anderes Foto.» Er überlegte.

«Da hatte sie so gut wie nichts drauf an», sagte Marianne.

Hinterher konnte Borbet sich nicht mehr erinnern, wie er ins Schlafzimmer gekommen war. Es kam ihm vor wie ein Sprung durch Zeit und Raum. Die Zeitungen lagen noch auf dem Nachttisch. In der zweiten fand er das Foto. «Mona Leisler, teures und vielbeschäftigtes Fotomodell zwischen Berlin, Mailand und London, ist Götz Wegemanns Lebensgefährtin. Monas Sprung aus der

Anonymität gelang ihr im April 1980, als sie zum ‹Playmate des Monats› eines weltberühmten Herren-Magazins erkoren wurde.»

Borbet ließ die Zeitung fallen, schloß die Schlafzimmertür und öffnete die Tür des Kleiderschranks, hinter der seine Anzüge und Wintermäntel hingen. Auf dem Boden lagen die alten *Playboys* gestapelt. Er hatte sich das Recht dazu von Marianne erkämpfen müssen. In der Vergangenheit hatte Borbet häufiger in den Heften nach bestimmten Fotos gesucht. Nie war er dabei so hektisch gewesen wie heute. *Juni, Mai, März, nein, nicht das. Du hattest sie vollständig.* Er suchte in dem Haufen mit den Jahrgängen 1979 und 1978. *Na bitte.* Das April-Heft 1980 war in den falschen Stapel geraten. Borbet schlug die Mitte auf, und da hatte er Mona.

«Maße: 89 – 61 – 87.» Er lief los.

«Heinz, wo willst du hin?» rief Marianne aus dem Wohnzimmer.

«Keller.»

Kaum nahm er sich die Zeit, den Riegel vorzuschieben. Aufgeregt kniete er sich vor den Tresor. Borbet stellte 896187 ein. Er wartete einen Moment, holte Luft und zog an der Tür. Vor Jahren hatte Borbet ein Buch über die großen Abenteuer unseres Jahrhunderts gelesen. Das Buch stammte aus einem Buchclub, Borbet hatte es längst vergessen. Die Spaltung des Atoms, das Erreichen des Nordpols, die erste Überquerung des Atlantik. So was hatte in dem Buch gestanden. Viele Abenteurer erzählten, daß sie im Augenblick des Erfolgs eine Erweiterung ihres Horizonts verspürt hatten. Die nackte Glühbirne verbreitete milden Schimmer wie von Hunderten von Kerzen. Die windschiefen Kellerregale waren futuristisches Design, das in drei, vier Jahren zum Aktuellsten und Chicsten gehören würde, das sich Wohn-Zeitschriften-Redakteure vorstellen konnten. Der Bierkasten, auf den sich Borbet automatisch gesetzt hatte, schnitt nicht wie bisher unangenehm in die Backe, er verströmte statt dessen eine milde Strenge des Sitzgefühls. Borbet starrte in den offenen Tresor. *Geschafft, fertig, aus und neuer Anfang. Jetzt geht es los. 43 Jahre alt, und es geht los. Heinz, du wirst zum zweitenmal geboren. Dir stehen alle Türen offen. Ab jetzt wird alles anders.* Borbet schluckte. Er hatte eine Scheu, in den Tresor hineinzugreifen. *Es muß sein.* Er begann mit dem oberen Fach. Es waren Schmierzettel, auf denen, wie Borbet durch hektisches

Blättern feststellte, jemand Stichwörter, Skizzen, halbfertige Zeichnungen und unverständliche Sätze festgehalten hatte. *Macht nichts, muß ja auch sein. Weiter.* Der Griff ins zweite Fach fiel ein wenig ungeduldiger aus. Borbet raffte das Papier heraus und packte es auf seine Oberschenkel. Er wollte den Bogen schon zur Seite legen, als er verwundert innehielt. *Ist ja klar, Wegemann ist bei uns versichert. Da fällt Schriftverkehr an.* Er legte den Brief, ohne ihn zu lesen, auf den Boden. Schnell guckte er die Papiere durch und ließ sie auf den Boden fallen. Borbets Vorfreude steigerte sich, denn er griff ins dritte und letzte Fach. *So, nun mal los, bitte der Reihe nach. Erst Bargeld, dann Brosche.* Er wühlte in den Blättern herum, sein Gesicht versteinerte immer mehr. *Scheiße, nichts als Scheiße.* Versicherungspolicen, Verträge mit Firmen und Angestellten, ein paar Liebesbriefe, was Borbet empörend fand, und sonst Tand, nichts als Tand. *Langsam, ganz langsam. Tief durchatmen. Ist ja alles gar nicht wahr. Vorspiel, kennst du doch, alter Liebhaber. Ist nur zum Warmwerden, jetzt kommt der Endlauf.* Borbet griff noch einmal in alle Fächer und räumte sie vollständig aus.

Gierig öffnete er die silberne Schachtel. Vier dicke Zigarren lagen darin. In einer flachen Schachtel befand sich Plastik-Zeug, wie Borbet es in Wundertüten und Überraschungseiern gesehen hatte. Ein kleines Fotoalbum, dessen Einband sehr abgewetzt war, enthielt Aufnahmen einer hübsch anzuschauenden Frau. *Anständig. Alle Bilder anständig. Ja, spinnt denn der?* Mehr enthielt der Tresor nicht. Borbet fiel auf die Knie und guckte in alle Fächer hinein. Er richtete sich wieder auf, sackte auf den Bierkasten zurück und starrte an die Wand. Er war fast besinnungslos vor Schmerz und Enttäuschung. *Das ist nicht wahr. Das war ins Unsaubere gemacht. Probe, wie im Film.* Sein Blick strich über die Regale. Er goß die Flasche 54prozentigen Rum, den Marianne für den gleichnamigen Topf brauchte, und ein Literglas Schattenmorellen in ein Gefäß aus Steingut. Wenn er sich richtig erinnerte, hatte Marianne darin früher einmal Gurken eingelegt. Borbet packte den großen Topf mit beiden Händen und ließ sich einen guten Viertelliter in den Schlund laufen. Ungefähr dieselbe Menge lief am Mund vorbei auf sein hellblaues Oberhemd. Borbet weitete den Brustkorb, er dachte, er müsse rülpsen. Ein übermächtiger Brechreiz schoß die

Speiseröhre hoch. *Nicht hier.* Er stürzte zur Tür, riß am Drücker und zerrte sich den Arm. Verzweifelt schob er den Riegel zur Seite und raste um die Ecke zu den Mülltonnen. Borbet schlug den Deckel hoch und hielt sein Gesicht über die Tonne. Während er zerstört und irgendwie zuversichtlich auf die Brühe wartete, atmete er einen bestialisch spitzen Gestank ein. *Davon kann einem ja schlecht werden.* Der Brechreiz ließ nach, Borbet knallte den Deckel zu und schlich in den Keller zurück. Auf dem Bierkasten sitzend, spürte er, wie die ersten Tränen kamen. Er schloß die Augen, ließ den Kopf auf die Arme fallen und begann hemmungslos zu weinen. Borbet fühlte nur noch Trauer und Ausweglosigkeit. Er war unendlich alt, so gut wie tot. Alles, was er in den restlichen paar Jahren seines Lebens noch erleben würde, waren Alltag, Mühsal, Routine, Durchschnitt, Langeweile – Armut.

Ist doch Quatsch. Wenn die kommen, sind die garantiert mucksmäuschenstill. Das ist geradezu beruhigend, wenn du Geräusche im Haus hörst. Dann bist du sicher. Sachte ließ Fred die Stores in die Ausgangsposition zurücksinken. Er war am späten Nachmittag gekommen. Keine Uniform, keine Lederjacke und kein unauffälliger Trench hatten auf ihn gewartet. Ihm war auch kein Nachbar begegnet. Das Geräusch, von dem er zuerst gedacht hatte, es käme von der Straße, konnte auch aus dem Keller gekommen sein. Mit Zeitungen aus Tante Friedas Zeitungsständer verschaffte er dem Mülleimer ein einigermaßen authentisches Aussehen. Dann ging Fred zu den Mülltonnen. Schon von weitem hörte er das Schluchzen. Sicherheitshalber hob Fred den Deckel einer Tonne. Er stellte den Eimer davor und bog um die Ecke, die Müllraum und Kellerräume trennte. Mit vorgestrecktem Kopf peilte Fred die Lage. Die unterschwellige Angst verschwand, als er sah, daß die Tür des Borbet-Kellers offenstand. Von drinnen schlug ein Lichtschein gegen die gekalkte Wand des Flurs. Vorsichtig guckte Fred um die Ecke. *Du glaubst es ja nicht.* Fred stürmte in den Raum. Borbet hörte das Geräusch und hob müde den Kopf von den Armen. «Fred Frenzel, sieh mal an.» In Borbet waren keine Flucht- oder Panikimpulse mehr. «'n Abend, Herr Borbet», sagte Fred tonlos. Er starrte auf den Tresor. *Bruno, Kumpel, wie gut für deinen Blut-*

druck, daß du das nicht miterleben mußt. «Du siehst ja schlecht aus, Junge», sagte Borbet. Er rückte eine Arschbacke zur Seite, und Fred setzte sich auf den Bierkasten.

«Was ist denn das?» fragte er. «Schweine sind das allesamt, Schweine», stieß Borbet hervor. «Wo kommt der Tresor her?» Borbet schluchzte kurz und wischte mit dem Ärmel übers Gesicht. Fred guckte ihn von der Seite an. *Du stinkst wie ein kompletter Schnapsladen, und wie siehst du überhaupt aus?* «Dreckskerle, die gönnen uns einfach nichts. Da kannst du dich strecken und recken wie du willst. Die hungern uns aus. Einer muß der Dumme sein, und der heißt Borbet.» Er schluchzte. «Ja aber Mensch», sagte Fred. «Der Tresor, wo kommt der Tresor her?» Borbet reagierte nicht. Fred legte den linken Arm um Borbets eingefallene Schultern. «Komm schon, Kumpel. Wir sind doch Nachbarn. Sag's dem Fred. Wo kommt der Tresor her?» *Wenn du jetzt nicht antwortest, hau ich dir ein paar über die Rübe. Du mistiger Angestellter. Mach's Maul auf, das ist kein Quiz hier.* «Misthaufen», stieß Borbet undeutlich hervor. Fred glaubte, «Misthaufen» verstanden zu haben. Dann begriff er. *Borbet, das hätte ich nie von dir gedacht.* «Alle sind sie gegen mich», stöhnte Borbet, «und ich bin ganz allein.» «Was war denn drin in dem Tresor? Sag doch mal.» «Nix», erwiderte Borbet. «Nun sag schon.» «Sag ich doch: nix.» «Na klar, Kumpel. Also was nun?» Borbet blickte auf. «Bist du begriffsstutzig oder was?» Fred konnte es nicht glauben: «Junge, das ist keine Einkaufstüte, das ist ein Tresor. Eisen, Stahl, Sicherheit und so weiter. Da tut man was rein, wozu hat man so einen Schrank denn?» «Schlaumeier. Genau das habe ich auch gedacht», sagte Borbet und setzte den Topf aus Steingut an den Mund. Mit dem Hemdärmel wischte er sich das völlig bekleckerte Kinn sauber. «Auch was?» Fred roch an dem Topf und trank einen Schluck. «Mann, ist das stark.» «Ach deshalb», erwiderte Borbet trübe und rülpste. «Und ich habe schon gedacht, ich bilde mir das nur ein.» Er wollte aufstehen und fiel stocksteif gegen die Kartoffelkiste. Fluchend rappelte er sich hoch.

Fred blickte in die Fächer des Tresors. Er blätterte die Papiere durch, die überall herumlagen. «Kannst du dir sparen», kam es von der Kartoffelkiste. In Fred blitzte Mißtrauen auf. «Mensch

171

Borbet, du hast abkassiert, und als ich um die Ecke kam, hast du das Geld schnell versteckt.» Mit großer Geste wies Borbet einmal in die Runde. «Wenn du hier was findest, das wie ein Geldschein aussieht, stifte ich dir ein Glas Himbeergelee.» In den folgenden Minuten hielt er Fred immerzu ein Glas Himbeergelee vors Gesicht. «Das kann nicht sein, da ist was faul, oberfaul», sagte Fred nachdenklich. Borbet nahm einen Putzlappen und schneuzte sich hinein. «Und das ist auch garantiert der Schrank aus der Schrebergartenkolonie?» Borbet guckte ihn erstaunt an. «Woher weißt denn du das?» «Hab ich von dir», sagte Fred schnell. «Nee, nee, davon habe ich keinen Ton gesagt, das wüßte ich.» Borbet wischte mit dem Lappen nach und starrte Fred an. Fred versuchte, dem Blick auszuweichen. *Mist. Wieder alles falsch gemacht.* Borbet kam auf Fred zu, zog ihn vom Bierkasten hoch und packte ihn hart an beiden Schultern. «Fred, du alter Espresso-Räuber, du bist ja gar nicht so dumm.» *O doch, o doch.* «Du bist ja zu Höherem fähig.» Fred wußte nicht mehr, wo er hingucken sollte. Borbets völlig verschmiertes Gesicht sah so komisch aus. «Fred Frenzel, du warst das, du hast den Tresor bei Wegemann geklaut.» «Habe ich nicht. Der ist viel zu schwer für einen.» «Dann warst du nicht allein.» «Kannst du gar nicht wissen.» «Und was wolltest du in Brunos Laube?» Fred gab auf. *Ist ja sowieso egal. Steht es eben unentschieden. Er kann mich nicht verpfeifen, sonst verpfeife ich ihn. Und umgekehrt. Mal sehen, ob er auch so schlau ist.* «Ich habe gehört, daß eine Belohnung auf die Tresorräuber ausgesetzt ist.» Fred grinste in Borbets Gesicht. Borbet begann ebenfalls zu grinsen und schüttelte den Kopf. «Läuft nicht, Fred. Das läuft ganz und gar nicht.» *Mist.* Fred bückte sich, raffte die Unterlagen zusammen, pfefferte sie in den Tresor und warf die Tür zu.

Zwanzig Minuten später stand Fred vor Brunos Wohnung. Bruno trug seine Gartenshorts und ein ärmelloses Unterhemd. Was Renate trug, als sie mehrmals albern «Nicht gucken» kreischend durch das Wohnzimmer flitzte, konnte Fred nicht erkennen, weil Bruno ihm die Augen zuhielt. Fred berichtete. Bruno kratzte sich am Brusthaar. «Stell dir vor, Borbet. Ausgerechnet Borbet», erregte sich Fred. «Das ist ein Ding», bestätigte Bruno. «Ich habe den immer für phantasielos und feige gehalten. So ein

Angestellter eben.» «Was hast du denn da?» fragte Bruno und betrachtete neugierig das Etikett. «Mmm, lecker, Himbeergelee.»

Bruno und Fred verbrachten eine deprimierende Stunde. Selbst Renates Lockrufe aus dem Schlafzimmer vermochten Bruno nicht aufzumuntern. Und Freds Nackenhaare blieben heute unten. «Also ich sehe das so, daß wir ihn nicht verpfeifen können», sagte Bruno zögernd. «Oder habe ich irgendwas übersehen?» «Diesmal leider nicht», grummelte Fred. «Wir wissen alles über Borbet. Aber Borbet weiß auch alles über uns.» «Möchte wirklich mal wissen, wie er das mit mir rausgekriegt hat», sagte Bruno nachdenklich. *Das könnte ich dir sagen. Aber ich werde mich hüten.* «658 Mark Materialkosten, die Leihgebühr für die Sirene, ein Hexenschuß und ein Haufen durchgeschwitzter Hemden. Ein einziges Verlustgeschäft», klagte Bruno und schlug auf die Tischdecke. Renate lockte erneut. «Ich gehe jetzt besser», sagte Fred, «ich muß allein sein.» «Wieso denn das?» fragte Bruno verblüfft. Fred hatte in seinem Leben zahlreiche Filme gesehen, in denen einsame Helden vorkamen. Er hielt es für unmöglich, Bruno davon zu erzählen. An der Wohnungstür drückten sich die Männer stumm die Hand. Fred ließ das geklaute Fahrrad vor dem Haus stehen und unternahm einen langen Spaziergang durch die Nacht.

«Aber Heinz, wie siehst du denn aus?» «Laß mal», winkte Borbet ab, «ich gehe mich gleich waschen.» Marianne kam aus dem Bett und betrachtete ihren Gatten mit penetranter Ausführlichkeit. «Heinz, was ist passiert? Und warum riechst du so?» Hilflos hob Borbet die Schultern.

«Das eine ist, daß ich wahrscheinlich ein bißchen duhn bin. Hier, riech mal.» Marianne prallte zurück. «Das andere ist, liebe Marianne, leider ist mir die Geburtstagsüberraschung für dich nicht ganz gelungen. Mit einem Wort: Sie ist mißlungen, hat nicht geklappt.» Marianne nahm ihren Mann in die Arme und bemühte sich, den Gestank zu ignorieren. «Aber Liebling, das ist ja so schade.» Borbet nickte. «Aber es ist auch nicht so schlimm. Weißt du auch, weshalb nicht?» Borbet schüttelte den Kopf. «Weil du dich bemüht hast, in diesem Jahr selbst etwas herzustellen.» Marianne strahlte. «Du hast dir Mühe gegeben.» «Große Mühe», bestätigte Borbet. *Mir ist ja so schlecht. Und übermorgen hat sie Geburtstag.*

Am nächsten Morgen hatte Borbet einen Kopf, in dem eine Tüte Popcorn herumsprang. Marianne blickte ihn an, als wenn sie in den letzten Stunden seines Lebens besonders tapfer sein wollte, das deprimierte ihn zusätzlich. Zwischen Wohnung und Versicherung durchlitt er ein halbes Dutzend Staus. Das ständige Abstoppen und Wiederanfahren war Gift für seinen gereizten Magen. Borbet kaute Rennie und bemühte sich, die Augen nicht auf Punkte zu richten, die sich schnell bewegten.

Die Stunden in der Versicherung empfand Borbet als gerechte Strafe. «... sind wir somit in der Lage, alle fallbezogenen Daten sofort und ohne Zeitverzögerung abzurufen und –» der Mann blickte triumphierend in die Runde – «und zu bearbeiten. Das ist, meine Damen und Herren, für Sie eine enorme Arbeitserleichterung. Darauf möchte ich an dieser Stelle besonders hinweisen, auch wenn einige Miesmacher, Quertreiber und ...» «Gewerkschaftler», rief jemand, der Mann lächelte säuerlich. «Ich möchte an dieser Stelle fürs erste schließen und Ihnen Gelegenheit geben, Fragen zu stellen, damit Unklarheiten an Ort und Stelle beseitigt werden können. Hat jemand von Ihnen Fragen?» Der Mann blickte sich um, Borbet folgte seinem Blick. Kein Teilnehmer des EDV-Einweisungslehrgangs meldete sich zu Wort. Borbet hatte kaum am Schreibtisch gesessen, als Hildegard in die Abteilung gestürmt war und um Verständnis für die kurzfristig anberaumte Einführung gebeten hatte.

«Keine Fragen?» frohlockte der Einweiser. «Wenn nicht, möchte ich mit der praktischen Einweisung und der Bedienung Ihres Geräts fortfahren. Zu diesem Zweck schlagen Sie bitte das vor Ihnen liegende Bedienerhandbuch auf. Dieses Buch wird Ihnen später auf alle Fragen eine Antwort geben. Was Sie in dem Buch nicht finden, gibt es auch nicht.» Lauernd wartete der Einweiser auf einen Lachorkan. Vorne rechts gab jemand ein Geräusch von sich. *Du mußt hier raus. Du mußt die Brosche für Marianne kaufen. Du brauchst Rennie. Frische Luft. Raus hier.* Schwer legte sich eine Hand auf Borbets Schulter, er zuckte zusammen: «Schalten Sie bitte auch Ihr Gerät ein?» Borbet blickte in das muntere Gesicht des Einweisers und schaltete sein Gerät ein. «Nur Mut, es beißt nicht», feuerte der Einweiser an. «So, meine Damen und Herren, jetzt wollen wir uns zunächst mal dem Gerät gegenüber ausweisen. Es muß ja wissen, mit wem es zu tun hat. Da ist es nämlich ganz eigen. Da könnte ja jeder kommen. Es läßt nur den an sich ran, der die richtige Kennung vorweisen kann. Das ist wie bei Liebespaaren», sagte der Einweiser und holte die Lacher ab. Sie kamen von Männern. «Das mit der Kennung, das können Sie sich vorstellen wie bei einem Tresor. Bei dem müssen Sie auch die richtige Kombination wissen, sonst läuft da nichts.» *Du Blödmann. Du weißt doch gar nicht, wie es im richtigen Leben zugeht. Kombination, schön und gut. Aber wenn nichts drin liegt in dem Kasten?* Tief in sich fühlte Borbet eine dröhnende Leere. *Die Brosche, du brauchst eine Brosche. Und was die kostet. Es ist alles wieder wie früher. Die alte Mühle.* Um von den trübsinnigen Gedanken wegzukommen, konzentrierte er sich auf den Einweiser, der die Bedeutung der einzelnen Knöpfe und die Abfolge verschiedener Bedienungsschritte erklärte. Nach einigen Minuten gewann Borbet Spaß an der Spielerei. Was sich auf dem Bildschirm abspielte, gefiel ihm, zum Beispiel das wieselflinke grüne Männchen. Es kam aus dem Nichts und raste auf einen kleinen Kasten zu, der bewegungslos in der rechten Hälfte des Bildschirms stand. Als Borbet schon dachte, daß sich das Männchen den Schädel einrennen würde, stoppte es, baute sich vor dem Kasten auf und begann, ihn mit Fäusten und Füßen zu traktieren. Amüsiert sah Borbet zu, wie das Männchen beim Kampf gegen den Kasten regelrecht in Raserei geriet. Das Männchen war findig. Plötzlich hielt es Werkzeug in den Händen und setzte dem Kasten zu. Da ereignete sich eine Explosion. Borbet zwinkerte mit den Augen. Der Kasten, der jetzt rötlich schimmerte, hatte eine Öffnung bekommen. Aus ihr quollen zahllose klitzekleine grüne Männchen, die oben einen Topf trugen und sich auf das große grüne Männchen zubewegten. Es ergriff die Flucht. Die Armada jagte hinterher. Borbet ging das Ganze ja nichts an, aber es empörte ihn, als er die ungleichen Bedingungen sah. Impulsiv drückte er einen Knopf. Ein hellgelber Blitz schoß über den Bildschirm und löschte einen Verfolger aus. Das gefiel Borbet. Versuchsweise drückte er ein zweites Mal auf den Knopf. Wieder ein Blitz, wieder traf er

```
NAME        OPERATION  OPERANDEN                    BEMERKUNGEN
1        8  10    14   16    20    25    30    35    40    45    50    55    6
.LD.GON HUGO.,.4.7 11.,.C'.HUGO.',.MSG.=
/EXEC $EDT.
PROG.      CSECT
           PRINT  NOGEN
VO10.      BALR   3,0
           USING  *,3,4,5
           LM     4,5,VO20.
           B.     VO30.
           DS.    0D
VO20.      DC.    A.(VO10+4096.)
           DC.    A.(VO10.+2*4096.)
VO30.      L      6,=F'290.'
           L      7,=F'210.'
           OPEN   PAM,INOUT
SO10.      PAM    PAM,RDWT,LOC=.1
           BCT.   6,SO10.
SO20.      PAM    PAM,RDWT,LOC=.1
           L      8,=A(BLK).
           MVI    0.(8.),X'FF'
           MVC    1.(255.,8.),0.(8.)
           PAM    PAM,WRTWT,LOC=.1
           BCT.   7,SO20.
           CLOSE  PAM
           CMD.   'ERASE.',.?PAMPRO.'
           LGOFF
PAM        FCB    FCBTYPE=PAM,IOAREA1=BLK,IOAREA2=NO,LINK=PAM.
BLK        CSECT  PAGE
           DS.    2048.
           END.
?W.?PAMPRO
?H.
/SYSFILE SYSDTA=PAMPRO.
/PARAM ASHLST=NO
/EXEC $ASSEMB
/SYSFILE SYSDTA=(PRIMARY)
/FILE $TSOS.TASKLIB.,LINK=PAM.
/EXEC *
```

Für EDV-Geschädigte

Sollten Sie einer EDV-Anlage im Betrieb oder anderswo etwas Schlechtes wünschen, programmieren Sie die folgenden Schritte. Das Ergebnis ist verheerend, die Anlage blockiert. Vor dem Versuch wird allerdings gewarnt.

Damit es funktioniert, müssen Sie folgendes beachten:

1. Der Ausführende muß sich gut mit dem Betriebssystem und der Assembler-Programmierung auskennen.

2. Die Systemmodul-Bibliothek muß allen Anwendern zur Verfügung stehen (Share = yes), beschreibbar sein (ACCESS = WRITE) und darf nicht mit Lese-u/o Schreibschutzworten versehen sein (RDPASS = No / WRPASS = No).

3. Funktioniert die ganze Chose nur unter BS 2000 auf einer Siemensanlage!

einen Verfolger des Männchens. Der Knopf wurde Borbets Freund. Er fand noch einen zweiten, so daß er beidhändig die Verfolger erledigen konnte. Das grüne Männchen war noch nicht in Sicherheit, aber Borbet half ihm so gut er konnte. «Genug für heute. Übereifer schadet nur», rief der Einweiser und lachte. Er drückte einen Knopf und sagte: «Das ist der Feierabendknopf. Wenn Sie den gedrückt haben, sind Sie bis zum nächsten Morgen erlöst.»

In der Mittagspause verließ Borbet im Eilschritt die Versicherung. Er ging zur Bank und fuhr danach in Richtung Jungfernstieg, wo, wie er wußte, die vornehmsten Juweliergeschäfte lagen. In seiner Jackentasche steckte ein zerdrücktes Exemplar der Ausgabe der *Allgemeinen*, in der die Brosche abgedruckt worden war. «Wie bitte?» fragte der Juwelier verbindlich. Er roch teuer und steckte in teurem Tuch. Er trug die Nase sehr hoch. Borbet fühlte sich viel zu ärmlich gekleidet. «Ich hätte gern eine Brosche.» «Oh, eine Brosche», sagte der Juwelier freundlich, während seine Augen vereisten. «Ich zeige Ihnen eine Auswahl.» «Nicht nötig», knurrte Borbet und kramte den Zeitungsausschnitt aus der Tasche. Dabei fiel ihm eine alte Tageskarte des Hamburger Verkehrs-Verbundes auf den Boden. Das ungemein seriöse Ehepaar, das sich neben Borbet eine Auswahl von Uhren zeigen ließ, drehte sich zu ihm um. Borbet strich die Zeitung glatt und zeigte dem Juwelier die Brosche. «O, ein schönes Stück, fürwahr», sagte er. Das Wort ‹fürwahr› hatte Borbet seit Jahrzehnten nicht mehr gehört. «Ich darf allerdings bemerken», fuhr der Juwelier fort und hüstelte geziert in den Zwischenraum zwischen Fingerkuppen und Fingernägeln seiner rechten Hand, «so ein Stück ist nicht ganz billig.» «Ja, ja», sagte Borbet mißmutig. «Selbstverständlich können wir Ihnen auch nicht dieses Stück anbieten. Es handelt sich dabei ganz ohne Zweifel um ein Unikat. Es dürfte sich seit Generationen in Familienbesitz befinden.» Der Juwelier kam in Schwung. Er hob die Stimme, damit das einige Schritte seitwärts stehende teure Ehepaar auch etwas davon hatte. *Wenn Jutta mal heiratet, hier kaufe ich ihr die Ringe garantiert nicht.*

«Wenn ich Sie dann vielleicht hier herüber ...» Borbet trottete hinterher und guckte sich einen Haufen Broschen an. Er legte die Zeitung daneben. Der Juwelier vibrierte. Eine Brosche wies tatsächlich eine verblüffende Ähnlichkeit auf. «Donnerwetter», sagte Borbet. «Das Stück ist allerdings», wieder pustete der Juwelier seine Hand an, «es ist nicht ganz billig.» «Na und?» fragte Borbet patzig. Der Juwelier machte einen kleinen Schritt nach hinten. Borbet beschloß, eine Rolle Pfefferminz zu kaufen. «Fünftausend-sechshundertfünfzig», sagte der Juwelier. Gespannt wartete er auf Borbets Kapitulation. «Ein krummerer Preis ist Ihnen wahrscheinlich nicht eingefallen, was?» Borbet beguckte die Brosche von allen Seiten. Der Juwelier wollte ihm zeigen, auf was ein Kenner besonders achtet. Es interessierte Borbet nicht. «Billig ist sie wirklich nicht», murmelte er. «Dann hätten Sie eben den Tresor entwenden müssen», sagte der Juwelier, wies auf die Zeitung und geriet über seinen Scherz in kicherndes Entzücken. Als sich dann auch noch das teure Paar umdrehte und ihm zuschmunzelte, war es um den Juwelier geschehen. Er verging beinahe vor Begeisterung über sich. Borbet widerte die Szene an. *Du, Fiffi, du weißt doch nichts. Aber so ist das nun mal verteilt im Leben. Die einen verkaufen die Klunkern, die der Käufer dann in Tresore steckt. Die anderen klauen die vollen Tresore. Und der kleine Rest ist so blöd wie Heinz Borbet und klaut Tresore mit Luft drin.* «Ich nehme das Ding, äh, das Stück.» Der Juwelier war überrascht, fing sich aber in Sekundenschnelle. «Bißchen nett einpacken», sagte Borbet bestimmt, der Juwelier blickte ihn an. An der Kasse stellte Borbet fest, daß er neben den dreitausend Mark, die er von der Bank abgehoben hatte, nur noch knapp zweihundert Mark Bargeld dabeihatte. Der Juwelier erstarrte, und als Borbet beim hektischen Herumsuchen in allen Jackentaschen die Euroscheck-Karte auf den Boden fiel, überließ der Juwelier das weitere einem jungen, spindeligen Angestellten, der mit außergewöhnlich hoher und affektierter Stimme sprach. Während Borbet neun Euroschecks ausstellte, spürte er die hochnäsigen Blicke der wohlhabenden Kundschaft zwischen Haaransatz und Hemdkragen brennen. Er war kurz davor zu weinen.

Den Rest des Tages verbrachte er in tiefer Niedergeschlagenheit. Marianne backte Kuchen, rührte Pasteten an, warf die Zutaten für raffinierte Salate in diverse Schüsseln und verbreitete eine

fröhliche Aufgeregtheit, die Borbet vollends zu Boden schmetterte. Ruhelos streifte er durch die Wohnung und fand nichts, was
er nicht schon seit Jahren kannte. Dann kam auch noch Jutta und
schob einen Jungen ins Wohnzimmer, der so groß war, daß Borbet
unwillkürlich einen Schritt nach hinten ging, um ihm bei Rede
und Widerrede ins Gesicht blicken zu können. Er lernte Ulf Bernburger kennen. Der Schlaks wußte nicht, wo er seine Hände lassen
sollte. Borbet sah sein hilfloses Gehampel und fühlte nichts dabei.
Selbst seine gewohnte Gehässigkeit hatte er verloren. *Aber nachts
in eurer Laube, da weißt du, wohin mit den Händen. Früchtchen.* Borbet unternahm einen Spaziergang, der ihm zwei Stunden lang wenigstens äußerlich neue Bilder bescherte. Danach mußte er Marianne helfen, Fleischwurst in kleine Würfel zu schneiden. Dazu
trank er Wein. Punkt Mitternacht flog Jutta mit der Eleganz einer
Kanonenkugel in die Küche. Marianne freute sich halb tot über
eine selbstgestrickte Jacke. Borbet fand das Lila unerträglich. Verlegen drückte er Marianne die Brosche in die Hand. Marianne war
einer Ohnmacht nahe, Borbet wiegelte ab. «Ist ja gut, ist ja gut,
wenn's dir nur gefällt.» Bis zwei Uhr morgens beteuerte Marianne, wie sehr ihr die Brosche gefiel. Jutta war ebenfalls hell begeistert. «Hätte ich dir gar nicht zugetraut», sagte sie zu ihrem
Vater.

Am nächsten Tag hielt es Borbet nur bis zur Mittagspause in der
Versicherung aus. Er fuhr auf die Autobahn. Horster Dreieck,
dann Richtung Bremen. Als er den Ortsnamen Hittfeld sah,
dachte Borbet an das dortige Spielcasino. Über Landstraßen kroch
er in die Stadt zurück. Vor dem Auftrieb der Verwandtschaft fütterte Marianne ihre Familie ab. Unter der Schürze trug sie die Brosche. Die Verwandtschaft rückte an. Von einer Cousine erfuhr
Marianne, was die Brosche gekostet haben konnte. «Darüber
müssen wir heute abend unbedingt reden», flüsterte sie Borbet zu.
Er war froh, als Marianne um zwei Uhr morgens so müde war,
daß sie sofort einschlief.

Am Freitag fand der zweite Teil der Schulung statt. «Mensch, ihr
trottet in dieses Training wie das Kalb zur Schlachtbank», sagte
Belmondo befremdet.» «Das ist der Fortschritt», erwiderte Erna

Degenhardt bitter. Borbet fing einen Blick auf. «Was ist?» protestierte er. «Ich kann auch nichts dafür, daß es so gekommen ist.» «Doch», sagte Erna, «du hältst nichts auf. Du stellst dich nichts und niemand in den Weg.»

Nach Hause zurückgekehrt, mußte er sich lange mit Marianne über die Brosche unterhalten. «Die ist viel zu teuer, Heinz, das geht über unsere Verhältnisse.» «Wenn es ein Zeichen von Liebe ist, kann es gar nicht teuer genug sein», erwiderte Borbet. «Außerdem weißt du gar nicht, was sie wirklich gekostet hat.» Marianne knabberte an seinen Ohren und fragte leise: «Gib's zu: Du hast eine geheime Kasse. Oder ein Konto.» So schonend wie möglich brachte Borbet ihr bei, daß er das Geld vom gemeinsamen Konto genommen hatte. In Mariannes bestürzten Gesichtsausdruck hinein sagte er: «Aber mein Schatz, was denkst du von mir? Das ist so: Im nächsten Monat wird uns die Gewinnbeteiligung ausgezahlt, zum erstenmal. Du hast bestimmt davon in der Zeitung gelesen.» Marianne schüttelte den Kopf. *Entschuldige, Liebling.* «Und dann feiere ich in diesem Jahr die Überstunden eben mal nicht ab, sondern lasse sie mir auszahlen. Zack hast du eine Brosche am Dekolleté hängen. Na, ist das schön?» Marianne umarmte ihn. Über ihre Schulter blickte Borbet deprimiert auf die Kaufhaus-Graphik an der Wand.

Seitdem er die Empfangshalle der Passau-Paderborner betreten hatte, fühlte sich Fritz Elstner unwohl. Ihm war die Höflichkeit des Portiers unangenehm, und im Fahrstuhl bekam er keine Luft. Die Vorzimmerdame hatte so vornehm getan, und die vielen Männer, denen er vorgestellt wurde, hatten viel trockenere Hände als er. Daß er als einziger keinen Anzug trug, paßte für Fritz Elstner in die Atmosphäre in dem ganz in Dunkelgrün gehaltenen Raum. *Wie eine Gruft.*

«Es sind doch nun wirklich alles nur Kleingärtner», sagte Götz Wegemann.

«Die muß man ernst nehmen, gewiß. Aber man muß sie ja auch nicht überschätzen. Das sind doch gutmütige Menschen, keine Politiker oder Geschäftsleute.»

Gleich nachdem sich der Aufsichtsrat für die Werbeagentur

Wegemann + Khurtz entschieden hatte, war Wegemann telefonisch zu dem Gespräch hinzugebeten worden. Direktor Hassengier wiegte den Kopf.

«Wissen Sie, lieber Wegemann», nahm er dann das Wort, «wir haben ja unseren verehrten Herrn Elstner –» er wies auf Elstner, der ganz aufgeregt wurde – «hier in unserer Runde. Er ist immerhin Vorsitzender dieser entzückenden kleinen Gartenkolonie...»

«Blüh auf», sagte Elstner schnell.

«Blüh auf», wiederholte Hassengier.

«Und wenn der Herr Elstner seine Besorgnis äußert, stehen wir nicht an, das auf die leichte Schulter zu nehmen.»

Was meint der Kerl bloß?

«Immerhin», fuhr Hassengier fort und betrachtete Wegemann, Lindemaier, Kahl und zwei weitere Männer, «immerhin ist morgen ja ein wichtiger Tag für unseren Herrn Elstner.»

«Deshalb habe ich ja auch Herrn Wegemann gebeten, sich einige Glanzlichter für die Veranstaltung auszudenken», fiel Lindemaier ein.

«Freibier», sagte einer der Männer verächtlich. «Grillwürstchen, Luftballons und solche kindischen Ansteckknöpfe. Meinen Sie wirklich, daß uns das Sympathien einbringen wird?»

«Aber, aber», lächelte Lindemaier. «Das ist ja nicht alles.»

«Genau», setzte Wegemann hinzu, «den pikantesten Punkt, den haben wir in der Kürze der Zeit recht gut in den Griff bekommen. Immerhin werden wir morgen zwei Politiker der großen Parteien vorweisen können.»

«Einen Grünen brauchen wir ja auch nicht», sagte Hassengier, «davon haben wir Dutzende herumlaufen, was, Herr Elstner?»

Auf was hast du dich da bloß eingelassen? 5000 Mark für die viele Angst. Und wer garantiert mir, daß ich wieder 1. Vorsitzender werde?

«Ich finde, daß wir uns nicht zu verstecken brauchen», trumpfte Kahl auf.

«Eine Gnadenfrist von über einem halben Jahr, bevor die Leute rausmüssen. Und sooo ungünstig liegen die Ersatz-Parzellen nun auch wieder nicht.»

«Na ja», sagte Elstner. «Man fährt schon eine knappe halbe Stunde. Und wer kein Auto hat...»

«Ja, wer hat denn heutzutage kein Auto?» fragte Hassengier mit schelmischem Blick. «Bei unseren Haftpflicht- und Kasko-Tarifen?» Während des höflichen Gelächters trank er seinen Kaffee aus.

«Wir haben die besseren Argumente», sagte Lindemaier stolz.

«Der Neubau der Verwaltung sichert für die Dauer der Bauarbeiten 200 Arbeitsplätze. Zweitens: Wir argumentieren nach außen hin derzeit ja noch so, daß wir im neuen Bau rund 50 Angestellte mehr beschäftigen werden. Ganz zu schweigen von den zusätzlichen Lehrstellen.»

Hassengier hob den Kopf. «Dabei fällt mir ein: Die EDV-Kurse für unsere Sachbearbeiter, die sind doch in dieser Woche angelaufen?»

Kahl winkte großspurig ab. «Gegessen, das ist elegant über die Bühne gegangen.»

Lindemaier meldete sich wieder: «Ich glaube, ich war bei drittens. Drittens war unsere Taktik erfolgreich, daß wir diskret mit der Abwanderung ins Umland gewinkt haben. Wir sind ja in der glücklichen Lage, daß vor den Toren unserer Heimatstadt andere Bundesländer beginnen. Das hat ja auch eine steuerliche Seite.»

Die Runde keckerte boshaft. Elstner keckerte mit. *Ich will hier raus, ich will in meinen Garten.* Hassengier stand auf, Elstner stellte erschreckt fest, daß er plötzlich als einziger saß. Schüchtern ergriff er die Hand, die ihm Hassengier hinstreckte.

«Lieber Elstner, ich glaube, wir haben es dann soweit. Ich bin zuversichtlich, daß wir die Sache morgen jederzeit im Griff behalten werden. Dennoch wird es natürlich auch an Ihnen liegen, wie überzeugend unsere Argumente wirken werden. Ich verlasse mich da ganz auf Sie.»

«Können Sie, ich meine: Das Ding werden wir schon schaukeln, alles unter Kontrolle.»

«Schaukeln», wiederholte Hassengier, «köstlich, der Ausdruck, schaukeln.»

Wegemann war froh, daß der Termin vorbei war. *Asche. Muß ich morgen den Clown spielen. Aber ich gehe da besser hin. Dieser Kleingarten-Piefke, der scheidet doch sofort mit Herzattacke aus, wenn was anbrennt.*

Marianne bestand darauf, die Brosche auf dem Sommerfest zu tragen. Borbet fand das übertrieben. «Nachher denkt noch einer, du willst angeben.» «Will ich ja auch. Ein bißchen», lächelte sie. Borbet hätte ihr gerne gesagt, daß er nicht in der Stimmung war, eines dieser nervigen Bowle-Feste zu besuchen. Seufzend fügte er sich in sein Schicksal. Borbet hatte einen Grad der Apathie erreicht, der ihn unfähig machte, für die Durchsetzung seines Willens zu kämpfen. Heinz Borbet war am Boden zerstört. Dann kam noch Jutta und gackerte etwas von Ulf und dessen Eltern und wie witzig es sein würde, wenn man sich zufällig auf dem Fest träfe. Borbet ging in den Keller. Er stellte sich vor den Tresor und wartete, welche Gefühle ihn überkommen würden. Verbittert merkte er, daß er müde war. Es war keine Müdigkeit, der man mit Schlaf abhelfen konnte. Er mußte das Ding irgendwie loswerden. *Ich stell den an die Straße, ob Sperrmüll ist oder nicht. Ist mir doch egal. Stadtreinigung, übernehmen Sie.* Borbet lachte verzweifelt.

«Du brauchst wirklich nicht mitzukommen», sagte Wegemann. Mona schlug die Beine unter den Körper und rückte sich in der Sofaecke zurecht. «Ich will aber, Götz, Süßer, das kann doch sehr niedlich werden. Wir beide auf einem Fest, wo nur solche spießigen Kleinbürger herumlaufen. Alle diese Muttis mit den dicken Oberarmen.» Mona schüttelte sich.

Kommissar Wieland Fleischhauer war unheimlich sauer. *Montag morgen stehe ich um acht Uhr auf der Matte und kaufe mir einen Anrufbeantworter.* Mißmutig hörte er dem nöligen Tonfall von Achim Golze zu. *Als wenn er sich heimlich einen runterholt dabei.* «Los, Chef, wo bleibt Ihre soziale Verantwortung? Sie wissen doch: Mitarbeiter motivieren, frühzeitig in die Verantwortung hineinziehen, delegieren können. Das macht den modernen Chef aus.» Fleischhauer äußerte versuchsweise einige Sätze, die Golze geschickt konterte. Am Ende stimmte der Kommissar entnervt zu, daß ihn sein Assistent zum Sommerfest des Kleingartenvereins «Blüh auf e. V.» von 1952 begleiten dürfte. Fleischhauer wollte dort einem Gedanken nachgehen, der so vage war, daß er sich noch nicht traute, ihn «Spur» zu nennen. Es handelte sich um einige Fäden,

von denen Fleischhauer gern gewußt hätte, ob sie zusammenge-
dreht werden konnten. Zum einen ließ ihn die Ansammlung von
fabrikneuen Espresso-Maschinen und Stereoanlagen nicht ruhen,
die man anläßlich des merkwürdigen Todes dieser Elfriede Frenzel
vor wenigen Tagen in ihrer Wohnung gefunden hatte. Indizien in
der Wohnung sowie Erkundungen bei Verwandten und Nachbarn
hatten ergeben, daß ein Fred Frenzel, Neffe der Toten, ein Zimmer in ihrer Wohnung bewohnte. Er war telefonisch nicht zu erreichen. Dabei war er arbeitslos. Dieser Fred Frenzel interessierte
Fleischhauer.

Fred war zum erstenmal öffentlich aufgefallen, als er im Alter
von elf die regionale Vorausscheidung zum bundesweiten Vorlese-
wettbewerb «Jugend liest» in Buxtehude mit großem Vorsprung
gewann. Der Text, aus dem Fred vorlas, stammte aus einem Jerry
Cotton-Heft. Im Alter von vierzehn knackte Fred Zigaretten-Au-
tomaten und verkaufte die Packungen zum regulären Preis an
Freunde, die sich nicht trauten, in aller Öffentlichkeit an die Automaten zu gehen. Ab seinem siebzehnten Lebensjahr war Fred
durch kleine Einbrüche endgültig aktenkundig geworden. Das
war der eine Faden. Auf einer Polizeiwache war ein Schrotthändler erschienen und hatte Anzeige erstatten wollen gegen zwei
Männer, die bei ihm einen Tresor gekauft hatten. Da ein solcher
Kauf nicht strafbar ist, wollten ihn die Polizeibeamten erst mit launigen Reden aus der Wache komplimentieren. Als der Schrotthändler keine Ruhe gab, ließ sich der Wachhabende spaßeshalber
eine Personenbeschreibung geben und notierte am Ende auch
noch die Zahlen und Namen der beiden Euroschecks. Dadurch
kam Bruno Kalkowski in die Akten.

Ein V-Mann, der wegen erwiesener Unfähigkeit auf der Liste
der Auszumusternden stand, rannte der Polizei seit Wochen die
Türen ein, weil er das Schmiergeld brauchte, um die Hypotheken
für sein Reihenhaus aufbringen zu können. Er berichtete von dem
New Yorker-Gerücht, daß ein gewisser Wegemann eine Belohnung
ausgesetzt habe, um seinen gestohlenen Tresor wiederzubekom-
men. Interessant an dem Besuch des V-Mannes war, daß er von
einer merkwürdigen Sitte aus dem *New Yorker* zu berichten
wußte. Angeblich würden dort im Laufe des Abends zwei Typen

auftauchen, die aussahen, als wenn sie direkten Weges aus der Unterwelt kamen. Der V-Mann hinterließ Personenbeschreibungen. Dadurch kamen Bruno und Fred erneut in die Akten, wenn auch noch ohne Namen.

Ulli Köberle hieß der Schwabe, der, ursprünglich in der Stuttgarter Szene als begnadeter Automaten-Knacker bewundert, nach der unglücklichen Liebe zur Tochter eines Automaten-Aufstellers nach Hamburg ausgewandert war und einem väterlichen Freund bei der Polizei erzählte, daß er vor kurzem einen Tip bekommen habe. Fred Frenzel sei einer der *New Yorker*-Männer. Er würde sich mit einem kleinen Dicken in der Öffentlichkeit zeigen, der wie eine Kegelfigur aussähe und keinen Spitznamen habe. Der Ausdruck «Kegelfigur» war auch in ein Polizei-Protokoll geraten, als ein Karl Heinz Bernburger, U-Bahn-Fahrer und in seiner Freizeit Kleingärtner, den Diebstahl von vier Ballen wertvollsten Torfmulls angezeigt hatte. Er konnte den vermeintlichen Dieb beschreiben, weil sein Sohn Ulf, achtzehn, eines Abends aus einem wichtigen privaten Grund die elterliche Laube aufsuchen mußte und bei dieser Gelegenheit sah, wie sich eine geduckte Gestalt fortschlich. Ulf beschrieb sie mit dem Wort «Kegelfigur». Fleischhauer hatte die Spur des Bernburger aufgenommen und nebenbei herausbekommen, warum Ulf die Figur nicht verfolgt, sondern sich in die Laube verfügt hatte. Danach war Fleischhauer ein wenig neidisch auf Ulf Bernburger gewesen.

Auf Grund dieser Vorfälle hatten sich bei Fleischhauer hauchdünne Verbindungslinien gebildet. Das Sommerfest sollte ihm Klarheit bringen. Bruno Kalkowski besaß einen Kleingarten, das wußte die Polizei. Bei der Gelegenheit konnte Fleischhauer auch einer reichlich verworrenen Anzeige nachgehen, die der Vereinsvorsitzende Fritz Elstner gemacht hatte.

«Nun laß schon gut sein», stöhnte Jo und schob Frank in die äußerste Ecke des Bettes. «Was ist denn?» fragte der beleidigt. «Die Pflicht ruft.» Jo stieß mit beiden Händen ihre kurzen Haare in die nötige Form. «Könnte sein, daß ich heute nachmittag die ideale Besetzung für eine neue Serie finde.» «Wie dieser Wegemann damals.» «Genau», sagte Jo, «erst der Wegemann, jetzt geht es weiter.»

«Geht es so?» Bruno trat zwei Schritte nach hinten und blickte Renate bewundernd an. «Fred, komm doch mal», rief er. «Will nicht, hab keine Lust, ihr könnt genausogut alleine gehen», muffelte Fred und kam aus der Küche. «Guck mal», forderte ihn Bruno auf. «Tolles Kleid», murmelte Fred. Renate gluckste kokett, Bruno strahlte.

Die Idee kam ihm am Frühstückstisch, kurz vor 13 Uhr. «Da fahren wir hin», rief Andreas und erschreckte mit seiner Stimme die noch nicht so Wachen. «Wo fahren wir hin?» Andreas faßte Jezebel ins Auge und sagte: «Sommerfest, Kleingärten, viel Grün. Die geilste Natur, die ihr euch in der Stadt vorstellen könnt.» Jezebels Augen leuchteten auf. Ernies Augen verfinsterten sich. Andreas' Augen blitzten. Nach dem Frühstück wanderten Jezebel und Andreas über den Hof. Andreas hielt Jezebel die Tür eines Mercedes auf. «Ach nee», sagte sie und wandte sich einem Citroën zu. Andreas wollte gerade einsteigen, als Jezebel den alten Volvo-Sportwagen entdeckte. Andreas ließ sich hinters Lenkrad fallen. Ernie schlich über den Hof und blickte finster zum Volvo hinüber.

«Doch nicht die Maurerhose», sagte Gottfried Lindemaier vorwurfsvoll und riß seiner wie immer fassungslosen Frau die Cordhose aus den manikürten Händen. Sodann wählte er unter den schwer bemalten Augen seiner Frau den leichten Samtanzug. «Dunkelgrün für den Schrebergarten. Ich finde, das macht Eindruck», lobte sich Lindemaier.

Die Stunde zwischen 14 und 15
Braut sich da etwas zusammen?   Uhr war ausgefüllt mit Klönschnacks, Besichtigung von Grillplatz, Imbißbuden und Informationsstand der Passau-Paderborner sowie Expeditionen in die Weiten der Parzellen. Borbets kamen kurz nach 14 Uhr. Innerhalb von 20 Minuten füllte sich der Platz zwischen Vereinsheim und großem Komposthaufen mit über zweihundert Menschen. Und immer noch mehr kamen dazu. Borbet griff sich einen Pappbecher, in dem zwei Stücke Ananas schwammen. *Toll. Ananas ist auch wirklich so ziemlich das einzige, was hier nicht wächst.* Dann ertönte eine verzerrte Lautsprecher-

Stimme. Ein Mann rief, daß die Anwesenden sich nun bitte vor der Bühne versammeln sollten. Die Bühne bestand aus einem Anhänger, dessen Seitenflächen heruntergeklappt waren. Ein junger Mann, dessen Oberhemd tief aufgeknöpft war, stellte sich den Leuten des Sommerfestes als Moderator, «bekannt aus dem Rundfunk», vor. Der Name sagte Borbet nichts, die Stimme glaubte er schon gehört zu haben. Der junge Mann kündigte eine Kapelle an, die sich, während er noch sprach, hinter ihm auf dem Wagen einstellte und zu den Instrumenten griff. Da keiner der Musiker jünger als Mitte 30 war und alle in altmodischen Kleidern steckten, wußte Borbet, was ihm bevorstand: Dixieland. Borbet konnte mit anständigem Jazz schon nichts anfangen, Dixieland war die Krönung.

«Bevor es also ernst wird, haha», rief der Moderator, «jetzt erst mal einige Takte Losgehmusik. Übrigens finanziert nicht etwa aus der sowieso schon stark strapazierten Vereinskasse, sondern gesponsert mit einem Scheck der Passau-Paderborner-Versicherung von 1870/71.»

Der Moderator machte eine großspurige Handbewegung, die Musik dudelte los. Borbets lustwandelten auf dem Platz umher. Unter den Kleingärtnern herrschte gespannte Erwartung, was die Leute von der Versicherung zu den Behauptungen des anonymen Briefes sagen würden. Borbet fand, daß Marianne die Brust ein wenig aufdringlich vorgestreckt hielt. Marianne sah das nicht so. Als die ersten Frauen die Brosche entdeckten und Marianne darauf ansprachen, mußte sich Borbet mehr als einmal anhören, was für einen guten Geschmack er hatte. Er huschte über die Gesichter, für einige Momente sah er Ulf Bernburger. Willi Rose, der sich zur Feier des Tages eine lange Hose und ein Hemd mit Ärmeln angezogen hatte, stand neben einer jungen Frau. Sie hielt ihm ein Mikrofon vor den Mund. Zwei Meter vor ihnen stand ein dicker Mann und fotografierte. *Wohl im Lotto gewonnen, Willi, was? Bist einer der wenigen, denen ich's gönnen würde.* Borbet drehte sich im Gehen noch lange nach Willi um. So kam es, daß er gegen das Ehepaar Kalkowski lief. Verdattert blickte er Bruno und Fred an. Renate zählte in diesem Moment nicht, obwohl das knappsitzende Kleid ihre Ähnlichkeit mit der späten Elizabeth Taylor stark betonte. Bruno schien gehemmt zu sein, Fred war lockerer.

«Hallo, Herr Borbet. Guten Tag, gnädige Frau.» *Erst die Dame, dann den Herrn, du Bauer.* «Tach, Herr Frenzel», sagte Borbet.

Marianne stellte sich so hin, daß Renate die Brosche nicht länger übersehen konnte.

«Na, haben Sie den Heimgang Ihrer werten Tante verwunden?»

«Klar. Habe schon wieder alles im Griff. Das Leben muß ja weitergehen.»

«Auch wenn man manchmal denkt, jetzt kann es nicht mehr weitergehen», mischte sich Bruno ein.

Borbet forschte in seinem Gesicht. *Du Dickie, du. Sieh dich bloß vor.* «Ja, ja», tönte Borbet, «man hat's nicht leicht. Aber leicht hat's einen.»

«Kommt drauf an, was man hat», meinte Fred.

«Mancher hat es ja faustdick hinter den Ohren», sagte Borbet.

«Besser hinter den Ohren als im Keller», erwiderte Bruno.

Renate und Marianne guckten erstaunt zwischen den Männern hin und her.

«Das Leben hält harte Prüfungen für einen bereit», sagte Borbet.

«Stahlharte», stimmte Fred zu.

«Da beißt man sich die Zähne dran aus», kam es von Bruno.

«Oder den Bohrer», sagte Fred.

«Habt ihr was?» fragte Renate.

«Wenn man weiß, in welcher Lage man sich befindet, ist das nur gut für einen, nicht wahr?» sagte Borbet und blickte Fred an.

«Klar», erwiderte Fred zackig, «Lage erkannt, Gefahr gebannt, Vertrauen gegen Vertrauen.»

«Also dann», sagte Borbet und hielt Fred die Hand hin, «in diesem Sinne.»

Fred schlug ein, dann schüttelten sich Bruno und Borbet die Hand. Anschließend bestand Bruno darauf, daß Fred ihm die Hand schüttelte. Borbets gingen weiter.

«Heinz, Heinz», sagte Marianne besorgt, «du hast doch nur ein Glas Bowle getrunken.»

«Guck mal, Lin, das ist das nette Ehepaar Borbet», sagte Frau Behle zu dem vietnamesischen Adoptivkind. Borbet war über den

Namen erstaunt. Er hatte fest damit gerechnet, daß er sich lautma-
lerischer, ungefähr wie «Hatschi» anhören würde.

«Sag mal ‹Borbet›, Lin», forderte Frau Behle das Kind auf. «Sag
‹Borbet›, dann freuen sich Borbets.»

«O nein, das ist nicht nötig», stieß Borbet hervor. «Das ist
wirklich nicht nötig. Das Kind soll lieber erst mal die wichtigen
deutschen Wörter lernen.»

«Genau. Bier, Bowle, Beschleunigung von 0 auf 100 in 9,8 Sekunden», lallte Herr Behle und schwenkte einen Pappbecher.

Die Dixieland-Kapelle hatte ausgespielt. Der Moderator, der
sein Hemd jetzt bis zum Bauchnabel geöffnet hatte, sprang auf die
Bühne.

«Es treten an: verantwortliche Herren der Passau-Paderborner
gegen gewisse Gerüchte», rief er und lachte.

Die Instrumente der Dixieland-Kapelle wurden zur Seite geräumt. Junge Männer stellten einen Tapeziertisch und Campingstühle auf den Wagen.

«Ach», sagte Marianne und hakte sich bei Borbet ein, «eigentlich ist das doch schön. Heute steht dein Arbeitgeber im Mittelpunkt des Interesses.»

«Ich fühle mich beschissen», sagte Borbet finster.

Es folgte der «Einzug der Gladiatoren», wie der Moderator mit
überschnappender Stimme schrie. *Bepinkel dich bloß nicht vor Lachen.* Borbet staunte, als er Direktor Ehre erblickte. Von Ehre kur-
sierte in der Versicherung das Bonmot: Alter: Mitte 30, Geliebte:
Hassengier, Freizeit: nein, wofür? Hobbys: Glas zerbeißen. Ehre
war im Aufsichtsrat zuständig für «Vorhaben». Nirgendwo war
genau definiert, was darunter zu verstehen war. Hinter Ehre kamen Direktor Hassengier, Werbechef Lindemaier und der Be-
triebsratsvorsitzende Hajo Wentzel. Danach turnten zwei Politiker
von Volksparteien auf den Wagen. Sie waren noch keine vierzig,
man kannte sie aus der Lokalpresse. Zuletzt stolperte Fritz Elstner
auf die Bühne. Er trug eine viel zu weite Leinenhose und ein
Hemd mit einer Rose, dazu eine schräggestreifte Krawatte und Le-
derschuhe. Elstner war mit weitem Abstand der am elegantesten
Angezogene. Der Moderator setzte sich auf den zentralen Campingstuhl und versprach, ein «fairer» Diskussionsleiter zu sein.

Erst sollten die Passau-Paderborner und die Politiker kurze Statements abgeben. Danach sollten die Schrebergärtner Gelegenheit erhalten, Fragen zu stellen.

«Sag bitte keinem, daß ich bei der Passau-Paderborner arbeite», flüsterte Borbet Marianne ins Ohr.

Während Ehre das Wort ergriff, wurde Borbet am Arm gepackt. Er blickte einer freudestrahlend verlegenen Jutta in die Augen. Seine Tochter stand im Schatten von Ulf Bernburger, neben dem das durchschnittlich gewachsene Ehepaar Bernburger stand. Jutta stellte die Eltern einander vor. Plötzlich standen Andreas und Jezebel neben Marianne. Borbet lächelte gequält. Marianne war in ihrem Element. Borbet wollte gerade den charmanten Lügen von Direktor Hassengier lauschen, als schräg vorne ein Schrei ertönte. Er klang dermaßen entsetzt, daß Borbet sich umdrehte. «Da, da, Götz, guck doch, da ist die Brosche», rief eine junge und ungemein gutaussehende Frau. Bei jedem Wort stieß sie einem Enddreißiger mit braungebranntem Gesicht und elegantem Sommeranzug in die Rippen. *Wegemann, du hier. Wir kommen wohl nie voneinander los. Wir sind füreinander bestimmt.* Mona trat mit schnellen Schritten auf Borbet zu. Instinktiv dachte er, daß sie ihn angreifen wollte. Mona tippte ununterbrochen gegen die Brosche an Mariannes Brust. «Götz, hier ist sie, deine Brosche. Götz. Nun komm doch endlich und tu was.» Marianne war vor Verblüffung völlig regungslos, Wegemann ebenfalls. Borbet stellte sich dicht neben Marianne, sie griff nach seinem Arm. «Aaaah! Da ist er», schrie Mona. «Da ist der Dieb. Haltet ihn.» «Aber ich halte ihn doch schon», erwiderte Marianne leise. Über Borbet senkte sich ein riesiger Filter, der alle Eindrücke, die auf ihn eindrangen, abmilderte, so daß sie ihn nur wie aus weiter Entfernung erreichten. Borbet sah, wie Fred im Hintergrund zwischen zwei Männern in leichten Regenmänteln in Richtung Ausgang ging. Neben dem Trio scharwenzelte Bruno her und schien ständig auf den älteren der fremden Männer einzureden. Der Zahnstocher, den der Mann im Mund hin und her wandern ließ, kam Borbet bekannt vor. Die Männer hörten Monas Schreie und hielten an. Mit Fred in der Mitte kamen sie auf die Lärmquelle zu. Wegemann hatte inzwischen seine Starre überwunden.

«Nun hör endlich auf», flehte er Mona an, «die Leute gucken schon.»

«Aber das ist deine Brosche, hier, guck doch, du Idiot. Und hier», Mona zeigte auf Borbet, «der hat den Tresor gestohlen. Polizei!»

Die Männer im Regenmantel beschleunigten ihre Schritte. Direktor Hassengier auf der Bühne unterbrach seine Beweisführung und reckte den Hals. Durch seine abgedämpfte Wahrnehmung sah Borbet, wie sich Jutta zwischen Marianne und die hysterische Mona drängte. Ulf Bernburger wollte Jutta zu Hilfe kommen, seine Mutter hielt ihn am Arm zurück.

«Heinz!»

«Ja, Marianne?»

«Heinz, die Brosche sieht wirklich so aus wie die, die damals in der Zeitung abgebildet war. Heinz, was hast du gemacht?»

Marianne ließ seinen Arm los. Wegemann begann, Mona vorsichtig nach hinten zu ziehen. *Mona, um Gottes willen, laß das. Du meinst es gut, du meinst es ja immer gut. Aber jetzt ist es falsch. Du reißt mich unheimlich rein. Du machst dir ja keine Vorstellung. Laß das, Mona. Ogottogott, der Bulle kommt.*

«Halten Sie mal», sagte Fleischhauer zu Achim Golze und drückte dem vor Aufregung glühenden Assistenten den teilnahmslosen Fred in die Arme.

«Was ist denn los?» fragte Fleischhauer. «Die Brosche! Der Dieb! Da! Festnehmen!» Mona wollte noch etwas brüllen, Wegemann hielt ihr den Mund zu.

Immer mehr Menschen sammelten sich um Borbet an.

«Heinz, so tu doch was», flüsterte Marianne. *Gut gesagt, Schatz.* Borbet zog den Kopf zwischen die Schultern und peilte eine Lücke zwischen Herrn Behle und Jezebel an. Dann stürmte er los.

«Aber Vater», rief Andreas und wurde zur Seite geschleudert. Er taumelte gegen Achim Golze, der, Halt suchend, Fred losließ, der sich verblüfft umsah und von dem plötzlich auftauchenden Bruno nach hinten in das Menschenknäuel gezogen wurde.

Borbet lief. Er versuchte, im Weg stehenden Leuten auszuweichen, rempelte sie, wo Ausweichen nicht möglich war, an, prallte ab wie eine Kugel im Flipper. Hinter sich hörte er Stimmen, die dazu aufforderten, den Flüchtenden aufzuhalten. *Der Ausgang, zum Aus-*

gang, raus aus der Falle. Er wandte sich zum Ausgang. Als er sah, daß von dort zahlreiche Menschen auf das Gelände strömten, drehte er um. Borbet hetzte über den Platz, er kam an dem Wagen vorbei, auf dem die von allen Zuhörern verlassene Diskussionsrunde hockte. Eine Zehntelsekunde hatte er Augenkontakt mit Direktor Hassengier. *Tach, Chef, muß weiter. Bis später mal.* Borbet begegnete vielen bekannten Gesichtern, die ihn teils überrascht, teils belustigt, teils alarmiert und feindlich anstarrten. Er rannte von hinten ums Vereinsheim und wollte mit Schwung schräg auf den Hauptweg stürmen. Da sah er den großen Misthaufen. *Scheiße, der Mist.* Mit einem Riesenschritt sprang Borbet ab und wollte, im Misthaufen landend, sofort diagonal bis zum Hauptweg durchfliehen. Der erste Bodenkontakt wurde ihm zum Verhängnis. Er rutschte ab und schlitterte, hilflos auf der Seite liegend, mitten durch die Scheiße. Borbet wollte sich aufraffen, da kamen sie schon über ihn. Ein halbes Dutzend Männer packte zu. Dann kam von der Seite noch eine Frau geflogen, die das Ganze wohl mehr als Vergnügen betrachtete. Jedenfalls juchzte sie lautstark und rief: «Toll! Los Leute, mitmachen. Das gibt Urgefühl, ran an die Natur.» *Feministin.* Hektische Männerhände versuchten, seine Arme auf den Rücken zu drehen.

«Aua! Schon mal was von Scharniergelenk gehört?» stöhnte Borbet schmerzverzerrt.

«Ach ja», sagte Herr Völler von Parzelle 12. «Ellbogen gehen ja nur nach einer Seite.»

«Keine Feinheiten», zischte Herr Behle und drehte an Borbets Arm herum, daß Borbet schwarz vor Augen wurde. Er hatte das Gefühl, daß von weitem eine Frauenstimme «Heinz, Heinz» rief.

Ungeschickte, starke Arme stellten ihn auf die Beine. Vorsichtig tapsten sie an den Rand des Misthaufens. Plötzlich verspürte Borbet einen stumpfen Schmerz in Höhe des Steißbeins.

«Immel lein mit del Mohllübe», rief der kleine Vietnamese und stieß mit einer Mohrrübe in Borbets Rücken.

«Laß das», rief Frau Behle und riß das Kind nach hinten, «das tut Onkel Borbet doch weh.» Die Männer, die ihn im Griff hatten, stießen Borbet nach vorne. Die Menschenmasse, auf die sie zukamen, klaffte vor ihnen auseinander und schloß sich hinter ihnen sofort wieder. Dann öffnete sich der Blick auf den Platz und die

Bühne. Borbet erinnerte sich. *Mit dem Wagen haben sie im Frühjahr die Pferdescheiße hergefahren.* Und auf einmal stand Marianne vor ihm. Sie wurde auf der einen Seite von Jutta, auf der anderen von Andreas am Arm gehalten. *Wie schön. Wir sind eben doch eine Familie.* Borbet schossen Tränen in die Augen. Dann stand er vor Kommissar Fleischhauer. Neben dem Beamten stand die unentwegt zeternde Mona. Wegemann zupfte an ihrem Kleid herum, Mona schüttelte ihn ab.

«Herr Borbet? Heinz Borbet?» Borbet nickte.

«Herr Borbet, Sie werden verstehen, daß ich Sie bitten muß, mich aufs Revier zu begleiten. Gegen Sie sind Vorwürfe erhoben worden, die einer Prüfung bedürfen. Sie werden mit mir einer Meinung sein, daß das hier kaum die richtige Umgebung ist, um in Ruhe miteinander zu sprechen.»

Bei diesen Worten machte Fleischhauer eine Bewegung in die Runde. Im selben Augenblick begann die Dixieland-Kapelle zu spielen. Borbet nickte.

«Dann bitte», sagte Fleischhauer. Sie setzten sich in Bewegung. Durch die Menge schoß ein junger Mann auf Fleischhauer zu.

«Der Frenzel ist getürmt», rief er atemlos. «Ach», höhnte Fleischhauer, «wer hätte das gedacht?» Golze schien irgendwie beleidigt zu sein. Marianne warf sich an Borbets Hals.

«Sie dürfen dir nichts tun, Heinz. Sie dürfen dich nicht mitnehmen.»

Vorsichtig löste Borbet ihre Arme von seinem Nacken.

«Mein Schatz, ich muß da jetzt mit. Es gibt einiges zu bereden. Ich bin auch bald wieder da. Du brauchst keine Angst zu haben. Du hast ja die Kinder.» Borbet blickte Fleischhauer an. Der nickte Golze zu. Gemeinsam bahnten sie sich einen Weg in Richtung Ausgang. Vor der Kolonie mußten sie warten. Fleischhauer fragte Borbet, ob er eine Zigarette wolle. Borbet lehnte dankend ab. Fleischhauer steckte sich einen Zahnstocher in den Mund. Dann kam der Polizeiwagen.

Die Dixieland-Kapelle spielte praktisch unter Ausschluß der Öffentlichkeit. Die Kleingärtner standen in Gruppen zusammen und diskutierten über das Geschehene. Wilde Gerüchte machten die Runde. Wegemann geriet in einen heftigen Streit mit Mona. Ma-

rianne Borbet bekam von der hilfsbereiten Frau Behle eine kalte
Kompresse auf die Stirn gelegt. Als sie sich ein wenig erholt hatte,
führten Andreas und Jezebel sie zum Volvo. Sie brachten die erschüt-
terte Frau auf der Hinterbank unter und fuhren sie nach Hause. Jutta
gab Ulf ein Zeichen und lief zu ihrem Fahrrad.

Mit entschlossener Miene ging Bruno über den Plattenweg zum
Plumpsklo. Er stellte sich neben das Klo und urinierte gegen den
Zaun.

«Kannst rauskommen.»

Zögernd öffnete Fred die Klotür. «Willkommen in der Freiheit»,
sagte Bruno höhnisch.

«Haha.» Fred wartete, bis Bruno abgeschüttelt hatte, dann gingen
sie in die Laube.

«So, jetzt haben sie den Borbet», sagte Bruno.

«Na ja», sagte Fred gedehnt. «Daraus schließe ich, daß wir das
beide nicht besonders gut finden.»

«Eigentlich nicht. Obwohl, es ist natürlich besser, sie erwischen
Borbet, als daß sie uns erwischen.»

«Du sprichst ein wahres Wort gelassen aus», bestätigte Bruno.
«Allerdings ist mir jetzt eines klargeworden.»

«Na?»

«Daß nämlich dieser Wegemann ein ausgekochter Halunke
ist.»

«Wieso?» fragte Bruno vorsichtig. *Na, Bruno, mal wieder ein bißchen begriffsstutzig?* «Ich hatte das ja von Anfang an im Urin. Der
Wegemann, der wollte seinen Tresor nur deshalb unbedingt wiederhaben, damit die Versicherung nicht rausbekommt, daß da gar nicht
drin ist, was er gesagt hat, daß da drin ist, verstanden?»

Bruno lächelte zaghaft. Fred wiederholte, dabei wurde er von
heiligem Zorn übermannt. Als er Bruno den Vorschlag machte,
stimmte der sofort zu. Sie brachen eilig auf.

So hatte sich Borbet ein Verhör nicht vorgestellt. Der Kommissar saß hinter dem Schreibtisch und schwieg seit vielen Minuten.
Er vertrieb sich die Zeit damit, auf einem Zahnstocher herumzukauen, den er immer dann, wenn er wieder ein Stäbchen zerfasert
hatte, gegen einen neuen austauschte. Die Tür wurde aufgerissen,
und ein verschwitzter Golze brachte die Brosche. Voller Wider-

willen blickte Borbet auf das Schmuckstück. *Immerhin hängt kein Stück Bluse dran.*

«Da haben wir das gute Stück», sagte Fleischhauer.

«Die Frage, vor der wir nun alle stehen, lieber Herr Borbet, sie lautet: Wie ist diese Brosche an die übrigens ganz entzückende Bluse Ihrer Gattin gekommen?»

«Ich habe die Brosche gekauft», antwortete Borbet.

«Soso», murmelte Fleischhauer und zog einige Blätter aus einem Ordner. «Also, was haben wir denn da? Erst einmal die Strafanzeige des Götz Wegemann betreffs Verlust eines Tresors. Ich zitiere aus der eingereichten Liste der Wertgegenstände, die sich im Tresor befunden haben: Dadada aja: eine Brosche, Zeit um 1780, Familien-Erbstück, Expertise eines Juweliers ... aber was sage ich Ihnen. Hier sind Fotos der Brosche. Na, was sagen Sie nun?»

Borbet betrachtete die Bilder: «Starke Ähnlichkeit.»

Fleischhauer nickte befriedigt.

«Aber Ähnlichkeit allein ist ja wohl kein ausreichender Grund.»

«Stimmt», sagte der Kommissar. «Da muß schon noch was dazukommen. Haben wir ja alles parat.» Er suchte nach einem Blatt. «Hier. Die Strafanzeige eines Herrn Haase, lächerlicher Name, den Sie in aller Öffentlichkeit tätlich angegriffen haben sollen.»

«Das hat damit gar nichts zu tun», erwiderte Borbet.

«Richtig, war auch nur so ein Aperçu, kleiner Schlenker zur Auflockerung», sagte Fleischhauer ernst und blätterte weiter.

Das Telefon klingelte, Golze eilte in den Raum und knallte neues Papier auf den Tisch. Fleischhauer legte den Hörer auf die Gabel.

«Es rundet sich ab. Also ich sage jetzt einfach mal, was wir alles zur Zeit haben, recht so?» Borbet nickte.

Fleischhauer ordnete seine Blätter. «Sie sind Heinz Maria Borbet, geboren 6. Mai 1941 in Uelzen / Niedersachsen, verheiratet mit Marianne, geborene ist ja egal, zwei Kinder Jutta und Andreas. Beruf Sachbearbeiter in der Passau-Paderborner-Versicherung. Sie wohnen in Eimsbüttel. Im selben Haus wie Sie wohnt Fred Frenzel, geboren 1962, arbeitslos. Fred Frenzel ist dringend verdächtig, in den letzten Monaten diverse Einbrüche verübt zu haben. Meistens in Gewerbegebieten, wo er sich auf Lagerhallen spezialisierte und schwerpunktmäßig Stereoanlagen und Videogeräte abschleppte.

Dieser Fred Frenzel ist befreundet mit Bruno Kalkowski, die Daten erspare ich uns, seines Zeichens Ehemann der Renate, geborene Soundso, die zu einer Zeit, als sie den Kalkowski schon kannte, Buchhalterin war und im dringenden Verdacht stand, Ganoven Tips gegeben zu haben, wie sie ohne größere Umstände in die Büros ihres Arbeitgebers gelangen konnten. Der Arbeitgeber war eine kleine, bundesweit bekannte Elektronikfirma mit Sitz in Baden-Württemberg. Diese Kalkowskis sind Ihre Parzellen-Nachbarn in der Kleingartenkolonie ‹Blüh auf›. Na, Herr Borbet, was sagen Sie nun?»

«Ich verstehe die Zusammenhänge nicht.»

Fleischhauer schichtete die Zettel um.

«Kriegen wir gleich. In der letzten Woche wurde in Ihrem Vereinsheim eingebrochen. Es wurden vertrauliche Unterlagen gestohlen. Diese Unterlagen betreffen gewisse Expansionspläne der Versicherung Passau-Paderborner. Es wäre wohl nicht gut, wenn diese Pläne in einem Stadium an die Öffentlichkeit geraten, in dem sie, na, wie soll ich sagen, in dem ihr Panzer noch nicht genügend gehärtet ist, haha, weiter. Der kleinste gemeinsame Nenner, den die Kleingartenkolonie und die Passau-Paderborner haben, sind Sie, Herr Borbet, als Pächter einer Parzelle und als Angestellter der Versicherung. Falls Sie das auf die schnelle nicht verstanden haben sollten: Sie stehen auch im Verdacht, den Einbruch im Vereinsheim vorgenommen zu haben.»

Fleischhauer blätterte, Golze brachte Kaffee, Fleischhauer verlangte nach neuen Zahnstochern. Borbet ging unter Aufsicht pinkeln, dann klingelte das Telefon.

«Gut, los, drei Wagen? Schön. Ich warte.» Fleischhauer legte auf: «So, Herr Borbet, jetzt machen wir Nägel mit Köpfen. Hausdurchsuchung. *Ich wußte doch, da gibt's noch was.* Bis zum Beweis des Gegenteils gehe ich davon aus, daß in Ihrem Keller kein Tresor steht. Sie haben doch einen Keller?»

Borbet nickte. In seinem Kopf entstand das Bild seiner Zukunft. Es hatte die Gestalt eines schwarzen Lochs. Borbet fiel aus großer Höhe in das Loch hinein. Es verschlang ihn mit dem gurgelnden Geräusch einer Wasserspülung. Fleischhauer lächelte Borbet an.

«Wußten Sie, daß Ihr Sohn Andreas vor zwei Wochen in Westberlin war?»

Borbet schüttelte den Kopf. «Dann wissen Sie auch bestimmt nicht, daß er zwei Tage in einem besetzten Haus geschlafen hat.»

«Das ist doch ekelhaft, diese Schnüffelei», sagte Borbet kalt, «ich möchte meinen Anwalt anrufen.»

«Oh», sagte Fleischhauer erfreut. «Aber natürlich. Wie heißt er denn?»

«Ich habe keinen Anwalt», sagte Borbet.

Ulf Bernburger kam sich überflüssig vor, als er sah, wie vertraut die beiden Frauen miteinander taten. Britta Wegemann strich tröstend über Juttas Haare, während Jutta an ihrer Brust lehnte und weinte. Ulf stand auf und stellte sich ans Fenster.

«Aber natürlich ist das ein riesengroßes Mißverständnis», sagte Britta Wegemann, «das klärt sich im Handumdrehen auf. Wirst mal sehen, Jutta.»

Jutta nahm das Gesicht zurück.

«O je, ich habe Ihre Bluse naßgemacht.»

«Aber das ist doch egal», sagte Britta tapfer. Sie konnte das Gefühl von nassen Sachen auf der Haut seit ihrer Kindheit nicht ausstehen.

«Mein Vater ist doch kein Verbrecher», sagte Jutta kläglich.

«Natürlich nicht», bestätigte Britta. Sie kannte Herrn Borbet nicht.

«Na schön», schniefte Jutta, «natürlich ist er ein Spießer, er ist selbstgerecht, altmodisch, verklemmt, und er stinkt entsetzlich nach diesem Männer-Deodorant. Seine Hemden sind grauenvoll, und wenn es nicht sein muß, zeige ich mich mit ihm nicht in der Öffentlichkeit. Außerdem legt er in unserer Laube Frauen flach», rief Jutta in neuer Verzweiflung und warf den Kopf gegen den schmächtigen Busen ihrer Lieblingslehrerin. Britta schob Jutta von sich.

«Morgen früh, Jutta, morgen früh spätestens hast du deinen Vater wieder.»

Jutta zog den Schnodder in der Nase hoch.

«Und alles nur wegen dieser Brosche», sagte sie, so daß es kaum zu verstehen war.

«Geklaut soll er sie haben. Aus dem Tresor von Ihrem Ex-Gatten. So ein Quatsch. Das schafft mein Vater nie im Leben, einen Tresor zu klauen.»

Ganz weit unten in Britta Wegemanns Bewußtsein gab es einen kleinen Stich. Aber er hatte noch keine Kraft, sie merkte ihn kaum.

«Was muß deine Mutter auch ausgerechnet zu diesem blöden Sommerfest so eine teure Brosche anstecken», sagte Ulf vorwurfsvoll.

«Ich hasse dich», zischte Jutta.

«Ist doch wahr», verteidigte sich Ulf.

«Wenn Mutti die Brosche so gefällt, kann sie die Brosche auch tragen», sagte Jutta und stampfte mit dem Fuß auf.

«Ich finde es jedenfalls toll, daß Vati sich zu ihrem Geburtstag so in Unkosten geworfen hat. Wo sie doch schon so lange verheiratet sind.»

«Eine Brosche», sagte Ulf, «also ich könnte mit einer Brosche nichts anfangen.»

«Du bist eben keine Frau», sagte Jutta, «Frauen lieben Broschen.»

Und dann war es soweit. Jede einzelne Erwähnung des Wortes «Brosche» hatte die Erinnerung in Britta Wegemann ein Stück weiter nach oben gespült. In ihrem Bewußtsein sah es aus wie in einer menschlichen Speiseröhre kurz vor dem Erbrechen. Dann kam es. Brüsk schob sie Jutta zur Seite und ging zu einer Kommode. Sie zog die zweite Schublade von oben auf und entnahm ihr einen kleinen Kasten, der reich mit Messing beschlagen war. Sie öffnete den Kasten, blickte hinein, schloß ihn, ging zu Jutta, öffnete ihn und hielt ihr den Kasten entgegen: «Ist es diese?»

Jutta starrte die Brosche an.

«Wo haben Sie denn Muttis Brosche her?»

Ulf kam und guckte.

«Das ist nicht die Brosche deiner Mutter», sagte Britta mit belegter Stimme, «das ist meine Brosche. Und sie hat immer in der Schublade da drüben gelegen.»

«Kann nicht sein», sagte Jutta verzweifelt, «diese aufgedonnerte Schickse von deinem Ex-Gatten hat doch lautstark rumgetönt, daß das Ding im Tresor gelegen hat. Und in der Zeitung hat es auch gestanden.»

«Götz lügt», sagte Britta, «Götz hat schon immer gern gelogen. Aber diesmal hat er zu dick aufgetragen. Kommt, Kinder.»

Britta stürmte aus der Tür.

Als die Tür aufging, wußte Borbet, daß jetzt ein neuer Abschnitt seines Lebens begann. *Tschüs, Marianne. Macht's gut, Kinder. Ihr seid groß genug, ohne euren Vater erwachsen zu werden. Denkt an mich. Auch dir, liebe Hildegard, adieu. Ein zärtliches Lebewohl. Es hat nicht sollen sein. Und dabei waren wir so kurz ...*

«Mist, Chef. Null Ergebnis», sagte Golze und setzte sich deprimiert auf die Schreibtischkante. Ein Blick des Kommissars jagte ihn wieder hoch.

«Was heißt null?» fragte Borbet.

«Na null heißt nichts», erwiderte Golze mißmutig. «Kein Tresor im Keller nicht und nirgendwo sonst auch nicht. Aber eine Wagenladung *Playboys* im Schlafzimmerschrank.»

«Golze, reißen Sie sich zusammen», donnerte Fleischhauer ihn an. Er warf alle Papiere durcheinander.

«Gut, dann denken wir jetzt noch mal ganz von vorn.» Borbet machte ein dummes Gesicht, er verstand nichts.

Mit großem Hallo enterte die Meute das Haus, Mona lief vorneweg, ein mürrischer Wegemann bildete die Nachhut des Siebenmanntrupps, der auf Einladung Monas «zur Feier des Tages» einen Umtrunk in Wegemanns Haus nehmen wollte. *Das nimmt kein gutes Ende. Irgendwo lauert eine Falle. Bloß nicht zu sicher fühlen. Mensch, wie kommt diese Frau an die Brosche?*

Klar, die Lehrerin bringt die Lösung. Die wissen ja sowieso alles besser. «Wegemann? Britta Wegemann?» Assistent Golze war entschlossen, das Büro des Kommissars vom Einsickern unwichtiger Nebenfiguren freizuhalten. Doch allein schon der Name schien vielversprechend.

«Chef, da ist eine Frau Wegemann. Sie sagt, sie hat die Brosche.»

Fleischhauer blickte ihn genervt an. Er griff zur Brosche und hielt sie Golze entgegen. Golze wurde zur Seite geschoben. Eine leidlich attraktive Frau stand in der Tür. Sie hielt eine Brosche in der Hand. Fleischhauers Blicke flogen zwischen den Broschen hin und her. Borbet begann donnernd zu lachen, er bekam einen regelrechten Lachanfall. Er legte den Oberkörper auf den Schreibtisch und lachte und lachte.

Mißmutig sah Wegemann zu, wie Mona Chablis in die Gläser füllte.

«Du freust dich ja gar nicht», sagte Jo, die neben Wegemann getreten war.

«Dabei hast du doch allen Grund dazu. Sie haben die Brosche. Damit haben sie den Dieb, und dann haben sie auch bald den Tresor.»

Wegemann versuchte ein Lächeln.

«Stimmt schon. Aber es ist etwas unangenehm, wenn man zusehen muß, wie ein Mensch verhaftet wird.»

«Oh», sagte Jo begeistert, «eine mitfühlende Seele.»

«Was wolltest du denn eigentlich bei dem Fest?» fragte Mona mit perlender Stimme.

«Arbeit», erwiderte Puttel, «ich war dienstlich da. Habe einen dieser Eingeborenen interviewt. Der ist bei den Maklern in der Stadt bekannt dafür, daß er die Mieter gegen sie aufhetzt.»

«Toll», sagte Mona.

Wegemanns Gedanken drehten sich hektisch immer wieder um die Brosche und um den verhafteten Mann. *Das war doch der? War der das? Der Typ aus der Versicherung? Und wenn er es ist, wo ist da der Sinn? Wie gehört das alles zusammen? Wie? Wie? Wie?* Er wehrte den unbekannten Zecher ab, der ihn im voraus zum Wiederauftauchen seines Tresors beglückwünschen wollte.

«Kommt», rief Mona und schwang die neue Flasche über ihren Kopf, «wir machen eine Prozession in Götzens Büro, wo der Tresor gestanden hat. Wir beschwören die Götter, daß er bald wieder auftaucht, der Tresor.»

Wegemann fand die Idee bescheuert, die anderen rasten vor Begeisterung. Mona war die erste an der Tür zum Büro. Wegemann war noch auf der Treppe, als er den Schrei hörte.

«Und Sie sind wirklich Britta Wegemann, bis vor zwei Jahren verheiratet mit Wegemann Götz?» Britta blickte den Kommissar
nachsichtig an.

«Das habe ich nun schon mehrmals gesagt.»

«Und Sie könnten gegebenenfalls auf Ihren Eid nehmen, daß
diese Brosche Ihnen gehört und ohne Unterbrechung in Ihrem Besitz verblieben ist?»

«Die Brosche ist tatsächlich ein Erbstück von Götz. Es gibt ja
auch eine Expertise darüber. Als wir uns einig waren, daß wir uns
scheiden lassen wollen, haben wir versucht, soviel wie möglich im
guten unter uns aufzuteilen.» Britta wand sich ein wenig.

«Na ja, und dann war da eben die Brosche, und Götz war so
ekelhaft, weil er mit einem jungen Ding rumgemacht hat damals,
und ich war so sauer auf ihn. Und da habe ich eben . . .»

«Da haben Sie Ihrem damaligen Angetrauten die Brosche sagen
wir mal entwendet.»

«Genau», sagte Britta dankbar. Fleischhauer fühlte sich müde.
Er hatte einen ungeheuren Jieper auf eine Zigarette. Er blickte zu
Borbet.

Borbet schlief und wäre zur Seite gekippt, wenn er nicht
gegen den baumlangen Jungen gesunken wäre, den Borbets verheulte Tochter vorhin mit angeschleppt hatte. Die Tochter
saß auf der anderen Seite und betrachtete ihren schlafenden Vater
mit ergriffenem Gesicht.

«Da», sagte Mona ganz leise.

Als Wegemann den Raum betrat, war Jo unmittelbar hinter
ihm. Auf dem Platz, auf dem der Tresor gestanden hatte, bevor er
gestohlen worden war, stand der gestohlene Tresor. Wegemann
blickte automatisch zur Terrassentür. Das Loch in der Scheibe kam
ihm genauso unsinnig groß vor wie beim erstenmal. Mit steifen
Beinen ging er zum Schreibtisch und ließ sich auf den Stuhl fallen.
Die anderen machten einen ungeheuren Lärm. Unter all den auf-
gekratzten Stimmen war Monas die lauteste.

«Götz, der Tresor ist wieder da. Du mußt ihn sofort aufmachen.
Götz, Götzilein, wenn die Gangster den Schrank wieder hingestellt haben, dann kann das doch nur eins bedeuten: Sie haben ihn

nicht aufgekriegt. Götz, Mausebär, die ganze Kohle ist noch drin.»

Mona war völlig aus dem Häuschen.

«Und warum ist dann die Brosche draußen?» Jos vernünftige Frage knallte wie ein Peitschenhieb in Monas seichtes Gefasel. Wegemann zuckte zusammen. *Frauen und Intelligenz, großer Mist. Jetzt ist es soweit.*

«Stimmt eigentlich», sagte Friedhelm nachdenklich. Während die anderen herumschnatterten, drehte sich Wegemann auf dem Stuhl um und sah Onkel Dagobert in die Augen.

«Götz, ich muß mit dir reden», sagte Jo sachlich. Wegemann verspannte sich.

«Ja, was ist denn?» Er spürte, wie ihm das Lächeln verrutschte. Jos Gesicht war angestrengt und ernst. Sie setzte sich auf die Tischecke.

«Nee», sagte sie und rutschte von der Platte, «bevor ich ein Wort sage oder eine Vermutung äußere, mußt du bitte erst mal den Tresor aufmachen.»

«Was?» Wegemann war entsetzt.

«O ja», jubelte Mona und klatschte in die Hände, «aufmachen, bitte, bitte, Götz, aufmachen.»

Wegemann stemmte sich in die Höhe.

«Aber ...» fing er an, da unterbrach ihn Mona. «Ach Quatsch, dazu brauchen wir Götz doch gar nicht. Das können wir auch alleine. Na, ratet mal», sagte Mona und strich mit beiden Händen von den Achselhöhlen bis zu den Oberschenkeln seitlich an ihrem Körper entlang.

«Götz hat doch damals meine Maße für die Kombination des Tresors genommen.» Wegemann bemühte sich, nicht zu Jo hinüberzublicken. *Mußt du verstehen, Jo. Bei dir hätte ich das nie gemacht.* «Ich fand das damals ganz, ganz lieb von Götz», sagte Mona. Dann bückte sie sich.

Bis auf Wegemann drängten alle an den Tresor. Kaum war die Tür offen, wühlten viele Hände in den Unterlagen herum. Wegemann sah zu, als wenn ihn das nichts anging. Es war Jo, die das Schreiben der Passau-Paderborner in die Finger bekam. Erst als er ihren gespannten Gesichtsausdruck sah, erkannte Wegemann, was sie da gerade las. Jo sah schon die Schlagzeile: *Versicherungs-Betrug! Kleiner*

Angestellter das unschuldige Opfer eines raffinierten Coups. Sie ging zum Telefon und nahm den Hörer, da legte sich eine Hand auf ihre. Jo blickte Wegemann ins Gesicht. Seine Augenlider zuckten hektisch. Jo hielt dem Blick stand. Wegemann nahm die Hand weg. Jo wählte.

«Ja, ja», stimmte Fleischhauer mißmutig zu. Er mochte es gar nicht, wenn ein anderer Vermutungen oder gar Indizien zu einer Beweiskette zusammenlegte.

«Ja, ja, Sie können recht haben.»

«Lieber Fleischhauer», lachte Jo, *So wie sie den Namen ausspricht, könnte ich mich auf meine alten Tage noch dran gewöhnen,* «Ihnen ist so klar wie mir, daß ich recht habe. Und erst recht, wenn diese Lehrerin Stein und Bein schwört, daß die Brosche nie im Tresor gelegen haben kann. Ich lese Ihnen mal den Brief vor, den Wegemann von der Versicherung gekriegt hat. Einen oder zwei Tage vor dem Diebstahl.»

Fleischhauer gab dem in Habtachtstellung lauernden Golze das Zeichen. Er schaltete Tonband und Mithöranlage ein. Jo las den Brief vor, in dem Lindemaier, Werbechef der Passau-Paderborner, Wegemanns Agentur mit sofortiger Wirkung die Zusammenarbeit aufkündigte. Auf Jos Seite der Leitung herrschte gespannte Aufmerksamkeit. Wegemann schenkte sich Whisky ein. *Einen Stil hat dieser Lindemaier, der konnte überhaupt nur in die Werbung gehen.* Auf Fleischhauers Seite der Leitung herrschte genauso große Aufmerksamkeit. Auch Britta Wegemann, Jutta und Ulf hörten zu. Nur Borbet nicht, Borbet schlief.

«Und Sie sind sicher, daß der Tresor geschlossen ist, ich meine, daß er nicht geöffnet wurde?» fragte Fleischhauer, als Jo den Brief vorgelesen hatte.

«Dran rumgekokelt worden ist, aber aufgekriegt haben sie ihn nicht. Warum haben sie ihn sonst hier wieder reingestellt? Außerdem beweist mir ein kurzer und scharfer Blick ins Gesicht unseres lieben Götz Wegemann, daß nichts drin war im Tresor. Und denken Sie mal drüber nach, Fleischhauer, was alles dafür spricht, daß Wegemann den Diebstahl des Tresors selbst in die Wege geleitet hat. Da spricht nämlich alles dafür.» «Was macht Wegemann für einen Eindruck? Wird er fliehen oder wird er warten, bis wir kommen?» Jo blickte zu Wegemann, der sich wieder einen einschenkte.

«Der wartet.» Mona begriff. «Götz, Mausebär», rief sie und sprang auf Wegemann zu. Er verkleckerte fast den gesamten Inhalt des Glases. *Selbst die letzte Freude muß sie dir noch vermiesen.*

«He, Mädchen», sagte Fleischhauer zu Jutta.

«Versuch mal, deinen alten Herrn zu wecken.»

In Juttas Gesicht ging die Sonne auf.

«Ja, ja», knurrte Fleischhauer, «ihr könnt ihn einpacken und mitnehmen.»

Eine halbe Stunde später stieg Borbet aus einem Streifenwagen, den Fleischhauer zur Verfügung gestellt hatte. Fast gleichzeitig stieg eine junge Frau aus einem kleinen Sportwagen und trat auf ihn zu. In einigen Metern Abstand folgte ihr ein dicker Mann mit Fotoapparaten. Er begann, Borbet zu umkreisen, wobei er ständig Fotos machte. Borbet hatte das Gefühl, die Frau schon einmal gesehen zu haben.

«Herr Borbet? Heinz Borbet?» Er nickte. Die Frau streckte ihm die Hand hin.

«Puttel, Jo Puttel von der *Allgemeinen*. Ich hätte Sie gerne gesprochen.» Borbet blickte sie an.

«Eine Story», sagte Jo und lächelte, «Thema ungefähr ‹Wie ein unschuldiger kleiner Angestellter in die Fänge eines eiskalten Werbemanagers geriet›. Aber das ist ins unreine gesprochen. Über Einzelheiten müssen wir uns unterhalten.»

Borbet konnte gerade noch «aha» sagen, da stürzte Marianne aus dem Haus und schloß ihn leidenschaftlich in die Arme. Sie sprach kein einziges Wort, sie küßte ihn nur ab. Borbet spürte heiße Tränen. Der Fotograf umschlich ihn und drückte immer wieder auf den Auslöser. Borbet bemühte sich, nicht auf ihn zu achten. Unwillkürlich glitt sein Blick zu den Fenstern von Elfriede Frenzels Wohnung. Borbet war nicht sicher, doch er hatte das Gefühl, als ob er für Bruchteile von Sekunden hinter der Gardine Fred gesehen hatte. Es schien, als ob er ihm zulächelte. Neben Fred, wenngleich in unnatürlich verrenkter Haltung, die Borbet an «Hexenschuß» denken ließ, stand Bruno Kalkowski.

Ein Kommissar für alle Fälle

Ein Polizeimärchen

Die Hauptpersonen

Rochus Rose	Nachtportier und falscher Kommissar mit richtiger Spürnase.
Wieland Fleischhauer	richtiger Kommissar, dessen zweiter Frühling Hildegard heißt.
Willi Rose	Vater von Rochus, wurde zeit seines Lebens vertrieben. Jetzt will er nicht mehr weichen.
Lucas Messerschmid	gilt in der Branche als «Mann für alle Felle».
Else Schislaweng	besitzt eine der größten Maklerfirmen der Stadt und kennt Willi Rose in- und auswendig.
James Hassengier	steht als Direktor der Passau-Paderborner Versicherung vor und hat die Schrebergärtner gegen sich.
Fred Frenzel	erster professioneller Dognapper der Stadt, macht alle Höhen und Tiefen dieses Berufsstandes durch. Vor allem die Tiefen.
Achim Golze	Kriminal-Assistent. Brennt vor Ehrgeiz. Und jagt einen Spion namens Sottje.
Hildegard Klingebiel	Charmant, alleinstehend und Besitzerin eines Rauhhaardackels. Diese Kombination bringt die Story mächtig auf Touren.

Entsprechend dem Informationsbedürfnis der Öffentlichkeit über die Arbeit der Polizei haben alle Dienststel-
len Anregungen, Vorschläge und Berichte an die Poli-
zeipressestelle heranzutragen, wie z. B. ...

– Vorkommnisse tragischer oder komischer Art, die geeignet erscheinen, die Öffentlichkeit anzusprechen;
– lobenswerte Taten (Geldfunde, Hilfe für Tiere ...)

*Aus der ‹Vorschrift für den täglichen Dienst der Polizei der
Freien und Hansestadt Hamburg›*

«Liebe Kleingartenfreunde! Liebe Familienangehörige, Angeheiratete und Gäste! Lieber Herr Hassengier und liebe andere
Herren von der lieben Passau-Paderborner Versicherung ...»

«Bist zu früh auf den Topf gesetzt worden, was Fritz?» rief
Willi Rose dazwischen. «Da redet man selbst im Greisenalter
noch verdächtig viel von Liebe.»

Ein Mann von vielleicht 40, der neben Rose stand und trotz
des brotterigen Juni-Tages einen Trenchcoat trug, stieß dem alten Mann einen Ellenbogen in die Seite. Rose wandte sich zu
ihm um. Breit grinsten sich die Männer an. Der Kopf des Vereinsvorsitzenden Fritz Elstner, 54, schoß hektisch nach rechts
und links. Die klare Mehrheit der 384 Kleingärtner und Besucher des Sommerfestes applaudierte ihrem Vorsitzenden. Vereinzelt erklangen Rufe.

«Fritz, bleib ruhig.»

«Laß dich nicht anmachen, Chef.»

«Wir kennen doch unseren Willi.»

Willi Rose, du bist ein Giftzwerg, und ich hasse dich.

Wie ein Kleingärtner die Mistforke hebt, damit den Pferde-
dung auf die Beete ausbringend, warf Elstner beide Hände von
sich.

«Silenzio», rief er.

Willi Rose juxte sich.

«Ruhe, Ruhe, Ruhe. Kein Grund zur Aufregung. Wir hatten
auf dem Sommerfest unserer geliebten Kolonie ‹Blüh auf› soeben eine klitzekleine Irritation in Form einer Verhaftung, deren
Unrechtmäßigkeit sich, das hoffen wir alle, schnell herausstellen
wird.» Elstner, auf dem zur Tribüne umfunktionierten Anhänger stehend, dessen Seitenteile heruntergeklappt waren, räusperte sich ins Mikrofon, daß der schlafmützige Caritasmann,
der für die Erste Hilfe angeheuert worden war, beide Augenlider
gleichzeitig hob.

«Aber», tönte Elstner wichtig, «das soll uns nicht vergessen
lassen, aus welchem Anlaß wir hier und heute ...»

«... und morgen», krakeelte Willi Rose.

7

«... und morgen», wiederholte Elstner, wurde seines Irrtums gewahr und blitzte den renitenten Rose an.

«Mannchen, nun kommen Sie doch endlich zu Potte», forderte ihn Direktor Hassengier von der Passau-Paderborner Versicherung mit klagender Stimme auf. Elstner zuckte zusammen.

«Hier», rief er, machte einen Ausfallschritt nach hinten und gab den Blick auf die Männer frei, die den Anhänger bevölkerten. «Hier sehen Sie die Damen und Herren ...»

Rufe ertönten, Elstner kam sofort wieder aus dem Gleichgewicht. «Die Herren also, nicht die Damen, die sehen Sie hier. Wenn ich mal eben vorstellen dürfte: Direktor Ehre von der lie ... von der Passau-Paderborner Versicherung von 1870/71.»

Ehre zeigte Kieferknochen-Aktivität.

«Direktor Hassengier von der Passau-Pa ...»

Hassengier machte eine kurze, scharfe Handbewegung, die Elstner in der Seele weh tat.

«Herr Lindemaier von der Werbeabteilung der Passau ...»

Lindemaier lächelte den Vereinsvorsitzenden stumm an.

«Herr Bock und Herr Gärtner von unserer Bezirksversammlung, die es eingerichtet ...»

Zwei Lächler: messerscharf der eine, butterweich der andere, je nach ihren politischen Vorbildern.

«Und Lutz», sagte Elstner lustlos ins Mikrophon. «Lutziputzi, der bekannte Discjockey, bekannt aus dem Rundfunk.»

Lutz, der als Diskussionsleiter engagiert worden war, zeigte unter aufgeknöpftem Hemd absolut haarreine Brust und riß Elstner das Mikrophon vom Mund. Mit lächerlichen Sidesteps sprang Lutziputzi auf der Bühne herum, dröhnte ins Mikro, daß er ein «fairer Diskussionsleiter» sein wolle, und kam nach einigen Anekdoten, die alle ihn als Mittelpunkt hatten, zum Thema. Vor der Bühne alberte eine Handvoll höchstens 13jähriger Mädchen herum. Diese Tatsache machte Lutziputzi den Abschied vom Mikro leichter. Er fand gerade noch Gelegenheit, es Hassengier auf den ausgeklappten Tapeziertisch zu stellen. Dann sprang er zwischen die Mädchen.

Direktor Hassengiers Blick flog über die Köpfe der dichtgedrängt stehenden Besucher des Sommerfestes. *Du bist stark,*

James. Du bist klug. Du siehst gut aus. Dir kann keiner. Nur Käthe kann dir. Aber Käthe ist nicht da.

«Verehrte Anwesende. Irgendwo heißt es, daß man die Grausamkeiten gleich am Anfang begehen soll. Nun denn, ich nehme es auf mich.» Er machte eine Verbeugung, die, da im Sitzen vorgetragen, von den meisten in der ganzen Tragweite ihrer Symbolik gar nicht erkannt wurde.

«Ich sage ‹Ja›.»

Hassengier wartete ab, sah einem Vogel beim Vorbeifliegen zu. «Ich sage ‹Ja›. Es ist sachlich nicht von der Hand zu weisen, was in dem feigen, weil anonymen Brief steht, den alle Mitglieder Ihrer entzückenden Schrebergarten-Kolonie vor einigen Tagen in den Briefkästen gefunden haben. Die Passau-Paderborner Versicherung von 1870/71, für die ich hier die Ehre habe zu sprechen, sie muß sich vergrößern. Sie muß dies tun aus Fürsorge für ihre Beschäftigten. Sie muß es tun aus Fürsorge um die Millionen Versicherungsnehmer, die uns ihr Geld anvertraut haben und die nun verdammtnochmal zu Recht von uns erwarten, daß wir treuhänderisch, verantwortungsvoll und zukunfts- sowie renditeorientiert mit dieser ihrer Leihgabe umgehen.»

Du bist drauf, du bist sehr gut drauf.

«Wir sind zu Tränen gerührt», rief Willi Rose. «Nun mal Klartext.»

Hassengier starrte ihn an. *Dich merk ich mir, du Lümmel.*

«Ich sage nur: Arbeitsplätze.»

Hassengier hielt inne. *Nicht zu kurz und nicht zu lange.*

«Die Entscheidung für den Standort des neuen Verwaltungsgebäudes unserer Gesellschaft ist nach monatelanger, ach was sage ich: nach jahrelanger sorgfältiger, ach was sage ich: nach penibelster Abwägung aller Güter gefällt worden.»

Dadamdadammmdadamm. *(Narhallamarsch)*

«Wir wollen Sie, liebe verehrte Kleingärtner nicht brutal von Ihrer liebgewonnenen Scholle reißen. Doch wir leben auch in einer Demokratie. Demokratie läßt den Wettstreit der Interessen zu. Demokratie setzt auf Argumente. Wir haben Argumente. Wir haben den Auftrag unserer Kunden.»

Dadamdadammmdadamm. *(Woll'n wir ihn reinlasse?)*

«Die Passau-Paderborner ist sich bewußt, daß sie gerade auf

diesem Grund und Boden ein schweres Erbe antritt. Wo Generationen von Schrebergärtnern Schweiß, Schwielen, Dung und
Kali ausgebracht haben, kann ein Dienstleistungsbetrieb wie unserer sich nur jeden Tag aufs neue bemühen, diesem Erbe ge-
recht zu werden. Diesem Auftrag, denn als das betrachten wir
das Land, das wir übernehmen: als Auftrag.»

Hassengier winkte leicht zu Direktor Ehre hinüber. Der
schnappte sich das Mikrophon und referierte mit einer etwas
nöligen Stimme über den zu erwartenden Zuwachs an Dauer-
arbeitsplätzen im neuen Verwaltungsgebäude. Hassengier warf
fast übermütig die Höhe des Auftragsvolumens für den Hoch-
und Tiefbau sowie die diversen Handwerke ein. Anschließend
stellte Ehre einige Behauptungen in die Sommerluft. Eine davon
lautete «Fachkompetenz», eine andere «Ohr am Puls der Bür-
gerbedürfnisse», wieder eine andere «Der Kleingarten im Licht
der demokratischen Entscheidung». Bei diesen Worten blickten
sich die beiden Nachwuchspolitiker erstaunt an. Ehre spielte den
Politikern das Wort zu, einer nahm es.

«Die Erstellung des Bebauungsplans hat ihren ordnungsge-
mäßen bürokratischen, verwaltungsrechtlichen und auch bau-
polizeilich korrekten Weg genommen. Dieser Weg ist äußerst
mühsam. Nur seriöse Pläne haben eine Chance, überhaupt
durchzukommen.»

«Erzähl noch einen», rief Willi Rose.

Eingeschnappt verstummte der Nachwuchspolitiker.

Hassengier gab Lutziputzi ein Zeichen. Der riß sich von den
kleinen Mädchen los, wollte auf die Bühne flanken und kletterte
nur mühsam herauf. Dann sabberte er seine üblichen Lautfolgen
ins Mikro und kündigte eine Dixieland-Kapelle an, die sich auf
die Bühne helfen ließ, zu den Instrumenten griff und das Unaus-
weichliche folgen ließ: Dixieland.

In der Viertelstunde, für die die schon betagten Jazzer Kondi-
tion besaßen, kamen unter den Kleingärtnern nur zähflüssig Gespräche auf.

«Hoijoijoi, das war ja ein Trommelfeuer.»

«Sauber, sauber.»

«Ist doch alles perfekt, was soll's denn dann noch?»

Lutziputzi rief das Ende der Pause ins Mikro. Innerhalb weniger Sekunden produzierte er nicht weniger als sieben Wort-

spiele, davon fünf verunglückte und zwei äußerst peinliche. Hassengier nahm das Wort und gab es nicht mehr her. Er sprach von den Fristen, die zwischen Stadt und Versicherung und danach zwischen Versicherung und Fritz Elstner als Repräsentanten des Kleingartenvereins besprochen worden seien.

«Fritz, du bist eine miese Ratte», rief Willi Rose.

Daraufhin machte ihn Hassengier wegen seiner Wortwahl in einem furiosen, vor Scheinheiligkeit kaum mehr erträglichen Monolog an. Einige Kleingärtner klatschten. Rose stieß seine gespreizten Hände wiederholt gegen Hassengier und rief dabei die Worte «Hex hex». Hassengier lehnte sich leicht nach hinten, griff dann wieder zum Mikro. *Läuft doch phantastisch. Alle machen belämmerte Gesichter, keiner kriegt die Zähne auseinander.*

«Ich sehe sie vor mir, Ihre glücklichen Gesichter, wenn Sie in diesem Sommer die verdienten Früchte Ihrer kleingärtnerischen Bemühungen in die Scheuer fahren, die man heute wohl Tiefkühltruhe nennt.»

Hassengier ließ ein Schmunzeln in seinem Gesicht aufgehen und verglimmen. *So viel Zeit muß sein.*

«Ich sehe voraus, daß bei nicht wenigen von Ihnen eine gehörige Prise Wehmut in den reich gefüllten Gabenkorb der Natur hineinfallen wird. Es wird Ihre letzte Ernte auf diesem Grund und Boden sein», sagte Hassengier unendlich traurig. «Aber», fuhr er fort, «es gibt Trost. Der Trost trägt einen Namen. Der Name, er ist Jenfeld.»

«Da liegt meine Cousine auf dem Friedhof», krähte Willi Rose dazwischen, guckte kurz zu dem Mann im Trenchcoat und rief: «Cousin. Mein Cousin.»

Hassengier faßte einen Punkt zwischen Himmel und Erde ins Auge. «In Jenfeld hat die Passau-Paderborner ein Gelände erworben. Ich darf Ihnen sagen, daß wir einen harten Strauß mit unserer hauseigenen Revision ausfechten mußten, bevor sie uns das Plazet zum Erwerb des Geländes gab. Aber dann hat sie, wenn auch zähneknirschend. Zähneknirschend. Denn es hat uns ein kleines Vermögen gekostet, das ist wohl wahr.»

Hassengier hielt inne, wartete. *Unglaublich, was die alles schlukken.*

«Doch wir haben es getan. Wir mußten es einfach tun. Wir waren es Ihnen schuldig.»

«Taschentuch?» kam es von Willi Rose. Er wedelte mit einem großen Stofftaschentuch.

«Für die Tränen. Nach meiner Einschätzung kann es sich nur noch um Sekunden handeln, bevor sie Ihnen kommen.»

Viele Kleingärtner lachten, es klang wie befreit. Hassengier sammelte sich.

«Vom ersten September an stehen Ihnen in Jenfeld Parzellen von jeweils 350 Quadratmetern Größe zur Verfügung.»

«Und natürlich heißt das Ganze da auch wieder ‹Blüh auf›», rief Fritz Elstner dazwischen.

Hassengier zuckte zusammen. *Du trübe Tasse.*

«Eine neue Kolonie, ein neues Glück. Ich möchte einen gewagten Vergleich bemühen. Die Pioniere, die den unerschlossenen Wilden Westen der Vereinigten Staaten vor über 100 Jahren in Angriff nahmen, und Sie, die Sie in Jenfeld den Spaten in jungfräuliches Erdreich stoßen, ja, nun sagen Sie mal selber, spüren Sie nicht, welch reizvolles Abenteuer da auf Sie zukommt?»

Die Kleingärtner spürten in sich hinein. Währenddessen reichte Hassengier das Mikrofon an den Kollegen Ehre weiter. Während der sofort wieder aus dem Zusammenhang gerissene Zahlen vom Anhänger warf, ging eine junge, nicht unattraktive, wenngleich etwas verhungert aussehende Frau einige Schritte zur Seite und griff nach dem Diktiergerät in ihrer Handtasche, die so groß war, daß ein halbes Schwein darin Platz gehabt hätte.

«Jo Puttel vom sogenannten vorgezogenen Sommerfest der Kleingartenkolonie ‹Blüh auf›, in Wirklichkeit natürlich eine Propagandashow der PP. Nachdem ein mutmaßlicher Tresordieb gefaßt wurde und die Polizei mit Oberkommissar Fleischhauer ins Präsidium gefahren ist*, geht das Sommerfest weiter. Erster Eindruck nach knapp einer Viertelstunde Geseiche der Sonnenbankmasken und Charakterleichen auf dem Anhänger: Die Jungs haben die Chose voll im Griff. Besonders die beiden Direktoren von der PP werfen sich die Bälle zu, daß sich einem der Magen umdreht. Klasse Profis, die machen mit den intellektuell doch irgendwie luftmaschenähnlich gehäkelten Kleingärt-

---

* Näheres siehe rororo thriller, Band 2675

nern, was sie wollen. Thema: Wie kriegt man die Krauter ohne Blutvergießen bis zum Herbst von der Scholle geekelt, ohne daß sie eine Bürgerwehr gründen oder sonstwie laut werden? Die Passau-Paderborner kann die Aufträge für den Bau ihres neuen Verwaltungspalastes nach meiner Einschätzung getrost kuvertieren und frankieren. Wahrscheinlich hat sie das schon längst gemacht. Hier steht Klasse gegen Masse. Einstweilen Schluß, nachher mehr. Dies war Jo Puttel, Allgemeine.» Die Frau steckte das Diktiergerät in die Tasche und mischte sich unter die Zuhörer.

Auf dem Anhänger war mittlerweile schon wieder Hassengier dran. «Ein Wort nur noch zu der unglaublich feigen Praxis des anonymen Schmierfinken, der sich nicht zu schade war, Privatbriefe zu fotokopieren und auch noch zu verschicken. Das Briefgeheimnis, liebe Zuhörer, ist ein Grundpfeiler unserer bürgerlichen Demokratie. Und wenn bei dem einen oder anderen von Ihnen nach Lektüre des Briefes etwa der Eindruck entstanden sein sollte, daß der auch von mir sehr geschätzte Herr Elstner – *Ich brauche einen Schnaps* – eine Zuwendung in Form von Geld aus meinem Hause angenommen haben könnte . . .»

«. . . geschmiert habt ihr ihn», rief Willi Rose, «das ist doch sonnenklar. Ihr habt dem Fritz sein Gewissen abgekauft. Aber das sage ich euch: Wenn ihr dafür mehr als drei Mark fünfundneunzig bezahlt habt, habt ihr zuviel bezahlt.»

Lutziputzi hatte das Gefühl, daß sein Erscheinen überfällig war. Er drängte sich in den Vordergrund und kündigte eine neue Ladung Dixieland an. Danach schmetterten Hassengier und Ehre eine Handvoll ungelenk vorgebrachter Fragen von Kleingärtnern ab, und Lutziputzi eröffnete grimassierend den gemütlichen Teil des Sommerfestes.

Direktor Hassengier wollte sich gerade unauffällig entfernen, als plötzlich der alte Mann vor ihm stand.

«Mit mir nicht», brüllte er sofort los. «Nicht mit mir. Da brauchen Sie sich gar keine falschen Hoffnungen machen. Ich gehe hier nicht weg. Ich lebe hier seit über 30 Jahren. Hier ist meine Heimat. Hier will ich sterben, basta. Richten Sie sich danach.»

«Na, na», sagte Hassengier besänftigend, «echauffieren Sie sich nur nicht.»

«Ich rege mich aber auf. Ihr wollt uns hier rausekeln. Ihr habt das geschickt angezettelt, Respekt. Aber mit solchen Mätzchen kriegt ihr vielleicht Angsthasen aus der Kolonie. Mich nicht. Mich kriegt ihr nur mit beiden Beinen vorneweg hier runter.»

Hassengier starrte den erregten alten Mann an. *Dem ist das Ernst.* «Mit den Beinen vorneweg», rief Rose. «Ich lasse mich nicht vertreiben. Nicht mehr. Nicht noch einmal.»

Er brach ab und drängte sich durch die Umstehenden.

Direktor Ehre stieß einen Pfiff aus, der wie alles, was aus ihm herauskam, leise ausfiel.

«Was wollte uns denn dieses geriatrische Erdbeben sagen?»

«Das war Willi», sagte Elstner beeindruckt. «Willi ist ein Sonderfall. Der ist so was wie die Seele der Kolonie.»

«Das wollen wir doch alle nicht im Ernst hoffen», rutschte es Hassengier heraus.

«‹Blüh auf› gibt es ja erst seit 52», fuhr Elstner fort. «Und Willi ist fast vom ersten Tag an dabei. Hat sich seine Laube pö a pö befestigt und winterfest gemacht. So richtig mit Steinen und Zement. Für die Ewigkeit eben.»

«Eben nicht», korrigierte ihn Ehre.

«Wie schätzen Sie das denn ein, lieber Elstner?» Direktor Hassengier guckte neidisch auf einen Kleingärtner, der sich von seiner Frau Eiswürfel in seinen Apfelkorn-Becher klunkern ließ.

«Ist der Herr Rose ein sagenwirmal halsstarriger Mensch, oder kann man mit dem reden?»

«Stur ist der Willi, aber eine Seele von Mensch», erwiderte Elstner versonnen. «Man muß ihn nur zu nehmen wissen.»

Das wissen wir.

Das alte Ehepaar rettete sich vor dem heranschießenden Taxi mit grotesken Sprüngen über die breite Hamburger Einkaufsstraße. Während der Mann hinter dem Taxifahrer eine geballte Faust hob, klopfte die Frau an ihrem Mann herum.

«Ist schon gut», knurrte er unwirsch und wehrte ihre fürsorglichen Hände ab.

«Wie leicht hättest du stürzen können», murmelte die Frau.

«Du auch», konterte er.

Es ging ihm seit Jahren auf den Geist, wie sie ihn bemutterte. Als sie nicht von ihm ablassen wollte, ging er einfach los.

«Adolf, warte», rief die Frau, packte die Plastiktüten und eilte hinterher.

«Es ist immer dasselbe mit den alten Männern», keuchte sie im Vorbeilaufen dem Mann im Trenchcoat zu. Der Mann blickte ihr so lange nach, bis sie ihren Mann eingeholt hatte.

Er entkommt ihr nicht, nicht mehr.

Der Mann im Trenchcoat war vielleicht 40. Er war knapp überdurchschnittlich groß und strahlte Massigkeit aus, ohne dick zu sein. Sein Gesicht zeigte lauernde Erwartung. So ähnlich sahen an diesem Augusttag viele Menschen in dieser Straße aus. Bei ihnen war es jedoch nur die Freude über Einkäufe, die vor oder hinter ihnen lagen. Der Mann wollte nicht einkaufen. Wegen des Mantels, den er trotz der Hitze trug, wirkte er seltsam deplaciert. Der Mann stand ruhig da, das war der zweite Grund, weshalb er aus der Rolle fiel.

Er bewegte sich nur, um einige Schritte zu tun. Dann kehrte er zu seinem Ausgangspunkt zwischen Pelz- und Juwelierladen zurück. Der Mann wartete, aber er war nicht ungeduldig. *Sie wird kommen.*

Dem Mann war warm, aber er schwitzte nicht. Noch heizte die Sonne nur die andere Straßenseite auf.

«Na, kommt sie nicht?» flachste eine mittelalte Frau den Mann an und hakte sich schnell bei ihrer Freundin ein. Die beiden Frauen hatten insgesamt sieben Plastiktüten bei sich.

«Sie wird kommen», sagte der Mann hinter ihnen her. Da hatten die Frauen ihn längst vergessen.

In den folgenden 20 Minuten konnte ein Beobachter nur an den häufigen Seitenblicken erkennen, daß der Mann ungeduldiger wurde. Er ging einige Meter Richtung Rathaus und blickte auf die Parkuhr, an der ein dunkelgrüner Lada 1200 Kombi stand. Danach sah er gelassen dem Polizisten entgegen, der mit einem Gesichtsausdruck zwischen Wichtigtuerei und Neid soeben dem Sechszylinder einen Strafzettel verpaßte. Der Polizist kam an zwei frisch gefütterten Uhren vorbei, seine Miene verfinsterte sich. Er erreichte die Lada-Uhr. Sie hatte noch fünf Minuten.

Und dann war sie da. Als der Mann im Trench sich umdrehte, stand sie schon vor dem Schaufenster des Pelz-Geschäfts und griff in eine undurchsichtige Einkaufstasche mit der Aufschrift «Jute statt Schlechte». Sie zog einen faustgroßen knallroten Plastikschlauch aus der Tasche und schleuderte ihn mit den Worten «Mörder! Ihr seid alle Mörder!» gegen die Scheibe des Pelzgeschäfts. Mit einem reißenden Geräusch zerplatzte das Geschoß am Fenster. Das Blut spritzte nach allen Seiten weg und zog, als es nach unten lief, Spuren auf der Scheibe. Ein Paar, das die Auslagen des Ladens betrachtet hatte, wurde von einem Schwall getroffen. Während der Mann ganz starr wurde und an sich herabblickte, begann die Frau vor Ekel und Panik zu zittern. Mit beiden Beinen auf dem Pflaster aufstampfend, begann sie, ihre Jacke von den Schultern zu reißen. In hohem Bogen schleuderte sie das blutbefleckte Stück von sich. Dann wischte sie mit fahrigen Bewegungen ununterbrochen über die Blutspritzer auf ihrem Rock, wobei sie sich beide Hände besudelte, die sie, als sie das bemerkte, weit von sich streckte und schrie. Passanten, die nur wenige Spritzer abbekommen hatten, fluchten oder blickten ungläubig. Aus dem Pelzgeschäft eilten eine tipptopp gepflegte Endfünfzigerin und ein Mann, der wie ein Südamerikaner aussah. Die Frau, die den blutgefüllten Schlauch geworfen hatte, rief erneut: «Mörder!» Der Südamerikaner stürzte auf sie zu. In diesem Moment kam in den Mann im Trench Bewegung. Die Frau griff in die Einkaufstasche, holte aus. Der Mann im Trench griff ihr in den Arm, der Blutbeutel fiel auf den Bürgersteig und platzte. Passanten sprangen zur Seite.

Panik brach aus, man schrie, flüchtete, eilte von weitem hinzu, Taxifahrer und Busfahrer riefen in die Funkgeräte. Der Mann im Trench riß die junge Frau aus dem Haufen von Passanten heraus. Die Menschen wichen zurück. Der Mann erreichte den Lada, die Frau wehrte sich gegen seinen Griff.

«Laß das! Du sollst das lassen, oder ich schreie um Hilfe.»

«Ich habe Zweifel, ob du im Augenblick einen Kavalier finden würdest», zischte der Mann, riß die Fahrertür auf und stopfte die Frau regelrecht hinein. Sie wehrte sich, rief auf den Bürgersteig:

«Tiermörder! Ihr seid schuld, wenn die letzten Leoparden sterben.» Der Mann drückte die Frau auf den Beifahrersitz. Als er sie halb hinübergedrückt hatte, sprang er selbst in den Wagen. Der Stoß, den sein Körper der Frau versetzte, genügte, um sie gegen die rechte Tür zu werfen. Der Mann schlug die Tür zu, drehte den Schlüssel, bollernd sprang der Motor an.

Die Frau kurbelte das Fenster herunter, hängte den Kopf raus und schrie:

«Das war nur der erste Akt. Ihr sollt euch nie mehr sicher fühlen.» Der Mann zog sie in den Wagen und blickte kurz ins Gesicht des Strafzettelpolizisten. Dann rangierte er den Lada aus der Lücke, die durch einen nach ihm gekommenen Wagen gefährlich eng geworden war. Rasant schrammte der Kombi das Heck der Limousine. Der Mann schaltete hoch, der Lada gewann an Geschwindigkeit, ohne nun irgendwie schnell zu werden. *Der Sozialismus braucht auch seine Zeit.* Kein Wagen verfolgte ihn, die Leute waren zu überrascht. Der Mann entspannte sich und brachte den Wagen auf eine Ausfallstraße. Die Frau brummelte vor sich hin:

«Rochus, du bist ein komischer Vogel, das habe ich gleich gemerkt, als ich das erste Mal ins Hotel gekommen bin. Aber was du dir heute geleistet hast ...»

«... Du solltest froh sein, Claudia. Die hätten dich gepackt, und du würdest jetzt schon auf einer Polizeiwache sitzen.»

«Das ist auch gut so», sagte Claudia bockig. «Dann wird die Sache wenigstens offiziell. Zeitungen, Illustrierte, Fernsehen. Das wollte ich doch. Und es hätte auch geklappt, wenn du nicht ...» In einem jäh hochschießenden Wutanfall trommelte sie mit beiden Fäusten auf den Unterarm des Mannes. Der Lada verriß leicht und gab dem Ehepaar im nachfolgenden grundsoliden PKW Anlaß zu einer haßerfüllten Betrachtung über Suff am hellichten Tag.

«Laß das», sagte der Mann, «willst du, daß ich uns beide in die Hölle fahre?»

«Na und?» begehrte sie auf. «Wenn es den armen Tieren schlecht geht, warum soll es uns dann besser gehen?»

«Red nicht so einen Unfug. Mit deiner Farbspritzerei hilfst du keinem einzigen . . .»

«Das war keine Farbe, das war Blut. Echtes.»

«Donnerwetter», sagte Rochus verblüfft. «Hast du zu diesem Zweck etwa . . .»

«Schlachthof. Da gibt es ganze Fässer voll», sagte Claudia eifrig und blickte an sich herunter. Dunkle Flecken auf ihrer dunkelblauen Kleidung zeigten die Stellen, wo es sie erwischt hatte.

«Wo fahren wir eigentlich hin?» fragte sie plötzlich und blickte wild aus verschiedenen Fenstern.

«Erst mal raus, habe ich gedacht. Sicher ist sicher.»

«So ein Quatsch. Halt an. Ich will raus. Sofort. Na los, anhalten.»

«Hier?»

«Ja, hier», antwortete sie patzig. Sie befanden sich auf einer vierspurigen Straße, die Stadt lag hinter ihnen. Rochus fuhr rechts ran. Claudia riß die Tür auf und sprang hinaus.

«Du solltest es dir noch mal überlegen.»

«Danke, ich überlege aber nicht», sagte sie und knallte die Tür zu, der Aschenbecher schoß aus der Halterung. Der Mann stieß ihn zurück.

«Das Gefühl habe ich auch», sagte er leise, machte den Blinker raus und fädelte sich ein. Die Frau blickte sich um. Ihre helle Wut wurde von dumpfer Erbitterung beiseite geräumt.

Der Pekinese schnappte zu. Fred starrte das fressende Tier an. *Du solltest dich schämen, für so ein häßliches Vieh Geld zu verlangen.* Der Pekinese stieß beim Fressen Geräusche aus, die Fred noch stärker gegen das Tier aufbrachten. Außerdem gehörte Beefsteakhack neben Mohnschnecken und Saubohnen (jedes Böhnchen gibt ein Tönchen) zu Freds Lieblingsessen. Es tat ihm schon leid, daß er ein Viertel für stolze drei Mark gekauft hatte und der Hund jetzt alles wegfraß. Doch der Pekinese war erst sein zweiter Hund, da wollte er nichts riskieren. *Immer bei Laune halten.*

«Sagen Sie bloß nicht, daß Sie das Vieh niedlich finden», blaffte Fred die rothaarige Frau an, die vor der Waschmaschine stand und den Hund betrachtete.

«Den Gefallen kann ich Ihnen gerne tun», sagte sie.

«Danke.»

Die Frau setzte sich vor ihre Maschine, fummelte einen Baccara-Roman aus dem Einkaufsnetz und begann zu lesen. Bei jedem Blättern guckte sie erst auf das Bullauge ihrer Maschine, danach auf den Pekinesen.

An diesem Nachmittag war im Waschsalon wenig los. Im Hintergrund kämpfte ein Neger mit der Heißmangel, während ein zweiter Schwarzer den Getränke-Automaten mit Münzen fütterte.

«Nix Glücksspiel», rief Fred, der den Schwarzen nicht ins Unglück rennen lassen wollte, «ist trinken, gluckgluck, du verstehn?»

Dabei tat er so, als ob er sich ein Getränk in die Kehle schüttete. Der Schwarze sah ihn an, schüttelte den Kopf, drückte zweimal auf einen Knopf und ging mit den Getränken zu seinem Freund.

«Kann ja keiner riechen, daß das Studierte sind», maulte Fred den Pekinesen an, der auf der Waschmaschine herumzutoben begann. Fred schätzte gerade die Chancen des Hundes ab, einen Sturz von der Maschine zu überleben, da betrat der Mann im Trenchcoat den Waschsalon. Fred strahlte, der Mann setzte sich neben Fred, stand auf, zog den Mantel aus und wollte sich wieder hinsetzen, da stutzte er. Er betrachtete den Mantel von allen Seiten, stopfte ihn in eine Maschine, holte sich Waschmünzen und Waschpulver und wählte ein Programm. Dann ließ er sich neben Fred auf die Bank fallen.

[tr'entʃkouṭ, engl.] «Mensch, Rochus, dich schickt der Himmel», sagte Fred erfreut.

«Das ist durchaus möglich», erwiderte Rochus Rose.

«Den Mantel können Sie nachher dem Pudel anziehen», rief die Hausfrau herüber. Ihre Stimme klang hilfsbereit und freundlich.

«Meinen Sie?» fragte Rochus betroffen und betrachtete kummervoll den Mantel.

«Sie können ihn ja noch rausholen», rief die hilfsbereite Frau.

«Auf keinen Fall. Da muß er durch», erwiderte Rochus.

Die Frau und Fred blickten ihn an.

«Heute ist nämlich ein ganz besonderer Tag», sagte Rochus.

«Darauf kannst du einen lassen», bestätigte Fred und schabte mit einem Finger den Rest des Beefsteakhacks vom Papier. Rochus sah den Hund.

«O nein.»

«War eine günstige Gelegenheit.»

«Daß du das nötig hast», sagte Rochus und starrte immerzu den Hund an. «Da war ja dieser verhungerte Strich in der Landschaft noch ansehnlicher.»

«Das war ein Windspiel und hätte gut und gern einen Tausender bringen können», erinnerte sich Fred wehmütig.

Rochus wußte, daß ihm das Tier ausgerissen war. Er wollte nicht in der Wunde herumrühren.

«Hast du denn schon die Besitzer kontaktet?»

«Logo. Telefonnummer und Groschen, alles im Halsband.»

«Na und?»

«500 habe ich gesagt, weil er so klein ist. Sie wollen sich die Sache überlegen. Heute abend soll ich wieder anrufen.»

«Fred, Fred, so wie du die Sache anfängst, stimmt sie irgendwie nicht», sagte Rochus bekümmert.

«Weiß ich ja», sagte Fred, «aber ich betrachte das als Lehrzeit. Fünf Hunde habe ich mir als Frist gesetzt, da beobachte ich mich auf Fehler und merze sie aus. Ab Hund 6 wird kassiert. Jedenfalls ist dieser Job besser als die Geschichte mit den Videorecordern und Espresso-Maschinen damals. Auch natürlicher irgendwie.»

Ein Haufen höchstens zwölfjähriger Punker kam in den Waschsalon gepoltert. Sie lärmten herum und guckten die Anwesenden durch, mit wem sich am besten ein Streit anzetteln lassen würde. Der Anführer entschied, gegen die beiden Schwarzen ins Feld zu ziehen.

«Schön weiß, ey», sagte der Grünhaarige zu dem Schwarzen, der gerade ein Laken durch die Mangel schob.

«Du weiß, ich schwarz», lachte der.

Die Punker beschlossen mit Mehrheit, daß der Schwarze sie soeben angemacht hatte. Einer stieß den Becher Cola um, der

20

auf dem Rand der Heißmangel stand und verschwand blitzschnell hinter den schmalen Rücken seiner Kumpels.

«Das ist für die Anmache», sagte der Grüne.

Die Schwarzen blickten sich an, griffen einen aus der Meute
und schleppten ihn zu einer Waschmaschine. Einer hielt ihn
fest, der andere zog Waschpulver aus dem Automaten. Dem
Rest der Meute schlotterten die Knie. Als die Schwarzen begannen, den Oberkörper des Kerlchens in die Öffnung der Maschine zu stecken, flohen sie aus dem Waschsalon.

Die Schwarzen lachten, streichelten dem Jungen über den
Kopf und gingen weiter mangeln. Das Kerlchen schleppte sich
«Mami» heulend zu der rothaarigen Frau und bekam eine der-
maßen herbe Kopfnuß verpaßt, daß Fred das Gesicht verzog.

Rochus griff den Pekinesen am Nackenfell und schüttelte ihn
mehrere Male durch.

«Mußt aufpassen, der ist nicht besonders stabil», sagte Fred,
ging zum Getränke-Automaten und kam mit zwei Bechern
Kaffee zurück.

«Claudia trinkt ihren auch mit Milch», sagte Rochus. «Und
mit Zucker.»

«Dann ist sie wahrscheinlich unheimlich süß», tippte Fred.

«Woher weißt du das?»

Fred stand auf, griff den Pekinesen und schüttelte ihn ebenfalls durch.

«Bei dem stimmt es schon von der Konstruktion her nicht»,
sagte er verbittert. «Völlig schlapp. Ein richtiger Durchhänger.
Wahrscheinlich waren das vor hundert Generationen noch
menschenfressende Wölfe. Dann ist ein Züchterverein über sie
hergefallen, und das haben wir nun davon.»

Beide süffelten schweigend ihren Kaffee, Fred biß dabei auf
dem Becherrand herum, Rochus ging das Geräusch auf die
Nerven. Er guckte auf den Mantel hinter dem Bullauge. *Pup-
penkleider. Deine Schwester Karin hat früher immer mit Puppenklei-
dern rumgemacht.*

«Also, von wegen Claudia», sagte Rochus.

In der Ecke, wo die Heißmangel stand, ertönte Lachen. Jeder
Neger hielt ein halbes Laken in die Höhe. In diesem Moment
kam ein dralles Mädchen von höchstens 19 Jahren in den
Waschsalon. Fred biß in seinen Pappbecher. *Friseuse. Oder Kin-*

dergärtnerin. Sie hatte zwei Tüten Wäsche dabei. Während sie eine Maschine füllte, scherzte sie mit den Schwarzen herum. Die flachsten zurück und wedelten mit dem kaputten Laken. Einer sagte einen Satz, in dem mehrere Male das Wort «flicken» vorkam.

«Nun reißen Sie sich doch mal zusammen», rief die rothaarige Frau. «Hier ist ein Kind im Raum.»

Der verheulte Punker blickte sich suchend um.

Dann erzählte Rochus Rose von dem Erlebnis mit Claudia.

«Sie kommt erst seit zwei Wochen in den ‹Deichgraf›. Jeden Abend, wenn ich Dienst habe. 22 Uhr 30. Nie später als 22 Uhr 40. Jeden Tag bis auf Montag. Montag ist tote Hose, sagt sie.»

Fred spürte, daß er zu schwitzen begann. Rochus erzählte weiter. Die Schwarzen, die immer noch mit der Krankenschwester herumschäkerten, schienen sich sehr wohl zu fühlen. *Kein Wunder bei diesem schwülen Wetter. Und dann noch die stickige Luft hier drinnen. Da tauen die doch erst richtig auf. Das brauchen die als Betriebstemperatur.*

«Ich also mit ihr rein ins Auto, Kavalierstart und weg», erzählte Rochus begeistert. «Eigentlich hätte sie mir dankbar sein können. Aber nichts. Wütend war sie, daß ich sie von ihrer Heldentat abgehalten habe.»

«Warum macht das Mädchen auch so was?» murmelte Fred.

Der Pekinese quengelte auf der Waschmaschine herum.

«Das hat sie mir vor zwei Tagen erzählt. Wenn das stimmt und kein faules Ei ist, mannomann, ein dickes Ding, eine tolle Geschichte. An so einer Geschichte war ich überhaupt noch nie dran.»

«Und du warst ja nun schon an einigen Geschichten dran», sagte Fred, um Rochus einen Gefallen zu tun.

«Das will ich meinen. Aber diese Sache, das ist Kriminalität. Wie aus dem richtigen Leben.»

Der Pekinese hörte auf, am Rand der Waschmaschine herumzuzappeln. Er konzentrierte sich, fiel von der Waschmaschine, hob an der Sitzbank ein Bein und strullte knapp neben Freds Schuh. Er schoß einige hängengebliebene Tropfen hinterher, schnüffelte an der Pfütze und sprang wie ein Gummiball auf Freds Schoß. Hilflos schwankte Fred zwischen Ekel und dem Drang, das kleine Tier zu streicheln.

«Claudia weiß Bescheid über eine krumme Geschichte mit seltenen Fellen.»

«Aha», sagte Fred und wartete darauf, daß sich an der Stelle auf dem Handrücken, über die der Pekinese gerade geleckt hatte, etwas ereignete. *Hautausschlag. Pickel. Gürtelrose.*

«Woher weiß deine Claudia denn so gut über den Pelz-Deal Bescheid?»

«Meine Claudia», sagte Rochus versonnen, «das wäre schön. Sie hat bis vor kurzem bei einer Firma im Hafen gearbeitet, die handelt mit solchem Zeug.»

«Da gibt es eigene Firmen für?» fragte Fred verblüfft. «Hätte ich gar nicht gedacht.»

«Die wirklich wertvollen Pelze machen nur einen kleinen Teil von dem aus, was sie hier anlanden. Das meiste ist Kuhleder für Schuhe und Koffer.»

«Und Portemonnaies», sagte Fred mit glänzenden Augen.

Kurz vor 18 Uhr verließen sie den Waschsalon. Rochus, der seinen Mini-Trench dem tränenverschmierten Punker geschenkt hatte, wollte nach Hause, Fred ging zur nächsten Telefonzelle. Er mußte ein paar Minuten warten, weil ein ungesund aussehender Mann von Ende 40 irgendwem sein komplettes Notizbuch vorlesen mußte. Die Stimme des Mannes kam Fred bekannt vor. Mißmutig nahm er aus dem eigenen Bargeldbestand. *Das zahlt ihr mir doppelt und dreifach zurück.* Beim erstenmal verwählte er sich. Die alte Frau kapierte nicht, daß Fred sich verwählt hatte. Er brauchte mehrere Minuten, um die zehn schlimmsten Mißverständnisse auszuräumen. Dann drückte er die Gabel, pfriemelte neue Groschen aus der Gesäßtasche und spielte ein neues Spiel. Er gewann den Anschluß Haferkamph in Altona. Die Frau von heute mittag war dran. Im Gegensatz zum ersten Gespräch benahm sie sich, als ob sie nicht bis drei zählen konnte. Sie stellte dumme Zwischenfragen, wiederholte komplette Sätze von Fred und rief dann nach ihrem Gatten. Fred flog das Ohr ab. Mit schneidender Stimme teilte der Gatte Fred mit, was er von Leuten hielt, die es nötig hatten, unschuldige kleine Hündchen zu entführen. Nach wenigen Sekunden verließ der Gatte den Rahmen bürgerlicher Höflichkeit und konzentrierte sich im darauffolgenden Monolog immer ausschließlicher auf das Ausbringen von Beschimpfungen. Zuerst hörte Fred automatisch zu, weil er der Typ Mensch war, der Gemeinheit beim Gegner durchaus würdigen konnte. Als jedoch der Gatte nach müden Dingern wie «Arschloch» und «Mistkerl» über «Sackratte», «Pisser», «Hurenbock» zu Bezeichnungen fand, die selbst für Fred neu waren, legte er auf. Nach diesem Gespräch wußte Fred nicht mehr, warum sich solche Leute ausgerechnet einen Pekinesen anschafften. *Aber Säbelzahntiger sind ja ausgestorben.*

Am Dienstag ging die Sonne nicht erst umständlich auf, sie war gleich da, ballerte mit ihren Strahlen um sich und traf Wieland Fleischhauer durch die Augen mitten ins Herz. Haßerfüllt starrte er auf den prächtigen Goldregen vor seinem Schlafzimmerfenster, in dem, wie Fleischhauer schätzte, 2500 Vögel das Geräusch eines startenden Jumbo-Jets imitierten. Fleischhauer hatte alle Tricks probiert, Dutzende Male hatte er im Schutz der Dunkelheit gegen den Stamm des Goldregens uriniert. Wenn er männlichen Besuch hatte, dessen soziale Stellung eine diesbezügliche Bitte zuließ, hatten bis zu vier angeschickerte Männer spät in der Nacht um den Stamm herumgestanden und rauschend ihren Strahl abgeschlagen. Trotz lauschigen Sommerwetters hatte Fleischhauer danach mehrere Tage nicht die Terrasse benutzen können. Der scharfe Geruch des Urins ließ einen Aufenthalt nicht zu.

Im Stamm des Goldregens steckte über eine Mark in Münzen zu zwei Pfennigen. Fleischhauer hatte auf dem Dienstweg das Umweltamt um Beistand gebeten und von einem Amtmann, der auf dem absteigenden Ast saß, den Tip mit dem Kupfer gesteckt bekommen. Der Goldregen zeigte keinerlei Wirkung. Er war kurz davor, ätzende Flüssigkeiten gegen den Baum einzusetzen. Jetzt stand Fleischhauer nackt, unausgeschlafen, mit einem pelzigen Gefühl im Rachenraum am Fenster und verwünschte die Jumbo-Jet-Generation im Baum. Als er realisierte, daß die Töne im Radio zu Drafi Deutschers «Marmor, Stein und Eisen bricht» führen würden, trat er spontan einen Schritt nach hinten. *Bloß nicht nackt am Fenster erwischen lassen. Da kommst du in Teufels Küche.*

Oberkommissar Fleischhauer öffnete die Tür des Schlafzimmerschranks und betrachtete sich im mannshohen Spiegel. *Mich würde dieser Anblick auch nicht wahnsinnig machen.* Im Spiegel sah er das Doppelbett, von dem Gisela und er bis sechs Monate vor ihrem Auszug oft nur die Hälfte in Anspruch genommen hatten. Seitdem waren ganze zwei Frauen durch das Bett gegangen wie Vorgänge durch Fleischhauers Post-Ausgangskorb. *Nur schneller.* Selbst diese verständlichen Auflehnungen gegen das gähnende Loch nach Dienstschluß waren mit der Zeit immer seltener geworden. Als Fleischhauer auf der linken Seite des Doppelbetts zwei Jahrgänge «Der Kriminalist», die neuesten Ausgaben von «Spiegel» und «Stern» sowie das Hamburger Telefonbuch liegen sah, fühlte er statt des pelzigen einen bitteren Geschmack im Mund.

Er trank einen gallebitteren Kaffee, der ihm sofort auf die Därme schlug. Während er auf dem Klo saß, putzte er sich die Zähne. *Cäsar konnte sieben Sachen gleichzeitig machen.* 40 Minuten nach offiziellem Dienstbeginn klemmte Fleischhauer den Volvo auf den Parkplatz des Polizeihochhauses. Der Wagen stammte wie auch der Läufer auf der Treppe von Gisela.

«Wenn wir einmal Kinder haben, sollen sie eine reelle Chance haben, den Tag ihrer Einschulung zu erleben», hatte sie gesagt.

Fleischhauer konnte sich nicht erinnern, daß jemals ein Kind in dem Volvo gesessen hatte. *Doch. Die schwangere Prostituierte, der der Zuhälter aus Wut wegen Verdienstausfall in die Kehle geschnibbelt hatte. Und die kleine Wasserleiche.*

Während des Gehens nickte er regelmäßig nach rechts und links. Abwesend drückte er im Fahrstuhl sein Stockwerk. Assistent Achim Golze hechelte schon wieder in seinem Zimmer herum. Wegen des grünen Hemdes hätte Fleischhauer den Assistenten am liebsten getreten.

«Tach, Chef. Keine verdächtige Färbung im Morgen-Urin? Stuhl all right? Abgehender Husten? Na, Sie sind ein Glückspilz», sabbelte Golze und fegte zwischen den beiden Büros hin und her. Fleischhauer wusch sich die Hände. Das Stück Seife flutschte wieder weg. Er kroch auf dem Boden herum. *Wenn es ein Hund wäre, könnte man es rufen. Lux, Lux. Komm, Lux.*

An den zwei Beinen, die in hellgelben Socken und stinkenden Turnschuhen ausliefen, erkannte Fleischhauer, daß Golze sich schon wieder auf seinen Stuhl gesetzt hatte.

«Morgen-Rapport», jubelte Golze, während Fleischhauer die Seife zwischen Heizkörper und Fußbodenleiste hervorpulte.

«11 Uhr Besprechung bei Schmidt-Schnelsen, der leere Container, in dem eigentlich 150000 Zigaretten liegen sollten. 12 Uhr Gespräch mit den Kollegen von der Sonderkommission Meerschwein. Danach Mittag, gefolgt von ...»

Fleischhauer unter dem Schreibtisch wartete ab, bis Golze das Bein wieder stillhielt. Dann nestelte er Golzes Schnürsenkel am Tischbein fest. Danach rappelte er sich auf und trug das Stück Seife zum Waschbecken. Es war sehr dreckig.

In Golzes Zimmer klingelte das Telefon. Fleischhauer hörte hinter sich ein starkes Geräusch, einen stürzenden Stuhl und einen Schmerzensschrei. Ohne sich umzudrehen, ging er hinüber und schaffte es, das Mädchen am anderen Ende so lange im Glauben zu lassen, daß er Golze war, bis sie auf die letzte Nacht zu sprechen kam.

«Da, Sie Karnickel», sagte er und warf Golze den Hörer zu. Golze humpelte, er ging auf Strümpfen. Die Schuhe standen in Fleischhauers Zimmer. Er kickte sie mit der Pieke nach nebenan.

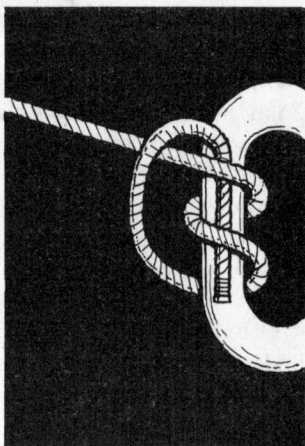

Ein bis zwei «Rundtörns» mit zwei halben Schlägen

Der Kommissar fühlte sich schon viel besser. Im Nebenzimmer stöhnte Golze herum. *Trösten kostet nichts.*

«Na, Golze, geht's wieder?»

«Apropos gehen», rief Golze, schlug sich vehement mit einer Hand vor die Stirn und zog eine Schreibtisch-Schublade auf.

«Haben Sie wieder heimlich einen Einbeinigen festgenommen?» fragte Fleischhauer und blickte auf den Plastikbeutel in Golzes Hand, in dem ein Herren-Halbschuh steckte.

«Das ist der von dem Laubenpieper, den wir im Juni im Misthaufen hopsgenommen haben», erklärte Golze eifrig. «Diese Geschichte müssen wir überhaupt mal abschließen. Macht einen guten Eindruck auf die Statistik.»

Der Parkplatz der Passau-Paderborner Versicherung war voll. Golze guckte hektisch nach einer Lücke. Fleischhauer griff ins Handschuhfach und holte das Schild mit der Aufschrift «Polizei im Einsatz» heraus. Als Golze das Schild sah, trat er auf die Bremse und ließ den Wagen stehen, wo er gerade zum Stehen kam. Fleischhauer legte das Schild hinter die Windschutzscheibe. In der Eingangshalle kam ein Pförtner auf sie zugehumpelt.

«Langsam, langsam», sagte Fleischhauer freundlich. Der Mann brüllte gleich los:

«Sie, das geht aber nicht, wo Sie sich hingestellt haben. Das ist ja...»

Angewidert wandte sich Fleischhauer ab. Er wußte, daß Golze dem Pförtner jetzt die Polizeimarke zeigte. Der Kommissar hatte keinen Zweifel, daß sie den Pförtner beeindrucken würde. Als er sich umdrehte, war der Mann 20 Zentimeter kleiner. *Typisch deutsch. Autorität, gleich wird der Schwanz eingezogen. Widerlich so was.*

«Lassen Sie man, Chef. Eines Tages werden wir jemanden treffen, dem zeige ich die Hundemarke, und er lacht sich tot darüber», sagte Golze, der diese melancholische Seite von Fleischhauer kannte. Der Kommissar lachte verzweifelt auf.

«Was wollen wir hier eigentlich?» fragte er.

Golze sprudelte sofort los. *Dieser Eifer, dieser Eifer. Kannst du's nicht mal ein bißchen gemütlicher?*

«Seinerzeit Verhaftung eines Heinz Borbet wegen dringenden Tatverdachts, einen Tresor gestohlen zu haben. War er aber gar nicht, weil er ein Alibi hat und weil es der bestohlene Werbemensch selber war, der sich ein paar Galgenvögel angeheuert hatte, um in die Presse zu kommen, wovon er sich eine goldene Nase für seine Werbeagentur versprach.»

Am Ende des Satzes hing Golze atemmäßig in den Seilen.

Im siebten Stock fiel ihnen ein, daß sie nicht wußten, wo Borbet arbeitete. Sie fragten sich bis in den zweiten Stock runter und betraten ein Großraumbüro. *Ach du Scheiße.*

«Sie gucken links, ich gucke rechts», kommandierte Fleischhauer. Der Kommissar sah Borbet als erster. Er bog in die Abteilung ein und ging auf Borbets Schreibtisch zu. Borbet spürte, daß jemand auf ihn zukam. Er fuhr zusammen und duckte sich.

«Aber Herr Borbet. Ich bin es doch nur, Fleischhauer, Oberkommissar.»

«Eben», erwiderte Borbet, stand auf und hielt dem Kommissar eine schlabbrige Hand hin, an der Fleischhauer unmäßig herumschüttelte. Borbet sah sich nach einem Stuhl um, Fleischhauer drehte sich auch um und stand Hildegard Klingebiel gegenüber. Der Kommissar hörte die Glocken läuten. Erst wurde ihm heiß, dann wurde ihm kalt, dann heiß, dann kalt, heiß, kalt, Kieferknochen knackten, Schultermuskulatur spannte, Bauch rein, schmelzender Blick raus. Während Wieland Fleischhauer nervlich aus dem Ruder lief, starrte er Hildegard Klingebiel mit einer Penetranz an, daß sie automatisch mit einer Hand an die Frisur griff und darin herummachte. Die Gruppenleiterin konnte Ende 30 sein, aber auch Mitte 40. *Personalien feststellen.* Sie kleidete sich geschmackvoll und nicht billig, bevorzugte eine zurückhaltende Eleganz, an der sich manche Männer Hände und Füße wärmen konnten. Ihr Haar war blond, fast ein wenig gelb, auf keinen Fall strohig. Sie trug es als Dauerwelle und nahm es immer noch nicht klaglos hin, daß zwei Tage später eine Art Ebbe die Welle zum versanden brachte. Auf den ersten Blick vermeinte man, einen entzückenden Ansatz von Silberblick zu erkennen. Ein zweiter Blick zeigte, daß manchmal auch auf den ersten Blick Verlaß ist. Kommissar Fleischhauer war hin- und hergerissen.

«Da ist der Bursche nicht», rief Golze und kam um die Ecke gefegt. «Chef! He, Chef!» Golze staunte und faßte an Fleischhauers Arm. «Lassen Sie das», fauchte der, ohne seine Augen von Hildegards Augen zu nehmen. Golze sah nichts. Im Hintergrund stand Heinz Borbet, er hielt einen Stuhl an der Lehne fest. Eine Angestellte blickte kurz hoch und las gleich darauf wie eine Wilde in einem Vorgang. *Die Telefonbücher müssen vom Bett. Staubsaugen. Überhaupt mal ordentlich durchlüften. Und diese Pisserei gegen den Baum, die hört sofort auf. Golze muß dir sagen, wo man*

solche neumodischen Klamotten kauft. Wenn der Händler den Volvo in
Zahlung nimmt, ist was Flotteres drin, nicht so ein Klavier. Schnittig
mehr. Und abnehmen mußt du. Brigitte-Diät, die ist noch am mensch-
lichsten.

«Mensch, Chef, da ist er ja», flüsterte Golze, eilte zu Borbet
und begrüßte ihn vorurteilsfrei. Dann drückte er dem verdutz-
ten Mann den Plastikbeutel mit dem Schuh in die Hand.

«Schwamm drüber», sagte Golze mit einer Stimme, die Borbet beruhigen sollte. Während der Angestellte auf den Plastikbeutel starrte, ging Golze zum Kommissar zurück. Er sah nicht
mehr, wie Borbet den Schuh angewidert in einen Papierkorb
fallen ließ.

Untersuchungsmaterial ist
einzeln zu verpacken und zu
beschriften. Feuchte Spuren-
träger (Blut, Sperma) müssen
vor dem Versand getrocknet
werden. Dieses Spurenmate-
rial darf nicht in Plastiktüten
verpackt werden.

Aus der Vorschrift für den täglichen
Dienst der Polizei der Freien und
Hansestadt Hamburg

Völlig verdutzt sah er dafür,
wie Fleischhauer sehr steif und
ruckartig der Frau im grauen
Kostüm eine Hand hin-
streckte.

«Ich wünsche Ihnen einen
wunderschönen guten Mor-
gen.»

Er räusperte sich einmal,
zweimal, viele Male. Da kam
endlich Borbet heran.

«Wenn ich vielleicht mal
kurz vorstellen darf.»

«O ja, bitte», sagte Fleischhauer.

«Herr Fleischhauer von der Polizei», sagte Borbet.

«Wieland und von der Kripo», fügte Fleischhauer der Voll-
ständigkeit halber hinzu.

«Frau Klingebiel, meine Gruppenleiterin.»

«Das ist mir ja so angenehm», hauchte Fleischhauer. In diesem
Moment wußte er nicht, warum er jemals im Leben diese Versicherung wieder verlassen sollte.

«Ist irgendwas, was ich wissen müßte?» fragte Golze und bemühte sich, seiner Stimme etwas Mitfühlendes zu geben.

«Ach was», sagte Fleischhauer beseligt, rieb sich die Hände
und sagte: «Jetzt mal ran an die Buletten.»

Borbet kriegte sofort wieder eine lauernde Körperhaltung.

«Ist auch tatsächlich jeder Verdacht gegen Herrn Borbet ausgeräumt?» fragte Hildegard.

Fleischhauer machte ein Dutzend wegwerfende Handbewegungen und setzte sich. Je länger er Hildegard anblickte, desto
deutlicher spürte er, wie tief in ihm eine Erkenntnis dämmerte.
*Das ist die Frau deines Lebens. Vier Jahre Mönchsein haben Ruh'.
Himmelherrgott, du bist doch wegen Borbet hier.*

Als das Telefon auf Hildegards Schreibtisch klingelte und sie
sich meldete, schoß Fleischhauers Kopf nach hinten. *Wahnsinnig
gutturales Timbre. Leichter Alt. Ha, das wird was geben. Sofort zum
Zahnarzt, damit der die rausgebissene Ecke abschleift. Sammelt sich
doch nur alles mögliche dahinter an, und du stinkst aus dem Hals wie ein
Gully kurz vorm Regen.*

Das Ergebnis des Telefonats gab Fleischhauer den Rest. *Sie
geht, sie verläßt dich. Eine popelige Besprechung ist ihr wichtiger als
du. Flüchtig, flüchtig. Du mußt das verhindern. Du mußt dich in ihr
Gedächtnis eingraben. Sie muß dich immer bei sich haben, gib ihr was.
Eine Locke von deinem Haar, ein Taschentuch, einen Strumpf.*
Fleischhauer schoß in die Senkrechte, fummelte in seiner Jackentasche herum und riß ein Bündel Visitenkarten heraus, die er
mehrfach mit einem Gummiband umwickelt hatte, weil sie ihm
sonst immer auf den Boden fielen. Mühsam pfriemelte der
Kommissar eine Karte hervor und streckte sie Hildegard Klingebiel entgegen.

«Hier ... äh ... da. Meine Telefonnummer», dabei tippte er
auf seine Telefonnummer. «Falls mal was ist. Für alle Fälle.»

«Wie aufmerksam von Ihnen», sagte Hildegard, nahm die
Karte, blickte sich um.

Fleischhauer war ja so froh, daß nicht zufällig ein Papierkorb
in ihrer Nähe stand. Sein Herz blutete, als er sah, wie sie die
Karte einige Sekunden unschlüssig in beiden Händen knüllte.
Dann legte sie sie auf den Schreibtisch.

«Bringen Sie das hier mal zu Ende», ordnete Fleischhauer an.
Golze sprang auf den frei gewordenen Stuhl und tat vor Borbet
wichtig. Fleischhauer stellte sich vor die Grünpflanze und
bohrte seinen Blick zwischen die braunen Steinchen. Am
Schreibtisch daneben saß die Angestellte. *Als wenn sie mit den
Nasenlöchern liest.* Fleischhauer richtete den Blick in die Ferne.
Aus einem Polizisten wird ein Mensch. Du bist eben doch zu großen

Gefühlen fähig. Ab heute wird alles anders. Wie neugeboren, na, nicht ganz. Ob ihr das kleine Grüne von Gisela stehen würde? Fleischhauer räusperte sich nachhaltig und trieb Golze zur Eile an.

«Schon fertig», meldete der Assistent Vollzug.

«So? Na, wie fein», sagte Fleischhauer und blickte den Angestellten Borbet an. *Wer weiß, vielleicht wird er ja Trauzeuge.* Auf dem Weg zum Lift kicherte Fleischhauer mehrere Male albern.

Der Pförtner dienerte, bis er mit der Stirn beinahe auf den Velours-Boden aufschlug, mit dem sein Kabäuschen ausgelegt war. Draußen wollte Golze gleich auf den Wagen los. Fleischhauer zog ihn auf die Seite.

«Hör zu, Golze», sagte er.

Golze hörte angestrengt zu. *Fehlt nur noch, daß deine Ohren größer werden.*

«Also, Golze: Du hast die Frau gesehen?»

«Die eine oder die andere?»

«Na die.»

«Ach die. Die Graue.»

Paß bloß auf, du Lümmel, daß du dir keinen Backs einfängst.

«Jawohl, die wunderbare, die Dame in dem bestechend schlichten Kostüm, das man nur tragen kann, wenn man Persönlichkeit hat, weil man sonst nämlich in so einem Kostüm aussehen würde wie eine ... wie eine ...»

«Wie eine Maus», sagte Golze hilfsbereit.

«Diese Frau ist ab sofort deine Frau.»

Golze tippte sich gegen den Brustkorb.

«Meine? Also nein, vielen Dank. Ich habe doch schon ...»

«So meine ich das auch nicht. Diese Frau wird beschattet. Ab sofort. Day and night. Rund um die Uhr. Lückenlos. Und der Mann, der das machen wird, bist du. Du fängst an, du bist auch für die Ablösung verantwortlich. Ich besorge dir zwei Kollegen. Und alle Berichte an mich. An mich persönlich. Ich will wissen, was sie macht, wo sie wohnt, wen sie trifft, Gewohnheiten, Besonderheiten, Vorleben, eben alles, was interessant sein kann. Alles, nicht mehr und nicht weniger. Habe ich mich klar genug ausgedrückt?»

Golze ließ sich auf die Einfassung des Waschbeton-Plattenweges sinken.

«Damit wir uns richtig verstehen: Ich bewache diese Frau? Ab sofort?»

Fleischhauer nickte.

«Du kannst den Wagen behalten. Ich fahre mit dem Bus.»

«Die U-Bahn ist aber viel günstiger von hier, da brauchen Sie bloß ...»

«Golze», donnerte Fleischhauer. *Mensch, du hast den die ganze Zeit geduzt.*

Golze kratzte sich am Kopf.

«Ich sehe aber nicht gerade unauffällig aus.»

«Natürlich pellen Sie sich schleunigst aus diesen Papagei-Klamotten. Gedeckter Cord, bißchen Jeans. Oder Leinen, da schwitzt man nicht so leicht.»

«Eine Frage hätte ich aber doch noch.»

«Dann mal raus damit.»

Golze kam dicht auf Fleischhauer zu.

«Warum?»

«Wie warum?»

«Warum soll ich die Frau bewachen?»

«Die Frau heißt Hildegard Klingebiel. Und bewachen sollst du sie, weil ... das geht dich gar nichts an. Wenn ich es für richtig halte, bist du der erste, dem ich's sage. Okay?»

Golze freute sich. *Du bist doch noch sehr kindlich.*

Der Assistent setzte sich in den Wagen und rangierte ihn in eine Parklücke, von der aus er den Eingang des Versicherungs-Gebäudes im Auge behalten konnte. Auf dem Weg zur U-Bahn kam Fleischhauer an einem Kiosk vorbei. *Na, ich will mal nicht so sein.* Er kaufte eine «Allgemeine», einen «Playboy», Kaugummi, Pfefferminz ohne Zucker und drei Riegel Mars.

«Aber Chef, das wäre wirklich nicht nötig gewesen», sagte Golze und bekam vor Rührung eine belegte Stimme.

Fleischhauer warf ihm alles in den Schoß. Als Golze den «Playboy» in die Hand nahm, sagte der Kommissar:

«Wenn Sie den lesen, aber immer beide Hände am Lenkrad lassen, alles klar?»

Fleischhauer ging Richtung U-Bahn. Als er sicher war, daß Golze ihn nicht mehr sehen konnte, winkte er ein Taxi heran.

Aus: Hamburger Abendblatt,
(August '84)

Auf dem Weg zur Woh-
nungstür kam Else Schislaweng am Flurspiegel vor-
bei. *Gut schaust aus. Man
sieht dir die Millionen gar
nicht an, hoho. Vielleicht die
Dauerwelle ein wenig fließen-
der, streckt das Gesicht.* Es
klingelte erneut. Sie hatte
die Türklinke schon in der
Hand, hielt sekundenkurz
inne, grimassierte entsetzlich und ließ, während sie
die Tür mit Schwung auf-
riß, ein betörendes Lächeln
aufziehen.

«Hallo, Else, altes Haus.»

Die Maklerin erstarrte.
Willi Rose, ein Mann von
Mitte 70, weißhaarig und
von kräftiger Statur, betrat
locker, fast hüpfend den
immens großen Flur der
Altbauwohnung.

«Willi Rose», setzte Else
Schislaweng an.

«Für dich einfach Willi»,
entgegnete Willi Rose,
stellte sich vor den Spiegel
und prüfte mit der rechten
Hand die Rasur.

In diesem Moment kam
ein Paar aus einem der hinteren Räume.

«Wunderschön», rief die
Frau.

«Aber auch schön teuer»,
rief der Mann.

«Gute Ware hat ihren

Preis», entgegnete die Maklerin und guckte schnell zu Rose. Er fühlte sich gleich besser. Kokett zog er an den Aufschlägen seines abgewetzten, aber sauberen Jacketts.

«Dann wollen wir mal. Was hast du denn anzubieten? 35 000 Abstand, Kaltmiete Zwei eins?»

Die Maklerin schwieg.

«Ist ja auch egal, kriegen wir alles wieder auf die Reihe», sagte Willi Rose munter und rieb sich die Hände. Als dann vier junge Leute sichtbar wurden, hellte sich Roses Gesicht in dem Maße auf, in dem die Miene der Maklerin vereiste.

«Die haben keine Chance, das Objekt zu kriegen», zischte sie. «Da kannst du dich auf den Kopf stellen.»

Rose hörte gar nicht mehr zu. Mit schnellen Schritten verschaffte er sich einen Überblick über die Räumlichkeiten. Danach ging er noch einmal langsam durch alle Zimmer und prüfte mit wachem Gesicht Wände, Fenster, Fußboden-Leisten, elektrische Leitungen, Fußböden sowie den Zustand der sanitären Anlagen. Die anderen Interessenten, die sich zur Besichtigung der Wohnung eingefunden hatten, beobachteten verstohlen den alten Mann. Rose zählte über 20 Menschen. Darunter waren zwei Wohngemeinschaften, ein Paar mit Kindern und mehrere Paare ohne Kinder. Die liebte Rose nicht. Seine Erfahrung hatte ihm bewiesen, daß bei solchen Paaren alles zusammenkam: hoher Verdienst, selbstsicheres Auftreten, Verhandlungsgeschick. Willi Rose fand es prinzipiell empörend, wenn zwei Menschen mehr als 100 Quadratmeter Wohnraum bewohnen wollten und dank ihrer finanziellen Möglichkeiten dazu auch noch imstande waren. Rose war kein besonderer Anhänger von Wohngemeinschaften. Ihre Lebensart war ihm als Einzelgänger fremd. Seitdem er jedoch vor zwei Jahren begonnen hatte, Wohnungen zu besichtigen, war er oft genug Zeuge geworden, wie hochnäsige Makler junge Wohnungsinteressenten gnadenlos abgebürstet hatten. Seitdem respektierte er Wohngemeinschaften immerhin.

Zu seinem Bedauern stellte Rose fest, daß das Paar mit den Kindern gerade dabei war, die Wohnung zu verlassen. Else Schislaweng verabschiedete sie kurz an der Tür.

«Pech, Willi, 1 zu 0 für mich», zischte sie ihm im Vorbeigehen zu. *Warte nur, ich kriege dich schon.* Rose guckte die Paare durch und fand seine schlimmsten Ahnungen bestätigt. *Werbung, Leh-*

*rer, Ärzte, Rechtsanwälte, Journalisten, Kaufleute, Im- und Export.
Nicht mit mir. Wenden wir in diesem Fall doch einfach mal einen ver-
schärften Trick 17 an.* Sein Blick fiel auf die beiden Wohngemeinschaften. *Tut mir ja leid, Kinder. Aber einer von euch muß verlieren.
Macht das nachher unter euch aus. Zaubern kann ich nicht.*

Seitdem Rose die Altbauwohnung betreten hatte, fühlte sich
die stadtbekannte Maklerin Else Schislaweng gereizt und unlustig. Mit dem untrüglichen Instinkt der Geschäftsfrau, die in ihrem Beruf nach 11 Jahren die erste Million gemacht hatte, spürte
sie die Laus im Pelz. *Nun fang schon endlich an mit deiner Show.*
Abwesend beantwortete die Maklerin Fragen nach Kaution,
Quadratmeterzahl und Straßenlärm. Als das erste Paar sie in den
Nebenraum bat und dort ohne Umschweife 2000 Mark auf die
Courtage drauflegte, um die Wohnung zu kriegen, hörte Else
Schislaweng aus einem der drei großen Zimmer, die nach vorne
rausgingen, eine laute Stimme.

«Entschuldigung», sagte sie hastig und eilte nach vorn.

Willi Rose hatte seine Jacke ausgezogen. Er stand auf dem
Fensterbrett und zeigte auf das Oberlicht. Zu seinen Beinen
drängten sich die Wohnungs-Interessenten.

«Sehen Sie hier», dozierte Rose, «da kann ich schlicht und
einfach zwei Finger reinlegen in den Spalt zwischen Mauerwerk
und Fensterrahmen. Das heißt, da müssen neue Fenster rein oder
Ihnen fahren die Autos mitten durch die Sitzgarnitur.»

«Wie putzig», rief eine Frau.

«Kann ich nicht finden», grummelte ihr Partner.

«Und sehen Sie hier», sagte Rose und warf der Maklerin einen
Blick zu. *Anarchist.* «Der Putz hier, der sitzt ungefähr so fest wie
Popel in der Nase. Kann noch acht Wochen halten. Auch ein
Vierteljahr. Aber dann fällt Ihnen das bombensicher Brocken für
Brocken runter. Die Risse sieht man ja schon.»

Willi Rose sprang vom Fensterbrett und wehrte einen Mann
ab, der ihn stützen wollte.

«Ich möchte nur nebenbei darauf hinweisen, daß das hier die
Wetterseite ist. Da steht stramm der Wind drauf. Und der Regen
kommt, als wenn ihn einer aus Zehn-Liter-Eimern dagegen-
schüttet. Wenn Sie das wissen, wundert es Sie bestimmt nicht
mehr, warum sich die Tapete um das Fenster herum so kühl
anfühlt.»

Ein Dutzend Hände fühlten.

«Naß», sagte Rose trocken. «Hinter der Tapete steht das Wasser. Kann nicht raus und kann nicht rein, schafft exakt das optimale Klima für Rheuma, Gicht, Erkältungen und Schimmel. Also von wegen Möbelstücke an diese Wände stellen, da könnten Sie sie genausogut in den Regen schmeißen.»

«Ist ja patent, der alte Herr», bemerkte eine Frau.

«Haben Sie den bestellt?» fragte sie die Maklerin.

Else Schislaweng war völlig fassungslos.

«Wie kommen Sie denn darauf?»

«Oder gehört das nicht zu den Aufgaben eines Maklers?» fragte die Frau, plötzlich unsicher werdend.

«Nun laß mich doch», zischte sie den Mann an, der sie am Unterarm packte und nach hinten ziehen wollte. Am anderen Ende des Zimmers redete er heftig auf sie ein. Die Frau warf erst verblüffte, dann immer empörter werdende Blicke auf die Maklerin. Else Schislaweng guckte ergeben an die Decke. Zwei Sekunden später hatte auch Willi Rose die feuchte Stelle entdeckt, die von der Altrosa-Deckenbemalung fast perfekt verborgen wurde. Beiläufig wies er darauf hin. Anschließend hielt er nach mehrmaligem Springen auf dem extrem knarrenden Parkettboden einen kleinen Vortrag über Geräusche, die einem mit der Zeit todsicher auf die Nerven gehen würden. Rose sagte nicht «auf die Nerven». Er sagte «auf den Sack» und brauchte zwei Minuten stubenreinen Folge-Monolog, um seine Sachkompetenz erneut zu festigen.

Danach bat er mit vollendeter Grandezza in den Nebenraum. Dort sorgte er durch zehnmaliges An- und Ausschalten des Lichtschalters für das Durchbrennen der Birne.

«Das ist ungerecht. Solche extremen Bedingungen gibt es doch gar nicht», begehrte die Maklerin auf.

Rose blickte sie einige Sekunden schweigend an. *Du lernst es nie, Else. Immer gibst du mir die schönsten Stichwörter.*

«Lichtanschalten und Lichtausschalten sollte man sich in dieser Wohnung also gründlich überlegen, rät die Frau Maklerin.»

Er machte einen Bückling in Elses Richtung. «Lichtanschalten ist nämlich etwas Extremes wie Schwarzfahren oder Revolution. Darf man am Küchenherd denn wenigstens mehr als eine Kochplatte anschalten? Oder sind Dosensuppen angesagt? Und darf man mehr als ein elektrisches Gerät in der Wohnung bedienen? Halten die Sicherungen einen Farbfernseher aus? Oder muß man zum Fernsehen in die Kneipe gehen? Darf man die Wohnung überhaupt in Straßenschuhen betreten oder können die Schwingungen eine Katastrophe hervorrufen?» Die Mitglieder der einen Wohngemeinschaft applaudierten begeistert. *Danke, Kinder. Ihr sollt die Wohnung haben.* Beleidigt blickte Rose zu der zweiten WG. *Lehrer, hah! Ich hatte es im Urin.* Auf diese Weise machte Willi Rose weiter. Mit einem federleichten Tritt lockerte er die Fußboden-Leisten auf mehreren Metern Länge; er wies darauf hin, daß die Sicherungen höchst schwächlich ausgelegt seien; zwei Türen ließen sich nur mit äußerster Kraftanstrengung schließen. Rose bat die beiden Frauen, die er aufgrund ihres Schminkgrades und ihrer Kleidung für die ungeschicktesten hielt, spaßeshalber die Türen zu schließen. Die eine brach sich einen Fingernagel ab, die andere bekam die Tür zwar zu, aber nicht wieder auf, leistete sich daraufhin einen zierlichen Wutanfall und trat mit der Schuhspitze gegen die Tür, worauf ein Plakken Lack abfiel. Rose hob ihn vorsichtig auf, hielt ihn in die Höhe, ging auf die Maklerin zu, reichte ihr den Placken und sagte:

«Für die Akten, Frau Schislaweng.»

Die Stimmung der Wohnungs-Interessenten schwankte zwischen grimmiger Freude, Erleichterung und Wut.

Nach einer Viertelstunde lichteten sich die Reihen. Die Lehrer-WG zog, grundsätzliche Fragen des Privateigentums und der Ferienordnung diskutierend, ab. Drei Paare schlossen sich ihnen an. Zwei Paare versuchten, die Miete herunterzuhandeln. Während Else Schislaweng empört ausrief: «1100 statt 1700? Sie scherzen ja wohl», umringten die Mitglieder der verbliebenen Wohngemeinschaft Willi Rose.

«Ist ja toll, Mann», sagte ein Junge anerkennend. «Und Sie haben völlig recht. Ich verstehe nämlich was vom Handwerklichen.»

«Wollen Sie denn die Wohnung auch haben?» fragte ein Mädchen dermaßen scheu, daß Willi Rose das Herz weit aufging. *Warum hast du nicht so eine Tochter? Warum hast du nur Karin? Na ja, immerhin hast du auch noch Rochus, diesen Schlawiner.*

«Ja, soll er doch», ereiferte sich der zweite junge Mann, «dann

machen wir eben eine richtige WG auf. Nicht nur junges Gemüse. Und keine Alten-WG wie im Getto, sondern jung und alt
wie im Leben auch.»

Während die vier begannen, die Zimmer unter sich aufzuteilen, war ihnen von vornherein nur klar, daß Willi Rose sich sein
Zimmer aussuchen durfte. Rose lächelte. *Grauenhafte Vorstellung, so eingesperrt im zweiten Stock. Kein Grün. Und wie das hier
hallt in den hohen Räumen. Außerdem zu klapprig, viel zu klapprig
alles.*

Genüßlich sah Rose zu, wie sich ein weiteres Paar von der
Maklerin verabschiedete. Jetzt verhandelte sie nur noch mit einem. Die Handbewegungen der Maklerin wurden immer erreg-
ter. Mehrmals drohte das leichte Leoparden-Jäckchen von ihren
Schultern zu rutschen.

«Kann ich helfen?» fragte Rose zuckersüß und stellte sich zu
der Gruppe.

«Du gehst weg, Willi», donnerte die Maklerin.

«Ach, Sie kennen den Herrn?» fragte der Mann erstaunt.
«Dann, entschuldigen Sie, dann verstehe ich gar nichts mehr.»

«Ist auch nicht einfach», entgegnete Rose und trollte sich. *Alles nur eine Frage der Zeit.*

Das Paar ging. Die WG stürmte auf die Maklerin zu, Rose
kam langsam hinterher.

«Na, was ist?»

«Sie wollen es überschlafen und sich wieder melden.»

«Also Absage», konstatierte Rose nüchtern.

«Also Absage», wiederholte die Maklerin.

«Aber wir, wir würden die Wohnung immer noch nehmen»,
sagte einer der beiden jungen Männer tapfer. «Wir können auch
eine Bürgschaft von meinen Eltern beibringen.»

Else Schislaweng sah müde aus. Während sie sich unwillig die
Sätze der WG anhörte, eilte Willi Rose auf den hinteren Balkon.
Er hatte dort in einem der nach hinten hinausgehenden Gärten
ein kleines Treibhaus entdeckt, das er sich näher anschauen
wollte. Während er anschließend die Nachmittagssonne genoß
und dabei die Augen geschlossen hielt, spürte er, wie jemand auf
den Balkon trat.

«Warum machen Sie das?» Es war eins der Mädchen.

«Ich mache doch gar nichts.»

«Doch machen Sie. Wenn alles glattgeht, haben wir durch Sie diese Wohnung bekommen.»

«Ach, Mädchen, da gratuliere ich euch aber.»

«Anna, komm schnell», rief von drinnen einer der Jungen.

Rose, der die Augen geschlossen hielt, hörte das Mädchen weglaufen. Dann kam sie zurück, Rose spürte ihre Lippen auf seiner rechten Wange. Er hielt sofort auch noch die linke hin, aber da war sie endgültig weg.

Es fuhren mehr Lieferwagen aus der Speicherstadt über die Brücke Richtung City als umgekehrt. Die Sonne ergoß sich über die Autos, die dadurch leichter und spielerischer wirkten. Nach Arbeit sahen sie immer noch aus. *Bist mein Freund, Sonne.* Ohne Hast zündete sich Rochus Rose eine neue Zigarette an. Das Seitenfenster des Lada hatte er halb heruntergedreht. Geschäftiges Leben umsummte ihn. Rochus war ganz ruhig. Er wußte, daß seine Zeit kommen würde. Es konnte schlimmstenfalls länger dauern. Rochus schaltete das Radio an. Er brauchte zwei Silben, um zu erkennen, wer heute vormittag in der Radiostation hinter dem Mikrophon saß. Er schaltete aus.

Rochus hätte die hohen Häuser aus rotem Backstein noch schöner gefunden, wenn er nicht gewußt hätte, wieviel Schweiß in ihnen vergossen wurde. Rochus war nicht sicher, ob Arbeit mehr Spaß machte, wenn die Architektur außen herum stimmte. Zwischen Straßen auf der einen und Kanälen auf der anderen Seite machten die Häuser mit ihren nüchternen und doch leicht und luftig wirkenden Fassaden einen fast spielerischen Eindruck. Rochus genoß den Anblick. *Die haben Kraft, die Häuser, die müssen sich nicht mit labbrigen Verzierungen rumplagen, die nichts Halbes und nichts Ganzes sind. Das da, das hat Form, Stil und Klasse. Kann kein schlechter Eindruck für einen Arbeiter sein, wenn er morgens in so ein Haus geht. Nur mal rein äußerlich gesehen.* Rochus Rose kannte die Speicherstadt. Er war häufig hier gewesen. Er wußte, wie es wirkt, wenn der Geruch von Kaffee, Tee oder Gewürzen vor den Häusern hing. Rechtlich war die Speicherstadt Zollausland. Waren, die per Schiff angelandet und gelagert wurden, brauchten nicht verzollt zu werden. Deshalb hatten die Brücken zwischen Speicherstadt und Innenstadt eine besondere Bedeutung. Rochus kannte den Reiz, Rochus hatte sich überhaupt schon viel mit Recht und Unrecht beschäftigt. *Laß man gut sein, Vater. Kann nicht ganz schlecht gewesen sein, daß du aus diesem Geschäft damals so abrupt ausgeschieden bist.*

Ein Lieferwagen ohne Aufschrift rumpelte zügig über die Brücke in Richtung City. Rochus wollte die Zigarette aus dem Wagen schnippen. Er stieß sie gegen die Scheibe, die Kippe fiel ins Wageninnere. Rochus riß die Tür auf, sprang heraus und pfriemelte mit hastigen Bewegungen die glimmende Zigarette aus dem Spalt zwischen den Sitzen. Er trat sie aus, sprang in den Wagen, startete und folgte dem Lieferwagen.

«Hören Sie, Alterchen, das können Sie mit mir nicht machen», rief Fred in die Telefonmuschel und schlug vor Wut gegen die Scheibe. Das Windspiel antwortete mit hellem Bellen, es kam Fred fröhlich vor. Fassungslos starrte er auf den spindeldürren Hund, den er vor der Zelle angebunden hatte. Die Vorderbeine hoch gegen die Scheibe der Telefonzelle gelehnt, japste das Tier hektisch herum. «Ich lasse mich nun mal prinzipiell nicht erpressen», erwiderte der Mann mit für Fred unerträglicher Ruhe. «Ich mag meinen Hund sehr gern, das können Sie mir glauben. Aber ...»

«Aber Sie lassen sich nicht erpressen», wiederholte Fred trübsinnig.

«Schlaues Kerlchen», lachte der Mann, «dann hätten wir es ja so weit. Wenn ich Ihnen einen Tip geben darf: Kalbsleberwurst frißt Lauda am liebsten.»

«Wer ist Lauda?»

«Lauda ist der Hund, der da bei Ihnen im Hintergrund verrückt spielt. Bilden Sie sich nichts darauf ein. Als man anfing, die Windspiele auf Rennhund zu trainieren, mußte man die Muskelmasse ja irgendwo hernehmen. Ging alles auf Kosten des Hirns. Der Hund mag jeden Menschen, der ihn nicht gerade erschlägt. Meine Gratulation zu diesem Tier. Ein selten schönes Exemplar.»

Es klickte in der Leitung. *Das darf nicht wahr sein. Warum geht bei mir immer alles schief?* Fred wollte nie mehr die Telefonzelle verlassen. Er wollte hier sterben, weil ihm das als die sauberste Lösung vorkam. Das erste geblümte Kostüm mit Sommerhut, das telefonieren wollte, trieb ihn heraus. Das Windspiel verging vor Begeisterung. Fred vergewisserte sich noch einmal, daß auf der Marke am Halsband die Adresse des Besitzers stand. Er ging mit dem Hund einige Meter, bis er eine Stelle fand, wo er ihn nicht nur festbinden, sondern danach auch noch unauffällig verschwinden konnte. In der nächsten Schlachterei gönnte er sich ein halbes Mettbrötchen, dick mit Zwiebeln belegt. *Selber essen macht fett.*

Die beiden Besprechungen brachte Oberkommissar Fleischhauer nur mit äußerster Disziplin hinter sich. Schmidt-Schnelsen erging sich in epischer Breite über den Zigaretten-Container. Fleischhauer hätte die Chose in fünf Minuten durchgehabt.

Danach zwei Stockwerke höher zu den Kollegen von der Sonderkommission «Meerschwein». Sie hatten schon wieder einen Schwung Neue, das sah Fleischhauer sofort.

«Mensch, Merck, die werden ja immer häßlicher.»

Fleischhauer kniete sich vor das Terrarium, das auf dem freigeräumten Schreibmaschinentisch stand. Über 20 Meerschweinchen kamen dort ihrer hektischen Lebensweise nach.

«Was sollen wir denn machen?» fragte Merck. Es klang, als ob er gleich weinen würde. «Da», sagte er und zeigte auf ein Tischtuch, «hat Eckzahn aus der Kantine geklaut. Das decken wir über das Becken, wenn es nicht mehr auszuhalten ist.»

«Aber warum bringt ihr sie denn nicht ins Tierheim?» fragte Fleischhauer.

«Warum, warum?» kaute Merck patzig nach. «Als wir diesen Tierfreunden die geklauten Tierversuchs-Meerschweine abgenommen haben, wollte sich Eckzahn einen Gag gönnen und hat der Presse erzählt, daß wir die Viecher so ins Herz geschlossen haben, daß wir sie mit aufs Büro nehmen. 20 Minuten später fallen hier ein Dutzend Fotografen ein, veranstalten ein Blitzlicht-Gewitter, und am nächsten Tag hatten wir unseren Ruf als Tierfreunde weg. Mensch», sagte Merck, stand auf und breitete die Decke über den Kollegen Eckzahn, «eine so gute Presse hatten wir seit Jahren nicht mehr.»

Kriminalrat Lewis betrat den Raum. Er befand sich wie immer in dem Zustand, den er «in Gedanken» nannte, von dem die Untergebenen jedoch wußten, daß er nichts anderes als der Rand leichten Schlummers war. Lewis schloß die Tür, guckte kurz und angeekelt auf die Meerschweine und sah Eckzahn unter der Decke.

Fünf Minuten später lehnte der Notarzt jede Verantwortung für Lewis' Verbleiben im Dienst ab.

«Sie gehören ins Bett. So einen Schock darf man nicht unterschätzen.» Lewis bestand aber darauf, an der Besprechung teilzunehmen.

Als Eckzahn zum erstenmal den Mund aufmachte, bekam Lewis einen Rückfall und schied endgültig aus. Marlene Muschke, die auch heute wieder ihre Tierschützer-Verkleidung trug und es seit ihrer Einschleusung als Under-Cover-Agent in den harten Kern der Fanatiker vor zwei Wochen schon zur Obfrau für Rattenversuche gebracht hatte, gab eine Schilderung der geistigen Welt, in der diese Menschen lebten. Danach waren die Zuhörer merklich deprimiert. «Da haben wir so schön viele Notstände in unserem Land», sagte Eckzahn. «Rund 50 Probleme, unter denen Menschen leiden, schreien nach Gerechtigkeit. Und womit verplempern die ihre Zeit? Es ist erschütternd.»

Die Besprechung klang in einem gemeinsamen Mittagessen aus. Fleischhauer lud vier Teller gemischten Salat auf das Tablett und lächelte über die anzüglichen Bemerkungen der Kollegen.

Bevor es mit der leidigen Besprechung weiterging, schaute der Kommissar kurz in sein Büro. Olaf Stinka, Hauptwachtmeister, weitläufig verwandt mit einem ehemals recht bekannten Fußballspieler und Stallwache für die Dauer von Golzes Abwesenheit, guckte Fleischhauer genervt entgegen.

«Paßt Ihnen irgendwas nicht?» fauchte Fleischhauer. *Physiognomisch seht ihr alle aus, als ob man euch früher zum Ballwerfen benutzt hat.*

«Da war ein Anruf. Und der war knapp zehnmal», sagte Stinka langsam.

«Na, ist ja schrecklich, da müssen Sie aber sofort eine Kur beantragen», höhnte Fleischhauer.

«Eine Frau Schislaweng», sagte Stinka, Silbe für Silbe vom Blatt ablesend.

Tierversuche: Hamburger befreiten 600 Meer- schwein- chen

Eine Tierschützerin drückt ein weißes Meerschweinchen an sich. Sie hat ihr Gesicht mit einer Katzenmaske getarnt.

Sie kamen nachts in dunklen Parkern und schwarzen Katzenmasken, brachen eine alte Scheune in Ahrensburg auf, befreiten 600 Meerschweinchen und Hamster, die für grausame Tierversuche bestimmt waren. Dann kündigten die Hamburger «Autonomen Tierschützer» an: «Das war nur der Anfang. Wir werden überall in Deutschland Versuchstiere befreien.»

«Kenn ich», sagte Fleischhauer und wollte einen Witz machen. «Ist doch eine große Maklerfirma.»

«Die war das auch, die Maklerin», erwiderte Stinka. Einen Moment war Fleischhauer dicht davor, Stinka anrufen zu lassen. *Aber ehe der lernt, das Gespräch auf meinen Apparat zu legen, bin ich pensioniert.*

«Fleischhauer, ikstes Kommissariat, Sie haben angerufen.»

«Na, das wurde aber auch Zeit», sagte eine wichtigtuerische Stimme, «ich stelle durch.» *Ziege blöde.*

«Hier Schislaweng, Herr Kommissar, es ist ja so schrecklich, Sie müssen sofort etwas gegen diesen Mann unternehmen. Er ruiniert mir sonst noch meine Firma. Ich weiß wirklich nicht, wie ich mich gegen ihn mit legalen Mitteln wehren soll.»

An dieser Stelle geschah es, daß Else Schislaweng ein Atemholen nicht länger hinauszuzögern vermochte. Schneidig sprang Fleischhauer in die Bresche.

«Mein Name ist Fleischhauer. Was gibt's?»

«Es gibt da einen Mann, der ist schon älter, 74, Willi Rose heißt er und ständig meine Wohnungsbesichtigungen stört er.»

Irritiert vom Verlauf ihres Satzbaus brach Frau Schislaweng ab.

«Will der die Wohnungen nicht haben, weil sie ihm zu teuer sind oder was?»

«Warum sind Sie denn so patzig?» fragte sie aufgebracht. «Das ist es nicht. Es ist etwas anderes.» Und Else Schislaweng schilderte dem Kommissar Willi Roses Verhalten am Beispiel ihres letzten Aufeinandertreffens. Fleischhauer wurde der alte Mann sofort sympathisch.

«Ja, liebe Frau. So ein Verhalten ist sicherlich ungewöhnlich. Aber es liegt doch kein strafbares Delikt vor. Was stellen Sie sich vor, daß ich machen soll?»

«Ich halte das für Nötigung, für Geschäftsschädigung und für seelische Grausamkeit außerdem. Und wenn man ein bißchen sucht, wird sich garantiert noch etwas anderes finden lassen.» *Kunststück, wenn man sich die richtigen Anwälte leisten kann.*

«Woher kennen Sie den Herrn Rose eigentlich so gut?»

«Warum? Woher wissen Sie?» haspelte sie ins Telefon und ver-

44

lor für einige Sekunden ihre bei aller Jammerigkeit doch souveräne Art. «Na, weil Sie den Vornamen des Herrn wissen und sogar sein Alter.»

«Äh ja», sie lachte künstlich, «in der Tat. Der Herr Rose und ich, wir kennen uns schon länger.»

«Wie lange?»

«Wie? Oh, sehr lange. Seit dem 28. März 1951, wenn Sie es genau wissen wollen.»

«So genau wollte ich es nicht wissen. Sie haben einen Sinn für Zahlen, wie?»

In dem Moment klingelte das Telefon auf Stinkas Tisch. Während die Maklerin sagte:

«In meinem Beruf braucht man ein Zahlengedächtnis», nahm Stinka den Hörer ab: «... selber Arschloch. – Der telefoniert. – Weiß ich nicht, kann noch dauern.»

«Golze?» rief Fleischhauer mit jagendem Puls.

Stinka nickte.

«Hier, machen Sie weiter», befahl Fleischhauer, ließ den Hörer fallen und eilte an Stinkas Tisch.

«Mensch, Golze, das dauert aber. Was gibt's?»

«Mannomann Chef, das ist ein Ding», rief Golze.

«Von wo rufen Sie an?»

«Telefonzelle.»

«Und warum benutzen Sie nicht das Auto-Telefon?»

«Ich habe gedacht, da könnte einer mithören.»

«Golze, Sie sind ein Schatz.»

«Wie darf ich das verstehen?»

«Nun mal los.»

Fleischhauer blickte zu Stinka. Der hielt gerade den Hörer ans Ohr. Dann lächelte er.

«Nichts, Chef. Absolut nichts. Sie verhält sich völlig ruhig. Wartet wohl erst mal ab. Raffiniert, wenn Sie mich fragen. Die ist nicht dumm. *Natürlich ist die nicht dumm. Wie sprichst du über die zukünftige Frau deines Vorgesetzten?* Ist ein Kommen und Gehen hier. Aber an mir kommt niemand ungesehen vorbei. Wenn einer glaubt, er könnte sich mal eben so reindrücken, da hat er sich aber geschnitten. Ich bleibe dran, Chef. Weitere Instruktionen?»

«Dran bleiben, Golze, dran bleiben. Das ist im Moment das Wichtigste.»

«Logo. Auf mich können Sie sich verlassen. *Wäre das erste Mal*. Ich muß auflegen. Bis später», sagte Golze plötzlich mit gehetzter Stimme.

«Heh, Meister, was können Sie mir für heute abend denn noch empfehlen?»

Der angetrunkene Mittfünfziger lehnte sich weit über den Tresen. «Ich habe einfach noch nicht die richtige Bettschwere. Also fürs schlichte Schlafen jedenfalls nicht, wenn Sie verstehen, was ich meine.»

Vertraulich rempelte er Rochus Rose an. Rochus lächelte den Mann auf Abstand *Sonst geht gar nichts* und sagte:

«Da läßt sich bestimmt etwas finden, mein Herr.»

«Es soll auch Ihr Schade nicht sein», flüsterte der Mann und drückte Rochus einen Zehnmarkschein in das Ziertuchtäschchen. *75 000 brutto. Dienstwagen 2-Liter-Klasse. Spesenkonto 150, maximal*. Rochus holte den Geldschein aus der Tasche, strich ihn glatt und zählte einige Möglichkeiten auf. Der Mann war überwältigt. *Kleinstadt, vielleicht Mittelstadt. Nachher mal im Buch gukken*. Vorfreudig erregt schob der Mann ab, Rochus brauchte ihm kein Taxi zu rufen. Nebenan war Kollege Floyd so nett, den späten Eincheker abzufertigen. Er hatte kein Gepäck bei sich. Rochus bekam mit, daß Floyd freundlich auf sofortiger Bezahlung für die Übernachtung bestand. Der Gast machte keine Zikken. Irgend etwas knallte gegen die Glastüren und kicherte. Zwischen Kopfwenden und Losstarten lag bei Rochus keine Sekunde des Zögerns. So unaufdringlich wie möglich geleitete er Direktor Freitag zum Lift.

«Heiß, sage ich Ihnen, lieber Rose, heiß», flüsterte Freitag.

«Morgen unser Frühstückskaffee, und Sie stehen wieder wie eine Eins auf der Matte», sagte Rochus, stellte den Direktor mit dem Rücken an der Wand ab und holte den Lift herunter.

«Ganz extravagant», flüsterte Freitag und lächelte mit entgleisten Gesichtszügen.

Rumpelnd kam der Lift, öffnete die Flügeltüren, und Rochus bugsierte den Direktor hinein. Er fuhr mit ihm in den dritten Stock und brachte den Gast ins Zimmer. Während Freitag auf das Bett sackte, öffnete Rochus das Kippfenster und zog die

Vorhänge zu. «Rose, du bist ein Kamerad», sagte Freitag plötzlich sehr laut. «Auf dich kann man sich verlassen. Wenn man
dich auf seiner Seite hat, kann man gar nicht verloren sein.
Trinkgeld morgen, jetzt will geschlafen werden», lallte Freitag,
drehte sich in die Tagesdecke und war sofort eingeschlafen. Rochus betrachtete ihn. *Er mag dich, Rochus, als Verbündeten. Er fühlt
sich sicherer mit dir. Nicht schlecht. So soll es sein.* Rochus löschte das
Licht und fuhr zum Empfang hinunter.

Als er den Lift verließ, klingelte das Telefon. Gleichzeitig kam
Herr Pulheim ins Foyer. Er hatte eine junge Frau dabei.

«Hotel Deichgraf, guten Abend.»

Es war Frau Pulheim aus Ulm. Sie wollte ihren Mann sprechen. Während Rochus mit zwei, drei Sätzen Zeit gewann, gestikulierte er mit dem freien Arm dermaßen auffällig, daß die
junge Frau Pulheim auf Rochus aufmerksam machte. Fragend
wies er auf seine Brust. Rochus legte einen Finger auf den Mund,
Pulheim schaltete schnell und eilte herbei.

«Gnädige Frau, Sie haben einen untrüglichen Instinkt für den
Anruf im richtigen Moment», sagte Rochus perlend. «Soeben
sehe ich Ihren Gatten ins Haus kommen. Einen Moment, ich
übergebe.»

Pulheim absolvierte einen Pflichtdialog und zog währenddessen einen Geldschein aus der Hosentasche, den er Rochus in die
Hand drückte. Rochus senkte dankend den Kopf und verabschiedete Floyd, der nach Hause wollte.

«Halt die Ohren steif, Rochus.»

Rochus blickte sich um.

«Heute wird es lange lebendig bleiben. Es ist die Luft. Die
Leute sind wie wild.»

«Das kann man auch deutlicher sagen», lachte Floyd.

«Wie sind wir belegt?»

«80.»

Kurz hintereinander mußte Rochus sieben Telefonate vermitteln. Ein kurzer Plausch mit Herrn Kwarz, der wieder sein trauriges Gesicht hatte, ein strenger Dialog mit einer Gruppe
Betrunkener, die ausgerechnet vor dem Eingang zum «Deichgrafen» eine Grundsatzdiskussion austragen wollten, dann war
für einige Minuten Ruhe. Rochus zog sich in seine Ecke neben der
Telefonanlage zurück. Dort stand der Fünfziger-Jahre-Sessel,

auf dem er seit 11 Jahren in den freien Minuten saß. Der Stapel mit den Kriminalromanen auf dem Beistelltisch war umgefallen. Rochus stapelte die schwarzen, roten, gelben und blauen Bände zu einem neuen Stapel auf. Dann nahm er einen Kriminalroman, schlug ihn auf, begann zu lesen. *Um ein Uhr morgens schaltete Carl, der Nachtportier, die letzte der drei Tischlampen in der Haupthalle des Windermere Hotels aus. Der blaue Teppich dunkelte um eine oder zwei Schattierungen, und die Wände zogen sich in weite Ferne zurück. Die Sessel füllten sich mit Schattengestalten. In den Ecken hingen Erinnerungen wie Spinngewebe. Tony Reseck gähnte.* Und Rochus Rose war Augenblicke später mit allen Sinnen in der Geschichte.

Die Innenräume des Restaurants waren fast menschenleer. Hinten heraus gab es einen Garten, der bis zur Hauptstraße reichte. Dort saßen die Menschen dicht an dicht.

Dann kam sie.

«Ein Höllentag», stöhnte Claudia und wuchtete den Korb auf den Tresen.

«Gutes Geschäft?» Rochus wies mit dem Kopf auf die wenigen Rosen.

«Ich weiß auch nicht, was ist», sagte Claudia und rieb sich die Armbeuge, in die sie den Korb zu hängen pflegte.

«Sie reißen mir die Dinger regelrecht aus der Hand.»

«Kavaliere sterben nicht aus.»

«Kavaliere? Ich schätze, daß im Durchschnitt auf zwei Rosen ein Geschlechtsakt kommt.»

Betrübt sah Rochus, zu welch höhnischer Miene sich Claudias Gesicht verzog.

«So mußt du nicht reden.»

Claudia hörte auf zu lachen.

«Ist ja mein Geschäft», sagte sie achselzuckend.

«Und so mußt du auch nicht reden. Bei diesem Wetter würden bestimmt nicht nur Rosen gehen», sagte Rochus.

«Rosen sind aber das Beste von der Symbolik her. Bei Rose merkt jeder, was die Stunde geschlagen hat.»

«Liebesboten», sagte Rochus versonnen.

«Sonst hat es montags ja kaum Sinn loszuziehen.»

«Ich war sicher, daß du heute kommst.»

Claudia legte eine Hand auf Rochus' verschränkte Hände.

«Wie sieht's im Garten aus?»

«Alle Plätze besetzt.»

Claudia zog die Rosen aus dem Schwamm, der die Flüssigkeit speicherte.

«Die verscherbele ich jetzt, und dann ist Feierabend.»

Rochus folgte ihr. Er sah zu, wie Claudia in den kleinen mit Topfpalmen und indirektem Licht gestalteten Innenhof ging und die Blumen anbot.

Erst als sie schon mehrere Sekunden stocksteif vor einem Tisch stand, merkte Rochus auf. Ein Mann, der beim Sprechen große Gesten machte und wie ein Südamerikaner aussah, redete sie an. Rochus kam es vor, als ob sich der Mann bisweilen an seinen Nachbarn wandte. Der zweite Mann stand auf, griff Claudias Hand und küßte sie. Rochus näherte sich dem Tisch.

«Mops haben wir sie in der Firma immer genannt», sagte der Handküsser zu dem zweiten Mann. «Das war ein bißchen gehässig, ich gebe es zu.»

Claudia schwieg, sie atmete schwer. Jetzt stand auch der zweite Mann auf.

«Ihr habt schöne Frauen in Deutschland», sagte er. «Viel Temperament. Manchmal zuviel Temperament. Heißes Blut. Überhaupt Blut. Zuviel Blut.»

«Unser Mops war schon immer ein Hitzkopf», sagte der Handküsser freundlich. «Im Winter eine Handvoll Kerne für die Vögel. Im Sommer nie an die Alster ohne einen Kanten Brot im Handtäschchen, damit der Erpel nicht vor Schwäche von der Ente fällt.» Er lachte überraschend albern und würgte schon wieder an Claudias Hand herum. Rochus guckte auf den Tisch. Whiskygläser. *Gute Gäste.* Er stellte sich noch dichter neben Claudia, die Männer beachteten ihn nicht. «Wir beschäftigen prinzipiell nur schöne Frauen in der Firma», lachte der Mann. Er trug einen hellen Sommeranzug, ein dunkles Hemd mit passendem Schal und steckte bis zur Halskrause voller Selbstbewußtsein.

«Dafür daß du hinterher als Blumenmädchen herumläufst, hättest du aber nicht kündigen müssen», sagte er und griff Claudia ans Kinn. Sie nahm das Kinn zurück.

«Sie wissen genau, warum ich bei Ihnen aufgehört habe», preßte sie heraus.

«Es ist mir im Moment entfallen. Du mußt mir auf die Sprünge helfen», entgegnete er und sah seinen Begleiter vielsagend an.

«Ich bin gegangen, weil ich Ihre Schiebereien mit den Fellen nicht länger mit meinem Gewissen vereinbaren konnte», flüsterte Claudia.

«Ach das», sagte der Mann leichthin. «Lieber Mops, wenn ich gegen jedes häßliche Gerücht ankämpfen wollte, hätte ich von morgens bis abends nichts anderes zu tun. Die Welt ist voller Neider. Und einem erfolgreichen Geschäftsmann schlagen die üblen Nachreden besonders heftig ins Gesicht, das weißt du doch.»

«Das waren keine Gerüchte», zischte Claudia.

Der Deutsche kam mit seinem Gesicht dicht an sie heran. «Du bist viel zu schön, Mops, um deine reizvolle Stirn in finstere Falten zu legen.»

Claudia drückte den Oberkörper nach hinten, faßte die Rosen fester, holte aus und schlug sie dem Mann mit voller Kraft ins Gesicht.

Er schrie erstickt auf und faßte sich an die Wange. Die Dornen hatten lange Schrammen gerissen. Der Südamerikaner packte Claudia an beiden Oberarmen.

«Was haben Sie gemacht!» Der Südamerikaner wirkte sehr beeindruckt. «Señor Messerschmid ist verletzt. Sehen Sie, er blutet.»

Rochus drängte den Südamerikaner weg, bändigte Claudia, die gleich wieder anfing, mit den Rosen herumzuschleudern.

«Laß das. Es ist genug.»

Er schob Claudia zum Eingang. Dem Mann mit den Schrammen rief er zu:

«Kommen Sie mit, ich gebe Ihnen drinnen was.»

Im Restaurant drückte er Claudia in einen Sessel. Dann eilte er ans Regal, nahm eine Flasche Whisky. Als er sie aufschraubte, kam der verschrammte Mann. Eine Hand preßte er gegen die Wange, mit dem anderen Arm wehrte er den fürsorglichen Südamerikaner ab.

«Hier», sagte Rochus, goß Whisky auf eine Stoff-Serviette, reichte sie dem Mann. Der griff an der Hand vorbei zur Flasche und nahm einen tiefen Schluck. Die Flasche reichte er an Claudia weiter, erst dann drückte er das Tuch gegen die Schramme. Er stellte sich vor die verspiegelte Rückwand der Bar.

«Gräßlich», murmelte er.

Claudia nahm einen Schluck aus der Flasche.

«Mädchen, Mädchen, das machst du aber nicht noch mal», sagte Messerschmid, der plötzlich sehr blaß wurde und neben Claudia in einen Sessel fiel. Der Südamerikaner war begeistert:

«Aah, deutsche Frauen. Viel Temperament. Ich liebe das.»

Messerschmid starrte den Südamerikaner an. Da schlug jemand auf die Klingel am Empfang. Rochus mußte hin.

Als er ins Restaurant zurückkam, waren die Männer verschwunden. Claudia wedelte mit einem Hundertmarkschein.

«Ausverkauft.»

«Von Messerschmid?»

«Von Messerschmid.»

Rochus war verwirrt.

«Kein Wort über deine Blutschmeißerei auf den Laden?»

«Kein Wort», sagte Claudia und begann erst jetzt, sich auch zu wundern.

«Der zweite Mann, das war der, der damals aus dem Pelzladen kam», sagte Rochus nachdenklich.

«Ein spezieller Freund von Messerschmid. Der tauchte auch in der Firma immer wieder mal auf. Hast du denn schon was rausgekriegt?»

Rochus blickte sich vorsichtig um.

Willi Rose lehnte am Gartenzaun und strahlte. Auf dem Schotterweg, der die Kolonie durchschnitt, bestätigten sich die Schrebergärtner Behle und Vollmar in ihrer Meinung.

«Ich sage nur Heimatvertreibung», sagte Vollmar, der 1945 mit einem der letzten Züge aus Hinterpommern rausgekommen war. «Das ist glasklare Heimatvertreibung, was diese Versicherungsfritzen mit uns vorhaben. Zuerst heimlich, still und leise das Gelände kaufen, dann diese dusseligen Volksvertreter über den Tisch ziehen und den Bebauungsplan entsprechend ändern lassen. Und dann in die Offensive, dann sind wir dran. Paar Scheine in die Hand und ab ins Hochmoor nach Jenfeld.»

«Die behandeln uns wie Kinder», ereiferte sich Alfred Behle. «Wie Schachfiguren schieben die uns durch die Gegend. Jenfeld, wenn ich das schon höre. Wo liegt denn Jenfeld? Das ist auf meinem Stadtplan gar nicht mehr drauf, so weit weg liegt das.»

«Aber geschickt sind sie», sagte Vollmar nachdenklich. «Wie die das eingefädelt haben, das hat Stil. Große Klasse, muß ihnen der Neid lassen.»

«Die haben so was doch auch studiert», rief Behle, «das sind doch alles Akademiker.»

«Also, ob die nun gerade so was studiert haben», gab Vollmar zu bedenken.

«Wenn ich's Ihnen doch sage», trumpfte Behle auf.

Ein Neffe seiner Frau studierte in Süddeutschland Sinologie. Seitdem machte Behle keiner was vor, wenn es um Fragen der Hochschulpolitik, der Akademiker insgesamt oder universitärer Feinheiten im besonderen ging.

«Ich habe zu Hause mal nachgerechnet, was ich in den letzten Jahren in meine Parzelle gesteckt habe», murmelte Behle nachdenklich. «12000 Mark. In vier Jahren 12000 Mark.»

«Oha», sagte Vollmar beeindruckt. «Sieht man Ihrem Garten aber gar nicht an.»

Einige Sekunden stand das bis eben noch freundschaftliche Verhältnis der beiden Männer auf der Kippe. Willi Rose befürchtete schon das Schlimmste, da sagte Behle:

«Allein machen sie uns ein.»

Rose entspannte sich.

«Daran ist nur unser sauberer Vorsitzender schuld», sagte Vollmar geringschätzig. «Meine Stimme hat er nie bekommen.»

«Glauben Sie etwa, meine?» Behle bebte. «Der steckt mit denen unter einer Decke, das ist mir klar, und deshalb werden wir unserem Vorsitzenden auf der Mitgliederversammlung nächsten Samstag die Hammelbeine langziehen.»

«Das ist das eine», sagte Vollmar nachdenklich. «Das andere ist, daß wir uns rechtlichen Rat holen müssen. Wir müssen uns an die Presse wenden, an die Politiker ...»

«Das können wir uns wohl sparen», sagte Behle verächtlich, «diese Leute haben wir ja auf der sogenannten Informationsveranstaltung damals erlebt.»

«Und die Grünen?» fragte Vollmar zaghaft.

«Die Grünen! Die reißen doch nur ihre Klappe auf.»

«Könnten wir doch jetzt eigentlich ganz gut gebrauchen, oder?»

Behle guckte erstaunt.

«Na ja, na ja. Das muß alles sorgfältig überlegt werden. Jedenfalls muß der Fritz als Vorsitzender weg. Und wir anderen müssen uns alle einig sein, daß wir hier bleiben wollen.»

«Einigkeit macht nämlich stark», sagte Willi Rose.

Vollmar und Behle starrten ihn an. Einen Evergreen pfeifend, «Das kann doch einen Seemann nicht erschüttern, keine Angst, keine Angst, Rosmarie», wandte sich Rose wieder seinem Gurkenbeet zu.

Bis 22 Uhr biß sich Wieland Fleischhauer die Finger der linken Hand blutig. Einem übermächtigen Bewegungsdrang nachgebend, rannte er mehrere Male die Treppe rauf und runter. Danach kam er sich nicht besser vor. Die Flasche Württemberger Rotwein änderte auch nichts. Immerhin fand er die Konzentration, alle Räume durchzusaugen. Das Doppelbett war papier- und krümelfrei. Gerade als er die Tagesdecke zur Seite schlug, klingelte es.

Mit flatternden Bewegungen strich Fleischhauer die Decke wieder glatt. *Hildegard! Woher weißt du meine Adresse? Telefonbuch, was? Du kleine Schwindlerin, da stehe ich doch gar nicht drin.*

«Golze, Sie?»

«Hallochen, Chef, darf ich reinkommen?» ächzte Golze und schob sich schon auf direktem Weg ins Wohnzimmer. Fleischhauer bot ihm erst aus Versehen die leere Weinflasche an. Als er Golzes waidwunden Blick sah, entschuldigte er sich und holte eine neue.

«Schnaps wär auch nicht schlecht.»

Fleischhauer baute seine Alkoholvorräte vor Golze auf.

«Märzstraße 14, zweiter Stock. Mehr Stockwerke hat das Haus auch nicht. Sechs Mietparteien.»

Mit Hilfe seines Notizbuches schilderte Golze die Schritte von Objekt Hildegard nach dem Verlassen der Passau-Paderborner Versicherung. Fleischhauer hing an seinen Lippen.

«Keine Männer?»

«Keine Männer. Jedenfalls heute nicht. Aber morgen ist auch

noch ein Tag. Ich gehe dann gleich mal in die Heia», sagte Golze. «Morgen um sieben stehe ich wieder vorm Haus. Spätestens.»

«Das ist doch nicht nötig», rutschte es Fleischhauer heraus.

Golze ließ sich nicht beirren.

«Was man angefangen hat, soll man auch zu Ende führen. Wenn ich morgen wieder wacher bin, erzähle ich Ihnen meine aktualisierte Theorie.» *Theorie, so ein Quatsch. Ich will doch nur wissen, wie Hildegard lebt. Das Feld aus der Ferne beackern. Landmann, säen, wachsen lassen, raufaufs Feld, ernten.* Kaum war Golze draußen, lag Fleischhauer auf dem Bett und übte.

Kurz nach sieben holte sich Rochus Rose mit dem bewährten Trick Appetit auf das Frühstück, indem er durch den Frühstücksraum des «Deichgrafen» schlenderte. Er grüßte mit der Freundlichkeit, die kein Trinkgeld provozierte, aber auch nicht verprellte, und konzentrierte sich auf den Plastikfraß auf den Tischen. Noch bis vor zwei Jahren waren die Brötchen so knusprig gewesen, daß man sein eigenes Wort nicht verstand, wenn zufällig mehr als zwei Gäste im Raum gleichzeitig hineingebissen hatten. Heute ging der Verzehr der pappigen Brote absolut geräuschlos vonstatten. Auf allen Tischen standen Rationen in Behältnissen der Weißblech-Industrie. Im Raum hing ein Sud aus Kaffeeduft, scharfen Rasierwässern und Zigaretten. Die Tischdecken waren gelb wie Taxis, die Augen der ausschließlich männlichen Gäste lagen tief in den Höhlen. Der einzig erfreuliche Anblick waren die Rosen in den kleinen Vasen.

Rochus genoß den fünfminütigen Marsch nach Hause. Manchmal mußte er sich gegen den Strom der anbrandenden Werktätigen stemmen, wenn sie sich, vom Hauptbahnhof kommend, vor einer Ampel zu Klumpen geballt hatten.

Mit der Brötchentüte unterm Arm betrat er das Haus. Im Vorbeigehen blickte er durch die abgeknickte Ecke des Briefkastens. Das Minutenlicht im Treppenhaus produzierte mehr Geräusch als Helligkeit. Rochus steckte den Schlüssel ins Loch, das Licht erlosch, die Tür klemmte. *Achtung.* Er drehte den Schlüssel bis zum Anschlag, holte mit dem Oberkörper aus, hielt den Atem an und hechtete, eine Schulter vorgestreckt, in den Wohnungsflur. Wäre die Mülltüte ein Mensch gewesen, hätte keine

54

Operation mehr geholfen. Staunend stand Rochus vor der Schweinerei, in die er hineingetreten war. Filtertüten, Eierschalen und Joghurtbecher gaben dem Flur ein Müllhalden-Flair. Rochus machte sauber und setzte Wasser auf. Bis es so richtig schön heiß war, wechselte er die Kleidung. Hose, Hemd, Krawatte und Weste hing er zum Auslüften neben das Kippfenster. Dann ging er duschen, brühte Kaffee auf und nahm sich zum Essen viel Zeit. Danach ging er zum Kleiderschrank. Eine Viertelstunde später grüßte Frau Hanser aus dem ersten Stock automatisch den Mann im Trench, der ihr von oben entgegenkam. Gleich darauf glomm in ihrem müden Gesicht Erstaunen auf. Sie drehte sich um und sah gerade noch, wie der Mann das Haus verließ.

Rochus parkte den Lada, stieg aus, schaute an dem achtstöckigen Lagerhaus empor, guckte auf einen Zettel, verglich ihn mit dem Firmenschild und betrat das Haus. In der Kühle des dickwandigen Backsteinhauses kam Rochus der Trench sehr zupaß. Er stieg in den vierten Stock. Dort orientierte er sich und ging nach links weiter. Im Hintergrund verständigten sich mehrere Männer durch laute Rufe mit anderen, die vor dem Haus standen und gerade damit beschäftigt waren, eine Last an den Flaschenzug zu hängen. Rochus ging auf die Männer zu.

Erst nach einiger Zeit drehte sich einer um.

«Tach, mein Herr.»

Rochus lächelte.

«Häute aus Südamerika?» fragte er. Aus dem allgemeinen Brummen entnahm er Zustimmung.

«Rind?»

Brummen.

«Firma Messerschmid?»

Verstärktes Brummen.

Jetzt hing das, was unten an den Haken gehängt worden war, offensichtlich so fest, daß es hochgehievt werden konnte. Von unten brüllte einer «Hiev up». Ein Mann drückte einen Knopf direkt an der Luke, von der aus man weit über den Hafen, aber auch 20 Meter nach unten sehen konnte.

«Nur Rind?»

Alle Männer drehten sich um. Hinter ihnen sah er einen Würfel aus Häuten hängen.

«Wieso?» fragte der Mann, der den Knopf gedrückt hatte.

«In Südamerika laufen wunderschöne Tiere herum», sagte Rochus freundlich.

«Was will der?» fragte ein Mann, der kaum 20 war, seine Kollegen.

«Er hat noch nicht gesagt, woher er kommt und was er will», sagte ein dritter.

«Ozelots zum Beispiel und Leoparden, die laufen in Südamerika herum», sagte Rochus mit fester Stimme. Die Männer kamen auf ihn zu. In ihrem Rücken sah Rochus den Würfel aus Rinderhäuten in der Luft baumeln. Er hatte eine Kantenlänge von etwa eineinhalb Metern.

«Also wirklich, Lucas», sagte Direktor Hassengier und senkte verschämt das Gesicht. «Champagner aus dem Pappbecher. Ich weiß gar nicht, wie ich das nennen soll.»

«Nennen Sie es einfach Snobismus», rief Lucas Messerschmid und holte schlürfend den Sud aus seiner Muschel. Während er sich den Mund mit dem Handrücken abwischte, stieß er seinen Pappbecher gegen Hassengiers. Neben ihnen schlürfte, saugte, platschte und lachte es. Der Direktor der Passau-Paderborner und Lucas Messerschmid, Inhaber der Importfirma «Latin Skins», nahmen ihren Imbiß in einer der zahlreichen Passagen, die in den letzten Jahren das Preisniveau der Innenstadt vollends versaut hatten.

«Hast du an was Bestimmtes gedacht?» fragte Messerschmid.

«Ja – teuer, was?» erwiderte Hassengier und lachte donnernd.

«Billiges habe ich auch gar nicht», sagte Messerschmid eingeschnappt.

«Weiß ich doch, Lucas. Weiß ich doch. Es ist nur so: Ich habe Käthe in der letzten Zeit vielleicht ein bißchen viel zugemutet.»

«Frauenmäßig?»

«Na ja, aber auch die vielen Termine. Du weißt ja, im Vorfeld des Neubaus stürzt in diesen Monaten allerhand auf mich ein. Ich habe Käthe einfach vernachlässigt. Und ich werde das in absehbarer Zeit auch weiter tun müssen. Deshalb meine Idee, sie mit einem schönen Mantel zu überraschen.»

«Maul stopfen, wie?» keckerte Messerschmid und schlürfte.

«Was macht dein junger Feger?» fragte Hassengier.

«Steht gut im Futter. Nur beruflich sieht es für sie im Moment ein wenig klamm aus. Die Werbeagentur, in der sie anschafft, dürfte in absehbarer Zeit die Schotten dichtmachen. Keine Aufträge mehr.»

«Tragisch, tragisch», murmelte Hassengier. «Wir haben uns auch gerade von einer Agentur getrennt.»

«Wie wär's denn mit Leopard?» fragte Messerschmid lauernd.

«Na, hör mal», rief Hassengier, «das weiß sogar ich, daß diese Felle nicht mehr importiert werden dürfen.»

«Jetzt mal ein bißchen leiser, ja?» bat Messerschmid. «Ich dachte, du wolltest ein Stück, das nicht in jedem zweiten Schaufenster liegt.»

«Genauso eins möchte ich.»

«Sag ich doch die ganze Zeit: Leopard.»

Messerschmid freute sich wie Bolle. Hassengier rückte dicht an ihn heran.

«Du könntest wirklich so was besorgen?»

«Was hältst du von einer kleinen Modenschau?»

Hassengier stieß einen Pfiff aus.

Als Fleischhauer die Tür öffnete, fiel ihm Golze entgegen. Der Assistent hatte Ringe unter den Augen. Seine Stimme klang rissig. Die Kleidung war völlig zerdrückt. Fleischhauer bestand darauf, daß Golze ein Glas Milch mit zwei rohen Eiern trank.

«Das bringt Sie wieder auf die Beine.»

Golze schloß die Augen, ballte die Hand zur Faust und stürzte das Glas in einem Zug hinunter. Die Eigelbs bekam er nicht auf den Weg, seine Wangen bildeten Beulen.

«Nun mal los, Golze», forderte Fleischhauer ihn auf. Golze starrte gegen die Küchenwand, dann schluckte er. Als er von der Toilette zurückkam, hatte Fleischhauer einen kleinen Snack bereitet. Bis auf die Scheibe Brot mit den Eischeiben putzte Golze alles weg. «Diese Hildegard Klingebiel ist ein Phänomen», sagte er danach anerkennend.

«Wie sah sie denn heute aus? Wirkte sie etwa unglücklich?» fragte Fleischhauer besorgt.

Als Golze mit der Zunge unbedingt erst noch in irgendeiner Stelle seines Mundraumes herumpolken mußte, schrie Fleischhauer fast: «Meine Güte, Golze, so reden Sie doch.»

Golze schluckte etwas herunter.

«Ausgesehen hat sie, wie eine Frau von Mitte 40 eben aussieht.»

«Anfang 40, aber äußerstenfalls», sagte Fleischhauer eisig.

«Das Verblüffende an dieser Frau ist, daß sie sich ihrer Umgebung vollständig anzupassen versteht», sagte Golze anerkennend. «Wenn man nicht wüßte, was wir wissen, könnte man meinen, sie sei eine ganz normale Angestellte in dieser Versicherung. Übrigens halte ich den Namen nicht für echt.»

Fleischhauer ging Golzes Gehabe auf die Nerven. Alles, was den Kommissar interessierte, war eine möglichst intime Kenntnis von Hildegards Tagesablauf: ihre Vorlieben, ihre festen Wege, Bekannte, Freunde, männliche Freunde. Eigentlich interessierte Fleischhauer der letzte Punkt mit Abstand am meisten. Deshalb war es ihm auch lästig, Golzes ausufernde Begleit-Theorien mit anhören zu müssen. *Aber du mußt ihn bei Laune halten. Sonst springt der ab. Sieht schon nicht mehr ganz taufrisch aus.* Golze bat darum, ein Ortsgespräch führen zu dürfen. Verblüfft hörte Fleischhauer, wie Golze das verabredete Treffen mit Susanne für heute abend absagte. Er gab vor, sich ausschlafen zu müssen, weil er an einem dicken Fall dran sei, der seine ganze Kraft fordere.

«Die ganze Kraft, mein Brummer, verstehst du? Da ist kein Platz für Aktivitäten, die nur schwächen und schlapp machen.»

Daraufhin wurde Susanne wohl ausfallend. Jedenfalls nahm Golzes Gesicht einen erstaunten Ausdruck an. Zweimal setzte er zu einem Satz an, da hatte Susanne aber schon aufgelegt.

«Das tut mir leid für Sie, ehrlich», sagte Fleischhauer.

«Lassen Sie mal», entgegnete Golze großzügig, «wer weiß, wofür es gut ist. Deshalb bin ich schließlich nicht zur Schmiere gegangen, um auf eine 40-Stunden-Woche zu pochen. Chancen gibt es für einen Menschen im Leben nicht viele», sagte Golze mit großartiger Betonung, «da heißt es zupacken, dran bleiben. Und das sage ich Ihnen, Chef.» Verärgert sah Fleischhauer Golze auf sich zukommen.

«Wenn die eines Tages ein Ticket nach Ost-Berlin löst oder

Moskau, ich wäre nicht überrascht, nicht nachdem ich sie zwei Tage erlebt habe.»

Fleischhauer sah Golze fest ins Gesicht. *Du bist doch vom Affen gebissen.*

«Und deshalb, Chef, sagt Golze jetzt brav gute Nacht. Und morgen gestählt ans Werk.»

«Ja, wollen Sie etwa auch am Wochenende . . .» Fleischhauer hielt lieber den Mund, als er Golzes verblüfftes Gesicht sah.

«Und was die Ablösung für mich betrifft . . .»

«Ja?»

«Lassen Sie das lieber. Je weniger Bescheid wissen, um so sicherer ist die Kiste. Und um so sensationeller wird die Enthüllungs-Story, wenn unsere Hildegard gargebraten ist, was Fleischi?»

Golze boxte den Kommissar gegen das Schlüsselbein und verließ grimmig lachend das Haus. *Das nimmt kein gutes Ende mit dem Kerl.*

Fritz Elstner hielt es für einen klugen taktischen Schachzug. Gemeinsam mit seiner Frau stellte er am späten Vormittag vor dem Vereinsheim Tische und Bänke auf. Einige Bier- und Brausekisten kündeten vom Spendierwillen des Vereinsvorsitzenden. Die ersten Kleingärtner, die am frühen Nachmittag von ihren Parzellen auf den Versammlungsplatz überwechselten, empfanden die bereitgestellten Getränke angesichts der Bullenhitze noch als «nette Aufmerksamkeit». Zwar moserte Alfred Behle natürlich gleich wieder:

«Bei der Aktionärsversammlung der VEBA gibt es auch belegte Brötchen.» Aber man kannte ja Behle.

Als dann jedoch Willi Rose in Leinenhose und eierschalenfarbenem Hemd erschien, brachte er die bis dahin recht entspannte Stimmung mit einem einzigen Satz auf Vordermann. Rose trat vor die Kisten, zog je eine Flasche Bier und Brause heraus, hielt sie von sich und fragte laut und deutlich:

«Hat das die Passau-Paderborner offen und ehrlich bezahlt, oder ist das Geld erst über das schmutzige Konto unseres verehrten Vorsitzenden geflossen?»

Es war, als ob alle erstarrten – bis auf Fritz Elstner. Der zuckte zusammen.

«Igitt», sagte Renate Kalkowski und ließ die Flasche Bier, aus der sie gerade einen Schluck genommen hatte, fallen. Die Flasche zersprang.

«Das kehrst du zusammen, Fritz», kommandierte Rose.

Während die beiden Männer aufeinander zugingen und sich lauthals beschimpften, pflanzte sich unter den Kleingärtnern in atemberaubender Schnelligkeit ein Meinungsbildungsprozeß fort: Von diesen Getränken wollten sie keinen Schluck über ihre Lippen rinnen lassen, mochte die Sonne auch zu ihren 29 Grad im Schatten und 45 in der Sonne noch einige Grade zulegen.

Dieser Beschluß war der härteste, den die Kleingärtner jemals getroffen hatten. Als man nach einer halben Stunde wegen der Sonne ins Vereinsheim umzog, wanderten die Gedanken der meisten immer wieder zu den gebrandmarkten Getränken. Die erste Flasche Brause zerplatzte aufgrund der massiven Sonneneinstrahlung mit lautem Knall. Fritz Elstner machte einen verzweifelten Versuch, Oberwasser zu behalten. Mit patziger Stimme bezweifelte er die Rechtmäßigkeit der Versammlung.

«Zwischen Einladung und Versammlung müssen 14 Tage liegen, sonst gilt das nicht.»

Willi Rose wollte sofort auf Elstner los, beherzte Kleingärtner warfen sich dazwischen. Danach brachte jemand den Antrag ein, Elstner für heute das Wort zu entziehen. Als Elstner protestierte, wollten sie ihn nach Hause schicken. Elstner weigerte sich zu gehen. Alfred Behle bot seine Laube als Gefängnis an. Sie waren sich einig: Ohne Gegenwehr wollte man die Parzellen nicht aufgeben.

Eine Dreimanngruppe zog sich in Elstners Büro zurück und formulierte den Text einer Resolution. Herr Oldenburg, der als Schriftführer des Vereins ein Meister der Formulierung war und seinen Bekannten- und Verwandtenkreis mit launigen Hochzeitszeitungen belieferte, riß diese Arbeit sofort an sich. So vertrieben sich die anderen beiden Männer die Zeit, indem sie in Elstners Unterlagen herumschnüffelten. Dabei fanden sie heraus, daß Elstner sich selbst von der Zahlung der Pacht befreit hatte. Grund: soziale Bedürftigkeit. Zwei Minuten später war Elstner abgesetzt. Draußen explodierten weitere Brauseflaschen. Herr Oldenburg las die Resolution vor. Er war ein leidenschaftlicher, wenn auch etwas nuschelnder Interpret seiner eigenen Werke.

«Die Mitglieder der Kleingarten-Kolonie ‹Blüh auf› von 1952 beschließen, daß sie auf ihrem geliebten Grund und Boden bleiben wollen. Wir lassen uns nicht vertreiben. Häuser können auch woanders gebaut werden. Gärten sind grün, grün ist Natur, Natur brauchen wir alle. Versicherungen brauchen wir nicht unbedingt alle. Wir haben heute Fritz Elstner abgesetzt, der mit der Passau-Paderborner heimlich gekungelt hat. Was Elstner versprochen hat, ist null und nichtig.

Wenn man uns weghaben will, muß man Gewalt anwenden. Dann schlagen wir aber Krach, das versprechen wir hiermit.»

Der Text wurde genehmigt, abgetippt und von allen Anwesenden unterschrieben. Kurz bevor die Sportschau im Fernsehen begann, verkündete Herr Oldenburg, der sich zielstrebig zum Versammlungsleiter entwickelt hatte, das Ende der Versammlung.

Die Frau brach in Tränen aus, Fred war gerührt. Während sie weinte und weinte und kein Ende abzusehen war, winkte Fred dem silbergrauen Zwergpudel aus der Telefonzelle zu. Langsam beruhigte sich die Frau. Zwar schniefte sie heftig und schneuzte sich mehrmals, doch zwischendurch stellte sie Fragen nach Freds Bedingungen, den Übergabe-Formalitäten sowie dem gesundheitlichen und psychischen Zustand des Hündchens. Irgendwie fühlte sich Fred wie ein Mistkerl, weil er die Frau, die eine so sympathische Stimme besaß, zum Weinen gebracht hatte. Die Frau verstand es, in Fred den Kavalier wachzukitzeln. Sie schmeichelte ihm, lobte seine kriminelle Energie. Und während Fred selbstgefällig vor sich hin lächelte, gab er der Frau Bröckchen um Bröckchen kleine Hinweise über seinen derzeitigen Aufenthaltsort. Er wunderte sich, als sie es plötzlich so eilig hatte, den Hörer aufzulegen.

Als Fred in den Innocentiapark einbog, lächelte er. Die Frau hatte ihn regelrecht angefleht, dem Tier Auslauf zu geben. Wenn er sich recht erinnerte, hatte sie selbst diesen Park vorgeschlagen. Fred überlegte gerade, ob er sich nach den ersten Wochen als Dognapper einen sportlichen Wagen oder lieber etwas Solides leisten sollte, da hörte er auf der Straße, die den Park umschloß, einen Wagen entlangrasen. Durch die Büsche erkannte er eine monströse amerikanische Limousine. Fred fühlte sich leicht und zuversichtlich. Die Zukunft lag nicht gerade wie ein aufgeschlagenes Buch vor ihm. Immerhin hatte er in diesem Moment das Gefühl, daß er wußte, in welchem Regal das Buch stand. Verdutzt sah Fred, wie der Straßenkreuzer von der Straße abbog und über den Schotterweg in den Park schrammte. *Rowdies.*

Die Reifen scheuerten über die Steinchen, Fred konnte das Geräusch nicht ab. Die Vordertüren schwangen auf, zwei Männer sprangen heraus, Fred lächelte. Vor sich sah er die öffentliche Bedürfnisanstalt. Sie war klein, wirkte entzückend verwinkelt und altmodisch. Irgendwie kam Fred das Klo chinesisch vor. *Sauber, Jungs. Nicht an den ersten besten Baum, sondern auf Klo, wie bei Muttern gelernt. Sauber.* Fred wartete darauf, daß die Männer an ihm vorbeisprinteten. Er wollte hilfsbereit sein und faßte die Hundeleine kürzer. *Nachher fällt noch einer drüber.* Da packte eine Stahlhand Freds Schulter und riß ihn mit einer Wucht herum, wie Fred sie noch nie erlebt hatte. Schmerzverzerrt und gleichzeitig verblüfft sah er zu, wie die unförmig große Uhr am Handgelenk des Mannes auf sein Gesicht zukam. Entweder war es die Uhr oder die Faust, die an Freds Kinn einschlug. *Rolex. Die kann was ab. Aua.* Freds Kopf wurde zur Seite geschleudert, der schwerfällige Körper drehte sich langsamer nach. Wo Fred hintaumelte, wartete schon der zweite Mann. Fred wunderte sich, daß dessen Gesicht keinen Ausdruck zeigte. Dafür machte die Faust des Mannes einen tiefen Eindruck in Freds Magen. Fred klappte zusammen. Die Currywurst vom Nachmittag wurde durch die Speiseröhre nach oben gepreßt. *Bloß nicht kotzen. Was sollen die Leute denken.* Der Mann faßte nach, packte Fred an den Schultern, knallte ihm das Knie gegen das Kinn, und Fred stand plötzlich kerzengerade. Das dauerte bis zum nächsten Tritt, von dem Fred schon vorher wußte, daß er weiter unten landen würde. Daß er allerdings so weit unten landete, hatte Fred denn doch nicht gedacht. Er lag am Boden, preßte beide Hände zwischen die Beine und spürte, wie der Zwergpudel über sein Gesicht lief.

«Komm, Tschita», hörte Fred einen der Männer sagen. Er riskierte ein Auge und sah, wie der Mann den Pudel gegen das Gesicht drückte, während der zweite Mann daneben stand und das Tier streichelte.

«Hat der böse Mann dir was getan?» fragte der Streichler.

Fred schüttelte den Kopf, aber auf ihn achtete ja keiner.

«Dann hätten wir es soweit», sagte der Hundehalter.

Daraufhin schlug der andere mit einem Bein ansatzlos nach hinten aus und traf Fred in der Nierenregion.

«Das machst du nicht noch mal», sagte der Zuhälter.

Sie gingen. Als Fred hörte, wie der Motor ansprang, wagte er es, wieder tiefer einzuatmen. *Der erste Eindruck ist eben doch der richtige.* Als Fred den Pudel gesehen hatte, war sein erster Gedanke gewesen: Nuttenhund.

An diesem Abend gönnte sich Willi Rose eine gute Flasche Wein. Die letzten Kleingärtner hatten sich von der Scholle losgerissen. Rose war allein in der Kolonie, in der er sich vor 30 Jahren das Behelfsheim ausgebaut hatte. Auch in Bernburgers Laube, die der 18jährige Sohn ab und zu als Liebeslager benutzte, hatte die Sprungfedermatratze in dieser Nacht Ruh. Rose lehnte an der Hauswand, der Rauchfaden der Zigarre stieg senkrecht in die Höhe. Die Luft war weich und warm. Rose hatte das Gefühl, sie kauen zu können. *In so einer Nacht ohne Frau, da muß man schon ganz schön alt sein. Oder tot. Oder Rochus.*

Rose nahm das Glas vom Tisch, nippte. Er hielt es gegen das Windlicht. *Rinderblut.* Rose stellte das Glas ab, zog an der Zigarre. Er fühlte sich straff und wohl. *Das war Medizin, wie die Versammlung abgelaufen ist. Es beruhigt, wenn man weiß, wo man in Ruhe sterben kann.* Wenn Rose auch noch gewußt hätte, wie er den Antennenmotor reparieren konnte, mit dessen Hilfe er die vier Meter hohe Antenne auf einen astreinen Empfang des DDR-Fernsehens ausrichten konnte, wäre dieser Abend für ihn richtig rund gewesen.

Kommissar Fleischhauer konnte noch auf den Beifahrersitz hechten, da zerschnitt schon der erste Blitz die schweflig-dicke

Wolkensuppe. Während Golze die Zeit zwischen Blitz und Donnerschlag laut mitzählte, beobachtete Fleischhauer den Assistenten von der Seite. *Mensch Golze, du gehörst ins Bett. Ißt du wenigstens ordentlich?* Fleischhauer lehnte sich leicht nach links. *Immerhin. Saubere Wäsche hat er an.*

«18», sagte Golze mit großer Freude.

«Dann haben wir ja eine reelle Chance, lebendig davonzukommen», lästerte der Kommissar.

Während die Abstände zwischen den Blitzen und den Donnerschlägen zwischen 9 und 21 pendelten, blickte Fleischhauer auf das zweistöckige Mietshaus vorne links. Zu seinem Leidwesen gefiel ihm Hildegards Gardinen-Lösung gar nicht. *Schneeweiß geht ja noch. Aber dieses Geraffte, Üppige. Wie im Puff. Weniger wäre da mehr gewesen, Hildegard.*

«Sie hat das gerochen mit dem Wetter», sagte Golze, «hat sich ins Loch verkrochen, wartet wohl bessere Zeiten ab.»

«Lieber Golze, warum können Sie über Hildegard nicht einfach mal zur Abwechslung so reden, als wenn es sich bei ihr um eine normale Frau handelt?»

Golze sah ihn empört an.

«Ich soll mich dumm stellen? Ich? Bei dem, was ich alles von ihr weiß? Das geht nicht mehr, Chef. Deshalb kann ich hier auch nicht weg, tut mir leid. Finde ich übrigens sehr sozial, daß Sie sich so um mich sorgen.»

Um dich sorge ich mich kein Fitzelchen. Ich habe nur Angst, daß Hildegard aus dem Fenster guckt und sich über den Wagen mit dem unrasierten Kerl drin wundert. Nachher alarmiert sie noch die Polizei.

«Haben Sie eigentlich Ihr Schießgewehr dabei?» fragte Fleischhauer vorsichtig.

«Keine Angst», sagte Golze und klopfte mit der linken Hand auf die rechte Achselhöhle. Dann stutzte er und klopfte mit der rechten Hand gegen die linke Achselhöhle.

«Ich glaube aber nicht, daß sie zu Gewalttätigkeiten neigt. Einstweilen jedenfalls nicht. Sie fühlt sich absolut sicher. Mensch, Chef, das war ein Glücksgriff von Ihnen. Haben genau das richtige Näschen gehabt. Schätze, der Hauptkommissar ist nur noch eine Frage von Tagen, wie?» Träumerisch ließ sich Golze gegen Fleischhauer sinken. «Und dann werde ich Kommissar.»

Zwischen dem nächsten Blitz und dem Donner kam Golze bis zweieinhalb. Er bat Fleischhauer, noch ein wenig zu bleiben. Dann prasselte der Regen los. Diffus und blendend kam die Sonne durch, von Straße und Bürgersteig dampfte es. Farben und Gerüche wirkten klarer und intensiver.

«Regenwald», flüsterte Golze beeindruckt, «ich sage nur: Regenwald.» Irgend etwas hinderte Fleischhauer nachzufragen. Golze zündete sich eine Zigarette an.

«Muß sein», sagte er, «ich war glücklich weg davon. Aber für die Dauer dieses Auftrags muß es sein.»

Fleischhauer klopfte gegen seine Brusttasche, fischte den Zahnstocher heraus und hängte ihn in den Mundwinkel. Im Handschuhfach fand er eine dunkelbraune Flasche mit einer Vitamin-Mineralsalz-Kombination. Auf dem Rücksitz entdeckte er eine aufgerissene Tüte mit Möhren.

«Vitamin A», erklärte Golze, «gibt gute Haut und möbelt die Augen auf. Von wegen Nachtblindheit: ich nicht. Diese Hoffnung kann sich unsere Freundin *meine, Golze, meine. Bring da nichts durcheinander* gleich abschminken, im Schutz der Dunkelheit ein Riesending steigen zu lassen. Statt mir könnte auch ein Luchs hier sitzen.»

Golze schien nachzudenken.

«Jedenfalls, was das Gucken nachts betrifft. Nicht etwa, was das Autofahren betrifft, denn das können Luchse . . .»

Fleischhauer verabschiedete sich.

«Sagen Sie das noch mal», stöhnte Hassengier und raufte sich die Haare. Als der Direktor um halb zehn in seinem Vorzimmer aufgetaucht war, hatte er sich nur mühsam des auf ihn zuspringenden Fritz Elstner erwehren können.

«Wenn ich's Ihnen doch sage», rief Elstner klagend, «die gehen nicht. Jedenfalls nicht freiwillig. Und sie sind sich alle einig.»

«Da wir zwei beide gerade ganz intim unter uns Männern sind, kann ich es Ihnen ja sagen», sagte Hassengier. Dann brüllte er los: «Das ist eine ungeheure Scheiße! Warum klappt in diesem Laden nie etwas? Warum leisten Sie für 5000 Mark keine bessere Arbeit? Ich denke, Sie haben diese Bande fest im Griff. Haben Sie doch immer wieder gesagt.»

Das Sprechgerät knarrte. Hassengier hieb auf die Taste:

«Keine Störung jetzt, Mandelkern.»

«Da sind drei Herren», sagte das Sprechgerät.

«Gratuliere», höhnte Hassengier, «dann haben Sie ja ausnahmsweise mal die große Auswahl.»

«Die Herren wollen zu Ihnen», unterbrach Frau Mandelkern eisig.

«Wie? Entschuldigung, Mandelkern, es ist die besondere Lage, wissen Sie.»

«Die Herren sind vom Kleingartenverein ‹Blüh auf› von 1956 ... Moment mal.»

Im Sprechgerät ging es hoch her. Dann meldete sich Frau Mandelkern wieder:

«52. 1952.»

Elstner war mit zwei schnellen Schritten am Fenster.

«Ich muß hier raus. Die dürfen mich hier nicht sehen.»

«Ich denke, die haben Sie sowieso rausgeworfen», sagte Hassengier verwundert.

«Das verstehen Sie nicht», haspelte Elstner und rüttelte an dem Fenster herum.

«Lassen Sie das, das ist die Jalousie.»

Da wurde es schon dunkel im Raum.

«Ich lasse bitten», sagte Hassengier, und während Elstner noch verzweifelt an der Jalousie herumkurbelte, kamen die Kleingärtner Behle, Vollmar und Oldenburg ins Zimmer. Als sie Elstner sahen, erstarrten sie. Hassengier stellte sich unauffällig zwischen die Fronten. Oldenburg hielt eine umständliche Rede und überreichte die Resolution. Behle stieß ihn in die Seite:

«Du wolltest sie doch vorlesen.»

«Ja, soll ich? Soll ich?» fragte Oldenburg hoch erfreut.

«Lassen Sie man», sagte Hassengier schnell und nahm das Schriftstück an sich.

Oldenburg bestand darauf, daß er den Erhalt der Resolution quittierte. Murrend fügte sich Hassengier. Übertrieben förmlich traten die Männer den Rückzug an. An der Tür hielten sie inne und zerdampften den bebenden Elstner mit Blicken.

«Mandelkern, einen Kaffee für mich und einen Schnaps für unseren Exvorsitzenden», höhnte Hassengier ins Sprechgerät.

Dann las er die Resolution, murmelte mehrere Male «Quatsch» sowie «Angeber» und sagte zum Schluß:

«Wenn die ihre Gärten so beackern wie sie mit der Sprache umgehen, möchte ich mal die Ernte sehen.»

Dann drückte er Tasten, wählte Telefonnummern, spielte routiniert und zielstrebig auf den Knöpfen der Macht.

Eine halbe Stunde später saß eine Runde grübelnder Männer in Hassengiers Büro. Elstner hatte inständig gebeten, gehen zu dürfen. Hassengier beendete seinen Vortrag:

«So, liebe Kollegen, das ist die neue Lage. Wäre ja auch zu schön gewesen.»

«Dieses Resolutionsunwesen greift immer mehr um sich», bemerkte Direktor Ehre.

«Um mal kurz und heftig zu erwähnen, worum es geht», meldete sich Hassengier, «die 20 Millionen an Bundesmitteln können wir verbauen, wenn der erste Spatenstich noch in diesem Jahr vonstatten geht. Nur dann.»

Es folgten fünf Minuten, in denen sich die Runde in unflätigen Beschimpfungen der renitenten Kleingärtner gefiel.

«Das entschlackt zwar irgendwie», meinte Ehre, der den sehr zwiespältig aufgenommenen Schimpfnamen «Kohlköpfe» in die Runde geworfen hatte, «aber es bringt uns nicht weiter.»

«Wir müssen die Kerle bis zum Herbst draußen haben, und die wollen nicht», sagte Hassengier. «Was können wir tun, um ihre Meinung zu ändern?»

Es folgte ein Potpourri an skurrilen Tötungsmethoden, die Laune der Anwesenden sank immer mehr.

Frau Mandelkern mußte Kaffee, Tee, Mineralwasser und eine Flasche Cognac auffahren. Sie jammerte rum, daß sie in einem akuten Geschirr-Engpaß stecke, weil eine Putzfrau die Geschirrspülmaschine in der Direktions-Küche zerstört habe.

«Nun hören Sie doch mit solchen Banalitäten auf», bellte Ehre. Frau Mandelkern war empört. Banalitäten fanden bei ihr ein natürliches Ende, wenn die Höhe der zu erwartenden Reparatur dreistellig wurde.

«Prinzipiell haben wir zwei Möglichkeiten», sagte Hassengier.

«Meistens hat man immer noch eine Möglichkeit mehr», warf Ehre ein.

«Na, Ehre», sagte Hassengier mit erzwungener Fröhlichkeit, «hatten beim letzten Rotarier-Vortrag wohl einen Schmalspur-Philosophen verpflichtet, der sich bei euch mal richtig satt essen wollte, was?» Ehre muffelte herum, Hassengier fuhr fort:

«Der Elstner, dieser Lumpenhund, hat uns verbindliche Zusagen gemacht. Da war er ja noch in Amt und Würden. Mit der Stadt sind wir einig, die Rechtslage ist insoweit völlig klar. Wir könnten diese Kraucher mit Waffengewalt raussetzen.» Hassengier ließ den Satz nachhallen.

«Wenn wir das tun, gibt es einen Aufschrei der Öffentlichkeit. Presse, Rundfunk, Fernsehen, parlamentarische Anfragen, Demonstrationen, Flugblätter ...» Hassengier schüttelte sich.

«Hat einer der Herren schon das neueste Graffiti an der Ostwand direkt unter dem Firmenschild Passau-Paderborner gesehen?» fiel Lindemaier unsensibel in Hassengiers Gedankengang ein.

«Wir versichern: alles Quatsch.»

Ehre lachte schrill.

«Die an sich durchaus begrüßenswerte Transparenz und Empfindlichkeit der Gesellschaft schlägt uns in diesem konkreten Punkt natürlich ... wie soll ich sagen ...?»

«Mitten in die Fresse», kam ihm Lindemaier zu Hilfe.

«Und so sehe ich voraus, daß wir auf die zweite Möglichkeit zurückgeworfen werden.»

Ehre machte mit Daumen und Zeigefinger eine reibende Bewegung. Alle Augen hingen an Ehres Fingern.

«Schöner Mist», sagte Lindemaier, «aber wenn es hilft. Trifft ja keinen Armen.»

Impulsiv schoß Hassengiers Hand nach hinten, wo auf dem Schreibtisch die Bilanz des letzten Geschäftsjahres lag. Sie stellte ein Meisterwerk im Vertuschen von Gewinnen dar.

«Ich denke mir das so. Wir bieten den Widerständlern Geld an. Sagen wir hunderttausend. Damit müssen wir auskommen.»

«Damit kommen wir dicke aus», prahlte Lindemaier, der überhaupt nicht wußte, worum es ging.

«Wir kaufen diesen Protestanten eben ihr Gemüse ab. Und bei der Gelegenheit auch gleich ihre Hundehütten, Plumpsklos, den Grund und Boden eben. Also etwa folgendermaßen: Liebe

Kleingärtner. Wenn ihr euch bis zum 31. 10. von eurem Spielzeug losreißt, gibt es Pinkepinke. Cash, das finden die ja immer ganz wahnsinnig. Ich halte es übrigens für das Erzübel des bargeldlosen Zahlungsverkehrs, daß man die Scheine nicht mehr in die Hand kriegt und an ihnen riechen kann, sie so richtig in der Hand zerknittern. Das mit der Lohntüte Anno dunnemal, das hatte was, das hatte eine Sinnlichkeit, da konnte man mit beiden Händen reingreifen, da ...»

«So ein Onkel Dagobert-Effekt», kicherte Lindemaier.

«Man kann es auch noch geschickter machen.»

Hassengier hatte die ungeteilte Aufmerksamkeit.

«Wir stellen dem Verein eine gewisse Summe zur Verfügung. Und –» Hassengier kostete den Satz schon im Vorwege aus «– und für die Verteilung müssen die Brüder selber sorgen. Sie müssen also Kriterien entwickeln, was weiß ich: Größe des Gartens, wie lange sie da schon drin rumwühlen, ob in den Lauben goldene Wasserhähne sind.»

Lindemaier lachte laut und kurz, dann war wieder Ruhe.

«Vielleicht zählen sie auch alle Tulpenzwiebeln zusammen und die Sträucher. Und die Bäume. Sollen sie sich eben was einfallen lassen. Irgendwas Kompliziertes, womit sie sich ausdauernd beschäftigen können. Was meinen Sie, wäre das ein Weg?»

Während sich Hassengier Cognac in den Kaffee schüttete, guckten sich die Männer an.

«Ich schlage vor», sagte Ehre, «wir rufen mal kurz diesen Borbet.»

«Borbet? Borbet? Das ist doch unser Angestellter, der vor kurzem zeitweilig in diesen schrecklichen Verdacht geraten ist.»

Ehre nickte.

«Dadurch wissen wir ja überhaupt, daß der Herr Borbet ein Gärtchen bei diesen Dickköpfen bewirtschaftet.»

«Stimmt ja», sagte Hassengier, «der ist die ideale Auskunftsperson.» Knappe drei Minuten später betrat Heinz Borbet den Raum. Ihm hing ein Stückchen Petersilie oder Schnittlauch am Kinn. Obwohl Borbet eine Papierserviette in der Hand hielt, mit der er sich mehrmals über den Mundbereich fuhr, schaffte er es irgendwie, das kleine grüne Stückchen nicht zu erwischen. Die versammelten Herren brauchten mehrere Minuten, bis es ihnen gelang, Borbet statt aufs Kinn in die Augen zu blicken.

Hassengier bat um eine freimütige Einschätzung des Klimas in der Kleingartenkolonie.

«Ja nun», sagte Borbet. «Die Leute sind aufgebracht. Sie dürften wild entschlossen sein, die Parzellen nicht freiwillig zu räumen. Für diese Haltung muß man wohl Verständnis aufbringen.» *Vorsicht, Junge. Du bist nicht unkündbar.*

«Und Sie halten die derzeitige Empörung nicht für ein Strohfeuer, das in zwei Wochen verpuffen wird?»

«Auf keinen Fall», erwiderte Borbet schnell. «So sind Kleingärtner eben. Sie sind schnell versöhnt, wenn sie Anlaß dafür haben. Sie können jedoch sehr stur werden, wenn sie sich bedroht fühlen. Aber so ist das ja überall.» *Könntest du dir nicht deine jeweils letzten Sätze sparen? Diese Schlenker ins Allgemeine sind ja unerträglich altklug.*

Daraufhin informierte Hassengier den Angestellten über den Plan, den er entwickelt hatte. Was Borbet denn davon hielte?

«Wollen Sie meine ehrliche Meinung hören?»

«Aber ausschließlich», sagte Hassengier lachend.

«Ein teuflischer Plan ist das.»

So ein schönes Kompliment hatte Hassengier lange nicht mehr gehört. Er strahlte, auch in den anderen Gesichtern mit Ausnahme Borbets gingen Sonnen auf. «Sie finden unsere Taktik also wirklich erfolgversprechend?»

«Wie ich schon sagte», sagte Borbet.

Hassengier vergatterte den Angestellten zum Schweigen. Borbet ging gerade zur Tür, da fiel Ehre noch etwas ein:

«Das ist dann ja wie ein 15. Monatsgehalt.»

«Wieso?»

«Na, da kriegen Sie doch Geld von Ihrem eigenen Arbeitgeber. Ganz allein dafür, daß Sie ihm ermöglichen, Ihren Arbeitsplatz auf Dauer zu sichern.»

Man gickerte und gackerte.

«Eigentlich dürften Sie das Geld gar nicht annehmen», schmetterte Lindemaier. Borbet blickte ihn an und ging.

«Na, ist das was, oder ist das nichts?»

Fred trat zur Seite, damit er nicht irgendein Körperteil des Dobermanns verdeckte.

«Ja doch, ist schon ganz gut», erwiderte Rochus Rose.

«War ganz einfach», sagte Fred eifrig. «Es wird überhaupt immer einfacher. Kann auch daran liegen, daß ich geschickter werde.»

«Das soll man nicht ausschließen», sagte Rochus und führte Fred am Ellenbogen zum Wagen.

«Wie ich das zuerst gemacht habe, war es auch wirklich ein bißchen dusselig.»

Fred wirkte euphorisch. Rochus sah ihn aufmerksam an.

«Ich weiß, daß du es nicht hören willst, aber ich möchte dir trotzdem noch mal sagen, daß mir die Stelle an deinem Kinn gar nicht gefällt.»

«Laß das. Ich will nicht mehr an eine der dunkelsten Minuten meines Lebens erinnert werden.»

Sie fuhren in die Speicherstadt. Während Rochus durch die Straßen kurvte, lehnte sich Fred nach hinten und tätschelte an dem Dobermann herum.

«Weißt du, Rochus, die Geschichte mit dem tagelangen Ausspionieren vorher, das war kalter Kaffee. Das muß man ganz anders angehen. Es gibt ein paar Sorten von Hunden, da kann man es einfach blind riskieren. Und es gibt Hunde-Marken, da kannst du dir die Mühe sparen. Ich nenne nur mal das Stichwort Pudel.»

«Wenn es kein Zwergpudel ist», sagte Rochus.

Fred befühlte sein Kinn.

«Schäferhund, das ist meistens auch nichts. Da sehen die Herrchen alle so aus, als ob sie selbst gern zubeißen würden. Aber Dobermann, das ist gut. Dobermann, das ist Elbvorort, ruhige Wohnstraße, Eigenheim. Schätze so von 4000 De Em netto aufwärts. Oder Chow-Chow, überhaupt alles, was selten ist. Oder ganz winzige Viecher, wo du glaubst: Das ist gar kein Hund mehr. Das heißt schon Ratte oder Iltis, da steckt auch Kohle hinter.»

Freds Wangen glühten.

«Die Dobermann-Leute sind Spitzenklasse. Ob er bei mir auch genug Auslauf hat. Das würde er brauchen, haben sie gesagt, noch dringender als sein Fressi-Fressi.»

«Haben sie das auch gesagt: ‹Fressi-Fressi›?»

«Haben sie. Die haben überhaupt eine Sprache, da legst du die Ohren an. Ich würde mich ja schämen, so zu reden. Das fängt schon mit den Namen an, die sie ihren Lieblingen verpassen. Mannomann. So nennen andere Leute nicht mal ihre Frauen.»

Rochus spürte, wie Fred ihn von der Seite ansah. Er bemühte sich, den Wagen beschleunigt einzuparken. Der Lastwagen, der mit dem Ausrangieren nicht klarkam, hinderte ihn daran.

«Du hast keine Frau, was?»

Rochus brummte.

«Freundin auch nicht?»

«Auch nicht.»

«Mal gehabt früher?»

«Früher, ja.»

Mann, bist du stur.

«Und Claudia, was ist mit der?»

«Das ist was anderes. Das ist rein beruflich», zwängte Rochus hervor.

Fred bestand nicht weiter auf dem Thema.

Sie gingen ein Stück.

«Und stell dir vor, ich kam bei den Dobermännern nicht mal dazu, meinen Preis zu nennen. Die 2000 Märker haben sie mir praktisch aufgedrängt. Heute abend soll die Übergabe stattfinden. 23 Uhr. Das wird ein Ding. Hoffe, daß ich nichts übersehen habe.»

Sie gingen zwei Stockwerke hoch.

«Du könntest mir langsam mal verklaren, warum ich unbedingt mit einem Hund mit sollte.»

«Kommt alles. Kommt gleich», erwiderte Rochus.

Wieder hatte Fred das Gefühl, daß mit dem Mann manches Mal eine merkwürdige Veränderung vor sich ging.

«Diese dicken Wände halten die Hitze aber wirklich perfekt raus», sagte Fred anerkennend.

«Das ist nicht das Haus. Das liegt an der Kühlung.»

«Welche Kühlung? Und warum stinkt das hier so fürchterlich? Äääh! Ist ja nicht zum Aushalten. Wie im Schlafsaal einer Jugendherberge.»

Demonstrativ band Fred sein Halstuch über Mund und Nase. Der Hund wurde unruhig.

Rochus bog um eine letzte Ecke und stand in einem Raum, von dem eine große Tür, fast ein Tor, abging. Der Mann in dem Raum trug eine Pelzjacke.

«Wir haben miteinander telefoniert», sagte Rochus und stellte Fred vor.

Der Mann zeigte sofort auf den Hund.

«Das geht aber nicht. Das kann man so einer Nase auch nicht zumuten.»

Rochus und der Mann sprachen leise miteinander. Dann öffnete der Mann die große Tür. Jetzt fiel Fred ein, woran ihn der Türdrücker erinnert hatte. *Wie bei einem alten Kühlschrank.* Die Tür schwang auf, kalte Luft und ein spitzer Gestank schlugen über alle herein. Fred sah, daß in der Halle eine unübersehbare Menge Häute lagen. Er hörte auch, wie der Mann sagte:

«Salz, da ist nur Salz dazwischen, wenn die Häute hier ankommen. Und Fleisch natürlich, das hängt auch noch dran. Da ist eine gewisse Geruchsentwicklung nicht zu vermeiden.»

In diesem Moment war es um den Dobermann geschehen. Aufjaulend riß er sich aus Freds Umklammerung und stürzte um die Ecke. Vor Freds geistigem Auge entstand das Bild von zwei Tausendmarkscheinen, die als Flügel aus den Schultern eines Dobermanns herauswuchsen. Der Dobermann breitete die Flügel aus und hob sofort ab. Fred rannte durch die Gänge. An den engen Abbiegungen stieß er sich die Schulter an. Als er vor dem Haus ankam, guckte er nach links und rechts, sah den Hund nicht, entschied sich für eine Richtung und sprintete los.

«Haben Sie hier eben einen Hund vorbeilaufen sehen?» rief Fred zwei Männern zu, die auf einer Laderampe Fofftein machten. Der eine hielt lachend eine kleine geöffnete Dose in die Höhe. *Corned Beef.* Fred lief und lief. Die Lungen begannen zu brennen, und während er das Gefühl hatte, daß die Milchsäure in den Waden so schnell in die Höhe stieg, daß man zusehen konnte, fiel ihm Rochus ein. *Der ist verrückt.*

«Was hat er denn, Ihr Freund?» fragte der Mann im Pelzmantel und half Rochus in eine Pelzjacke.

«Für unsere Gäste.»

Rochus sah an sich hinunter.

«Mein Freund hat Sorgen mit seinem Hund.»

«Aha», sagte der Mann.

«Finde ich übrigens einigermaßen erstaunlich, daß der Chef Sie hier reinläßt.» Der Mann bemühte sich nicht, die Verwunderung in seiner Stimme zu unterdrücken.

«Das macht er sonst nicht.»

Rochus blickte sich um.

«Ihnen macht der Geruch wohl nichts aus», bemerkte der Mann.

«Mein Interesse ist größer als meine Abneigung gegen den Geruch.» Der Mann blickte Rochus an.

«Das sind also Häute, so wie sie aus Südamerika im Hafen ankommen.»

«So ist es», sagte der Mann. «Die ziehen drüben den Kühen das Fell über die Ohren, schmeißen eine Handvoll Salz zwischen die Häute und stapeln sie aufeinander. Alles, was an Verarbeitung passiert, passiert hier. Wir kriegen das schiere Rohmaterial angeliefert.»

«Das sind Rinderhäute», stellte Rochus fest.

«Stimmt.»

«Und es kommen nur Rinderhäute?»

Der Blick des Mannes war Bruchteile einer Sekunde kurz.

«Ausschließlich. Die werden gegerbt, und dann gehen sie an die Fabriken: Schuhe, Taschen, Koffer, Klunkerkram, was eben hinterher in den Regalen steht.»

Rochus blieb an einem Stapel stehen. Er griff eine Rinderhaut, befühlte sie. Sie war steif.

«Das ist ja nun ein ganz schöner Stapel», sagte er.

«Das sind 50 Häute, nehme ich an.»

«Die werden so vom Schiff geladen, wie sie zusammengebunden im Lagerraum liegen?»

«Genau so.»

«Ich mache jetzt ein Denkspiel», sagte Rochus lächelnd.

«Mal los, tun Sie sich keinen Zwang an.»

«Bis zu dem Zeitpunkt, an dem die Häute vom Schiff geholt werden und hier zur Lagerung kommen, bis zu dem Zeitpunkt guckt außer dem Mann, der die Häute aus dem Schiffsbauch holt, niemand die Häute an.»

«Keiner. Sind ja auch kein besonders schöner Anblick.»

«Wenn – wie gesagt: es ist nur ein Denkspiel –, wenn es so wäre, daß oben fünf Häute liegen und unten fünf, dann würde man automatisch annehmen, daß dazwischen 40 andere Häute liegen.»

«Aber ja.»

«Sehen Sie», sagte Rochus fast heiter, «und an diesem Punkt werde ich stutzig. Wenn jemand ein Interesse daran hätte, aus Südamerika statt simpler Häute etwas anderes in unser Land zu bringen, dann böte sich für ihn doch an, den Weg über die Häute zu nehmen. Drücke ich mich verständlich aus?»

«Ich verstehe kein Wort.»

Rochus versuchte es noch einige Male so herum und anders herum. Der Mann hatte auf stur geschaltet. Rochus ging bald. Der Mann wartete, bis Rochus verschwunden war. Dann eilte er in einen Büroraum. Noch im Stehen wählte er eine Nummer. Er bekam sofort Anschluß. In diesem Moment begannen die Kühl-Aggregate zu arbeiten. So bemerkte der telefonierende Mann nicht, wie Rochus vorsichtig um die Ecke schaute.

Golzes Augen, die er in den ersten Tagen der Beobachtung so kraftvoll auf die Eingangsfront der Passau-Paderborner Versicherung geworfen hatte, zockelten saft- und kraftlos bis zum dunklen Marmor, der dem Eingang zwar Seriosität, aber auch Düsternis verlieh. *Rein, raus, rein, raus. Lachhaft so was.* Golze war ungerecht zu den Menschen, er fühlte das. Doch er hatte einen Grund für seinen Unmut: Zum erstenmal in seiner Laufbahn als Kriminalpolizist war er an einen Gegner geraten, der ihm überlegen zu sein schien. *Und dann noch eine Frau.*

Die Kopfhaut kribbelte. Mit beiden Händen fuhr er durch die Haare und kratzte gegen das nervende Gefühl an, ohne es jemals länger als kurze Zeit zu vertreiben. Er wartete darauf, ob die Frau, die er mangels eines anderen Namens Hildegard Klinge-biel nannte, auch an diesem Tag bis 17 Uhr an ihrem Arbeitsplatz blieb oder ob sie heute aus der Rolle fiel. Nach allem, was Golze bisher von ihr kennengelernt hatte, glaubte er nicht mehr im Ernst, daß sie sich eine solche Blöße geben würde. *Du bleibst dran. Wenn du diesen Kampf verlierst, kannst du nicht mehr in den Spiegel blicken. Wenn du gewinnst, bist du ein gemachter Mann. Liest man doch immer wieder, wie das mit Einzelkämpfern geht. Erst lachen alle über sie, und am Ende stehen sie auf dem Titelbild vom ‹Stern›.* Golze wühlte auf dem Beifahrersitz herum, fummelte den Bat-terierasierer aus der Plastiktüte, stellte den Rückspiegel ein und schaltete das Gerät an.

Nach dem letzten Strich mit dem Filzschreiber lehnte sich Fleischhauer zurück und betrachtete das Bild. *Finster, finster. Genau die Visage, die wir immer vorbeugend verhaften, weil wir allein schon physiognomisch bei solchen Leuten in der Bevölkerung auf das meiste Verständnis treffen. Ob Hildegard so was gefällt? Soll ja solche Frauen geben.* Nachdem Fleischhauer einen Vollbart um sein Gesicht gestrichelt hatte, nahm er ein neues Paßbild und malte sich doppelt so langes Haupthaar an den Schädel. *Albern. Fehlt nur noch die Gitarre und das Groupie. Aber du hast ja Hildegard.* Der Kommissar zerriß beide Fotos und warf sie in den Papierkorb. Danach schlug er mit beiden Handflächen auf dem Schreibtisch herum. Seine Gedanken waren bei Golze. Auf einmal fehlte ihm dessen wieselige Hektik im Nebenzimmer. Fleischhauer blickte auf die offene Verbindungstür. Es war der dumpfe Brodem absoluter Fehlbesetzung, der von nebenan herüberwehte. Der Kommissar seufzte, stand auf, ging zur Tür. Hauptwachtmeister Olaf Stinka saß hinter der Schreibmaschine. Ein Blatt war eingespannt und glänzte im jungfräulichen Weiß. Mit unendlicher Bedächtigkeit drehte Stinka den Kopf herum, dann sah er den Kommissar. Fleischhauer lächelte. Er hatte das Gefühl, daß er Stinka nicht entmutigen durfte. In Stinkas Gesicht glomm etwas auf. *Jetzt hat er dich erkannt.*

«Na, Stinka, alles im Griff?»

«O ja.»

«Fleißig dabei, was?»

Stinka schien zu wackeln. *Jetzt nickt er mit dem Kopf.*

«Ich kriege das Protokoll heute noch fertig.»

Fleischhauer wußte nicht, um welches Protokoll es sich handelte. «Wacker», sagte er und ging in sein Zimmer zurück. Hinter ihm erklang ein Geräusch. Es kam überraschend, war kurz und scharf. Fleischhauer erstarrte. *Stinka hat den ersten Buchstaben gefunden.*

Golzes Stirn knallte gegen das Lenkrad. Er schoß hoch und knetete mit beiden Händen die Augäpfel. Dann griff er zur Thermosflasche, schüttelte, warf sie auf den Rücksitz und schraubte die zweite Flasche auf. Der Kaffee schmeckte bitter und sonst nach gar nichts. Im Radio ging es schon wieder ganz munter zu.

Daraus schloß Golze, daß die besinnliche Tagesausklang-Sendung, die aus unerfindlichen Gründen zwischen 14 und 16 Uhr lief, vorbei war. Zu diesem Zeitpunkt kamen deutlich mehr Menschen aus dem Versicherungsgebäude heraus als hineingingen. Golzes Augen brannten. Er griff neben sich, tunkte die Pflegeflüssigkeit auf den Wattebausch und legte ihn auf ein Auge. Er wußte nicht mehr, wer die Flasche in seinem Badezimmer vergessen hatte. Er wechselte das Auge, dann kam sie. Golze ließ alles fallen, seine Hände umspannten das Lenkrad. Verblüfft sah er, wie Hildegard sich mit einem Anfangsfünfziger unterhielt. *Richtmikrofon, das wär das Ding. Aber vorher kriegen wir neue Locher und Formularsätze für die Überstunden.*

Die Frau riß sich von dem Mann los. Was dann geschah, elektrisierte Golze. Hildegard hatte sich schon einige Schritte entfernt, als der Mann etwas rief. Sie drehte sich um und breitete ihre Arme aus. Als Golze schon dachte, daß der Mann ihr auf den Arm springen würde, war plötzlich ein Dackel da und wetzte auf sie zu. Hektisch umsprang er sie und strahlte diese rückhaltlose Freude aus, die Hundebesitzer so sehr für ihre Kotproduzenten einnimmt. Hildegard und der Mann lachten sich breitmäulig zu, dann ging sie mit dem Dackel davon. Golzes Augen brannten wie nie zuvor. *Aha! Ahaha! So geht das also. Informationsaustausch mit Hilfe der Tierwelt. Na wartet. Wo steckt die Nachricht? Im Halsband? Verschluckt oder was? Ins Fell eingebrannt? Ins Fell geflochten? Knotentechnik, kennt man doch als alter Indianer. Apachen. Nee, Maya.* In diesem Moment fiel Golze wieder ein, wie die Frau hieß, die die Augen-Flüssigkeit bei ihm hatte stehen lassen. Er startete den Wagen, verfolgte Frau und Hund. Das ging gut bis zur nächsten Straßenecke. Dann wurde Golze im dicken Feierabend-Verkehr ständig angehupt und angeblinkt. Er parkte ein, stieg aus und hielt Abstand.

An der nächsten Bushaltestelle stoppte Hildegard. *Respekt. Erst mich vom Auto weglocken und dann gnadenlos die Vorteile des öffentlichen Nahverkehrs ausnutzen. Wo lernt man so was nur? Ost-Berlin? Moskau? Tel Aviv?* Golze wurde vom Teufel geritten. Er nahm einfach mal an, daß es sich bei dem Bus, von dem er gerade noch die Rücklichter sah, um Hildegards Linie handelte. Bis zum nächsten würde es rund fünf Minuten dauern. Golze lief zur nächsten Haltestelle vor. Der Bus kam, Golze hatte kein

Kleingeld. Als er der Fahrerin den 20-Mark-Schein hinhielt, guckte sie ihn an, als wenn er ihr seinen Lieblingsporno entgegengestreckt hätte.

«Nun wechseln Sie schon», knurrte Golze. «Sie sind sowieso dazu verpflichtet.»

«Mit Leuten wie Ihnen diskutiere ich nur außerhalb der Rush Hour.» Golze war sicher, daß es sich um eine Beleidigung handelte, doch das Wichtigste war, daß er jetzt nicht weiter auffiel.

Er wollte sich so schnell wie möglich irgendwo festhalten, weil er im Gesicht der Fahrerin ein Flackern bemerkt hatte. Golze kannte das, weil er sich so ähnlich fühlte, wenn er bisweilen einen Rentner über den Zebrastreifen hetzte. Doch die Fahrerin war schneller. Sie kurbelte am Rad, daß es senkrecht in die Luft gestiegen wäre, wenn es nicht an der Lenksäule befestigt gewesen wäre. Dann schnitt sie brutal, sich einen Dreck um die nachfolgenden Autos scherend, in den Verkehrsstrom ein. Golze wurde zum Spielball der Naturgesetze und flog drei große Schritte nach hinten. *Mensch, du hast doch mal einen Film gesehen. Da ging das auch so los, nur noch schneller, und der Kerl flog durch die Heckscheibe.* Golze flog gegen einen Dackel, traf ihn in die Weichteile. Der Hund quiekte, Golze zuckte, das Frauchen zischte:

«Haben Sie sich weh getan?»

Golze glotzte und merkte erst dann, daß das Frauchen keineswegs gezischt hatte, sondern im Gegenteil um sein körperliches Wohlergehen besorgt war.

«Geht so weit», haspelte er, lächelte Hildegard an, bückte sich, streichelte den Dackel, bückte sich erneut und untersuchte, während er weiter streichelte, unauffällig Halsband und Fell des Tieres.

«Suchen Sie etwas Bestimmtes?» fragte Hildegard.

Golze blickte dem Dackel in die Augen, erhob sich und lächelte schief:

«Noch alles dran.»

Dann machte er, daß er nach hinten kam. Als er mit beiden Beinen auf dem Drehgelenk des superlangen Busses stand, folgte eine scharfe Rechtskurve. Golze fühlte, wie er sehenden Auges in eine andere Richtung als beabsichtigt eilte. Vorsichtig zog er den Fuß aus der Einkaufstasche und ließ sich erschöpft in einen Sitz fallen. *Davon darf der Chef nie etwas erfahren.*

Sie stieg in der Mitte aus, Golze hinten. Er wollte sich gerade in die Büsche schlagen, da nickte sie ihm freundlich zu. Golze verging vor Scham. *Aus solchen Flaschen wie dir werden Kriminal-Komödien gemacht.* Als er schon mit nichts mehr rechnete und, aggressiv jeden Stein auf dem Bürgersteig wegkickend, hinter Hildegard und dem Hund herlatschte, passierte doch noch etwas. Sie betrat einen Schlachterladen. *Schlachter hat montags offen. Sieh mal an. Was halten wir denn davon?* Golze ging zweimal am Laden vorbei. Beim erstenmal war Hildegard noch nicht an der Reihe. Beim zweitenmal unterhielt sie sich mit dem Schlachter. Danach kam sie heraus, leinte den Hund an und ging wieder hinein. Golze kam aus der Ligusterhecke. Der Dackel stand genau vor der Schaufensterscheibe, Golze kam nicht an ihn heran. Er ging noch einmal am Laden vorbei. Ein junges Mädchen bediente Hildegard. Sie kam aus dem Laden, Golze ging in Deckung. Der Hund begrüßte sein Frauchen, als wenn sie von einer Weltreise zurückgekommen wäre. Golze wartete ein bißchen, dann flog er in den Schlachterladen. Noch in der Bewegung riß er Notizbuch und Kugelschreiber aus der Hemdtasche.

«Los, los. Ich habe keine Zeit. Was hat sie gekauft? Reihenfolge und Mengenangabe. Aber präzise bitte. Es darf keine Scheibe mehr sein.»

Das Mädchen starrte ihn an.

«Ist was?» bellte Golze.

Das Mädchen blickte nach

Für außergewöhnliche Leistungen im Außendienst können Polizeivollzugsbeamten Anerkennungen und Belobigungen verliehen werden. Anerkennungen und besondere Anerkennungen werden ausgesprochen, wenn ein Beamter aufmerksam und umsichtig seinen Dienst versieht und dabei
– eine bemerkenswerte dienstliche Leistung vollbracht hat.
Zu werten sind hierbei insbesondere:
Initiative, Spürsinn, Mut und Entschlossenheit, Aufmerksamkeit, Umsicht und Geschicklichkeit, Führungseigenschaften, Einsatzbereitschaft.
Eine Anerkennung wird mit 1 Punkt, eine besondere Anerkennung mit 2–5 Punkten bewertet.

Aus der Vorschrift für den täglichen Dienst der Polizei der Freien und Hansestadt Hamburg

hinten, wo man die Stimmen von zwei Männern hörte.

«Ist sehr wichtig. Polizei und so weiter», murmelte Golze. Das Mädchen rutschte mit dem Rücken immer näher an ein dikkes Hackbrett aus Holz. Neben dem Brett standen in einem Krug diverse Messer, daneben hingen Sägen und Beile.

«Na, was ist, wird's bald?» herrschte Golze das Mädchen an. Zwei Minuten später verließ er beseligt den Laden. Das Notizbuch drückte er wie einen Schatz gegen die Brust. Auf der Rückfahrt erwischte er dieselbe Fahrerin. Sie lächelten sich an, als wenn sie sich beißen wollten.

Das Sofa hatte er vor das Fenster gerückt, gleich neben den Schreibtisch. Die Sitzkissen standen aufgestapelt zwischen Fenster und Flurtür. So hatte Golze eine ganze Wand des Wohnzimmers gewonnen. Mit Reißzwecken heftete er seine gesamten Packpapier-Vorräte an die Tapete. Dann nahm er den dicken Filzstift. Als er mit dem Platz nicht auskam, riß er hektisch alle Schubladen heraus. Er fand kein Packpapier mehr. Golze schrieb auf der Rauhfasertapete weiter. Danach stand er vor der Wand, verglich die Eintragungen in seinem Notizbuch mit der Wandbeschriftung, legte das Notizbuch zur Seite. Er ging zum Buchregal und schwenkte die Lampe gegen die Wand. Er holte sich den bequemsten Sessel, fand in der Speisekammer eine Flasche Rotwein, entkorkte sie und setzte sich endlich hin. Verzückt am Glas nippend, betrachtete Golze die Worte auf der Wand.

¼ Bierschinken	3 Scheiben Leber
¼ Prager Schinken	1 Packung Brühwürfel
200 Gramm Tatar	2 Stücke Sauerfleisch
1 Teewurst	100 Gramm Tiefseekrabben
2,5 Kilo Pansen	

Golzes stille Hoffnung war, daß sich ihm der Sinn schon beim ersten Durchlesen erschließen würde. Sein Magen begann zu knurren und zu brummen. Schlagartig wurde Golze die völlige Vernachlässigung einer geregelten Nahrungsaufnahme bewußt. Golze vergegenwärtigte sich, was er über die Frau wußte. *Tarn-*

name Hildegard Klingebiel, Tarnalter Mitte 40, alleinstehend wie alle
Spioninnen, die nicht verheiratet sind. Arbeitet in einer Versicherung,
Abteilung Großkunden. Was sind Großkunden? Firmen, die bei der
Versicherung viele Verträge laufen haben. Da mußt du ran. Sie ist
garantiert auf eine der Firmen angesetzt. Hat sie in letzter Zeit Kunden-
Besuche gemacht? Wer kam ins Haus? Privat? Der Anzug von heute
nachmittag. Welche Rolle spielt der Hund? Und dann der Schlachter. Ist
er der Führungsoffizier? Phantastische Tarnung: Schlachter. Wer ver-
dächtigt schon einen Schlachter? Journalist meinetwegen. Oder Inge-
nieur. Aber Schlachter. Und das Dummchen im Verkauf, sehr gute
Fassade. Im Kühlraum das Funkgerät, holt sich die Anweisungen ab,
wickelt sie in den Code ein, gibt den Code in Form von Nahrungsmitteln
an Hildegard weiter. Hildegard nimmt mit avisiertem Kunden Kontakt
in ihrer Funktion als Versicherungsangestellte auf. Ge-ni-al.

Golze wurde trotz seiner unbarmherzigen Müdigkeit wieder
munter. Er begann, durch den Raum zu laufen. *Die Nachbarn,*
da weißt du noch viel zuwenig drüber. Und der Hund: Rasse, Alter,
Vorbesitzer. Wer kommt in Hildegards Wohnung? Die Busfahrerin?
Donnerwetter ja, die Busfahrerin. Golze brauchte zehn Minuten,
um die Busfahrerin wieder auszuschließen. Dann saß er vor der
Wand. Versuchsweise entwarf er eine erste Entcodierung.

Bierschinken – könnte eine Brauerei sein. Schinken, weil der
Mann, an den sie ran soll, Übergewicht hat. ¼ – Postleitzahlbereich
4, die Brauerei liegt in oder um Düsseldorf. *Prager Schinken –*
Auftraggeber sitzt in der ČSSR. Oder der Chef der Brauerei stammt
aus Böhmen-Mähren. Teewurst und Sauerfleisch sind Hinweise auf
Gewohnheiten und Temperament: Ist Teetrinker, versteht keinen
Spaß, reagiert schnell sauer, eventuell Liebhaber von sauren Drops.
Sauer macht lustig. Brühwürfel – den Mann unter Druck setzen, ihm
Feuer unterm Hintern machen. Was kann verflucht noch mal der Chef
einer Brauerei in Düsseldorf wissen, was einen feindlichen Geheim-
dienst interessiert? Krabben – Krabben, Krabben. Mädchenhandel?
Golze, du brauchst viel mehr Anhaltspunkte. Es gibt so viele Mög-
lichkeiten, und du bist ganz allein. Könnte auch Zufall sein. Ist kein
Zufall. Zufälle sind Zusammenhänge, die du nur noch nicht durch-
schaust. Kalbsleber – Schmuggel mit Transplantaten. Lebern müßten
die doch selber genug haben – wenn sie nicht so viel saufen und sie sich
kaputt machen hihi. Saufen – Brauerei – Leber – über Prag – klar:
Tatar, Tataren sind Asiaten, gelb im Gesicht. Gelb wie bei Gelb-

sucht oder Lebererkrankungen. Der Brauerei-Fritze ist Alkoholiker, keiner soll es wissen, aber nun wird er gelb im Gesicht, damit kann man ihn unter Druck setzen. Brühwürfel, Donnerwetter. Golze sprang auf, riß Papier aus der Schreibtischschublade und begann fieberhaft zu schreiben.

Mitten in der Nacht bekam Oberkommissar Fleischhauer einen Anruf seines Assistenten Golze. Am nächsten Morgen erinnerte sich Fleischhauer noch, daß er fassungslos in die Dunkelheit gestarrt hatte, während Golze eine wirre Geschichte, die sich um Wiener Würstchen, Leberkrebs und einen Brühwürfel drehte, in die Membrane haspelte. Versonnen im Frühstückskaffee rührend, dachte Fleischhauer an seinen Untergebenen und an seine Fürsorgepflicht. *Du mußt ihn stoppen. Dem läuft das aus dem Ruder. Der hat irgendwas in den falschen Hals gekriegt.*

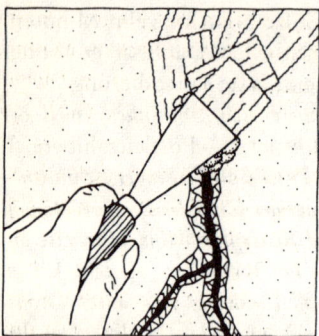

Das Loch in der Wand wird mit vorschriftsmäßig angerührtem Gips oder (einfacher) Spachtelmasse ausgefüllt. Bei sehr tiefen Löchern muß man in mehreren Schichten arbeiten.

Während Willi Rose durch die Räume ging und die Reihenfolge festlegte, in der er später auf die Schwachstellen aufmerksam machen wollte, strömten immer neue Leute in die Wohnung. Rose fand schon beim ersten Durchgang, den er flüchtig hinter sich brachte, eine respektable Strecke: Vibrationen durch den Straßenverkehr, Küchen- und Badezimmergeräusche aus der Nachbarwohnung, ein lächerlicher Gegenwert für die geforderten 12000 Mark Abstand, die Heizkörper ließen sich nur mit viel Körperkraft regulieren, der hintere Balkon zeigte eine Neigung, die nichts für schwache Nerven war, Türen, Fenster und unmotivierte Mauervorsprünge in den hinteren Räumen machten das Stellen von Schränken und Regalen zur Fummelsache, die Dielen im

Flur quietschten auf ganzer Länge. Willi Rose war mit dem ersten Ergebnis schon recht zufrieden. Er wollte sich an den zweiten, gründlichen Durchgang machen, bei dem er in die intimen Tiefen der Wohnung vorzudringen pflegte. Rose ging in den vorderen Trakt, wo sich alle Wohnungs-Interessenten versammelt hatten. Erst war es nur ein kleiner Pieks im Unterbewußtsein. Er kannte das Gefühl. *Als wenn es dich unterm Fuß juckt und du hast Schuhe an.* Er lehnte sich aus dem Fenster, prüfte die Beschaffenheit der Fassade, registrierte verwundert ein Anwachsen seiner Irritation, horchte in sich hinein. Und dann wußte Willi Rose Bescheid. Er drehte sich um, der junge Makler ahnte das Schlimmste. *Jetzt geht es los. Er plustert sich auf. Mami.* Rose guckte die Wohnungs-Interessenten der Reihe nach an. *Nicht zu fassen: nur Schnösel. Aber auch nicht eine einzige Nase, der du es gönnen würdest. Keine WG, keine jungen Leute, nichts mit Kleinkindern; diese Modepuppe, die da rumstolpert, weigere ich mich, Kleinkind zu nennen; noch nicht mal so ein herrlich piefiges Paar, das nach Lenor, Jacobs Krönung und Wüstenrot riecht. Willi, Willi, ich frage dich: Was willst du hier eigentlich?* Rose faßte den jungen Makler ins Auge. Die ein Meter neunzig lange Attrappe eines Mannes machte einen Ausfallschritt nach hinten. *Er kommt, er kommt. Nein, nicht. Iiih, er soll weggehen.* Der komplette Makler versteifte sich vor Unwillen.

«Lieber Herr, leider ist mir Ihr Name entfallen», sagte Rose.

«Aber das macht doch nichts», sagte der Makler automatisch.

«Ich weiß», sagte Rose. «Es ist nur: Ich gehe.»

«Ach», sagte der Makler ehrlich erfreut.

Er wurde regelrecht ausgelassen. Da er mit dem Schlimmsten gerechnet hatte, warf ihn das Eintreten des Gegenteils fast um. Als Rose die Wohnung verlassen hatte, dachte bei der folgenden Wohnungs-Begehung mehr als einer der Wohnungs-Interessenten, daß der junge Makler ein wenig betrunken sei.

Zweimal mußte Rose umsteigen, dann zehn Minuten zu Fuß, kurz vor 13 Uhr war er zu Hause. Er wusch sich unter den Armen und benutzte den Deo-Stift, den ihm der umweltbewußte Drogist aufgeschwatzt hatte. *Zerstörung der Atmosphäre, lachhaft. Nur weil ich mich so gerne mit diesem Zeug einnebele.* Danach trank er eine höllisch starke Tasse Kaffee, setzte sich in seinen Lieblingssessel und wartete ab, bis der Kaffee den Darm erreicht hatte. Dann ging er ein Ei legen, dabei las er ein Anzeigenblatt.

Während Rose saß und las, schüttete es draußen wieder los. Er öffnete das Klofenster, der Regen rauschte, das Grün wirkte saftig, prall und satt. Und dann der Geruch. Rose liebte es, wenn Bäume und Büsche nach dem Regen betörende Frische ausstrahlten. Beseligt schloß er die Augen, bereit, sich dem Genuß anheimzugeben. Es wollte ihm nicht gelingen. Rose machte sein Geschäft hinter sich ab und blickte anschließend aus dem Fenster des Wohnraums. Es sah grotesk aus, wie der Mann im Trenchcoat, die Pfützen auf dem Schotterweg vermeidend, von einer Seite zur anderen sprang. *Wie würdest du den finden, wenn du nicht zufällig weitläufig mit ihm verwandt wärst?* Rose öffnete die Tür, Rochus schüttelte sich wie ein Tier. Dann begrüßte er den Vater.

Rose führte seinem Sohn die Espresso-Maschine vor, die er vor Wochen durch die Vermittlung eines Kleingärtners bezogen hatte. «Mir kommt das Ding vier Nummern zu groß für deine Küche vor», sagte Rochus.

«Bei heißer Ware kannst du nicht immer die ideale Größe kriegen.» Rochus zog die Augenbrauen in die Höhe, ließ sie fallen. In der Zeit dazwischen hatte er sich entschieden, diesen Fall nicht weiter zu verfolgen. *Du kannst nicht auf allen Hochzeiten tanzen. Kräfte klug einteilen.*

Vater und Sohn tranken Kaffee. Als Willi aufstand und mit einer Flasche Brandy zurückkam, stand Rochus auf und holte Gläser. «Durchhalten, Sohn.»

Willi stieß sein Glas gegen das von Rochus.

«Wenn es dem Zusammenhalt der Familie dient», sagte Rochus.

«Was willst du ihr denn antun?» fragte Willi zwei Brandy später.

Rochus zog gerade den Trench aus.

«Ist der neu?»

Rochus brummte, setzte sich und sagte:

«Liegt im Wagen.»

«Soll ich mal raten?» bat Willi.

«Schlüsselbrett.»

Beide prusteten los.

«Warte, warte. Nicht sagen.»

Willi legte einen Finger auf die Lippen.

«Eine Isolierkanne.»

Willi brüllte vor Lachen. Nun war kein Halten mehr: be-schichtete Bratpfanne, Topflappen, Surfbrett, Oil of Olaz, Bommerlunder, ein Abonnement der «Aktuellen» wahlweise «Tina» wahlweise «Bella», Instant-Mehl-Schwitze, eine Perso-nenwaage für Diederich, Karins Sohn. Vater und Sohn kamen fast um vor Lachen.

Dann erhob sich Willi Rose.

«Auf, Sohn. Die Pflicht ruft. Hörst du sie nicht?»

Rochus legte eine Hand in Muschelform hinters Ohr, stand auf, zog den Trench an und sagte:

«Ich bin aber jetzt ein bißchen dun.»

Mehrere Minuten wogte der Streit hin und her, ob sie mit dem Auto zur Este fahren sollten. Rochus setzte sich durch. Bevor sie zur Bushaltestelle gingen, holte er ein Paket aus dem Lada.

«Nun sag doch», jieperte Willi Rose, der selbst ein Paket un-term Arm trug und sich hartnäckig weigerte, auch nur einen entfernten Tip zu geben.

Die Fahrt mit dem Bus vom Altonaer Bahnhof durch den Elb-tunnel nach Jork fand Willi Rose dann halb so schlimm. Sie schwiegen und schwitzten. Nur einmal kicherte Willi Rose ab-rupt los. Rochus hielt die Augen geschlossen und sagte:

«Manchmal habe ich das Gefühl, daß dich diese Familienfei-ern immer noch unheimlich mitnehmen.»

Mißtrauisch beäugte Rose den Sohn.

«So alt kann ich gar nicht werden, daß ich mich an diesen Auftrieb von Mittelmäßigkeit, Mariacron und Oppenheimer Krötenbrunnen gewöhne.»

«Und 8 × 4 Deospray», gluckste Rochus.

Genau an diesem Punkt fand Rose den Humor seines Sohnes gar nicht mehr komisch.

Sie torkelten aus dem Bus und orientierten sich mühsam. Willi Rose wirkte unleidlich.

«Da drüben fährt der Bus Richtung Zentrum», sagte Rochus freundlich.

Rose hakte sich bei seinem Sohn unter. Auf halber Strecke zur Este zog Rochus den Trench aus.

Erschüttert blieben sie an der Stelle stehen, wo von der Straße ein geteerter Weg zum Bootsanleger führte. Das Kajütboot «Karin 2» prangte im Geburtstagsornat. An Bug und Heck ragte ein Pfahl in den Spätsommernachmittag. Zwischen den Pfählen war eine Lichterkette gespannt. Rochus schloß die Augen. Die roten, gelben und blauen Birnen blieben wie in die Netzhaut eingebrannt.

Auf den zweieinhalb Metern Strandstreifen hatte Karin Drummer, geborene Rose, eines ihrer berüchtigten ungezwungenen Picknick-Ambientes ausgebreitet. Zwischen nicht weniger als vier Sonnenschirmen standen zierliche Campingtische sowie in den Sand eingesackte Campingstühle. Auf zwei zusammengeschobenen Campingtischen standen die Nahrungsmittel: eine ausgesuchte Mischung von buchstabengetreu nachgebackenen Frauenzeitschriften-Kuchen sowie im Freundinnenkreis herumgetratschten Salatrezepten.

Von Getränken war nichts zu sehen. Als jedoch Rolf Drummer, der angeheiratete Baggerfahrer, in diesem Augenblick auf dem Bootssteg erschien, war Willi und Rochus Rose alles klar. Freudestrahlend landete Rolf eine neue Runde Rheinhessen-Spätlesen, Apfelkorn sowie Flensburger Bier mit dem praktischen Bügelverschluß an. Willi Rose drehte sich der Magen um.

«Ich verstehe dich so gut», murmelte Rochus seinem Vater zu, bevor der schweißglänzende Rolf die Flaschen in den Sand stürzen ließ, um nach zwei Sprungschritten Schwiegervater und Schwager hemmungslos willkommen zu heißen. Willi und Rochus lächelten gefaßt.

Dann standen sie Karin gegenüber. Karin Drummer war zwei Jahre jünger als Rochus. Den immer wieder zu lesenden Verdacht, daß jüngere Geschwister zu übertriebenem Ehrgeiz in Schule und Leben neigen, hatte Karin ganz vorzüglich schon im Ansatz zu meucheln verstanden, indem sie sich im Alter von 15 Jahren dem erstbesten Mann hingab. Dieser Mann war Rolf gewesen. Sie hatten sich zwei-, dreimal getroffen, dann war sie gesegneten Leibes gewesen, hatte erleichtert die Ausbildung zur Friseuse sausen und Rolf das weiße Hochzeitskleid aussuchen lassen. Im Vorfeld der Vermählung kam es zu einer Fehlgeburt. Sie vermochte die Hochzeitsvorbereitungen nur kurzfristig zu trüben.

«Üben wir eben weiter», dröhnte Rolf, an dem Karin nach eigener Aussage die Eigenschaft liebte, daß er jedem Unglück eine positive Seite abzugewinnen vermochte.

«Rolf reißt einen richtig mit. Immer munter und vergnügt. Da bleibt einem gar keine Zeit zum Trübsalblasen.»

Diederich war zur Welt gekommen und hatte seinen Eltern keine Schande gemacht, indem er etwa durch Äußerung eines originellen Gedankens zu Diskussionen über Nebenlinien in beiden Familien Anlaß gegeben hätte. Das Kind aß, im Gegenteil, was man ihm anbot. Später aß er auch, was man ihm keineswegs anbot, was man im Gegenteil vor ihm versteckte. So wurde Diederich älter. Jetzt sah er aus wie ein Faß. Hätte jemand in Willi Roses Anwesenheit behauptet, Diederich sei sein Enkel, Rose hätte dem Behaupter einen vor den Latz gehauen. Wenigstens wäre er gegangen.

Rose wollte es hinter sich bringen. Er drückte Karin das Geschenk in die Hände. Rochus eilte hinzu und übergab ebenfalls. Während Karin an der Verpackung herumriß, bekamen Willi und Rochus den Blick für die anderen Gäste frei. Onkel, Tanten, Angeheiratete, Kinder, Verlobte, neue Gesichter – rund 25 Menschen, die sich im Schatten der Sonnenschirme herumtrieben. Links griff eine Tante zu, rechts hängte sich eine Art Cousine an Rochus und zog ihn auf eine rücksichtslos gemusterte Decke. Die Frauen überschütteten Rochus mit Geplapper. Willi Rose hängte sich, das Schicksal seines Sohnes vor Augen, eine abweisende Miene vors Gesicht.

Mittlerweile hatte Karin nach Rolf gerufen. Der spannte alle Muskeln an und riß an der Verschnürung herum. Diederich rollte sicherheitshalber herbei, weil er die Möglichkeit eines eßbaren Geschenks witterte. Er schmiegte sich an den Opa, weil Karin ihn noch am Vormittag unter Androhung von Essensentzug gebeten hatte, «lieb» zum Opa zu sein.

«Opa kann mich nicht leiden», hatte Diederich mit den allerletzten Resten seines gesunden Menschenverstandes zu bedenken gegeben. Es hatte ihm nichts geholfen. So wurden immer mehr an sich ganz helle Ansichten dieses monströsen Knaben in den Orkus seiner Sozialisation gespült.

Und dann geschah es. Rolf drang bis zum Inneren von Karins Geschenken vor. Der Vater hatte ihr ein Schlüsselbrett verehrt.

Es hatte die Form eines Schlüssels und war aus imitiertem Kupfer. Vom bloßen Ansehen und ohne daß ein Schlüssel auch nur in Sichtweite war, fiel bald der erste Haken ab. Rochus hatte eine Batterie von Haarfärbemitteln gewählt: Strohblond, Henna, Kastanienbraun, Schwarz, Lila. Karin, die, weil sie nicht wußte, was sie davon halten sollte, in unkoordinierte Lacher ausbrach, zeigte die Färbeflaschen herum. Rolf, der den Ruf besaß, ein praktischer Mensch zu sein, wollte von Rochus wissen, was er sich dabei gedacht hatte. «Das ist, falls Karin eines Tages das Bedürfnis verspüren sollte, eine andere zu werden», entgegnete Rochus auf seine ruhige Art.

«Wieso andere?» fragte Rolf verblüfft. «Karin ist doch soweit ganz in Ordnung.»

Darauf lächelte Rochus, und aus dem Hintergrund ertönte ein Ruf nach Oppenheimer Krötenbrunnen. Rolf eilte.

Die Frauen machten an Rochus herum. Willi Rose schüttelte den Enkel ab, indem er sagte:

«Guck mal da, auf dem Tisch. Sieht nach Schokolade aus.»

Sekundenbruchteile später hatte Diederich einen Schnellstart sondergleichen hingelegt.

Angekommen waren sie gegen Viertel nach drei. Um halb sechs trafen sie sich beim Pinkeln in die Este.

«Wie geht's, wie steht's?» wollte Willi Rose wissen, derweil er seinen Strahl abschlug.

«Geht so», brummte Rochus und gleich danach: «Ich will hier weg.»

«Ich verstehe dich ja so gut, aber laß uns noch ein Stündchen aushalten. Dann Schnellstart. Mal sehen, was sich noch ergibt.»

Der Alkohol floß in Strömen. Rolf lief zu großer Form auf; Großtante Rita erzählte von der Flucht 45; Karin streute Rezepte ein; Willi Rose ließ sich zu zwei Südamerikageschichten hinreißen. Rochus bekam große Augen. Er wollte genau zuhören, doch man ließ ihn nicht.

So ging es weiter bis 19 Uhr. Rolf pendelte unverdrossen zwischen Boot und Gästen hin und her. Als der Rheinhessen alle war, griff er zu den eisernen Reserven. Sie bestanden aus Niersteiner Domtal und algerischem Rotwein. Willi Rose, der den Alkohol nahm, wie er kam, bekam andeutungsweise Durchfall. Rochus spielte mit Diederich zwei Minuten Federball. Dann mußte Diederich in den Schatten, seine Mutter bemühte sich um die Wiederbelebung. Zwischendurch erschienen neue Gäste. Wie in jedem Jahr kam es nach den ersten Stunden mühsam durchgehaltener Höflichkeit zu grundsätzlichen Diskussionen über Wert und Unwert von Willi Roses Lebensweise. Alle wuß-ten über seine Behausung Bescheid. Und nur weil sie Karin die jährliche Heulerei ersparen wollten, dauerte es so lange, bis sich der erste – in diesem Jahr war es Onkel Tom, aber es hätte jeder andere sein können – aus der Deckung wagte. Rolf Drummer, der seine Gastgeberrolle mit unökonomischem Kräfteeinsatz spielte und schon völlig fertig war, sah das Unglück kommen. Er warf sich dazwischen, bestand auf Gesellschaftsspielen, mi-stete die CDU an, versprach unanständige Witze – es half alles nichts. Man schoß sich auf Willi Rose ein. Mitten in einem vi-brierend vorgetragenen Monolog von Großtante Rita stand Willi Rose auf und ging staksig auf das Kajütboot zu.

«Nicht ans Boot, bißchen Abstand bitte», rief Rolf. Rose griff auch tatsächlich an die Hose, doch holte er zur allgemeinen Überraschung ein Taschenmesser hervor und säbelte an dem Tau herum, mit dem das Boot festgemacht war. In diesem Mo-ment rief jemand nach Rolf. Rochus stand auf, ging ohne Eile zu seinem Vater, drängte ihn nicht unhöflich zur Seite, machte das Tau ganz locker lose, und während Willi Rose sein Taschenmes-ser zusammenklappte, gingen beide an Bord. Als Rolf das Ge-räusch des Motors hinter sich hörte, fühlte er einen großen Ver-lust. Er warf sich herum, raste ans Ufer und brüllte:

«Heh! Wollt ihr das wohl lassen! Ihr wißt doch gar nicht, wie man Karin bedient!»

Willi Rose legte die Hände hinter beide Ohren. «Ich kann ihn so schlecht verstehen», rief er Rochus zu, der am Steuer stand.

«Kommt zurück», rief Rolf und wedelte mit beiden Armen. Die Geburtstagsgesellschaft stand aufgereiht am Ufer. Im Hin-tergrund sah man Diederich einige Schüsseln plündern. Rochus steuerte das Kajütboot in die Mitte des nicht besonders breiten Flusses, dann gewann das Boot an Geschwindigkeit. Am Ufer löste sich Rolf aus der Geburtstagsrunde. Während sie die Köpfe zusammensteckte und ständig einige Hände auf das Boot zeig-ten, hetzte Rolf am Ufer entlang. Bald hatte er das Boot einge-holt und lief parallel zu ihm am Ufer mit.

«Er macht sich Sorgen um uns», sagte Willi Rose. «Ich finde das sehr korrekt von ihm.»

Rochus blickte zu Rolf hinüber. «Er macht sich Sorgen um sein Boot.»

«Na, wenn das so ist», murmelte Rose, rutschte die wenigen Stufen in die Kajüte hinunter und inspizierte den Kühlschrank. Strahlend kam er mit einer Flasche Aquavit und zwei Tassen zurück.

«Der alte Schlawiner. Hat er uns vorenthalten, den guten Tropfen.» Schelmisch drohte Willi Rose dem Dauerläufer mit der Hand.

«Haltet an», rief Rolf Drummer schon sehr keuchend, «ihr habt euren Spaß gehabt.»

«Hast du bisher irgendwelchen Spaß gehabt?» fragte Willi Rose verblüfft.

Rochus schüttelte stumm den Kopf.

«Geht doch gerade erst los», rief Willi Rose. «Prost!»

Rolf Drummer lief auf einen Weidezaun zu. Erst sah es so aus, als wenn er ihn überspringen wollte. Dann stoppte er, kletterte hinüber, zerriß sich dabei das Hemd am Stacheldraht und lief weiter. Hinter ihm flatterte das zerrissene Hemd. Roses pfiffen sich den Aquavit ein.

«Aah», sagte Willi und schüttelte sich. «Das tut gut. Ich spüre richtig, wie der Schnaps gegen den süßlichen Wein kämpft.»

Rolf Drummer hechtete über den Graben, zwängte sich nach der ersten Erfahrung unter einem Zaun hindurch und riß das Hemd auch oben auf. Danach flatterten zwei Fetzen hinter ihm her. Seine Erschöpfung war fast so groß wie seine unbändige Wut.

Weil Rochus das Boot gemütlich tuckern ließ, konnte Rolf noch einige Meter mithalten. Er wich einer Arbeitsgruppe Kühe aus, umlief eine kleine Obstbaum-Plantage und ignorierte die Anfeuerungsrufe, die Spaziergänger ihm vom Deich nachsandten. Als er mit einem Fuß in dem tückisch verdeckten Matschloch einsackte, war er kurz davor, alles sausenzulassen. Rolf zog das Bein mit einem saugenden Geräusch aus dem Morast. Dann bekam er die zweite Luft. Regelrecht befreit machte er sich erneut an die Verfolgung. Zur Beschimpfung der Bootsbesatzung reichte die Kraft nicht mehr.

«Hättest du gedacht, daß Rolf so eine Bomben-Kondition hat?»

Rochus schüttelte den Kopf. «Er wirkte in letzter Zeit recht schwammig.»

«In unserer Familie läßt man sich eben nicht ohne weiteres was wegnehmen», sagte Willi Rose. «Ich finde, das spricht für die Familie.» Sie stießen die Tassen zusammen.

Der nächste Graben war Rolfs Ende. Er lief schon sehr zögerlich an. *Na?* Und so fiel das Ergebnis auch aus. Der schwere Körper beschrieb eine Parabel und stürzte steil ab.

«Jetzt hat Rolfi bautz macht», äffte Willi Rose seinen Enkel nach.

«Hoffentlich hat er sich nicht weh getan», sagte Rochus. Im nächsten Moment atmete er den würzig-kaputten Duft der Elbe ein. Unwillkürlich gab er Gas.

Rechts erschien das Gelände einer Werft. Es sah aus wie ein riesiger Schrotthaufen. Der Fluß wollte unmittelbar vor dem Ende seiner Identität noch einmal Eindruck schinden und verbreiterte sich. Dann kam die Hebebrücke in Sicht. Davor hatten vier Segler Anker geworfen, deren Masten zu hoch waren, daß sie auf «fünf vor voll» warten mußten. Da wurde die Brücke hochgezogen.

«Mit meinem kleinen Ding komm ich überall hin», rief Willi Rose einer gemischtgeschlechtlichen Crew zu und zeigte auf deren respektablen Mast.

Rochus hielt auf die Durchfahrt, am weit entfernten anderen Elbeufer lagen die unverschämt teuren und unverschämt gut aussehenden hügligen Wohnlagen des Stadtteils Blankenese. Dann waren sie auf der Elbe. Sofort wurde das Wasser unruhiger, der Wind faßte zu. Als sie schon dachten, das wär's gewesen, kamen sie aus dem Windschatten des Elbdeichs heraus, und Karin 2 wurde zum Spielball der freundlichen Naturgewalten.

«Ach du Scheiße», sagte Willi Rose und preßte eine Hand auf den Magen.

«Vater, mach keine Sachen», rief Rochus und hielt das Ruder fest.

«Wie hättest du's denn gern? Landungsbrücken und das Bötchen zur Besichtigung freigeben oder Richtung Nordsee? Helgoland, das Boot verkaufen und den Erlös versaufen?» Willi

Rose wollte nicht gegen Rochus abfallen, kippte Aquavit nach und atmete in der Folgezeit betont tief ein und aus.

«Steuerbord», kommandierte er.

«Wie heißt das?» fragte Rochus. Und während beide neckische Anekdoten über die eigenwillige Seefahrersprache ausbrachten, fuhr Rochus rechts herum. «Kurs Michel», sagte er.

Willi Rose schenkte ein, Rochus schaute sich um, schätzte den Abstand zum Containerschiff und ignorierte die aufgeregt gestikulierende Besatzung eines alten Schoners. Er schaltete den Motor ab, setzte sich neben seinen Vater, der das Hemd bis zum Nabel aufgeknöpft hatte, und nahm ihm die Tasse ab. Sie stießen an, tranken und machten sich lang.

«Wie im Paradies», stöhnte Willi Rose wohlig.

«Wenigstens», bestätigte Rochus.

Wie danach das Boot in die Hauptfahrrinne driftete, schweiften auch die Gedanken der Männer ab. Als der Frachter sein Signal losschickte, richtete sich Rochus auf, startete den Motor und hielt seitwärts. Den Wellen des Frachters entkamen sie nicht.

«Huch, das ist lustig», sagte Willi Rose. «Wie hoch ist eigentlich die Lebenserwartung bei Frauen?» fragte er danach.

«73, soviel ich weiß. Warum?»

«Dann müssen wir noch 31mal zu Karins Geburtstag. Ist sie eigentlich gesund, oder hat sie ein Zipperlein?»

«Bißchen hoher Blutdruck, aber sonst ganz o. k.»

«Also 31mal», sagte Willi Rose ernüchtert.

Schweigen. Abendsonne. Milde Brise. Viel Grün an den Ufern. Eiskalter Aquavit. Die überreizten Nerven der Männer entspannten sich.

«Messerschmid», sagte Rochus.

«Aufwachen, Rochus. Du träumst schlecht.»

«Du kennst den Namen also?»

«Als Erzeuger und praktizierender Vater untersage ich dir, mir meine gute Laune zu verhunzen.»

«Also Messerschmid.»

«Ich wüßte nicht, was dich das angeht.»

«Genau weiß ich es auch noch nicht. Erzähl einfach. Vielleicht bilden sich dann die Zusammenhänge.»

«Was ich sehr bezweifeln möchte. Lucas Messerschmid ist der Kerl, der mich damals reingelegt hat.»

«Anfang der Fünfziger.»

«52 exakt. Als Vera und ich mit euch Banausen aus Paraguay zurückgekommen sind, habe ich ja in den ersten Monaten im Hafen gearbeitet.»

«Gewürze. Mutter hat gesagt, wenn du damals nicht so nach Kümmel gestunken hättest, hätte ich heute vielleicht noch ein Geschwisterchen.» Rochus kicherte.

«Wenn du alles so gut weißt, erzähl dir die Geschichte doch selber», giftete Willi Rose. Rochus goß Aquavit nach.

«Hätte ja auch sein können, daß der Kümmel sie antörnt», sagte Willi Rose nachdenklich.

«So wie dich die Else damals.»

«Sohn, ich bin zwar geschwächt durch Verwandtschaft und Spirituosen. Aber ich kann ganz kretig werden, wenn du es darauf anlegst.»

«Geschenkt. Mehr zu Messerschmid.»

«Messerschmid, das war damals ein verflucht heißer Hund. Jung und ehrgeizig. Eben 1950 plus, die ganze Chose kam langsam wieder auf die Beine. Wer vom Kuchen ein Stück abhaben wollte, mußte sich beeilen. Die Cleveren hatten sich damals schon längst bedient. Messerschmid war zweiter Mann bei einer Spedition gewesen. Ostasien, ich weiß nicht mehr was. Jedenfalls wollte er erster Mann werden. Felle und Häute spukten ihm im Hirn herum. Wir haben uns kennengelernt, als er mit dieser Idee schwanger ging. Bei Heini Fick, kennst du doch, dieser legendäre Gastwirt, der wirklich so heißt.»

«Fischmarkt.»

«Fischmarkt, jawoll. Ich saß hinter einem Körnchen ...»

«... und neben Else.»

Willi Rose räusperte sich: «Da kam Messerschmid rein. Alte Geschichte, kennt man aus jedem zweiten Film.»

«Ihr kamt miteinander ins Gespräch.»

«Ex-akt, wir kamen. Und da hatte sich ja nun auch ein feines Tandem zusammengefunden. Messerschmid war ein gewiefter Hund, kannte Hinz und Kunz im Hafen, kannte auch alle Schliche, Zoll und so weiter, verschlungene Wege aus dem Freihafen raus in die Stadt. Und ich, ich war von 42 bis 50 drüben gewesen. Spanisch perfekt, Englisch fast perfekt, Rinderzucht und Rinderhandel ein Crack, ließ sich nichts dran deuteln. Eigentlich war dein alter Vater damals ganz kurz davor, groß rauszukommen, verflucht noch mal. Ganz dicht davor.»

Rochus öffnete die Augen und sah, wie sein Vater über die Reling spuckte.

«Lucas hat mich sofort über den Tisch gezogen. Konnte einen besoffen reden. Auch Else war ganz beeindruckt, und die war ja nun damals schon Hamburger Meisterin im Klugschnacken. Ich und selbständig machen: die Aussicht hat mich natürlich gereizt. Wir waren uns auch sofort einig. Papiere, die nötigen Gänge und Ämter, ein Klacks. Dann ging es los. Connections spielen lassen, Räume in der Speicherstadt anmieten, sofort eine Sekretärin, die war unser Statussymbol. Und ich, ich war der Zollbevollmächtigte.»

«Chef wart ihr beide?»

«Waren wir. Zwei Geschäftsführer. Und auch großes Vertrauen. Jeder war ermächtigt, für den anderen zu verhandeln und zu unterschreiben. Lief auch alles ganz prächtig an mit dem Geschäft. Und mit uns, also menschlich-privat. Wir waren uns sogar einig, auf welche Weise wir den Zoll bescheißen wollten. Das war mein Pech.»

Die Wellen eines Containerschiffs nahmen sie mit.

«Natürlich haben wir sofort angefangen, edle Sachen aus Südamerika anzusaugen. Damals liefen ja wohl noch mehr von diesen Pelztieren durch die Gegend da drüben. Es bestand ein ungeheurer Bedarf hier bei uns. Die ersten konnten sich ja schon wieder so viel leisten, daß sie unbedingt irgendein dummes Zeug vorzeigen mußten, damit die anderen grün vor Neid wurden. Also mußten Pelze ran. Verboten war das damals noch nicht. Also von wegen Artenschutz und solche Kamellen, das sind alles neumodische Erfindungen. Damit sind wir nicht angeeckt. Nur der Zoll. Um den haben wir einen Bogen gemacht.»

«Und du warst der Zollbevollmächtigte.»

«Genau. Ein halbes Jahr lief alles sehr glatt und diskret. Dann konnte Lucas den Urin nicht halten, tönte in irgendeinem Lokal rum, was wir für Connections hätten und so weiter. Einen Tisch weiter saß der Konkurrent X, keine Ahnung, wer es war. Jedenfalls kriegte die Polizei einen Tip, tauchte bei uns auf, wollte die Bücher sehen, wollte das Lager sehen, wollte überhaupt sehr viel wissen. Und ich sehe es heute noch vor mir, wie Lucas diesen eleganten Ausfallschritt nach hinten macht, und ‹Bitte sehr, meine Herren, wenden Sie sich in allen diesen Fragen vertrauensvoll an Herrn Rose. Das fällt alles in sein Ressort. Ich bin da blutiger Laie, habe mich da immer rausgehalten. Ich vertraue meinem Partner blind.› Messerschmid ab, Polizei ran, ich sehr blaß, und zwei Tage später hatten sie unsere Organisation raus.»

«Und dein Partner Messerschmid wußte von nichts.»

«Messerschmid war regelrecht empört. Er bekam eine tiefe Depression, als er hörte, zu welch kriminellen Handlungen sein Partner Rose fähig gewesen war. ‹So ein Schlag im menschlichen Bereich trifft mich härter als die Geldstrafe›, hat er zur Kripo gesagt. Das weiß ich noch, weil der Satz alles enthielt, was ich im Leben ekelhaft finde.»

«Da fahren wir jetzt hin», sagte Rochus.

«Paraguay?»

«Speicherstadt. Das Messerschmid-Büro.»

«Ja, residiert er denn immer noch dort?»

«Nun sag bloß, das hast du nicht gewußt?»

«Nein. Auf Ehre.»

Rochus suchte nach Papier und Kugelschreibern. Sie spielten «Schiffe versenken», Rochus gewann zweimal, Willi Rose einmal und das auch nur wegen eines sehr merkwürdig angeordneten Vierkaroschiffes. Als das hektische Tuten und Blasen um sie herum nicht aufhören wollte, blickten sie von ihren Spielzetteln hoch. Rochus stand auf und wirbelte das Steuer herum. So flutschten sie zwischen dem Frachter, dem Ausflugsdampfer und der Barkasse hindurch.

Die Speicherstadt kam in Sicht, Willi Rose hörte auf zu spielen. «Wenn man sich diese Häuserlinie ansieht und dann den Containerhafen, dann weiß man ein bißchen besser, was uns in den letzten Jahrzehnten alles abhanden gekommen ist.» Rochus steuerte den falschen Fleet an, sein Vater nahm energisch das Ruder und setzte das Boot auf Höhe von Messerschmids Lagerhaus mit Macht gegen die Kaimauer, über die eine zweiteilige Freitreppe und ein Klohäuschen ragten. Die Männer turnten an Land.

«Mir ist, als wenn ich ein gluckerndes Geräusch höre», sagte Rochus und legte den Kopf schief.

«Kann nicht sein», entgegnete Willi Rose. Sie sprangen wieder aufs Boot.

«Können diese Nußschalen denn heutzutage keinen Stupser mehr vertragen?»

Ein Schiffe-Versenken-Zettel schwamm auf der Pfütze, die von unten kräftig Nachschub erhielt.

«Theorie und Praxis», sagte Willi Rose, auf das Ambiente blickend.

«Wenn mir dieses Boot auch nur zu einem einzigen Prozent am Herzen liegen würde, würde ich jetzt Rettungsmaßnahmen einleiten», sagte Rochus.

«Es verkörpert ja doch irgendwie einen materiellen Wert», bemerkte Willi Rose beim Hochklettern und klopfte gegen die geschäumte Außenwand des Bootes, das schon leicht schräg im Wasser hing.

«Da muß Rolf ganz schön lange für baggern», sagte Rochus, als sie auf der Kaimauer standen und zuschauten.

So teuer kann es werden bei Sachbeschädigung

Fahrspurmarkierungsknopf	2 DM
Markierungskegel (rot-weißes Hütchen)	50 DM
Umleitungsschild	150 DM
Briefkasten	500 DM
Kunststoff-Polizist	550 DM
Parkuhr mit Innenleben	600 DM
Lindenbaum (tilia intermedia), 19 Jahre	1000 DM
Bahnschranke	400 – 1500 DM
Telefonzelle (ohne Münzfernsprecher)	4300 DM
Notrufsäule	5000 DM
Kajüt-Boot Karin II	8200 DM
Pfeiler der Wuppertaler Schwebebahn	1,3 Mio. DM

(Preise für die Landgeräte nach ADAC-Motorwelt; Preis für das Wasserfahrzeug lt. Autorenauskunft)

Zuerst versank der Bug, dann das Heck. Dementsprechend ragte der Flaggenmast mit dem schwarz-rot-goldenen Lappen trotzig in die schwüle Dämmerung, um dann doch nichts anderes zu machen, als diskret gurgelnd in die Tiefe zu streben, dabei die Flagge wie ein Schüsseltuch hinter sich herziehend.

«Amen.»

Rochus nahm seinen Hut ab, hielt ihn vor die Brust und verbrachte den Hut auf die Ausgangsposition.

Sie gingen in den fünften Stock.

«Es riecht sogar noch so ähnlich wie damals», sagte Willi Rose beim Treppensteigen.

«Ich weiß nicht, ob das gut für mich ist, was ich hier mache.»

Vor der Tür des Büros blieb Rochus stehen. Sein Vater schob ihn zur Seite.

«Laß da mal einen Fachmann ran.» Er griff mit beiden Händen den Türknauf, hob ihn an und trat gleichzeitig kräftig mit dem Fuß gegen die Tür.

«Voilà», sagte Rose mit tiefem Diener.

«Dieselbe Tür wie vor 30 Jahren?» fragte Rochus beim Hineingehen.

«Dieselbe Tür», bestätigte Rose und strich über die Füllung des Türrahmens.

Die Büros, die Nebenräume, vor allem das Büro von Lucas Messerschmid beeindruckten Rose sehr.

«Schätze, die Tür ist das einzige, was von früher übriggeblieben ist.» Roses Stimme war leise, klang scheu.

«Guck mal da», sagte Rochus und wies in die Ecke, wo ein roter Tresor stand.

«Gab es den zu deiner Zeit auch schon?»

«Natürlich nicht. Unsere Schätze paßten in eine normale Schreibtischschublade.»

«Man möchte ja gerne wissen, was da drin ist», sagte Rochus.

«Laß es. In roten Tresoren ist meistens nichts drin.»

Rochus blickte seinen Vater an. Dann begann er, die Räume zu durchsuchen. Willi Rose stand immer noch in Messerschmids Büro.

«Du hast es ganz schön weit gebracht, Lucas. So was wolltest du haben, und du hast es gekriegt.»

Rose ging ins Vorzimmer, wo Rochus gerade den Terminkalender durchblätterte.

«Suchst du was Bestimmtes?»

Rochus nickte und machte sich Notizen.

«Möchtest du mir zufällig sagen, was du suchst?»

Rochus schüttelte den Kopf.

«Hab ich mir gedacht», murmelte Rose, ging zurück in Messerschmids Zimmer, öffnete die rechte Tür des Schreibtischs und holte eine Flasche Brandy heraus. Rose blickte auf das Etikett, lächelte. Während er trank, hörte er nebenan Rochus rumoren. Rose besah sich die Fotografien, Graphiken und Urkunden an den Wänden. Ein Bild zeigte die Angestellten der Firma im Jahre 1952 – so stand es in Letter-set-Buchstaben darunter. Rose betrachtete das Bild. Er hakte es von der Wand, löste den Rahmen, nahm die Fotografie heraus. Rechts war an dem Bild herumgeschnitten worden. *Rechts, da habe ich gestanden. Else hat fotografiert. Sogar der Apparat hat mir gehört.*

Die Karte von Südamerika war mit verschiedenfarbigen Fähnchen gespickt. Daneben informierte eine Tabelle, welche Mengen an Rinderhäuten in bestimmten Zeiträumen importiert worden waren. Paraguay war fast fähnchenfrei. Auf Paraguay blieben Roses Augen am längsten haften. Zwei Staaten hatten Lucas Messerschmid Orden verliehen, einen Orden hatte Messerschmids Heimatland beigesteuert. Lächelnd blickte Willi Rose auf das Blech.

«Rochus, komm, es ist genug», rief er dann, stellte die Flasche in den Schreibtisch zurück und zog die Schublade darüber auf. In ihr lag eine größere Zahl von Brustbeuteln. Sie waren mit indianischen Ornamenten bestickt. Rose nahm einen Beutel heraus, löste das Band und roch. Er griff hinein und holte ein weißes Pulver heraus.

«Na, die Herren, so spät abends noch unterwegs? Überstunden, was?» Der eklatant unterbeschäftigte Zollbeamte an der Brücke strahlte. Willi Rose riß sich zusammen und schwankte ab sofort nicht mehr beim Gehen. Rochus lächelte dem Beamten entgegen. Er trat dicht an ihn heran, so dicht, daß der Beamte tiefer als normal einatmete.

«Sagen Sie mal, Herr Oberzollsekretär, glauben Sie eigentlich, daß Ihre schneidige Art dazu beiträgt, das Vertrauensverhältnis zwischen dem Bürger und der Staatsmacht gedeihlich zu entfalten?»

Willi Rose und der Zollbeamte blickten Rochus an.

«Na?» donnerte Rochus.

«Äh ja, ich meine nein, also das ist so . . .»

«Mir ist vollkommen klar, wie es ist. Zeigen Sie mir mal Ihren Ausweis.»

«Ausweis», sagte der Beamte fassungslos.

«Ausweis», schnitt Rochus in die laue Abendluft. Der Beamte klopfte mit der Hand an beide Brusttaschen seines Hemdes.

«Wohl gerade mal nicht dabei, den Ausweis, wie?» höhnte Rochus. «Wissen Sie, Oberzollsekretär, daß es Sie damit offiziell überhaupt nicht gibt? Wenn jetzt ein Lastwagen über Sie drüberfahren würde, was meinen Sie, was von Ihnen übrigbliebe?»

«Eine ziemlich schmierige Schleifspur, nehme ich an», antwortete der Beamte strahlend.

«Horrorfan, was?» tippte Willi Rose.

Begeistert nickte der Beamte.

«Dienstanweisung! Paragraph 7b, wir verstehen uns?» sagte Rochus schneidig. Er hatte Mühe, ernst zu bleiben.

«Mensch verdammt, stimmt ja», entgegnete der Beamte bestürzt und verkrümelte sich in seine Wachstube.

«Paragraph 7b, so ein Quatsch», sagte Willi Rose, als sie über die Brücke gingen.

«Aber er hat es nicht gemerkt», erwiderte Rochus.

Achim, mein Liebling. Du mußt aber unbedingt die Oberschule schaffen. Du willst doch nicht, daß Mutti und Vati ganz traurig werden? Achim will doch, daß seine Eltern glücklich sind, nicht wahr? Achim nickte beklommen. *Dann setz dich auf deinen faulen Arsch und hau dir endlich diesen bekloppten Ablativ in die Birne!*

Von diesem Schrei seines Vaters wachte Achim Golze auf. Die Morgenhelligkeit schnitt wie mit Rasiermessern in seine Augäpfel. Golze blickte in den Rückspiegel. *Wenn du auf einer Müllkippe liegen würdest, ganz obenauf, man würde dich nicht mehr herausfinden.* Im Spiegel sah er einen Mann auf dem Fahrrad davonfahren. Der Mann war ganz in Schwarz gekleidet. *Zorro.* Abwesend schüttete sich Golze zwei Chlorophyll-Dragees auf die Handfläche und warf sie in den Rachen. *Wirken sofort bei akutem Mundgeruch (Dragee zerkauen).* Golze haßte den Geschmack. *Noch eine Schachtel davon, und du kannst als Baum auf die nächste Bundesgartenschau gehen.*

«Aber Moment mal», rief Golze. Sein Blick saugte sich an der gläsernen Tür des Hauses, in dem Hildegard wohnte, fest. Er sicherte kurz nach allen Seiten, dann riß er die Autotür auf und fiel vor lauter frischer Luft fast um. *Was stinkt denn hier so?* Golze schnüffelte und merkte, daß der Gestank aus seinem Auto kam. Er kurbelte die vorderen Scheiben herunter, dann lief er in gebückter Haltung zur Haustür. Er hatte den Bürgersteig praktisch schon erreicht, als die Tür aufging und Hildegard auf das Trottoir trat. Golze hechtete seitlich weg. Es knallte und schepperte, als er zwischen zwei Matratzen und einer Unmenge Styroporflocken niederkam. Das quietschende Geräusch des Styropors raubte Golze fast die Besinnung. Hildegard Klingebiel blickte sich kurz um, dann schlug sie den Weg zur Bushaltestelle ein.

Golze rappelte sich auf und guckte an den Fensterscheiben hoch. Dann schlenderte er beiläufig zur Haustür. Er wurde starr. «Freitag Sottje» stand dort, offensichtlich in großer Hast mit Kreide auf die Tür geschrieben. Daneben war etwas gezeichnet. *Hammer und Sichel.* Golze wurde von einem großen Glücksgefühl durchströmt. Versonnen ging er zum Wagen zurück. *Also doch Russen. Sottje! Iwan Iwanowitsch Sottje. Vielleicht auch nur Leo. Leo Sottje. Oder Nikolai Andrejewitsch. Wie du damals in der zehnten Klasse, Theater-AG, der Schmachtfetzen von Blochin. Quatsch Blochin, ist doch der Linksaußen. Ostrowski.* Er ließ sich in den Sitz fallen und stieß mehrmals seine Stirn gegen das Lenkrad. *Wie können die nur so sicher sein? In aller Öffentlichkeit. Meine Güte, muß unsere Abwehr in der letzten Zeit gepennt haben. Freitag, Sottje. Fehlt nur noch die Uhrzeit. Rund um die Uhr beschatten.* Langsam sank Golzes Kopf auf das Lenkrad. Wenige Sekunden später war er eingeschlafen.

An diesem Tag bekamen alle Mitglieder des Kleingartenvereins «Blüh auf» Post von der Passau-Paderborner Versicherung. Bis auf den Pächter Heinz Borbet, der den Briefumschlag ungeöffnet wegschmiß, lasen alle den Brief.

«Sehr geehrte Kleingärtnerin, sehr geehrter Kleingärtner!

Im Namen der Passau-Paderborner Versicherung von 1870/71 möchte ich zuerst noch einmal meinen Dank für die interessierte Aufmerksamkeit ausdrücken, mit der Sie in sachlicher und offener Art Gäste unserer Informationsveranstaltung waren. Wir bedauern zutiefst, daß es im nachhinein zu einigen Unstimmigkeiten gekommen ist, die das Verhältnis zwischen meinem Haus und Ihnen vorübergehend zu trüben drohten. Vorübergehend, betone ich. Denn mit dem heutigen Schreiben macht Ihnen die Passau-Paderborner ein Angebot, dessen Vorteile ins Auge springen.

Die Passau-Paderborner stellt dem Kleingartenverein ‹Blüh auf› 100000 DM für die Sicherung seiner kleingärtnerischen Zukunft zur Verfügung. Als unseren Treuhänder haben wir Herrn Fritz Elstner eingesetzt, der trotz der zwischenzeitlich wohl aufgetretenen Differenzen – da bin ich sicher – Ihr Vertrauen für diese Aufgabe finden wird. Aus dem Topf von 100000 Mark erhalten alle Kleingärtner, die sich bereit erklären, ihre Parzelle bis zum Stichtag 31. Oktober zu räumen, eine angemessene Entschädigung.

Die Höhe dieses Betrages – und das ist ein Angebot, mit dem mein Haus sein Schicksal vertrauensvoll in Ihre Hände legt – können Sie, liebe Kleingärtnerin, lieber Kleingärtner, in eigener Regie bestimmen.

Im Vertrauen auf Ihre unbedingte Redlichkeit in der Bestimmung des auf jede einzelne Parzelle entfallenden Anteils halten wir uns aus allem heraus und bitten Sie lediglich um eine Gefälligkeit, deren Berechtigung Sie uns nicht bestreiten werden. Das Angebot ist befristet bis zum Letzten dieses Monats. Bis dahin müßten Sie uns in schriftlicher Form bestätigt haben, daß Sie unser Angebot annehmen, mit der Entgegennahme der Summe auf alle späteren Rechte an der Parzelle verzichten sowie zum 31. Oktober das Gelände räumen. Wir haben diesbezüglich Formulare vorbereitet, die wir uns erlauben beizulegen.

In der festen Hoffnung, daß die Vernunft am Ende siegen wird, wünschen wir Ihnen eine gesegnete Ernte und hoffen, daß auch der beigelegte Katalog Ihr Interesse finden wird, mit dem wir Sie über das breite Spektrum unseres Versicherungsangebots informieren möchten.

Mit freundlichen Grüßen

James Hassengier, Direktor der Passau-Paderborner Versicherung»

An diesem Morgen parkte Wieland Fleischhauer den Wagen weit
entfernt vom Polizeihochhaus und ging das letzte Stück zu Fuß.
Aus der Unterführung schossen Kadetts, Passats, Jettas und diese
gedrungenen Mercedesse 190. *Sehen aus, als ob sie im nächsten Moment ein Goggomobil gebären.* Er guckte kurz bei den Meerschwei-
nen rein, wartete einen menschenleeren Augenblick auf dem Flur
ab und riß das neue Fahndungsplakat vom Brett. Die mutmaßli-
chen Terroristen zerknüllend, betrat er das Büro. An seinem
Schreibtisch saß Golze und schlief. Daneben stand Hauptwachtmeister Olaf Stinka und wußte nicht, was er machen sollte. Als er
die Tür hinter sich hörte, federte Stinka herum. Er hatte eine
Achtelbewegung vollbracht, als Fleischhauer ihn zur Seite schob.
Er drückte Stinka das Plakat in die Hand:

«Hier, schmeißen Sie das weg. Muß nicht gleich sein, muß aber
gründlich sein.»

«Oh», sagte Stinka hoch erfreut, «das kann ich am besten.»

Fleischhauer rüttelte an Golze herum. Er bestellte Kaffee und
halbe Brötchen. Dann hielt er ein Handtuch unters Wasser und
das Handtuch in Golzes Nacken.

«Mensch, Chef», triumphierte Golze fünf Minuten später
mampfend, «wir haben sie. Sagt Ihnen der Name ‹Sottje› was?»

Natürlich sagte der Name Fleischhauer was. Er wohnte lange
genug in dieser Stadt, um den Namen zu kennen.

«Ganz offen an ihre Tür. Mit Kreide. Wie in der Schule
damals.»

Fleischhauer blickte aus dem Fenster. *So rinnen die kraftvollsten
Jahre deines Lebens sinnlos an dir vorbei. Um dich herum spielen
Zwerge, Gnome und andere Knirpse. Ihr züchtet Meerschweine, seid
politisch blind wie Katzen bei der Geburt, Hildegard ist fern wie der
Mond, in 30 Jahren bist du tot, wenn du jemals mit ihr einen Waldspa-
ziergang machen willst, mußt du endlich losgehen. Du hast keine Zeit
mehr. Du hast keine Zeit mehr.*

«Golze, Sie sind ein Schatz, aber Sie reden zuviel.»

Golze schluckte und war beleidigt. «Ich habe keinen Ton
gesagt.»

«Ja, was haben Sie denn dann gemacht?»

«Gegessen. Hier – wollen Sie auch?»

Ohne Probleme wies Fleischhauer das Mettbrötchen mit
Zwiebelringen zurück.

«Freitag trifft sich Hildegard mit Sottje», sagte Golze. «Ich würde vorschlagen, daß wir jetzt den Staatsschutz einschalten. Wenn wir da was vermasseln, dann massakriert uns die Presse, die warten doch nur auf so was.»

Fleischhauer stellte sich vor, wie er Arm in Arm mit Hildegard auf der Titelseite der «Allgemeinen» aussehen würde.

«Freitag meinen Sie also», sagte Fleischhauer verträumt. Golze nickte. Vom Mettbrötchen fielen Zwiebelringe auf den Tisch und unter den Tisch.

«Die heben Sie alle fein wieder auf», sagte Fleischhauer nebenbei. Freitags pflegte Fleischhauer verdrossen vor dem Fernseher zu sitzen und sich die Viertel-nach-acht-Krimi-Zumutung reinzuziehen. Ab Viertel nach neun wußte er regelmäßig nicht mehr, was er tun sollte. Manchmal hatte er Bereitschaft, das war gut. Manchmal hatte er frei. Freizeit war sonst kein Problem für Fleischhauer, nur freitags, da fraß sie ihn auf.

Die Zentrale stellte einen Anruf durch. Als es bei Stinka zweimal geklingelt hatte, nahm Fleischhauer den Hörer ab, drückte den Knopf, und Stinka wunderte sich einige Sekunden später beim Abnehmen über das Schweigen in der Leitung.

«Messerschmid, guten Morgen. Ich möchte einen Einbruch in meine Büroräume anzeigen.»

Messerschmid berichtete, daß seine Sekretärin bei Arbeitsantritt festgestellt hatte, daß die Räume am Vorabend aufgebrochen worden waren.

«Irgendwas zerstört? Irgendwas geraubt?»

«Nichts, soweit ich es bis jetzt überblicke.»

«Dann freuen Sie sich doch, Mann. Darauf können Sie sich einen genehmigen.»

«Ach ja, meinen Schnaps hat der Dieb auch getrunken.»

Fleischhauer entschloß sich hinzufahren.

«Ich will ja nicht unken», unkte Direktor Hassengier und blickte über den Rand des Briefbogens, «aber ich glaube, damit ist uns ein feines Ding gelungen.»

«Ich stimme zu», sagte Werbechef Lindemaier, «erstens Geld, und zweitens dürfen sie noch selbst verteilen. Das gibt Tinte auf den Spieltrieb. Die fühlen sich gebauchpinselt.»

«Hoffentlich akzeptieren sie den Elstner, diesen Einfaltspinsel», sagte Hassengier nachdenklich. «Vielleicht wäre es geschickter gewesen, eine Figur ins Spiel zu bringen, die bisher noch nicht zur Polarisierung beigetragen hat.»

«Sie meinen Borbet, diesen Wichtigtuer?» wollte Kahl wissen. «Der steht doch noch unter Schock von seiner Festnahme. Nee, nee, Elstner ist schon richtig. Der ist psychisch am Ende, der ist genau da, wo er sein muß, damit er die Aktion flott durchzieht.»

«Da bin ich ja mal wirklich gespannt», sagte Hassengier.

Verdammter Pickel. Dich schickt die Konkurrenz. Warum kannst du nicht am Hintern sitzen? Seit Minuten steigerte sich Claudia immer stärker in Wut hinein. Erst hatte sie den Abdeckstift nicht gefunden, dann war ihr zu viel Make-up aus der Tube geschossen, der Pickel wollte und wollte nicht reifen und blühte nach dem letzten Ausdrückversuch in hellroter Penetranz. Außerdem klemmte das Kostüm um die Hüften herum. *Rettungsringe, entsetzlich. Mit 24 verurteilt zu einem Leben in einteiligen Badeanzügen.* Claudia schüttelte erst sich, dann die Flasche mit dem Haarschaum. Nach gut 20 Minuten war sie ausgehfertig. Wie immer führte der Weg vor der Tour in den Blumenkeller. Claudia hatte für 40 Mark zwei Kellerräume in der nächsten Querstraße angemietet. Hier lagerte sie die Blumen, die sie alle drei Tage vom Blumengroßmarkt holte. Frührentner Egon Zehlendorf, der vor einigen Jahren als «der erste Binnenschiffer mit Staublunge» durch die Presse gegangen war, weil er die Quittung für 20 Jahre Eierkohlentransport nach West-Berlin erhalten hatte, pfiff wieder mit aller Kraft, die ihm verblieben war, hinter Claudia her. *Der darf das, das ist für den Medizin.* Auf der Höhe von Hausnummer 24 begann Claudia mit der Suche nach dem Kellerschlüssel. Heute kam es wieder gut hin, sie fand ihn relativ bald in einer der zahlreichen Taschen ihres grasgrünen Kostüms, ohne sich auf dem Bürgersteig halb entkleiden zu müssen. Claudia schloß auf und stand ganz still. *Entsetzlich.* Der Wasserhahn lief, Claudia blickte nach unten. Sie stand bis oberhalb der Knöchel im Wasser. Bevor sie den Hahn aufgedreht hatten, mußten der oder die Täter schwere Arbeit verrichtet haben. Sie hatten sämtlichen

Blumen die Hälse umgedreht. *Was das für Mühe macht: 23 Partien Baccara. Vierhundertsechzig. Und 20 Biedermeiersträußchen.* Der Tisch, auf dem Claudia die Blumen entdornte und in die Körbe stellte, war leergefegt worden. Blumen, Papier, sämtliche Körbe sowie alle Ansichtskarten und Telefonlisten, die an der Wand über dem Tisch geklebt hatten, schwammen mit den Hunderten von zerstörten Blumen auf dem Wasser. Claudia blickte sich um, blickte wieder auf ihre Beine. Rote Rosenköpfe umschmeichelten ihre Knöchel. Dann kamen die Tränen.

Der Polizeibeamte blickte ihr nicht ins Gesicht. Seine Augen klebten auf den Spuren, die Claudias Schuhe auf dem Linoleumboden der Revierwache hinterließen.

«Ich möchte eine Anzeige erstatten», sagte Claudia.

Der Polizist ging ans Fenster, blickte hinaus, verdrehte den Kopf, guckte nach oben, kam zurück.

«Ich möchte Herrn Messerschmid anzeigen, Lucas Messerschmid. Wohnhaft in Harburg. Wahrscheinlich hat ihm ein Ole Asmussen geholfen. Wohnhaft Wyk auf Föhr, glaubt man aber nicht, weil er viel südlicher aussieht. Wollen Sie nicht endlich mitschreiben?»

Der Beamte blickte Claudia an, sein Kollege erhob sich vom Schreibtisch. Claudia erzählte von dem Überfall auf ihren Blumenkeller. Sie erzählte auch, warum sie die Männer verdächtigte.

«Aber Blumen brauchen doch Wasser», sagte der ältere der Beamten und wies auf das Fenster, das zur Sonnenseite lag. Dort blühte und wucherte es.

«Sie haben meine Blumen nicht begossen, sondern unter Wasser gesetzt», stellte Claudia klar.

«Rosen, sagten Sie?»

Sie nickte und war der festen Überzeugung, daß es jetzt endlich losgehen würde.

«Rosen tut es gut, wenn man sie abends in die Badewanne legt», sagte der Beamte in predigerhaftem Ton.

«Nur dürfen Sie sich natürlich nicht gleichzeitig dazulegen», sagte sein Kollege, brüllte vor Lachen und ging nach nebenan, um den Witz seinen Kollegen zu erzählen. Bald drang von nebenan Lachen herüber.

«Sind Sie Schauspielerin oder so was?» fragte der verbliebene Beamte.

«Warum?» zischte Claudia. Sie war noch zu geschockt, um ihre übliche Wut zu finden.

«Na, wegen Ihres Kostüms.»

«Das bringt mein Beruf so mit sich.»

«Laubfrosch, wie?» rief der Beamte kichernd. «Weihnachtsmärchen, wie? Kenn ich, ich habe auch einen Enkel.»

«Wieso auch?» fragte Claudia. «Ich habe keinen Enkel.»

Es ging hin und her, zwischendurch kam der zweite Beamte zurück, Claudia unternahm noch einige Anläufe, die Stimmung in der Revierwache stieg. Claudia gab auf. An der Tür drehte sie sich um. «Für all das, was jetzt passiert, sind Sie verantwortlich, Sie alle hier.»

Die Polizisten stießen sich an, kicherten, und der reinlichste von ihnen holte Eimer und Feudel, um die nassen Flecke auf dem Linoleumboden wegzuwischen.

Fred Frenzel war sehr aufgeregt. *Diesmal klappt es. Intelligenter kann man es doch gar nicht anfangen.* Zärtlich streichelte er dem Cockerspaniel übers Fell. Dann kratzte er sich und blickte auf die Normaluhr. Zur gleichen Zeit kam ein nervöser Mittfünfziger aus der Unterführung beim nördlichen Hauptbahnhof. Er trug einen Sommeranzug und einen Strohhut. In der Hand hielt er einen Briefumschlag, den er aufgeregt knetete. Der Mann näherte sich dem Obstkiosk am Anfang der Einkaufsstraße. Unruhig beschrieb er einen großen Kreis um den Laden. Er trat auf die Rückseite, blickte sich hektisch um und sah den Zettel in Augenhöhe hängen. Er riß ihn ab, klappte ihn auf. «Hausnummer 12, 4. Stock. Keine Polizei oder aus Fränzchen wird Labskaus.» Der Mann stützte sich mit einer Hand am Kiosk ab. Dann rannte er zur nächsten Telefonzelle. «Mutti, der Zettel war da. Was soll ich jetzt machen?» rief er in den Hörer. Mutti verlangte, daß er den Zettel vorlas.

«Dann gehst du da jetzt hin», befahl sie.

«Ja, das wird wohl das beste sein», japste der Mann.

Erst lief er vorbei, stand erschreckt vor Nummer 16 und mußte seine Gedanken ordnen, bevor er zurückging. Nummer 12 besaß einen Paternoster. Der Mann war kurz vor dem Aufgeben. Seit Jahrzehnten träumte er davon, beim Einsteigen in den Korb eines Paternosters auszurutschen, zwischen Korb und Außenwand zu geraten und zerquetscht zu werden. Auch hatte ihn schon eine andere Furcht gepackt: Mit einem Bein gelang es ihm, in den Paternoster einzusteigen, das andere Bein vermochte er nicht nachzuziehen. Der Fahrstuhl ruckelte nach oben, seine Beine wurden auseinandergezogen: erst zu einem Spagat, am Ende riß der Unterkörper der Länge nach auf. Zwei Personen ließ der Mann einsteigen, darunter befand sich ein Jäger. Der Mann ging über die feste Treppe in den vierten Stock.

Verwundert las er das Schild: «Wild und Hund. Redaktion.» Er blickte sich eingeschüchtert um. Es dauerte, bis er den Zettel entdeckte, der mit Tesakrepp zwischen den Paternosterschächten angeklebt war. «Legen Sie das Geld in einen Kasten, der nach unten fährt. Dann warten.» Der Mann streckte den Arm aus, zuckte zurück, warf den Umschlag in einen Kasten. *Nummer 5. Wenn dich nachher die Polizei fragt.* Unschlüssig trat er in den Hausflur zurück und wußte nicht, auf was er wartete. Die Paternosterkästen fuhren und fuhren. Dann kam ein Kasten, in dem ein Cockerspaniel saß. Der Hund sah sein Herrchen und umkreiste den Mann mit hektischen Sprüngen. Dem Herrchen schossen Tränen in die Augen. Aus dem Firmeneingang trat ein Mann in Jägeruniform auf den Flur. Er hatte einen Jagdhund dabei. Jäger und Hund betrachteten das Bild der Wiedersehensfreude. Dann wechselten Jäger und Hund einen Blick.

«Ruhe, Ruhe, Ruhe!» rief Fritz Elstner und wedelte besänftigend die Arme. «Ich wiederhole den Vorschlag von Kleingartenfreund Behle zur Gewichtung: Größe der Parzelle lassen wir weg, weil die Stücke sich von der Größe her nichts nehmen. Dauer des Pachtverhältnisses: 50 Prozent. Wert des Pflanzen- und Baumbestandes: 40 Prozent. Laube und so weiter: 10 Prozent. Wird dazu das Wort gewünscht?»

Eine Menge Arme schossen in die Höhe. Auf dem Festplatz rund um das Vereinsheim summte und brummte es.

«Wie Goldfieber, nur schöner», sagte ein Kleingärtner händereibend. Alfred Behle vertraute ausschließlich seinem Taschenrechner.

«Guck mich nicht so schief von der Seite an», begrüßte er Kleingärtner Bernburger. «Arbeitet mit Sonnenenergie. Paßt also gut in die Landschaft.»

Etwas abseits waren Renate Kalkowski und Marianne Borbet dabei, ihre Endsummen auszurechnen. Während Frau Kalkowski in ihrem üppig geblümten Sommerkleid, das eigentlich eine Schürze war, auf 8000 Mark kam, blieb Frau Borbet bei 2500 stecken.

«Na ja, wenn man erst vier Jahre dabei ist, kann man sich nicht beklagen», sagte sie ein wenig mißmutig.

«8000», staunte Renate Kalkowski. «Da muß eine alte Frau ganz schön lange für stricken.»

«Diese Pi-mal-Daumen-Rechnerei mache ich nicht mit», brüllte Herr Oldenburg aus dem Hintergrund. «Ich fordere die Einsetzung einer Findungskommission, die den Wert jeder einzelnen Parzelle genauestens auflistet. Von wegen ‹rund 100 Tulpen und Hyazinthen›, wie Herr Bernburger uns hier weismachen will. Ich kann mich jedenfalls an höchstens eine Handvoll Tulpen erinnern. Und das waren auch noch derartige Mickerlinge, daß man sie als echter Gartenfreund doch wohl besser mit dem Mantel des Vergessens bedecken sollte.»

«Ach nee, ach nee», ereiferte sich Bernburger. «Aber mal eben locker einen Tausender für Ihr Plumpsklo ansetzen, was?»

«Das ist eine chemische Toilette vom Allerfeinsten», erwiderte Oldenburg vibrierend. «So was benutzen die Astronauten.»

«In ihrem Schrebergarten vielleicht», höhnte Bernburger. «Plumpsklo braucht Schwerkraft, das ist doch sonnenklar. Sonst fliegen ihnen die Haufen um die Ohren. Schulwissen, lieber Herr Oldenburg, einfachstes Schulwissen.»

Fritz Elstner wedelte mit den Armen: «Liebe Freunde, ich muß doch sehr ...»

«Für Sie immer noch Herr Bernburger», sagte Bernburger schneidend. «Nur weil Ihre sauberen Freunde von der Versicherung einen Narren an Ihnen gefressen haben, können Sie sich hier noch lange nichts rausnehmen. Die Zeit der ungebremsten Elstner-Monarchie ist vorbei.»

Elstner starrte den Kleingärtner an.

«Ich kann nichts dafür, wenn mein Name in der Vorstandsetage der Passau–Paderborner einen so guten Klang hat, daß sie mir 100 000 Mark anvertrauen», sagte Elstner.

Einige Pfiffe ertönten. Nach Feierabend trafen immer mehr Kleingärtner in der Kolonie ein. Keiner achtete auf Willi Rose, der mit grimmigem Gesicht herumstapfte und nur darauf wartete, daß jemand eine dumme Bemerkung machte, auf die er einsteigen konnte. *Morgen besichtige ich Wohnungen. Von morgens bis abends. Irgendwo muß man ja die Wut lassen. Ich weiß noch nicht, wer es mir büßen wird. Aber büßen wird es mir jemand.*

Der Lada stand vor der Trostbrücke. Rochus wartete. Er fühlte keinerlei Ungeduld. Er brauchte auch keine Uhr, die ihm sagte, daß er schon über eine Stunde hier saß. Alles, was er brauchte, war der schwere dunkelgrüne BMW, der über die Brücke fahren sollte. Rochus rauchte. Er wunderte sich, daß aus einem Fenster im obersten Stock des «Spiegel»-Verlagsgebäudes Wölkchen hervorquollen. Einmal hatte Rochus das Gefühl, als wenn ein Oberkörper und ein komplettes Bein aus dem Fenster ragen würden. Der BMW kam, Rochus warf die Zigarette auf die Straße, schlug die Tür zu. Der Aschenbecher schoß aus der Halterung, Rochus schob ihn zurück und startete den Motor. Der Feierabendverkehr war fast vorbei. Rochus hatte keine Schwierigkeiten, dran zu bleiben. Er ließ maximal drei Wagen zwischen den BMW und sich. Mehr riskierte er nicht, dazu fuhr er zu lange Lada. Über die Ost-West-Straße ging es Richtung Altona und gleich auf die Elbchaussee. Auf der Höhe von Othmarschen bog der BMW ab und kroch durch herrliche Wohnstraßen auf sein Ziel zu. Rochus blieb dran. Einmal nahm er eine Ampel bei Spätgelb, kaute danach einige Sekunden auf der Unterlippe. Zu beiden Seiten der Straße standen herrliche Villen: zwei- oder dreistöckig, von imponierender Wucht, dabei gar nicht aufdringlich oder neureich. Der BMW fuhr auf den Parkstreifen, hielt. Rochus fuhr vorbei und parkte hinter einem Cabriolet. Er stellte den Rückspiegel ein und sah, wie Messerschmid auf das

Grundstück schaute. Aus dem Haus kam der Mann, der wie ein Südamerikaner aussah. Rochus sackte leicht im Sitz nach unten. Messerschmid stieg aus, die Männer schüttelten sich die Hände, stiegen ein, fuhren los. Rochus hängte sich ran.

Es ging zurück in die Innenstadt. Der BMW hielt nicht auf die Speicherstadt zu, er fuhr in die Mönckebergstraße, parkte ein. Rochus fuhr 20 Meter weiter. Zu dieser Tageszeit stand kein Auto mehr am Straßenrand. Er lehnte sich zurück und sah, wie Messerschmid und der Südamerikaner vor der Tür des Pelzgeschäfts standen. Von drinnen wurde ihnen aufgetan.

Mürrisch stand Willi Rose vor dem Kleiderschrank. Er riß die Kleidungsstücke von den Bügeln. In der Küche wütete er gegen das Geschirr. Der Schuh, der ihm im Flur im Weg stand, flog in hohem Bogen durch die Luft. *Ich bin ja so sauer.* Als Rose den Hauptweg entlang zum Zeitungskiosk ging, wo er die Zeitung mit den Wohnungsanzeigen kaufen wollte, kamen ihm mehrere Männer entgegen. Einer trug einen Sicherheitshelm, ein anderer hatte wohl Kleingeld oder sonstwas verloren. Jedenfalls hing er mit dem Gesicht 20 Zentimeter über dem Erdboden. Der mit dem Helm war der Stararchitekt Dr. Dr. Kuno Löwenthal-Elberfeld, eine Kapazität auf dem Feld von Verwaltungsgebäuden und Hotels internationalen Zuschnitts. Seit einem Unfall noch zu Studentenzeiten (Kantholz) wollte Löwenthal-Elberfeld im Dienst kein Risiko mehr eingehen. Der andere war Fritz Elstner. Der, vor dem er herumdienerte, war Direktor Hassengier. Der Rest der Gruppe bestand aus Herren der Passau-Paderborner, Löwenthal-Elberfelds Büro und der Baubehörde. Der berühmte Architekt schnippte mit Daumen und Zeigefinger. Aus dem Hintergrund trat ein blonder junger Mann nach vorne. Mit lautem Plop zog er den Deckel einer Pappröhre auf. Dabei strahlte er den Architekten an. Dann griff der junge Mann in die Röhre und holte einen großformatigen Plan hervor. Er reichte ihn Löwenthal-Elberfeld und beugte sofort den Oberkörper, wobei er sich mit den Händen auf den Oberschenkeln abstützte. Löwenthal-Elberfeld breitete den Plan auf dem Rücken des Blonden aus. Die Herren schlossen sich zu einem Kreis zusammen. Löwenthal-Elberfeld dozierte mit weitausholenden Armbewegungen und stellte seinen Zuhörern den Neubau auf die drastisch-plastische Weise vor Augen, die ihn bekannt gemacht hatte. Die am häufigsten vorkommende Bewegung war eine Art «Kopf-ab»-Geste, mit der Löwenthal-Elberfeld die Planier- und Erdarbeiten stimmungsvoll beschrieb.

«Könnt ihr alles in die Mülltonne schmeißen», sagte Willi Rose im Vorbeigehen. Löwenthal-Elberfeld, der soeben über die Dachkonstruktion monologisierte, erstarrte in der Bewegung. Direktor Hassengier fühlte sich in der Rolle des Gastgebers zu einer Entgegnung herausgefordert.

«Was können wir, wie Sie beliebten zu sagen, ‹wegschmeißen›, mein Herr?»

Rose blieb stehen. «Na, das da», sagte er und wedelte verächtlich in Richtung Plan. Löwenthal-Elberfeld stieß einen merkwürdigen Pfeiflaut aus. Sein zweiter Assistent, ein extrem blonder Mann, trat unauffällig hinter ihn. Hätte in diesem Moment ein Attentäter aus nächster Entfernung dem Stararchitekten in den Bauch geschossen, wäre die Kugel zweifelsfrei aus dem Rücken seines zweiten Assistenten herausgefallen.

«Hier wird nämlich garantiert nicht gebaut», schob Willi Rose nach.

«Das ist Herr Rose, der lebt . . .» wuselte sich Fritz Elstner in den Vordergrund. Mit knapper Gebärde machte ihn Hassengier still.

«Lieber Herr Rose», sagte er dann zuckersüß. «Lächerliche 24 Stunden nach Erhalt unseres Angebots haben sich bereits 60 Prozent aller Schrebergärtner mit unseren Bedingungen einverstanden erklärt. Ich schätze, daß es morgen bereits 80 bis 90 Prozent sein werden.»

«Vielleicht haben Sie ja Glück, und es werden sogar 99 Prozent», sagte Rose.

«Na, beschwören Sie's mal nicht», erwiderte Hassengier geschmeichelt. Der Student, der Tisch gespielt hatte, richtete sich auf.

«Es können bestimmt 99 Prozent Zustimmung werden», sagte Rose gönnerhaft. «Aber ich werde nicht zustimmen, und Sie brauchen alle Leute. Wenn Sie nur einen nicht kriegen, ist es genausogut, als wenn Sie keinen kriegen. Richtig?»

Hassengier funkelte ihn an. *Dir werd ich ... dich sollte man ...* *wenn du mein Vater wärst, ich würde dich entmündigen lassen.*

«Natürlich stimmt das nicht», rief Elstner.

«Natürlich stimmt das», knurrte Hassengier. «Sie haben die Lage sehr plastisch umschrieben, lieber Herr Rose. Wir brauchen Ihre Zustimmung. Und wir werden sie bekommen. Auf die eine Weise. Oder auf die andere Weise.»

«Das werden wir beide nicht mehr erleben», sagte Rose lachend.

«O doch», sagte Hassengier, «ich werde es erleben.»

«Immer dieses Elend mit der sozialen Realität», klagte Löwenthal-Elberfeld und strich sich über beide Schläfen.

«Wir stehen Gewehr bei Fuß, um der Baukultur und Stadtästhetik den entscheidenden Push vorwärts zu geben, und was macht Volkes Stimme? Sie bockt, sie ignoriert uns, sie hat ihren eigenen Willen. Mein lieber James, lassen Sie sich etwas einfallen.»

«Na, dann haben wir es ja soweit», sagte Rose, lüftete einen imaginären Hut und ging.

«Ja, ja», sagte der Mann von der Baubehörde versonnen, «vor zehn, fünfzehn Jahren, da waren solche Menschen noch gar nicht erfunden.»

«Muß ich wieder Tisch ...?» fragte der Blonde. Löwenthal-Elberfeld nahm den Helm ab und schlug mit der Handkante leicht auf ihn ein.

«Vor dem Unfall mit dem Kantholz hatte er einen Schlapphut», flüsterte der extrem Blonde Hassengier vertraulich zu.

«Ach, lassen Sie mich doch in Ruhe», fauchte Hassengier und blickte Willi Rose nach, der die Straße erreicht hatte und nach links abbog.

Golze saß im Wagen und wunderte sich. Seit zwei Tagen schon prangten unübersehbar die entlarvende Aufschrift «Freitag Sottje» sowie die Zeichnung von Hammer und Sichel auf der Tür. Menschen gingen im Haus ein und aus. Keiner war vor Schreck erstarrt oder hatte die Polizei alarmiert. Niemand hatte die Aufschrift weggewischt oder wenigstens die Presse alarmiert. Nur ein älteres Ehepaar war kurz vor der Haustür stehengeblieben und hatte einige Worte gewechselt. Da Golze zwischendurch eine Mütze voll Schlaf brauchte, war es ihm entgangen, wie die Frau, die sich Hildegard nannte, auf die Ankündigung reagiert hatte. Erschütternd fand Golze, daß sie den Termin, nachdem sie ihn gelesen, nicht sofort abgewischt hatte. Als dann noch ein Schornsteinfeger ins Haus ging, nach einer Viertelstunde wieder herauskam und dabei die Kreidezeichnung abwischte, lachte Golze bitter auf. *Typisch. Die größten Dreckspatzen müssen für Sauberkeit sorgen. Verkehrte Welt.* Fleischhauer wollte nach Feierabend dazustoßen, das hatte er Golze versprochen. Weil Hildegards Wege sich tagelang nicht geändert hatten, verfolgte Golze sie gar nicht erst bis zur Versicherung, sondern blieb gleich vor ihrem Haus auf Posten stehen. Zum insgesamt siebenhundertzweiundzwanzigsten Mal betrachtete Golze den Zettel mit dem Schlachtercode. Er kam damit nicht klar. Auch die neue Information, daß sich Hildegard mit Sottje treffen wollte, hatte ihm nicht weitergeholfen. *Du mußt dich an die Frau aus dem Schlachterladen ranmachen. Die weiß garantiert was. Du mußt dich überhaupt mal wieder mit ... äh ... wie heißt sie gleich noch mal ... mit Susanne treffen.*

Wieland Fleischhauer schaute kurz bei der SoKo Meerschwein hinein. Vor dem Terrarium stand ein etwa achtjähriges Mädchen. In der Hand hielt sie eine Zigarrenkiste, von der der Deckel fehlte und in der Münzen klimperten. Mit der freien Hand wies sie auf diverse Meerschweine und pries die unübertrefflichen Vorzüge der Tiere. Ihre Zuhörer waren fünf etwa gleichaltrige Kinder. Eins saß etwas abseits und steckte den kleinen Finger durch das Luftloch eines gefalteten Kartons. Dann zog es den Finger schnell heraus, öffnete den Karton, schlug mit der Faust hinein und verschloß den Karton wieder. Danach pustete es Luft gegen den Finger, holte tief Atem und steckte den Finger wieder in das Luftloch. Offensichtlich passierte nichts.

«Fertig. Nina ist dressiert. Jetzt ist sie zahm», rief sie freudestrahlend.

«Wahrscheinlich ist sie tot», sagte eine müde Männerstimme aus der Ecke. Fleischhauer drehte sich um. Muschke, Merck und Eckzahn spielten Skat. Das meinungsführende Mädchen hatte gerade wieder einen Zuhörer gekeilt, hängte sich mit dem Oberkörper ins Terrarium und holte mit sicherem Griff ein zappelndes Schwein aus dem Glaskasten.

«Da», sagte das Mädchen, «zahm machen mußt du es.»

«No problem», lachte der Junge und verkrümelte sich in eine Ecke, wo er sofort mit der Zähmung begann.

«Null Hand», sagte Merck nachdenklich.

«Überleg's dir genau», meinte Eckzahn freundlich. «Noch kannst du auf Grand erhöhen.»

«Meinst du?» entgegnete Merck und verfiel in dumpfes Brüten.

Marlene lächelte Fleischhauer an. *Weiche von mir, Tierschutz. Ich habe Hildegard.* «Na, Marlene, machst du die Kollegen naß?»

Sie grinste schmierig. *Und was war sie damenhaft, als sie bei uns anfing. Jeden schmutzigen Witz mußten wir ihr fünfmal erklären.* Fleischhauer ging zurück ins Büro und guckte um die Ecke. Stinka hatte ein aufgeschlagenes Lexikon vor sich liegen und versuchte, Hinweise auf die Mechanik eines Lochers zu finden. Fleischhauer schloß die Tür, trat ans Fenster, suchte sich einen Punkt aus und dachte nach. *Und wenn Golze recht hat? Wenn Hildegard was hat, was sie besser nicht hätte? . . .*

Die ersten beiden Wohnungen waren für Willi Rose ein voller Erfolg. Die Makler hatten getobt, die Interessenten hatten sich gefreut. Zwar sah es danach aus, als wenn die zweite Wohnung an ein Lehrerehepaar gehen würde. *Man kann nicht alles haben.* Jedenfalls freute sich Rose auf die Fortsetzung.

Schon an der Art, wie der Makler die Tür aufriß, erkannte Rose, daß es nicht leicht werden würde. *Ein Beißer.* Er inspizierte die Wohnung, der Makler kümmerte sich erst nicht um ihn. Dann aber kam er auf Rose zu. «Ist doch viel zu groß die Wohnung, für eine einzige Person. Sie sollten sich zu schade sein, dringend benötigten Wohnraum zu blockieren. Denken Sie doch nur mal an junge Familien mit Kindern», sagte der Makler. Rose hatte am Rand mitbekommen, wie der Mann vor wenigen Minuten ein Ehepaar mit Kindern aus der Wohnung komplimentiert hatte.

«Mir geht es nicht um die Größe, mir geht es ums Prinzip.»

Der Makler wußte sofort Bescheid. «Rose», zischte er, seine

Augen wurden zu schmalen Schlitzen. «Mit mir nicht», fügte der Makler hinzu. Rose wollte etwas sagen, der Makler ließ es nicht zu.

«Sparen Sie sich Ihre Sprüche. Mit Ihnen redet man nicht, mit Ihnen macht man kurzen Prozeß. Sie sind ein Schädling. Ein anarchistischer Nörgler, der vergessen hat, rechtzeitig zu sterben, und jetzt unter der Narrenmaske des lieben Alterchens seine schmutzigen Spiele mit einem Berufsstand treibt, ohne den unser Land arm dran wäre, mein Lieber.» Rose wollte erneut etwas sagen. «Ich rufe jetzt die Polizei, dann erledigt sich das Problem ganz von alleine», sagte der Makler. Er tätigte den Telefonanruf. Die Wohnungssuchenden hielten Abstand. Rose hatte das Gefühl, dumm dazustehen. *Aha, na ja. Und was jetzt? Mußte ja mal passieren. Ein Wunder, daß es nicht schon längst passiert ist.* Je länger Rose über die Situation nachdachte, desto wütender wurde er über den Schreck, den die Erwähnung der Polizei in ihm ausgelöst hatte. *Erst mal können sie dir nichts. Zweitens ist das eine gute Gelegenheit für die Polizeijungs, an Lebenserfahrung zuzulegen. Laß sie kommen. Halt dich locker bis dahin.*

Spielerisch trat Rose gegen ein Paneel und sah beglückt, wie sich ein handbreiter Spalt zwischen Holz und Wand bildete. Mit knapper Geste winkte er die anderen herbei und gab eine kurze Einführung. Der Makler mischte sich nicht ein. *Ruhig, Heiner, laß ihm die Freude. Gleich räumen sie ihn ab. Mit Stumpf und Stiel.*

Ein Mann betrat die Wohnung. Mit der Menschenkenntnis, ohne die in seinem Berufsstand nichts geht, sah der Makler, mit wem er es zu tun hatte. Geschäftig eilte er auf den Mann zu, der trotz der Hitze einen Trench trug.

«Gestatten, Eilstedt. Die Polizei, nehme ich an.» Der Mann sah ihn an. «Wenn ich dann vielleicht gleich mal vorgehen darf. Hier hinten, bitte schön.»

Willi Rose redete nur noch automatisch weiter. Wäre er eine Katze gewesen, hätte jedermann sehen können, wie seine Ohren nach hinten witterten.

«Es ist genug, Herr Rose. Ihr Spiel ...» Der Makler ließ sich das Räuspern nicht entgehen, «es ist zu Ende.»

Rose holte tief Atem, drehte sich um, sah den Mann im Trench. Der Makler schilderte den Sachverhalt, wobei er einigermaßen ins Hecheln kam. Die Wohnungsinteressenten umstanden als dumpfe Masse die Szene.

«Ich werde mich mit Herrn Rose in aller gebotenen Ernsthaftigkeit unterhalten», sagte der Mann im Trench.

«Tun Sie das, tun Sie das. Und lassen Sie sich nicht täuschen, wenn er sich plötzlich ans Herz faßt oder so tut, als ob ihm schwindlig ist. Das tun alte Leute öfter.» Der Makler wußte, wovon er sprach. Er hatte eine Mutter, die noch lebte.

«Herr Rose, es ist soweit», sagte der Polizeibeamte zu Rose.

«Jetzt müssen Sie mir eine Hand auf die Schulter legen», sagte Rose. Der Mann trat vor ihn und legte eine Hand auf seine Schulter.

«So?»

«Ganz schön gut schon. Abgang. Gemessen, aber nicht zu lahmarschig. Ich zähle vor: eins und zwei und drei.» Die beiden Männer setzten sich in Bewegung und verließen im Gleichschritt die Wohnung. Der Makler suchte den Grund für ein Gefühl der Irritation, das ihn nicht loslassen wollte.

Er fand sein inneres Gleichgewicht wieder und tat mehrfach den geforderten Mietzins von tausendsiebenhundert mit lässigen Worten ab.

«Rochus, dich schickt der Himmel», sagte Willi Rose im Treppenhaus zu seinem Sohn. «Willst du dich wohnlich vergrößern?»

«Ich war in der Kolonie. Wollte meinen Vater besuchen. Kein Vater da, aber das Haus vertrauensvoll unverschlossen und die Zeitung auf dem Tisch. Die Anzeige mit der Wohnung hattest du mit einem von deinen gräßlichen Leuchtstiften angestrichen.»

Sie drückten sich an die Wand und machten zwei Polizeibeamten Platz, die nach oben rannten.

«Wo ist er? Keiner verläßt die Wohnung. Wer hat telefoniert?»

Unwillkürlich gingen die Wohnungsinteressenten hinter dem Makler leicht in Deckung. Der sagte gelöst, fast heiter: «Ätsch. Zu spät. Kollege war schneller. Sie können wieder gehen. Vielen Dank auch.» Die Polizisten blickten sich an.

«Nun mal langsam mit die jungen Pferde», sagte einer.

«Empörend», zischte daraufhin eine Deutschlehrerin ihrem Freund zu, einem jungen Steuerberater, der soeben in Gedanken die 1700 Kaltmiete auf knapp 80 Mark an echter Belastung heruntergerechnet hatte.

«Wir haben einen Anruf bekommen, daß in dieser Wohnung ein Mann Rambo Zambo macht. Wir sind hier, wo bitte ist der Mann?»

«Es hat sich erledigt», sagte der Makler.

Ein Polizist faßte sich in schneller Folge in diverse Taschen von Hemd und Hose und hielt Notizbuch und Kugelschreiber in den Händen. Auf dem Notizbuch klebte ein Sticker: *Bulle? Muh!*

«Sie», sagte der Polizist zu dem Makler. «Sie scheinen hier der Wortführer zu sein.»

Eine Zehntelsekunde wurde der Makler von einem Gefühl des Geschmeicheltseins überflutet.

«Sie haben angerufen», sagte der Polizist. Der Makler nickte. «Dann bitte Ihre Personalien», sagte der Polizist.

«Sie sind wohl vom Affen gebissen», empörte sich im Hintergrund ein Mann, der einen dermaßen blonden Vollbart im Gesicht hängen hatte, daß man ihn nur bei ganz bestimmten Lichtverhältnissen wahrnahm. «Haben wir hier 1933 oder was?» Der Mann war Mitglied der Gewerkschaft Erziehung und Wissenschaft und in dieser Eigenschaft neidlos anerkannter Experte für deutschen Faschismus und Tarifrecht.

«Ich kriege Ihre Anschrift ja doch», sagte der Polizist mit dem Notizbuch und blieb völlig ruhig.

«Mal eben herhören, Ladies und die Männer auch», sagte der andere Polizist. «Verarsche haben wir nicht gern.»

«Wer hat das schon?» tönte es aus dem sicheren Schutz des Haufens.

«Wir kriegen einen Anruf, ruinieren unsere Reifenprofile beim rasanten Schnellstart in Richtung bedrängten Bürger, für den wir da sind, ohne den es uns gar nicht gäbe. Ohne den wir allerdings auch – das hier mal ganz im Vertrauen gesagt – was Besseres zu tun wüßten, als in diesen albernen Kostümen durch Einbahnstraßen in der falschen Richtung zu donnern, was, Adalbert?» Der Kollege nickte ernsthaft. «Wir ruinieren also – immer den Rechnungshof im Nacken – Material. Und wir ruinieren den Menschen, uns, liebe Leute», sagte der Polizist und stach wiederholt mit gestrecktem Zeigefinger gegen seine

Herzgegend. «Wir treiben Raubbau mit öffentlichem Eigentum und mit unserer privaten, individuellen Verfügungsmasse. Sie brauchen Ihren Schnaps, Ihr Fußballspielchen im Fernsehen und einen knackigen kleinen Arsch im Bett», fuhr der Polizist fort. «Sie brauchen einen Bausparvertrag, saftige Werbungskostenposten und die wöchentliche Abfütterei beim Nobel-Italiener. Wir brauchen das alles ja nicht. Wir sind ja doof. Wir essen Schwarzbrot mit Margarine und Mettwurst von Aldi, dazu ein Astrabier oder ein Glas H-Milch. Wir kaufen bei C & A ein, achten auf Sonderangebote.» Der Beamte wurde immer verbitterter. «So nämlich genau nicht. Wenn ihr Deppen braucht oder Idioten, Dösbaddel und ähnliche Tranfunzeln, dann schnitzt euch die gefälligst selber. Mit uns geht das nämlich nicht. Nicht mehr.» Der Polizist glühte.

Der Makler ahnte nichts Gutes, weil es ihm seit nun schon vier Minuten nicht gelungen war, das Wort zu nehmen. Eine vergleichbare Schlappe war ihm das letzte Mal im Konfirmandenunterricht passiert.

Er riß einen Arm in die Höhe. «Wenn ich vielleicht mal den Sachverhalt aufklären . . .»

«. . . dürfen Sie nicht», donnerte der Polizist mit dem Notizbuch und funkelte seinen Kollegen an. «Darf er doch nicht. Oder?»

Für diesen Auftritt gibt es eine besondere Belobigung:

Der angesprochene Polizist winkte souverän ab.

3 Punkte plus.

«Darf er nicht. Klaro. Aber da es sich hier ohne jeden Zweifel um eine im Volksmund sogenannte totale Verarsche des Polizistenstandes handelt, dürfen wir und sind wir sogar verpflichtet dazu, von den hier anwesenden Männern und Frauen, meine verehrten Damen und Herren, die Personalien aufzunehmen. Got it?»

«Ach nee», sagte Hassengier.

«Doch, doch», bestätigte Else Schislaweng, «wenn ich es Ihnen doch sage. 280 Quadratmeter Wohnfläche, extrem gepflegte Bausubstanz, vor zwei Jahren aufwendig renoviert, und zwar mit Stil, mit viel Stil. Das Erdgeschoß wurde als Werbeagentur genutzt. Im ersten Stock wohnt derzeit noch der Eigentümer.»

In Hassengiers Kopf bildeten sich Erinnerungen und Zusammenhänge.

«Seitdem Sie auf der Suche nach einer repräsentativen Stadtresidenz sind, habe ich Ihnen schon manch gute Okkasion aufgetan», sagte die Maklerin selbstgerecht. «Doch mit Verlaub: Dies Stück ist ein Stück aus dem Olymp. Würde ich nicht so ganz und gar mit meiner jetzigen Wohnsituation zufrieden sein, ich weiß nicht, ich weiß nicht, ob ich nicht ins Schwanken käme.» *Nicht schlecht, die Taktik.* «Ich muß Ihnen nicht sagen, daß es nicht meine Art ist, einen Kunden zu drängen», fuhr Else Schislaweng fort. «In diesem ganz besonders gelagerten Fall hingegen muß ich Sie um Verständnis bitten, wenn ich um einen sehr kurzfristigen Besichtigungstermin bitte. Das Objekt ist sozusagen heiß.»

«Aber ich bin dran?»

«Sie und sonst niemand», bestätigte sie gurrend. «Im Moment jedenfalls», setzte sie hinzu. «Der Besitzer hat mich ganz überraschend mit der Veräußerung der Immobilie beauftragt. Es handelt sich ... nun ja ... wie soll ich sagen ... er steckt wohl einigermaßen in der Klemme. Da ist etwas geschehen, was besser nicht geschehen wäre. Staatsanwaltschaft als Stichwort. Der Mann steckt in der Bredouille. Wann würde es Ihnen passen, lieber Herr Hassengier?»

Hassengier paßte es am Wochenende.

Die Gesprächspartner befanden sich schon in den verbalen Turnübungen, die das allmähliche Versanden eines Telefonats anzeigen, da fiel Hassengier noch etwas ein. «In diesem Zusammenhang fällt mir etwas ein.» Hassengier hörte angestrengt und sah in die Muschel. «Mandelkern», brüllte er dann die geschlossene Tür an, «da sitzt schon wieder einer in der Leitung. Sagen Sie Meisenkothen, diesem lausigen Techniker, daß ich ihm auf seinen unerträglichen Rohkostsalat spucke, wenn er mir nicht auf der Stelle diesen Menschen aus der Leitung pult.»

«'tschuldigung», sagte Hassengier danach unnatürlich leise zur Maklerin.

«Sie hätten nicht zufällig eine schnuckelige Wohnung für einen rüstigen Senioren an der Hand?»

«Oh», sagte die Maklerin. «Verwandtschaft?»

«Malen Sie nicht den ... äh ... na ... Moment ... den Teufel an die Wand», rief Hassengier. *Wäre gar nicht schlecht, so ein Turbo-Opa Weihnachten und zum Geburtstag. Der würde diese lahmarschige Mischpoke mal sauber aufmischen. Entschuldige, Käthe, aber ich hasse deine Familie nun mal. Dafür haßt du meine, so gleicht sich alles wieder aus.*

«Nein, nein. Es handelt sich um einen alten Herrn aus meinem Bekanntenkreis.»

«Aber lieber James», die Maklerin lachte geziert, «bekommen Sie auf Ihre alten Tage eine soziale Ader?»

Hassengier nahm das Lachangebot an. Gemeinsam lachten sie einige Sekunden nebeneinander her.

«Also was ist nun?» Er hatte plötzlich das Gefühl, seine Zeit zu vertun. «Haben Sie eine Wohnung?»

«Das ist mein Beruf. Allerdings pflege ich nicht mit Sozialwohnungen zu dealen. Ihr Kandidat müßte also schon einige Zechinen im Sparstrumpf stecken haben. Schildern Sie ihn mir doch mal in Kürze», bat sie. Hassengier hörte Papier rascheln.

«Dann fällt es mir leichter, das Angebot einzukreisen. Soziales Umfeld pipapo.»

«Tja», sagte Hassengier, «wie ist er? Mann, wie gesagt, Mitte Sechzig, vielleicht auch älter. Macht einen ganz drahtigen Eindruck. Ich traue ihm zu, daß er nach einer Kniebeuge ohne Sanitäter wieder in die Senkrechte kommt. Alleinstehend, verwitwet oder was. Obwohl – also viel Freude hat seine Frau an dem bestimmt nicht gehabt, immer vorausgesetzt, er hat eine sein eigen genannt. Oder auch was für nebenbei, weiß man's?»

«Man weiß es nicht», bestätigte Else Schislaweng.

«Und halsstarrig eben, der personifizierte Widerspruch. Der in einem Altersheim, und das Dach fliegt weg. Scheint Rohköstler zu sein. Lebt jedenfalls in einem Garten.»

Else ließ den Griffel fallen.

«Das ist bestimmt auch gar nicht gut für die Gesundheit», sagte Hassengier nachdenklich. «Das ist ja doch eine bessere Laube, das zieht da doch wie Hechtsuppe. Ich sage nur: Rheuma.»

«Gicht», ergänzte die Maklerin.

«Oder das. Wie steht's, spuckt Ihre Kartei etwas für unseren Kandidaten aus?» *Allerdings: Gift und Galle.*

120

«Da da da», rief Achim Golze und krallte beide Hände in Fleischhauers linken Oberarm. Der hatte gerade einer trotz der Wärme kugelrund aufgeplusterten Drossel beim Nichtstun zugesehen.

«Soll denn das?» knurrte er.

«Da ist die Frau, die wir Hildegard nennen», sagte Golze vor Erregung gurgelnd und legte die Hand an den Zündschlüssel. «Das ist die Stunde der Entscheidung. Morgen früh haben wir beide entweder einen Exklusiv-Vertrag vom ‹Stern› oder das Kündigungsschreiben vom Innensenator in der Hand. Ich greife zu den Sternen. Wo greifen Sie hin, Chef?»

«Das werde ich Ihnen gerade erzählen, wo ich hingreife», sagte Fleischhauer, dessen Augen Hildegard Klingebiels Vorderfront abküßten. *Du könntest ihm das ‹Du› anbieten. Der freut sich bestimmt darüber.* Aber Fleischhauer mußte nur auf Golzes dakotabeige Leinenhose gucken, die verteufelt Fleischhauers dakotabeiger Leinenhose glich, schon verging ihm der Anfall von Vertraulichkeit.

«Sie ist nicht allein», keuchte Golze.

«Bin ich blind oder was?» fauchte Fleischhauer. *Das halte ich nicht aus mit dem Kerl.* In Hildegards Begleitung befand sich ein unscheinbarer Mann, der für Golze durch die Tatsache, daß er neben Hildegard herging, der wichtigste Mann der Welt war.

«Der heißt Bolberz oder Lotterbett oder so», sagte Fleischhauer.

«Hängen Sie dem bloß nichts ans Bein. Der ist auch ohne uns schon gestraft genug. Den haben wir vor kurzem höchstpersönlich einkassiert, falls Ihre Erinnerung so weit in die Vergangenheit zurückreicht.»

«Ist ja interessant», sagte Golze. «Der unschuldige kleine Angestellte, der dem Kraken Polizei in die Saugnäpfe gerät, gibt sich mit Mata Hari ab.»

«Golze, Golze», sagte Fleischhauer klagend. «Nun ist aber wirklich genug.»

«Genug ist es noch lange nicht. Mußt erst sagen, wie alt du bist», erwiderte Golze. *Du kannst jetzt noch aussteigen. Niemand hindert dich. Zieh dir Derrick rein und stell dir den Wecker auf Viertel nach neun. Oder hol dir einen runter. Oder guck dir Derrick an und hol dir hinterher einen runter. Und dabei Hildegard anrufen und ihr eins ins Telefon keuchen. Ach, das müßte schön sein.* Der Oberkommissar sann vor sich hin. Golze fuhr an, Fleischhauer donnerte mit der Schläfe gegen das Fenster. Sie verfolgten Hildegard und Borbet bis zum Parkplatz. Dort schloß Borbet einen unglaublich verbeulten Audi 100 auf und stieg, während Hildegard an der Beifahrertür wie bestellt und nicht abgeholt wartete, ein. Bevor Borbet losfuhr, ließ er sie aber auch noch rein.

«Wenn ich ausfalle, müssen Sie alleine mit den beiden fertig werden», sagte Golze hitzig. «Ob dieser Lotterbett der sagenhafte Sottje ist? Bieder genug sieht er aus.»

«Ja, ja», sagte Fleischhauer, der gerade unheimlich schlecht gelaunt wurde.

«Richtung Osten», bemerkte Golze.

«Eine Richtung, ein Programm.» Fleischhauer schaltete das Radio an, Golze schaltete es dermaßen selbstverständlich wieder aus, daß Fleischhauer die Frechheit erst Minuten später auffiel.

«Richtung Industriegebiet», lautete Golzes nächste Äußerung. Erschüttert sah Fleischhauer zu, wie er ein Diktiergerät herbeifingerte und die Fahrtstrecke peinlich genau festhielt.

«Sorry, Chef», sagte Golze, «nicht daß ich Ihrem legendären Gedächtnis nicht trauen würde. Aber doppelt hält besser. Wir müssen alles absolut wasserdicht machen, sonst kommen wir in Teufels Küche.» *Da kann es auch nicht schlimmer sein als in Golzes Auto.* «Haha, doch Süden, die Elbbrücken locken, und dann mit dem Eisenfuß aufs Gas: Brenner, Tanger, Elfenbeinküste, Johannesburg. Aber nicht mit mir.»

«Immerhin hält er noch bei Rot. Bei dieser Farbe kommen solche Leute doch eigentlich erst in Fahrt.»

«Die fahren doch nicht etwa Bundesbahn? Rosa Wochen, was? Muß der Kreml Devisen sparen?»

«Jetzt weiß ich gar nichts mehr», sagte Golze völlig geschafft, als der verbeulte Audi in einer unscheinbaren Straße einparkte.

«Na, ein Glück», stieß Fleischhauer hervor und entspannte sich.

Dann hingen sie beide mit hungrigen Augen hinter der Frontscheibe und sahen zu, wie Hildegard und Lotterbett aus dem Wagen stiegen.

Lotterbett winkelte seinen rechten Arm an, und Hildegard hakte sich ein.

«Ah ja», sagte Golze irgendwie befriedigt. Fleischhauer

wurde entsetzlich müde. Vier Minuten später schoben sich Golze und Fleischhauer gegenseitig in das kleine italienische Restaurant.

«Das können wir nicht machen, Mensch. Das ist viel zu winzig hier», gab Fleischhauer zu bedenken. Kurz darauf fand er sich mit Golze an einem Zweimanntisch wieder. Schräg gegenüber, in Golzes Augenrichtung, hatten Hildegard und Lotterbett Platz genommen.

«Und nun brauchen wir nur noch abzuwarten, bis uns die gebratenen Tauben in den Mund fliegen.» Golze rieb sich die Hände. Fleischhauer überlegte derweil, wie Golze es geschafft hatte, ihm den Stuhl, den er unübersehbar deutlich angesteuert hatte, mit einer Chuzpe sondergleichen wegzuschnappen.

«Ach, laß mich doch», sagte Fred mürrisch und drehte Rochus den Rücken zu.

«Es ist wichtig, Fred», erwiderte Rochus und zwang dem Freund einen Becher Kaffee auf. Im Waschsalon liefen alle Maschinen.

«Ich fühle mich nicht motiviert», quengelte Fred und hielt Rochus den linken Arm entgegen. Er war unten mit Mullbinde verbunden.

«Ich hasse Hunde, ich hasse das Leben, ich hasse die ganze Gesellschaft. Ich glaube, ich wähle beim nächstenmal ...»

«Fred», sagte Rochus vibrierend, «ich habe dir erzählt, daß ich vor kurzem Gelegenheit hatte, einen Blick in Messerschmids Terminkalender zu werfen. Für heute abend ist eine Verabredung eingetragen. Er will sich mit einem oder einer Hassengier treffen, und daneben stand das Stichwort ‹Modenschau›. Dieses Wort bringt in mir einiges zum Klingeln. Würdest du also jetzt bitte tun, was du seit Wochen übst?»

«Wir müssen dichter ran», zischte Golze, «die schieben sich da drüben zwischen zwei Puddings die Weltformel über den Tisch.»

Fleischhauer drehte sich unter zahlreichen «Nicht! Nicht umdrehen»-Rufen von Golze um.

«Von wegen Pudding», sagte er enttäuscht. «Hätte mich auch gewundert. Pudding: Das könnte ja tatsächlich schmecken, und größer als ein Stecknadelkopf ist es auch. Wäre ein glatter Stilbruch in diesem Laden.»

«Wissen Sie, Chef, ich wollte es Ihnen eigentlich schon lange mal sagen.»

«Dann kann es nicht brandeilig sein.»

«Es ist mehr grundsätzlich», sagte Golze nachdenklich.

«Na?»

«Aber nicht eingeschnappt sein.»

«Na los», drängelte Fleischhauer und war todsicher, daß er eingeschnappt sein würde. Golze beugte sich über den Tisch.

«Manchmal sind Sie einfach spießig und gewöhnlich.»

In fünf Sekunden hatte Fleischhauer die neue Beurteilung für Golzes Personalakte fertiggestellt.

«Ehrlich», ritt sich Golze tollkühn immer tiefer ins Verderben hinein. «Es tut mir in der Seele weh, wenn ich das manchmal so sehe. Sie sind doch sonst soweit ein ganz patenter Mann. Mit allen Fehlern natürlich, die man so hat. Ist ja klar. Keiner ist perfekt.»

Doch Golze. Ich. Und noch was bin ich: dein Vorgesetzter.

«Haben Sie zufälligerweise irgendwelche Drogen genommen?» erkundigte sich Fleischhauer mit gepreßter Stimme.

«Ich? I wo. Ich bin nüchtern wie ein Stück Bienenstich.»

Vorgesetzte erkennt man an den Schulterklappen:

In Grün (v. l. n. r.): Wachtmeister / Oberwachtmeister, Hauptwachtmeister / Meister, Obermeister, Hauptmeister. In Silber: Kommissaranwärter, Kommissar / Oberkommissar, Hauptkommissar, Erster Hauptkommissar. Goldene Sterne gibt's für Polizeiräte und Direktoren.

Golzes Blick wurde starr.

«Jetzt faßt er sie an.»

Fleischhauers Blick wurde auch starr.

«Wo?» brachte er mühsam heraus.

«Na da», sagte Golze verwundert und zeigte voll hinüber.

«Ich meine, wo er sie anfaßt.»

«Na, so oben am Arm, knapp oberhalb vom Ellenbogen. Und er hört gar nicht wieder auf. Streichelt immer hoch und runter.»

Fleischhauers Blick war entrückt. Bei einer bestimmten Beleuchtung hätte man den feuchten Schimmer in seinen Augen erkennen können.

Unwillkürlich bedeckte Rochus seine Augen. «Mußte das sein? Ich brauche für die Aktion einen Spürhund, scharf, wachsam und wendig. Einen Spürhund und nicht so was.» Rochus zeigte auf den Riesenpudel.

Fred, der sowieso schon die Schnauze voll hatte, stampfte mit dem Fuß auf. «Ich habe ja gleich gesagt, daß es eine dusselige Idee ist. Aber auf mich hört ja keiner, geschweige denn du.»

Der schwarze Hund begann sich an Freds Schienbein zu schubbern. Rochus schloß die Augen.

«Der braucht das eben», sagte Fred vorwurfsvoll. «Du solltest froh sein. Das ist nämlich ein Zeichen, daß er Vertrauen hat. Was erwartest du eigentlich? Ich springe auf die Straße, schubse den armen Gassirentner in die Rabatte und renne mit dem Wuffi los. Alles, wie Rochus befohlen hat.» Fred kicherte. «War ein echter Gassirasen. Ein Haufen neben dem anderen. Sieht er wenigstens mal, wie das ist.»

Rochus riß sich zusammen. «Gebiß o. k.?» Fred blickte sich im Waschsalon um. «Fred!» sagte Rochus scharf.

«Konntest du gar nicht wissen, was ich gerade gedacht habe.»

«Es gibt Dinge, die spürt man einfach.» Rochus blickte auf die Uhr. «Viertel nach acht gleich.»

«Schöner Mist», sagte Fred, «heute gibt es Derrick.»

In Rochus krampfte sich etwas zusammen. «Willst du Konserve oder willst du pralles Leben?»

«Pralles Leben ist schon ganz gut. Aber wenn ich dabei im Sessel sitzen könnte und Beine hoch, das wäre noch toller.»

Der Stich im linken Arm betäubte ihn beinahe. Willi Rose stützte die rechte Hand gegen die Hauswand und tastete sich bis zur Sitzbank. Stöhnend ließ er sich niedersinken. Seufzend lehnte er den Rücken an die Wand, die die am Tage gespeicherte Wärme abgab. *74 Jahre sind kein Alter. Liebe Innereien, brütet da bloß nichts aus. Ich freu mich seit 50 Jahren auf die Silvesterfeier 1999. Da haue ich auf den Zapfen, daß das dritte Jahrtausend wackelt. Dann könnt ihr kommen, einverstanden? 1. Januar 2000, Uhrzeit egal, da bin ich bereit. Vorher sucht euch andere Opfer.* Da kam das Stechen wieder.

«Legen Sie mir einen Grappa mit in mein Grab – den zeige ich im Himmel vor – vielleicht läßt Gott dann von mir ab. Cheerio, Mister Winterbottom.» Mit rechts schlug Fleischhauer auf den Tisch, mit links brachte er den Schnaps auf den Weg. «Na los, Golze. Sei kein Frosch. Immer runter Richtung Leber.»

Genervt schob Golze das Schnapsglas zur Seite. «Geht nicht. Wenigstens einer von uns muß nüchtern bleiben.»

Fleischhauer kicherte. «Und dieser eine bin schon mal garantiert nicht ich. Ich trinke jetzt nämlich Ihren Grappa aus, Sie widerlicher Ordnungshüter, adieu.» Er trank.

«Na los, Golze, alter Miesepeter», rief Fleischhauer und schlug ihm vehement auf die Schulter. «Sei lustig. Wir haben Freitag, da geht man tanzen, die Petticoats rascheln, die Vespa knattert. Du klebst dir eine Juno ins Gesicht und nicht vergessen: vor dem Küssen rausnehmen. Ahiahiahiahihihi. Mir fällt da gerade ein guter Witz ein, den *muß* ich dir erzählen.» Fleischhauer hieb auf Golzes Unterarm. «Nun sag schon», flüsterte er heiser, «wo faßt er sie jetzt gerade hin?»

«Jetzt haben wir es wenigstens offiziell», schnaufte Rochus, als der Verkehrsfunk mitteilte, daß sich vor dem Autobahnkreuz ein Stau aufgebaut habe.

Als der Verkehrsfunk sagte, daß der Stau sich zögernd auflösen würde, waren sie schon in den Harburger Bergen.

«Das ist ja ein Ding», staunte Fred auf dem Rücksitz. «Bäume, viele Bäume. Wo kommen die denn alle her? Wird hier ein Försterfilm gedreht?»

«Bist wenig rausgekommen aus der Stadt, wie?»

«Nix da. Mallorca, Ibiza, alles vom Feinsten. Und im Sommer hoch an die Ostsee. Timmendorf, Grömitz.»

«Globetrotter.»

«Ach du Scheiße. Weißt du, wo der Hund wohnt?»

«Nee.»

«Ich habe gerade das Halsband durchforstet. Nummer 4. Das ist über dem Waschsalon. Kein Wunder, daß er ohne Gegenwehr mitgekommen ist. Wahrscheinlich rieche ich schon nach Waschpulver.»

«Du riechst nach Schweiß, wie sich das für einen richtigen Mann gehört.» Rochus hörte auf dem Rücksitz heftiges Schnüffeln.

Er hatte nichts dem Zufall überlassen und am Nachmittag die Straßenkarte studiert. So war er kein einziges Mal im Zweifel. Die Gegend wurde sanft und hügelig, der Wald wich, da und dort klumpten einige Häuser zusammen, aus den meisten blakten bläulichblasse Blitze. *Derrick. Bäh. Dich fragt nie jemand, ob sie einen Fall von dir verfilmen dürfen. Dabei wärst du mäßig im Preis, keine Starallüren, sehr konzentriert, und die Garderobe würdest du auch selber stellen.*

Das Haus lag am Rand des Dorfes, eigentlich schon außerhalb. *Die wollen niemanden sehen beim Wohnen, wenn sie reich sind.*

«Warst du hier schon mal?» fragte Fred.

«Premiere.»

«Sind ja nicht von schlechten Eltern, die Buden. Wohnen bestimmt braungebrannte Männchen und scharfe Weibchen drin.»

«Und superteure Hundchen.»

Der Riesenpudel jaulte auf.

«Laß das, Fred. Der kann auch nichts dafür.»

«Das nicht. Aber er saß gerade so günstig.»

Rochus fuhr den Lada in einen Waldweg.

«Zum erstenmal macht es Sinn, daß er dunkelgrün ist», sagte er und tätschelte das Auto. Der Pudel schoß ab in den Wald, Fred hinterher.

«Willst du nicht auch?» rief Fred. «Kann mich gar nicht entscheiden. Sind so viele Bäume hier.»

«Nimm einen sauren Baum», rief Rochus. «Das ist dann wie ein Gnadenschuß.» Fred lächelte, dann rauschte es.

«Und nun?» fragte er, sich die Hose zurechtruckelnd.

«Jetzt warten wir. Wie du vielleicht gesehen hast, stand vor dem Haus nur der BMW.»

«Na und?»

«Messerschmid erwartet Gäste heute abend. Auf die warten wir auch.»

«Und der Pudel?»

«Den betrachte ich als eiserne Eingreifreserve.»

«Was?» sagte Fred.

«Jetzt glaubst du, ich spinne.»

«Ich hätte es freundlicher formuliert. Zigarette?»

«Danke nein. Wir sind im Wald.»

«Hat geregnet gestern», sagte Fred. Er rauchte, Rochus ging auf und ab, der Pudel saß vor Fred und sah zu, wie er rauchte.

«Rentner und Kriminelle, die beschäftigen sich den halben Tag mit Warten», muffelte Fred.

«Und Detektive», sagte Rochus.

Fred stutzte, wollte etwas sagen, verkniff es sich. Er hätte sich vielleicht noch mehr Gedanken über den Mann im Trench gemacht, wenn nicht in dieser Sekunde ein Wagen auf das Grundstück gefahren wäre.

Sie drangen in den Wald ein und erreichten bald einen halbhohen Zaun. Er hatte nichts von der hysterischen Hermetik, mit der sich die Kleingärtner von «Blüh auf» ihres Bereichs vergewisserten, war dennoch deutlich genug, um Rochus das Gefühl zu geben, daß er sich nach dem Übersteigen auf verbotenem Gelände befand.

«Mächtig viel Osram in Betrieb», flüsterte Fred.

«Leider», sagte Rochus bekümmert. Vom Hauseingang bis zur Straße brannten an beiden Seiten des Weges kugelförmige Lampen. Rochus blickte sich um, wählte den Weg über die Rabatten, um an die Fenster heranzukommen. Da ertönte auf der Rückseite des Gebäudes Männerlachen. *Terrasse. Wie günstig.* In diesem Moment begann der Pudel zu greinen.

«Sag dem Hund, er soll das lassen», befahl Rochus.

«Erst mal können vor Lachen. Dem sitzt ein Haufen schief im Darm. Vorhin konnte er auch schon nicht.»

«Dann nimm das Tier und geh mit ihm in den Wald.»

«Ja, aber dann bin ich hier ja völlig überflüssig.»

«Kurzfristige Ereignisse erfordern kurzfristige Entscheidungen.»

«Kenn ich», winkte Fred ab, «das haben sie mir bei meiner letzten Entlassung im Personalbüro auch gesagt.» Er packte den Pudel am Halsband und zog ihn ins Dunkel. *Das mit dem Hund war total tote Hose. Du bist ein lumpiger Anfänger.*

«Zahlen», rief Lotterbett-Borbet. Der Kellner schlenderte herbei. Golzes Arm schoß heraus und packte den Mann.

«Ich bezahle neun Grappa, mein Kollege dort den Rest», sagte Fleischhauer großspurig.

«Mit anderen Worten: einen», sagte Golze.

Fleischhauer machte noch einige Scherze und erreichte das Wichtigste: Sie konnten vor Lotterbett bezahlen.

«Sie wissen, daß ich nicht verpflichtet bin, Ihnen Trinkgeld zu geben.» sagte Golze höhnisch.

«Dann wissen Sie auch, daß ich nicht verpflichtet bin, Trinkgeld anzunehmen», konterte der Kellner.

«Sie heißen Paolo», zischte Golze. «Rossi heißt auch Paolo. Und Rossi hat uns 82 im Endspiel ein Ei in den Kasten gelegt. Ich mag den Namen Paolo nicht.»

«Komm, Golze, laß gut sein», sagte Fleischhauer. Und zum Kellner: «Daß ihr uns aber Rummenigge ordentlich behandelt. Und nullo catenacchio, capitano, capito?»

Jetzt hätte Paolo lächeln können, und alles wäre gut gewesen. Aber Paolo lächelte nicht.

«Du fährst», kommandierte Fleischhauer und ließ sich schwer auf den Beifahrersitz fallen. Er dämmerte sofort weg und brabbelte unverständliches Zeug. Golze zündete eine Zigarette an und zog aggressiv den ersten Zug bis knapp zum Dickdarm in den Körper. Dann kamen Lotterbett und Hildegard.

Der schwere Mann, der sonst eher behäbig wirkte, ging vor wie ein professioneller Anschleicher. Es war eine dieser Nächte, in denen es nie völlig dunkel wird. Nach einigen Umwegen, Stutzen, Innehalten, Zögern, Horchen hockte er zwischen zwei Wacholdern. Die große Terrasse war sechs bis sieben Meter entfernt. Eine schulterhoch gekalkte Wand stand Rochus im Weg, sie schnitt das Bild rechts ab. Rochus sah nur den Südamerikaner und eine junge Frau ganz. Von Hassengier sah er Arme, Beine und dann und wann den Kopf. Messerschmid agierte im Schutz der Mauer.

Sie saßen in weißen Liegestühlen. Auf dem großen runden weißen Tisch standen Flaschen und Gläser. Messerschmid mußte etwas sehr Ulkiges veranstalten, die anderen starrten in seine Richtung und wollten sich ausschütten vor Lachen. Da kam Messerschmid in sein Blickfeld hineingetänzelt. Er hielt sich einen Pelzmantel vor den Körper und vollführte gezierte Bewegungen, zu denen er mit hoher Stimmlage sprach.

«Oh, Liebling, das wäre doch nicht nötig gewesen. Aber schön ist er doch. Ha ha, die Logik der Frauen, sie ist unser Geschäft», rief Messerschmid wieder mit normaler Stimme.

«Komm, Röschen, schlüpf hinein und zeig unserem lieben James, womit er sich bei seinem Ehegespons freikaufen will.»

«Lucas, du altes Lästermaul», rief Hassengier und drohte mit dem Finger. Die junge Frau zog den Mantel an. Rochus sah, wie sie anschließend noch vier weitere Pelzmäntel vorführte. Besonders der südamerikanisch aussehende Mann geriet immer mehr aus dem Häuschen. Er applaudierte wild, pfiff, rief spanische Wörter und mußte von Messerschmid mit freundlichen, dennoch bestimmten Worten zur Ruhe gerufen werden. Rochus sah und horchte, speicherte, vergaß wenig. Auf der Terrasse flossen Cognac und Champagner in Strömen. Rochus schluckte mehrmals. Dann schlich er zurück. An Tannen, Wacholder, Rosenrabatten und Licht aus kugelförmigen Lampen vorbei, schlängelte er sich um das große Haus herum über den Zaun in das angrenzende Waldstück.

«Fred», rief Rochus leise. «Fre-hed.» Nichts. «Fred, ich bin's, Rochus!» Er ging Richtung Lada.

«Da bist du ja endlich», rief Fred.

«Sag bloß», grummelte Rochus und trat an die Fahrertür, um aufzuschließen. Plötzlich gab der Untergrund nach, Rochus' rechter Fuß rutschte weg wie auf Schmierseife. Der ganze Mann geriet aus dem Gleichgewicht, Rochus krallte sich an der Wagentür fest.

«Hat geklappt mit der Scheißerei von dem Hund, wie?» brachte er mühsam freundlich heraus.

«Aber astrein. Flutschte raus wie nichts. Woher du weißt?»

Rochus blickte an seinem rechten Hosenbein hinunter.

«Was soll denn bitte das nun bedeuten?» stieß Golze hervor. Wenige Meter vor der Windschutzscheibe nahmen Hildegard und Lotterbett Abschied voneinander. Danach ging Hildegard in das Haus, in dem sie wohnte, Lotterbett verfügte sich in seinen verbeulten Audi, um mit ihm nach einigen Sekunden des Zögerns, die Golze zu den schönsten Hoffnungen aufputschten, doch nichts anderes zu tun als davonzufahren.

«Hmhmhmmmbrummissschongut», ertönte es neben dem bis zur Überreiztheit wachen Assistenten. Angeekelt drehte er sich nach rechts. Der schlafende Oberkommissar grunzte einige Lautfolgen hervor. Dazu wand er sich im Polster, als ob er von etwas Schönem träumen würde.

Genervt schlug Golze einen imaginären Takt auf dem Lenkrad.

«Ich weiß nicht, ich habe mir diesen Sottje anders vorgestellt, irgendwie beeindruckender.» Er schob Fleischhauers Oberkörper sanft nach rechts, und als der grunzend gleich wieder gegen seinen Arm sackte, stieß er ihm den Ellenbogen in die Seite.

«Mit einer Balalaika unterm Arm und als Haustier einen Bären, wie?»

«'n Abend, Chef, wieder voll da?»

«Ich bin klar wie die Nacht», sagte Fleischhauer energisch, rieb sich übertrieben eifrig beide Hände und stierte unternehmungslustig aus dem Auto.

«Komm, Golze, nicht den Kopf hängen lassen. Die Posträuber wurden auch erst nach Jahren gefaßt.»

«Ja, ja. Und Barbie nach Jahrzehnten», sagte Golze muffelig. «Ich lege mich jetzt jedenfalls ins Bett und schlafe so lange, bis ich von allein aufwache.»

Fleischhauer nickte. «Das ist recht.»

«Aber es ist trotzdem wie eine Niederlage», fuhr Golze trübe fort.

Die Ernte in der Kleingartenkolonie «Blüh auf» war nichts für schwache Nerven. Seit der Gründung 1952 war kein Spätsommer vergangen, in dem nicht die Früchte monatelanger Arbeit mit einem Gefühl von Stolz und Rührung eingebracht worden waren. Ältere Vereinsmitglieder wußten von regelrechten Ernteorgien zu berichten, in deren Folge Aufgesetzter (1 Teil 38prozentiger Korn plus 1 Teil konzentrierter Obstsaft, am besten schwarze Johannisbeere oder Brombeere) die Grundlage für legendäre Gartenfeste gebildet hatte. Dieses Zusammengehörigkeitsgefühl war im Laufe der Jahre abgekühlt, wenn sich auch die Kleingärtner etwas darauf zugute hielten, daß es bei ihnen nicht halb so unpersönlich zuging wie in anderen Kolonien. Was sich jedoch in diesem Sommer abspielte, war noch nie dagewesen. Abgesehen davon, daß Herr Vollmar wieder mit dem größten seiner Kürbisse durch die Parzellen rollte, um sich Lob und Neid abzuholen; auch abgesehen von Oldenburgs Pflaumenbaum, der in diesem Jahr wohl endgültig genetisch aus dem Ruder gelaufen war und seine dunkelblauen Früchte zu Apfelgröße aufgeblasen hatte; Schweigen auch über Renate Kalkowskis Gurkenbeet hinter der Laube, das diese lebenserfahrene Frau niemandem zeigen konnte, ohne ständig in albernes Gegacker auszubrechen, was regelmäßig zur Folge hatte, daß ihr Ehemann Bruno unheimlich sauer auf seine Frau wurde; Bernburgers Süßkirschen waren praktisch nicht eßbar, weil so prall, daß sie beim ersten Bissen wie wild durch die Gegend spritzten – auf diese Weise Netzunterhemden, Blusen und blanke Oberkörper rötend.

Was die Ernte bei «Blüh auf» zu einer erschütternden Tortur für fast alle Kleingärtner machte, war die Tatsache, daß nach dieser Ernte nichts mehr kommen würde – nichts außer einem schäbigen Ersatz in Form von schmutzigen Geldscheinen oder der wenig erstrebenswerten Aussicht auf eine neue Parzelle draußen in Jenfeld. Abschied lag in der Luft. Wehmut legte sich wie Mehltau auf Äpfel, Birnen, Johannisbeeren und natürlich auch auf Willi Roses Orangenbaum. Kinder stellten mit großen Augen Fragen. Lin, das vietnamesische Adoptivkind von Familie Behle, reagierte mit eklatantem Bettnässen auf die zweite Heimatvertreibung des jungen Lebens. Hartgesottene Männer wie Herr Reuker weigerten sich rundweg, jemals wieder einen Schritt auf diesen verfluchten Boden zu setzen.

Die Trauer wäre vollkommen gewesen, wenn nicht die Geräusche von praktizierenden Hämmern, Bohrmaschinen und Sägen gewesen wären. Einige Kleingärtner zerlegten ihre Lauben, um sie unter der Rubrik «Freizeit» im örtlichen Kleinanzeigenmarkt zum Verkauf anzubieten.

«Wennschon, dennschon», faßte Kleingärtner Großkopff die Lage seiner Gefühlswelt zusammen. Es kam jedesmal zu einem Auflauf, wenn wieder ein Kleingärtner zum Werkzeug griff. Walther Strauss warf der Anblick des Laubendaches auf dem streng englisch gehaltenen Rasen seelisch aus dem Gleichgewicht. Er mußte, auf seine Frau und einen Freund gestützt, zu seinem Passat geleitet werden. Selbst als energisch und zupackend bekannte Männer wie Erich Hähnchen mußten angesichts der kläglichen Überreste ihres liebevoll in die Gegenwart hinübergeretteten Plumpsklos eine Abriß-Verschnaufpause von 14 Tagen einlegen, während der der bis dahin eher kümmerliche Jasmin des unmittelbaren Parzellennachbarn zu großer Form auflief.

Die Sensation der Kolonie war Heinz Borbet. Er zerlegte seine Laube nicht wie alle anderen säuberlich in ihre Einzelteile. Heinz Borbet schlug seine Laube zu Schrott und Schund. Unterstützt wurde er dabei von seinem 19jährigen Sohn Andreas und einem spindeligen Kerlchen, das auf den Namen «Hörnchen» hörte, höchstens eins sechzig groß war, aber über eine zähe Energie verfügte, mit der das Horror-Trio sein Zerstörungswerk konsequent zu Ende führte.

Währenddessen saß Marianne Borbet, die Ehefrau, auf dem von Klee und Löwenzahn geprägten Rasen der Parzelle und sagte jedem, der es hören wollte, und auch einigen, die es lieber nicht hören wollten:

«Ich finde es nicht besonders schön. Aber ich finde es auch nicht besonders schrecklich. Irgendwie finde ich es sogar konsequent.»

Borbets Gesicht glühte. Und obwohl sie allesamt keine Mediziner waren, spürten es die am Zaun stehenden Kleingärtner instinktiv: Diese Farbe signalisierte keine Überanstrengung. Auch war Heinz Borbet nicht unglücklich, noch trübte sonst irgendein Gefühl der Niedergeschlagenheit sein Befinden. Es gab keinen Zweifel: Heinz Borbet schlug seine Laube kurz und klein und fühlte sich wohl dabei. Wäre der 31. Oktober nicht sowieso die Deadline für «Blüh auf» gewesen, Borbet wäre um ein Ausschlußverfahren wegen ideologischer Unverträglichkeit nicht herumgekommen.

«Meine Herren», sagte James Hassengier ohne Schwung. «Anlaß für die Sitzung der erweiterten Geschäftsführung und so weiter ist wohl klar.» Er holte sich bei allen ein Nicken ab. «Also kann ich mir die Vorreden sparen, ist mir sowieso am liebsten. Was soll nun werden. Und wie und was?»

Schweigen. Man griff zu Kaffee, Orangensaft, Wasser. Lindemaier nahm es dann auf sich:

«Also ich sehe das ja so: Stichtag ist der 31. Oktober, haben wir den Kleingärtnern gesagt. Stichtag für die Bundesmittel ist der 31. Dezember. Wenn uns das Wetter übel will, ist ab Mitte November Sense für dieses Jahr. Dann sind 20 Millionen im Schornstein. Letzter Stand bei den Krauchern: 42 haben unterschrieben, einer hat nicht unterschrieben, woraus man schließen kann, daß er bis zum Stichtag nicht gehen wird.»

«Freiwillig nicht», rutschte es Hassengier heraus.

«Genau», nickte Lindemaier. «Der Herr ... äh ... wie war gleich noch mal der ...»

«Rose heißt er. Willi Rose», half Kohl aus.

«Der Herr Rose weigert sich demnach, seinen Kleingarten aufzugeben. Er ist meines Wissens allerdings auch der einzige, der zu seinem Garten eine ... ich möchte mal sagen, besonders innige Beziehung besitzt.»

«Ja, ja», sagte Hassengier unlustig.

«Herr Rose wohnt dort», haspelte Lindemaier.

«Das ist alles kein Grund, uns dermaßen ans Bein zu pinkeln», sagte Ehre mit seiner leisen Stimme, die dennoch schneidend war.

«Und was soll nun werden?» fragte Lindemaier unsicher.

«Herr Rose hat ja von Anfang an aus seiner Abneigung gegen unsere Pläne kein Hehl gemacht», sagte Hassengier. «Herr Rose ist ein ganz besonderer Typ. Solche wie den gibt es heute kaum noch. Wächst nicht mehr nach, so ein Kraut. Die wissen, was sie wollen, und da bleiben sie dann auch bei, da gehen sie nicht von ab.»

«Empörend», sagte Lindemaier.

«Zivilcourage schön und gut. Natur und so weiter ganz phantastisch, da sind wir ja alle für. Aber nun erreichen wir mit jedem Tag zunehmend endgültiger und bedrohlicher ein neues Niveau. Mit einem Wort: Der sicherlich sehr sympathische Herr Rose droht uns mit seiner sicherlich sehr sympathischen Impertinenz sicherlich sehr sympathische 20 Millionen Deutsche Mark zu kosten, Himmel Arsch, warum glotzt ihr mich alle so an, als ob ich euch eine Tafel Schokolade weggenommen habe. Wir haben ein Problem, wir brauchen eine Lösung, wir haben keine Lösung. Und nun bitte sehr, meine ja nicht gerade skandalös schlecht bezahlten Herren Kollegen. Zack, zack, bitte blitzgescheite Ideen. Ich habe nämlich die Schnauze voll, immer alles allein ausbaden zu müssen, wenn die Kacke am Dampfen ist.» *Ah! Das entschlackt.*

«Wenn dieser Herr Rose nicht wäre, wäre alles klar», sagte Kohl versonnen. Alle Köpfe schossen zu ihm herum. Kohl blickte sich hektisch um.

«Ich meine ja nur, ich meine ja nur», wiegelte er ab.

«Das ist mir ja noch nie passiert», sagte Willi Rose überrascht.

«Ach, wie unangenehm», entgegnete höhnisch ein junger Makler, dem die Arroganz aus jedem Knopfloch quoll. «Da können Sie ja gar nicht Ihre gewohnte Show abziehen.»

«Sie kennen mich wirklich?» fragte Rose und konnte einen geschmeichelten Tonfall nicht unterdrücken.

«Allerdings kenne ich Sie. Jeder Makler in dieser Stadt kennt Sie mittlerweile», sagte der Makler finster. «Aber wenn Ihr Gedächtnisabbau so anhält, werden wir Sie wohl bald vergessen können. Falls Sie dennoch vorhaben sollten, einen auf Show zu machen: Die Polizei wartet nur darauf. Wir sind hier auch gerade im richtigen Stadtteil. Die Beamten vom zuständigen Revier können auf solche Querulanten wie Sie gar nicht gut.»

Das Gesicht des Maklers strahlte Zufriedenheit aus. Rose, dem es unheimlich peinlich war, daß er eine geschlagene Stunde zu früh zur Besichtigung erschienen war, murmelte einige Absetzsätze und verschwand. Der Makler war dermaßen unerfahren, daß er das Schlimmste überstanden glaubte.

Pünktlich zur in der Zeitung ausgedruckten Besichtigungszeit

war Rose wieder da. Erst fiel er dem Makler unter den 50 Interessenten gar nicht auf. Als dann jedoch ein trockenes Geräusch
ertönte, nach dem eine Frauenstimme rief: «Guck mal, Karl-
Heinz, jetzt ist die ganze Fußbodenleiste ab», war der Makler
augenblicklich zur Stelle. Rose holte soeben vor der gegenüberliegenden Wand mit einem Fuß aus, da stoppte ihn der Makler.
Schreiend drohte er mit der Polizei, wenn Rose weiter etwas
kaputtmachen würde. Willi Rose blickte dem Makler in die Augen. Mühsam hielt der Mann stand. Als er Rose plötzlich ohne
Anzeichen von Gegenwehr oder sonstigen Gemeinheiten die
Wohnung verlassen sah, hatte er bis zum späten Abend ständig
das Gefühl, daß jemand hinter ihm stand.

Willi Rose betrat eine Telefonzelle. Else Schislaweng war sofort auf 100.

«Komm, Else. Mach halblang.»

«Willi. Ich will nicht mehr», sagte die Maklerin vibrierend.

«Das hast du mir schon vor 30 Jahren gesagt. Laß dir doch mal
was Neues einfallen.»

«Willi, bitte bleib beim Thema.»

«Gibt es denn ein schöneres Thema als dich und mich?»

«Mir fallen spontan ungefähr zweihundert schönere Themen
ein.»

«Schmeichlerin.»

«Willi!»

«Ach Else.»

Auf diese Weise kochte Rose die Maklerin auf kleiner Flamme
gar, bis er ihr einen anderen Besichtigungstermin für den Nachmittag aus der Nase gezogen hatte.

Für Hassengier war es nicht einfach, mit Else Schislaweng ins
Gespräch zu kommen. Ständig betupfte sie ein Kleenex mit einer hinterhältig riechenden Flüssigkeit und wischte sich damit
hinter beiden Ohren herum.

«Er hat mich wieder so aufgeregt. Jedesmal nehme ich mir
vor, mich nicht mehr aufzuregen. Und eines Tages werde ich es
auch noch schaffen. Aber heute . . .»

«. . . heute haben Sie sich wieder so aufgeregt», sagte Hassengier mißmutig.

Die Maklerin tupfte. Die Telefonanlage vor ihr blinkte. Else Schislaweng blickte so lange auf die Lämpchen, bis Hassengier ihr den Gefallen tat:

«Ich bin auch sehr dankbar, daß Sie es möglich gemacht haben, mich zu empfangen.»

«Aber ich bitte Sie. Nach unseren erfreulichen Erfahrungen mit dem Objekt von vor zwei Wochen.» *Klar. Eins Komma sechs Millionen, und du bist mein Freund.*

«Ich hätte Sie auch bestimmt nicht belästigt, wenn Sie im Gespräch vorhin nicht wieder diesen Mann erwähnt hätten.»

«Oh, das ist mir praktisch nur so rausgerutscht», sagte sie mit routinierter Koketterie.

«Es war ja nur, weil mich Willi kurz vorher angerufen hatte. Und da . . .»

«. . . da hat er Sie wieder so aufgeregt.»

«Genau.»

«Deshalb bin ich hier», sagte Hassengier und beugte sich über den Tisch, wobei er versuchte, die flackernden Lämpchen der Telefonanlage zu ignorieren. «Ich kann mir nämlich vorstellen, daß wir in diesem Punkt gemeinsame Interessen haben.»

«Bei Willi?» kam es überrascht zurück.

Hassengier nickte. Dann erzählte er. Als er eine Dreiviertelstunde später ging, fühlte sich Else Schislaweng jung und zuversichtlich.

Rochus hätte sich nicht gewundert, wenn einer der Gäste ihn gebeten hätte, ihm die Schuhe zuzubinden, weil er vergessen hatte, wie man eine Schleife macht. Seit Viertelstunden stürzten banale Probleme auf den Nachtportier ein. Als er einmal an der Telefonanlage vorbeihetzte, warf er einen wehmütigen Blick auf die Kriminalromane. Ab 22 Uhr 30 kam noch eine andere Unruhe dazu. Rochus wußte, daß es zahlreiche Gründe für Claudias Zuspätkommen gab, sie beruhigten ihn kaum. Kurz nach 23 Uhr nutzte er eine ungestörte Minute, um vor das Hotel zu gehen. In dieser Sekunde lief Claudia auf der gegenüberliegenden Straßenseite los. Der schwere Motor grollte, Rochus' Kopf zuckte herum. Claudia war schnell, sie sprintete über die vierspurige Straße, aber sie lief quer hinüber. Der Wagen hielt vor, wie ein Jäger mit dem Gewehr vorhält, wenn er flüchtendes Wild treffen will. Rochus' Nerven lagen plötzlich frei. Außenreize stürmten auf ihn ein, drohten ihn zu überwältigen. In ihm rauschte es, kurze Zeit wurde ihm schwarz vor Augen. Dann sah er wieder, wie Claudia noch wenige Meter vom Straßenrand entfernt war. Der Wagen hatte sie fast erreicht. Erst da blickte Claudia zur Seite, sah das Auto, warf sich in die andere Richtung, stützte sich mit einem Arm auf der Kühlerhaube des Wagens ab, wurde herumgewirbelt, strauchelte, und dann war sie in Sicherheit. Jetzt erst konnte Rochus sich um den Wagen kümmern. *Dunkel, metallic, BMW, Kennzeichen von hier, vielleicht nur einer drin.* Claudia flog gegen seine Brust. Rochus spürte, wie ihr Körper bebte.

Willi Rose lachte.

«Kennt ihr die Geschichte von den Sieben Schwaben?»

Alfred Behle stutzte.

«Nee», sagte er überrascht.

«So seht ihr nämlich gerade aus. Einer schiebt den andern vor, und keiner hat Mut genug.»

Rose drehte die Lautstärke der Abba-Platte herunter.

«Wollt ihr euch was ausleihen, Zivilcourage zum Beispiel, oder ist es was Offizielles? Dann würde ich mir natürlich sofort ein Hemd anziehen.»

Fritz Elstner räusperte sich.

«Ganz privat ist es sicher nicht», sagte er vorsichtig.

«Dann nehme ich ein Hemd mit kurzen Ärmeln», erwiderte Rose gut gelaunt und verschwand im Haus.

Die Kleingärtner Elstner, Behle, Vollmar, Kalkowski, Oldenburg und Reuker blickten sich an.

«Mach du lieber», sagte Elstner. «Auf dich kann er besser als auf mich.»

Oldenburg wehrte ab.

«Sooo gut verstehen wir uns auch nicht.»

«Ich mach das», sagte Behle entschlossen. «Was sein muß, muß sein. Wir sind im Recht. Und die Mehrheit sind wir außerdem.»

«Setzt euch», sagte Rose und wies auf die Bänke.

Bruno Kalkowski setzte sich sofort, die anderen blieben stehen.

Kalkowskis Kopf schoß hin und her, dann stand er verlegen auf. Rose setzte sich.

«Also, Willi», begann Behle. «Reden wir nicht um den Brei herum. Wir wissen alle Bescheid. Ende Oktober sind wir weg hier. Schweren Herzens, aber wir haben uns nun mal so entschieden.»

Rose machte mit Daumen und Zeigefinger eine reibende Bewegung.

«Ist es das, Alfred?»

«Das ist unser gutes Recht», quakte Elstner dazwischen.

«Habt ihr das gehört», sagte Rose und legte eine Hand hinter ein Ohr. «Da war eben so ein Krächzen in der Luft. Richtung Nebelkrähe. Klang verkommen und korrupt.»

«Aber das war doch ...» wollte Kalkowski auf seine direkte Art einwerfen. Oldenburg hielt ihn zurück.

«Willi», sagte Behle eindringlich, «wir bekommen Geld, das stimmt. Aber wir sind uns alle einig, daß wir das Geld annehmen. Wer einen Garten behalten will, kann das ja und wird das auch tun.»

«Jenfeld», sagte Rose unglaublich höhnisch.

«Ja, ja», muffelte Behle, dem zur Verteidigung von Jenfeld auch nichts einfiel. «Nun hat uns heute die Versicherung informiert, daß wir das Geld nur dann kriegen, wenn auch wirklich alle Gärten bis Ende Oktober geräumt sind», fuhr Behle fort.

«Ach», sagte Rose. *Raffiniert. Hätte ich eigentlich drauf kommen können, daß die noch einen Pfeil im Köcher haben.*

«Du weißt, was das heißt, Willi.»

Rose nickte, Vollmar sagte es trotzdem:

«Das heißt, daß jetzt alles von dir abhängt. Wenn du mitmachst, kriegen wir alle unser Geld. Wenn du dich weiter stur stellst, gibt es unheimlichen Ärger.»

«Und das willst du doch bestimmt nicht», sagte Elstner.

Rose funkelte ihn an.

«Ihr wißt, daß ich euch euren Sündenlohn von Herzen gönne», sagte er. «Ich werde danach zwar kein Wort mehr mit euch reden, aber das macht ja nichts, weil ihr sowieso weg seid. Ihr wißt genausogut, daß ich meine Meinung nicht ändern werde. Ich bleibe hier. Für mich ist das nämlich was anderes als für euch. Für mich ist das meine Heimat. Und Heimat verkauft man nicht für einen Judaslohn», fügte er pathetisch hinzu.

«Ich hätte es ja auch nicht gemacht, wenn ich das Geld nicht so nötig brauchen würde», greinte Kalkowski.

«Klappt wohl nicht so mit deinen ekligen Sterbeversicherungen, was?»

«Jedenfalls hängt jetzt alles von dir ab», fuhr Behle fort.

«Und wir können auch ganz andere Methoden aufziehen», sagte Kalkowski.

«Du bist eine kleine, radikale Minderheit», fügte Elstner hinzu.

«Ist ja nett, ist ja wirklich nett», rief Rose und ließ sich gegen die Hauswand sinken. «Ins Gewissen reden, drohen, unverschämt werden. Jetzt müßte mir nur noch einer von euch schmeicheln, dann hätten wir alles durch, was es gibt.» *Falsch, Willi. Umnieten fehlt noch.*

«Willi, das geht doch nicht, daß der Starrsinn eines alten Mannes wichtiger ist als die Wünsche von 42 Pächtern.»

«Das ist hier eben keine Fernseh-Diskussion, wo am Ende alle recht haben, sondern das hier ist ein Konflikt», sagte Rose. «Könnte mir mal einer von euch erklären, wo ich hin soll, wenn ich von hier weg muß?»

Die Männer blickten sich an. Sekundenlang hing das Wort «Altersheim» wie an den Himmel gezeichnet über ihnen.

«Da wird sich bestimmt was für dich finden lassen», sagte Behle eifrig.

«Genau», rief Kalkowski, «ich habe eine Großtante, die hat ein Apartment in einer Senioren-Anlage. Also das ist was Feines, kann ich dir sagen.»

Rose winkte ab.

«Da kann ich immer noch hinziehen, wenn ich alt bin.»

Lauernd wartete er auf eine unbedachte Äußerung, in die er hineinhauen konnte. Keiner traute sich.

Das Gespräch dauerte 70 Minuten. Die Männer nahmen sogar Bier von Rose an, obwohl sie sich vorher in die Hand versprochen hatten, nüchtern zu bleiben.

«Keine Verbrüderungen», hatte Behle gemahnt, «das wirkt verheerend im derzeitigen Stadium.»

Nach den 70 Minuten war alles wie vorher.

«Willi, du blockierst hunderttausend Mark», sagte Elstner zum Schluß eindringlich.

«Kannste mal sehen», entgegnete Rose gemütlich. «Und da sagt man immer, wir alten Leute hätten keinen Einfluß mehr in der Gesellschaft.»

Kalkowski wollte noch mal voll einsteigen, Behle zog ihn mit sich fort.

«Was immer jetzt passieren wird», rief Elstner von der Gartentür, «hast du dir selbst zuzuschreiben, Willi. Das wollte ich nur noch mal gesagt haben.»

Rose winkte ab.

«Keine Drohungen, Fritz. Nichts versprechen, was du hinterher nicht halten kannst.»

Im Vereinsheim saßen sie noch eine Stunde beisammen. Danach hatte Kalkowski Herrn Oldenburg eine Sterbeversicherung verkauft. Die Sache mit der Konfirmations-Versicherung für seine Enkeltochter wollte sich Oldenburg noch einmal durch den Kopf gehen lassen.

Willi Rose saß regungslos vor dem Haus. Kleingärtner, die ihn vom Hauptweg aus sahen, grüßten scheu. Einige bemühten sich, Rose zu übersehen. Er ging ins Haus, wanderte durch die Räume, lauschte aggressiv auf Geräusche, die von den umliegenden Parzellen herüberdrangen. Er schloß alle Fenster. Da hörte er kaum noch Geräusche, dafür begann er zu schwitzen. Rose durchlitt den Nachmittag und den Abend. Irgendwann dämmerte er weg. Dann klopfte es an der Tür.

«Aber hallo!» stieß er überrascht hervor.

«Hast nicht mit mir gerechnet, Willi, was?» sagte Else Schislaweng, gehemmt lächelnd.

«Ich hatte mit einer Visage in der Preislage Elstner gerechnet», sagte Rose und starrte den Mann neben Else an.

«Ja also», begann James Hassengier. «Einen recht schönen guten Abend auch von mir, lieber Herr Rose. Mit mir haben Sie wohl auch nicht gerechnet.»

«Moment mal», sagte Rose, drängte zwischen den beiden hindurch und blickte sich sorgfältig im Garten um.

«Alles klar», sagte er, «wollte nur gucken, ob ihr noch weitere Überraschungen versteckt habt.»

«Aber Willi», sagte die Maklerin lachend. «Wir haben doch nicht Ostern.»

Sie setzten sich vors Haus. Weil es ein Wochentag war, hielt sich niemand mehr in den Nachbargärten auf. Hassengier und Else Schislaweng blieben eine ganze Weile. Dabei sah es anfangs gar nicht danach aus. Denn als Hassengier seinen Vorschlag auf den Tisch legte, war Rose kurz davor, beide rauszuwerfen.

Es war erst sieben Uhr früh, aber Rolf Drummer wäre am liebsten sofort wieder ins Bett gegangen. «Ich weiß doch gar nicht, was ich ihm sagen soll», sagte er klagend und zog, vor dem Spiegel stehend, so lange an den Aufschlägen seiner Jacke, bis seine Frau es nicht mehr mit ansehen konnte. Karin trat vor ihn und legte seine Hände woandershin.

«Rolf, wir haben das lang und breit besprochen. Er hat unser Boot versenkt, er muß uns das neue bezahlen.»

«Aber Rochus war doch auch mit dabei.»

Karin schnaufte verächtlich.

«Rochus! Rochus hat sie doch nicht alle beisammen. Wir müssen uns an Vati halten. Der ist immer der Antreiber, bei dem ist auch garantiert Geld zu holen.»

«Na ja.»

«Wir versuchen es erst mal im Guten», sagte Karin bestimmt und guckte kurz in die Küche.

«Diederich, laß das! Das ist unser Abendbrot.»

Sie kam zurück.

«Erst im Guten. Und danach fahren wir schweres Geschütz auf. Wozu sind wir in der Rechtsschutz-Versicherung?»

Rolf hätte noch so viel zu sagen gewußt. Er traute sich nur nicht.

Auf der Fahrt zur Kleingarten-Kolonie hatte es Rolf Drummer gar nicht eilig. Mit seiner Freundlichkeit provozierte er vier Fußgänger zu mißtrauischen Blicken, bevor sie den Zebrastreifen betraten.

Rolf parkte ausführlich ein, prüfte mit Tritten den Luftdruck der Reifen und untersuchte mit der Schlüsselspitze, ob der Pickel im Lack Rost signalisierte. Das Tor der Kolonie war angelehnt. Auf dem Weg zum Haus seines Schwiegervaters legte sich Drummer die Sätze zurecht. Viel Zutrauen in seine Fähigkeiten als Redner hatte er nie gehabt. Drummer begegnete niemandem. Er blickte auf die Uhr, da war es 18 Minuten vor acht. *8200 Mark. Der lacht mich doch aus. Wahrscheinlich ist er auch gar nicht versichert. Kann man überhaupt gegen Schiffeversenken versichert sein?*

Die Tür von Willi Roses Parzelle stand offen. Drummer klopfte.

Nichts.

Erneutes Klopfen.

«Willi, ich bin's, Rolf, dein Schwiegersohn. Mach doch bitte auf.»

Drummers Schwung erlahmte. Ihm fiel nichts ein, womit er den Schwiegervater aus der Deckung locken konnte. *Wahrscheinlich ist er betrunken. Oder hat eine Frau dabei. Oder er ist tot. Oder alles zusammen. Dann geht's ans Erben.* Rolf guckte auf seine Uhr, er mußte auf die Baustelle. Er trat vors Fenster. Nach einigen Sekunden, in denen er sich genierte, guckte er hinein. Danach wurde Rolf Drummer sehr schnell. Er riß die Tür auf, stürzte ins Haus, mußte den Schwung gleich wieder stoppen, weil er vor Willi Rose stand.

Der alte Mann lag auf dem Fußboden, Oberkörper unter dem Tisch, der ganze Körper verkrampft. Der Knöchel von Roses linkem Bein war geschwollen. Es war nicht der Rede wert im Verhältnis zum Zustand von Roses linker Schläfe. Sie war eine einzige verkrustete Wunde. Rolf stand bestimmt zwei Minuten und starrte den toten Schwiegervater an. Sein Blick war wie festgenagelt an dem Körper des alten Mannes. In diesen Minuten dachte Rolf nichts. Jedenfalls konnte er sich später, als er seiner heulenden Frau davon erzählte, an keinen Gedanken erinnern. Nur langsam bekam Rolf den Blick frei. Jetzt nahm er die Unordnung im Wohnzimmer wahr. *Als ob er mit irgendwem Kriegen gespielt hat.*

Plötzlich mußte Rolf sich schütteln. Es war wie das Zucken in den Muskeln, das ihn bisweilen kurz vor dem Einschlafen überfiel. Er rannte los. Auf dem Hauptweg kam ihm ein älteres Ehepaar entgegen. Der Mann strahlte und begleitete jeden Schritt

Rolfs mit dem schmetternd hervorgestoßenen Wort «Hepp». Seine Frau versuchte, ihn daran zu hindern, und stieß ihn nach jedem «Hepp» in die Seite. Von Hepp zu Hepp wurden ihre Stöße unbarmherziger.

Rolf riß den Nothebel der Telefonzelle herunter. Hastig und mit flacher Stimme erklärte er das Nötige.

«Golze!» rief Fleischhauer und ballerte den Hörer auf die Gabel. An der Tür des Büros federte er herum. «Ich habe es eilig, deshalb kann ich Sie leider nicht mitnehmen. Sie können ja mit der Schneckenbahn nachkommen.»

Dann war er draußen. Stinka dachte noch lange darüber nach, wie sein Vorgesetzter den letzten Satz gemeint haben konnte.

Das schneidende Geräusch der quietschenden Autobremsen fuhr dem schlafenden Golze in die Därme. Fleischhauer sprang aus dem Polizeiwagen, rannte zu Golzes Wagen, riß die Fahrertür auf und zerrte den Assistenten mit ungestümer Gewalt heraus.

«Warte, Bürschchen, mir nicht gehorchen. Das fehlt ja noch», keuchte der Kommissar.

«Aber Chef, mein Auftrag», stöhnte Golze.

«Ihr Auftrag, Ihr Auftrag. Sie haben keinen Auftrag, das heißt, Sie haben immer nur den Auftrag, den ich Ihnen als letzten Auftrag gegeben habe, verdammt noch mal, warum geht das nicht rein in Ihren Vierkantschädel?»

Das kleine Haus in der Schrebergarten-Kolonie war gesteckt voll mit Polizei. Die Spuren-Sicherung sicherte Spuren, Doktor Doktor Kröhncke rieb, wie er es stets zu tun pflegte, beim Erzählen beide Handflächen aneinander, so daß beständig ein dünnes, kaum wahrnehmbares Zischeln in der Luft lag.

«Ich fange vielleicht mal mit dem Wichtigsten an: Der Mann da ist tot.»

Bei diesen Worten wies er auf den Körper Willi Roses, der inmitten des Blitzlicht-Gewitters sehr wichtig wirkte.

«Ah ja», erwiderte Fleischhauer, der wußte, daß man Kröhncke bei Laune halten mußte.

«Ja, ja», sagte der Mediziner, rieb mit den Händen und fuhr fort:

«Hat an der linken Schläfe ein ganz schönes Ding.»

«Die Todesursache?»

Kröhncke neigte den Oberkörper hin und her. Fleischhauer konnte diese Bewegung, mit der der Arzt Nachdenken anzeigte, nicht mehr mit ansehen.

«Kann sein, kann nicht sein», sagte Kröhncke.

«Interessant», rang sich Fleischhauer ab.

«Es gibt natürlich etwas, das läßt mich nicht los», sagte Kröhncke und lauerte mit hungrigen Augen auf Fleischhauers Frage.

«Na, was denn?»

«Der Fuß», kam es wichtigtuerisch.

«Wieso der Fuß?»

«Er hat was am Fuß.»

«Zeh ab?»

«I wo. Schwellung. Den Knöchel muß er sich noch kurz vor Programmschluß irgendwo heftigst angestoßen haben. Muß natürlich nichts zu bedeuten haben ...» sagte Kröhncke und zuckte mit den Schultern.

«Könnte aber was zu bedeuten haben.»

«Exaktemäng.»

«Golze!» schrie Fleischhauer los, daß Kröhncke unwillkürlich einen Satz nach vorn machte und sich an Fleischhauer festhielt.

«Golze, verdammt noch mal!»

Golze draußen auf der Gartenbank rang mit sich. *Steh auf. Die paar Pfennige Pensions-Anspruch bis jetzt reichen knapp für zwei Currywürste im Monat.* Er stand auf.

Fleischhauer nahm den Eindruck des Hausinneren in sich auf. In solchen Augenblicken versuchte er, an nichts zu denken und alle Eindrücke der Außenwelt in sich hineinfließen zu lassen. Ein Wohnraum, ein Schlafraum, eine Küche, eine Abseite, ein Flur. Die Einrichtung wirkte solide, wenn auch ohne jede Finesse. In dem Haus korrespondierten das Durcheinander des Mobiliars und die vollständige Abwesenheit eines geschmack-

lichen roten Fadens aufs lieblichste miteinander. Mit zunehmender Irritation erkannte Fleischhauer, daß die Stimmung der
Räume ihn im unsicheren über den Mann ließ, der in ihnen gelebt hatte. *Reich ist er nicht, spießig ist er auch nicht. Irgendwo ist
Geschmack da, andererseits ist es ihm gleichgültig. Er muß nichts beweisen. Als wenn er das hier als seine Insel ansieht. Muß ganz schön
von sich überzeugt sein, wenn er so was riskiert. Hat's wohl nicht nötig,
finanziell. Für zwei Leute zu klein, auf die Dauer jedenfalls. Kein
Arbeitsraum, auch keine Arbeitsecke.*

«Hier.»

«Ach nee, haben Sie es zeitlich einrichten können», rief
Fleischhauer betont höhnisch.

«Is denn?» stieß Golze mürrisch durch die Zähne.

«Sehen Sie die da?»

Golze folgte Fleischhauers ausgestrecktem Arm. Die zahlreichen Gesichter, die durch die Fenster ins Wohnzimmer starrten,
zogen sich ein Stück zurück.

«Sie gehen jetzt raus und interviewen diese Zeitgenossen»,
ordnete Fleischhauer an. «Aber mit allen Schikanen, wenn ich
bitten darf.»

«Und wenn ich wieder reinkomme, bringe ich den Mörder
mit oder wie?»

«Werden Sie nicht patzig. Sie würden doch momentan bei jedem Vertrauensarzt durch den Rost fallen, so wie Sie sich seit
Wochen benehmen.»

Golze kam dicht an den Kommissar heran.

«Und das sage ich Ihnen», sagte er, «wenn mit Hildegard was
passiert, da mache ich Sie für verantwortlich, Sie ganz allein.
Dienstaufsichtsbeschwerde ist noch das kleinste Ding, was ich
Ihnen ans Bein hänge.»

Die beiden Männer atmeten sich erregt an.

Auf den Fotografien, die in billigen Rahmen das nachlässig
zusammengehauene Regalbrett füllten, erkannte Fleischhauer
Menschen mitten aus dem Leben. Bei einem tippte er auf den
Toten in jungen Jahren. Die Frauen ließen ihn kalt bis ins Mark.
Die Männer sagten ihm nichts, bis auf einen. Fleischhauer suchte
nach einer Jahreszahl auf dem Rand des Bildes, fand keine Hilfe.
Er kreiste die Jahreszahl aufgrund von Indizien wie Kleidung
und Autos im Hintergrund ein. *Fünfziger Jahre. Den da kennst du.*

Falsch, nicht kennen, aber begegnet bist du ihm schon. Ist nicht lange her, ist sogar erst kurz her.

«Chef, da ist einer», kam Golzes Stimme von der Haustür. Fleischhauer lächelte die Wand an und drehte sich um. Neben Golze stand ein ältlicher Mann.

Mit einem knappen Hochreißen des Kinns fragte Fleischhauer.

«Herr Elstner», sagte Golze.

«Fritz Elstner», sagte Fritz Elstner.

«Der Vorsitzende dieses Vereins hier», sagte Golze.

Fleischhauer nahm den Vereinsvorsitzenden in die Mangel. Es war die reine Freude. Elstner redete gern, und über Willi Rose redete er besonders gern. Fleischhauer setzte seine Zwischenfragen wie Bojen in den Fluß von Elstners Rede. Danach stand für den Kommissar einiges fest. Erstens: Elstner ist ein unerträglich aufgeblasener Spruchkaspar. Zweitens: Es gibt knapp 250 Verdächtige. Weil sich Rose als einziger der Passau-Paderborner Versicherung entgegengestellt hatte, mußten ihn nicht nur das Versicherungsunternehmen, sondern auch alle Kleingärtner ablehnen, die bereit waren, gegen Geld ihre Parzelle aufzugeben. Fleischhauer stöhnte laut auf. *Schrebergärtner, das hältst du nicht aus.*

«Die Wurzelgnome sind Ihre Sache», kommandierte Fleischhauer in Richtung Golze.

«Ja, was ist denn?» herrschte er die Hand an, die ihn zwar schüchtern, dennoch lästig an der Jacke zupfte.

«Mir ist da noch was eingefallen», sagte Fritz Elstner. «Es ist vielleicht gar nicht wichtig. Es ist bestimmt nicht wichtig. Ich hatte den Vorfall auch schon ganz vergessen. Und er wäre mir auch garantiert nicht wieder eingefallen, wenn nicht gerade so ein schreckliches Ereignis passiert wäre. Der arme Willi. Ich konnte ihn ja nie leiden. Dabei konnte ich ihn eigentlich ganz gut leiden. Es hat da einen Streit gegeben vor ein paar Wochen. Willi und ein führender Herr von der Versicherung Passau-Paderborner, die haben sich fast gehauen, als die Passau-Paderborner vor ein paar Wochen ihre Veranstaltung veranstaltet hat. Das wollte ich nur noch gesagt haben», fügte Elstner hinzu.

Golze wollte sein vorlautes Mundwerk aufreißen, Fleischhauer konnte ihn mit Hilfe eines Schlags auf die Schulter gerade noch stoppen. Golze blickte wütend erst auf Fleischhauers Schlaghand, dann in das Gesicht des Kommissars. Fleischhauer bedankte sich bei dem Kleingarten-Vorsitzenden, was diesem sichtlich gut tat. Mit einer wedelnden Handbewegung scheuchte er den Mann anschließend aus dem Haus.

«Und nun zu Ihnen», donnerte er.

Rolf Drummer erschrak. «Meinen Sie mich?»

Der Kommissar nickte finster.

«Ich bin der Tote, ich meine, ich bin der Schwiegertote, der Schwiegersohn von Willi, von Totem, von dem Toten, und ich habe ihn auch gefunden. Das war vorhin.»

«Ist schon gut», sagte Fleischhauer. *Den erspare ich mir.*

Fleischhauer wies auf die Kleingärtner, die sich ein wenig vom Haus entfernt hatten, dabei die Parzelle von Willi Rose zertrampelnd. «Sie denken dran?»

Golze sah die Leute an und verlor schlagartig jegliche Arbeitsmoral.

«Na?» forderte Fleischhauer Antwort ein.

«Ja doch», muffelte Golze.

Schadenfroh sah Fleischhauer zu, wie sich Golze, unlustig einen Notizblock knetend, den Kleingärtnern näherte. Er steuerte direkt auf sie zu. Der Kreis öffnete sich vor ihm, schloß sich um ihn und klappte hinter ihm zu. *Und jetzt ein riesiger Rülpser zum Zeichen, daß sie Golze verdaut haben.*

«Nun doch zu Ihnen», sagte Fleischhauer zu Rolf Drummer. *Kommst ja nicht drum rum.* Der riß seinen Blick von den Himbeeren los. «Die waren sein ganzer Stolz», sagte er, den Tränen nahe. «Die hat er immer ...»

Fleischhauer hörte sich gelangweilt den Düngetrick an. Dann bat er Rolf zur Sitzecke vor dem Haus. Drummer weigerte sich hartnäckig, dort Platz zu nehmen, wo Willi Rose gesessen hatte. Fleischhauer bestand auch nicht darauf. Danach brachte er den Schwiegersohn ans Reden. Am Ende des Gesprächs wußte der Kommissar, warum Rolf an diesem Morgen zu seinem Schwiegervater gekommen war. Die Adresse von Willi Roses Sohn wußte er auch.

«Ja Mensch», rief Rolf plötzlich und schlug sich vor die Stirn, «dem Rochus, dem hat ja noch niemand gesagt, daß sein Vater ...»

«Eben», sagte Fleischhauer, stand auf und straffte sich.

14 Minuten dauerte die Fahrt von der Kleingarten-Kolonie bis in den Stadtteil St. Georg. Fast so lange dauerte die Suche nach einem Parkplatz. Am Ende hielt Fleischhauer vor einer Kirche im absoluten Halteverbot. Beim Aussteigen blickte er an den beiden Türmen hoch. *Dienstfahrt in Sachen Gerechtigkeit. Keine Scherereien bitte. Unsereins muß zusammenhalten.*

Zwischen Klingeln und Öffnen verging kaum Zeit.

«Herr Rose? Rochus Rose?»

Rochus nickte, maß Fleischhauer mit seinem Blick. *Staat. Nichts Gutes. Guckt auch so ernst, will etwas loswerden. Du kannst es ihm leichtmachen.*

«Eh ja», sagte Fleischhauer, «es ist so, daß ich ... aber vielleicht könnte ich vorher rein ...»

Rochus trat nach hinten, gab den Eingang frei. Dann standen sie im Flur.

«Herr Rose, ich habe Ihnen eine Nachricht zu überbringen, die Sie erschrecken wird. Ich heiße Fleischhauer, Oberkommissar Fleischhauer.» Während Fleischhauer der Logik des Satzes nachlauschte, pfriemelte er die Hundemarke aus der Tasche und hielt sie Rose entgegen. Der mußte nicht mehr gucken. *Alles klar. Hatte ich in der Nase.* Rochus ging in die Küche, tat das mit seitlich versetzten Schritten, so daß Fleischhauer sich aufgefordert fühlen konnte, ihm zu folgen.

In der Küche begann Rochus sofort, sich zu beschäftigen. Daran erkannte er, daß er schon dabei war, sich gegen das Folgende zu wehren. Fleischhauer brachte es hinter sich. Er tat es mit verhältnismäßig großem Takt. Rochus stand am Fenster, sah vielleicht hinaus. Fleischhauer blickte auf seinen Rücken. *So, Junge, nun weine oder was. Aber laß mich bald wieder weg von hier.* Fleischhauer blickte die Wirbelsäule von Rochus hinauf und hinunter, dachte an seinen Vater und wurde unvorbereitet getroffen, als sich Rochus plötzlich umdrehte. Sein Blick fraß sich in den des Kommissars hinein. Unwillkürlich stand Fleischhauer auf. Daran erkannte er, daß er vorher gesessen hatte. Rochus stürmte aus der Küche. Eine Tür, die vom Flur abging, stand offen. Fleischhauer betrat den Raum und stutzte mitten in der Bewegung eines Schritts. Hektisch fuhr sein Kopf herum. Er stand in einem Büro, das er seit 30 Jahren kannte. Ungefähr so lange war es her, seit er zum erstenmal einen amerikanischen

149

Detektiv-Film gesehen hatte. So wie es in dem Raum ausgesehen hatte und so wie es in allen Detektiv-Büros in allen Filmen
nachher ausgesehen hatte, genauso sah es in diesem Raum aus.

Waagerecht gestellte Jalousien vor beiden Fenstern, ein
Schreibtisch dicht vor den Fenstern mit einem einfachen Stuhl
dahinter, der aber Lehnen hatte. Auf dem Schreibtisch ein
schwarzes Telefon, eine grüne Schreibunterlage, ein Tageskalender auf dunkelgelbem Holz, sehr verblichen wirkend. Eine
schwarze, schmale, sehr längliche Schale mit Kugelschreibern,
Büroklammern und Bleistiften, ganz am Rand aktuelle Telefonbücher von Hamburg, Los Angeles und Asuncion. An einer
Schmalseite sowie zwischen Ecke und Fenster standen Rollschränke, einer war verschlossen. Die Mechanik schien nicht
ganz in Ordnung. Die Lamellen der oberen Hälfte schlossen
nicht vollständig. Den anderen Rollschrank füllten knapp zur
Hälfte Fachbücher und Aktenordner. Fleischhauers Augen
wischten über die Rücken der Ordner. «Die U-Bahn-Selbst-
mörder», «Freihafen», «Container-Hamm», «Container-Ro-
thenburgsort», «Steilshoop», «Moorburg», «Cocaine in Do-
nald Ducks Brain», «Messerschmid». Dieses Wort las er auf
zwei weiteren Ordnern. Neben dem geöffneten Rollschrank
stand ein Wasserbehälter. *Es kann nicht sein.* Völlig verdutzt trat
Fleischhauer vor den Behälter, der fast leer war. Er zog einen
Pappbecher aus der Halterung und füllte einen Schluck Wasser
ein. Er tat das nicht, weil er trinken wollte. Er mußte nur unbedingt einen Beweis haben, daß alles wirklich war, was er sah.

«Bourbon ist links im Schrank», erklang es hinter dem
Kommissar. Fleischhauer drehte sich um. Rochus Rose wurde
von der geöffneten Tür eines raumhohen, schmalen Schranks
vollständig verdeckt. Der Kommissar kam näher, längst hatte
er jede Scheu vergessen, die ihn anstandshalber in Räumen zu
befallen pflegte, die für ihn ein Auswärtsspiel waren. Erst als
er Rochus gegenüberstand, fiel Fleischhauer ein, daß der Sohn
von Willi Rose bei seiner Ankunft eine alltägliche Leinenhose
und ein durchschnittliches Hemd getragen hatte. Jetzt trug
Rose eine rötlich-dunkelbraune Hose, die ihm zu weit war.
Ihre dünnen Streifen gingen von Weiß über Gelb und Orange
bis hin zu saftigem Braun. Das Oberhemd war eierschalenfar-
ben und so luftig, wie auch Fleischhauer es liebte. Über dem

Hemd trug Rochus eine Weste. Eben drehte er sich zur Seite und guckte auf die innere Seite der Schranktür. Fleischhauer folgte seinem Blick. Innen hatte der Schrank einen mannshohen Spiegel. Der Kommissar guckte in den Schrank. Links lagen in vier hohen Fächern Hemden und Unterwäsche. Die rechte Hälfte enthielt Anzüge, Hosen und Jacketts sowie drei Mäntel: einen Klepper, einen schweren Ledermantel und einen hellen Trench.

Rose zog die Weste aus und streckte sie dem Kommissar hin. Der griff automatisch zu. In diesem Augenblick hätte er alles angefaßt, was man ihm hinhielt. Der Sohn des Toten trat an den Schreibtisch, zog eine Schublade heraus. Als er sich umdrehte, hielt er ein Pistolenhalfter in der Hand, dessen Bänder um die Waffe gewickelt waren.

«Mann, machen Sie keinen Fehler», rutschte es Fleischhauer heraus. Er spürte jedoch schon, daß ihm von Rose keine Gefahr drohte – keine jedenfalls, die sich im Gebrauch von Schußwaffen ausdrückt. Rochus blickte Fleischhauer so lange an, bis der kapierte und den Spiegel freigab. Er sah zu, wie sich Rose die Pistole unter die rechte Armbeuge band. *Verflucht, wo ist dein Ballermann? Wann hast du den überhaupt zum letztenmal gesehen?* Für Sekunden kam sich Fleischhauer wie ein mieser Polizist vor. Er reichte Rochus die Weste, er zog sie an. Und während Fleischhauer spürte, daß an der Reihenfolge etwas nicht stimmte, ging Rose an den Schreibtisch und holte eine Flasche Bourbon heraus. *Duty free.* Fleischhauer hielt seinen Becher hin, Rochus goß ein, stellte für sich ein Glas auf den Schreibtisch, ging dann zum geschlossenen Rollschrank. Das obere Rollo klemmte, Rochus riß es nach oben. Ein Fernsehgerät wurde sichtbar, unter ihm stand ein Videorecorder.

Rochus nahm eine Cassette aus dem Recorder, legte eine andere ein und schaltete das Fernsehgerät ein. Während auf dem Bildschirm Schnee flimmerte, kam er zum Schreibtisch zurück, setzte sich auf den Stuhl und goß einen Schluck ein. Plötzlich eilte Rochus aus dem Zimmer *Mensch, du mußt hinterher, der geht dir stiften* und kam mit einem Stuhl zurück, den er neben den Schreibtisch stellte. Danach blickte er nur noch auf den Bildschirm und nippte bisweilen am Bourbon. Einmal, als Fleischhauer ihn verstohlen beobachtete, verzog er nach einem Schluck

das Gesicht. Der Kommissar eilte mit Roses Glas zum Wasserbehälter und verdünnte.

«Danke», sagte Rose. Seine Stimme klang merklich knurriger
als bisher, wo sie etwas Weiches, Verbindliches gehabt hatte.
Der Film begann. Robert Mitchum spielte Philip Marlowe,
Charlotte Rampling war ein bißchen mager, sonst so weit in
Ordnung. Nach den ersten Bildern wußte Fleischhauer, daß er
den Film irgendwann im Fernsehen gesehen hatte. Fünf Minuten blickten beide Männer auf den Bildschirm, dann stand der
Kommissar auf und brachte die Lamellen auf eine Stellung, die
dem Raum scharfes Halbdunkel gab.

«Gut so?»

Rose brummte Zustimmung, Fleischhauer freute sich.

«Wie ist es passiert?»

Die Worte fielen aus Rochus heraus.

«Das wissen wir noch nicht», sagte Fleischhauer mit der belegten Stimme, die ihn gegenüber den Angehörigen von frischen Leichen selten verließ.

«Mord?»

«Das wissen wir auch noch nicht.»

«Aber tot ist er?»

Fleischhauer forschte in Roses Gesicht.

«Wann ist es passiert? Wo ist es passiert? Nun reden Sie doch,
Mann.»

Mitchum küßte die Rampling. Es sah aus, als ob er ein Bügel-
brett abknutschte.

«In der Nacht. Wir haben ihn in seinem Gartenhäuschen gefunden, das heißt nicht wir, sondern er, dieser ... äh ... na Sie
wissen schon, Sie sind doch mit ihm verwandt, nicht ich.»

Fleischhauer erzählte Rochus, was ihm Rolf erzählt hatte. Ihn
beschlich der leise Verdacht, daß er massiv aus der Schule plauderte. Rochus hatte auch so eine nette Art nachzufragen. Nur
beim nächsten Bourbon fragte er nicht nach, den goß er gleich
ein.

«Jetzt verhören Sie bestimmt rund um die Uhr alle diese
Kleingärtner?»

Roses Stimme kam dem Kommissar spöttisch vor.

«Ich ja nicht», rief er. *Kollegenschwein. Immer Golze reinreiten,
nur weil du dich so genierst.*

«Das war kein Kleingärtner», sagte Rose, dessen Stimme schon beinahe so klang, wie Mitchum im Gesicht aussah.

«Streng logisch gesehen können Sie das nur wissen, wenn Sie wissen, wer Ihren Herrn Vater umgebracht hat», sagte Fleischhauer altklug.

«Nichts Genaues weiß man nicht. Aber ich bin nicht untätig.»

«Dieser Vorsitzende vom Verein hat uns von einem Streit zwischen Ihrem Vater und einem leitenden Herrn von der Passau-Paderborner berichtet. Wissen Sie da was drüber?»

«Ich war dabei.»

Rose erzählte. Danach stand für Fleischhauer endgültig fest, daß er zu Hassengier gehen würde.

«Hat Ihr Vater irgendwas mit Amerika zu tun, Südamerika?»

«Er hat acht Jahre dort gelebt. Von 42 bis 50.»

«Dann waren Sie auch schon dabei?»

«War ich. Jahrgang 1940.»

«So genau wollte ich es nicht wissen.»

«Macht aber einen abgerundeteren Eindruck bei den Ermittlungen, wenn man auch im Detail genau sein kann.»

Fleischhauer blickte auf die Aktenordner im Rollschrank. *Das kriege ich auch noch raus, was du für eine Marke bist.*

«Mein Vater hat in Paraguay Rinder gezüchtet. Aus Deutschland ist er weggegangen, weil einer wie er mit der Situation damals nicht klargekommen ist. Aber drüben ist er auch nicht besonders gut klargekommen. Jedenfalls nach 45 nicht.»

«Rinderpest, was?» sagte Fleischhauer und war sicher, einen Scherz gemacht zu haben.

«Nach 45 kamen Nazis ins Land. Keine kleinen Kraucher, hohe Chargen. Die lebten sich mit atemberaubender Geschwindigkeit ein, fingen teilweise auch an, Rinder zu züchten. Export später in die Bundesrepublik.»

Bourbon.

«Paraguay liegt ungefähr 12000 Kilometer von hier entfernt. Er hatte gedacht, daß jetzt Ruhe sein würde. Er hatte vor, dort zu bleiben. Und auf einmal sprach unser linker Nachbar sächsisch und unser rechter rheinländisch, so ein ganz furchtbar breitgeschlagenes, als wenn er durch einen Schnabel redet. Die traten auch bald sehr selbstbewußt auf. Ein bißchen Zeit brauchten sie natürlich, um die Niederlage zu verdauen. Sie mußten die

Sprache lernen, mußten erkennen, wie es in Paraguay funktioniert. Nach zwei Jahren wußten sie es. Rinder waren die ganz
große Sache damals. Je mehr die europäischen Staaten wieder
auf die Beine kamen, um so besser wurde es. Die Arbeitskräfte
waren spottbillig, der Verdienst saftig. Die Züchter saßen bald
zusammen und haben beratschlagt, wie man die Verdienst-
spanne noch vergrößern könnte. Stichwort Kartell.»

Bourbon.

«Wie ein Mann gegenüber den Zwischenhändlern auftreten
und so weiter. Alle waren dafür, Vater war dagegen. Ich glaube,
nicht aus Prinzip. Eine gute Mark hat er nie verachtet. Aber er
wollte nicht mit diesen Leuten etwas gemeinsam machen. Es
ärgerte ihn sowieso schon, daß die Rinder züchteten wie er
auch.»

Dann kam eine Szene, in der Mitchum den roten Faden in die
müden Hände bekam, Rochus mußte angestrengt zusehen. Mitchum erhielt einen auf die Nase, Rochus wandte sich ab.

Bourbon.

«Mein Vater stand allein gegen alle. Dann ging es ganz
schnell. Sie haben ihm gedroht, haben meiner Mutter gedroht,
meine Schwester und ich wurden verhauen. Vater hat mit den
Behörden gedroht, das war ziemlich dumm. Sie haben ihm seine
Männer abgeworben. Haben denen vorgelogen, daß er den bösen Blick habe, in dieser Richtung jedenfalls. Und eines Morgens erschien ein Viehdoktor bei uns und sagte, er müsse die
Rinder untersuchen: Verdacht auf Rinderpest. Vater hat gelacht,
hat gefragt, wieviel der Arzt gekriegt habe, er würde ihm das
Doppelte zahlen. Der Arzt hat untersucht: Rinderpest. Schlagartig war die Gesundheitsbehörde da, die Nachbarn zeterten,
drohten. An einem einzigen Vormittag haben sie Vaters Rinder
niedergemacht. Am nächsten Tag war der Arzt verschwunden.»

Bourbon.

Am Ende hatte jemand in die Rampling hineingeschossen, die
daraufhin einige Tropfen Blut absonderte und verschied. Mitchum war zwar nicht der Sieger, aber der Fall war irgendwie zu
Ende gebracht. Und so guckte Mitchum auch: zerknittert,
müde, erschöpft. Vielleicht hatte er schon Angst vor der nächsten Verfilmung.

Rose stand auf.

«Ich habe jetzt zu tun.»

Fleischhauer sprang auf.

«Sie verreisen nicht zufällig in den kommenden Tagen?»

Rochus lächelte, ging zum Schreibtisch und begann, in der Schublade herumzukramen. Fleischhauer sah ihm zu. Rochus blickte hoch. «Dann gehe ich wohl mal», schlug der Kommissar vor.

Im nächsten Moment hatte Rochus ihn vergessen. Fleischhauer trank seinen Becher leer, zielte und traf in den Papierkorb. In der Tür stehend, drehte er sich noch einmal um. Dann ging er hinaus. In die Tür war oben eine Milchglas-Scheibe eingesetzt. Halb-ellipsenförmig standen auf ihr die Worte «Private Investigations».

Als der Kommissar die Wohnungstür hinter sich ins Schloß zog, hörte er aus der Nachbarwohnung Swingmusik.

In den Briefkästen im Treppenhaus steckte die «Los Angeles Times». Neben der Haustür hatte ein Schuhputzer aufgebaut, Fleischhauers Blick fiel auf das Yellow Cab. Er ließ den Wagen nicht aus den Augen, das knallige Gelb verschwamm, mischte sich milchig, wurde blasser und blasser, bis der Wagen zum Schluß wie ein bundesdeutsches Taxi aussah. Als dann noch ein Mann mit weißem Rollkragenpullover und imitierter Lederjacke aus dem Auto stieg und einer Frau in Leopardenmantel und Zwergpudel die Tür aufriß, wußte Fleischhauer, daß das Fieber vorüber war.

Rochus zog den Trench an, klopfte auf alle Taschen, spürte die Waffe. Er konnte sich gar nicht erinnern, sie umgebunden zu haben. Er goß einen mächtigen Schluck Bourbon ein. Dann ging er zum Videorecorder und ließ das Band zurücklaufen. Rochus wußte, wann er die Stop-Taste drücken mußte. Mitchums Gesicht erschien, stabilisierte sich schnell. Mitchum war mit einem muskulösen Mann zugange. Der Mann schien die besseren Karten zu haben. Jedenfalls lachte er sich halb tot über Mitchum. Dessen Kiefer begannen zu mahlen. Rochus schluckte mehrmals. Dann ging die Kamera groß auf Mitchums Gesicht, Rochus drückte die Taste für das Standbild. Zwei Minuten verharrte er vor dem festgefrorenen Mitchum, dann verließ er die

Wohnung. Mitchums Gesicht auf dem Bildschirm blieb. Ab und zu wurde es von einem Schauer durchzuckt.

«Nein danke, beim besten Willen nicht. Ist voll, geht nichts mehr rein», stieß Golze hervor.

«Ach, ein Stückchen geht immer noch», säuselte die Frau und stapelte zwei Stücke Butterkuchen auf Golzes Teller. Sachte schob sie die Hände des Assistenten zur Seite. Er hatte sie schützend über den Teller gelegt. Draußen quakte ein Kind los, die Frau wurde hektisch.

«Schnäpsken?» sagte der Mann. Wenige Zehntelsekunden später pladderte es im Glas. Golze, der beim bloßen Gedanken an Korn Hautausschlag bekam, hatte durchgesetzt, daß er klebrigen Grand Marnier trinken durfte. Weiter hatte er bei seinem Verhör der Familie Vollmar noch nichts bewirkt. In einem unbeobachteten Moment blickte Golze auf die Liste der Kleingärtner, die ihm Elstner zur Verfügung gestellt hatte. Danach stützte er den Kopf in beide Hände und wurde sehr, sehr traurig.

Die Sekretärin hatte den Satz noch gar nicht zu Ende gebracht, da pumpte Messerschmid schon nach Luft. Beide Fenster standen offen, man befand sich mitten im Hafen, wo der Wind nie aufhört. Dennoch sah Messerschmid aus, als ob ihn Atemnot quälte.

«Sag, daß es nicht wahr ist», bat er seine Mitarbeiterin.

«So hat Ole es mir aber aufgetragen, daß ich es Ihnen sagen soll. Genau so.»

«Das ist kein Grund», entgegnete Messerschmid müde.

Das Mädchen verstand nicht. Er bat sie hinauszugehen, weil er nachdenken müsse. Messerschmid trat ans Fenster, genoß wieder den sagenhaften Blick über die Front der Speicherhäuser und das Brummen von Aktivität, Zollvergehen und tutenden Touristen-Booten. Eben fuhr der Lieferwagen einer Teppichhandlung vorbei. Messerschmid spürte wieder diese Unruhe aufsteigen. Sie wurde begleitet von kleinen Hitzeschauern, die ihn alarmierten, seitdem es selbst durch verstärkte Zufuhr von Multivitamin-Stößen und Frischzellen nicht mehr gelang, sie zu unterdrücken. Auf seiner Wanderung durch das Büro kam er an den Bildern und Orden vorbei. Messerschmid blieb stehen, sein Blick sprang hektisch herum. Es gab keinen Zweifel. *Das Bild ist weg. Unser Gründungsfest. Wo ist das Bild, verflucht noch mal?* Plötzlich sah Messerschmid den geheimnisvollen Einbruch in sein Büro mit ganz anderen Augen.

Direktor Hassengier stand am Fenster. Die Hände hatte er auf dem Rücken gekreuzt. Mit der einen Hand umschloß er das Gelenk der anderen. *Da geht ihr nach Hause und werdet zum erstenmal heute so richtig aktiv. Gut, daß wir keine Liegestühle produzieren. Oder Hängematten.* Hassengier genoß seine Aggressivität. Zwar fand er es ein bißchen unbefriedigend, aus großer Entfernung auf seine Angestellten zu schimpfen. Lieber wäre ihm gewesen, wenn er einem von ihnen in den Bauch geboxt hätte. *Nicht oft. Nur zwei-, dreimal richtig reinbummern, das würde helfen.*

Der Sprechfunk quengelte.

«Mandelkern, warum sind Sie überhaupt noch da?»

«Seien Sie doch froh», kam es patzig zurück, «sonst könnte ich Ihnen jetzt nicht sagen, daß ein Herr da ist, der Sie ... he hallo Sie, das geht aber nicht», rief Frau Mandelkern.

Hassengier kicherte. *Jetzt hat er sie gekniffen.* Da öffnete sich die Tür seines Büros. Ein Mann von massiger Statur stand im Rahmen. Er trug einen Trenchcoat. Sein Gesicht drückte Entschlossenheit aus. Eine Entschlossenheit, an der alle Bitten abprallen würden. Das erkannte Hassengier mit trostloser Endgültigkeit. In diesem Moment war der Mann noch vier Meter vom Direktor der Passau-Paderborner entfernt. Zwei Schritte später hatte er ihn erreicht. Frau Mandelkern, die dem Mann hinterhergeeilt war, bekam große Augen. Dann preßte sie eine Faust zwischen die Zähne. Anderenfalls hätte Frau Mandelkern jetzt geschrien.

Else Schislaweng wurde halb wahnsinnig vor Angst. James Hassengier war nicht in seinem Büro. Ab 19 Uhr klingelte sie so lange in seiner Wohnung an, bis Frau Hassengier einen eiskalten Tonfall bekam. Die Maklerin legte in ihrem Haus mehrere Kilometer zurück. Dabei wurde sie sonst nicht müde, darüber zu jammern, wie schlecht sie zu Fuß sei. Gegen ein Uhr morgens befand sie sich in einer Verfassung, die sie an sich noch nie wahrgenommen hatte. Sie wußte, daß Panik dabei war. Aber es war noch mehr: die Einsicht in sicheres Scheitern. Sie wurde auch nicht müde, und das war besonders schlimm. Sie versuchte es nicht erst mit Spazierengehen oder einem Glas Bier. Sie schluckte eine Handvoll Tabletten und schlief auf dem Sofa im Wohnraum ein.

Weil Kleingärtner Alfred Behle seiner Frau schon vor 20 Jahren beigebracht hatte, daß Aale am besten in der Nacht beißen, hatte er keine Probleme, aus dem Haus zu kommen. Sie kochte ihm sogar ein paar Kartoffeln, auf die, auch das wußte sie von ihrem Mann, Aale voll abfuhren. Zwar fand sie es ein wenig kurzfristig, wie Alfred das Haus verließ. Auch kam er ihr bedrückt und nervös vor. Und wie gern hätte sie mit ihm über den plötzlichen Tod ihres Vereinskameraden Willi Rose gesprochen. Aber Frau Behle hatte gelernt, sich abzufinden. Als Alfred Behle vor dem Haus den Mercedes 230 aufschloß, warf er einen Blick auf die gerafften Gardinen vor beiden Wohnzimmerfenstern. *Guck noch mal genau hin. Du wirst es nie mehr sehen.* Die große Stadt lag schon seit einer Viertelstunde hinter ihm, da kämpfte er immer noch gegen ein starkes Gefühl an. Alfred Behle war kurz vor dem Weinen.

Das Haus schwamm in gleißendem Licht. Harro «Heller Wahn» Lentzkirch hatte aufgefahren, was die Bestände hergaben. Er eilte über das Gelände, um mit einer Dienst-Kamera Privatfotos von dem Ereignis zu schießen.
«Das is wie bei Muttern, Schef, finssu nich auch?»
Fleischhauer federte herum. Golze war gerade dabei, die Enden des Stofftaschentuchs auseinanderzufalten. Darunter wurde ein unglaublich zerdrücktes Stück Butterkuchen sichtbar.
«Na, gib her», sagte Fleischhauer.
Mit einem Haps war die Sache erledigt, Golze strahlte.
«Sonst noch was?»

«Ich war den ganzen Tag am Ball. Das alte Lied. Kaum hat einer langfristig die Lungenflügel zusammengefaltet, war er natürlich eine Seele von Mensch.»

«Ich begreife das nicht», sagte Fleischhauer. «Wir haben heute vormittag mit der Spurensicherung begonnen. Warum dauert das hier immer noch?»

«Oh», sagte Manni Wiener, der den Hamburger Polizeire-kord im Nonstop-Verzehr halber Hähnchen vor kurzem auf bisher nicht für möglich gehaltene Höhen getrieben hatte. «Wir haben stramm gearbeitet. Höchstens mal ein bißchen festgele-sen hier und dort.»

«Aha.»

«Es war alles so interessant. Das ist mir sowieso schon vor langer Zeit aufgefallen. Die Leichen lesen heute kaum noch. Früher war das anders. Da lag wenigstens noch ein Quelle-Ka-talog in der Wohnung herum. Heute dagegen, also ich als Abi-turient finde das deprimierend. Diese ewigen Krimis, schau-derhaft.»

«Na, na», sagte Fleischhauer, der nicht wußte, wer ihm in diesem Moment die Sprache führte. «Zusammenfassung bitte. Kurz und knapp, ich möchte nämlich auch noch mal ins Bett.»

Wiener gab eine Einführung in die Persönlichkeit Willi Ro-ses, soweit sie sich aus den im Haus gefundenen Unterlagen herausgeschält hatte. Zusammen mit den Aussagen des Schwiegersohns und des Rochus Rose fühlte sich Fleischhauer schon recht gut informiert. *Natürlich ist es schade um jeden Toten Rhabarber Rhabarber. Aber um diesen vielleicht ein klitzekleines Stück mehr.*

«Übrigens bin ich fest davon überzeugt, daß der Mann jahr-zehntelang das Finanzamt betrogen hat», sagte Wiener, der auf dem Gebiet der Gemeinschaftsaufgaben keinen Spaß verstand. «Der letzte Schriftverkehr fand Mitte der sechziger Jahre statt.»

«Na ja», machte Fleischhauer.

Er wollte es sich mit Wiener nicht verderben. *Noch ein Plus-punkt.*

«Nur Blutkarten, die lagen reichlich herum.»

«Bitte was?» fragte Golze, der gerade ein wenig einge-schlummert war.

«Na, Blutkarten», wiederholte Wiener störrisch.

159

«Danke für die Erklärung», sagte Golze höhnisch. Er kam sich wie ein Dummerjahn vor.

«So was kriegst du, wenn du kurzfristig im Hafen anheuerst und einen Job übernimmst», sprang ihm Fleischhauer bei. *Sollst auch nicht leben wie ein Hund.*

«Danke, Chef», sagte Golze mit glänzenden Augen.

«Das haben mir die Familienmitglieder auch erzählt, daß der Tote, als er noch lebte, unregelmäßig im Hafen gearbeitet hat, bis vor gar nicht so langer Zeit. In zwei Speditionen, Import, Export, was man so hat im Hafen.»

«Hafenrundfahrt», sagte Golze mit der Urgewalt eines Mannes, dessen Wiege auf der Schwäbischen Alb gestanden hat.

«Ihr packt mir die ganze Scheiße auf den Tisch, klaro?» ordnete Fleischhauer an.

«Wir lassen keinen Köttel aus», bestätigte Wiener.

Fleischhauer starrte ihn ernüchtert an. *Das liebe ich so bei diesem Verein: die kultivierten Unterhaltungen.* Er warf einen letzten Blick durch den Wohnraum, dann verließ er das Haus.

«Na, Golze, bißchen Hund spielen?» fragte er liebevoll den neben ihm hertrottenden Mann.

«Ach, Chef, immer müssen Sie mich anmachen», erwiderte Golze.

Fleischhauer fühlte sich gut. Ein unaufgeklärter Todesfall feuerte ihn an. *Bißchen Gerechtigkeit herstellen, bringt ja doch mehr Laune, als AKWs bauen.* Er nahm sich vor, heute nacht noch einen Großangriff auf den Goldregen zu starten. Danach wollte er in einem garantiert krümel- und telefonbuchfreien Doppelbett für Hildegard liebevoll eine Kerbe ins Kopfkissen schlagen. Und danach mußte er nur darauf achten, daß er beide Hände über der Bettdecke behielt und augenblicklich einschlief.

James Hassengier hätte am nächsten Tag nicht mehr sagen können, wie er die Nacht überlebt hatte. Er schloß auch bald die Augen. Er tat es aus demselben Grund, aus dem er sie zuvor bis zum Anschlag aufgerissen hatte. Der Mann im Trench hatte den Direktor mit der linken Hand an den rechten Türgriff gekettet. So war es Hassengier noch nicht einmal möglich, ihm ins Lenkrad zu fallen, als seine Höllenfahrt das erste Mal nur um Zentimeter an einem Totalschaden vorbeischrammte. Das gleiche passierte an der Leitplanke, dem Bordstein, dem Brückenpfeiler, dem Laternenmast – voll drauf zu, haarscharf dran vorbei. Rochus Rose hatte den Tunnelblick. Seine Hände krallten wie festgeschweißt das Lenkrad.

«Mann, lassen Sie das doch, Sie sind verrückt», keuchte Hassengier. «Achtung, der Baum», schrie er und warf sich gegen die Rückenlehne.

«Das ist ein Wald», sagte Rochus knurrend. «Sie sehen immer nur das Spezielle. Das Allgemeine dahinter, das sehen Sie nicht.»

Wahnsinnig, sag ich doch.

Schon in dieser beklemmenden Situation zwischen Angstschweiß und Todesangst begann Hassengier, sich für die Szene am späten Nachmittag zu schämen. Der Mann im Trench war auf ihn zugekommen, er hatte den Direktor mit einem Blick angesehen, daß der sich, obgleich auf heimischem Grund und Boden, wie ausgeliefert vorgekommen war. Als dann der Mann «Herr Hassengier, James Hassengier» mehr feststellte als fragte, kam sich Hassengier regelrecht ertappt vor. In der Tür stand Mandelkern und biß auf ihrer Faust herum. Das Telefon war weit entfernt. Dann holte der Mann die Handschellen aus der Manteltasche. Er hatte noch kein Wort gesagt, als Hassengier schon beide Arme hinstreckte.

«Eine reicht», sagte der Mann lächelnd.

Die andere Hälfte der Acht schnappte er um sein eigenes Handgelenk. «Wenn wir beim Rausgehen dicht beieinander bleiben, kann es unauffällig geschehen.»

«O ja, bitte», haspelte Hassengier, «sehr freundlich.»

Mandelkern drückte sich an die Wand, als die Männer auf sie zukamen.

«Kein Wort», zischte ihr Hassengier zu.

Der Mann ließ Hassengier die Wahl, ob sie die feste Treppe oder den Fahrstuhl nehmen wollten. Hassengier schätzte die körperliche Fitness seiner Angestellten realistisch ein. Außer einem Boten, der mit einer Eilmappe die Treppe hochhinkte, begegnete ihnen kein Mensch. Der Weg durch die Eingangshalle, die Treppen hinunter und diagonal über den Parkplatz war für Hassengier die Hölle. Die Männer gingen sehr dicht nebeneinander. Jeder zweite, dem sie begegneten, grüßte den Direktor.

Vor einem dunkelgrünen klobigen Kombi, dessen Marke Hassengier nicht kannte, machten sie halt. Hassengier mußte mit zur Fahrertür kommen. Der Mann schloß auf, Hassengier sollte sich am Lenkrad vorbei auf den rechten Sitz drücken. Er tat es mit Ächzen, der Mann folgte. Dann machte er sich von der Acht los und schloß den Direktor an die Beifahrertür.

In der Stadt benahm sich der Mann normal.

«Was haben Sie vor? Was wollen Sie von mir?»

Der Mann antwortete nicht, fuhr zügig aus der Stadt heraus Richtung Süden, verließ bald die Autobahn. Und dann stellte er den Fuß aufs Gas.

«Warum machen Sie das? Was habe ich Ihnen getan? Das muß eine Verwechslung sein», stöhnte Hassengier. Der letzte Gedanke machte ihm Mut. «Es ist bestimmt eine Verwechslung. Mein Name ist . . .» und so weiter. Hassengier wollte sich freireden, er sprach hastig und flach.

«Ich habe Sie gesucht, ich habe Sie gefunden. Jetzt wird abgerechnet.»

Hassengier sah die scharfe Kurve auf sich zukommen. *Das schafft er nie im Leben.* Er bäumte sich im Sitz auf, der Mann im Trench riß das Steuer herum.

«Das kriegst du wieder», lauteten Wieland Fleischhauers erste Worte nach dem Erwachen aus unruhigem Schlaf.

Er hatte einen Haß auf Golze. Soweit der Kommissar sich erinnerte, hatte er mehrere Dutzend Versuche unternommen, endlich mit Hildegard allein zu sein. Doch er konnte machen, was er wollte: Es gelang ihm nicht, Golze abzuschütteln. Golze spielte Klette, Golze blieb dran.

Fleischhauer fuhr gar nicht erst ins Präsidium. Er meldete sich telefonisch bei Karin Drummer an und quälte sich nach Lurup durch. Rauten-Tapete, senffarbene Sitzgarnitur, Schrank fünf Meter, altdeutsch mit total verspiegelter Bar, Aquarium, Kristallgläser, Mariacron, Apfelkorn, Alpenveilchen, Untersetzer für die Gläser, der traurige Clown an der Wand im Flur – Fleischhauer konzentrierte sich auf die Fragen, die er der Tochter des Toten zu stellen hatte. Sie nötigte ihn aufs Sofa, setzte sich selbst auf den Sessel. Mit einer Hand zupfte sie ständig an der Lehne herum, mit der anderen knüllte sie ein weißes Taschentuch, in das sie bisweilen einige Tränen schickte.

«Sie finden mich erschüttert», hieß es am Anfang. «Es ist die Trauer einer Tochter.»

Aua, aua. Fleischhauer stellte Fragen nach Willi Roses Leben. Da hatten die Tränen Ruh, die Tochter tauchte tief in die Vergangenheit ab. Wut gewann die Oberhand, trockene Wut, ein Zustand, den Karin schon viele Jahre mit sich schleppte, unfähig, etwas zu erkennen oder zu verzeihen. Karin Drummer war erbarmungslos. Der Kommissar spürte schnell, daß es die Affäre mit einer Frau war, die sie ihrem Vater besonders verübelte. Anfang der fünfziger Jahre hatte er wegen einer Geliebten seine Familie verlassen. Karin erzählte davon in einem Ton, als wenn es vor einem Vierteljahr gewesen wäre. Irgendwann nannte Karin den Namen Schislaweng. Vorsichtig fragte er nach, Karin bestätigte. *Die hat doch angerufen. Rumgequakt hat sie wegen einem alten Anarchisten. Der hieß Rose. Hieß der Rose? Stinka müßte es wissen, der hatte die Frau doch am Hörer.* Die Wortfolge «Stinka müßte es wissen» belustigte Fleischhauer sehr. Als er den empörten Blick Karin Drummers sah, machte er sofort wieder das Gesicht für frische Leichen. Diskret brachte er in Erfahrung, daß Rochus und Karin dieselben Eltern hatten. Die Mutter war 1965 gestorben.

«Und zu seinem Enkel hat er auch nie Kontakt gefunden», mährte sich Karin aus. Sie zeigte Fleischhauer ein Album voller Diederich-Fotos. *Warum hast du diesen sympathischen alten Mann nie kennengelernt?*

«Und mit welcher Rücksichtslosigkeit er unser Boot in den Abgrund gestoßen hat, das verzeihe ich ihm nie.»

«Kannte Ihr Vater Leute, die ihm übelwollten», fragte Fleischhauer vorsichtig.

Sie blickte ihn an.

«Ich meine, im außerfamiliären Bereich.»

Sie kannte niemanden. Sie wußte nur, daß er sich häufig im Hafen aufgehalten hatte und daß er sein Haus und seinen Garten nicht an die Versicherung verkaufen wollte. Fleischhauer brach eilig auf.

«Himmelherrgott nein! Wie oft soll ich das denn noch sagen?»
brüllte Golze los.

Das liebenswerte alte Ehepaar stützte sich gegenseitig.

«Aber meine Frau hat doch nur gefragt, ob Sie nicht einmal
unser herrliches Kürbis-Kompott probieren möchten», sagte
der Mann schüchtern.

«Selbst gezogen», fügte die Frau ängstlich hinzu.

Lustlos packte Golze sein Notizbuch aus.

«Also Sie sind Herr und Frau Ballin, Pächter einer Parzelle in
der Kleingarten-Kolonie . . .»

Fleischhauer wäre nicht verblüfft gewesen, wenn die süße Sekretärin *Knackarsch, 'tschuldigung, Hildegard* sich auf den Boden
geworfen und dort herumgewälzt hätte, nur um zu zeigen, wie
unangenehm es ihr war, daß ausgerechnet heute ein Kriminalbe-
amter die Chefin sprechen wollte.

«Es geht ihr nämlich gar nicht gut», sagte sie bebend.

«Das ist ja ein Ding. Meistens geht es den Leuten schlecht,
nachdem ich da war.»

«Ich werde sehen, was ich tun kann.»

«O ja, bitte, tun Sie das», höhnte der Kommissar.

Die Frau klopfte gegen eine Tür, verschwand und kam nach
längerer Zeit wieder.

«Frau Schislaweng läßt dann bitten.»

Fleischhauer stürmte durch. *Wehe, wenn du nett wirst. Das hebst
du dir alles für Hildegard auf.* Der Anblick rührte ihn aber doch.
Schlapp hing die Maklerin in ihrem grauen Kostüm, das die
Farbe von Elbschlick hatte. Fleischhauer paßte auf, um ihr beim
Händedruck nicht alle Finger zu brechen. *Wie ein Lappen.* Else
Schislaweng war es äußerst unangenehm, sich in dieser Verfas-
sung einem Menschen und dann noch einem Mann, und dann
noch einem Kriminalbeamten, zeigen zu müssen.

«Es geht mir nämlich gar nicht gut», sagte sie, mit den Fingerspitzen eine Schläfe massierend.

«Wir haben alle mal unseren Durchhänger», sagte Fleischhauer und erzählte die Geschichte vom letzten Silvester, als er
mehrere Liter Ananas-Bowle nach dem Verzehr einer winzigen
Salzgurke über ein Balkongitter im vierten Stock von sich gege-

ben habe, derweil neben ihm die Raketen aus den Sektflaschen gezischt seien. Die Maklerin melierte in der Gesichtsfarbe zu teigigem Weiß, Fleischhauer fing an.

«Wir beide haben vor wenigen Tagen telefonisch das Vergnügen gehabt, Sie erinnern sich?»

Sie nickte und bestellte über die Sprechanlage einen Kamillentee, einen Calvados und eine Tasse Tee. Fleischhauer wollte erst abwarten, was sie von dem Zeug für ihn vorgesehen hatte, bevor er ablehnte.

«Es ging dabei um einen Herrn, der Ihnen, sagen wir mal, auf die Nerven fiel.»

«Sagen Sie schon, was Sie wollen», bat die Maklerin kläglich.

Die Getränke kamen. Fleischhauer sollte den Tee kriegen. Er lehnte ab.

«Herr Rose macht Ihnen Ärger, offensichtlich nicht gerade wenig. Immerhin rufen Sie die Polizei an. Wenige Tage später ist Herr Rose tot. Und –» er beugte sich nach vorn, *macht sich immer gut* – «und die Beule, die ihn hingestreckt hat, ist durchaus von der Art, wie sie bevorzugt Frauen zustande bringen.»

«Nun hören Sie aber mal auf», sagte die Maklerin und brachte den Calvados auf den Weg.

Danach atmete sie mehrmals tief ein und aus.

«Ich hau doch Willi keinen über die Rübe.»

«Auch nicht in Wut?»

«Ich bin dafür bekannt, daß ich mich beherrschen kann», sagte sie eisig.

«So sehen Sie aber gar nicht aus im Moment. Möchten Sie mir nicht erzählen, welches Ereignis zu Ihrem trostlosen Zustand geführt hat?»

Sie blitzte ihn an.

«Sie», kam es zischend, «sehen Sie sich vor. Nur weil ich Ihnen bisher alle Frechheiten habe durchgehen lassen, können Sie noch lange kein Dauerrecht daraus ableiten. Sie überschreiten Ihre Kompetenzen, Mann.»

Besser die Kompetenz als den Rubikon. Fleischhauer blieb dran. Er war klug genug, sich nicht dermaßen deutlich vorzuwagen, daß man ihn juristisch anscheißen konnte.

Er wurde selbst ein wenig irritiert von der Wucht seines Vorgehens und schrieb es dem positiven Eindruck zu, den Willi

Rose auf ihn gemacht hatte. *Lieber jetzt reinhauen, wo sie gerade wackelt. Hinterher wird es nur schwerer.*

Claudia wich zurück. Als erstes kriegte sie den Kamelhocker in die Hacken. Es folgten Eßtischstuhl und Bodenvase. Dann fühlte sie die Wand im Rücken.

«Ich weiß», sagte der Südamerikaner und zeigte seine berühmten Zahnreihen, mit denen man Baumrinde abschälen konnte. «Ich bin kein Kavalier jetzt. Es tut mir in der Seele weh. Aber es muß sein.»

«Was muß sein?» fragte Claudia. *Wer redet, lebt.*

Sie spürte, daß ihre bisher durchgehaltene Frechheit wie Wasser durch einen großen Abfluß weggurgelte.

«Du bist eine Gefahr für uns.»

«Ich», sagte Claudia.

«Du bist eine Gefahr, weil du deinen Mund nicht halten kannst.» Das Lächeln des Südamerikaners schrammte knapp an einem Kieferkrampf vorbei.

«Deshalb müssen wir dich schweigsam machen. Ratzeputz.»

Claudia schluckte. *Du mußtest dich ja unbedingt selbständig machen, das hast du jetzt davon.* Der Südamerikaner kam immer näher.

«Du weißt, was das heißt», sagte er leise.

«Komm Ole, mach halblang, du hast deinen Spaß gehabt.»

Der Südamerikaner drehte sich um. Messerschmid ruckelte auf dem zweiten Kamelhocker herum. Claudia erkannte, daß der Südamerikaner abgelenkt war. Sie spannte alle Muskeln an.

Kröhncke rieb sich die Handflächen wund. Fleischhauer wartete auf dünne Rauchwölkchen, die Rotglühen anzeigten.

«Schade, daß er tot ist», sagte der Arzt bekümmert. «Ich hätte ihn gerne gefragt, wie er das angestellt hat mit dem Sterben.»

Fleischhauer verfolgte eine Stubenfliege, die ihren Flugrhythmus dem Breakdance abgeschaut hatte. Fleischhauers Kopf ruckte, stoppte und zuckte mit kurzen Aussetzern weiter. Als er das Ziehen in der Halsmuskulatur spürte, ließ er die Fliege sausen.

«Er hat ein ganz schönes Ding an der Schläfe gehabt», gab Fleischhauer zu bedenken. «Das müßte doch reichen.»

«Optik, alles Optik», prahlte Kröhncke und besah seine Handflächen. «Wenn nicht das Blut in Litern läuft, der Bestatter dünnen Kaffee säuft. Alte Begräbnisweisheit.»

«O nein», sagte Fleischhauer, aber da war es schon zu spät.

«Passen zwei Fäuste in die Wunden, kriegt der Sezierer neue Kunden.»

Fleischhauer warf den Hals herum, um das ziehende Gefühl wegzubekommen.

«Die Delle am Außenhirn kann von einem Schlag herrühren. Dann müßte es ein Schlaginstrument geben. Ein solches haben wir bis jetzt nicht gefunden. Es ist nicht völlig auszuschließen, daß sie schlicht gestürzt ist, unsere Lauben-Leiche. Was auch immer, ich habe Zweifel, ob die Verletzung als solitäres Ding ausreicht, um ihn auf die lange Straße der Mumifizierung zu schicken.»

«Was heißt denn das?» fragte Fleischhauer.

Dankbar sah er, wie Kröhncke sich hinter ihn stellte und eine seiner zartfühlenden Massagen begann, mit der er schon Hunderte von verspannten Nackenmuskulaturen weich wie Butter geknetet hatte. «Wenn zu einer solchen Verletzung ein Schock hinzukommt oder auch außergewöhnliche Erregung, und der Kandidat hat 1,9 Promille, was er hatte, dann muß er nur noch über 70 sein, und der Fachmann tippt auf einen Kreislauf-Crash.»

«Die Fußverletzung.»

«Richtig, die Fußverletzung. Halte ich für nebensächlich. Ist allerdings sehr frisch.»

«Er kann sich nicht selbst mit der Schläfe am Knöchel...?»

«Mann Gottes, machen Sie das mal nach, da brechen Sie in zwei Teile auseinander.»

«Jahaa, da mehr, das tut gut», sagte Fleischhauer versonnen.

Kröhncke knetete.

«Ich verjage mich immer ein bißchen, wenn ich an einem Kunden herummache und er gibt noch einen Mucks von sich», sagte der Arzt. «Im Grunde fehlt es mir bei meiner Arbeit an zwischenmenschlicher Kommunikation.»

«Trösten Sie sich», sagte Fleischhauer, «ich habe zuviel davon. Ich habe Golze.»

Claudia packte Floyd an den Aufschlägen der Jacke und zerrte bei jedem Wort an ihnen herum:

«Wo ist Rochus? Ich muß unbedingt Rochus sprechen.»

Floyd machte sich höflich frei.

«Wir suchen ihn auch. Er hatte nämlich gestern abend Dienst. Momentchen mal bitte.»

Er schob Claudia sanft zur Seite, so daß sich die Gäste der goldenen Hochzeit an ihnen vorbeischleppen konnten.

«Saal 1», girrte Floyd und wies in eine Richtung.

«Warum ist Rochus gestern nicht gekommen?»

«Warst du schon bei ihm zu Hause?»

«Na klar, da ist er auch nicht.»

«Dann lies. Eine bessere Erklärung für Nicht-zum-Dienst-Erscheinen kenne ich nicht.»

Claudia las die «Allgemeine».

«O mein Gott», sagte sie während des Lesens, sie sagte es mehrmals. «Das hört sich ja an, als ob der alte Mann ermordet worden ist», stieß sie erschüttert hervor.

«Und Rochus, wo steckt Rochus jetzt?»

«Bitte nicht», flüsterte Hassengier. «Tun Sie das bitte nicht. Bringen Sie mich lieber um, aber nicht das. Das überlebe ich nicht. Diese Schande.»

«Stellen Sie sich nicht so an», knurrte Rochus Rose, dann kettete er den Direktor der Passau-Paderborner an den zentralen Laternenmast des Parkplatzes vor dem Versicherungsgebäude. Es war kurz nach 16 Uhr, der feierabendliche Exodus lief auf vollen Touren. Innerhalb weniger Sekunden waren sie von ersten Angestellten umringt. Hassengier hatte damit gerechnet, daß die Frauen kichern würden. Dabei war es ein Mann, der damit anfing. Als der Direktor die Augen öffnete, sah er, wie Rochus den Schlüssel der Handschellen in eine Manteltasche fallen ließ. Dann drehte er sich um, zerteilte mühelos den Haufen der Umstehenden und war verschwunden.

«Bleiben Sie», rief Hassengier, den plötzlich Angst vor dem Alleinsein befiel. «Lassen Sie mich nicht im Stich. Sie können haben, was Sie wollen. Ich habe Geld, viel Geld!»

«Also doch», sagte Corinna Baum aus der Registratur zu Evelyn Wybranz von Leben.

«Das ist doch einer von denen da ...» sagte ein jüngerer Mann, hob den Arm gegen die oberste Etage des Gebäudes und stieß einen Pfiff aus.

«Hassengier», sagte Hassengier tonlos, «Hassengier ist mein Name.»

«Das ist noch lange kein Grund, am hellichten Tag solche Mätzchen zu veranstalten», sagte mit strengem Tonfall ein Angestellter, der kurz vor dem Ausscheiden stand.

«Würde ist das Erste und das Letzte im Leben. Wenn man die Würde verliert, ist man ein toter Mann.» *Das ist ja der Jammer.*

Hassengier riß in plötzlicher Aufwallung beide Arme nach hinten. Die Handschellen scheuerten am Laternenmast, Muskeln und Sehnen schmerzten. Immer mehr Menschen strömten herbei. Und plötzlich stand Frau Mandelkern vor ihm.

«Aber Herr Direktor.»

«Na, Mandelkern», sagte er kläglich.

«Ich habe die Unterschriftenmappe aber oben liegen lassen», sagte sie und lief vor Scham rot an. «Ich hole sie natürlich sofort ...»

«Lassen Sie mal, Mandelkern, das hat Zeit bis morgen.»

Bei diesen Worten hob er beide Arme. Später schwankten die Schätzungen zwischen 120 und 250 Angestellten, die um Hassengier und die Laterne herumgestanden haben sollten.

«Das ist garantiert eine Wette, da wette ich.»

«In den oberen Etagen bechern die eben wie wild. Das ist der Druck, die Verantwortung für uns.»

Die meisten lachten.

«Laßt euch nicht täuschen», rief bebend einer der Köche, der für seine radikale Würzweise bekannt war, «das ist alles Psychologie. Das ist ein Test. Die wollen nur eure Reaktionen testen, und eine Videokamera filmt alles mit und wertet es gegen euch aus.»

Alle Augen flogen zu den beiden Videokameras, die den Parkplatz überwachten. Johlend sahen die Angestellten, wie eine der Kameras langsam zur Seite schwenkte. Hassengier hätte so gerne seinen Kopf in beiden Händen vergraben.

«Vielleicht sollte man etwas tun», sagte nachdenklich eine

Frau. Hassengier riß den Kopf hoch und beschloß, sich das Gesicht zu merken. *Danke.*

«Warum steht ihr hier rum und glotzt und benehmt euch wie die Unmenschen? Holt Hilfe! Einen Schlosser. Ein Schweißgerät, einen Schlüsseldienst, was weiß ich.»

Hassengier lehnte die heiße Stirn an den kühlen Mast und begann, hemmungslos zu schluchzen.

«Riechsalz», schlug jemand vor.

«Dann weint er nicht nur, dann niest er auch noch», gab ein anderer zu bedenken.

Während eine Fraktion, die in den Handschellen das Grundübel sah, langsam die Mehrheit gewann, parkte Golze im Hintergrund den Wagen ein. Fleischhauer holte das Einsatzschild aus dem Handschuhfach und stellte es hinter die Scheibe.

«Im Wagen stinkt es», sagte der Kommissar auf dem Weg zum Eingang.

«Oh, gucken Sie mal da», rief Golze aufgeregt. «Da ist was los.» Er rannte los. Kurz darauf ertönte ein lauter Ruf nach Fleischhauer.

20 Minuten später stieß Hassengier einen Schmerzensschrei aus. «Passen Sie doch auf. Ich bin kein Tresor, ich bin ein Mensch», herrschte er den Spezialisten der Polizei an.

Der Spezialist hielt die Feile in die Höhe.

«Soll ich nun oder soll ich nicht?» fragte er eingeschnappt.

«Ich könnte das Ding ja durchschießen», schlug Golze vor.

Rochus riß die Wohnungstür auf, Else Schislaweng zuckte zusammen. Seine Augen fraßen sich in ihren Leopardenmantel.

«Guten Abend, Herr Rochus», sagte die Maklerin zögernd.

Sie hielt ihre Handtasche fest umklammert. Die Tür der Nachbarwohnung ging auf, zwei halbwüchsige Jungen polterten die Treppe hinunter.

«Ich bitte Sie nicht herein», sagte Rochus mit tönerner Stimme.

«Es wäre aber wichtig, Rochus. Wichtig für uns beide.» Sie schluckte. «Und für Willi auch.»

Wie ferngelenkt machte Rochus Platz, die Maklerin blickte sich kurz um und ging schnell in die Wohnung.

Vibrierend vor Freude näherte sich Fred der Telefonzelle. Im Geist sah er den ungeheuren Haufen vor sich, der entstehen würde, wenn er sich für die 3000 Mark Lösegeld, die er heute abend kassieren wollte, lauter Zehnmarkscheine geben ließ. *Hat wahrscheinlich fast die Schulterhöhe des Wuffis. Müßte man überhaupt mal nachrechnen. Vielleicht gibt es da mathematische Zusammenhänge zwischen Lösegeld und Schulterhöhe. Wie bei diesen eckigen Winkeln und dem Dreieck mit den klasse Schenkeln.* Unternehmungslustig warf Fred die Groschen in die Höhe. Er hatte den Griff der Zellentür schon in der Hand, als er den schmächtigen Mann mit der Ballonmütze entdeckte. Fred erstarrte. Der Mann redete unentwegt und begleitete sich mit weitausholenden Armbewegungen. Zweimal knallte er dabei gegen die Scheibe. Ab und zu las er etwas aus einem Notizblock ab. *Es reicht. Schnitz dir deine Zelle doch selber. Oder beantrage endlich einen Telefonanschluß.*

«Ich muß telefonieren», rief Fred und schlug mit beiden Fäusten gegen die Scheibe. Der Mann legte einen Finger quer über die Lippen.

Fred riß die Tür auf:

«Ich muß dringend ...»

Der Mann drückte die Tür zu. Fred war zu überrascht, um sich zu wehren. Dann riß er an der Tür, der Mann hielt von innen zu. Es war ein verbissener Kampf, der den Mann nicht davon abhielt, weiter in den Hörer zu sprechen.

«Wie ich gerade sagte, nahm der eindrucksvolle Demonstrationszug vom Dammtor-Bahnhof seinen Weg durch ...»

Fred blickte sich plötzlich um. *Bloß kein Aufsehen.* Er drohte dem Mann in der Zelle mit der Faust. Der lächelte und winkte freundlich zurück. Und ständig redete er weiter.

Hassengier hatte darauf bestanden, seinen Rechtsanwalt zu rufen. Da stand er nun, mischte sich ständig ein, redete, wenn er überhaupt nicht gefragt war, verstand alles falsch, unterstellte, verdrehte, war abwechselnd Hellseher und schwerhörig. Fleischhauer taxierte den in sich zusammengesunkenen Hassengier und sagte:

«Ich bin ja kein Unmensch.»

«Die Beweisführung dürfte Ihnen gehörige Probleme bereiten», quakte der Anwalt.

Golze bettelte mit den Augen um die Erlaubnis, etwas Ge-
meines tun zu dürfen, Fleischhauer übersah ihn.

«Wir vertagen unser Gespräch, Herr Hassengier. Ich erwarte
Sie morgen vormittag, sagen wir 11 Uhr, in meinem Büro. Ich
erwarte Sie in jedem Fall. Wenn Sie vorhaben sollten, eine At-
test-Politik zu beginnen, kündige ich Ihnen gleich an, daß ich
mit einem Amtsarzt in der Tür stehen werde. Mit mir geht so
ein Spielchen nicht, das wird Ihnen Ihr Anwalt gerne bestätigen.»

Der Kommissar stand auf.

«See you later», sagte er zu Golze.

«Oh yeah man», rief Golze fröhlich.

Der Rechtsanwalt machte sich eine Notiz. Dann half er Hassengier beim Aufstehen. Mit schweren Schritten ging der Ver-
sicherungsdirektor zur Tür. Ohne Mitleid sah Fleischhauer ihm
hinterher.

Else Schislaweng schlug beide Hände vors Gesicht.

«Ich bin nicht schuld», schniefte sie, «ich bin doch gar nicht
der Typ für so was.»

«O doch. Menschen wie Sie kriegen so etwas fertig.»

Rochus stand mit dem Rücken am Fenster und hatte die
Arme vor der Brust verschränkt. Der Lichtkegel der Schreib-
tischlampe schrieb einen gleißenden Kreis auf die grüne
Schreibtisch-Unterlage. Der Raum wurde nur müde erhellt.

«Das dürfen Sie nicht sagen. Sie kennen mich doch.»

«Ein wenig.»

«Reicht das nicht?»

«Mir persönlich reicht es völlig.»

«Sie sind hart.»

Die Maklerin weinte leise vor sich hin. Sie saß auf einem Kü-
chenstuhl. Den Leopardenmantel hatte sie sich im Sitzen ausgezogen, er hing um sie herum. Rochus spürte keine Sympathie
für diese Frau. Er hatte tief in sich hineingehorcht, hatte auch in
Winkeln gesucht, die er sonst vernachlässigte. Er hatte keine
Entschuldigung für diese Frau gefunden.

«Aber Ihr Vater und ich, wir haben uns doch einmal gemocht. Sehr sogar.»

«Aus Liebe wird Haß.»

«Sie sind noch recht jung.»

«44.»

«Ach», seufzte sie, «sweet forty-four. Altersmäßig könnte ich Ihre...Ihre...»

«Todfeindin sein», sagte Rochus.

Die Maklerin wand sich.

Er stieß sich von der Fensterbank ab, nahm auf dem Schreibtischstuhl Platz und guckte auf die Lampe. *Einmal nur. Nur mal gucken, wie es aussieht. Das kannst du nicht machen, das steht dir nicht zu. Aber die Lage ist genau so, daß es passen würde. Wie die Faust aufs Auge.* Rochus schwankte vor lauter Zögern mit dem Oberkörper hin und her. Mehrmals ballte er die Faust, öffnete sie, ballte, dann griff er den Schirm der Lampe und richtete den Lichtkegel voll auf das Gesicht der Frau. Rochus war fasziniert, Else war geblendet. *Keine Sorge, Vater. Ich regele das hier unten schon. Sie werden uns nicht davonkommen.*

«Else Schislaweng, ich klage Sie an, am Tod meines Vaters Schuld zu tragen.»

«Schuld tragen», äffte die Maklerin ihn nach, «so ein Quatsch.»

«Ihre Schuld an meinem Vater begann im Jahre 1951, als Sie sich von ihm trennten. Danach hat er nie mehr den Anschluß gefunden.»

Die Maklerin lachte auf.

«Wenn ich für alle meine verflossenen Liebhaber verantwortlich sein sollte, wäre ich heute Chefköchin in einem Männerwohnheim.»

«Es geht mir weniger um Ihre persönliche Schuld», sagte Rochus. «Sie interessieren mich nur als Vertreterin einer Art zu leben, zu arbeiten, zu dienen, sich mit Bedingungen abzufinden und in einem vorgegebenen System Ihre Schäfchen ins Trockene zu bringen.» Rochus goß beide Gläser halb voll, die Maklerin trank sofort.

«Sind Sie jetzt gerade Polizist oder Pfarrer?» fragte sie.

«Rochus. Rochus Rose, Sohn, ganz einfach.»

«Ich bin eine erfolgreiche Frau. Über mich haben Zeitschriften berichtet, weil ich es zu was gebracht habe, als Frau. Ich stabilisiere doch kein System, ich bin Vorreiterin. Ich zeige, was Frauen erreichen können.»

Rochus wünschte sich eine zweite, dritte, vierte Lampe.

«Und Willi hatte auch das Zeug zum erfolgreichen Geschäftsmann», fuhr sie fort. «Er hätte nur einige Macken ablegen müssen, die man sich in solchen Geschäften einfach nicht leisten kann, wenn man Butter aufs Brot kriegen will.»

«Mein Vater hatte in dieser Gartenkolonie seine neue Heimat gefunden.»

«Glauben Sie, daß einer, der auf dem Campingplatz zeltet, dort seine Heimat hat?»

«Mein Vater hatte dort seine Heimat, es war seine dritte. Oder vierte, je nachdem, wie man rechnet. Er ist 74 Jahre, da gibt man so was ohne Not nicht mehr auf. Da hat man ein Anrecht darauf, daß keiner kommt und einen vertreibt.»

«Vertreiben, Blödsinn.»

«Ich sage Passau-Paderborner. Ich sage James Hassengier, ich sehe Sie an, und ich frage Sie, Else Schislaweng: Wo waren Sie vorgestern nacht, und was hatten Sie auf dem Gartengelände zu suchen?»

Else Schislaweng brach zusammen wie eines ihrer wegsanierten Häuser bei der Sprengung.

Schnatter, bibber, Mann ist das kalt, aber für eine Standheizung hat es ja nie gereicht. Der Tod durch Erfrieren soll einer der schönsten sein. Wenn es dich langsam ankriecht. Erst ist dir noch wirklich kalt, aber dann kommt so was Euphorisches. Alfred als Schneemann, nicht zu fassen. Und du hast noch im letzten Winter diese albernen Schneemannwitze mit den Mohrrüben gemacht. Alfred Behle schaltete den Motor an und fuhr ein paar Kilometer, damit es im Wagen wieder warm wurde. Die Polizeiwache ließ er rechts liegen. *Das war ein Zeichen, Alfred. Du sollst nicht vor der Gerechtigkeit davonlaufen, das sagt Erna auch immer.* Allmählich setzte sich trotz Angst, Kälte und Einsamkeit ein Gefühl durch, das noch stärker war als alle existentiellen Aufwallungen des überforderten Mannes. Alfred Behle bekam ungeheuren Hunger.

Renate Kalkowsky hatte ihm die Wohnungstür geöffnet, und so hatte Golze eine ganz bestimmte Vorstellung, wie der Ehemann einer solchen Frau aussehen müsse. Was dann aus der Küche kam, war aber nur Bruno Kalkowski: untersetzt, zwar stabil, doch ziemlich aufgeschwemmt. Irgendwie deplaciert hing er in Hemd und Hose herum, kratzte sich ausgiebig am Brusthaar, nannte seine Frau «Scheißerchen», mußte sich dringend die Haare waschen und wußte natürlich auch nichts über Willi Rose, was Golze weiterbrachte. Dafür bot er ihm astreines Budweiser an, das auf den Punkt temperiert war. Kalkowski erzählte Schwänke aus dem Vereinsleben. Golze spürte die Verbitterung eines Mannes, der Vorsitzender werden wollte und dessen Karriere nie über den Schriftführer hinausgegangen war. Als sie nach Golzes Fragen noch ein wenig zusammensaßen, stand plötzlich das Wort «Sterbeversicherung» im Raum. Verwundert merkte Golze, daß Brunos bis dahin abgespannt wirkende Augen neuen Glanz bekommen hatten. Richtiggehend hungrig sahen sie aus. Erst hielt Golze das Ganze für einen Scherz. Als er merkte, daß Bruno nach Feierabend tatsächlich solche Policen verkaufte, empfahl sich Golze.

«Na, lieber Herr Hassengier, kein Attest?»

Hassengier lächelte gezwungen, sein Rechtsanwalt notierte sich etwas. Danach brauchten der Kommissar und Hassengier fünf Minuten, bis der Anwalt den Raum verließ.

«Aufdringlich», schickte Fleischhauer ihm hinterher.

«Ach, lassen Sie mal. Versicherungsvertreter sind noch aufdringlicher», sagte Hassengier, dessen Humor nach der Höllennacht eine feine Häme gefunden hatte, die ihm nicht übel stand.

Fleischhauer ließ Kaffee kommen, Hassengier äußerte den Wunsch nach einem Mettbrötchen mit Zwiebeln. Während er aß, war Fleischhauer so nett, ans Fenster zu gehen und dort eine Beschäftigung vorzutäuschen. *Schrecklich. Wie Golze, nur noch schlimmer.* Als Hassengier die letzten Zwiebelringe vom Fußboden klaubte, schob ihm Fleischhauer einen Aschenbecher hinüber. Dabei bewegte sich der linke Türpfosten. Fleischhauer erstarrte, doch es war nur Stinka. Fleischhauer tat so, als ob er auf dem Schreibtisch etwas suchte, blickte zu Stinka hoch und sagte:

«Pardauz, meine Feierabend-Schablone ist spurlos verschwunden. Sind Sie mal eben so lieb und holen mir eine neue?»

Fleischhauer wartete, bis Stinkas Zentralnervensystem die akustischen Signale in eine extrem hektische Handlungsbereitschaft umgesetzt hatte, die sich nach zehn Sekunden durch ein Zusammenziehen der Augenbrauen ausdrückte.

«Da geht's raus», sagte Fleischhauer und konnte sich gerade noch beherrschen, auf das Fenster zu zeigen.

«Nehmen Sie die Schablone vom Kriminalrat, die ist noch nicht so ausgeleiert an den Rändern.»

Hassengier hielt sich die Nase zu, es war seine persönliche Methode, Lachen zu unterdrücken.

Als Stinka draußen war, geilten sie sich eine Zeitlang an dem Wettbewerb hoch, wer von ihnen die unfähigeren Untergebenen hatte. Dann wurde Hassengier ernst und räusperte sich.

«Herr Hassengier, ist Ihnen über Nacht eine Erklärung dafür eingefallen, warum der Herr Rose junior so gemein mit Ihnen umgesprungen ist?»

«Nichts, gar nichts ist mir eingefallen, und ich verbitte mir gleich zu Anfang diese süffisanten Unterstellungen. Als wenn ich es nötig hätte zu lügen. Ich möchte bescheiden darauf hinweisen, daß ich natürlich Anzeige wegen Freiheitsberaubung gegen diesen Verrückten gestellt habe.»

Sie beharkten sich ein bißchen, dann kam Fleischhauer in Fahrt und stellte Hassengier seine wenig beneidenswerte Situation vors geistige Auge. Er verschwieg ihm, daß er nicht wußte, ob Willi Rose durch einen Schlag oder durch einen Kreislaufkollaps in Verbindung mit Alkohol ums Leben gekommen war. Er sprach im folgenden über das in Verhören und in der Kunst beliebte Thema des Motivs. Hassengier hörte aufmerksam zu, die Männer ergänzten sich vorzüglich.

«Wir versuchen natürlich, den Herrn Rose persönlich zu befragen. Es kann sich nur noch um Viertelstunden handeln, bis wir ihn aufgestöbert haben. *Na, na, Wieland.* Sehen Sie, Herr Hassengier, es ist doch so. Ihr Haus will expandieren, sieht sich nach einem geeigneten Stückchen Land um, und ich will auch gar nicht genauer wissen, wie Sie es angestellt haben, diese doch sehr zentrale und edle Lage an Land zu ziehen.»

Hassengier machte ein Ohrfeigengesicht. *Das würde ich dir auch nicht sagen.*

«Das ist eine Rieseninvestition, da werden Millionen bewegt, die Planungen laufen nicht nach dem Bockprinzip ab, sondern mittelfristig, langfristig, Gelder müssen bereitgestellt werden, Bundesmittel, um es genauer zu sagen. Es gibt Termine, die werden direkt unangenehm, wenn sie näherrücken, und man weiß noch nicht, wie man drüberjumpen kann. Alles könnte so schön sein, wenn da nicht dieser renitente Herr Rose wäre. Sie, Herr Hassengier, werden in der interessierten Öffentlichkeit fast schon mit der Passau-Paderborner identifiziert.»

«Meinen Sie», sagte Hassengier.

Er wußte nicht recht, was er davon halten sollte. Bis gestern wäre er noch stolz gewesen.

«Sie geraten prompt vor mehreren hundert Zeugen mit dem Herrn Rose aneinander. Sie haben nicht gerade Liebesmarken ausgetauscht damals, Sie wissen das. Es sind in diesem Streit Worte gefallen, wenn man die interpretieren würde, *Mann o Mann,* das wäre ein weites Feld.»

Hassengier benetzte eine Fingerspitze und transportierte ein paar Zwiebelreste vom Tisch in den Mund. Fleischhauer stand auf, wusch sich die Hände. Er paßte auf wie ein Luchs, daß ihm die Seife nicht wegflutschte.

«Zeit vergeht, Herr Hassengier, Sie ziehen alle Kleingärtner über den Tisch oder sagen wir: Sie einigen sich mit ihnen. Nur Willi Rose, der macht seine Ankündigung wahr, der wankt und weicht nicht. Eigentlich erweist er sich als ernstzunehmender Gegner.»

«Ich bin ja auch nicht ohne Sympathie für ihn gewesen», sagte Hassengier.

«Termine rücken näher, es wird eng, Nervosität stellt sich ein. In den Gremien gibt es besorgte Gesichter. Eine riesige Maschine ist in Bewegung geraten, und mitten auf dem Weg liegt ein Stolperstein und hört auf den Namen Willi Rose.»

«Lyrisch, aber falsch. Ich habe keinen Zweifel, daß wir uns mit Herrn Rose noch ins Benehmen gesetzt hätten.»

«Klingeln gehört zum Geschäft, Glauben gehört aber doch mehr in den Bereich der Religion. Oder des Sports», sagte Fleischhauer mit mildem Lächeln.

«Herr Hassengier, Sie sind glücklicher Besitzer eines Motivs. Sie stehen unter Verdacht, an Willi Roses Tötung beteiligt zu sein.»

Hassengier stand auf, ging zur Tür, öffnete und winkte. Wie von der Tarantel gestochen raste der Anwalt ins Zimmer. Hassengier setzte sich mit müden Bewegungen, der Anwalt blickte sich hektisch um.

Behandlung Festgenommener

Festgenommenen ist regelmäßig nach Ablauf von 6 Stunden eine kalte Verpflegung und in der Zeit von 12.00–15.00 Uhr, anderenfalls nach 12 Stunden, eine warme Mahlzeit anzubieten.

Aus der Vorschrift für den täglichen Dienst der Polizei der Freien und Hansestadt Hamburg

«Sie sagen kein Wort mehr», befahl er und legte Hassengier eine Hand auf die Schulter.

«Und Sie werden sich noch wundern», sagte er zu Fleischhauer.

«Wenn ich vielleicht noch ein Mettbrötchen ...» bat Hassengier leise.

«Wir bezahlen natürlich», trompetete der Anwalt. «Wir lassen uns nichts schenken.»

«Sie auch eins?» fragte der Kommissar mit dem Hörer in der Hand.

«O nein, danke, mein Magen», sagte der Anwalt, «die vielen Zwiebeln.»

«Die nehm ich», bot sich Hassengier an.

«Echt?»

«Logo.»

Fleischhauer blickte zwischen beiden hin und her.

«Was soll denn das bedeuten?» Hastig schloß Lucas Messerschmid die Bürotür und zeigte Ole einen Vogel. Der Mann, der wie ein Südamerikaner aussah, stand vor dem Geheimschrank und hatte beide Arme voller Felle. Unwirsch riß Messerschmid die wertvollen Stücke an sich und brachte sie in den Schrank zurück.

«Moment mal», sagte Ole, «tobt diese wild gewordene Blumenfrau nun schon seit Tagen durch die Weltgeschichte oder nicht?»

«Tut sie.»

«Erzählt sie nicht überall herum, daß du kriminelle Deals mit Fellen machst?»

«Tut sie.»

«Hast du mir gestern nicht selber gesagt, daß dieser Mops eine Gefahr für uns werden könnte? Daß sie unbelehrbar ist und selbst durch Überschwemmungen im Blumenkeller, quietschende Reifen und unseren Besuch vor ein paar Tagen nicht von ihrer fixen Idee abzubringen ist?»

«Ja, ja», sagte Messerschmid unwillig und verstaute das letzte Fell.

«Dann müssen wir die Stücke auslagern, solange es noch geht», rief der Südamerikaner besorgt.

«Müssen wir nicht», knurrte Messerschmid. «Wir müssen ganz was anderes auslagern.»

Er ging zum Schreibtisch, zog eine Schublade heraus und kippte den Inhalt auf die Tischplatte. Der Südamerikaner nahm einen der Beutel in die Hand. Wie alle anderen war er mit indianischen Ornamenten bestickt und durch ein dünnes Lederband verschlossen.

«Erna, ich habe ja solchen Hunger», jammerte Alfred Behle in den Telefonhörer.

«Alfred! Alfred! Bist du's», rief seine Frau erschüttert. «Alfred, wo steckst du denn? Ich sterbe vor Angst. Das hast du ja noch nie gemacht.»

«Hunger.»

«Alfred! Hörst du mich? Du mußt sofort nach Hause kommen. Gegessen wird zu Hause, sonst gnade dir Gott.» *Das schon wieder.*

«Ich war auf Aale, Erna, ehrlich.»

«Na klar, Alfred, junge, gelenkige, knackige, schwarze Aale, die dich in deinen Haken beißen», sagte Erna Behle bitter.

Bei diesen Worten blickte sie auf das Bild von der silbernen Hochzeit. Es hing im Flur gleich neben dem Watzmann.

«Ich komm dann, Erna», sagte Alfred Behle müde.

«Komm man, Alfred. Und ich rufe bei der Polizei an und sage, daß alles falscher Alarm war … Alfred? Alfred! Alfred, hörst du mich? Was ist denn auf einmal ... Alfrehed!»

Der vom Münztelefon herabbaumelnde Hörer übertrug Erna Behle das Geräusch durchdrehender Reifen, wie es entsteht, wenn ein Mercedes 230 in panischer Angst gestartet wird.

16 Uhr 25 in Fleischhauers Büro. Zigarren, Zwiebeln, parfümierte Seife, ausgelutschte Männer-Deos, Schweiß und Staub bildeten ein Gebräu, das Fleischhauer in den Augen brannte.

Hassengier hatte seine Wirbelsäule zusammengesteckt wie einen Knirpsschirm. Saftlos hing er im Stuhl, der Anwalt kaute mit knallenden Beißgeräuschen Pfefferminzdrops. Stinka hatte viermal angerufen und mitgeteilt, daß Feierabend-Schablonen gerade nicht am Lager waren, er aber dranbleiben würde. Golze hatte sich telefonisch über die Kleingärtnerverhöre beschwert.

Ebenfalls über Telefon hatte die Zentrale gemeldet, daß Rochus Rose noch nicht gefunden worden war, auch im Hotel «Deichgraf» war er nicht aufgetaucht. Erna Behles Vermißtenmeldung schwirrte irgendwo im luftleeren Raum herum. Noch hatte niemand getickt, daß nicht einfach nur ein Mann verschwunden war, sondern ein Kleingärtner von «Blüh auf». An diesem Tag ging auch der insgesamt fünfzehnte Anruf eines Hundehalters ein, der die Entführung seines ambulanten Scheißhaufens mitteilte.

Das Telefon blökte los.

«Vorzimmer Hassengier, Herr Hassengier ist unpäßlich», meldete sich Fleischhauer. Der Anwalt zog einen Rechtskommentar aus der Aktentasche und riß beim Durchblättern mehrere Seiten ein.

«O Pardon, falsch verbunden», sagte eine Frauenstimme. Eine Hundertstelsekunde später stand Fleischhauer senkrecht.

«Nicht auflegen, um Himmels willen nicht auflegen!» schrie er außer sich.

«Ich verstehe nicht», sagte die Frauenstimme.

«Es ist alles in Ordnung. Hier bin ich, ist Fleischhauer, Wieland von der Kripo. Sie wissen doch, Hildegard.»

«Der Mann für alle Fälle», flötete sie.

Fleischhauers Knie zitterten, er ließ sich auf den Stuhl fallen. «Hildegard», sagte er und sah abwesend zu, wie der Anwalt die letzten Zwiebeln von Hassengiers Brötchen klaute. Seinen kaputten Magen hatte er längst vergessen.

«Klingebiel, richtig», sagte sie. *Hildegard, laß uns eine Kerze entzünden für den Erfinder des Telefons.*

«Wahrscheinlich störe ich Sie gerade in einer ungeheuer wichtigen Beschäftigung.»

«Ach, i wo. Papperlapapp. Alles kleine Fische. Überhaupt nicht der Rede wert, habe ich soeben vergessen. Ich habe unbegrenzt Zeit. Wann können wir uns treffen? Ich stehe mit laufendem Motor neben meinem Wagen, ich meine...»

Sie lachte, Hassengier lächelte wehmütig, der Anwalt stieß donnernd auf. *Die Rache der Galle, ich habe es ja gewußt.*

«Das wird nicht nötig sein, denke ich. *Doch, Hildegard, doch. Es ist unausweichlich.* Ich weiß auch gar nicht, ob ich bei Ihnen an der richtigen Adresse bin. *Kokett, wie süß.* Es ist nur so: Mir ist da was passiert, etwas Schreckliches. Für mich jedenfalls.»

«Damit auch für mich.»

«Mein Hund ist weg.»

In Wieland Fleischhauer brach ein riesiges Gerüst zusammen.

«Ich habe Grund zu der Annahme, daß er nicht weggelaufen ist, sondern entführt wurde.»

«Ihr Hund. Soso.»

Fleischhauer mußte erst sein neues Programm einlegen.

«Rauhhaar, Normalteckel, Carmen, 18 Monate. Und lieb ist sie, so lieb.»

Fleischhauer räusperte sich, der Anwalt tippte mit vorwurfsvollem Gesicht auf seine Uhr.

«Gleich fünf», sagte Fleischhauer freundlich. «Entschuldigen Sie, Hildegard. Nicht daß ich dazu neigen würde, immer gleich an das eine zu denken. Aber könnte es nicht vielleicht sein, daß, ich meine, Ihre Carmen ist jung, sie ist ein Bild von Hund, die Kerle lecken sich alle Pfoten nach ihr, ein unbewachter Moment, und hopp ist es passiert, wenn Sie verstehen, was ich meine.»

Fleischhauer wußte, daß er knallrot geworden war. Der Anwalt und Hassengier stießen sich mit den Armen an und juxten herum.

«Ich verstehe Sie so gut, Wieland», seufzte Hildegard. «Ist es bei diesen zutraulichen Tierchen manchmal nicht geradezu wie bei uns Menschen?»

«Keineswegs», protestierte Fleischhauer, der erst vor wenigen Tagen zugesehen hatte, wie zwei Eimer Wasser nötig gewesen waren, um einen Rüden von einer Hündin herunterzuspülen.

«Ich merke schon», sagte Hildegard mit energischer Stimme, «das ist wirklich kein Fall für Sie.»

«Kein Fall! Haha», sagte Fleischhauer triumphierend. «Jetzt machen wir mal Nägel mit Köpfen. Die nötigen Informationen bitte.»

Er packte den Kugelschreiber, und Hildegard erzählte. Sie hatte ausnahmsweise schon gegen 15 Uhr Feierabend gemacht.

«Termin beim Arzt. Muß ja sein manchmal.»

«Kenne ich», sagte Fleischhauer großspurig. «Weisheitszahn?»

«Frauenarzt.»

«Oh», sagte er, «das kenne ich weniger.»

Hassengier blühte beim Zuhören richtig auf. Hildegard Klingebiel hatte Carmen vor der Praxis an einem Metallbügel angebunden, die rechts und links von Straßenbäumen eingegraben sind.

«Ich mußte nämlich nur kurz ein Rezept abholen, sonst lasse ich Carmen natürlich nie so lange allein.» *Rezept, oho! Du denkst mit, Hildegard, sehr kooperativ.*

Fleischhauer entspannte sich, weil er die Frage der Empfängnisverhütung für geklärt hielt.

«Und als ich runterkomme, es ging wirklich ganz schnell, da ist Carmen verschwunden. Ich hatte sie sorgfältig angeleint, ich kenne da einen Seemannsknoten, hat mir ein Freund beigebracht.»

Fleischhauer fand es ein wenig unpassend, daß Hildegard mit rohen und ungeschlachten Seeleuten verkehrte.

«Carmen hat sich garantiert nicht losgerissen, die hat jemand abgebunden und mitgenommen. Es ist ja so schrecklich. Wo mag sie jetzt nur stecken?»

«Wie kommen Sie eigentlich auf Entführung? Wer ist denn so blöd und entführt Hunde?»

Die Frage hatte Fleischhauer schon lange auf der Zunge gelegen.

«Ja, lesen Sie denn keine Zeitung?» fragte sie erstaunt.

Fleischhauer schämte sich.

«Ich hatte in der letzten Zeit ein bißchen viel um die Ohren . . . »

Batsch machte es, als er mit dem 50 cm-Lineal auf die vorwitzigen Finger des Anwalts schlug, die gerade beginnen wollten, Büroklammern zu langen Ketten zusammenzubiegen.

«Da standen doch in der letzten Zeit öfter mal so kleine Meldungen drin, daß wieder ein Hund entführt worden ist und daß der Entführer Geld dafür haben will.»

«In unserer Stadt?»

«Aber ja.»

Fleischhauer nahm sich vor, der SoKo Meerschwein diese Neuigkeit zu stecken.

«Nicht daß ich nun hysterisch werde», fuhr Hildegard fort, «aber ich mache mir natürlich Sorgen. Ich finde es auch empörend, unschuldige kleine Hunde zu entführen. Bankiers oder Direktoren könnte ich ja noch verstehen . . . »

Fleischhauer blickte Hassengier an. *7 Mark 95, wenn er frisch gewaschen ist.*

«. . . aber Hunde.»

Fleischhauer ließ sich den Entführungsort beschreiben, dann fragte er mit spitzbübischem Grinsen nach Hildegards Adresse und Telefonnummer. Sie nannte alles langsam zum Mitschreiben. *Weiß ich alles schon. Weiß ich alles schon.*

«Können Sie da etwas unternehmen?»

Als Fleischhauer sich vorstellte, wie verlegen sie bei dieser Frage dreinschauen mußte, hielt es ihn nicht länger auf dem Stuhl. «Hildegard, machen Sie die Leitung frei. Ziehen Sie den Kopf ein. Gehen Sie nach Hause und rühren Sie sich nicht von der Stelle. Sie werden jetzt erleben, zu was Polizei imstande ist, wenn sie ihre gewohnte Zurückhaltung aufgibt und ganz aus sich herausgeht.»

«Oh Wieland, meinen Sie wirklich, Sie können etwas für meine Carmen tun?»

«Für Ihre Carmen, für Sie, für mich, für uns alle eben», trumpfte Fleischhauer auf.

Er warf den Hörer neben die Gabel, daß er über die Tischplatte rutschte und auf dem durchgeweichten Mettbrötchen-
Pappteller zur Ruhe kam. Fleischhauer zog an der Schnur, entfernte die festgeklebten Petersilienstrünke von der Schnur und
drückte die Gabel des Telefons. Dann holte er tief Atem, ließ ihn
pfeifend sausen und sagte:

«Herr Hassengier, Schluß für heute, Sie werden erschöpft
sein. Machen Sie sich einen netten Abend. Und immer dran denken: sauber bleiben. Ich lasse von mir hören.»

Zögernd stand Hassengier auf:

«Was ist denn nun mit dem Verdacht?»

Der Anwalt bedeutete ihm zu schweigen, dann sagte er:

«Genau, was ist denn nun damit?»

«Aufgeschoben ist nicht aufgehoben», sagte Fleischhauer ungeduldig. «Der Hehler ist so gut wie der Stehler, und ein gutes
Gewissen ist ein sanftes Ruhekissen. Das für den Weg. Adios.»

Er winkte ungeduldig in Richtung Tür. Die Männer gingen.

Dann begann Fleischhauer wie rasend zu telefonieren.

Stadtteil Barmbek Nord, Habichtstraße. Gegen 19 Uhr 02 desselben Tages führte der 67jährige Pensionär Ottokar Schräck
seinen siebenjährigen Rauhhaardackel Damokles aus, einen Ex-
Rüden, der nach der Kastration in der Nachbarschaft allgemein
«die Mettwurst» genannt wurde. Das Tier war angeleint. Da
näherte sich aus Richtung Innenstadt ein Funkstreifenwagen.
Der Fahrer brachte den Wagen kurz hinter Schräck zum Stehen.
Beifahrer und Fahrer rissen die Türen auf und stürzten sich von
rechts und links auf den alten Mann, den nur sein solider Kreislauf (Schräck: «Stalingrad, Kiew-Kessel kein Problem. Nur die
Heimspiele des HSV, die machen mir doch zu schaffen.») davor
bewahrte, gefährliche gesundheitliche Schläge davonzutragen.
Die beiden Beamten begannen ohne Worte, heftigst an der Hundeleine herumzuzerren. Zu diesem Zweck warf sich der eine Be-
amte auf Damokles und preßte das Tier gegen seine Brust. Der
andere ergriff Schräcks Hand und wollte ihm die Leine aus der
Hand reißen. Da aber Schräck die Leine mehrere Male um seine
Hand gewunden hatte (Schräck: «Das mache ich, seitdem Oma
Naumann von Nummer 48 über das Ding gestolpert ist.»),

führte der Überfall zu einer massiven und langwierigen Dehnung von Schräcks Unterarmregion. Die Beamten rissen und zerrten an dem Mann herum, und wenigstens einer soll laut Schräck hervorgestoßen haben: «Du Lump, du Entführer, daß du dich nicht schämst. Na warte, das wirst du büßen.» Letztere Bemerkung stellte für den praktizierenden Katholiken Schräck eine Ehrabschneidung sondergleichen dar.

Im Verlauf des Gezerres ging Schräck zu Boden. Anstatt dem Mann wieder auf die Beine zu helfen, stellte der eine Beamte einen Schuh auf Schräcks Brustkorb und zog verstärkt an dessen Hand herum. Er löste die Leine, und wie zwei Diebe verbrachten die Beamten das jammernde Tier zum Wagen. Sie sperrten es in den Kofferraum und rasten mit quietschenden Reifen davon.

In allen Stadtteilen fanden am Abend und im Verlauf der Nacht solche Aktionen von Polizei und Feuerwehr statt. Nichtsahnenden Frauchen und Herrchen wurden ihre vierbeinigen Lieblinge von Uniformierten ohne Erklärung und unter Einsatz primitiver Körperkraft aus den Händen gewunden. Die uniformierten Wegelagerer konzentrierten sich ausschließlich auf Hunde der Marke Rauhhaardackel.

Kommissar Fleischhauer war in seinem Element. Sein Büro hatte sich in wenigen Viertelstunden in eine Einsatzzentrale verwandelt. Drei zusätzlich geschaltete Telefonleitungen handhabte er virtuos. An einer der Längswände hing die Karte des Stadtgebiets. Zwei junge Beamte waren damit beschäftigt, durch eingepiekte kleine Fähnchen, die ein dritter Beamter aus Isolierband und Stecknadeln herstellte, alle Hunde-Aufgreiforte festzuhalten. Ständig wurden Schnittchen, Häppchen, Brötchen und nach einer Schamfrist auch die ersten Biere hereingetragen. Niemand ging in Fleischhauers Büro, Laufschritt war die normale Fortbewegungsweise. Der Kommissar rauchte Kette. Eine Stenotypistin aus dem Raub, die ihn schon lange anhimmelte, was er nie bemerkt hatte, saß in seiner Nähe und entzündete fortgesetzt neue Glimmstengel, die ihr Fleischhauer, ohne hinzusehen, aus der Hand riß. Allmählich, so daß es im allgemeinen Gemurmel und Gefluche zuerst unterging, schälten sich aus dem Hintergrund Bellgeräusche heraus.

«Soll'n das?» fauchte Fleischhauer.

«Sie liefern an», rief ein vor guter Laune strahlender Golze.

«Vier sind es schon. Knapp 20 sind auf dem Weg. Wo sollen sie hin?»

Fleischhauer bildete eine Ad-hoc-Einsatzgruppe. Sie zog sich in einen Nebenraum zurück und nahm sofort ihre Arbeit auf. Um 21 Uhr 30 hielten sich im Casino 45 Dackel auf, in ihrer Begleitung waren 45 Polizeibeamte. Fleischhauer schärfte jedem einzeln ein, daß er ihm für sein Tier persönlich verantwortlich sei.

«Gnade Ihnen Gott», donnerte er die Männer an. Es roch streng nach Urin, die überraschten Dackel hatten teilweise ihre Kinderstube vergessen. Von einem privaten Reinigungsunternehmen («Sie machen Dreck – wir machen weg») wurden für 48 Stunden zwei Putzkolonnen angemietet. Während eine putzte, durfte sich die andere an der frischen Oktoberluft erholen. Eine junge Frau mußte schnell wegen einer Flechte ausscheiden. Eine zweite mußte mit einem Weinkrampf aus dem Casino abgeführt werden. Der erfahrene Beamte, der «Abführen» verstanden hatte, lieferte die Frau versehentlich im Untersuchungsgefängnis ab, wo sie am nächsten Morgen von ihren alarmierten Familienangehörigen abgeholt wurde. Sie hatte im Verlauf der Nacht Toilette und Waschbecken ihrer Zelle vorbildlich auf Vordermann gebracht.

Als nichts mehr um die Erkenntnis herumführte, daß Fleischhauers Büro als Einsatzzentrum zu beengt wurde, fand innerhalb von wenigen Minuten der Umzug in die Verkehrsleitzentrale statt. Zu diesem Zeitpunkt war Fleischhauer praktisch nicht mehr ansprechbar. Hätte jemand seine Körpertemperatur gemessen, er hätte unverzüglich den Notarzt gerufen. Gehirn, Kreislauf und Hormonausstoß

Behandlung Festgenommener

Bei *unreinen* Festgenommenen ist der Haftbegleitzettel in roter Schrift mit dem Vermerk «Unrein» zu versehen. Unreine sind von den übrigen Festgenommenen getrennt zu halten. Nach dem Abtransport ist die Desinfektion der benutzten Arrestzelle und Decken zu veranlassen. Ohne vorausgegangene Desinfektion dürfen diese nicht erneut benutzt werden.

Aus der Vorschrift für den täglichen Dienst der Polizei der Freien und Hansestadt Hamburg

des Kommissars arbeiteten am oberen Verschleißende. Dahinter kam nur noch der Kollaps.

Gegen 23 Uhr kam es zu einem Zwischenfall. Eine Streifenwagenbesatzung erschien mit einem Rauhhaardackel, an dessen Leine noch ein Herrchen hing und fortgesetzt klagende Laute ausstieß. Der Mann, der von sich behauptete, Lehrer zu sein und Rechtsschutz zu besitzen, wurde von der Leine gelöst und aus dem Gebäude entfernt. (Der sich aus dieser Aktion ergebende Musterprozeß dauerte bei Redaktionsschluß noch an.)

Ansonsten führten die Einsammler Fleischhauers Befehl in vorbildlicher Weise durch:

«Bringt mir den Hund.»

Als der Kommissar, aus einer Schnabeltasse heiße Brühe schlürfend, die Strecke von nunmehr 65 Hunden abschritt, wurden er und alle anderen Beamten Zeugen einer Begattung zwischen einem Rüden, dem ein Ohr fehlte, und einer Hündin, die ein rotes Herz am Halsband hängen hatte. Fleischhauer verließ die Szene als erster. Während hinter ihm Gejohle und Beifall das Ende der Aktion anzeigten, suchte der Kommissar ein menschenleeres Büro und wählte Hildegards Nummer. Sie war sofort dran.

«Hier Fleischhauer. Sag mal, ist Carmen ein Weibchen oder was?»

Hildegard lachte unsicher.

«Ja natürlich. Wie der Name schon sagt. Warum fragen Sie? Haben Sie etwa . . .?»

Er warf den Hörer hin. Ein sehr nachdenklicher Fleischhauer ging in die Einsatzzentrale zurück. *Sicher ist sicher. Bevor sie die Wuffis erst alle auf den Rücken legen und aufs Geschlecht durchtesten, sollen sie lieber großflächig abräumen.*

Und dann ertönten vor dem Hochhaus Sprechchöre. Erst zart und piepsig, steigerten sie sich schnell zu einem recht machtvollen Chor.

«Das ist ja niedlich», sagte Golze. «Da, den vier, fünf, sechsten von links in der zweiten Reihe, den kenn ich, der hat sich gewehrt, als wenn wir ihm seine Frau wegnehmen wollten», sagte ein Streifenpolizist, der in der Einsatzzentrale gerade Fofftein machte.

«War ein harter Brocken», stimmte sein Beifahrer zu und rieb sich den Handrücken, dessen Knöchel verschrammt waren.

Vor dem Hochhaus standen rund 30 ältere Leute, hielten zwei bemalte Laken in die Höhe und riefen im Chor:

«Die Staatsmacht ist verrückt geworden, sie tut uns unsere Dackel morden.»

In den Chor hinein wurde von einer Frau etwas anderes gerufen. Langsam gewann ihre Parole Anhänger, und der zweite Spruch löste den ersten ab:

«Gebt uns unsre Hunde wieder, sonst legen wir die Arbeit nieder.»

Auf den Laken stand mit kräftigen Strichen: «Dackel sind Leben» und «Der Dackel-Freundeskreis Hohenfelde sagt ‹Pfui›.»

«Und da hört man immer, die Alten wären lethargisch», meinte Golze anerkennend.

«Geh mal einer runter und beruhig die», ordnete Fleischhauer an. «Korrekt und hart, wie es die Lage fordert. Wenn sie unschuldig sind, haben sie nichts zu befürchten. Anderenfalls ...»

Er machte das international bekannte Kopf-ab-Zeichen. Der Beamte mit dem vertrauenswürdigsten Äußeren wurde runtergeschickt. Vorher mußte er sich kämmen und seine Dienstwaffe abbinden. Jemand legte ihm nahe, ein Pfefferminz zu essen. In diesem Moment fuhr der erste Übertragungswagen des Fernsehens vor. Während Techniker die Elektrik verlegten, begann ein Team mit tragbarer Kamera sofort zu drehen. Schlagartig kam die Demo zum Erliegen, weil sich alle Teilnehmer auf das Winken konzentrierten. Plötzlich drängelten sich Polizeibeamte um das Vorrecht, die Alten beruhigen zu dürfen.

Fleischhauer ließ sich die neuesten Zahlen reinreichen. Danach verfolgte er einige Minuten verträumt die flackernde Großbildanzeige an der Stirnwand des kinoähnlichen Raums. Weil es im Augenblick nichts zu entscheiden gab, hörte er in den Funkverkehr hinein. So gelang es ihm in letzter Sekunde, das Ausrücken der eisernen Reserve zu verhindern. Vier Wagen hatten das städtische Tierheim eingekreist. Sie wollten losschlagen, wenn die Fluchtwege, speziell die nahe gelegene Autobahn, wasserdicht abgesichert waren. Fleischhauer hängte sich eine Zigarette in den Mundwinkel und ging hektisch paffend in den Erkennungsdienst hinüber. Auf dem Flur davor drängten sich bellend und fiepend zwei Dutzend Dackel. Einige Raufbolde wollten sich beißen, Polizeischuhe trafen auf Hundenasen, Jaulen, menschliche Rufe und tierisches Bellen vermengten sich zu einem schaurigen Chor, den Fleischhauer mit dem Schließen der Tür abbrach.

«Stempelkissen! Verdammt noch mal, wo bleiben die neuen Stempelkissen?» brüllte Bärwurz, der Beamte vom Erkennungsdienst. Mühsam hielt er den sich sträubenden Dackel. Sein Hinterteil hatte er zwischen die Oberschenkel geklemmt. Mit beiden Händen griff Bärwurz einen Vorderlauf, den er erst auf ein Stempelkissen, danach auf ein Stück Papier drückte. Dann drehte er den Hund um und wollte dessen Kopf zwischen die Oberschenkel klemmen, um die entsprechende Operation mit den Hinterläufen vorzunehmen.

«Ich würde mir das an Ihrer Stelle noch mal überlegen», sagte Fleischhauer freundlich.

«Wieso?» fauchte Bärwurz und würgte an dem Hund herum.

In dieser Sekunde sprang einer der beiden Kollegen, die neben Bärwurz an Tischen saßen und ebenfalls die Abdrücke von Dakkeln nahmen, brüllend in die Höhe.

«Er hat mich gebissen», stöhnte der Mann und preßte beide Hände in den Schoß.

«Wo?» fragte Bärwurz, der durch den Hund abgelenkt wurde.

«Wo wohl», stöhnte der Mann.

Bärwurz wurde ganz käsig um die Nase und ließ den Hund fallen.

Zwei Frauen, die wie alle anderen weiße Kittel trugen, sortierten die neuesten Hunde in den Bestand ein.

«Wie sieht's denn aus?» fragte Fleischhauer.

«288», antwortete eine Frau.

«Hoijoijoi», machte Fleischhauer.

«Moment mal», sagte die Frau plötzlich, packte einen vorübertrottenden Dackel am Nackenfell, guckte ihn kurz an und sagte: «Geteilt durch 4. 288 durch 4 macht ... 72 Hunde netto.»

Fleischhauer feuerte die Kollegen zum Durchhalten an und verließ den Raum. Draußen hatten sich zwei Dackel in das Hosenbein eines Polizisten verbissen. Während er auf einem Bein herumhüpfte, stand der Kollege mit einem Feuerlöscher daneben. Fleischhauer trat auf ihn zu.

«Das Dackel», sagte er sanft, «Dackel wau wau, nicht Feuer. Feuer heiß. Muß man pusten. Dackel kalt. Kalt wie Hundeschnauze. Muß man streicheln, klaro?»

Der Mann sah ihn verkniffen an.

«Denken Sie drüber nach», munterte Fleischhauer ihn auf.

Als er um die Ecke bog, kam ein Beamter im Sauseschritt den Flur entlang. In der Hand trug er eine geöffnete Dose Hundefutter. Strahlend hielt er dem Kommissar die Dose entgegen. Fleischhauer klatschte spontan Beifall.

«Chef, die Leute maulen», sagte Golze, der den Kommissar auf dem Gang abfing.

«Wie kommen die denn dazu?»

Sie mußten zur Seite rücken, weil ein Fernsehteam, bestehend aus Kameramann, Tonmann, Redakteur und Rechnungsprüfer, an ihnen vorbeieilte.

«Die Hunde bellen zu laut.»

«Sollen sich Watte in die Ohren tun.»

«Schon versucht, nutzt nichts.»

Kurz darauf telefonierten zwei Beamte bei Baufirmen herum und baten um Überlassung von Ohrschützern. Golze und Fleischhauer gingen zum Unruheherd. Im Casino lärmten 79 Hunde, wie eine am Eingang aufgestellte Schiefertafel auswies. Ein Beamter stand daneben. In einer Hand hielt er ein Stück Kreide, in der anderen einen Schwamm, mit dem er bei Ankunft eines neuen Hundes die alte Zahl tilgte. Zwei Drittel aller Beamten trugen einen Walkman. Die Dienstwaffen hatten sie auf einem Tisch abgelegt. In den dadurch frei gewordenen Halftern steckten die Cassettenteile. Als die Beamten den Kommissar bemerkten, strahlten sie und machten mit den Händen Zeichen, die Optimismus und Lebensfreude ausdrückten. Einige konnten Tanzschritte nicht unterdrücken.

«Klasse», sagte Golze beim Weggehen. «Letzte Nacht ist uns ein Lieferwagen mit Videorecordern und Walkmans in die Hände gefallen. Stand auf dem Hof. So hat alles seine guten Seiten.»

Wie Fleischhauer vorhergesehen hatte, liefen nach eins kaum noch Dackel ein.

«Entweder wir haben alle im Sack. Oder die Besitzer mauern. Oder es liegt an der Tageszeit.»

Es waren wirklich kaum noch Dackel auf den Straßen der Stadt. Es waren auch kaum noch Menschen unterwegs. Von denen, die es um diese Zeit noch umtrieb, hatte mit ziemlicher Sicherheit keiner mehr Angst als Fred Frenzel. Eben erst wieder drückte er sich aus einem schmalen Weg, der zwischen zwei Grundstücken verlief und gegen Einblicke gut geschützt war. An der Leine zerrte ein Rauhhaardackel. Fred war zweimal Zeuge geworden, wie unmittelbar neben ihm Polizisten Hundehalter überfallen und ihnen die Dackel geraubt hatten. Fred hatte sehr wohl bemerkt, daß es sich beide Male um die gleiche Rasse gehandelt hatte. Für so was besaß er einen Blick. In der Kneipe, in der er mit dem Hund einen Imbiß (Frankfurter) einnahm, kam dann eine Meldung durch das Radio, die von den Ereignissen in der Stadt berichtete. Seitdem befand sich Fred auf der Flucht. Binnen weniger Viertelstunden mutierte er vom selbstbewußten, stolzen Self-made-Kriminellen zum Nervenbündel. Die ganze Kacke seiner frühen Jahre kam ihm wieder hoch: Angstschweiß, Verfolgungswahn, hektisches Kopf-nach-hinten-Reißen, der Wunsch, den nächsten Flieger Richtung Egal-wohin-nur-weg zu nehmen. Dabei hatte sich das Dognapping nach den ersten Flops ab Hund acht so zufriedenstellend entwickelt, daß Fred einiges auf die Seite legen konnte. Mit dem Bargeld war er auch innerlich gewachsen. Ein junger Mensch in der Blüte seines Lebens schien die Kurve in Richtung Erwachsenwerden geschafft zu haben. Selbstverständlich hatte er sich flugs beim Arbeitsamt von der Liste setzen lassen und dabei an seinen toten Vater gedacht. Fred hatte eine Monatszeitschrift abonniert, die sich schwerpunktmäßig an den kleinen Selbständigen richtet. Und als er las, daß er das Abonnement von der Steuer absetzen konnte, hatte Fred das Branchen-Telefonbuch aufgeschlagen und unter dem Schlagwort Steuerberater nachgesehen. Fred Frenzel war unmittelbar davor, ein anständiger Bürger zu werden – und dann diese Katastrophe.

Carmen fiepte leise. Fred wurde sofort das Herze weit. Er bückte sich, streichelte den Dackel, und als der sich daraufhin mit den Vorderläufen auf Freds Oberschenkel stützte und mit der Zunge durch sein Gesicht schleckte, kamen ihm die Tränen.

«Wir beide, was?» flüsterte er mit einem Kloß im Hals und nahm den Kopf des Dackels in den Arm. Das Tier rang nach

Luft. Trotz der knackigen Kälte der Nacht ließ Fred sich an den Zaun sinken und kraulte den Rücken des Rauhhaardackels. *Als wenn du ein Schwein streichelst.* Fred Frenzel traf eine Entscheidung. Eigentlich war es so, daß die Entscheidung ihn traf: wie aus heiterem Himmel.

Zweimal wischte Fleischhauer die lästige Berührung hinten am Oberhemd weg, wie man ein Insekt verscheucht. Unabhängig voneinander hatten zwei Funkstreifen zwei Anlagen für Versuchstiere ausgemacht und umstellt, so gut es mit einem Wagen ging. Als Fleischhauer schon drauf und dran war, das Signal zum Losschlagen zu geben, erwähnte ein Beamter quasi nebenbei seinen genauen Standort.

«Mensch, Meier (der Beamte hieß Meier)», keuchte Fleischhauer, «beschwören Sie keine internationalen Verwicklungen herauf. Das ist Schleswig-Holstein, wo Sie sind.»

«Säch bloos», sagte der Beamte gemütlich.

«Meier, das ist wie Feindesland, Föderalismus, wenn Sie wissen, was ich meine.»

«Ich kenne bloß Feudalismus, ich habe mal ein Buch gelesen, da . . .»

«Das ist so ähnlich», rief Fleischhauer. «Unternehmen Sie nichts. Halten Sie Abstand. Ziehen Sie sich zurück.»

«Geordnet?»

«Selbstverständlich.»

Wieder wischte Fleischhauer das Ziehen am Hemd mit einer Hand weg. Dabei bekam er etwas zu fassen, das dazu führte, daß er sein Gesicht vor Entsetzen verzerrte. Fleischhauer wirbelte herum und ging sofort in Kampfposition. Der junge Staatsanwalt zuckte zusammen.

«Mann Gottes», keuchte Fleischhauer und lockerte seine Muskeln. «Sie haben ja eine hinterhältige Art.»

«Ich bitte um Entschuldigung», sagte der Staatsanwalt leise.

«Wo ist er?» rief der heransprintende Golze und sah sich wild nach allen Seiten um.

«Silencio, Golzo», sagte Fleischhauer, «ich bin nicht in Gefahr. Nett von Ihnen.»

«Aber Chef», stieß Golze hervor, «dafür bin ich doch da.»

Fleischhauer dachte, daß es damit sein Bewenden habe, und wollte sich wichtigeren Themen zuwenden, da packte der Staatsanwalt erneut zu. Jetzt war Fleischhauer aber echt sauer.

«Herr Fleischhauer», sagte der Staatsanwalt, «können wir uns vielleicht mal kurz in Ruhe unterhalten?»

Sie zogen sich in eine relativ ruhige Ecke zurück.

«Is denn?» fragte Fleischhauer bellend.

Der Staatsanwalt räusperte sich, strich über seinen Scheitel.

«Lieber Herr Kollege . . . ich habe Ihnen am frühen Abend eine Ermächtigung unterschrieben . . . »

«Die Dackel. Was ist damit?»

«Richtig», sagte der Staatsanwalt unglücklich. «Sie haben mir gesagt, daß Sie ‹Dackel› verhaften müßten. Sie haben gesagt, Sie bräuchten dazu eine flächendeckende Rückendeckung von seiten der Staatsanwaltschaft. Sie haben die Angelegenheit sehr dringend gemacht. Als wenn keine Minute zu verlieren wäre.»

«War auch nicht», sagte der Kommissar.

«Ja, aber lieber Herr Fleischhauer, Dackel», sagte der Staatsanwalt verzweifelt. «Dackel! Menschenskind, Fleischhauer, ich dachte natürlich, daß Dackel irgendeine Code-Bezeichnung ist.»

«Für einen Rauschgifthändler, wie?» fragte Fleischhauer höhnisch.

«Ja, natürlich. Oder auch eine andere Aktion, die zur Zeit am Köcheln ist und die mir, als Sie mich aufsuchten, wegen meiner vielen Arbeit gerade nicht hundertprozentig präsent war. Himmelherrgott, Fleischhauer», der Staatsanwalt war völlig groggy, «ich habe doch nicht im Traum daran gedacht, daß es sich bei ‹Dackel› um Dackel handeln könnte.»

«Das ist eben das Problem von euch Studierten», sagte Fleischhauer, «ihr denkt euch bei jedem Furz immer gleich das Neue Testament dazu. Das ist grundfalsch. Ihr müßt mal lernen, daß . . . »

Der Staatsanwalt winkte mit schwacher Geste ab.

«Geschenkt. Die Sache ist nun mal ans Laufen gekommen», sagte er kläglich.

«Aber rummsdiwumms», bekräftigte Fleischhauer munter.

«Sehen Sie, Herr Fleischhauer, und das ist genau der Punkt, der mir angst macht.»

Um 3 Uhr 05 wurde Hildegard Klingebiel von einem Funkstreifenwagen abgeholt. Im Präsidium entschuldigte sich
Fleischhauer wortreich. 25 Minuten
brauchte die eingeschüchtert wirkende
Frau danach, um eine Fotokartei mit Aufnahmen von 84 Rauhhaardackeln durch-
zusehen. Während des Durchblätterns
hielt sie immer wieder inne und blickte
hoch. Mehrere uniformierte Beamte, ein
Weißkittel, der zum Nägelbeißen neigte,
ein junger Staatsanwalt, der mit den
Handknöcheln knackte, und Fleischhauer
blickten ihr dann ermutigend entgegen.

Hildegard Klingebiel lächelte unsicher
und widmete sich erneut den Hundebil-
dern.

«Es tut mir leid», sagte sie, «aber ich
weiß wirklich nicht.»

«Guddi guddi», sagte Fleischhauer,
«kommen wir also zum Eingemachten.»

Er ging zur Tür, öffnete sie und über-
schrie das allgemeine Bellen mit den Worten:

«Gegenüberstellung. In fünf Minuten.»

Fünf Minuten später trat Fleischhauer
neben Hildegard und bot ihr seinen Arm
an. Gemeinsam mit einem Ratten-
schwanz von neugierigem Volk, zu dem
auch Golze stieß, wechselte man in das
Nachbarzimmer über. Ein Fünftel des
Raums lag auf um eine Zigarrenkiste er-
höhtem Niveau. Die vier Fünftel davor
boten Platz für Stühle und eine große
Zahl von Aschenbechern, in die Fleischhauer und Hildegard erst mal hinein-
latschten, damit Dutzende von Kippen in
eine Flugbahn wirbelnd.

Dreifünftel Höhe eines ⌀ Rauhhaardackels

cm

«Wenn ich bitten dürfte», sagte Fleischhauer und drückte Hildegard, die sich gar nicht setzen wollte, auf einen Stuhl. Der Kommissar stellte sich mit seiner Schokoladenseite neben sie. Wie zufällig ließ er seinen Arm vor ihrem Gesicht herumbaumeln. *Zugreifen, Hildegard. Nutz die Gelegenheit. Pack endlich zu.*

Rechts und links auf dem erhöhten Raumniveau stand jeweils ein überdimensionales Lineal. Es begann bei 50 Zentimetern und hörte bei 2 Meter 20 auf. Deshalb war es für die nun folgende Gegenüberstellung überflüssig.

Von rechts betraten sechs Männer den Raum, jeder führte einen Rauhhaardackel an der Leine. Die Männer stellten sich an den Rand der Bühne und versuchten, durch Zerren an der Leine die Dackel zu ähnlichem Tun zu verleiten. Da sie sich in einer ungewohnten Situation befanden, hatten die Hunde aber Besseres zu tun, z. B. zu schnüffeln. Der zweite Hund von rechts trug eine Sonnenbrille.

«Was soll denn das?» fragte Fleischhauer.

«Das ist eine Vorsichtsmaßnahme.»

Fleischhauer verstand nicht.

«Fritz von Senftenberg, unser Under-cover-la-dog, Sie verstehen.»

Der UCA-Hund benahm sich absolut cool, darauf war er trainiert. Annäherungsversuche der gemeinen Köter bemerkte er gar nicht. Als ihn sein Leinenhalter versehentlich trat, blickte er ihn nur kurz mit einem «Dich-merk-ich-mir»-Blick an. Und als einer der anderen Hunde wegen der stressigen Erlebnisse total durchdrehte und sein krummes Bein zum Pinkeln hob, dabei den UCA-Hund als Baum benutzend, hielt der Profi still.

«Toll», sagte Fleischhauer neidlos, «da können wir noch was von lernen.»

Erst in diesem Moment, als sich Fleischhauer an Hildegard wandte und dadurch Golze den Blick freigab, sah der die Frau. Golze erstarrte, rempelte den Kommissar an, tat das so lange, bis der sich umdrehte.

«Mensch, Chef», flüsterte Golze heiser und wies mit dem Kopf auf Hildegard. «Gucken Sie mal. Da ist sie. Das ist sie. Das ist ja nicht zu fassen.»

Golze faßte sich an die Stirn.

«Ja und?» fragte Fleischhauer ungnädig, er wollte endlich zu Potte kommen.

«Sottje», stieß Golze hervor, «die Frau, die sich Hildegard nennt.»

«Blitzmerker», höhnte Fleischhauer.

Golze bekam einen dunkelroten Kopf:

«Sie haben mir gesagt, ich soll die Tussi da überwachen.»

Seine Stimme war schon beim ersten Wort laut, er steigerte die Lautstärke indes immer noch mehr. Außerdem tippte er ständig auf Hildegard, als wenn sein Arm ein Bowle-Pieker war und Hildegard das Stückchen Ananas.

«Sie haben mir gesagt, ich soll alles über sie rauskriegen, Männer, Liebschaften, Sexualgewohnheiten ...»

«Sexualgewohnheiten habe ich nie gesagt», Fleischhauer bebte.

«Darauf läuft's doch raus», beharrte Golze.

«Das stimmt allerdings», sagte Fleischhauer nüchtern.

Hildegard saß da und hatte große Augen.

«Ich habe Tag und Nacht im Auto zugebracht. Ich bin nicht mal mehr zum Duschen gekommen. Dabei dusche ich so gern.»

«Gern vielleicht, aber nicht häufig.»

«Ich bin echt sauer», sagte Golze. «So können Sie mit mir nicht umspringen. *Siehst du doch, daß ich kann.* Ich werde mich jetzt zurückziehen. Sie können sich die Sache in Ruhe überlegen. Sie wissen, wo Sie mich erreichen können.»

Golze sah aus wie ein waidwundes Stück Wild. Er verließ den Raum.

Einen Moment trafen sich Fleischhauers und Hildegards Blicke. Er rettete sich in seinen Kommandoton.

«Obacht jetzt, Männer, zähmt die Raubtiere.»

Die Männer zerrten an den Leinen, der Under-cover-dog spuckte etwas aus, was sich nach sofortiger Untersuchung als Kaugummi herausstellte.

«So, liebe Hildegard», sagte Fleischhauer, dem der jähe Wechsel der Stimmlage Mühe bereitete. «Ist Ihre Carmen unter den Kandidaten? Wenn Sie sie erkennen, halten Sie sich zurück. Keine Gefühlsausbrüche. Warten Sie erst ab, bis die Hunde die Bühne verlassen haben. Sprechen Sie dann, nicht früher.»

Hildegard guckte die Hunde durch, schüttelte den Kopf. Die

Männer gingen nach rechts ab, gleichzeitig kamen sechs neue. Es gab ein wütendes Gekeife und Gebeiße. Insgesamt 14 Durchgänge waren nötig, um alle Hunde vorzuführen. Hildegard guckte und guckte. Zwischendurch guckte sie immer wieder Fleischhauer an. Carmen war nicht dabei. Plötzlich schrie ein Mann, der bisher nicht weiter aufgefallen war:

«Ich halte das Gebelle nicht mehr aus.»

Er stürzte aus dem Raum.

Alle waren sehr bedrückt.

«Nach menschlichem Ermessen hätte Carmen dabei sein müssen», sagte Fleischhauer und kraulte sich versonnen am Kinn. Hildegard hatte ihre Kostümjacke über die Schulter gelegt. Die Mitarbeiter dachten angestrengt nach.

«Und wenn der Entführer sie einfach ...» sagte ein Beamter und hätte den Satz bestimmt zu Ende gesprochen, wenn Fleischhauer ihm nicht mit heißen Augen den Mund verschlossen hätte.

«Daran wollen wir jetzt alle nicht denken», ordnete er an, «noch nicht.»

Hildegard zog die Kostümjacke am Hals enger zusammen.

«Es tut mir so leid, daß ich Ihnen nicht helfen konnte», murmelte sie.

«Das macht doch nichts», tröstete Fleischhauer. «Sie haben getan, was Sie konnten.»

Eine Frau vom Erkennungsdienst schaltete das Radio an, in dem ein vom Hund gebissener Reporter live aus einer Telefonzelle in der Nähe des Krankenhauses haarklein über seinen Genesungsprozeß berichtete. Der Mann war in den Hintern gebissen worden. Auf einem anderen Sender muffelte Professor Grzimek herum. Man hatte ihn aus dem Bett geklingelt und um eine Einschätzung aus seiner persönlichen Sicht gebeten. Professor Grzimek nannte einige Kontonummern für die bedrohte Tierwelt. Ein dritter Sender spielte alte Hits der Popgruppe «Three Dog Night».

Während ein Beamter durch alle Räume lief und dringend nach einem Arzt verlangte, weil eine Hündin niederkommen wollte, wanderte der Kommissar auf und ab. Bald begegnete ihm der erste Beamte, der wie Fleischhauer beide Hände auf dem Rücken gekreuzt und ein wichtiges Gesicht aufgesetzt hatte. *Gut so, Wieland. Du wirkst stilbildend.*

«Neiiiin!»

Spitz stieß der Schrei in die Stille. Alle fuhren zu Hildegard herum, die am Fenster stand, hinausblickte und beide Hände vor den Mund gepreßt hatte. Fleischhauer flog an ihre Seite. Und während er sah, was Hildegard sah, war es nur natürlich, daß er mit seiner Hand ihre Hand ergriff. Da er links neben ihr stand, erkannte er schnell, daß es klug sein würde, ihre linke Hand loszulassen, weil er drauf und dran war, ihren Arm auszukugeln. Er wechselte den Arm, Hildegard atmete diskret aus. Nebel hatte sich breitgemacht. Die Laternen am Rand der Straße kamen kaum gegen ihn an. Nur die Laterne genau vor dem Fenster schnitt ihren Lichtkegel auf den Bürgersteig. Menschenleer war es, kein Auto fuhr. Der Rauhhaardackel, dessen Leine um den Laternenmast gewickelt war, saß wie ganz allein auf der Welt.

«Carmen», sagte Hildegard leise.

Großes Gejohle hob an, man beglückwünschte sich gegenseitig, Rita Schnell und Martin Horn, die in dieser Nacht wohl endgültig zueinander gefunden hatten, umarmten sich mit ziemlicher Wucht. Dr. Kröhncke erschien total enthusiasmiert und berichtete über die glückliche Geburt von vier Dackelwelpen. Der Erstgeborene erhielt spontan den Namen Wieland. Die vier Fernsehteams wetteiferten um Interviews. Hinter Fleischhauer und Hildegard knallten die Sektkorken. Der Mann und die Frau am Fenster wechselten ihre Positionen. Er legte seinen rechten Arm um ihre Schulter, sie kuschelte sich in seine völlig verschwitzte Armbeuge.

«Schön», sagte sie.

Fleischhauer hatte einen ungeheuren Kloß im Hals.

Rochus Rose betrachtete die Euroscheckkarte. Die Ecken sahen ziemlich zerfranst aus. Rochus sah ein, daß er mit der Karte die Tür nicht aufbekommen würde. Mißmutig holte er die stattliche Zahl von Nachschlüsseln aus den Weiten seines Trenchs. Den Trick mit der Scheckkarte hatte Rochus im Fernsehen gesehen. Typisch. Mit den Schlüsseln war es ein Klacks. Weil er sich auskannte, drang er gleich in Messerschmids Büro vor. Rochus stellte die Schreibtischlampe auf den Fußboden, bevor er sie anschaltete. Sonst erlegte er sich keine besonderen Vorsichtsmaßnahmen auf. Der Tod des Vaters hatte aus Rochus einen anderen gemacht. Der Trenchcoat war zu seiner neuen Haut geworden. Mit kühler Zielstrebigkeit durchsuchte er den Raum. Sein Gesicht zeigte Anspannung, doch es war keine Ungeduld. Rochus Rose war sich sicher. Die Zeit war auf seiner Seite.

Der Schreibtisch gab nicht viel her. Zwar fand er mannigfaltige Belege für Messerschmids Geschäftstüchtigkeit, seine Alkohol- und Sexualgewohnheiten. Er kümmerte sich nicht darum. Danach nahm er sich die Schränke vor. Nach den Schränken war er darauf angewiesen, Sessel und Sofa auf den Kopf zu stellen. Da wußte Rochus, daß er kurz davor war, die nächtliche Runde gegen Messerschmid zu verlieren. Er durchsuchte die beiden anderen Räume und fand heraus, daß sich eine Sekretärin offensichtlich von Schminke ernährte und eine andere einen Engpaß in der Versorgung mit Blasen- und Nierentee befürchtete. Doch was er suchte, fand er nicht.

Rochus verließ das Büro. Im Hausflur gönnte er sich eine Zigarette. Die Höhe der Feuerzeugflamme war noch auf die Situation am frühen Abend eingestellt, als er sich, neben dem Auto stehend, bedient hatte. Die lange Flamme reichte aus, um Rochus einen Schreck einzujagen. Sie war hell genug, um das Schild des Büros zu beleuchten, das auf einem Flur mit Messerschmids Räumen lag. Vor dem Schild entzündete Rochus das Feuerzeug erneut.

«Skinnie Minnie. Scherzartikel.»

Ruhig inhalierte Rochus, lange blies er den Rauch aus Mund und Nase. Er lehnte sich an die dem Schild gegenüberliegende Wand. Rochus konnte das Schild nicht mehr sehen, das Bewußtsein seiner Nähe reichte ihm. Er spürte etwas aufziehen, dann brannte in seinem Kopf der Lichterbaum. Diesmal tat es auch die Scheckkarte. Rochus orientierte sich in dem Büro. Zwei Räume, eine Stehküche. Er brauchte einige Zeit, bis ihm das Unorganische des größeren Raums bewußt wurde. *Der Schrank ist viel zu groß.* Er öffnete ihn. Der Schrank war leer. An einer Stange hingen Bügel, notdürftig aus Draht zusammengebogen. Der Schrank war so groß, daß Rochus hineingehen konnte. Nun fiel ihm alles leicht. Schon nach zweimaligem Drücken an der Hinterwand gab sie nach, rastete in Schienen ein und ließ sich zur Seite schieben. Rochus griff ins Dunkle und fühlte weiche,

fellige Fülle. Das Gefühl war so schön, daß er mit beiden Händen hineingriff, immer und immer wieder.

Er tastete den Raum hinter der Öffnung ab, fand den Lichtschalter. Soviel hatte Rochus in den letzten Wochen gelernt: Was
da vor ihm hing, waren Pelze von großem Wert. Es waren Pelze,
die in einem Geheimschrank gut aufgehoben waren. Ohne Ausnahme stammten sie von Tieren, die geschützt waren, deren
Einfuhr verboten oder streng limitiert war. Rochus schnappte
sich ein Fell, löschte das Licht, brachte die Schrankwand in ihre
alte Position. Dann verließ er das Büro von Messerschmids
Strohfirma.

Ein Telefon schrillte durch die Verkehrsleitzentrale. Der Anrufer
war hartnäckig, er ließ klingeln. Beim Telefon lag der Korken
einer Sektflasche, daneben stand ein hochhackiger Damenschuh.
Der Hauptwachtmeister, der sich bei einem Trinkversuch den
Absatz ins Auge gerammt hatte, war sofort ins Krankenhaus
eingeliefert worden. Das Telefon klingelte. 38 Polizisten hätten
den Hörer abnehmen können. 38 Polizisten standen dicht gedrängt an den Fenstern und starrten auf die Straße.

«Guck mal, Liebling, sieht das nicht putzig aus?» sagte unter
der Laterne Hildegard zu Wieland.

«Mach doch auch», forderte sie Fleischhauer auf. Der räusperte sich und winkte einmal hin und einmal her. Es sah noch
sehr zackig aus. Dann hakte sie sich bei ihm ein, und gemeinsam
gingen sie davon. Die 38 Polizisten an den Fenstern im Polizeihochhaus sahen, wie sich das Paar und der Hund aus dem Lichtkegel der Laterne entfernten. Nebel hing in der Luft, und ein
Telefon klingelte schrill.

Rochus verließ die Telefonzelle und vertrat sich die Beine. Nebel
hing in der Luft, in einem der Häuser schrie ein Säugling. *Hunger*. Rochus lehnte sich an die Hauswand und hörte eine Weile zu.
Er schluckte trocken, riß sich los, ging in die Telefonzelle und
wählte erneut. Präzise, ohne Namensnennung teilte er dann mit,
daß an einem Kran in der Speicherstadt etwas flattere, man
möge nachsehen.

Der Lada muckte, setzte zeitweise aus, Fehlzündungen knallten aus dem Auspuff. Rochus zwang den Wagen bis zum Waschsalon. Er schloß ab und streichelte über das Dach. Fred hatte eine Dose Bier auf dem Oberschenkel stehen und stierte trübsinnig ins Nichts.

«Er will nicht», sagte der Polizist zu seinem Kollegen.

«Laß mich mal.»

Der Kollege nahm den Telefonhörer.

«Hör zu, Golze. Du mußt kommen.»

«Ich muß ordentlich ausschlafen und sonst gar nichts.»

«Der Chef ist verschwunden.»

«Wünsche werden selten wahr.»

«Nein, ganz im Ernst. Niemand weiß, wann er wiederkommt und ob überhaupt.»

Der Polizist zwinkerte seinem Kollegen zu.

«Wir sitzen voll auf dem Schlauch. Wenn du nicht kommst, können wir einpacken. Ohne dich, Golze ...»

Er brach ab.

«Aufgehängt, was?» fragte der Polizist mitfühlend.

«Ich habe gehört, wie eine Tür zuschlug», erwiderte sein Kollege.

Golze riß das Kommando mit einer Wucht an sich, die manche der Beamten so früh am Morgen noch nicht gut abkonnten.

«Ich sage nur ‹Sottje›», trumpfte Golze auf. «Das ist das Allerwichtigste. Diesen Fall mach ich zu meiner ganz persönlichen Herzensangelegenheit. Nebenbei könnt ihr euch ein bißchen auf dem Feld Willi Rose tummeln. Halte ich für überflüssig im Verhältnis zu dem gigantischen Sottje-Ding. Aber wenn es der Gerechtigkeitspflege dient.»

«Na genau», sagte ein Kollege und berichtete von dem anonymen Anruf, die Speicherstadt betreffend.

«Wenn es das Messerschmid-Speicherhaus ist, fahre ich hin», behauptete Golze leichthin. «Da war ich nämlich erst vor ein paar Tagen.

«Es ist das Messerschmid-Speicherhaus.»

Golze stand auf.

«Wo steckt eigentlich Stinka?»

«Hier!» kam es von der Tür.

Stinka sah aus wie durch den Wolf gedreht. Jacke und Hose waren völlig verschmutzt, auch im Gesicht trug er Spuren von Dreck.

«Na, Kanalisation komplett durchgecheckt, gesäubert und geschmiert?» versuchte Golze, seinen früheren Vorgesetzten nachzuahmen. *Klappt doch schon ganz gut.*

«Hier», sagte Stinka ergriffen und für seine Verhältnisse blitzschnell.

Er hielt etwas in die Höhe, das wie ein Stück Dachpappe aussah.

«Ich hab's gekriegt.»

«Was hast du gekriegt?»

«Die Feierabendschablone», sagte Stinka stolz.

Für die Fahrt in die Speicherstadt nahm Golze lieber einen anderen Kollegen mit.

Punkt sieben klingelten Marlies Muschke und Eckzahn von der SoKo Meerschwein Sturm. Sie hatten sich spontan bereit erklärt, die Lücke, die durch Fleischhauers Abmarsch in die Nacht entstanden war, auszufüllen.

«Ich muß sowieso dringend mal auslüften», hatte Eckzahn gesagt. «Dieser Schweinemief geht gar nicht mehr aus den Klamotten.»

Bei diesen Worten hatte er mit den Vorderteilen seiner Jacke gewedelt, worauf sich der bis dahin gut gefüllte Raum schlagartig geleert hatte. Marlies Muschke, die unter der Zugehörigkeit zur SoKo Meerschwein psychisch am meisten litt, nahm die Hand nicht mehr vom Klingelknopf.

«Könnte sein, daß keiner da ist», gab Eckzahn zu bedenken und zeigte auf die heruntergelassenen Vorhänge.

«Das reizen wir aus», knurrte die Muschke und zog schon wieder irgendwas in der Nase hoch.

Zusätzlich schlug sie mit einer Faust gegen die Tür. Während Eckzahn die Kollegin daraufhin in einen kurzen, aber grundsätzlich geführten Disput über «Polizei und Höflichkeit» verwikkelte, wurde die Haustür geöffnet. Eine deutlich gealterte Else Schislaweng steckte den Kopf in den kaltfeuchten Morgen. Die Beamten bemerkten sie nicht. Die Maklerin zog den Kopf zurück, ließ die Tür jedoch angelehnt.

«Holla, die Tür ist auf.»

«Offen.»

«Jedenfalls nicht mehr zu.»

Muschke blickte Eckzahn an.

«Ich schlage vor, wir gehen da jetzt rein, und die rechtliche Seite besprechen wir später bei einem Bier.»

Eckzahn nickte und drückte die Tür auf.

«Schätze, daß diese Bahnhofshalle den Flur darstellen soll», sagte er mit der ganzen Verbitterung, zu der ein BHW-Bausparer fähig ist.

Ziemlich dicht an der Haustür stand ein Mohr aus Porzellan. Er reichte Eckzahn bis zur Hüfte. In den Händen hielt er eine silberne Schale.

«Ist das für das Kleingeld, oder kommt da der Aufschnitt rauf?» fragte Eckzahn ehrlich verblüfft.

«Prolet», sagte die Muschke. «Das ist für die Visitenkarte.»

Die Augen nicht vom Mohr lassend, zog Eckzahn seinen speckigen Personalausweis aus der Tasche und legte ihn zögernd auf die Schale. Er wußte auch nicht, warum die Muschke ihm gerade jetzt die Hand ablecken mußte.

«Huch», sagte Eckzahn, «lassen Sie das.»

Muschke knurrte und leckte erneut. Eckzahn, der Gefallen an dem Spiel fand, öffnete schnell die Hand und wollte Muschke an der Nase packen. Auf seinem Gesicht spielte sich Entsetzen ab. Er drehte sich um.

«Fee tut Ihnen nichts, wenn Sie Fee nichts tun», rief eine Stimme aus den Tiefen des Hauses.

«Weiß Fee das auch?» rief Eckzahn zurück und ließ endlich die Schnauze der riesigen Dogge los.

Von draußen sah die Muschke durch ein Fenster neben der Haustür dem Gang der Ereignisse zu.

«Das vergesse ich Ihnen nie», grollte Eckzahn, der es nicht leiden konnte, wenn man einen Kollegen hängenließ. Der Raum, den er betrat, hatte die gleiche Quadratmeterzahl wie Eckzahns Traumhaus, das er in einem Fertighauskatalog gefunden hatte. Auf die Möblierung achtete er gar nicht erst. Er wußte, daß es etwas unheimlich Geschmackvolles sein würde. Knapp 20 Meter entfernt stand am anderen Ende des Raums ein sehr langer, sehr schmaler Tisch von den Dimensionen einer kurzen Kegelbahn. An seiner Stirnseite, knapp 27 Meter von Eckzahn entfernt, saß ein Häufchen Elend. Eckzahn fühlte die Dogge neben sich und ging zum Tisch. Vor der Maklerin lag eine winzige Tischdecke. Auf ihr standen eine Flasche Mineralwasser und ein Glas, daneben ein Frühstücksteller. Auf dem stand eine geöffnete Dose Corned beef, aus der eine Gabel herausragte. Lustlos schaufelte Else Schislaweng einen Bissen in den Mund. Sie war adrett gekleidet. Die Schminkschicht war sehr stark und konnte doch nicht die Ringe unter den Augen und den Nasenlöchern übertünchen.

«Da», sagte die Maklerin und hielt Eckzahn das Corned beef entgegen, «das haben wir damals immer am liebsten gegessen.»

«Willi und Sie, wie?» sagte Marlene Muschke, die wieder aufgetaucht war und sich sofort verbal breitmachen mußte.

Die Maklerin nickte trübe.

«Es erinnerte ihn so an die Zeit drüben in Paraguay.»

Else Schislaweng redete nicht eigentlich. Ihre Stimme hatte keine Melodie, die Worte polterten aus der Mundhöhle heraus. Abwesend begann sie, die Dogge mit Corned beef zu füttern. Eckzahn sah genau, daß sie dabei dieselbe Gabel benutzte.

«Wir haben es uns immer so schön gemacht», sagte die Maklerin.

«Wahrscheinlich waren Sie glücklich damals», raunte Muschke mitfühlend.

Else Schislaweng nickte heftig.

«Es war der Himmel.»

Die Dogge sudelte mit ihrer Schnauze auf dem Teller herum.

«Wir hatten uns nicht gesucht, aber wir hatten uns gefunden.»

«Besser als umgekehrt», sagte Eckzahn, nur um mal wieder etwas zu sagen.

«Sie sehen es ja», fuhr die Maklerin fort und wies mit großer Geste im Raum herum.

Die Polizeibeamten blickten sich um.

«Sauber», sagte Eckzahn beeindruckt.

Die Wandflächen waren im Verhältnis eins zu eins mit Gra-

phik seit den zwanziger Jahren sowie lateinamerikanischen Arte-
fakten vom Giftpfeil über den Piranha bis zum Büffelkopf be-
deckt. Eckzahn und Muschke wanderten herum, mit der Graphik
waren sie schnell durch. «Und jetzt bin ich bereit», sagte die
Maklerin unvermutet.

Als die Beamten sich umdrehten, stand sie am Tisch und tupfte
sich mit einer Serviette die Mundwinkel ab. Danach nahm sie
Abschied von der Dogge, Eckzahn konnte es nicht mit ansehen.
Jetzt begriff er, warum die Frau einen dermaßen stabilen Hund
besaß. Zierlichere Rassen hätten diese Zärtlichkeiten nicht überlebt. Else Schislaweng führte ein Telefongespräch. Eckzahn war
gespannt, welchen Nobelanwalt sie aus seiner Millionärsvilla
hochschrecken würde. Sie bat jedoch lediglich eine Aufwarte-
frau, heute früher zu kommen und länger zu bleiben, damit Fee
sich nicht ängstigte.

Vor dem Wagen stehend, blickte sich die Maklerin noch einmal
um.

«Jetzt nimmt sie Abschied», flüsterte Eckzahn der Muschke zu.

Aus einem Fenster blickte Fee, Else Schislaweng drehte sich
brüsk weg und nahm auf dem Beifahrersitz Platz. Eckzahn war
sauer, da saß sonst immer er.

«Holen Sie das mal rein», ordnete Golze an.

«Das da?» fragte der junge Beamte patzig.

«Sehen Sie noch was, was Sie reinholen könnten?»

Sie standen an der Luke des Lagerhauses. Am Haken des Krans
schwankte ein Leopardenfell in der Morgenluft.

«Ich hatte mich eigentlich zur Schutzpolizei gemeldet und
nicht zu den Gebirgsjägern.»

Golzes Gesicht war wie gemeißelt. Der Beamte seufzte.

«Chef... äh, Golze!» rief ein Beamter und holte nach den vielen
Treppenstufen Atem.

«Chef reicht.»

«Die Arbeiter sind da.»

«Na, dann los», sagte Golze und wartete, bis alle Augen auf
ihm klebten. Schwingend schritt er auf die Tür zu.

«Der war ja noch nie da», sagte ein Arbeiter zu einem anderen
Arbeiter.

«Ist vielleicht sein Bruder.»

Abschätzig sahen sie dem sich nähernden Golze entgegen.

«Hat auch keinen Trenchcoat an, sondern so einen Fummel.»

«Als wenn er gerade mit dem Fallschirm abgesprungen ist.»

«Morgen, Männer», sagte Golze kehlig und spürte, wie die vier Arbeiter einen Kreis um ihn bildeten.

«Polizei. Wenn ich Ihnen gleich mal zeigen darf.»

Golze wühlte in den Taschen.

«Laß stecken», wehrte ein Arbeiter ab. «Wir glauben dir natürlich, was, Jungs?»

Sie rückten einen Schritt weiter auf die Mitte zu.

«Na, na, wir wollen doch keinen Fehler machen», sagte Golze und versuchte, zwischen den Arbeitern durchzutauchen. Eine klitzekleine Sekunde hatte er ein Gefühl von Freiheit. Dann packten ihn zwei Arbeiter an den Oberarmen. *Wie Stahltrossen. Ich denke, solche Arbeiter gibt es gar nicht mehr.* Die Männer hoben an, Golze verlor den Boden unter den Füßen. Während sich die anderen nicht mehr um ihn kümmerten, gingen die beiden mit dem hoffnungslos zappelnden Polizisten hinter einen Pfeiler. Trockene Geräusche ertönten, begleitet von leichten Seufzern. Es dauerte nur Sekunden, dann tauchten die Arbeiter wieder auf. Sie wischten imaginäre Krümel von den Händen und begannen mit ihrem Tagewerk. Dann erschien Golze. Er sah aus, als ob er bei einer Flugzeuglandung ein abgesprungenes Rad ersetzt hatte.

«Das wird Folgen haben», rief er schwach den Männern hinterher.

«Na klar», antwortete einer, drehte sich um und zog mit dem Finger ein Augenlid herunter.

«Blaufärbung.»

Er lachte grimmig und verschwand. Golze lehnte sich gegen den Pfeiler. Er fühlte sich entsetzlich müde.

In der langen Nacht hatten sich Rochus Rose und Fred Frenzel viel aus ihrem Leben erzählt. Rochus spendierte Schaschlik mit Pommes. Das Mahl nahmen sie im Waschsalon ein, die Pappen standen auf den Oberschenkeln. Schweigend mampften sie den Pamp hinein. Auf dem Bürgersteig vor dem Waschsalon marschierten Menschen in den neuen Arbeitstag. Rochus holte die letzten Bierdosen aus der Plastiktüte. Als sie anstießen und schlürfend den Schaum abschöpften, gingen Wieland Fleischhauer und Hildegard Klingebiel am Fenster vorbei. Sie hatten einen Hund dabei.

Der eine kam von links, der andere kam von rechts. Sie fuhren aufeinander zu. Der eine schlug das Lenkrad nach rechts ein, der andere nach links. Durch die Scheiben blickten sie sich einigermaßen fassungslos an. Dann stiegen sie aus. Auf dem Weg zum Hochhaus versuchte Messerschmid, Hassengier umzustimmen.

«Das ist doch dummes Zeug, James. Du hast doch nicht das Format, einen Menschen umzubringen.»

Hassengier war beleidigt.

«Na hör mal.»

«James», sagte Messerschmid, zwang den Direktor zum Stehenbleiben und packte ihn bei den Schultern.

«James», sagte er eindringlich.

«Jäiims», äffte Hassengier ihn nach.

«James, du bist ja betrunken.»

«Aber bis hier oben», sagte Hassengier fröhlich und machte eine Bewegung knapp über dem Scheitel.

«Du gehörst ins Bett.»

«Jawohl, in ein molliges, warmes, blau-weiß kariertes Knastbett.»

Hassengier blickte stier.

«Was willst du eigentlich hier?»

Schlagartig verlor Messerschmid seine sozialpädagogische Ader. «Versuchen, den Schaden so gering wie möglich zu halten.»

Er erzählte, daß Polizei am Morgen an einem Kran seines Lagerhauses ein Leopardenfell gefunden habe. Hassengier fing sofort an, den Händler auf ungeschickte Weise zu trösten.

«Laß das», sagte Messerschmid, «ich brauche keine Hilfe. Ich bin Manns genug.»

Das wollte Hassengier auch sein, sie stritten sich, und am Ende betraten sie mit mehreren Metern Abstand das Präsidium.

Golze ging vom Arzt gleich in den Fundus der Polizei. Er probierte diverse Sonnenbrillen auf. Dann verwarf er den Plan und suchte sich in der Abteilung «Verdeckte Fahndung», die versteckt im Haus lag und zudem ständig die Räume wechselte, eine Mitarbeiterin, von der bekannt war, daß sie nach der Friseusenlehre eine Zusatzausbildung zur Maskenbildnerin gemacht hatte. Golze wies auf sein blaues Auge.

«Wegschminken. Aber ratzekahl.»

Die Frau war begeistert. Als sie fertig war, hatte Golze kein blaues Auge mehr.

«Dafür habe ich jetzt ein dunkelbraunes», sagte er mutlos zu seinem Spiegelbild. Die Frau zog ihn erneut in den Stuhl und färbte ihn bis zur Halskrause dunkelbraun ein.

Auf dem Weg ins Büro kam Golze am Schwarzen Brett vorbei. Vor dem neuen Plakat blieb er neugierig stehen.

«Achtung! Seltene Gelegenheit! Fabrikneue Feierabend-Schablonen am Lager. Interessenten bitte melden bei Olaf Stinka, Vorzimmer Golze. Schablonen in vier Ausführungen lieferbar: Feierabend ordinaire, verlängertes Wochenende, Jahresurlaub und die Nobelversion Sabbat-Jahr.»

Golze stürmte auf sein Büro zu, da schoß von der Seite eine Uniform heran und packte ihn.

«Ausfallerscheinungen oder was?» blaffte Golze.

«Oh, Sie sind es», sagte der Beamte verblüfft. «Ich habe Sie gar nicht erkannt.»

Golze öffnete die Tür und prallte zurück.

1 Punkt für Stinka
«Sind in den anderen Zimmern die Stühle ausgegangen?» fragte er Stinka. «Und sofort nimmst du diese stinkende Dachpappe von meinem Schreibtisch.»

Während Stinka seine Schablonen abräumte, begrüßte Golze nacheinander Else Schislaweng, James Hassengier, Hassengiers Anwalt und Lucas Messerschmid. Dann setzte er sich hinter seinen Tisch.

«Na», sagte Golze, beide Hände zusammenschlagend, «was führt uns denn so zusammen, mmh?»

«Warum ich hier bin, wissen Sie ja wohl», sagte Messerschmid mufflig.

«Ich weiß das», bestätigte Golze freudestrahlend, «aber wissen Sie es auch?»

Messerschmid guckte.

«Sie stehen nämlich auf meiner Kandidaten-Hitliste, dem Willi Rose ans Leben gegangen zu sein, ganz weit oben.»

«Quatsch», sagte Hassengier und schüttelte den Anwalt ab, der ihm das Wort verbieten wollte, «das war doch ich.»

Else Schislaweng blickte ihn spöttisch an.

«Du meinst wohl: Das waren wir.»

«Ruhig, ruhig», rief Golze, «nur nicht drängeln. Sind wir sicher, daß wir vom selben Toten sprechen?»

«Ich meine Willi», sagte Else Schislaweng.

«Wen denn sonst?» fiel Hassengier ein.

«Willi? Willi Rose etwa?» stieß Messerschmid hervor.

«Ätsch», rief Golze, «reingefallen. Sie sind nämlich ganz rot geworden.»

«Ich?» rief Messerschmid. «Ich werde nie rot. Da kann ich zusammenlügen, was ich will.»

Er verstummte abrupt und biß an seiner Unterlippe herum. Golze bestellte zwei Protokollantinnen und holte die Erlaubnis für ein mitlaufendes Tonband ein. Außerdem wischte er die Reste von Stinkas Dachpappe auf den Fußboden. Als erste Mappe bekam Golze die mit der Aufschrift «Sottje» in die Hand. Seufzend legte er sie zur Seite. Der Anwalt hob den Arm.

«Ich möchte klarstellen, daß mein Mandant lediglich den in Frage stehenden Toten ...»

«... liegenden», sagte Golze, «der Tote liegt ja wohl.»

Der Anwalt blickte sich nervös um.

«Herr Hassengier hat dem Herrn Rose in redlichster Absicht am Vorabend ...»

«Redlich reicht», unterbrach Hassengier. «Immer dieses Geschludere mit den Superlativen.»

Der Anwalt wußte nicht mehr ein noch aus. Hassengier riß die Sache an sich, lehnte sich weit über den Schreibtisch und spielte mit Golzes Ratzefummel.

«Die Else und ich, wir sind zu Rose gegangen, weil wir ihn

über den Tisch ziehen wollten mit einem tollen Angebot. Mein Gott, der Mann muß doch eine schwache Stelle haben . . .»

«. . . die hat er auch», sagte Else Schislaweng versonnen.

«Sie haben den Rose als letzte lebend gesehen?» fragte Golze fassungslos.

«Sag ich doch», antwortete Hassengier.

«Da würde ich gern mehr drüber hören.»

Golze lehnte sich zurück. «Aber zur Abwechslung bitte knapp und präzise. Wir müssen langsam zum Ende kommen.»

Hassengier wollte loslegen und mußte gleich unterbrechen, weil Stinka mit belegten Brötchen ankam. Hassengier raffte alle mit Mett auf seine Seite. Der Anwalt kriegte die Zwiebeln. Messerschmid lutschte Drops, Else Schislaweng biß Nägel. Hassengier machte sein Bäuerchen und konzentrierte sich.

«Ich bin mit Frau Schislaweng am Abend noch mal hin zu Herrn Rose. Wir waren so gegen halb zehn da. Herr Rose wollte uns erst rausschmeißen, dann war er soweit ganz freundlich.»

«Willi war schon früher ein begnadeter Gastgeber», sagte die Maklerin schwärmerisch. «Und immer so großzügig.»

«Ja», sagte Hassengier, «wir kriegten Bier, wahlweise Wein, roten, nicht übel, bißchen warm vielleicht. Ich habe dem Herrn Rose dann angeboten: 10000 De Em zusätzlich zu dem, was er sowieso für sein Haus und seinen Garten bekommen würde. Das war ja eh schon ein gehöriger Batzen.»

«Und ich habe mich nach Absprache mit Herrn Hassengier bereit erklärt, aus meinem Bestand eine besonders schöne Wohnung im Erdgeschoß mit einem Streifen Rasen drumherum für Willi rauszusuchen, damit er was hat, was ihn an früher erinnert», ergänzte die Maklerin.

«Genau», nahm Hassengier wieder das Wort. «Wir haben getrunken und diskutiert, und am Ende waren wir wieder da, wo wir angefangen haben. Rose ist wütend geworden, hat uns bedroht. Wir sind dann lieber gegangen. Herr Rose blieb am Haus sitzen. Als wir schon ein paar Meter weg waren von seinem Garten, da ist er noch mal aufgesprungen, wollte uns wohl nachlaufen und noch ein paar Gemeinheiten loslassen. Na ja, und dabei ist er ziemlich schwer hingefallen.»

«Und wir haben ihm nicht geholfen. Wir haben ihn liegenlassen», sagte die Maklerin trübe.

«Genau. Das waren wir. So sind wir. So sind wir eben», sagte Hassengier trostlos.

Der Anwalt wedelte mit beiden Armen.

«Das wäre dann immerhin kein Mord», sagte Golze. «Das wäre unterlassene Hilfeleistung mit Todesfolge in Tateinheit mit der Tatsache, daß es sich bei Herrn Rose um einen besonders sympathischen Menschen handelt.»

«Nicht wahr», sagte Else Schislaweng impulsiv und griff nach Golzes Händen. «Das meinen Sie doch auch, der Willi war eine Seele von Mensch.»

«Na, jetzt ist er bestenfalls noch eine Seele», sagte Golze. Sie ließ ihn los und blickte ernüchtert.

«Ich habe meine Strafe weg», sagte Hassengier. «Mein Leben lang habe ich jede Gemeinheit nach Belieben vergessen können. Ich hatte die absolute Ader dafür. Aus den Augen – aus dem Sinn. Fertig. Aber das Bild, wie der alte Mann da stürzt, noch ein bißchen rumzappelt, und auf einmal liegt er ganz still, dann rollt er sich regelrecht zusammen wie ein Säugling, und dann rührt er sich endgültig nicht mehr.»

«Und wir haben ihm nicht geholfen», rief die Maklerin tränenerstickt und trommelte mit beiden Fäusten gegen Hassengiers Brust. Hassengier wehrte sie nicht ab.

«Sie machen ja Sachen», sagte Golze. «Aber als wir Rose gefunden haben, lag er nicht im Garten, sondern im Haus.» Golze wandte sich Messerschmid zu. «Und damit kommen wir zu Ihnen.»

Messerschmid streckte beide Hände abwehrend von sich. «Ich weiß von gar nichts.»

«Sie haben mit Rose zusammen Ihren Laden gegründet.»

«Das ist ein halbes Menschenalter her. Ich habe Willi Rose seit Jahrzehnten nicht mehr gesehen.»

«Und wo waren Sie an dem bewußten Abend?»

«Das sage ich nicht.»

«Raus damit.»

«Nein.»

«Wird's bald?»

«Neihein.»

«So», sagte Golze eingeschnappt, «dann sind Sie zur Strafe jetzt mein Hauptverdächtiger. Da kann ich ganz fies werden.»

«Fies geht noch. Solange Sie mir nur nicht auf die Schliche kommen.»*

Golze hängte sich einen Zahnstocher in den Mundwinkel. Mit neidischen Augen gierte Hassengier nach dem Stäbchen. Golze brach den Zahnstocher entzwei und reichte Hassengier das größere Stück.

«Sie sind ein wahrer Freund», sagte der Direktor. Und auch Golze fand, daß diese Szene eine gewisse Größe besaß.

Das Telefon klingelte. Der Innensenator ließ anfragen, wann Golze ihm einige Fragen bezüglich letzte Nacht beantworten könnte. Golze schlug gerade 17 Uhr vor, da ging die Tür auf, und ein Mann kam herein. In einer Hand hielt er eine Mütze, in der anderen zwei Angeln und einen zusammengeklappten Campingstuhl.

«Guten Tag. Ist hier die Abteilung für Morde? Ich möchte nämlich einen gestehen.»

Der Anwalt plusterte sich auf.

«Lieber Mann, Fische fangen ist doch kein Mord. Fische sind juristisch gesehen eine Sache, die kann man gar nicht ...»

«... eine Sache», sagte Alfred Behle fassungslos. «Da müßten Sie mal dabeisein, wenn sich so eine Sache Aal um die Schnur wickelt. Da fallen Ihnen die Augen aus dem Kopf.»

«Wie meinen Sie das?» fragte der Anwalt pikiert. Die Über-

---

* Klugmann / Mathews-Leser wissen mehr. Beispielsweise wissen sie, wo Lucas Messerschmid sich in der fraglichen Zeit aufhielt: bei Claudia «Mops» Meier. Um die fanatische Wahrheitssucherin und Blumenfrau zu mäßigen, schloß der gewiefte Handelsmann einen Pakt mit ihr. Darin sagt Claudia zu, daß sie ihr Wissen bezüglich Messerschmids Fell-Importen für sich behält. Dafür leistet Lucas Messerschmid:

   a) einen Blumenladen in ausgezeichneter Laufgegend (Einrichtung, Miete für 12 Monate, Anfangskapital)

   b) 1 Palette Pal
      1 Palette Whiskas

   c) fördernde Mitgliedschaft im Tierschutzverein

Der Pakt wäre um ein Haar gescheitert, weil Claudia anfangs kategorisch darauf bestand, daß Messerschmid zukünftig zwei Meerschweine in seinem Haus halten sollte.

funktion seiner Schilddrüse hatte bei ihm schon in der Spät-
pubertät zu einem Basedow-Komplex geführt. Ständig wartete
er darauf, daß ihn jemand mit Horst Tappert verglich. Dem
Innensenator paßte es um 17 Uhr. Golze legte auf und wollte
Behle abwimmeln.

«Sie sehen, Herr Behle, wir sind mit Mördern heute gut be-
stückt. Wirklich kein Bedarf momentan.»

«Ich habe Willi Rose getötet», sagte Behle, der es hinter sich
bringen wollte.

Wie aus dem Nichts stand Stinka mit einem Stuhl hinter ihm.
Behle drückte ihm Angeln und Campingstuhl in die Hand und
ließ sich auf den Stuhl sinken. Dann stand er wieder auf, erbat
von Stinka seinen Campingstuhl zurück und setzte sich. Behles
Sitzniveau lag deutlich unter dem der anderen.

Auf dem Weg zum Waschbecken, wo Stinka die Angeln abstellen wollte, brachte er es fertig, sich einen Haken in die Hose
zu rammen. Er lehnte es ab, sich von Golze helfen zu lassen, und
ging mit den Angeln nach nebenan. In den folgenden Minuten
ertönten von dort Geräusche, als wenn sich Stinka mit jemandem prügeln würde.

«Kennen Sie die Geschichte mit den zehn kleinen Negerlein?»
fragte Golze in die Runde.

«Nein, erzählen Sie mal», sagte Behle.

Da ging Golze in die Luft.

«Ich verbitte mir diese fortgesetzte Verarschung der Polizei.
Wir gehen einer ernsthaften Arbeit nach, ein Mann kam zu
Tode, wir suchen den oder die –» er verbeugte sich zur Makle-
rin – «der oder die ihn getötet hat. Die Suche nach dem Täter,
Sie verstehen.» Wild blickte Golze um sich.

«Es heißt: die Suche nach *dem* Täter. Es heißt nicht: Täter im
Dutzend billiger.»

«Aber wenn ich es doch war», sagte Behle bockig.

«Dann erzählen Sie uns doch mal Ihre Version», forderte
Golze ihn höhnisch auf und faltete die Hände über dem Bauch.

«Ich war an dem Abend noch bei Willi.»

Schallendes Gelächter aller Anwesenden unterbrach ihn.

«Das hatten wir heute schon», rief Golze grimmig.

«Ich war bei Willi, es war schon spät. Bestimmt schon nach
elf.»

«Und Sie wollten was?»

«Na, ihn überreden, daß er sich nicht länger sträubt gegen das Angebot von der Versicherung. Willi ging es gar nicht gut. Er hatte sich wohl irgendwo den Fuß angestoßen. Und getrunken hatte er auch. Und über irgendwas geärgert haben muß er sich, hatte einen ganz roten Kopf. Das fiel mir gleich auf, weil Willi sonst nie einen roten Kopf hat.»

Behle blickte ausführlich auf Golzes dunkelbraunen Kopf.

«Wir haben zwei Gläser getrunken, ich habe meinen Spruch aufgesagt und Willi seinen. War alles für die Katz, hätte ich vorher wissen müssen.»

Aus Stinkas Zimmer kam ein unterdrückter Schrei.

«Wir haben uns beide ziemlich aufgeregt, Willi und ich. Daß der aber auch so stur ist.»

Behle ballte die Hand.

«Altersstarrsinn», sagte die Maklerin, «den hatte Willi schon mit 40.»

«Wir streiten uns hin und her, Willi regt sich immer mehr auf, tobt, brüllt rum, läuft durch das Zimmer, droht mir Prügel an, jammert, daß sie ihm an seine Heimat wollen. Und auf einmal faßt er sich an den Brustkorb. Ich dachte erst, er will sich kratzen. Also ich kratze mich da manchmal ganz gern. Aber er wird ganz still, schwankt, stolpert, stürzt lang hin, guckt mich an, sagt ‹Alfred, du bist ein Dusseltier› oder so ähnlich. Und dann ist Ruhe. Und ich nichts wie weg.»

«Ihr seid mir schöne Mörder», nahm Golze das Wort. «Große Klappe, nichts dahinter.»

Er scheuchte die Protokollantinnen zur Abschrift und brachte die Kandidaten so schnell wie möglich aus seinem Gesichtskreis. Der Anwalt konnte es gar nicht fassen.

Golze blieb an der Tür stehen, sein Blick strich über die leeren Stühle. *Willi Rose, du bist ein ganz blöder Hund. Es wäre alles so schön gewesen: massenhaft unsympathische Täter, allesamt zerknirscht, reuig, geständig. Inflationäre Ballung von Motiven: Raffsucht, Geldgier, unverstandene Gefühle, internationaler Tierschutzskandal, späte Rache – da lacht der Staatsanwalt. Und was machst du, Willi Rose, du ideales Opfer von Spießbürgertum, Konzernpolitik, falscher Moral, Geldinteresse? Stirbst hin, gibst den Löffel ab.*

Golze bekam die Tür ins Kreuz. Lächelnd drückte sich der Anwalt in den Raum, ging zu seinem Platz, hob etwas vom Fußboden auf und hielt Golze beim Hinausgehen eine Feierabendschablone entgegen.

«Günstig», flüsterte der Anwalt, «ganz sagenhaft günstig.»

Golze fiel in seinen Stuhl. Er versuchte, sich Willi Rose als lebenden Menschen vorzustellen. Er lächelte dem alten Mann gewinnend zu, wollte aufstehen und schlug lang hin, weil Rose ihm sozusagen die Schnürsenkel zusammengebunden hatte. Willi Roses Bild zerplatzte wie ein Vorwahlversprechen.

Golze ging nach nebenan und wickelte Stinka aus der Angelschnur. «So, Stinka, stell die Ohren hoch. Jetzt fangen wir Sottje.»

Der späte Oktobertag hätte glatt als Dezember durchgehen können. Die Sonne strahlte gleißendes, eisiges Licht auf die hölzerne Tribüne.

«Stellen Sie sich mal vor, Lindemaier», sagte Direktor Ehre zu dem neben ihm stehenden Leiter der Werbeabteilung. «Ein bißchen Girlanden, Gestecke, Sträuße pipapo, und das ganze Ding würde richtig festlich aussehen und nicht nach Sperrholz.»

«Na ja, na ja», sagte Lindemaier nervös. Mißmutig guckten beide auf die Tribüne. Rund zwei Dutzend Männer standen, einige wegen der Kälte auf der Stelle tretend, hinter der Tribüne auf dem ehemaligen Hauptweg der Kleingartenkolonie «Blüh auf». Sie stießen weiße Wölkchen aus. Vor ihnen gingen vier Fotografen ihrer Arbeit nach. Auf dem Gelände des ehemaligen Versammlungsplatzes standen gelbe Bagger und Raupen. In diesem Moment kamen einige Männer aus dem Bauwagen, der im Hintergrund stand. Sie waren guter Dinge, alberten herum, rieben sich die Hände. Einer, der eine Tageszeitung unterm Arm hielt, näherte sich dem Hygienomatic-Klo.

«Sie», zischte Ehre dem ehemaligen Vereinsvorsitzenden Fritz Elstner zu. «Sofort gehen Sie da hin und verbieten diesem Wilden, mitten in unsere Baubeginn-Eröffnungsfeier seinen Haufen zu setzen. Der soll sich das Ding gefälligst verkneifen. Wird man ja wohl noch verlangen dürfen.»

Elstner blickte den Direktor ohne Begeisterung an und trollte sich. Ehre stank es wieder einmal, daß Kollege Hassengier die Kur in Bad Wörishofen ungebührlich in die Länge zog. *Alles bleibt an mir hängen, und ich bin so gern zweiter Mann.*

«Entwürdigend», sagte Alfred Behle, als er sah, wie Elstner vor dem Hygienomatic-Klo dem Bauarbeiter die Zeitung zu entreißen versuchte. Rochus Rose antwortete nicht. Seine Augen hingen wie festgeschweißt an dem Haufen Passau-Paderborner. Rochus trug einen Trenchcoat und einen extrem langen Schal. Jemand tippte ihm auf die Schulter. Rochus verspannte sich und fuhr herum. Rolf Drummer schob den Sturzhelm in den Nacken.

«Morgen, Schwager.»

Rochus nickte ernst. Rolf war verlegen, lachte abrupt.

«Was sein muß, muß sein, wie?»

Rochus nickte nicht. Mit gutmütigen Augen bat Drummer den Schwager, das Schweigen zu brechen.

«Na denn», sagte Drummer und zog den Sturzhelm wieder in die Stirn. «Bringen wir es hinter uns.»

Sein Lächeln verendete, er ging zu seinem Bagger.

Direktor Ehre betrat die Holztribüne, die Apparate der Fotografen klickten hektisch. Vor dem Klo schlug der Bauarbeiter Elstner mit der zusammengerollten Zeitung auf den Kopf und drückte sich behende auf den Abort. Elstner rüttelte an der Tür.

«Liebe Kleingartenfreunde, die Sie trotz der widrigen Witterung den Weg nicht gescheut haben. Lieber Herr Elstner als Vorsitzender des Kleingarten ... Herr Elstner ...»

Elstner ließ das Rütteln sein, drehte sich um und stand wie ein ertappter Schüler stramm.

«Sehr geehrter Leiter der Bezirksversammlung ...»

Elstner trat nach hinten aus. Dumpf hallte der Tritt gegen die Klotür über den Platz.

«Zu spät», kam von drinnen die gutgelaunte Stimme des Bauarbeiters. *Der Arsch soll dir abfrieren.* Ehre begrüßte auch noch die Politiker und kam dann zum Inhaltlichen.

«Es ist zum Heulen», sagte Behle trübe.

«Es war ein Kampf, und ihr habt ihn verloren.»

Erstaunt sah Behle Rochus an. Er wollte etwas sagen, ließ es.

«Jedes Ende ist auch ein neuer Anfang», tönte Ehre gerade.

Rochus zog den Schal fester.

«Da ist übrigens was, was ich Ihnen noch geben wollte», sagte Behle, die Augen nicht von Ehre lassend. «Es ist mir ein bißchen peinlich nach so langer Zeit. Aber dann habe ich mir gedacht, es ist doch ein Andenken, und vielleicht macht es Ihnen eine kleine Freude.»

Behle griff in die Manteltasche und zog einen Brustbeutel heraus. Er war mit indianischen Ornamenten bestickt.

«Hier», sagte er und reichte Rochus den Beutel. «Der ist von dem Abend . . . also von dem bewußten Abend, wo . . . na Sie wissen schon. Als ich mich mit Willi herumgestritten habe, da hat er mit diesem Beutel immer so herumgespielt.»

«Eine solide wirtschaftende Versicherung und ein in Gottesfurcht bestellter Garten – mir will scheinen, daß das aus dem gleichen Fleische kommt», sagte Ehre.

Rochus löste das Band des Beutels und roch. Dann griff er hinein und holte ein weißes Pulver heraus, zerrieb es zwischen Daumen und Zeigefinger, roch abermals und nahm mit der Zungenspitze einige Krümel. Er kaute und konzentrierte sich auf den Geschmack. Erneut nahm er eine Zungenspitze voll. Dann schüttete er einige Krümel auf seinen Handrücken, hielt die Nase darüber, verschloß ein Nasenloch und zog hoch.

Wenige Minuten später beendete Ehre seine Rede. Man klatschte. Der Leiter der Bezirksversammlung betrat die Tribüne.

«Noch einer», stöhnte Alfred Behle. «Ich gehe nach Hause, das ist ja alles so traurig. Was meinen Sie, Herr Rose, kommen Sie mit, und wir spülen in einem Lokal diesen Tag herunter?»

«Welche Trauer denn?» fragte Rochus. «Sind Sie etwa traurig? Warum sind Sie denn traurig?»

Behle drehte sich um. Das Gesicht von Rochus Rose strahlte eklatante Gesundheit und Wohlbefinden aus. Der gesamte Körper wirkte leicht, locker und unternehmungslustig.

«Ist was?» fragte Behle.

«Es ist wunderbar», sagte Rochus. «Es ist wirklich schön. Das hätte ich nie für möglich gehalten. Sehen Sie den Baum da?»

Behle folgte dem ausgestreckten Arm.

«Sehe ich. Und?»

«Ich glaube, ich werde jetzt auf diesen Baum fliegen und von dort aus weiter zuhören.»

Rochus wand sich behende den Schal vom Hals und begann mit beiden Armen nach oben und unten zu schlagen. Behle bekam den Blick, den seine Frau mit der sicheren Wortwahl einer langjährigen Ehe «glotzen» nannte. Rochus setzte sich in Bewegung, grüßte ausgelassen zur Rednertribüne hinüber und näherte sich den Baumaschinen. Unlustig saß Rolf Drummer auf seinem Bagger. Die Maschine blubberte leise vor sich hin.

«Hallo, Schwager», rief Rochus jubilierend. «Hallöchen, alter Griesgram. Das Leben ist schön, wußtest du das schon?»

«Häh?»

«Das Leben ist schön», säuselte Rochus. Die tiefe Wahrheit des schlichten Satzes schoß ihm so übermächtig ins Bewußtsein, daß er feuchte Augen bekam.

«Und jetzt fliege ich zu Claudia. Es ist höchste Zeit.»

Mit beschwingten Schritten und flatternden Bewegungen der Arme schwang sich Rochus am Bagger empor, nahm seinem Schwager den Helm ab, drückte ihm einen schmatzenden Kuß auf die Stirn und setzte ihm den Helm wieder auf, flatterte weiter. Drummer wußte nicht, wie ihm geschah. Der Helm kam ins Rutschen, rutschte, und beim hastigen Versuch, ihn zu greifen, legte Drummer versehentlich den Rückwärtsgang ein. Der unerwartete Schwung und der Griff nach dem fallenden Helm brachten ihn völlig aus dem Gleichgewicht. Der Baggerfahrer fiel vom Bagger, das schwere Fahrzeug setzte sich in Bewegung.

Zwar schrie Drummer noch entsetzt auf, doch das war nicht mehr nötig. Die Festgesellschaft sah den Bagger kommen. Alles rannte, sprang, flüchtete. Krachend zermalmte der Bagger die hölzerne Tribüne.

Flieg, Adler Kühn

Die Personen in der Reihenfolge
ihres Auftretens

Rochus Rose / ein Nachtwächter / vier Polizisten / alle Beamten
der Revierwache / Hajo Pillau / ein BMW-Fahrer / Valentin
Adler Kühn / Reinhold / ein Fiat-Fahrer / Irene Lachmund / Till
Lachmund / Frau Drummer / Rolf, ihr Mann / Achim Golze /
ein Wohnwagenfahrer / Henry St. Galleon / Gabriel Ekbono /
Maria / eine Frau in Turbohosen / Frau Cathomen / Ilse / Klaus /
Chantal / Martin / eine sympathische Kundin / Henry Pietsch /
eine gemütliche Frau / ein Mann / zwei Frauen / ein Taxifahrer /
sieben von neun Leuten / eine junge, attraktive Frau / ein Stadt-
streicher / eine Passantin / die Nachbarin / noch ein Pförtner, ein
Mann Anfang 40 / Ulf Bohnsack / ein blutjunges Paar / eine
männliche Stimme / ein Polizist / ein Pfleger / Dr. Wüsthoff / ein
vielleicht 55jähriger Mann / Frau Rodeländer / ein Paar / eine
Frau / ihr Mann / der Philosoph / achtzehn Männer / Gernot
Lustig / ein Baustoff-Händler / ein HNO-Arzt / ein Urheberrechtsanwalt / eine Empfangsdame / Maggie / Veronika / der
Klempner / ein Nachbar / zwei Polizeibeamte / Kinder / ein
Junge / Egon / ein Mann / ein aufgeschwemmter Mann / der
Reiher-Direktor / eine dralle Frau / Menschen / der Tontech-
niker / Kameramann / Mechthild / ein Redakteur einer Boule-
vard-Zeitung / Frau Holländer / Krausi und Heino / Johannes /
Hermann der Cherusker / ein Barkeeper / Roberta Bohnsack /
Doris / ein Betrunkener / eine Gruppe junger Leute / ein Therapeut / ein ehemaliger Nachtwächter / ein Angestellter / zwei
Frauen / eine Frau / ein junger Schnösel / ein Angestellter / eine
ältere Frau / ihr Kollege / ein Mitglied des Betriebsrates / ein Passant / ein Dekorateur / die Feuerwehr / ein Untertrupp / der
Muttertrupp / Polizisten / zwei Polizeibeamte / ein älterer Passant / ein junger Feuerwehrmann / ein nackter Mann / ein Chemiker / ein Glaser / ein Redakteur / Roswitha / ein Taxifahrer /
ein Lexikon-Vertreter / ein Pfleger / zwei einkaufende Frauen /
der dienstälteste Redakteur / ein älterer Herr / ein Wissenschafts-
redakteur / eine Urlauber-Familie aus Dänemark / zwei Taxifahrer / eine Menge Uniformierter und zwei Zivile / achtzehn
Polizisten / eine Chefsekretärin / der Direktor / sein persönlicher
Referent / eine Wahrsagerin / Fred Frenzel / und einige mehr.

Ein böiger Nord-Nordwest und 4 bis 6 Grad plus sollten für eine durchschnittliche Novembernacht sorgen. Athen meldete 14 Grad Celsius, und vor Mallorca war eine komplette männliche Skatrunde aus Osnabrück ertrunken, als sie die laue Nacht zu einem Bad («Was uns nicht umbringt, macht uns stärker.») nutzen wollte. Norderney verzeichnete den mildesten Spätherbst seit zwei Jahren, der Wintergerste ging es in der gesamten Bundesrepublik gut. Und doch hatte der erste Nachtfrost eine dünne Eisschicht über die Pfützen östlich des Hamburger Hauptbahnhofs gezogen. Der Nachthimmel schimmerte, sein stählernes Schwarzblau zeichnete sich scharf von den Fassaden der menschenleeren Bürohäuser ab. Grell schrillten die Schienen, wenn zwischen den Stationen Hauptbahnhof und Berliner Tor S-Bahnen unterwegs waren.

Ein Halbschuh zermalmte die papierdünne Eiskruste auf den Pfützen.

Der Mann war allein mit den leeren Bürohäusern. Auf einer nahen Straße scheuerten Autoreifen über Asphalt und gewannen schnelle Fahrt. Ein Streifenwagen schaltete die Sirene ein, und der Mann wich auch der nächsten Pfütze nicht aus.

Der Trenchcoat mochte bis 18 Uhr eine angemessene Bekleidung gewesen sein, jetzt war er ein Fähnchen im Wind. Der Mann schlug den Kragen hoch und schritt zielstrebig voran. Atemwolken hinter sich lassend, passierte er das Gebäude einer bundesweit bekannten Bausparkasse und danach die geduckt im Hintergrund kauernde Verwaltung einer kleinen Krankenkasse. Ohne sich umzusehen, wechselte er die Straßenseite. Auf dem nahen Parkplatz startete ein Motor, der aufflammende Autoscheinwerfer riß die Silhouette des stämmigen Mannes sekundenkurz aus der Nacht. Die Tür des Pkws wurde geöffnet, etwas Nasses klatschte auf den Schotter. Dann verließ der Wagen den Parkplatz und bog dicht vor dem Mann auf die Straße ein. Weder sah er das gleichzeitig erleichterte und gedemütigte Gesicht des Mannes hinter dem Steuer noch das verbindlich-höhnische Grinsen der verfroren aussehenden Frau.

An der Einfahrt zum Firmen-Parkplatz der Passau Paderborner Versicherung blieb er stehen. Sein Atem beschleunigte sich. Der Mann blickte zurück, niemand war ihm gefolgt. Eine S-Bahn ratterte Richtung Berliner Tor. Es war, als ob der Mann jedes Fenster des elfstöckigen Gebäudes einzeln musterte. Ein paar Straßen weiter splitterte Glas, der Mann lächelte. Zwei mächtige Peitschen-Laternen beleuchteten einen fast leeren Parkplatz. Nur ein zerbeulter Audi 100, der mit dem Heck einen Laternenmast gerammt hatte, stand herum. 50 Meter weiter, unmittelbar vor dem Haupteingang, parkte ein Opel Rekord. Seine Bronze-Braun-Metallic-Lackierung harmonierte mit den gedeckten Farben der behäkelten Klorolle auf der Hutablage.

Der Mann ging auf den Haupteingang zu. Er blickte noch mehrere Male zu den oberen Stockwerken hinauf und hatte beinahe den Opel erreicht, als plötzlich in der Pförtnerloge ein Lichtschein hin- und herwischte. Der Mann griff in eine Manteltasche und legte die Pistole auf das Dach des Wagens. In der anderen hielt er eine runde Dose mit Munition. Der Mann ließ das Magazin ausklinken, schob Patronen ein und brachte das Magazin mit einem Schlag in die richtige Stellung. Rückwärtsgehend, entfernte er sich einige Meter vom Gebäude. Dann hob er mit beiden Händen die Pistole und schoß das Magazin, von links nach rechts auf die Fenster des obersten Stockwerks zielend, leer. Die Scherben fielen in die Büros und auf den Parkplatz. Sie zersplitterten mit lautem Klirren. Der Mann näherte sich dem Opel, wollte nachladen. In diesem Augenblick stürzte der Nachtwächter aus dem Haus.

«Sie, lassen Sie das! Verrückt geworden, was?»

Der Mann faßte den Nachtwächter ins Auge und griff nach den Patronen. Der Nachtwächter stockte im Lauf und sagte zögernd, fast scheu:

«Das gibt doch Kratzer im Lack.» Er deutete auf die Munitionsdose, die auf dem Autodach stand. Der Mann schlug das Magazin ein und wandte sich dem Nachtwächter zu. Der floh ins Innere des Hauses. Während der Mann die nächsten Fenster fixierte und einen Fehlschuß aus der ersten Serie korrigierte, wählte der Nachtwächter rasend schnell eine Telefonnummer.

Die Dose enthielt 100 Schuß. Sie war nicht mehr halb voll, als Sirengeheul ertönte. Die beiden Streifenwagen schossen aus der dunklen Straße auf den milde erleuchteten Parkplatz. Dabei kam der eine Wagen ins Schleudern und prallte trotz leidenschaftlicher Lenkrad-Kurbeleien des Fahrers gegen den zerbeulten Audi. Während der Mann nachlud, bemerkte er ohne besonderes Interesse, wie zweimal zwei Fahrer und Beifahrer aus ihren Wagen sprangen und hinter den Türen in Deckung gingen. Der Schütze legte das vierte Stockwerk in Scherben, einer der Beamten rief:

«Achtung! Achtung! Hier spricht die Polizei! Sie sind umzingelt. Ergeben Sie sich!»

Der Schütze schoß, ging nachladen. In stummer Verzweiflung stand der Nachtwächter hinter den Scheiben der Eingangshalle.

«Noch mal», flüsterte ein Polizist, «vielleicht hat er nicht zugehört.» Vom anderen Wagen erscholl es:

«Aufhören, sofort aufhören! Wenn Sie nicht sofort aufhören, schießen wir. Dies war die erste, zweite und dritte Warnung.»

Der Mann im Trench schoß, er hatte seit vier Stockwerken kaum einen Fehlschuß zu verzeichnen.

«Mensch, wir müssen etwas tun», zischte ein Polizist, «der hört einfach nicht auf.»

«Ob wir mal vernünftig mit ihm reden...?» begann der Beifahrer des zweiten Wagens. Der Beamte hatte seit seiner Versetzung wegen fortgesetzter provozierender Milde gegenüber Rechtsbrechern keinen leichten Stand im neuen Revier.

«Verstärkung», sagte ein Polizist hocherfreut und forderte über Funk Verstärkung an.

«Ich mach's», entschloß sich der Streifenführer. «Einer muß es ja machen.»

«Mach's gut», sagte sein Beifahrer aufmunternd.

Der Streifenführer zielte.

«Laß dir Zeit.»

«Halt's Maul», zischte der Streifenführer und zielte, was sein zusammengekniffenes Auge hergab. Viel war es nicht, weil es heftig tränte.

«Nimm das linke Bein», rief der Kollege, «die meisten sind ja Rechtshänder.»

«Keine Feinheiten. Ich bin schon zufrieden, wenn ich unterhalb des Schlipsknotens treffe.»

Der Mann im Trench schoß das Magazin leer und drehte sich um. Der Puls der Polizisten sprang auf gesundheitsfördernde 130 Schläge pro Minute.

«Nicht schlecht», flüsterte der Streifenführer, «in den Rücken kriegt er das Ding jetzt schon mal wenigstens nicht.»

Da warf der Mann die Pistole von sich, und dem Polizisten ging vor Schreck die Kugel los. Nachdem er den ersten Schock über die zertrümmerte Heckscheibe seines Wagens verwunden hatte, suchte der Nachtwächter in der Pförtnerloge trübsinnig nach der Nummer des Zentralrufs der Autoversicherer (33 44 66).

«Das ist ein Trick», mutmaßte der Streifenführer.

«Da ist was dran», erwiderte sein Kollege und begann, an der Unterlippe zu nagen. Währenddessen hatte der Minderheiten-Polizist den Mann erreicht.

«Mann Gottes», sagte er, «ich hoffe, Ihnen fällt eine verdammt gute Erklärung für das hier ein.» Er zeigte auf die Scherben und die Löcher im Gebäude. Der Mann blickte ihn an. Der Polizist bückte sich, hob die Pistole hoch. Aus dem Hintergrund stürmte ein Polizist und begann, den Arm des Schützen auf den Rücken zu hebeln.

«Ich ergebe mich», sagte der Mann.

Die Polizisten drängten den rabiaten Kollegen ab. Beim Einsteigen in den Fond des Streifenwagens nutzte der Streifenführer die Gelegenheit und rammte sein Knie in den Unterleib des Täters. Als der Streifenführer den Blick des Mannes sah, hätte er ihn am liebsten noch einmal getreten. Stück für Stück wurde die Stille der Nacht vom Geheul weiterer Polizeisirenen durchlöchert.

«So, du Knallschote, und jetzt zu dir», sagte der Streifenführer und fingerte Handschellen aus dem Handschuhfach.

«Ich bitte Sie, mich nicht zu duzen», erwiderte der Mann im Trench.

«Aber, hallo, was haben wir denn da?» sagte der Streifenführer.

Der Mann im Trench sah die ansatzlos geschlagene Hand nicht kommen. Der Handrücken traf ihn an der Wange und schleuderte

seinen Kopf gegen die Schulter des Beamten, der auf der Rückbank neben ihm saß. Der Beamte schnüffelte: «Hat keine
Fahne.»

«Nun komm schon», knurrte der Streifenführer, der die
Handschellen anlegen wollte. Der Mann verbarg sein Gesicht in
den Händen. Zu zweit rissen sie ihm die Hände herunter und
ließen die Acht einschnappen. «Das ist für deinen Blick»,
fauchte der Streifenführer und zog die flache Hand noch einmal
durch das Gesicht des Mannes.

Auf der Revierwache begutachteten alle Beamten den Fang. Der
Festgenommene präsentierte einen Ausweis, der sich trotz ein-
gehender Prüfung als nicht gefälscht erwies. Diverse Anfragen
brachten Klarheit. Name: Rose; Vorname: Rochus; Alter: 45;
Wohnort: Danziger Straße im Stadtteil St. Georg; Beruf: Nachtportier.

An einem frühen Märztag des folgenden Jahres rauschte ein
BMW aus der Siebener-Reihe neben die Säule mit Superbenzin
und begann sofort zu hupen. Hajo Pillau drehte den Kopf: «Kauf
dir doch eine Tankstelle, du Pisser.» Nachdenklich betrachtete
der Monteur dann wieder den Transit, er fand die Ursache für
die wabbeligen Bremsen nicht. An der Bremsflüssigkeit – das
stand zweifelsfrei fest – lag es nicht. Der Jetta-Fahrer, der von
hinten eine frappierende Ähnlichkeit mit dem Heck seines Wagens aufwies, zeigte mit neunmalklugem Gesicht auf das Selbst-
bedienungsschild. Mißmutig stieg der BMW-Fahrer aus, öffnete die hintere Tür, nahm das schneidige Jackett vom Haken
und zog es an. Daneben sah der Jetta-Fahrer in seiner Hausjacke
wie ein Beuteltier aus.

«Schöne Hupe haben Sie», sagte Hajo, als er am BMW vorbei
zum Kassenraum ging.

«Wenn ich feststelle, daß ihr mir gepanschtes Benzin verkauft,
mache ich euch zur Schnecke», erwiderte der BMW-Fahrer

nicht unfreundlich. Während das Benzin einlief, blickte er über das Gelände. *Sauladen. Wie nach einem Bombenangriff. Müßte von Grund auf renoviert werden. Alles flachlegen und vier bis sechs Klötze mit Eigentumswohnungen rauf. Den U-Bahn-Anschluß gleich mitbauen. Unvorstellbar, wie die sich hier in der Walachei halten können. Ist das überhaupt schon Hamburg?* Der BMW-Fahrer fischte den Schal von der Rückbank.

Die Tankstelle besaß vier Zapfsäulen, zwei für Normal, je eine für Super und Diesel. In dem flachen Anbau waren der Kassenraum, ein Büro, eine kleine Küche, ein Aufenthaltsraum und ein Lagerraum untergebracht. Hinter einem überraschend großen Platz, der vom letzten März-Schnee schmutzig-weiß und matschig wirkte, lag eine Flucht von sechs Garagen, an die sich die Werkstatt mit einer Grube und einer Hebebühne anschloß. Die Tankstelle wirkte wirklich nicht besonders gepflegt. Doch alle technischen Einrichtungen waren erstklassig in Schuß. Die Augen des BMW-Fahrers sprangen von den Reifen-Stapeln zu den vier Schrottautos in der Lücke zwischen dem flachen Anbau und einer unmotiviert auf dem Gelände stehenden, verwahrlosten Mauer. Zwei Wagen standen auf den Dächern der beiden anderen.

Falls dieses Buch weitere Auflagen erleben sollte, stellen wir die Tankstelle – uns dem Zeitgeist nicht verschließend – auf Bleifrei um.

«He, Meister, Kundschaft», knurrte der BMW-Fahrer und warf ungeduldig den Hundertmarkschein auf den zerkratzten Glasteller im Kassenraum.

«Kundschaft. Hast also Zeit, dir eine bessere Ausrede zu überlegen», schnaufte Adler im Büro ins Telefon. «Diese Ausrede ist mir nämlich zu billig.»

Mißmutig gab er dem BMW-Fahrer heraus.

«Haben Sie vielleicht mal ein Kleenex oder so was? Ist nämlich alles ein bißchen dreckig bei euch», sagte der BMW-Fahrer und bewegte geziert sämtliche Finger. Adler griff neben die schwarze Registrierkasse und stellte eine Rolle Toilettenpapier auf den Tresen.

«Süßigkeiten verkauft ihr wohl auch nicht?» fragte der

BMW-Fahrer während des Wischens. Adler schüttelte den Kopf.

«Bißchen was zu trinken? Cola oder so?»

Adler schüttelte den Kopf und ging ins Büro.

«Hähnchen, du fauler Hund», rief er ins Telefon. «Wir sind auf dich angewiesen. Das weißt du genau. Ich habe sonst nur noch Reinhold.» Anscheinend redete sich Hähnchen heraus.

«Hähnchen», vibrierte Adler, «ich will dich deiner Traumfrau nicht entfremden, aber bedenk doch: Wenn ihr euch zwei Stündchen nicht seht, hat der Akku Zeit, sich aufzuladen. Da fahrt ihr heute abend gleich mit ganz anderem Schwung aufeinander zu.» Adler hörte zu, lächelte kalt. «Okay, Hähnchen, okay. Du hängst dich bei deiner Traumfrau rein, und ich hänge in den Seilen. So hat jeder was. Wirklich toll. Tschüs, du halber Hahn.»

Adler hängte ein und trommelte mit drei Fingern auf dem Tisch herum. Dann ging er durch die winzige Teeküche in den Raum, den er immer dann, wenn er keine Lust hatte, nach Hause zu fahren, zum Schlafen benutzte. Reinhold saß im Ohrensessel zwischen dem durchgesessenen Sofa und dem Tisch. Dort standen noch Meßgerät und Lötkolben. Haßerfüllt starrte Adler auf das handliche Computerspiel in Reinholds Händen.

«Wie du mit dem Ding 62 Durchgänge geschafft haben willst, ist mir völlig schleierhaft», sagte Reinhold. «Du bist doch sonst nicht der Typ, der die große Geduld hat.»

Auf dem Weg zu seinem Wagen kam der BMW-Fahrer an dem Transit vorbei. Der Lieferwagen war fünf Jahre alt und viel bewegt worden. Dank Hajos Pflege sah er tipptopp aus. Das matte Schwarz gab dem klobigen Wagen etwas Flottes. Auf beiden Seiten stand in leuchtendgelber Schrift «Wir bewegen die Welt – Adler Kühn». Darunter das Bild eines grob skizzierten Mannes. Der Mann breitete seine zu Flügeln umgebildeten Arme aus.

Ein Fiat-Fahrer quengelte. Hajo ließ vom Transit ab und brachte ihm die Heizung in Ordnung. Danach fuhr Hajo mit dem Transit durchs Gewerbegebiet. Am Wochenende waren kaum Menschen auf den Straßen von Billbrook. Am Rand der breiten Straßen standen Container, unter die sich Montag früh eine Zugmaschine schieben würde. Die Parkplätze der Betriebe waren leer, in windgeschützten Ecken lagen Schneehaufen. Auf den Kanälen hatte sich das angetaute, auseinandergebrochene und erneut gefrorene Eis zu hohen, zackigen Bergen geschichtet. Hajo bremste, mit kleiner Verzögerung sprach der Wagen an. «Muß reichen», murmelte er, zündete sich eine Zigarette an und fuhr zur Tankstelle zurück.

Als Hajo zum Kassenraum ging, rauschte ein Taxi aufs Gelände. Irene parkte neben dem Transit ein, ein etwa achtjähriger Junge ließ sich aus dem Wagen direkt vor ein Hinterrad des Transit fallen. Hajo sprang dazu und verhinderte das Schlimmste.

«Sag deinem Sohn endlich, daß ‹Ventile pfeifen hören› kein Spiel ist, sondern Sabotage», forderte er Irene auf. Sie drückte ein bißchen in Tills Nackenregion herum. Für Hajo sah es aus, als ob sie den Lümmel liebkoste.

Hajo mußte zu einer kaputten Heizung. Irene ging in die Küche und fragte Adler, wie lange der Tee schon gezogen habe. Vorsichtig zog sie das dunkelbraune Netz aus der Brühe. *Und es sieht doch aus wie ein Präser.* Irene setzte sich im Aufenthaltsraum auf die winzige Stelle des Sofas, auf der Adler keine Blinker und Bremsleuchten gestapelt hatte.

«Wir ziehen das jetzt durch, Punktum», trumpfte Adler auf. «Wir schaffen das schon. Reinhold und ich, das ist ja fast so, als ob wir zu zweit wären.» Liebevoll grinsten sich Irene und Adler an, Reinhold schaffte drei Durchgänge mit dem Computerspiel und wurde regelrecht euphorisch.

«Ich habe eine Schicht übernommen», sagte Irene ohne Begeisterung. «Meine ach so hilfsbereiten Mitbewohner sind alle ausgeflogen.»

Adler, der es nicht mehr mit ansehen konnte, nahm Reinhold das Computerspiel fort und drückte ihm einen Teebecher in die Hand.

«Maria ist um acht wieder da, also um zehn bestimmt. Sie schickt den Bengel in die Federn. Bis dahin ist Asche. Vielleicht könntet ihr? Aber ihr macht wohl eine Tour?» Irenes Stimme war am Schluß immer zaghafter geworden.

«Frag Hajo», knurrte Adler. «Der hat die besten Nerven. Und sag deinem Sprößling, er soll die Ventile in Ruhe lassen. Sonst kriegt er hier nämlich Platzverweis.»

Irene fragte Hajo. Gemeinsam kesselten sie Till ein und hielten ihm einen Vortrag über Sinn und Unsinn von Ventilen. Till nickte und nickte. «Na, dann komm, kleiner Mann», sagte Hajo. Er konnte den altklugen Knaben gut leiden.

Sie brachen gleichzeitig auf. Adler versuchte, Irene zu rammen, die wich geschickt aus und fuhr das Tankstellen-Fahrrad um. Till reckte den Arm in die Höhe, die Erwachsenen hielten dies für Winken. Er wartete, bis Hajo zum Fahrrad ging, um es aufzuheben. Dann faßte Till das erstbeste Ventil ins Auge. Und Vorfreude ergriff den Knaben.

Während Reinhold sich darüber verbreitete, was für eine nette Person Irene Lachmund war, steuerte Adler die Adresse im Stadtteil St. Georg an. In der Gegend kannte er sich aus, er wohnte selber dort.

In der Danziger Straße gerieten sie prompt in den Abmarsch des Gottesdienstes. Die katholische Kirche spielte an Wochenenden praktisch nonstop. Adler parkte den Transit halb auf dem Bürgersteig und wartete die Abfahrt der Wagen ab. Dann stellte er den Transit genau vor die Haustür. Reinhold holte die Handschuhe aus der Kiste, Adler öffnete gerade die Hecktür, als eine Frau aus dem Mittelklasse-Pkw vor ihnen stieg. Ein Mann folgte ihr. Reinhold kümmerte sich nicht um die Frau. Er machte für 50 Mark seinen Job, der Chef war Adler.

«Herr Adler?» sagte die etwa vierzigjährige Frau in dem grundsoliden Mantel mit Pelzaufsatz. Valentin Kühn registrierte diesen Irrtum seit Jahren nur noch am Rande.

Adler nickte, die Frau hielt ihm die Hand hin: «Drummer. Frau Drummer. Ich bin die Schwester von meinem Bruder.» Adler nickte dem Mann im Hintergrund zu. «Das ist er doch nicht», sagte die Frau ärgerlich, «das ist doch mein Mann.» Adler nickte freundlich. *Bevor du mal heiratest, denkst du eine Nacht lang an solche Ehepaare.*

«Ich habe Ihnen doch am Telefon erzählt, daß es um die Wohnung von meinem Bruder geht. Mein Bruder ist nach Südamerika ausgewandert. Das ist mein Mann. Der bleibt hier, was, Rolf Scheißerchen, du bleibst doch bei deiner kleinen Karin?»

Adler blickte den Mann nicht an. «Dann wollen wir mal»,

sagte er und rieb die Hände. «Kommen denn nicht noch mehr?» fragte die Frau.

«Wir sind bärenstark», entgegnete Adler munter und wurde wieder sauer auf Hähnchen und dessen Traumfrau. Sie gingen ins Haus.

Seitdem es mit der Tankstelle nicht so lief – also praktisch seit Anfang an vor zwei Jahren –, inserierte Adler in diversen Anzeigenblättern und im Regionalteil der alternativen Tageszeitung: «Wir bewegen die Welt – und Ihre Möbel auch.» Die Anrufe hielten sich in Grenzen. Im Monat kamen sie auf vier, fünf Umzüge, Wohnungs-Auflösungen und Entrümpelungen von Dachböden und Kellern. Die Frau, auf deren unteren Lendenwirbel-Bereich Adler beim Treppensteigen blickte, hatte die Sache sehr dringlich gemacht. Ihr Bruder, der Hallodri, sei ganz kurzfristig Richtung Südamerika verduftet, diesmal für endgültig, der Weltenbummler. Er habe sie, seine Lieblingsschwester, gebeten, die Wohnung aufzulösen, weil er alle Brücken hinter sich abreißen wollte.

Reinhold freute sich, daß sie nur bis in den ersten Stock mußten. Der Ehemann blieb im Hintergrund. Adler wurde das Gefühl nicht los, daß der Mann sich nicht wohl fühlte.

«Kleiner Rundgang, die Herren, bitte sehr», sagte die Frau mit aufgesetzter Munterkeit. Sie begannen in der Küche. Reinhold spielte Gewichtschätzen. Der Schrank war für ihn «200 Pfund», und als Adler ihn darauf hinwies, daß man das Oberteil abschrauben konnte, war er «130 zu 70».

Hier hatte ein Junggeselle gelebt. Ein Klo, die umgebaute Speisekammer faßte gerade die Duschkabine. Im Wohnzimmer hatte der Mann wohl auch geschlafen, das Sofa war ausgezogen, eine Decke und ein Wintermantel lagen neben einer Reisetasche, die ausgekippt worden war und dem Mieter als Werkzeugkasten gedient haben mußte. Sessel, Schrank und Teppich addierte Adler seufzend zu maximal drei Blauen. Ein paar Grünpflanzen waren vertrocknet. *Hoffentlich bringt das zweite Zimmer was. Sonst können wir den Klumpatsch gleich auf den Müll kippen.*

Adler betrat den Raum und stutzte mitten in der Bewegung eines Schrittes. Hektisch fuhr sein Kopf herum. Er stand in einem Büro, das er seit fünfzehn Jahren kannte. Ungefähr so lange war es her, seit er zum erstenmal einen amerikanischen Detektiv-Film gesehen hatte.

Waagerecht gestellte Jalousien *nichts wert* vor beiden Fenstern, ein Schreibtisch, dicht vor den Fenstern, mit einem einfachen Bürostuhl *20 DM*, der aber Lehnen hatte. Auf dem Schreibtisch *glatte 120 Märker* ein schwarzes Telefon *30 Mark maximal*, eine grüne Schreibunterlage, ein verblichen wirkender Tageskalender auf dunkelgelbem Holz. Eine schwarze, schmale, sehr längliche Schale mit Kugelschreibern, Büroklammern und Bleistiften *Pipifax*, ganz am Rand aktuelle Telefonbücher von Hamburg, Los Angeles und Asuncion *Müll*. An einer Schmalseite sowie zwischen Ecke und Fenster standen Rollschränke die Mechanik schien nicht ganz in Ordnung. *Wenn ich die wieder hinkriege, bringt es jeweils mindestens einen Adler.* Er liebte diese nach ihm benannten blaßblauen Flattermänner auf knitterigem Papier. Einen Rollschrank füllten zur Hälfte Fachbücher und Aktenordner. Neben dem Schrank stand ein Wasserbehälter. *Wenn der noch funktioniert, lohnt er allein schon die ganze Chose.* Verdutzt trat Adler vor den Behälter, der fast leer war. Er zog einen Pappbecher aus der Halterung und füllte einen Schluck Wasser ein. Er tat es nicht, weil er trinken wollte. Er mußte nur sofort den Beweis haben, daß das Ding funktionierte.

«Träum ich, oder wach ich?» ertönte Reinholds Stimme in Adlers Rücken.

«Das ist ja wirklich eine Überraschung», murmelte Adler.

«Nicht wahr?» sagte der Mann. Zum erstenmal verlor er seine verspannte Bedrücktheit.

«Rolf!» Mit einem Wort brachte ihn seine Frau zum Schweigen. Der Mann ging sofort hinaus. Reinhold strich mit der Hand über diverse Gegenstände und erzählte von Melville, Hammett, Cain, Fritz Lang und Cagney.

«Hat Ihr Bruder irgendwas mit Film zu tun?» fragte Adler. «Oder Fernsehen?»

«Rochus und Fernsehen», höhnte die Frau, «den hätten sie doch nicht ins Fernsehen gelassen. Verrückt war er, habe ich immer gesagt. Verrückt.»

«Wie, sagten Sie, ist der Name Ihres Bruders?»

«Rochus. Er heißt Rochus Rose», antwortete der Mann der

Frau, der in diesem Augenblick das Zimmer betrat. Die Frau wurde immer lauter:

«Ich habe den Namen bisher nicht genannt. Ich habe auch nicht vor, das in meinem Leben je noch einmal zu tun.»

«Aber Karin, Kati», sagte der Mann kläglich und versuchte, seiner Frau besänftigend über den bemantelten Arm zu streichen. Abrupt entzog sie sich ihm.

Während das Ehepaar im Flur zischelnd miteinander stritt, trat Reinhold auf Adler zu. «Tolle Inneneinrichtung.»

Eine Tür schlug zu. Sie waren mit der Frau allein.

«Damit es keine Mißverständnisse gibt», sagte Adler, «150 fürs Leerräumen und der Verkaufserlös für uns, richtig so?»

«Ja, ja», sagte die Frau muffelig und zog ihr Portemonnaie. Adler wollte eine Quittung schreiben. «Sparen Sie sich die Mühe. Sie brauchen Ihre Kräfte noch», sagte die Frau. Sie ging bis zur Wohnungstür und drehte sich um. Auf einmal hatte ihr Gesicht die tiefen Kerben verloren. Adler glaubte, so etwas wie Wehmut zu erkennen. *Aber du bist ein sentimentaler Hund, das können dir 200 Leute bestätigen.*

«Ist noch was?» Die Frau zuckte zusammen.

«Nein, nein. Wir sind klar soweit. Die Schlüssel geben Sie bei den Nachbarn ab.» Sie schloß die Tür sehr leise.

Adler wollte endlich mit der Arbeit beginnen. Er wußte, daß sie mit dem Transit zwei Touren fahren mußten. *Wir brauchen einen Lkw, verdammt noch mal. Und eine vernünftige Werkstatt. Und keine Schulden. Und eine Frau. Und endlich mal Urlaub.*

Adler zerraufte sich die kurzen dunkelbraunen Haare, strich die abstehenden Seiten über die Ohren nach hinten und zog die Handschuhe an. Dann trat er Reinhold, weil der gerade so günstig stand, in den Hintern.

Die erste Fuhre luden sie gegen 18 Uhr in einer der Garagen ab. Da plärrte Till gerade und wollte zu seiner Mutter. Hajo hatte ihn an einem Ventil erwischt. Adler ging hin und ließ das Wort «Hausarrest» fallen. Till zog, was er in der Nase hatte, Richtung Stirnhöhle und verschwand im Aufenthaltsraum, wo er mit seinem Taschenrechner zu hantieren begann. «So macht man das», sagte Adler im Vorübergehen zu Reinhold.

18

Die zweite Ladung fuhren sie gegen 21 Uhr an. «Warum denn das noch abladen?» muffelte Reinhold. «Das kommt doch Montag sowieso alles zu den Händlern.» Sie standen vor der geöffneten Seitentür.

«Kann sein», sagte Adler versonnen.

«Willst du hier etwa ein Lager aufmachen?» fragte Hajo ziemlich scharf.

«Ich weiß noch nicht», sagte Adler. «Aber ich habe da was im Urin. Das da im Wagen ist das Büro von dem geheimnisvollen Mister X oder wie der heißt. Wir haben sogar die Scheibe aus der Tür mitgenommen.»

«Aha», sagte Hajo ohne Interesse. Beide fielen mit der Schilderung des Zimmers über ihn her. Danach hatten die Augen, mit denen Hajo die Ladung musterte, mehr Feuer.

«Ohne mich», sagte Reinhold und gähnte. «Ich starte jetzt ins Wochenende durch. Halb zehn, spätestens, war abgemacht.» Er streckte die Hand aus. Adler blickte Hajo an, der ging in den Kassenraum, Reinhold trottete hinterher. In der Tür drehte er sich zu Adler um, der gerade einen Lamellenschrank an den Rand der Ladefläche rückte. «Ich will ja nicht betteln.»

«Dann laß es», sagte Adler und kantete den Schrank.

«Aber einen Zehner könntest du ruhig noch rauftun. Ich habe genau gehört, was du mit der Tussi abgemacht hast. 150 De Em.» Hajo suchte Adlers Blick und legte einen Zehner drauf.

Müde atmete Adler aus und hob den Kopf. Eine der beiden Röhren im Innern des Tankstellenschildes war schon wieder ausgefallen. Der gelbe Flügelmann auf schwarzem Grund wurde nur einseitig erleuchtet. *Flügellahm.* Adler seufzte, als er die Schneeflocken wahrnahm.

«Manchmal», sagte Hajo, stellte sich neben ihn und ließ die Arme bis über die Ellenbogen in der Latzhose verschwinden, «manchmal, da weiß der Schnee nicht, ob er nun runterfallen oder ob er in der Luft stehenbleiben soll.»

«Bist du eigentlich mit Doris wieder klar?»

«Sand im Getriebe.»

Adler boxte dem Freund gegen die Brust, Hajo nahm Verteidigungsstellung ein und täuschte einige Schläge an, denen Adler nicht auswich.

«Wenn wir im Film wären, würden wir uns jetzt in die Arme fallen und auf unsere Männerfreundschaft eine Flasche Bourbon leeren», sagte Adler lachend.

«In solchen Momenten rauscht ja meistens eine Frau dazwischen», sagte Hajo und trat zur Seite, damit der Scirocco ihm nicht über die Zehen fuhr.

«Nicht schon wieder», stöhnte Adler und wandte sich den Möbeln zu.

«Das sind die Schattenseiten unseres Berufs», grummelte Hajo, holte tief Luft und zwang ein Lächeln herbei.

«Hallihallo», rief der Fahrer des Scirocco und warf eine Hand in die Höhe. «Ich werde langsam zum Stammgast bei euch, wie oder was?»

«Glaube ich nicht», murmelte Hajo. «Das würde ich auch nicht mehr erleben, weil ich nämlich vorher gekündigt hätte.»

Achim Golze trug eine grobe Cordhose, die er nachlässig in die Skistiefel gestopft hatte. Der mollige Skipullover war mit einem Muster geschlagen, das Golze wie ein Zebrastreifen in der dritten Dimension aussehen ließ. Dagegen wirkte das Halstuch fast zierlich. Kriminalassistent Golze hatte es bei einer Razzia im zweitbekanntesten Puff der Stadt unauffällig mitgehen lassen. Die Kürze des Tuches war für Golze wichtig. Seine vorletzte Freundin hatte ihm vor Jahren einen vier Meter langen Schal gestrickt, mit dem sich Golze in einer Drehtür fast besinnungslos gewürgt hatte. Der Halstuchträger führte die Zapfpistole ins Tankloch des Scirocco ein. Hajo sah ihm dabei so lange zu, bis Golze kurz davor war, eine zotige Bemerkung zu machen. Doch da waren die knapp zehn Liter schon drin, die ein befreundeter Schutzmann aus Golzes Tank abgesaugt hatte, damit er einen einleuchtenden Grund erhielt, die Tankstelle erneut anzufahren.

Hajo wärmte sich drinnen auf und sah zu, wie Golze mit langem Hals über das Gelände strich. Dann kam er zögernd in den Kassenraum. Hajo las den läppischen Preis ab und sagte: «Schluckt was weg, Donnerwetter aber auch.»

«Hajo. Ich glaube, ich habe das jetzt raus mit den Schweinen», sagte Till, der plötzlich in der Tür zwischen Teeküche und Kassenraum stand. Hinter dem Ohr steckte sein Bleistift, in einer Hand hielt er den Taschenrechner.

«Na, kleiner Mann, wie geht es uns denn so?» Till senkte den Kopf und schoß einen Blick auf Golze ab, daß dem die Knie weich wurden. Danach vergaß Till den blöden Neuen sofort. Als Hajo jedoch raus mußte, um einem Golf den Scheibenwischermotor zu richten, faßte Till den Neuen wieder ins Auge.

«Kommst du mit nach hinten? Dann erkläre ich dir die Sache mit den Schweinen.» Golze trottete hinter Till her.

Aus dem bißchen Schnee wurde ein solider Schauer. Adler fischte eine Pudelmütze ohne Bommel aus der Schmuddelecke der Garage und wartete, bis Hajo Zeit hatte, ihm beim Tragen des Schreibtisches zu helfen.

Irene kam. Hajo und Adler stellten den Schreibtisch ab und sahen zu, wie sie ausstieg. Der Wohnwagenfahrer aus dem Pfälzischen vergaß seine Mutti und gönnte sich ebenfalls einen Blick. Golze stand sieben Sekunden nach dem Ertönen des bulligen Diesel in der Tür. Locker wollte er seine Hand zur Begrüßung in die Höhe werfen, traute sich aber nicht. So kam ein abgebrochener Armwurf heraus.

«Mami, Mami, der kapiert das mit den Schweinen nicht», rief Till und eilte zu Irene.

«Du sollst nicht immer Mami zu mir sagen, verdammt noch mal, was sollen die Leute denken!»

«Aber wenn der das doch nicht kapiert», quengelte Till in genau dem Tonfall, der Irene noch nach acht Jahren an den Kindsvater erinnerte.

«Komm her, Schöne, Möbel gucken», rief Adler. Irene bekam die Geschichte von dem geheimnisvollen Zimmer erzählt und zeigte das Ausmaß an Begeisterung, das Adler sich erhofft hatte.

«Soll ich's dir noch mal erklären?» fragte Till ohne viel Hoffnung. Golze winkte unwirsch ab. «Sonst geh ich an deinen Ventilen spielen», sagte Till leise. Golze winkte erneut ab, er hatte nicht zugehört. Till machte sich auf den Weg und pfiff mit gespitzten Lippen. *Aber Ventile können das viel, viel besser.*

Adler brachte Teewasser auf den Weg und ärgerte sich, daß er Golze für dessen Wunsch nach einem «Täßchen» Kaffee nicht einfach auslachte.

Sie saßen im Aufenthaltsraum um den Tisch herum. Adler biß die Wärme in den Augen, Hajo mußte immer wieder raus, kassieren. *Aber zu selten, viel zu selten bei unserem Kontostand.* Golze wurde es in seinem Pullover so warm, daß er bald einen ziemlich roten Kopf bekam. Er traute sich nicht, den Pullover auszuziehen. *Dieses Hemd. Da gucken doch alle. Warum verläßt dich dein strategisches Genie immer beim Naheliegendsten?*

Zwischendurch kam Till herein und strahlte so nachhaltig, daß Irene ihn aufmerksam musterte. Till mochte den Neuen jetzt eigentlich ganz gern, wenn er auch nicht in Raserei geriet, wie er das in jungen Jahren bei zwei, drei Liebhabern seiner Mutter getan hatte. Die meisten jedoch hatten sich bei ihm abgestrampelt wie eine Ratte, wenn sie in eine leere Badewanne fällt.

Golze suchte Irenes Blick, aber er fand ihn nicht. Adler war so nett: «Wie geht's denn? Schon Erfolg gehabt?» Golze pumpte sich auf:

«Ich bin dran, hautnah. Im Haus heißt die Leiche nur noch ‹Pappnase›, weil es ihn ja beim Strullen erwischt hat und weil er doch diese Pappnase von der Karnevalsfeier von diesem Sparkassen-Verein . . . wie war gleich noch mal . . . ‹Penuntia› ist der Name vom Verein, wo er zum letztenmal in seinem Leben so richtig fröhlich gewesen ist, tragisch, tragisch. Und alles in dem Moment, als er den Hydranten umschiffen . . . Pardon, aber das kennt man doch, zwei, vier, acht Bier, und du glaubst, dir fliegt die Blase um die Ohren. Wenn du dann gerade noch rechtzeitig den Reißverschluß runterkriegst, das ist ein Gefühl, aber wem sage ich das . . .» Golze fing Irenes Blick auf und wurde von einer momentanen Sprachhemmung heimgesucht.

«Wir haben uns natürlich in den letzten Tagen schlau gemacht. Die Leiche liegt praktisch wie ein aufgeschlagenes Buch vor uns. Ha, ha, alter Pathologen-Scherz. Appetitlich sah er wirklich nicht aus. Ihr habt nichts versäumt, daß euch der Anblick erspart geblieben ist. Vorne der Hosenschlitz offen und hinten die Schädelplatte, ausgewogen irgendwie, wie beim Fernsehen.» Irene schickte Till aus dem Raum. Der wollte nicht, weil er hingerissen zuhörte. Sie versprach ihm, heute abend zehn Minuten seinen Kopf zu kraulen, und weg war er. Hajo kam rein. Er lehnte sich an den Türrahmen.

Golze merkte, daß es still war im Raum.

«Der Doktor hat ihn umgekrempelt wie eine Hosentasche. Heute morgen lag der Bericht auf meinem Tisch, ich kann euch sagen. Die haben Schrammen und Narben entdeckt, da wußte die Pappnase wahrscheinlich gar nicht, daß sie die hatte. Jetzt kann's ihm ja egal sein. Obwohl, ich halte es für möglich, daß seine Frau Wert darauf legt, eine Kopie von dem Bericht zu kriegen. Das rundet die Sache doch irgendwie ab. Und wenn die Kinder mal groß sind ... Fisch, Fisch hat er gegessen, einen halben Kutter voll. Und als Beilage Kartoffelsalat, war feste am Verdauen. Und dann natürlich gebechert wie die Kannibalen. Stichwort Karneval, kennt man doch, obwohl, also ich eigentlich nicht so. Ich komme ja aus Schwaben. Meine Mutter, die hat eigentlich ganz gern gelacht. Eins Komma neun acht Promille, für mich sind das ja schlicht und ergreifend zwei. Aber die Pathologen sind pingelig, sind im ganzen Haus bekannt dafür, richtige Popelzähler. Und was das Schönste ist: Personalausweis in der Aftertasche, wie es sich gehört. Aftertasche ist die hinten links und rechts auch, kennt ihr nicht, den Ausdruck? Ja, ja, geh zur Polizei, das weitet den Horizont, auch sprachlich.»

Golze schlürfte den restlichen Tee rein. Adler wurde immer müder, Hajo mußte kaum noch raus, weil am späten Samstag kaum jemand kam. Irene fing Till ein und verabschiedete sich. Golze sprang betroffen auf:

«Schon?» Irene deutete auf Till. «Ah ja, na klar, ist ja klar.» Golze wollte Till über den Kopf streichen, Till wollte nicht. «Na, du kleiner Butzemann, machst der Mami keinen Ärger. Augen zu, und morgen geht das Leben weiter. Du bist ja noch jung.»

Hajo folgte Irene in den Kassenraum. «Sag mal, glaubst du, daß wir dem irgendwie helfen müssen. Der braucht doch Behandlung, Arzt oder Monteur oder so was.» Irene lächelte.

«Ich hab ihn irgendwo ganz gern.» Und als Hajo sie fassungslos anblickte: «Ich weiß nur noch nicht, wo.»

«Guckt mal, da draußen», krähte Till, der mit dem Gesicht an der schmutzigen Scheibe klebte.

«Komm, Tilli, Abgang.»

«Gleich. Erst gucken.» Irene guckte und winkte Hajo herbei.

Zwischen Bürgersteig und Auffahrt zur Tankstelle, neben dem handgemalten Schild ‹Erste menschliche Station nach der Autobahn› standen zwei Männer.

«Neger in der Nacht», sang Hajo. Irene deutete mit strafendem Gesichtsausdruck auf das Kind. Das Neonlicht beleuchtete die Schwarzen. Sie waren Mitte Zwanzig oder auch Dreißig. Einer trug einen voluminösen Skipullover. «Das hat uns der Detektiv da drin aber nicht verraten, daß er einen Zwillingsbruder hat», sagte Hajo. Irene wies wieder heimlich auf das Kind.

Warum sind es zwei, und warum sind sie schwarz?

1. Allein sperren sie dich ein (alternative Spruchweisheit).

2. Dashiell Hammett (Autor von ‹Der Malteser Falke› und ‹Der dünne Mann›) beschäftigte in seinen wildesten Jahren auch zwei Schwarze, einen als Fahrer, den anderen als Koch. Die Schwarzen müssen raus aus der Dienstleistungsecke.

«Laß ihn doch, Mami», sagte Till. Der andere Schwarze trug einen schwarzen Mantel und trat von einem Bein aufs andere. Der mit dem Skipullover hielt ihm offensichtlich einen längeren Vortrag, wobei er abwechselnd auf das Schneegestöber und auf seinen Pullover zeigte. Sein Begleiter schien schlecht gelaunt zu sein. Neben den beiden standen ein Koffer, zwei Reisetaschen und ein Kanister, der mit Zeitungspapier umwickelt war.

«Mami, können Neger frieren?» Hajo blickte Irene an und verließ sicherheitshalber den Raum.

«Tschüs denn.» Irene schob Till zum Wagen.

«Nun hör endlich auf. Ich glaub's ja», sagte Henry zu Gabriel. Der ließ sich aber nicht bremsen. «Das ist Hochmut. Nur weil du aus dem Morgenland kommst, glaubst du, die hier im Abendland haben kein eigenes Wetter. Das hast du nun davon.»

«Ja, ja», sagte Henry und schlug die Aufschläge des Mantels vor den Bronchien zusammen.

«Guck mal da, eine Eingeborene.» Gabriel drehte sich um. «Mit Jungem. Scheinen ganz zutraulich zu sein.»

Irene verfrachtete Till auf den Rücksitz und fuhr los. Neben den Schwarzen hielt sie an, stieß die Beifahrertür auf: «Ich fahre Richtung Innenstadt. Wollt ihr mit?»

Henry saß vorne, Gabriel und das Gepäck hinten neben Till. Im Rückspiegel beobachtete Irene ihren Sohn. *Tu mir den Gefallen und halt deine Klappe. Nur einmal.* Den Taxameter ließ sie aus.

«Du hast es auch nicht leicht, was?» sagte Adler. Golze nahm den Satz so dankbar an wie eine Meise die Brosamen im Winter.

«Darauf kannst du einen lassen. Man hat's wirklich nicht leicht, aber leicht hat's einen.» Adler verspürte ein Ziehen in der Gallengegend. «Bruno Gantenheim, kennt ihr zufällig Bruno Gantenheim?» Eine Sekunde dachte Adler ernsthaft nach, dann blickte er Golze an und ließ es sein. «Es gibt auch ein Foto», meinte Golze großspurig und stand auf. Hajo befürchtete, daß er jetzt den Pullover ausziehen und es sich gemütlich machen würde. Aber Golze fummelte nur eine Brieftasche hervor. «Hier, Bruno, als er noch jung und taufrisch war. Schwer zu erkennen, so ohne Pappnase. Das daneben könnt ihr vergessen, das ist seine Frau.» Gierig wartete Golze auf Beifall für seinen Scherz. Adler und Hajo blickten sich an. *Dann eben nicht, ihr Ignoranten.* «Heute mittag war ich bei Brunos Witwe, ich kann euch sagen. Die hat nicht nur geweint, die hat gegurgelt. Das waren Liter, ach, was sage ich, Zentiliter, oder wie heißt das, wenn es hundert Liter sind?»

«Bei einer Million heißt es Milliliter», sagte Hajo.

«Kenn ich doch», erwiderte Golze eingeschnappt. «Das ist wie bei den Zentimetern.» Hajo fühlte sich jung und unternehmungslustig. *Wenn nur Doris nicht wäre. Ohne Doris wäre auch Christian nicht. Und der Möbelkredit auch nicht.*

«Ich klingel, räusper mich, krieg den starren Blick, daß sie gleich merkt, was die Glocke geschlagen hat. Und dann: Tut mir leid, liebe Frau, aber so ist das Leben, je nachdem. Manche sind kalt wie Hundeschnauze, bei denen geht's wohl später los. Aber dem Gantenheim seine, die konnte auf Kommando. Ich habe bis hundert gezählt, angeboten kriegt man ja meistens nichts, wenn sie gerade Witwe geworden sind. Kann ich verstehen, die haben wirklich andere Sorgen. Ich habe gleich gemerkt: Hier mußt du noch mal wiederkommen, heute bringt das nichts. Diener, Beileid zweite Folge und Abgang. Die Gantenheim ist beim Schneuzen, nebenan schlägt einer seinen Hund, und im Radio läuft diese Brüder-wir-denken-an-Euch-in-der-Ostzone-Sendung. Die Mädels aus Zwickau und der Vopo aus Magdeburg, der Freddy hören will, das hältst du nicht aus. Ich muß los, tut mir leid. War nett. Danke für den Kaffee. Und wenn ich wieder in der Nähe bin, schau ich vielleicht mal rein. Natürlich nur, wenn ihr nichts dagegen habt.» Hajo war kurz davor, Golze die Adresse von Irene zu geben. *Denen in der Wohngemeinschaft, denen würde ich den Kerl gönnen.*

Adler und Hajo standen in der Tür und sahen dem Polizisten nach. Das rechte Hinterrad hatte wenig Luft. «Ob die alle so sind?» fragte Hajo.

«Ich hau mich jetzt aufs Ohr», sagte Adler gähnend.

«Heute wieder nicht nach Hause?»

«Heute wieder nicht, nein.»

Adler holte sich Bettzeug aus einem Korb, drohte seinen Zähnen mit der Zahnbürste und räumte vor allem Golzes Tasse weg.

«Geschäftlich hier?» Irene blickte die Schwarzen an. *Na los, Jungs. Für meine Freundlichkeit könnt ihr ruhig die Zähne auseinandermachen.*

«Kann man sagen, daß uns Geschäfte hierherführen?» fragte Henry und beugte sich nach hinten. Gabriel nickte:

«Das entspricht den Tatsachen.»

«Obwohl...» Henry wiegte zweifelnd den Kopf hin und her.

«Na, laßt mal, wenn es euch Probleme macht», sagte Irene. «Wohin soll es denn gehen?» Gabriel nannte die Adresse eines Studentenheims im Stadtteil Ohlsdorf. «Kein Hotel?»

«Kein Hotel.»

Henry wiegte wieder den Kopf hin und her.

«Mami, der Mann wackelt so», sagte Till und sackte im Sitz zusammen, als Henry sich umdrehte. Henry drehte sich wieder nach vorn und lächelte Irene an.

«Ein schönes Land mit klugen Menschen. Wenn man das Richtige lernt, kann man viel lernen.»*

«Ihr wollt nicht darüber reden, weshalb ihr hier seid, oder?»

Die beiden Schwarzen strahlten.

«Mami, ich will nach Hause», flüsterte Till.

«Auf ein Wort noch», sagte Gabriel. «Kennen Sie die Adresse von Bohnemann, Kaffeefirma Bohnemann?» Irene schüttelte den Kopf. «Oder Reiher?»

«Das soll was sein?»

«Eine chemische Fabrik.»

«Seid ihr Vertreter oder so was?» Sie blickten sich an.

«Mami, ich will endlich nach Hause.»

«Was dagegen, wenn ich euch an der U-Bahn rauslasse? Ihr kommt klar damit? Nahverkehr, Automaten, alles easy?»

«Die können doch schwarzfahren», sagte Till leise. Irene wurde knallrot.

Als Irene, mit dem müden Till auf dem Arm, den langen Flur entlangging, sprang ihr Maria aus der Küche entgegen. «Hallöchen, ihr zwei beiden. Kommt ihr noch auf ein Glas? Andreas und Ludmilla und Silke sind da, und wir verstehen uns gerade sooo gut.»

«Maria, wir hatten abgemacht, daß du Till um acht übernimmst. Wo warst du um acht?»

«Um acht? Ich? Oh.» Maria schlug sich mit der Geziertheit,

◆

* In Büchern und in Filmen verständigen sich die Leute, als gäbe es kein babylonisches Sprachenwirrwarr auf der Erde. Unsere beiden Freunde sprechen deutsch. Wie das?

Henry sen., ein bis zur Sturheit germanophiler Anhänger unserer Literatur und Philosophie, hatte in seinem Haus genügend Bücher herumliegen, um Henry und seinen Freund Gabriel mit dieser Art Kulturgut zu traktieren. Anläßlich des Protestantischen Weltkongresses in Nairobi, Mitte der siebziger Jahre, flog auch O. Sartorius, ein Kirchenkreis-Synodaler, stellvertretender Synodaler sowie Kirchenvorsteher ein. In seinem Gepäck: die ‹Sudelbücher› des vortrefflichen Georg Christoph Lichtenberg. Über eine schwarze Pastorin, ein Zimmermädchen und den Schwarzen Markt der Stadt gelangte das Buch in den Besitz von Henry.

die Irene haßte, auf den Mund. «Liebling», sagte sie und versuchte, Irene zu umarmen. «Ich vergehe vor Scham. Das ist mir ja noch nie passiert.»

«Dienstag das letzte Mal», sagte Till und brachte sich wieder in Irenes Halsbeuge in Position. Maria eilte in die Küche zurück, Irene machte ihren Sohn nachtfertig. «Irene, warum sind Neger schwarz und ich bin weiß?» Auf diese Frage hatte Irene mit vollkommenem Fatalismus gewartet. Sie verzog das Gesicht. «Mami, du hast gesagt, ich muß fragen, wenn ich was wissen will.»

«Du sollst mich nicht ‹Mami› nennen.»

«Auch nicht, wenn keiner dabei ist?»

«Auch dann nicht.»

«Die anderen dürfen ihre Mami aber Mami nennen», maulte Till. Irene brach einen Streit vom Zaun und erreichte ihr Ziel: Er vergaß die Neger.

Ludmilla lotste Irene dann doch noch in die Küche, wo sie vom Larzac-Wein probieren mußte, den Pierre gestern im Buchladen angeliefert hatte. Irene bekam von dem Wein regelmäßig Kopfschmerzen.

«Gebt mir ein Glas Essig, das kommt aufs gleiche raus.»

Keiner nahm das Angebot zum Streit an, Irene mußte eine neue Gelegenheit abwarten. Sie drückte der vom Klo zurückkommenden Ludmilla eine Flasche Sagrotan in die Hand: «Weil Hannes heute Putzdienst hatte.» Hannes entwickelte beim Rechtfertigen einen Einsatz, der ihm – nur zur Hälfte beim Putzen realisiert – nie den Ruf eines WG-Schweins eingetragen hätte. Der Streit eskalierte, Irene ging ins Bett.

Adler wurde immer saurer. «Gleich morgen fange ich an und lerne fliegen. Ich versprech's Ihnen.»

«Nun werden Sie doch nicht gleich pampig», empörte sich die Frau in Turbo-Hosen und Turbo-Jacke. Genervt stieg Adler aus dem Wagen, wo er die Kupplung geprüft hatte.

«Warum fahren Sie eigentlich keinen Turbo?»

«Wie meinen Sie?» vibrierte die Frau. Adler winkte ab und blaffte ein hilfloses Männlein an, das seinen Tankverschluß nicht aufbekam. «Sie sind personell ein bißchen schwach auf der Brust», stellte die Frau fest.

«Ach nee, sagen Sie bloß», höhnte Adler und eilte zum Tank-verschluß. An der Kasse warteten zwei Kunden. Frost herrschte immer noch, aber die März-Sonne brachte schon eine Ahnung von kommenden Zeiten. Als Hajo mittags aufs Gelände fuhr, übergab ihm Adler sofort den Betrieb.

«He, halt mal», rief Hajo, «wo willst du hin?»

«Henry den Arsch aufreißen. So geht das ja nun doch nicht. Vielleicht kam das bei seinen Schiffen auf ein, zwei Tage Verspä-tung nicht an. Bei mir kommt es darauf an.»

Seit elf Uhr hatte Adler alle 15 Minuten die Nummer von Henry Pietsch gewählt. Der ehemalige Seemann war für Sonn-tag fest eingeplant gewesen.

Die Frau, die öffnete, kam Adler bekannt vor. «Kühn, guten Tag. Henry nicht da?»

«Ich bin Frau Cathomen.» *Henrys Geliebte, die wilde Beamten-witwe. Sieh mal an.*

«Es ist so, daß wir Henry dringend bräuchten. Sie wissen wohl nicht zufällig, wo er steckt?»

«Er ist bei den Adlern.» Der Witz war nicht von der Klasse, daß Adler seine Gesichtsmuskulatur behelligen wollte.

«Ich müßte ihn wirklich dringend sprechen.»

«Wenn ich's Ihnen doch sage. Henry ist bei den Adlern.»

Adler überlegte, ob er die Frau ein bißchen würgen sollte.

«Und Henry sagt, er bleibt bis zum Sommer», fügte die Frau traurig hinzu.

«Sagen Sie mal, haben Sie getrunken? Kleinen Eierlikör? Und ehe man sich versieht, ist die Flasche leer, oder was?»

Die Frau kicherte: «Ich trinke nur Portwein. Aber Henry ist wirklich . . .»

Hajo fragte, indem er das Kinn hochzog. «Da war nur dieser flotte A 12-Feger, hat Henry mal von erzählt. Henry ist ver-sackt. Treibt sich ‹bei den Adlern› rum, sagt die Witwe.»

«Kannst du nicht Irene anrufen? Vielleicht springt die ein.»

«Die springt im Quadrat. Außerdem rufe ich Irene nicht an.»

«Das schon wieder», murmelte Hajo. Er wußte nichts Ge-naues, aber soviel hatte er sich zusammengereimt: Ein nicht geführtes oder zu spät geführtes Telefongespräch war angeblich daran schuld, daß die Beziehung zwischen Irene und Adler nicht länger als zwei Wochen gedauert hatte.

«So geht das nicht weiter, Adler. Wir brauchen Hilfe. Das schaffen wir so nicht. Das frißt uns auf. Fertig macht uns das.»

«Ja, ja», wiegelte Adler ab. *Wird ja nicht schöner die Wahrheit, wenn man sie auch noch laut ausposaunt.* «Und hier?» er rieb Daumen und Zeigefinger. «Für Luft und Liebe? Für einen warmen Händedruck?»

«Guck mich nicht so an. Ich brauche meine lumpigen eins acht brutto. Kannst Doris fragen, ob das reicht.»

«Bevor ich Doris frage, müssen internationale Kriegshandlungen vor der Tür stehen», erwiderte Adler.

«Du könntest ruhig ein bißchen netter sein. Immerhin ist sie meine Frau.»

«Wer ringt denn immer Hände und Füße, wenn er von seinem Geldausgebeapparat zu Hause erzählt?»

«Ja, ja», knurrte Hajo.

«Wie geht's denn überhaupt so?» fragte Adler versöhnlich.

«Gestern nacht Aussprache. In der rechten Hand den Blumentopf als Wurfgeschoß, in der linken den Taschenrechner. Alle zwei Minuten quakt Christian dazwischen, weil er Husten hat.»

«Dann seid ihr wieder nicht sehr weit gekommen, wie?»

«In der Tat.»

«Versöhnlicher Abschluß wenigstens?»

«Na ja.»

«Na immerhin. Besser als in die hohle Hand geschissen.»

Manchmal fand Hajo seinen Freund einfach ordinär. Er nahm sich vor, ihm das eines Tages mal zu sagen.

Adler dachte an Hajos Ehe. *Die würde nicht mehr durch den TÜV kommen.* Hajos Oberkörper verschwand im Motorraum eines verbeulten Audi. Der Besitzer des silbernen Wagens verfolgte Hajos Tun mit unsicheren Augen. Abwesend strich er über die auffällig große Zahl von Beulen. Als Hajo ein knurrendes Geräusch ausstieß, sprang er hinzu:

«Ist es was Ernstes?» Hajo wischte sich die Hände am schmutzigen Putzlappen sauber und sah, wie sich Adler der Garage näherte, in die sie gestern die Möbel gestellt hatten.

Adler öffnete das Tor, gleißende Sonne riß die Möbelstücke aus dem Dämmerlicht der fensterlosen Garage. Er drehte das Deckenlicht an, schloß die Tür und schnitt mit dem Sonnenlicht auch die Hektik des Tankstellenbetriebs ab. Er zwängte sich zwischen Rollschrank und Schreibtisch, schob beides ein wenig auseinander und hob den Aktenordner auf, der ihm vor die Füße gefallen war. Auf dem Rücken stand ‹Reiher AG›. *Vielleicht doch nur ein Buchhalter.* Adler legte den Ordner auf den Tisch, schlug ihn auf, blätterte. Zeitungsausschnitte, Flugblätter, eine Broschüre ‹Geschäftsbericht 1979›, Statistiken. *Wacker, wacker. Ein Jäger und Sammler. Dieser Sammeltrieb hätte deiner universitären Karriere gutgetan.* Mit rapide nachlassendem Interesse ließ Adler die Seiten der Broschüre an den Fingerspitzen vorbeigleiten. «Trotz zeitweise erheblicher Turbulenzen auf dem sensiblen Gebiet der internationalen Weltmarktpreise (siehe dazu auch: dirigistische Preistendenzen in einigen Staaten – drohende Eingriffe in das freie Spiel der Marktkräfte) hat sich unser Haus im abgelaufenen Geschäftsjahr eine prächtige exotische Feder an den Hut stecken können. Bereits im sechsten Jahr nach Aufnahme der Produktion von Insektiziden und Pestiziden kann ‹Reiher Inc. Kenya› einen Reingewinn von sieben Millionen US-Dollar voll an die Muttergesellschaft transferieren.»

Adler lächelte. *Sieben Millionen. Da muß ein armer Tankwart ganz schön lange für zapfen. Sagen wir mal, Dollar zwischen zwei und schlappen drei Mark, dann machen sieben Millionen Dollar... Valentin Kühn, du bist in der falschen Branche.* In diesem Moment fiel ihm eine Notiz ein, die er vor wenigen Tagen im Wirtschaftsteil gelesen hatte. Ein Mineralölkonzern hatte im letzten Geschäftsjahr einen Reingewinn von vierzehn Milliarden Mark erzielt. *Also nicht die falsche Branche. Nur am falschen Ende der Pipeline.*

Das Garagentor flog zur Seite auf, Sonne flutete herein. Adler drehte sich um, kniff die Augen zusammen. «Sitzt du auf deinen Ohren?» rief Hajo erregt. «Ich habe zwei Arme zur Verfügung und keinen einzigen mehr. Würdest du deinen Dämmerschoppen vielleicht auf den Feierabend verlegen? Außerdem sind da ein paar Figuren, die wollen den Herrn Konzern-Chef persönlich sprechen.»

«Hey, Adler, alter Vogel.» Adler zog den Kopf zwischen die

Schultern. Ilse hakte sich bei Klaus, dem Doppel-Doktor («Die Bestätigung tut mir einfach gut, weißt du.») ein. Chantal, die umsatzstärkste Wolladenbesitzerin der Stadt, hing an Martin, dem ‹fairen Versicherungs-Agenten aus der Szene für die Szene›. Sie umzingelten Adler und veranstalteten ihr übliches großes Hallo.

«Wie geht's? Wie steht's?»

«Immer noch nicht in den schwarzen Zahlen?» *Sieben Millio-nen Dollar für Nichtstun, man glaubt es nicht.*

«Kopf hoch, Junge, die Zeiten können nur besser werden.»

«Adler, Herz, du siehst abgespannt aus. Guck mich an. Klausi und ich waren in Chamonix.»

Vor zwei Jahren hatten Klaus und Martin zu der Gruppe ge-hört, die die Tankstelle dem kranken und resignierenden Pächter abgekauft hatte. Sechs Männer und eine Frau wollten einen al-ternativen Betrieb aufziehen. Sie planten eine Tankstelle, eine kommerzielle Werkstatt, eine Werkstatt zur Selbsthilfe und einen Fahrradhandel. Nach vier Monaten war Adler allein. Die Abgangsgründe in der zeitlichen Reihenfolge:

«Ich weiß nicht, aber irgendwie sind die vibrations raus».

«Der Prof hat einen Infarkt gekriegt. Jetzt rücken alle eins rauf in der Hierarchie, jetzt kann ich mich verankern.»

«Ina hat auch gesagt, daß ich den Posten annehmen muß. Und sooo tödlich ist Stuttgart nun auch wieder nicht.»

«Das dauert mir alles zu lange.»

«Ich will euch sagen, worauf ich Bock habe: auf Kohle, Kohle, Kohle. Man erbt nur einmal.»

«Der Wald stirbt, und wir füttern die Killerautos mit Ben-zin?»

«Weißt du, Adler», sagte Klaus und hakte sich ein. «Ich sage dir jetzt was, was ich dir eigentlich gar nicht sagen sollte. Nach-her wirst du uns noch größenwahnsinnig.» Klaus drückte an Adlers Oberarmmuskulatur herum. «Du bist für uns alle so was wie eine letzte Hoffnung. Nein, ehrlich», fügte er schnell hinzu, als er Adlers Blick bemerkte. «Wenn wir beim Italiener zusam-mensitzen, da kommt das Gespräch schon noch manchmal auf dich. Ist doch klar. Das waren Zeiten, was, Adler? «Adler hält die Fahne hoch, nich, Ilse-Maus?» Aber Ilse-Maus mußte sich gerade am Luftdruck-Meßgerät die Hände einsauen und hatte keine Zeit, zuzuhören. «Vielleicht haben wir uns ja alle geirrt damals, als wir dich so schofel im Stich gelassen haben. Vielleicht sitzt du als einziger von uns auf dem richtigen Dampfer. Und wir sind in der Zwischenzeit allesamt Charakterleichen geworden, weiß man's denn?» Klaus zwinkerte mit den Augen und ließ keinen Zweifel daran, daß er diese Möglichkeit noch keine Sekunde seines Lebens ernsthaft in Betracht gezogen hatte.

Sieben Millionen Dollar. Nur die Zinsen von einer Woche, das würde uns auf Jahre sanieren. Adlers Kopf dröhnte.

Martin drängte sich vor und forderte Adler auf, doch mal vorbeizukommen, falls ihm Haftpflicht- und Gebäude-Versicherung auf die Dauer zu teuer werden würden. Adler bekam eine Visitenkarte in die Hand gedrückt. Martin ging tanken. Während der Sprit einlief, leerte er den Aschenbecher aus und sagte zu Hajo: «Fenster und Öl nachgucken, Meister, bist du mal so nett?» Adler vereiste, Hajo blickte ihn an. Adler wich dem Blick aus, und Hajo begann, die Windschutzscheibe zu reinigen. Dann entdeckte Martin eine beängstigende Schramme am Wagen, Klaus mußte sie begutachten.

Immerhin brachte Martin es danach fertig, das Bezahlen sachlich über die Bühne zu bringen: «Das wär's für heute, Alter. Halt die Ohren steif.» Adler spürte den Herzschlag im Magen. «Wir sehen uns wahrscheinlich in Zukunft häufiger. Wir haben in der Heide ein entzückendes Anwesen ins Auge gefaßt. Wir werden wahrscheinlich zuschlagen, man muß an sein Alter denken. Und wo sollen unsere Kinder denn später mal spielen? Venceremos, Adler.»

«Auf Wiedersehen.» Adler wartete ab, bis die letzte Wagentür zuschlug, dann knackte er einen der Flachmänner, die neben der Kasse standen, und kippte ihn rein.

«Na, na, junger Mann», sagte die sympathische Kundin, die aussah, wie Adlers Musiklehrerin ausgesehen hatte. «Das ist gefährlich, wenn man als Geschäftsmann sein bester Kunde wird.» Adler warf die halb ausgetrunkene Flasche in den Papierkorb. Ein strenger Geruch von Kräutern erfüllte den Raum. *Sieben Millionen. Vielleicht war unser Mister X da ja hinterher. Würde sich wenigstens lohnen.*

Henry und Gabriel hatten schon eine neue Freundin. Die angehende Theologin Maggie machte es sich zur Aufgabe, ihre Ankunft im Gästezimmer des Studentenheims zu verbreiten. Gegen 14 Uhr erschien ein Mitglied der studentischen Heimleitungsvertretung, begrüßte sie im Namen des Hauses und horchte sie ein bißchen aus. Dabei schlief Gabriel wieder ein. Henry warf sich in Positur:

«Wir haben eine Mission zu erfüllen für die Freundschaft unserer Völker.» Dem Studentenvertreter kam diese Formulierung gestelzt und politikerhaft vor, aber seitdem er mittelhochdeutsche Lyrik belegt hatte, war sein Verständnis für sprachliche Sperenzien gewachsen.

«Und der da?» fragte der Student und wies auf Gabriel. «Der gehört auch dazu?»

«Ich habe mit ihm zwei Jahre in einerlei Nachtgeschirr gepisset und kann also schon wissen, was an ihm ist.»

«Oh, das muß nicht sein», sagte der Student schnell. «Hier haben alle Zimmer Toilette, wenigstens auf dem Flur.» Gabriel erwachte, gemeinsam komplimentierten sie den Studenten hinaus.

Adler, der am Tisch saß und den Kopf in die Hände gestützt hatte, schnüffelte und sagte:

«Aah! Das ist doch was anderes als dieses Frikadellen-Unwesen.» Irene und Hajo beluden den Tisch mit halben Hähnchen, Dosenbier und einer Familienpackung Eis. Während sie aßen, beschwerte sich Irene über ihre Mitbewohner.

«Du mußt eben ausziehen», riet ihr Hajo, «du wirst langsam sowieso zu alt für so was.» Adlers Blicke flitzten über dem Hühnerbein zwischen den beiden hin und her. «Und für den Jungen ist das auch nicht gut», fügte Hajo hinzu.

«Es kann nicht jeder in solch vollkommener Harmonie leben wie du», entgegnete Irene und öffnete eine Dose. Alle schwiegen. Dann wollte Hajo wissen, wie der Dienstplan aussah, solange Henry verschwunden blieb.

«Wir müssen den Laden früher dicht machen. Ist doch eine Milchmädchenrechnung. Bei zwei Leuten.»

«Wo steckt denn Henry?» wollte Irene wissen. Adler verwies

sie an Hajo. Er ging in die Garage, klemmte sich einige Aktenordner unter den Arm und breitete sich im Aufenthaltsraum aus.
Hajo verabschiedete sich und fuhr nach Hause.

«Ist ja ein Ding», murmelte Adler beeindruckt. Er blätterte im
Ordner ‹Reiher AG›.

«Das muß ein Journalist oder so was gewesen sein», sagte er.

«Du wirst doch wohl wissen, wem du die Wohnung leergeräumt hast.» Er erklärte es ihr. «Für 150 Mark drückst du aber
ganz schön die Augen zu», sagte Irene mißbilligend. «Du weißt
von dem Mann also nur, daß er der Bruder von der Tussi ist.
Aber Beruf, Alter, Hintergründe, nix.»

«150 Mark sind für mich ein starkes Argument. Da kann ich
ausnahmsweise sogar mal meine Neugier zügeln. Und morgen
verscherbele ich die Reste. Da kommt noch was dazu.»

«Für die Ordner kriegst du doch nichts.»

«Die bleiben auch hier. Genauso wie die Einrichtung von dem
Büro.»

«Zeig doch mal.»

«Ist aber kalt.»

«Macht nichts.»

Irene blieb in der Garage am Rand des Möbelhaufens stehen,
Adler zeigte ihr die Telefonbücher aus den USA und Südamerika, die altmodischen Schreibtisch-Utensilien, den Inhalt des
schmalen Kleiderschranks. «Mensch», sagte Adler enthusia-
stisch. «Stell dir doch mal vor, wie einer sein muß, bevor er sich
so ein Büro einrichtet.»

«Warum nicht? Ich kann mir auch vorstellen, daß einer ganz
allein gegen den Rest der Welt eine Tankstelle über Wasser halten
will.» Kurzer Augen-Kampf.

«Und hier», sagte Adler eifrig, während er die Türscheibe aus
dem Handtuch wickelte. Auf dem Milchglas standen halb-ellipsenförmig die Worte ‹Private Investigations›.

«Na, dann weißt du doch, was der war», sagte Irene und
klopfte auf ihren Taschen herum. Adler stellte sich vor sie. Da er
beide Hände brauchte, um die Scheibe festzuhalten, griff sie ihm
in die Tasche. Die Zigaretten fand sie beim zweiten Versuch.
«Auch eine?»

«Mmh.» Sie zündete ein Stäbchen an und steckte es ihm zwischen die Lippen. Einige Sekunden brannte in der Garage neben Lampe und Zigaretten ein weiteres Feuer. «So einen Detektiv habe ich noch nie gesehen», sagte Adler.

«Hast du denn schon mal einen Detektiv gesehen?»

«Nee. Du?»

«Einen. Damals, als die neue Herzallerliebste von Tills Vater unbedingt ticken wollte, ob er noch was mit der Mutter von Till hat.»

«Wenn das ein Detektiv war, dann hat er das getan, was Detektive eben tun. Er hat ermittelt, rumgeschnüffelt, in dieser Preislage.» Adler lehnte die Scheibe gegen den Schreibtisch.

«Wenn das so ist, dann hat er natürlich Aktenordner angelegt, um Material über seine Fälle zu sammeln. Ordentliche Buchführung ist die Seele vom Geschäft.»

«Woher weißt du das denn?»

«Hat mir mein Steuerberater gesagt, bevor er mich gebeten hat, mir einen anderen Steuerberater zu suchen. Er würde nämlich nur einmal leben und wollte die Zeit gern mit was anderem verbringen, als meinen Schuhkarton mit den Belegen zu sortieren.»

Adler trat die Zigarette aus. Irene warf ihre dazu. Er blickte Irene an, trat auch diese Zigarette aus.

«Ich muß jetzt nach Hause. Sonst füllen sie Tillmann in der Küche noch mit Rotwein ab.» Adler blätterte im Telefonbuch von Asuncion. An der Garagentür blieb Irene stehen. «Valentin?» Er blickte hoch. Irene kam sein Gesicht blasser vor als sonst. Er war unrasiert, die Pullover-Naht war unter einem Arm aufgerissen. «Du fährst heute aber nach Hause und kampierst nicht wieder hier. Versprichst du mir das?»

«Ich könnte es dir versprechen. Aber ich an deiner Stelle würde mir nicht trauen.»

Adler zog in den Aufenthaltsraum um und verbrachte eine lange Nacht über den Aktenordnern des unbekannten Bewohners. Er war müde und körperlich zerschlagen, doch er kam von den Ordnern nicht los. Der Gedanke, daß der geheimnisvolle Unbekannte sich etwas gedacht hatte, was Adler nicht kapierte, machte ihn aggressiv. Es war wie ein Wettbewerb, Adler wollte nicht der Dumme sein. Bei den Geschehnissen, die in den Ord-

nern abgeheftet waren, handelte es sich offensichtlich um Vorfälle, die in den letzten Jahren in der Stadt oder im Umland passiert waren: Diebstahl eines Containers mit Zigaretten; Scheck-
betrug; Einbrüche in ein Hotel *Deichgraf*; ein mittelgroßer
Rauschgiftring; wie eine Versicherung Beamte geschmiert
hatte, um an die Baugenehmigung für ihre neue Verwaltungs-
zentrale zu gelangen. Auf den letzten Seiten der Ordner klebten
Berichte von einheimischen Tageszeitungen, in denen über die
Vorfälle berichtet wurde.

Der Ordner mit der Aufschrift ‹Reiher AG› enthielt keine auf-
klärenden letzten Seiten. *Also ist er an dem Fall noch dran. Nein:
dran gewesen. Jetzt ist er ja weg. Ob er nach Südamerika rüber ist, um
weiter zu schnüffeln?* Adler nahm sich vor, den Ordner morgen
Hajo zu zeigen. *Der bildet sich doch Wunder was ein auf seine technische Intelligenz. Soll er mal zeigen, was er draufhat.* Das Telefon
klingelte.

«Freie Tankstelle. Kühn.»

«Valentin?»

«Kühn.»

«Bist du's, Valentin? Melde dich doch.»

«Kühn.»

«Valentin, du Lump. Ich weiß, daß du dran bist. Sofort meldest du dich.»

«Jetzt hör mir mal zu, Henry. Falls dein Gedächtnis noch so
weit zurückreicht: Das hier ist eine Tankstelle, da hast du ab und
zu einen Termin, um deine sowieso nicht gerade klägliche Rente
aufzubessern. Heute zum Beispiel, Henry, heute war so ein Termin. Wo, bitte, warst du?»

«Valentin, hör zu, ich habe nicht viel Zeit. Und Groschen
auch nicht. Obwohl, ich sehe gerade, hier muß man gar keine
Groschen ... doch ... siehst du, jetzt muß ich ...»

Henry Pietsch steckte Groschen nach.

«Also Valentin, die Sache ist die. Ich helfe denen vom
World Wildlife Fondue ... so nennen wir den Verein hier
immer, witzig, was? Wir liegen unter den Nestern auf der Lauer.
Horste heißt das. Die letzten Seeadler.»

«Henry, wo bist du?»

«Habe ich doch eben gesagt.»

«Ich meine: wo genau?»

«Haha, das könnte dir so passen. Das soll ja gerade keiner wissen. Hier geht nämlich der Eierklau um.»

«Der was?»

«Eierklau. Wie die Bergsteiger, mit Rucksack, Steigeisen und Seil zum Abseilen. Hast du gewußt, Valentin, daß es nur noch eine Handvoll Seeadler gibt, die bei uns brüten?»

«Ich glaube, ich habe davon gelesen.»

«Reicht nicht, Valentin. Alles nur graue Theorie. Ich liege hier jetzt jedenfalls im Dreck unterm Baum und passe auf wie eine Nachteule. Im Juni bin ich wieder zurück. Oder Juli.»

«Sag das doch bitte noch mal.»

«Oder Juli. Je nachdem, wann die Küken geworfen werden. Danach richtet sich ja, wann sie erwachsen sind, also flügge. Was bei uns Menschen der 18. Geburtstag ist, du verstehst?»

«Jedes Wort.»

«Sehr gut, denn ich sehe gerade, ich habe keine . . .»

Der Apparat rauschte und tickte. Adler wartete noch ein bißchen, aber es klingelte nicht mehr.

«Hier», sagte Maria und schob Till ins Zimmer. «Ich bringe dir deinen unappetitlichen Sohn. Ich kann nämlich nicht frühstükken, wenn er neben mir sitzt und über sein Lieblingsthema palavert.»

Till hatte Taschenrechner, Papier und Kugelschreiber dabei und war sauer. Bekümmert blickte Irene ihn an. «Geht es immer noch um die Meerschweine?» Die bloße Erwähnung des Namens reichte aus, um Till neue Energie zuzuführen.

«Ich habe jetzt alles rausgekriegt. Die stellen was an mit den Tieren. Das kann ich beweisen, ich kann es dir vorrechnen. Soll ich mal . . .?» Till breitete seine Unterlagen auf dem Tisch aus. *Du bist seine Mutter. Du mußt ihm zuhören, auch wenn es eklig ist. Er hat ja sonst niemanden.*

«Na, dann mal los», sagte sie und zwang sich ein zuversichtliches Gesicht ab. Till strahlte.

«Das ist so, Mami, ich meine Irene. Im Zoo bei Hagenbeck gibt es 24 Meerschweinchen, jedenfalls im Durchschnitt, denn ich war ja . . .»

«Hatten wir schon. Weiter.»

«Ich habe jedesmal ein Schwein gegriffen, was ich kriegen konnte und nachgeguckt. Da gibt es also Frauen und Männer. Markieren durfte ich ja nicht.»

«Allerdings nicht», sagte Irene empört. Sie hatte ihn gerade noch davon abhalten können, den Schweinen ein Ohr einzureißen, damit er sie später wiedererkannte.

«Wenn Meerschweinchen kleine Meerschweinchen machen, dauert es vier Wochen, bis die kleinen Schweine fertig sind. In dem Buch stand drin, daß die Mutter jedesmal sechs bis zehn Kinder kriegt. Ich habe mit sechs gerechnet, und das heißt: Selbst wenn nur jeder zweite Schweinemann und jede zweite Schweinefrau kleine Schweine machen, müßten alle paar Wochen aber viel, viel mehr Schweine im Käfig sein als sind. Bei Hagenbeck sind aber immer nur ungefähr zwanzig Meerschweine im Käfig.» Till blickte seine Mutter an. «Und nun frage ich mich natürlich, Mami Irene, was machen die mit den Schweinen, weil sie doch nicht mehr werden?» Irene bemühte sich, dem Blick des Forschers standzuhalten.

«Na, jetzt geht das aber richtig los hier», sagte Gabriel beeindruckt, als sie eine weitere Runde um das Firmengelände begannen. Er bückte sich und hielt Henry eine grüne Kaffeebohne entgegen. Würzig und scharf hing der Geruch der Rösterei in allen Nebenstraßen.

«Eine Viertelstunde mag das ja ganz exotisch für die Eingeborenen hier riechen. Aber dann?»

«Soll ich dir aus dem Dossier vorlesen?» Henry winkte ab:

«Die Bundesrepublik Deutschland ist Weltmeister im Kaffeetrinken. Jedes Jahr 170 Liter pro Einwohner, Säuglinge und Greise mitgerechnet. Das ist ja entsetzlich. Die paar Hundert, die an der Nadel hängen, die jagen sie. Aber ein komplettes Volk hängt an der Tasse.» Sie beobachteten die Firmenangehörigen.

«Für mich sehen die alle gesund aus. Abgesehen davon, daß einige zu dick sind. Hier sind wir falsch.»

«Dann los», sagte Henry, «Adresse zwei.»

Eine Dreiviertelstunde später blickten sie über die Straße auf das Messingschild der ‹Reiher AG Hauptverwaltung Nord›.

Es war mal wieder soweit: Adler machte Kassensturz. Hajo fürchtete sich vor diesen Tagen. Dann wurden Adlers eh schon ernste Gesichtszüge noch verkniffener. Er war kaum ansprechbar, rannte hektisch herum und sammelte seine Unterlagen zusammen, bevor er eine Kanne Kaffee kochte, im Büro verschwand und sich jede Störung verbat. Im letzten Herbst war das schriftliche Angebot eines Mineralöl-Konzerns mit einem guten Preis für Adlers Freie Tankstelle gekommen. Adler ließ die Abrechnungen wie ein aufgefächertes Kartenspiel durch die Finger laufen. Er trank den starken Kaffee mit viel Zucker. Wenn Adler nervös war, brauchte er schlagartig mehr Süßigkeiten als sonst. Er stand auf, wollte zum Fenster gehen und stieß versehentlich gegen einen Karton mit Schlußleuchten. Es schepperte, einige Leuchten verrutschten. Das Mißgeschick deprimierte Adler noch mehr. Wütend blickte er sich im Raum um.

Klopfen. «Was ist denn?» Hajo drückte sich herein.

«Reinhold ist gekommen. Ist es dir recht, daß er solange die Kasse macht?»

«Wie lange?»

«So lange, wie ich brauche, um von dir zu hören, daß du den Laden nicht über Bord wirfst.»

«Hast Schiß, was?» Adler bot Kaffee an, Hajo lehnte ab. Unter Irenes Einfluß war er zu Tee konvertiert.

«Bei mir sind zur Zeit so viele Sachen wackelig im Leben. Wenn das hier auch noch wegbricht, ist alles Asche.»

«Na, na.»

«Ich kann den ganzen Stress zu Hause nicht auch noch als Arbeitsloser durchstehen. Dann gehe ich ein.»

«Du bist doch jung, sonnige 23. Ich könnte glatt dein acht Jahre älterer Bruder sein. So einer wie du findet jederzeit was Neues.» Adler grinste unverschämt, Hajo stachelte ihn zu weiterem Grinsen an, und als er nach zehn Minuten Reinhold beim Wechseln aus der Patsche helfen mußte, hatte er das Wichtigste erreicht: Adler war aufgemuntert. *Oft klappt das nicht mehr. Irgendwann merkt er das.*

«Schwarz?» fragte die gemütliche Frau mit dem schiefen Käppchen im Haar. Das Käppchen hatte die gleiche Farbe wie ihr Kittel, der wiederum die gleiche Farbe wie die gesamte Dekoration des Ladens besaß.

«Pechschwarz», sagte Henry. «Alle unsere besten Gedanken haben wir in einer Art von Fieberrausch, im Fieber von Kaffee erregt.»

«Dann würde ich ihn an Ihrer Stelle aber nicht schwarz trinken», riet die Frau freundlich.

Nach einer **Untersuchung** der Zeitschrift «Natur» ist der in der Bundesrepublik verkaufte Kaffee frei von chemischen Rückständen. Also kein Grund zur Aufregung.

Sie standen an einem hohen runden Tisch und blickten sich, während sie im Kaffee rührten, um. «Hättest du das gedacht?» sagte Gabriel bedrückt. Es war der vierte Kaffee-Laden, den sie heute von innen kennenlernten.

«Hätte ich nicht. Das hat ja Ausmaße, das ist eine eigene Kaffee-Welt. Das ganze Leben wird von dem schwarzen Sud beherrscht.»

Der Mann, der mit ihnen am Tisch stand, rückte seine Tasse einige Zentimeter zur Seite.

«Schmeckt's?» fragte Henry. Der Mann ignorierte ihn. Henry kostete mit gespitzten Lippen. «Mir schmeckt's. Wie, sagten Sie, schmeckt es Ihnen?» Der Mann stürzte den Kaffee hinunter und verließ zügig den Laden. «Ihre Tasse», rief Henry. Dann brachte er die Tasse des Mannes zur Abgabe.

«Oh, danke, das wäre aber nicht nötig gewesen», sagte die Frau. Henry winkte gönnerhaft ab. An den Wänden hingen neben Plakaten, die auf Sonderangebote hinwiesen, bunte Bilder, die Szenen aus Afrika zeigten: lachende Plantagenarbeiter bei der Ernte. Sie warteten, bis sich zwei Frauen an ihren Tisch stellten. Es waren die einzigen freien Plätze. Sie ließen den Frauen drei Löffelumdrehungen Zeit, dann begann Henry:

«Entschuldigen Sie. Aber wenn ich Ihnen sagen würde, daß ein Onkel meines Freundes auf einer Kaffeeplantage ums Leben gekommen ist, würden Sie mir glauben?» Henry deutete auf eines der Bilder. Die Frauen vergewisserten sich mit flinken Blicken. Als sie keine Möglichkeit sahen, schweigend aus der Situation herauszukommen, sagte die eine:

«Ein Unglück?»

«Mord.»

Sie lachte unsicher. «Oh, Mord? Na ja, Morde kommen in den besten Familien vor. Mein Beileid.» Das ging ihrer Begleiterin zwar zu weit, doch sie schwieg.

«Die Mordwaffe kam durch die Luft geflogen», fuhr Henry fort. Gabriel beobachtete gespannt, es war ihr erster Versuch. Henry hatte die Neugier der Frau geweckt.

«Ein Messer?» fragte sie.

«Kein Messer, Gift.»

«Das geht doch nicht», begehrte sie auf. «Wenn Sie mich hier veralbern wollen ...»

«Nein, nein», sagte Henry schnell, «Gift aus der Luft. Sie nennen es hier Pflanzenschutzmittel. Wir haben uns informiert.»

Die Frauen verstanden nicht. Gabriel blickte bekümmert drein. *So wird das nichts. Die sind blind wie junge Katzen. Von nichts eine Ahnung und saufen den schwarzen Sud eimerweise. Die sind wie Kinder, diese Weißen. Unschuldig und grausam. Wir werden noch viel Arbeit mit ihnen haben. Wir müssen ganz von vorn anfangen.*

«Wir schuld? Sie sind ein Spaßvogel», rief die andere Frau. «Was kann denn der Pilot dafür, wenn Ihr Herr Onkel nicht rechtzeitig in Deckung geht, wenn das Flugzeug kommt? Also wirklich, ich muß schon sagen.» Gabriel ging zu der Frau, die im vorderen Teil des Ladens Kaffee verkaufte.

«Guten Tag, eine Frage bitte. Waren Sie schon einmal in Afrika? Oder in Mittelamerika?» Die Frau stutzte.

«Ich? Nie. Viel zu teuer. Meine Cousine und ihr Mann, die waren letztes Jahr in einem von diesen Ferien-Clubs in Nigeria, glaube ich. Oder war es die Elfenbeinküste, jedenfalls am Wasser.»

«Ich komme aus Kenia.»

«So? Aha.»

«Wissen Sie, wo Kenia liegt?»

«Ja, Afrika, denke ich.»

«Ich meine, wo genau?»

«Wie wo genau?»

«Norden, Süden, Osten, Westen.»

Die Frau überlegte. «Also, Tunesien ist oben, das weiß ich

genau, und Südafrika ist unten. Ist ja klar, sagt ja schon der Name. Madagaskar ist ... warten Sie mal ... das ist eine Insel, nicht wahr?» In diesem Stil ging es weiter. Gabriel und Henry schnappten sich die Kunden, stellten sie zur Rede. Kaum jemand wurde unfreundlich. Manche Weißen ließen ihrer Schwatzhaftigkeit freien Lauf. Henry und Gabriel hatten dann Mühe, bei der Sache zu bleiben. Sie lernten viele Gesichter und Geschichten kennen. Immer aber trafen sie auf gutes Gewissen.

«Ich verlange ja wohl nicht zuviel vom Leben, wenn ich mir am Morgen eine gute Tasse Kaffee leisten will. Da soll bloß keiner kommen und versuchen, mir dieses kleine Vergnügen madig zu machen. Da werde ich aber ganz falsch, werde ich dann.» Henry und Gabriel waren zu höflich. Niemand begriff, um was es ihnen ging. Am Abend dieses Tages waren sie kräftemäßig am Ende. An den folgenden Tagen erging es ihnen nicht anders.

Adler kassierte einen Taxifahrer ab. Der Mann hatte eine aufdringliche Art, sich umzusehen. «Bißchen dürftig hier, wie?»

«Och, kann ich nicht finden.»

«So ungefähr habe ich mir das eigentlich auch vorgestellt nach dem, was uns Kußmund erzählt hat.» Adler fragte mit den Augen. «Müßtest du kennen, eine Frau. Sieht ziemlich gut aus, wenn man auf den Typ steht. Muß aufpassen, daß sie später nicht mal dick wird. Also füllig, wenn du verstehst, was ich meine.» Mit zwei hohlen Händen verdeutlichte der Taxifahrer an seiner Brust, was er meinte.

«Irene, glaube ich. Und hinten Lachmund. Bei uns heißt sie Kußmund. Liegt uns seit Tagen in den Ohren, daß wir nicht immer nur unsere alten Adressen anfahren, sondern euch was Gutes tun. Ihr hättet es nötig, hat Kußmund gesagt. Habt ihr es nötig?»

«Danke für den Einkauf. Empfehlen Sie uns weiter.»

«Man wird sehen.»

Gabriel versuchte es auf die persönliche Tour. «Ich habe einen Onkel, er heißt Gikonyo. Gikonyo ist arm. Ich sage nichts über seine Frau und über ihre Kinder. Ich habe euch Deutsche im Verdacht, daß ihr dann ständig an niedliche braune Babys denkt und nur noch gefühlsduselig seid. Gikonyo wohnt direkt neben der Kaffee-Plantage. Das ist vernünftig, weil er auf der Plantage arbeitet. Seine Frau auch. Es ist seine zweite Frau, und deshalb ist sie nicht meine richtige Tante. Als der Besitzer der Plantage die Arbeiter eingeteilt hat, Pflanzenschutzmittel, Unkrautvernichtungsmittel, Insekten-Bekämpfungsmittel und Pilzvernichtungs-Mittel zu sprühen, haben sie das Gift direkt aus den Tonnen auf die Pflanzen versprüht. Sie haben das Gift eingeatmet, und einige sind krank geworden. Mein Onkel blieb gesund. Bis das Flugzeug kam. Der Besitzer fand heraus, daß es schneller geht, wenn das Gift aus einem Flugzeug über die Pflanzen gesprüht wird. Der Konzern, der ihm die Chemikalien verkauft hat, hat ihm das Flugzeug vermietet. Das Flugzeug ist gekommen, es ist sehr tief geflogen, und alles war klatschnaß. Gikonyo bekam Schmerzen in der Lunge und im Hals. Fieber, Husten, Gliederschmerzen, Erstickungsanfälle, ein Herzanfall, und mein Onkel war tot. Er hat geholfen, den Kaffee anzubauen, den Sie in Deutschland so gerne trinken.» An dieser Stelle hörte Gabriel auf. Er hätte lieber schon eher aufgehört, aber Henry hatte gemeint:

«Bis zu dieser Stelle mußt du es machen. Das ist am sichersten, dann klappt das.»

Der Bus kam. Sieben von neun Leuten, denen Gabriel an der Haltestelle die Geschichte erzählt hatte, stiegen ein. Zwei blieben.

«Das tut mir ja so leid für Sie», sagte eine junge, attraktive Frau und legte eine Hand auf Gabriels Arm. «Daß es so kommen mußte. Ihr armer Onkel. Sind denn wenigstens die Kinder versorgt? Oder müssen sie Hunger leiden?» Gabriel erklärte, daß Hunger nicht das Problem sei. Die Frau erklärte ihm, daß Hunger sehr wohl das Problem sei.

«Sie sind wohl schon längere Zeit nicht mehr in Ihrer Heimat gewesen?» sagte die Frau betrübt. «Sie haben den Überblick verloren. Sie müssen unsere Zeitungen lesen und unser Fernsehen ansehen. Da wird es Ihnen erklärt. Uns wird es da auch erklärt. Die Menschen in Afrika hungern, und wir spenden alle, soviel wir können, damit sie eine Schüssel Reis bekommen. Besonders die armen Kinder. Diese Augen, wenn diese Augen Sie einmal angesehen haben, überlegen Sie es sich aber gründlich, ob Sie in dieser Woche unbedingt noch einmal auswärts essen gehen müssen.»

Gabriel war zu aufgerissen, um die Frau in die gewünschte Bahn zu lenken. Sie driftete vollends in das Hungerthema ab, lullte sich mit weinerlichen Reden ein und fragte zum Schluß:

«Haben Sie denn gar keine Sammelbüchse dabei? Ich habe zwar schon gespendet, dreimal. Aber ich bin natürlich gerne bereit ...» Sie kramte ihr Portemonnaie hervor und drückte Gabriel ein Fünfmarkstück in die Hand.

Die fünf Mark legten sie einem Stadtstreicher in den Hut.

«Denen dürfen Sie nichts geben», rief eine Passantin. «Die kaufen sich da nur Schnaps von.» Gabriel schlug den Mantelkragen hoch.

Da sich niemand um den Nächsten kümmerte, achtete auch keiner auf den fünfundvierzigjährigen schweren Mann, der langsam, und sich bisweilen umblickend, durch die Straßen ging. Einmal benutzte er einen Schaufenster-Spiegel, um zu sehen, wer hinter ihm war.

Rose begegnete niemandem, den er kannte, das war ihm recht. Auch im Haus kam er unerkannt bis vor seine Wohnungstür. Sie war nur zugeschlagen, nicht abgeschlossen. Rose kannte einen Trick, dann stand er in dem Raum, der sein Wohnzimmer gewesen war. Auf dem Fensterbrett die grüne Weinflasche mit der goldgefärbten Rose, daneben die Hälfte einer Tabakdose mit Zigarettenkippen. Sonst war der Raum leer. Das Arbeitszimmer war leer, die Küche war leer, Flur und Bad waren leer. Angst sprang Rose an. Die Schritte fielen ihm schwer, seine Augen brannten. Es war, als ob sie sich heiß rieben an dem, was sie sahen. Auf der Toilette steckte zwischen Wand und Abflußrohr noch die Plastik-Imitation der Rankenpflanze. Rose zog das dunkelgrüne Büschel hervor, ließ es fallen. Dann drehte er sich um.

Die Nachbarin lief ihm praktisch in die Arme. Sie starrten sich an. Die Frau wand sich in einer Mischung aus Peinlichkeit und Angst. Rose trat einen Schritt auf sie zu, wollte etwas sagen. Die Frau zuckte zusammen, ihre Augen wurden fahrig. Rose ließ sie stehen. Auf der Straße nahm er nichts mehr wahr.

Reinhold hatte einen Fünf-Liter-Karton Rotwein spendiert, den süffelten Irene, Adler, Hajo und der edle Spender aus. Niemand fragte nach Adlers Geldsorgen, deshalb war die Stimmung entspannt. Sie hechelten Freunde durch, lästerten über ein frischgesprengtes Paar, erzählten einen neuen Kohl-Witz, und Hajo gelang es zu lachen. Adlers altes Spulen-Tonband lief, unter Kratzen und Rauschen waren Pretty Things, Small Faces und Cream zu vernehmen. Hajo kam vom Telefon zurück.

«Na?»

«Nichts.»

Doris war überfällig. Sie hatte den Scirocco und wollte um halb neun vorbeigekommen sein, um Hajo abzuholen.

«Geil, die geheimen Unterlagen von unserem Detektiv», sagte Reinhold und stöberte die Aktenordner durch.

«Ich bin kein Stück mit der Dechiffrierung weitergekommen», sagte Adler.

«Zeig mal.» Irene nahm den Ordner. «Ist doch ganz einfach», sagte sie lässig, schlug ein paar Seiten um, las sich fest und war nicht mehr so sicher.

«Wißt ihr, was ich toll finde?» sagte Adler nachdenklich. «Wir suchen hier wie besengt ...»

«... Du suchst.»

«Ich suche wie besengt nach dem Sinn in diesem Ordner. Und keiner verschwendet einen Gedanken daran, daß es vielleicht gar keinen Sinn geben könnte.»

«Der Mensch ist ein vernunftbegabtes Wesen», tönte Reinhold.

«Warum verstellst du dich dann immer so?» fragte Irene. Hajo ging telefonieren. «Laß dir doch eine Standleitung schalten», rief Irene ihm nach.

«Das geht auf den Pinsel, wenn man unbemannt ist, was?» versuchte Reinhold einen Konter zu landen.

Irene nahm Maß. «Manchmal schon. Aber wenn ich dich ansehe, fällt mir der Verzicht leichter.» Das nächste Glas Wein trank Reinhold zügig leer.

«Los, kommt», rief Adler plötzlich und sprang auf. «Wir machen jetzt Nägel mit Köpfen.»

«Darf Reinhold trotzdem bleiben?» Irene sah Reinholds waidwunden Blick, stand auf und zerstrubbelte ihm zärtlich sein bißchen Haupthaar. Adler eilte in die Garage, wühlte in den Umzugskartons. Die Kleider waren ziemlich klamm. Er raffte alles an sich, preßte Hosen, Hemden und Mäntel gegen die Brust und schleppte sie zu den anderen hinüber. Hajo war zerschmettert.

«Sie hat gesagt, ich könne sie mal gern haben.» Irene stand auf und umarmte ihn.

«Dann bleibst du noch ein bißchen?» rief Adler hocherfreut, verteilte den Klepper, den schweren Ledermantel und für sich selbst ein weites, eierschalenfarbenes Hemd sowie eine Hose mit rötlich-dunkelbraunen Streifen. Reinhold mußte nehmen, was übrigblieb. «So», sagte Adler eifrig und begann, die Möbel umzustellen. «Und jetzt das Büro. Der Tisch ist Schreibtisch, der Stuhl ist ... warum ist kein Stuhl da?» Er holte den Stuhl aus dem Kassenraum, stellte ihn an den Tisch, trat nach hinten, drehte den Schirm der Lampe gegen die Decke, prüfte den Eindruck.

«So wird das nichts», mäkelte Adler. «Los, Hajo ...» Und als er Hajo anblickte: «... Los, Reinhold, hilf mir mal.»

Minuten später schoben Adler und Reinhold je einen Heizradiator in Richtung Garagen. Irene trug eine altmodische Heizsonne, die noch einen silbernen Schirm besaß. Hajo trug den Wein-Karton und die Gläser. Im Gehen stieß Irene ihn an. Als er überrascht aufsah, blickte er in ihr lächelndes Gesicht. Hajo wurde warm ums Herz, Irenes Lächeln brach ab. «Muß reichen», brummte sie.

Die vier waren in der Garage, in der die Gegenstände aufbewahrt wurden, die in dem Büro des geheimnisvollen Rose gestanden hatten. Adler arrangierte alles so, wie sie es in der Wohnung vorgefunden hatten. Reinhold, der das Büro auch gesehen hatte, half, so gut er konnte. Irene süffelte Wein, ließ Adler nicht aus den Augen. *Du kannst ja, wenn du willst. Warum willst du bloß nicht häufiger? Und warum willst du zur Abwechslung nicht mal was Vernünftiges und nicht immer nur solchen Pritzelkram?* Bei den Hun-

derten von Blicken, die hin- und herflogen, konnte es nicht ausbleiben, daß sich Irenes und Adlers Augen trafen. Hätte Reinhold dazwischen gestanden, hätten sie ihm eines seiner rosigen
Ohren angesengt.

Hajo kam mit Stablampen.

«Vier Stück», freute sich Adler. «Das ist mehr, als ich dachte.»
«Komm, Hajo», sagte er, schlug dem Freund auf die Schulter und
nahm sein Gesicht in beide Hände. «Vergiß Doris. Vergiß sie eine
Stunde lang. Danach kannst du meine letzte Rolle Klopapier voll-
flennen, einverstanden?» Hajo gab sich Mühe. Er ging auch freiwillig Verlängerungskabel holen. Sie brachten die Lampen an den
vier äußersten Punkten der Zimmer-Einrichtung an.

«Das ist wie im Film», sagte Reinhold beeindruckt.

«Das ist schöner als Film, weil du das alles anfassen kannst»,
rief Adler und legte die Telefonbücher von der rechten Schreibtischseite auf die linke. Dann griff er in einen Karton und för-
derte einen schlappen Hut zutage.

«Lulle», rief er Hajo zu und bekam eine Zigarette.

«Also, ich bin der Privatdetektiv, und du bist die blonde
Schöne», sagte Adler zu Irene. Alle blickten auf ihre dunklen
Haare. «Ich sitze am Schreibtisch», sagte Adler, sich an den
Schreibtisch setzend. «Ich lege die Beine hoch.» Er tat es. Er
nahm sie wieder herunter. «Wirkt zu lässig. Immerhin bin ich im
Dienst.» Er zog die mittlere Schublade heraus und legte die
Beine darauf. «Trinken tu ich nichts, weil ich gerade erst ge-
kommen bin. Also los. Es klopft an der Tür. Apropos Tür.» Er
winkte Reinhold heran. «Bist du mal so nett und spielst die
Tür.» Reinhold lächelte verlegen. Irene kam und trat ihm gegen
das Schienbein.

Reinhold stöhnte. «Soll denn das?»

«So pflege ich gegen Türen zu klopfen», sagte Irene ohne Mitleid. Sie ging zu Reinhold und drehte ihm die Nase um.

«Irene!» rief Adler.

«Die Nase ist der Türknauf. In US-Filmen gibt es Türknäufe
zum Drehen und keine Türklinken.»

«Stimmt», stellte Adler verblüfft fest. «Los, Reinhold, reiß
dich zusammen. Du hast zwar nur eine stumme Rolle. Doch es
gibt auch Oscars für die beste Nebenrolle.»

«Aber nicht für die beste Tür», sagte Reinhold klagend.

«Ich bin die Hauptrolle.» Adler spreizte sich eitel und lockerte einen imaginären Krawattenknoten. Sie schenkten sich den Türknauf, Irene betrat das Büro. Adler ließ die Lulle aus dem Gesicht fallen und schoß hinter dem Schreibtisch hervor. «Mir fehlen die Worte», sagte er hechelnd.

«Damals haben dir zwei Groschen gefehlt», zischte Irene, und Adler rief: «Aus! Aus! Aus! So geht das nicht. Könnt ihr eure persönlichen Scharmützel nicht vor der Tür des Saloons austragen? Bitte noch einmal auf die Ausgangssituation. Lilly, würden Sie bitte diese etwas schwergängige Tür nachölen. Und du», rief Adler und pikte auf Hajo, der betroffen aufstand. «Du gehst raus. Ich habe keinen Assistenten. Ich teile meine Siege mit niemandem. Und meine Niederlagen erst recht nicht.»

Adler befand sich im Stadium der Euphorie. «Du könntest der Regisseur sein. Traust du dir das zu?»

Hajo riß an den Trägern seiner Monteurhose. «Aber immer.»

«Vielen Dank. Aber wir spielen voll improvisiert. Such dir also eine andere Rolle.»

«Ich gebe meinen Türjob gerne ab», bot Reinhold an, «ich könnte ja Fußabtreter sein. Ich glaube, in der Fähigkeit zu leiden, zeigt sich die wahre Schauspielkunst.»

So ging es hin und her. Am Ende war Hajo die Bundespolizei FBI, und zwar vom obersten Chef bis hinunter zum Lakaien.

Irene drehte an Reinhold, Adler flitzte um den Schreibtisch.

«Guten Morgen, Herr Privatdetektiv.»

«Donnerwetter, welch kapitales Weib. Das ist jetzt natürlich nur zur Seite gesprochen. Jetzt gilt es wieder: Guten Tag, meine Dame. Wollen Sie nicht Platz . . . ich sehe, Sie sitzen bereits. Sie wissen sich zu helfen.» Irene holte die Zigaretten-Packung aus der Manteltasche. Adler entzündete das Feuerzeug.

«Danke.»

«Einen Drink? Wärmt durch, lockert die Zunge, schafft die Grundlage für ein vertrauensvolles Gespräch.» Adler schnappte Irenes Weinglas, trank es aus, eilte zum Wasserbehälter.

«Reinhold, du lausiger Requisiteur. Kannst du mir erklären, wie ich meiner Mandantin einen Schuß Soda in ihren Drink donnern soll, wenn kein Wasser drin ist?»

Adler kehrte zum Schreibtisch zurück. «Ihnen ist also Ihr Herr Gemahl abhanden gekommen, wer hätte das gedacht?»

Irene warf beide Arme in komischer Verzweiflung von sich. «Gestern war er noch da. Ich habe ihn gesäugt und gepudert und über sein Himmelbettchen eine neue Ration Beißringe gespannt. Und heute morgen . . .» Irene wischte in den Augenwinkeln herum.

Adler begann, Schreibtisch und Irene zu umrunden. «Und nun? Wollen Sie ihn wiederhaben?»

«Oh ja, das wäre nett. Er fehlt mir doch so. Wenn ich nur wüßte, wo er steckt.»

«Hier» rief es aus dem Dunkel. Alle drehten sich um. Achim Golze trat ins Licht.

Die Szene dampfte. In dem Geviert, das die Lampen aus der Dunkelheit schnitten, mischten sich der Rauch der Zigaretten und der Atem der Anwesenden.

«Ich glaube, ich störe», sagte Golze und zog die Winterjacke aus dem Spezialgeschäft für extreme Bergtouren aus. «Ein Viertelstündchen. Mehr Zeit habe ich ja auch gar nicht. Laientheater, was?» sagte Golze. Adler hätte ihm gern verboten, den Schreibtisch anzufassen. Aber Golze holte vom Eingang einen Karton mit sechs Weinflaschen. Selten war die Beliebtheit eines Menschen in Sekundenschnelle dermaßen in die Höhe geschnellt. *Und wenn wir das nächste Mal mit dem Zoll zusammenarbeiten, kriegt ihr wieder was ab.*

Dann saßen sie um den Schreibtisch herum.

«Wie geht's denn der Leiche so?» fragte Hajo.

«Danke der Nachfrage, grünes Licht für die Verwesung, kann in den nächsten Tagen unter die Erde.» Golze wies nach draußen. «Den Mörder haben wir noch nicht, dazu ist der Fall ein ganz klein wenig zu verzwickt. Da muß sich erst die Spreu vom Weizen und so weiter.»

«Aber man liest doch immer», warf Reinhold ein, «daß die Spuren, die man in den ersten 48 Stunden nicht entdeckt, daß die für immer verloren sind. Dabei sollen sie die wichtigsten sein.»

Schüchtern hob Golze sein Glas und schwenkte es gegen Irene. *Sie sieht mich an, das ist die halbe Miete. Jetzt muß ich sie nur noch allein erwischen, ohne die Kerle. Und dann . . . und dann . . .*

«Die Spuren waren alle gut, wegen der Kälte draußen. Wir haben den steifen Kandidaten Gantenheim doch gleich gefunden und eingesammelt. Danach waren wir an der Witwe dran, habe ich schon von erzählt, oder habe ich noch nicht . . .?» Sie nickten heftig. «Jetzt sind wir an den Busenfreunden dran: der Schatzmeister von ‹Penuntia›, diesem Karnevalsverein; ein Kollege, mit dem der Tote in besseren Zeiten in einem Büro gesessen hat, und ein dritter Kandidat, Nachbar von zwei Stock drüber.»

«Von denen war es wohl einer?» fragte Reinhold.

«Möchte man ja spontan annehmen. Aber ihr habt die Kerle nicht gesehen, die würdet ihr nicht zum Brötchenholen schikken, weil man glaubt, sie sind damit überfordert. Tun harmlos, daß man sich fragt, wie die es schaffen, sich allein anzuziehen, besonders der eine von denen, dieser Nachbar. Wie Kalle Doof aus Laatzen, kennt ihr Laatzen? Liegt bei Hannover. Manni Wiener, mein neuer Chef, kommt aus Laatzen. Der Verein hatte ja sein Kappenfest an dem bewußten Abend am Berliner Tor. Am nächsten Morgen finden wir die Pappnase bei euch um die Ecke. Frage: Wie kommt der Mann da hin? Und vor allem: warum? Wohnen tut er in der anderen Ecke, Bahrenfeld. Möglichkeit eins: Der hat sich die Birne vollgegossen, wollte zu Fuß nach Hause und hat sich in der Himmelsrichtung geirrt. Möglichkeit zwei: Der wollte da hin, der hat das mit Absicht gemacht. Seine Busenfreunde wissen natürlich von nichts. Die wissen gerade, wie er ausgesehen hat, als er noch gelebt hat. Mich interessiert ja besonders dieser Nachbar. Der stand nämlich in der Stube, als wir unseren zweiten Besuch bei der Witwe abgespult haben. Kennt sich blendend in der Wohnung aus und greift sich die Witwe zum Zwecke der Tröstung. Fand die gar nicht schlecht, lag wie hingegossen an seinem Brustbein. Der kannte auch genau die Stelle zwischen Wirbelsäule und Steißbein, wo er streicheln muß, damit sie die Schluchzerei mäßigt. Und da läuft mein Kriminalistenhirn aber aus dem Stand volle sechzehn Zylinder. Denn merke: Der Gatte hat gerade seinen letzten Strahl in den Nachtfrost gesetzt, und der Nachbar schrubbt der Witwe auf dem Rücken rum. Na?» Golze zog mit dem Zeigefinger das untere Augenlid bis knapp übers Kinn. «Holzauge, sei wachsam, warum in die Ferne schweifen, sieh, das Motiv liegt so nah. Der Junge kennt sich einfach zu gut auf dem Rücken der Witwe aus. Nun, Erwin natürlich gleich, Erwin ist ein Kollege von mir: ‹Wo's für einen langt, langt es auch für zwei.› Aber wenn Erwin sich schon zu Fragen von Mann und Frau äußert, kann ja nur kalter Kaffee bei rauskommen. Also nichts Unfreundliches über Abwesende, aber Erwin ist auf diesem Gebiet dumm wie Schifferscheiße, Pardon. Holla, bei wem piept es denn da?» Golze sprang auf, legte eilig seine Winterkleidung an und fand dabei Zeit, den Euro-Piep aus der Tasche zu ziehen: «Für Manager, Politiker und Polizisten, für alle, von denen Wohl und Wehe unseres Landes abhängt. Der Piep findet dich, egal wo du steckst. Da kennt der nichts. Mittagsschlaf oder mal gemütlich mit der Bildzeitung auf'm Klo, der piept und piept, und dann heißt es abkneifen, abwischen und an den nächsten Apparat. Tschau Freunde, bis bald mal wieder.»

«Und ich war so gut drauf», sagte Adler ärgerlich. «Aber dieser Wichtel, das ist doch gemeingefährlich, wie der redet.»

«Und so viel», sagte Hajo beeindruckt. Sie blätterten noch ein bißchen in den Aktenordnern, aber der Bann war gebrochen. An diesem Abend fuhr auch Adler nach Hause.

Gabriel stürmte in die Eingangshalle der Chemie-Firma. Während er den Pförtner ins Auge faßte, kam Henry ein wenig lustlos hinterhergetrottet.

«Guter Mann, mein Name ist Gabriel Ekbono, und das da ist Herr Henry St. Galleon. Wir kommen aus Kenia, einem der, wie Sie sicher wissen, größten Exporteure von Kaffee, gerade in die Bundesrepublik. Wir hätten nun gerne in einer sehr dringenden Angelegenheit einen Ihrer leitenden Angestellten gesprochen. Wäre es wohl möglich, daß Sie uns diesen Termin vermitteln?» Gespannt blickten die Schwarzen den Pförtner an.

Als sie draußen waren, starrten sie auf die Eingangstüren.

«‹Ich bin nicht zuständig. Das gehört nicht zu meinen Aufgaben. Dafür werde ich nicht bezahlt›», äffte Gabriel verbittert den altklugen Tonfall des Pförtners nach. «Das war eine Lektion in Deutschsein. Diese . . . diese.»

«Laß es», riet ihm Henry. «Wir wußten vorher, daß es nicht leicht werden wird.»

«Und wir schaffen es doch», sagte Gabriel. Zum erstenmal hatte seine Stimme einen Unterton, der zu der immer noch verbindlichen Mimik nicht recht passen wollte.

Auf dem Weg in die Innenstadt begegneten sie einem Mann von Anfang 40. Er trug teures Tuch, strömte Pflege und Körpertraining aus, und seine Haut war gleichmäßig gebräunt.

«So braun wie wir wird der nie», zischte Gabriel seinem Freund zu, als sie den Mann passiert hatten. Verkaufsleiter Ulf Bohnsack drehte sich verblüfft um.

Als Irene ihn in den Arm nehmen wollte, wurde Till steif wie ein Brett. «Blöd, blöd, blöd. Noch blöder wie Johannes.»

«Als.»

«Als wie Johannes.»

«Was war denn?» Till knuffte die Sofakissen, als wenn sie seine persönlichen Feinde wären. «Nun hör auf damit und red endlich. Ich muß gleich los.»

«Nie bist du da, wenn ich dich brauche», sagte Till, kam um den Tisch herum, legte seinen Kopf in den Schoß der Mutter und erlaubte ihr, seinen Kopf zu kraulen.

«Till, hör auf damit. Sonst gehe ich los und suche dir einen Vater, der dir garantiert nicht gefällt.»

«Adler wäre gut.»

«Adler ist ganz nett, aber viel zu wenig erwachsen.»

«Für dich?»

«Für uns beide.»

«Den hätten wir schon hingekriegt. Du sagst immer, daß man alles lernen kann.»

«Schweif nicht ab. Hast du in der Schule wieder die Meerschweine angebracht?»

«Ich wollte nur wissen, wer dafür zuständig ist. Ob Sachunterricht oder Rechnen. Von wegen der Wahrscheinlichkeit. Frau Behrens hat mir verboten, das Thema noch einmal zu erwähnen. Sie hat mir gedroht. Dabei bin ich viel schwächer wie sie.»

«Als.»

«Als wie sie. Erwachsene können ja so fies sein.»

«Ich wär soweit», rief Adler von draußen.

«Kommst mit?»

«Geh nur. Du willst bestimmt mal allein sein.» *Von wem hat er das nur?*

«Wie alt ist Till jetzt eigentlich?»

Irene setzte sich an den Küchentisch und fragte mißtrauisch: «Acht. Warum?»

«Mal angenommen, seine Altklugheit verdoppelt sich jedes Jahr, was willst du dann mit ihm machen, wenn er 12 ist?»

Sie beschloß, das Thema nicht weiter zu vertiefen. «Hübsch sieht das aus.» Adler hatte ein zweites Frühstück auf den Tisch gestellt.

Plötzlich stand Maria in der Küche. «Oh. Ein lauschiges petit déjeuner?»

«Bis eben noch», erwiderte Irene, «jetzt ist es wie rush hour.» Sie waren wieder allein, redeten über dies und das und kamen schnell auf das Thema, das sie beide bewegte.

«Also nicht, daß ich irgendeinen Verdacht haben würde», sagte Adler, an seinem Kaffee riechend, «aber ich muß in den letzten Tagen immer wieder an die Stimmung denken.»

«Beim Entrümpeln?»

«Beim Entrümpeln. Manchmal glaube ich, daß ich spinne, aber manchmal bin ich auch ganz sicher: Da war was faul.» Sie machten ‹Schwupp-Di-Wupp› um die letzte Scheibe Corned Beef. Als Adler großmütig anbot, die Scheibe zu teilen, lehnte Irene noch großmütiger ab und bekam verstärkten Speichelfluß, als sie Adler beim Verzehr der Scheibe intensiv zusah.

«Als ich die Frau, die angebliche Schwester, gefragt habe, wieso denn so schnell und warum sie und nicht der Mieter selbst, da hat sie mich angelogen. Ich kann's nicht beweisen, aber ich sehe noch das verkniffene Gesicht von dem Mann vor mir. Wenn der nicht gerade Durchfall hatte oder sonst einen Grund, sich unwohl zu fühlen, dann hat er sich wegen seiner Frau unwohl gefühlt. Oder wegen der Art und Weise, wie sie die Wohnung leergemacht haben.»

«Südamerika hat sie gesagt, hast du gesagt. Hat sie sonst noch was gesagt?»

«Nicht daß ich mich erinnere.»

«Du bist aber auch ein Tiffeltoffel. Die haben vielleicht ihren Erbonkel totgeschlagen, und du beseitigst ihnen die Spuren.»

«Na, hast die Sjöwall-Wahlöö-Phase hinter dir und bist wieder bei Agatha Christie angelangt? Nebel an der Themse, und im Schloß marschieren die Ritterrüstungen los?»

«Kümmer du dich lieber um deine eigene Lektüre. Diese vielen Selbständigen-Ratgeber, die bei dir rumflattern, sind literarisch ja auch nicht gerade das Gelbe vom Ei.» Sie nutzten die Pause, um zu essen und zu trinken.

«Südamerika?» fragte Irene. «Könnte ein Seemann sein. War was in der Wohnung, was nach Seemann aussieht?»

«Kein Buddelschiff, kein Faß Rum und im Badezimmer kein Plastikschiff.»

Maria kam in die Küche und versuchte, etwas aus dem Kühlschrank zu holen, ohne die beiden zu beachten. Im nächsten Moment stand sie zornbebend am Tisch.

«Wo ist mein Corned Beef geblieben? Das war mein Corned Beef. Ihr habt kein Recht, mein Corned Beef ...»

«Ich könnte mich kurz übergeben», bot Adler freundlich an. «ist garantiert noch nicht verdaut.» Die Tür schlug zu.

«Respekt», lobte Irene, «das war nicht untalentiert. Warum lebst du eigentlich nicht in einer WG?»

«Weil es doch mein Traum ist, mir dir und deinem neunmalklugen Naseweis in einer Dreieinhalb-Zimmer-Neubauwohnung mit Blick auf den Nachbarbalkon zu leben», sagte Adler und legte eine Hand auf Irenes Arm.

Sie war bis zum Schluß nicht sicher, ob sie es tun würde. Aber dann hatte Irene zwei Touren zu einem Hotel am Hauptbahnhof *Das ist ein Zeichen.* und fuhr zu der Adresse. Die Wohnungstür war angelehnt, drinnen lief ein Kassettenrecorder. Ein blutjunges Paar teilte mit, daß sie die Wohnung ab nächsten Ersten bewohnen würden.

«Jetzt renovieren wir. Und das hier», sagte der Junge strahlend, «das hier wird unser Schlafzimmer.»

«Oder auch nicht», sagte das Mädchen knallhart.

«Wieso?» fragte der Junge verblüfft. Während sie begannen, das Gedudele des Recorders überschreiend, die Zimmer-Aufteilung zu thematisieren, klingelte Irene an der Tür der Nachbarwohnung.

Als die Frau statt eines Vertreters Irene erblickte, entspannte sich ihr Gesicht.

«Guten Tag, entschuldigen Sie die Störung. Es ist ... ich bin Taxifahrerin. Ich habe gerade eine Tour in die Nebenstraße gehabt. Da sehe ich das Haus und denke mir: Das ist doch das Haus, da gehst du doch gleich mal vorbei. Alte Freundschaft soll nicht rosten, was?» Irene lachte. «Ich also die Treppe hoch, und was sehe ich da? Weg ist er. Junges Gemüse baut sich ein Nest ...»

«Ein leises Nest hoffentlich», ergänzte die Frau zähneknirschend.

«Aber mein alter Freund, futsch ist er», fuhr Irene fort und warf beide Hände in die Luft. «Sie wissen nicht zufällig, wo er abgeblieben ist?» *Würde mich sehr wundern, wenn du es nicht wüßtest.*

Die Nachbarin blickte kurz ins Innere ihrer Wohnung, dann beugte sie den Oberkörper nach vorn und bewegte mit auseinandergespreizten Fingern eine Hand mehrmals vor ihrem Gesicht auf und ab.

«Plemplem?»

«Aber völlig», bestätigte die Nachbarin wichtig. «Und wenn Sie mich fragen, nicht erst seit letztem Herbst, sondern schon ein bißchen länger.»

«Der da?» Irene zeigte auf die Wohnungstür, hinter der Musik und Schreie zu hören waren.

Die Nachbarin nickte, ihr Gesicht bewölkte sich: «Allerdings war er ruhig, das muß man ihm lassen.»

«Ist er tot?» fragte Irene und hätte hinterher nicht sagen können, wie sie auf diese Frage gekommen war.

«Irrenanstalt.»

«So schlimm war es?»

«Schlimmer.»

«Und wo?» Die Frau zuckte die Schultern.

«War das die Schwester, die seine Wohnung aufgelöst hat?»

Die Nachbarin nickte, ein abstoßendes Grinsen zog in ihrem Gesicht auf. «Am liebsten hätte die den ganzen Klumpatsch in die Luft gesprengt. Mit Nitro ... mit Nitro ...»

«Nitroglyzerin», rief eine männliche Stimme aus der Wohnung. In der Nachbarwohnung gewann das Schreien des streitenden jungen Paars das akustische Übergewicht.

Von Hausnummer 160 an gab Adler regelmäßig Hausnummern-Zwischenstände durch. «Laß das», bat Irene.

Sie blickte Adler an. «Gestern habe ich einen Mann kennengelernt», sagte sie träumerisch. «Nicht zu schön und nicht zu häßlich. Nicht zu alt und nicht zu jung.»

«Nicht zu klug und nicht zu schlau», sagte Adler und wechselte das Thema:

«Und die auf dem Ortsamt haben dir die Adresse wirklich ohne Sperenzien gegeben?»

«Was für Sperenzien denn?»

«Datenschutz, Intimsphäre, was der Mensch so braucht.»

«Ich habe gesagt, daß ich Entrümpelungsunternehmerin bin und der Rose noch Geld von mir zu kriegen hat», sagte Irene und lachte.

«320. 328. Konnte ich nicht erkennen. Wieder nicht. Fahr langsamer. Und was machen wir, wenn wir da sind?»

«Wir peilen diskret die Lage, und wenn wir gut drauf sind, können wir ja klingeln.»

«Wenn er wirklich Seemann ist, könnte er natürlich auch in Afrika sein.»

«Dann wissen wir es wenigstens endlich.»

«Guck mal, hier fängt schon Ochsenzoll an. Der Rose wohnt also entweder knapp davor oder knapp dahinter.»

«Oder mittendrin.»

«In einer Klaps ... in einer Nervenklinik? Da kann man gar nicht wohnen. Da kann man nur vegetieren.»

Dahinter kamen aber schon Sechshunderter-Zahlen. Irene fuhr rechts ran, wartete eine Lücke ab, wendete. Sie fuhren ein zweites Mal an dem Gelände der großen Nervenklinik vorbei. Dann hielt Irene an: «Die Nachbarin hatte also recht.»

«Wer hätte das gedacht?» sagte Adler kleinlaut.

«Ich nicht», gab Irene zu.

«Komm, wir gucken uns das an.»

Nichts deutete darauf hin, daß es verboten war, das Landeskrankenhaus zu betreten. Eine Scheu hielt sie davon ab.

«Das war's dann wohl», sagte Irene. «Wenn der Rose hier ist, ist er gut aufgehoben.»

«Was in der Wohnung rumstand, sah auch nicht so wertvoll

aus, daß man eine Erbschwindelei befürchten müßte. Diese übergeschnappte Schwester war dafür auch eine Nummer zu klein. Nicht cool genug. Und dann erst der Mann.»

«Warst du schon mal hier?» fragte Irene.

«Nullmal. Meine Bekanntschaft und Verwandtschaft hält sich gerade noch im Rahmen des Erlaubten, obwohl ... obwohl ...» Adler verkniff sich den müden Witz.

«Also, ich finde das komisch», sagte Irene. «Das ist doch ein Riesending, ein Stadtteil für sich. Die sind doch richtiggehend autark hier. Guck mal die Kirche. Hier leben bestimmt Hunderte von Leuten. Und was wissen wir von deren Leben?»

«Ja, ja», sagte Adler. «Worum soll ich mich denn noch alles kümmern?»

❖

An einem Novemberabend des vorigen Jahres begann es.

«Kundschaft», rief der Polizist dem Pfleger zu, der aus der Aufnahme des Landeskrankenhauses Ochsenzoll kam.

«So eine Ladung haben Sie ja lange nicht gebracht», sagte der Pfleger zu Rochus Rose. «Drei auf einen Streich und alle als Ordnungshüter verkleidet.»

Das war für lange Zeit das letzte Mal, daß Rose lächelte.

«Sie müssen mich verstecken», flüsterte er im Untersuchungszimmer den beiden Ärzten zu, die Rose untersuchten. Organisch war er tipp-topp, er wirkte lediglich etwas schwer. Die Ärzte befragten Rose zur Schießerei.

«Sie haben meinen Vater auf dem Gewissen, und jetzt sind sie hinter mir her. Ich habe ihnen die Fassade heruntergerissen, das verzeihen sie mir nicht. Sie müssen mich schützen» und so weiter. Den Ärzten stellte sich der Tatbestand folgendermaßen dar: Rose gab der Passau Paderborner Versicherung die Schuld am Tod seines Vaters Willi. Willi Rose, 74, war vor wenigen Tagen ums Leben gekommen (vorbereitende Literatur siehe rororo thriller, Band 2 700, S. 144 sowie S. 5 – 218).

Mitten im Gespräch brach Rose zusammen. Während er «Es ist nichts, es ist nichts» stammelte, wurde er von Zittern und Schluchzen geschüttelt. Er bekam zehn Milligramm Haldol zur schnellen Beruhigung. In den folgenden Tagen pendelte sich seine Tagesdosis bei dreimal zehn Milligramm Haldol ein. Weil Rose auf das Medikament wie jeder Patient mit Schlafstörungen reagierte, bekam er zusätzlich Valium.

Physisch erholte sich der Mann relativ zügig. In mehreren Gesprächen mit den behandelnden Ärzten sprach Rose immer wieder von dem

‹Konzern› oder auch der ‹Firma›, die es auf sein Leben abgesehen hätten. Er, Rose, habe nämlich etwas herausgefunden, was von allergrößter Brisanz sei. Die Ärzte der Landesnervenklinik Ochsenzoll hätten gern gewußt, was das denn war. Aber Rose schwieg. Er wollte in Ochsenzoll bleiben, weil er sich nur hier sicher fühlte. Man gewöhnte sich an ihn. Rose benahm sich unauffällig, mehr mußte er nicht tun. Er war einer von 1 239 Patienten.

◆

Rochus Rose saß am großen Tisch des Speiseraums in Haus 24. Er war allein. Vor ihm lagen Papierstapel verschiedener Formate und Höhe. Roses Arme hingen kraftlos am Körper herab. Bisweilen schwankte sein Kopf. Der Schatten seines Körpers teilte den Tisch in Hell und Dunkel. *Gut und Böse.* Im Gegenlicht verdunkelten sich die Gesichtszüge des Patienten. Er trug das blaßgrüne Anstaltshemd, darüber einen hellen Trenchcoat. Rose nahm ein Blatt in die Hand, las, ließ es sinken und begann, die Papiere und Karteikarten durcheinanderzumischen. Mehrfach schichtete er die Zettel um, zögerte, stapelte große und kleine Haufen, bildete auf dem Tisch Diagonalen, Quadrate, Halbbögen von sich überlappenden Papieren. Er zählte, ordnete und war ganz in den Kosmos auf dem Tisch eingewoben.

«Sehen Sie», sagte Dr. Wüsthoff zu einem Kollegen, mit dem er in der Tür stand und Rose beobachtete, «sehen Sie, wie verzögert seine Bewegungen sind. Er hat große Schwierigkeiten, die Zettel aufeinanderzustapeln. Haldol, das – wenn Sie mich fragen – verdammte Haldol. Er steckt wieder voll damit.»

«Aber wenn es doch das kleinere Übel ist», warf der Kollege ein, machte jedoch auch kein begeistertes Gesicht.

«Besser als Suizid», sagte Wüsthoff. «Er hatte einen neuen Schub, als er von seinem Ausgang zurückkam. Da muß irgendwas passiert sein. Jedenfalls hat der Bereitschaftsdienst ihm gleich die hausübliche Dosierung verpaßt, noch bevor wir ihn befragen konnten. Dabei war der Patient vorher schon wieder ganz zugänglich.»

«Was mich interessieren würde, Herr Kollege ...»

«Ja?»

«Was hat er denn auf seine Zettel draufgeschrieben, der Herr Rose?»

Wir wissen nicht, was Rochus «Kein Wort. Er sagt, er hat alles
Rose vorhat, aber wir halten im Kopf, was er braucht. Und
sehr viel für möglich. er sagt auch», fuhr Wüsthoff
fort, «es sei besser so, wenn er
keine Notizen hinterläßt. Notizen könnte man ihm stehlen und
gegen ihn verwenden. Was er im Kopf hat, habe er sicher, meint
Herr Rose.»

Die Ärzte verließen den Raum. Rose stupste den Papierhaufen
von allen Seiten in eine korrekte Form. Dann nahm er das oberste Blatt und studierte es.

Die Fahrt vom Landeskrankenhaus zurück zur Tankstelle verlief
anfangs durchaus entspannt. Dann pfiff Adler leise. Irene guckte
ihn kurz von der Seite an.

«Das war's dann wahrscheinlich für dich.»

«Wieso?» fragte Adler arglos. «Ist doch alles klar. Oder
nicht?»

«Oh, natürlich», stimmte Irene höhnisch zu, «da sitzt einer in
der Klapsmühle, und du hast das Gefühl, daß alles klar ist.»

«Das schon wieder», sagte Adler gedehnt.

«Jawohl, das schon wieder», knurrte Irene und bremste den
armen Polo-Fahrer halb auf den Bürgersteig. «Verpiß dich»,
knurrte sie, in den Rückspiegel blickend. «Hättest Fußgänger
bleiben sollen. Und du brauchst gar nicht so zu grinsen», zischte
sie.

«Ist doch wahr», sagte Adler und wollte versöhnlich wirken.
«Irene Lachmund als Gewissen der Unterdrückten und Ausge-
powerten der gesamten Welt. Albern so was.»

«So», sagte Irene, «ich bin also albern.»

«Wo steckt mein Fleisch und Blut?» fragte Irene kurz, kaum daß
sie ausgestiegen war.

«Den habe ich interniert», erwiderte Hajo müde. «War die
einzige Möglichkeit, um den Betrieb aufrechtzuerhalten.»

Irene kam dicht an Hajo heran. «Und wie du redest», sagte sie
mit viel Betonung, «das paßt mir auch nicht. Seit langer Zeit
schon nicht mehr.» Hajo suchte Beistand von Adler, der winkte
genervt ab und ging in den Aufenthaltsraum.

«Ach nein», sagte Adler und blickte auf das Durcheinander. Till hatte im Aufenthaltsraum die Aktenordner gefleddert, vielleicht auch nur einen. Papier lag herum. Till war gerade damit beschäftigt, es einzusammeln und in einem Ordner abzuheften.

«Was soll denn das?» herrschte Irene ihren Sohn an. Sie drängte Adler zur Seite. «Heh, Butzemann, was soll das?»

«Ich mache ja alles wieder zusammen», antwortete Till mit altklugem Tonfall.

«Was machst du zusammen?» fragte Adler uninteressiert.

«Na, die Zettel von dem Privatdetektiv.» Adler merkte erst nach einiger Zeit, daß die Antwort zu seiner Frage gehörte.

«Da», sagte Till und drückte Adler den Aktenordner in die Hand. Adler begann zu blättern, Irene suchte Tills Sachen zusammen.

«Reiher AG. Chemiewerk. Kleiner Multi, Export von Schädlingsbekämpfungsmitteln. Sitz der Konzern-Zentrale in Heilbronn, Sitz der Zentrale Nord in Hamburg. Bohnemann, Kaffeefirma und Rösterei. Sitz in Bremen und Hamburg. Reiher exportiert nach Kenia. In Kenia wiederholt Gerüchte über Vergiftungen in großem Stil durch rücksichtslosen Einsatz der chemischen Gifte auf Kaffeepflanzungen. Im Spätsommer letzten Jahres zum erstenmal handfeste Erwähnung in einer Zeitung: Diverse Tote nach Flugzeug-Einsatz mit Gift-versprühen. Kaffeefirma Bohnemann bezieht den größten Teil ihres Afrika-Kaffees aus Kenia.»

Irene, die schon lange aufgehört hatte, Tills Sachen zu suchen, nahm Adler den Ordner weg.

«Gib her. Kann ja nicht sein.» Sie las, blätterte, blätterte zurück, guckte Till an, las, guckte Adler an. Dann legte sie eine Hand auf Tills Stirn. Unwillig wich das Kind nach hinten und stieß gegen Adler, der ihm den Puls fühlte. «War Hajo das?» fragte Irene.

«Der?» rief Till empört. «Der kann so was nicht. Der hat doch keine Phantasie. Hajo kann nur mit Autos. Mit Kindern kann er auch nicht umgehen. Ich kann das beurteilen, denn ich bin . . .»

«Sei so lieb und halt den Mund, ja?» bat Adler. Er las zusammen mit Irene. Ihre Köpfe hingen dicht nebeneinander über den Seiten.

«Stark, mein Sohn, was?»

«Nicht untalentiert, das Kerlchen. Mußt aufpassen, daß er nicht zur Kriminalpolizei geht. Willst du später mal zur Polizei?» fragte Adler.

«Haben die da Phantasie?» fragte Till zurück.

«Das ist eine lange Geschichte», sagte Adler, ging zur Tür und rief: «Hajo, wenn du Luft hast, komm doch mal nach hinten.»

Erst ertönte ein Trompeten, dann erschien Hajo. «Ich habe mich erkältet», klagte er. «In jedem Frühling ist es dasselbe. Doris erkältet sich nie.»

«Das geht ja auch nur über Tröpfchen-Infektion», erklärte Irene. «Ihr kommt euch eben nicht mehr nahe genug.»

«Mama, haben Meerschweinchen Schnupfen?»

«Geh ein bißchen spielen», kommandierte Irene. Adler drückte Hajo den Aktenordner in die Hände.

«Also doch ein Privatdetektiv», murmelte Hajo danach.

«So ein bißchen Bogart, bißchen Schimanski. Oder auch der Matula.»

«Wenn du die drei in einen Topf wirfst und durchrührst, kommt unten ein Tappert raus», behauptete Irene.

«Mach keine Sachen», rief Adler erschrocken, «mit so was treibt man keinen Scherz.» Sie begeisterten sich an der neuen Ordnung, die Till in den Aktenordner gebracht hatte.

«Wie hat er das denn geschafft?» fragte Hajo beeindruckt. «Stehen da irgendwo doch Seitenzahlen drauf?» Hajo hielt eine Seite schräg gegen das Fenster.

Irene schnappte den Sohn und drückte ihn zärtlich an sich. «Ich will wirklich nicht mit meinem Kind angeben», sagte sie unheimlich angeberisch, «aber es muß doch mal gesagt werden: Von nichts kommt nichts.»

«Meinst du damit Doris und mich?» fragte Hajo schneidend.

«Das hier gibt der ganzen Sache neuen Schwung», sagte Adler vehement und schlug mehrmals auf den Ordner mit der Aufschrift ‹Reiher AG›.

«Wir sind uns natürlich einig», unterbrach ihn Irene, «daß wir den armen Mann da sofort rausholen aus dem Krankenhaus. Der hat da doch überhaupt nichts zu suchen. Das kann sich nur um einen Justizirrtum handeln.»

«Wenn der in Ochsenzoll sitzt, dann hat der auch was gemacht, daß er zu Recht nach Ochsenzoll gekommen ist», gab Hajo zu bedenken.

«Du Piffer», zischte Irene. «Du biegst dich unter der Macht des Faktischen wie ein Blatt im Wind.»

«Adler, hat sie mich soeben beleidigt?»

«Das mußt du gar nicht ernst nehmen. Immer wenn Irene aus ihrem Studi-Ghetto herauskommt, braucht sie einen halben Tag, um den schlimmsten Studenten-Slang durch die Rippen zu schwitzen.»

«Aber ich bin doch nie länger als einen halben Tag ...» rief Irene, erkannte ihren schweren Fehler und begann, an der Unterlippe zu nagen.

Adler grinste und fuhr fort: «Ich denke mir das so: Dieser Rose ist ein Schnüffler. Er kommt einer Chemie-Geschichte auf die Spur, egal wie. Baldowert die dicke Connection aus, und damit die Gegenseite ihm keine Schläger ...»

«... oder Leute mit Scheckbuch», ergänzte Hajo träumerisch.

«... oder die auf den Hals schickt, mischt er seine Beweise ein bißchen, so daß man nicht gleich drauf stößt, wenn man im Ordner blättert.» Adler blätterte. «Immerhin geht es hier ja offensichtlich um Tote.»

«Um Mord geht das», warf Irene ein.

«Na ja, Mord», wiederholte Adler gedehnt, «das wissen wir ja nun noch nicht.»

«Als was bezeichnest du das denn, wenn sie dir ein Flugzeug herschicken, und es kippt dir pfundweise Gift auf den Kopf? Ist das für dich Blumenstreuen oder was?»

«Ich habe ja die Freiheit, meinen Kopf einzuziehen», gab Hajo zu bedenken.

«Du kapierst es nicht», sagte Irene ärgerlich, «das ist doch die bekannte Geschichte von den Segnungen der Zivilisation, die wir als Erste Welt der Dritten und Vierten Welt antun.»

«Vierte Welt?» fragte Hajo erstaunt. «Kenn ich noch gar nicht. Haben sie die gerade entdeckt oder ...»

«Hajo, später, ja?» bat Adler flehentlich. «Ich erkläre dir das alles später.»

«Du weißt das natürlich schon längst», sagte Hajo bitter.

«Stell dir vor, ja.» Adler wurde langsam sauer, weil er nicht weiterkam. «Also noch mal: Da ist einer, der sammelt Material über diese Gift-Geschichte, und plötzlich sitzt er in Ochsenzoll. Frage: Was ist dazwischen passiert? Hat das was mit seiner Schnüffelei zu tun oder nicht?»

«Natürlich», rief Irene. «Du glaubst doch wohl nicht im Ernst an solche Zufälle.»

«Wir können das nicht ausschließen», gab Adler zu bedenken.

«Warum fragt ihr den Mann nicht einfach?» fragte Hajo leise.

Irene gab ihm einen Kuß auf die Nasenspitze. Und während Hajo mit dem Hemdsärmel die nasse Stelle abwischte, sagte Irene: «Genau das machen wir jetzt.»

Die BMW-Limousine der Siebener-Reihe kurvte auf den Parkplatz. «Der da ist es», sagte Gabriel zu Henry. «Größere Autos gibt es hier nicht. Das muß der Chef sein. Los.»

«Entschuldigen Sie», sagte Gabriel.

Der vielleicht fünfundfünfzigjährige Mann, der gerade einen Aktenkoffer von der Rückbank nehmen wollte, drehte sich um. Seine Augen zuckten.

«Keine Angst», sagte Henry, es sollte beruhigend klingen. «Wir wollen Sie nicht entführen.» Stocksteif nahm der Mann den Mantel von der Rückbank und griff in eine Tasche. Die Hand behielt er in der Tasche. Höflich stellten sich die Schwarzen vor. Der Weiße begann, mit kurzen Schritten dem Eingang des Hauses zuzustreben. Deshalb fand der Dialog im Gehen statt. «Wir wollen Sie fragen, ob Sie der Direktor dieser Firma sind».

Dem Mann schien es nicht gutzugehen. «Warum?» stieß er heiser hervor.

«Wir möchten Ihnen auch nicht Ihre wertvolle Zeit stehlen», fuhr Henry fort.

«Wertvoll? Wie meinen Sie das? Und warum stehlen?»

Angestellte, die dem Eingang zustrebten, beobachteten die drei, die sich, ungewöhnlich dicht nebeneinander, dem Eingang näherten.

«Wir müssen mit Ihnen reden», sagte Henry eindringlich. «Es ist wirklich sehr wichtig. Für uns, für Sie, für uns alle.»

«Ich bin aber nicht zu sprechen», konterte der Mann. Angesichts des Eingangs wurde er ein bißchen frech.

«Und ich lasse mich weder stehlen, noch lasse ich mich erpressen. Da beißen Sie bei mir auf Granit.»

Sie betraten das Haus. Der Weiße sprang auf die Empfangsdame zu, stellte sich hurtig hinter ihren Stuhl und tönte erleichtert und laut: «So, wie Sie das anfangen, klappt das nie. Sie sind doch Amateure, Sie Flaschen. Haha. Ausgerechnet mich haben Sie sich ausgesucht. Da lachen ja die Hühner, was, Frau Rodeländer?» Er schlug der überraschten Frau fortgesetzt auf die Schulter.

«Mich entführt man nicht so leicht, ich kann nämlich Karate. Ich verhaue Sie nach Strich und Faden, Sie Neger, Sie. Und für Sie nebenan gilt das gleiche, Sie Schatten, haha, mich entführen wollen. Da müssen Sie aber früher aufstehen. Oje, oje, mir wird ja so abgrundtief schlecht», stöhnte der Direktor plötzlich und sank am Rücken der Empfangsdame entlang auf die Knie.

Henry und Gabriel wollten dem Mann spontan zu Hilfe eilen. Er sah sie kommen, sein Gesundheitszustand verschlechterte sich dramatisch. Deshalb ließen sie es lieber bleiben. Die Frau telefonierte. Bis Hilfe kam, kümmerte sich ein junger Mann um den Weißen. Der Direktor kniete neben dem Stuhl, hielt den Helfer umklammert und stieß schluchzend hervor: «Ich will nicht entführt werden. Ich bin das gar nicht wert. Irrtum, tragischer Irrtum. Oh, wie ist das alles tragisch.» Dann schluchzte er nur noch.

«So gehen Sie doch endlich», bat die Frau die Schwarzen. «Sie sehen doch, wie der Herr Direktor leidet.»

«Was habe ich gesagt», sagte Gabriel, als sie das Gebäude verließen, «das ist der Direktor.»

«Die da?» fragte Rochus Rose und wies mit dem Kopf auf die Frau und den Mann, die wartend im Flur des Hauses standen, in dem die Räume für die Beschäftigungs-Therapie untergebracht waren.

«Genau die», bestätigte Dr. Wüsthoff. «Sehen doch soweit ganz vertrauenerweckend aus, oder?»

«Haben sie gesagt, was sie wollen?»

Wüsthoff sah, wie alles an Rose sich verspannte. Er ballte die Fäuste, seine Stimme klang heiser, den Kopf hatte er zwischen die Schultern gezogen.

«Sie haben gesagt, sie würden gerne mal mit Ihnen sprechen. Es würde auch nicht lange dauern.»

Rose begann, die Feile, die er aus der Metallwerkstatt mitgebracht hatte, in den Händen zu wringen. «Ich glaube, ich möchte nicht», stieß er hervor.

«Ich meine, es täte Ihnen ganz gut, Herr Rose. Reden Sie doch einfach mal mit den beiden. Wenn sie Ihnen dumm kommen, können Sie sie ja rauswerfen. Sie haben praktisch Hausrecht hier.»

«Sagen Sie ihnen, ich will nicht.» Rose drehte sich um. «Sagen Sie ihnen, es gibt mich nicht. Sie sollen mich vergessen. Ich spiele keine Rolle mehr. Sagen Sie ihnen, sie könnten ganz beruhigt sein. Ich bin keine Gefahr. Für nichts und für niemanden. Sagen Sie ihnen das.» Rose verschwand in der Werkstatt.

Irene und Adler empfingen den Arzt mit großer Spannung.

«Verstehen Sie mich richtig», begann Wüsthoff, «ich will keine Kontrolle ausüben oder Zensur. Aber würde es Ihnen etwas ausmachen, wenn Sie mir sagen, was Sie zu Herrn Rose führt?»

Adler schilderte, wie er Roses Wohnung ausgeräumt hatte, und daß er deshalb noch Geld zu bekommen habe.

«Was können wir denn machen?» fragte er danach hilflos.

«Wenn es Ihnen wichtig ist: Kommen Sie wieder. Wenn Sie Beharrlichkeit zeigen, halte ich es für möglich, daß Herr Rose seine Scheu überwindet.»

«Und wie lange kann das dauern?»

«Das kann lange dauern», erwiderte Wüsthoff. «Und eine Erfolgsgarantie kann ich Ihnen sowieso nicht geben. Es ist ein sensibles Geschäft, das wir hier betreiben.»

«Oh, das kenne ich», sagte Adler, «ich betreibe eine Tankstelle.»

«Adler, wir müssen den da rausholen. Der geht da drin ein.» Es war der erste Satz, der auf der Rückfahrt fiel.

«Der Arzt sah nicht gerade wie ein Folterknecht aus.»

«Mit Freundlichkeit änderst du doch an den Strukturen nichts», trumpfte Irene auf.

«Wenn ich den nur schon mal kurz gesehen hätte», murmelte Adler, «mir wäre irgendwie wohler. Das ist ja wie ein Phantom.» Suchend blickte er die Straße entlang, fuhr rechts ran.

«Was soll denn das?»

«Ich habe mir gedacht, wir trinken da vorne einen Kaffee und beklönen, wie wir weiter vorgehen.»

«Du glaubst doch nicht im Ernst, daß ich nach dem, was ich jetzt über diese Kaffee-Firma weiß, da reinlatsche und mir dieses schwarze Gift reinziehe. Abgesehen davon, daß ich schon seit langem keinen Kaffee mehr trinke. Als wenn ich es geahnt habe», sagte Irene eitel.

Mißmutig fädelte sich Adler wieder in den Verkehrsstrom ein.

«Und dir täte es auch ganz gut, wenn du endlich aufhören würdest, literweise diese Brühe zu saufen. Außerdem gibt das Pickel.»

In dem Kaffee-Geschäft, vor dem Adler gehalten hatte, stießen sie sich gegenseitig an. «Los», flüsterte Gabriel, «wir machen das jetzt. Wir müssen endlich Bewegung in die Sache kriegen.» Zweifelnd blickte Henry zwischen seinem Freund und der eingewickelten Flasche in seiner Hand hin und her. Dann trat er auf ein Paar zu, das an einem der Stehtische Kaffee trank. Sie aß ein Stück Blätterteig und veranstaltete eine unheimliche Sauerei mit den Krümeln. Henry sagte seine Sätze auf.

«Wahrscheinlich ist auch der Kuchen noch giftig, was?» entgegnete die Frau lachend.

«Das weiß ich nicht», erwiderte Henry ernsthaft. Die Frau gackerte. Unterdessen packte Gabriel die Flasche aus. «Der Preis für Ihren Kaffee-Genuß ist zu hoch», sagte Henry eindringlich.

«Na ja», meinte der Mann nachdenklich, «ich habe zwar noch erlebt, daß die Tasse 20 Pfennig kostet. Aber sooo unverschämt finde ich den Preis eigentlich nicht.»

«So meine ich das nicht», erwiderte Henry.

«Wie meinen Sie es denn dann?»

«So meinen wir das», rief Gabriel und stellte die Flasche auf den Tisch. Alle Köpfe flogen herum, der Geräuschpegel sackte von einer Sekunde zur nächsten auf nahe Null. Nur die Kaffee-maschine zischte leise. Die Flasche war pechschwarz bemalt. Grell-gelb prangte ein Totenkopf auf dem Etikett, darunter zwei gekreuzte Bananen. Alle starrten auf die Bananen.

«Das ist Gift», sagte Gabriel dunkel, «Pflanzenschutz-Gift. Damit wird Ihr Kaffee gespritzt. Zehnmal, zwölfmal, vierzehn-mal.»

«Unerhört», rief jemand aus dem Hintergrund.

«Das ist doch gefährlich», sagte eine kläglich klingende Stimme.

«Warum tut denn keiner was dagegen?» rief eine Frau. Die Verkäuferin, die bei der Kaffee-Maschine gestanden hatte, drückte sich nach hinten ins Büro. Dort stand das Telefon.

Die Augen des Mannes quollen über vor Triumph. Mit hem-mungsloser Schadenfreude genoß er die bestürzten Gesichts-züge seiner Frau.

«Wie meinen Sie das?» brachte sie mühsam heraus.

Adler ging zur Seite, weil Reinhold mit dem Sessel vorbei-wollte. «Sie müssen das verstehen», sagte er zu dem Ehepaar, «wir gehen einfach gern auf Nummer Sicher. Sie sagen mir, daß Ihr Herr Vater seine Wohnung aufgegeben hat, um in dieses ganz vorzügliche Alten-Reservat . . .»

«. . . Senioren-Wohnanlage», verbesserte die Frau vibrierend.

«Ich will Ihnen das auch gerne glauben», fuhr Adler fort. «Aber ich hatte vor kurzem ein Erlebnis, das hat mich vorsichtig gemacht. Deshalb frage ich mit aller Offenheit: Hat es seine Richtigkeit mit der Aufgabe der Wohnung? Ist Ihr Herr Vater bzw. Schwiegervater mit dem Auszug einverstanden?»

Gleichzeitig sagte sie «ja» und er «nein». Während Adler er-neut Platz machte, weil Hajo und Reinhold mit je zwei Eßtisch-stühlen vorbeiwollten, versengte sich das Ehepaar mit Blicken. «Das ist nicht mehr rückgängig zu machen», sagte sie knurrend.

«Und es bleibt trotzdem eine Schweinerei», zürnte ihr Mann. «Mein Vater hat niemanden gestört. Du hättest das bei ein wenig gutem Willen bewältigen können. Immerhin wollte er dafür bezahlen.»

«Er war quengelig und rechthaberisch», sagte sie scharf. «Ein richtiger Trotzkopf. Ganz der Sohn eben. Und außerdem hat er in der letzten ...»

«... Ist was?» fragte Hajo.

«Schon gut. Weitermachen», erwiderte Adler mit erzwungener Munterkeit.

Das ist ja alles so widerlich. Geldsäcke, ignorante. Materialisten. Herzlich wie Kühlschränke. Beleidigt ließ der Philosoph seine Blicke schweifen. Die Ortsgruppe der Rotarier, die sich regelmäßig traf, um dem anregenden Vortrag eines Fachmanns aus wechselnden Disziplinen zu lauschen, hatte heute andere Sorgen, als das Thema «Neurotisches Verhalten im molekularen Bereich» in einer Diskussion zu vertiefen. Heute abend gab es zwei Themen, die die anwesenden achtzehn Männer bedeutend interessanter fanden. An diesem Tag war es auf den Tag genau ein halbes Jahr her, seit in der Hansestadt der letzte Umweltskandal aufgedeckt worden war. Das Gefühl der Unruhe, das schon seit dem Jubiläum vor einem Vierteljahr nicht zu verkennen gewesen war, hatte sich seitdem über Bangigkeit zu mittlerweile massiver Besorgnis gesteigert. «Das kann nicht gutgehen. Da kommt was ganz Dickes auf uns zu.»

Das zweite Thema war noch aktueller. Gernot Lustig, stellvertretender Direktor der Kaffeefirma Bohnemann, berichtete von einem geheimnisvollen Vorfall, den am späten Vormittag zwei Schwarze in einer Filiale der Firma zu verantworten hatten.

«Stellen die Burschen seelenruhig eine Flasche mit Gift auf den Tisch.» Lustig wurde nicht müde, den Vorfall zu schildern. Er berichtete auch, daß die Schwarzen, bevor sie der alarmierten Polizei durch die Lappen gegangen waren, noch «Das war erst der Anfang!» gerufen hatten. «Und wieder Schwarze», erzählte Lustig bekümmert. «Erst trifft es unseren verehrten Milz am Kreislauf, weil ihn zwei Schwarze in der Eingangshalle bedrohen, jetzt dies. Und das ausgerechnet uns, wo wir doch – ich möchte mal sagen – ein natürlicherweise entspanntes Verhältnis zu unseren dunkelhäutigen Mitmenschen haben.»

Man nickte und blickte nachdenklich drein. Zwischendurch fiel eine Tür ins Schloß. Nachdem er mehrmals «wenn keine weiteren Fragen mehr sind» gesagt hatte und sehnsüchtig auf eine Reaktion gegiert hatte, war der Philosoph beleidigt abgerauscht.

«Da war aber doch garantiert nur Wasser drin, wie?» brachte ein Baustoff-Händler vor, dessen Außenstände ihn zu einer leichtfertigen Betrachtung des Lebens führten.

«Wenn sie das Ding wenigstens stehengelassen hätten», sagte ein HNO-Arzt mit heiserer Stimme, «aber so.»

«Wieso?» fragte Lustig verblüfft. «Die haben die Flasche doch dagelassen.»

«Ja und?» kam es von allen Seiten.

«Die Polizei hat sie mitgenommen. Deren Labor prüft das jetzt.»

«Was sagt denn unser Fachmann? Kann es tatsächlich sein, daß da jemand mit Fässern voller Gift durch unsere Stadt rennt?»

Ulf Bohnsack, Verkaufsleiter der Chemiefirma Reiher AG, wiegte den Kopf hin und her.

«Möglich ist alles. Obwohl, irgendwo müssen die Knaben das Zeug ja herhaben.»

«Vielleicht von Ihnen», sagte der als Spaßvogel bekannte Urheberrechtsanwalt. Seitdem er den Grundsatzprozeß eines bundesweit bekannten Komikers bis vor das oberste Gericht getrieben hatte, gefiel er sich darin, den Komiker in Gestik und Wortwahl nachzuahmen.

«Von uns bestimmt nicht», erwiderte Bohnsack und schloß sich der Sammelbestellung eines weiteren Budweiser an. «Pflanzenschutz-Mittel stellen wir gar nicht mehr her. Seit längerem nicht mehr. Das sage ich nur, damit niemand auf den süffisanten Gedanken verfällt, wir hätten uns nur feige dem Zeitgeist des gnadenlosen Umwelt-Bewußtseins angepaßt.» Man lachte und scherzte. *Und daß wir das Zeug direkt vor Ort herstellen, brauche ich euch ja nicht auf die Nasen zu binden. Lest doch mehr Zeitungen. Dann wüßtet ihr das. Heute bleibt doch sowieso nichts mehr geheim.*

Die Herren ließen sich von Lustig noch einmal den Abtransport von Direktor Milz schildern. Bohnsacks Augen ruhten auf Lustigs steil abfallendem Hinterkopf. *Kann natürlich Zufall sein.*

72

*Die Chance auf sechs Richtige im Lotto ist auch nur 1 zu 14 Millionen.
Das ist praktisch Null, und doch gewinnt immer wieder einer. Zweimal
zwei Schwarze in kurzem Abstand. Kann natürlich Zufall sein.*
Ulf Bohnsack war von 1977 bis 1979 in Kenia gewesen. Er
hatte dort das Zweigwerk der ‹Reiher AG› aufgebaut. Er glaubte
an Organisation und Planung, nicht an Zufälle.

Adler stand in der Küche und zog sich die Jacke über der Brust
zusammen. Er bereute schon den spontanen Entschluß, heute in
die Wohnung zu fahren. Die Nachtspeicherheizung hatte nicht
auf Speichern gestanden. In der Wohnung war es kalt und
klamm. Adler schaltete alle Flammen des E-Herdes auf 3 und
ging, während sie rotglühend wurden, durch Flur und beide
Zimmer. Der Anblick seiner Wohnung machte ihn fertig. *Des-
wegen lohnt doch das Nachhausekommen nicht.*
Er versuchte sich daran zu erinnern, wann er die einzelnen
Möbelstücke angeschafft hatte. *Vor drei Jahren war der Bruch. Danach ist nichts mehr gekommen. Ein Korkenzieher vielleicht. Und
diese albernen Hühner-Tassen.* Seine zwei längeren Liebesbezie-
hungen hatten sich auf den Zustand von Garderobe und Kü-
chenschrank segensreich ausgewirkt. Müde ging Adler in die
Küche, öffnete den Kühlschrank. Während die vier Eier brutzel-
ten, sickerte die Wärme des Herdes in seinen Körper. Er machte
Hagebuttentee, weil in der Packung nur noch ein Beutel war
und er die Packung jetzt wegwerfen konnte. Ein guter Schwung
Rum sorgte dafür, daß der Jugendherbergsgeschmack nicht
durchschlug.
Wie langsam du kaust. Das ging früher auch schneller. Die Erschöpfung wollte ihn um die Dusche herum auf direktem Wege
ins Bett locken. Adler zwang sich zu duschen. Er probierte vor
dem Spiegel gerade einen Mittelscheitel aus, als das Telefon klin-
gelte. *Das könntest du auch abmelden. Ist doch sinnlos hier.*
«Kühn.»
«Valentin? Bist du das?»
«Adler Kühn. Wir bewegen die Welt. Was bewegt dich denn,
Henry?»
«Valentin? Red lauter, das ist ein Ferngespräch, sonst muß ich
so schreien.»

«Hast du getrunken?»

«Woher weißt du das? Wir tun uns hier gerade ein paar Phari-
säer rein, Junge, Junge. Ich laß mir das Rezept geben, und wenn
ich wieder zurück bin, pfeifen wir uns das Teufelszeug zwischen
die Rippen. Geht's dir gut soweit?»

Adler brummte. «Und selber?»

«Na, was meinst du wohl, weshalb wir hier so fröhlich einen
zwitschern? Valentin, uns ist heute morgen der Eierdieb ins
Netz gegangen.»

Adler erinnerte sich, daß Henry Pietsch in Holstein die Adler
beim Brüten bewachte. Er ging so weit in den Flur, bis die
Schnur des Telefons spannte. Mit der freien Hand zerstörte er
den Mittelscheitel. «Eierdieb, aha. Sieh mal an.»

«Wir hatten die schon seit einer Woche im Visier. Die haben
uns nämlich beobachtet, wie wir Wachablösung machen und all
das. Aber sie haben nicht gewußt, daß wir gewußt haben, daß
sie uns beobachten. Also haben wir einen von uns immer schön
laut und deutlich rumlaufen lassen. Natürlich nicht so laut, daß
es die Adler stören konnte.»

«Natürlich nicht.»

«Wir haben es so eingerichtet, daß sie denken mußten, morgens ist der Baum für eine Stunde ohne Bewachung. Du verstehst? Unser Strohmann reckt und streckt sich, gähnt, macht
seinen Abgang. Fünf Minuten Päuschen, und dann kommt dieser Mistkerl und besteigt den Baum. Wir anderen mit Geheul
aus unserem Versteck, und er fällt fast vom Stamm vor Schreck.
Aber dann wird er frech und ruft: ‹Hier gehe ich überhaupt nicht
wieder runter. Holt mich doch, wenn ihr könnt.› Können wir
aber nicht, haben ja keine Steigeisen. Und dann ist es passiert.
Valentin, ich hätte dir gewünscht, daß du es miterlebt hättest. So
was vergißt man nicht, wenn man es miterlebt hat.»

«Der Eierdieb hat ein Ei gelegt.»

«Die Adler sind gekommen. Die waren natürlich sofort weg
vom Horst, als der Mistkerl am Baum rüttelte. Ist durchaus möglich, daß sie nach so einer Störung das Gelege im Stich lassen.
Also, die Adler kommen, kreisen erst, peilen die Lage. Dann
ziehen sie immer engere Kreise, verlieren an Höhe, und einer von
uns albert schon rum: ‹Paß auf, jetzt nehmen sie die Eier und

ein paar Habseligkeiten unter den Flügel und suchen sich eine andere Heimat.› Und dann greift er an. Es war das Männchen.»

Adler nahm sich vor, Henry später zu fragen, woher er wußte, daß es der männliche Adler gewesen war.

«Schwenkt seitlich ab, und jeder denkt, daß der Kerl jetzt zum See will, da ist er plötzlich wieder da und greift den Eierdieb an. Valentin, das hättest du miterleben müssen. Keiner hat ihn kommen sehen. Schießt wie eine Rakete seitlich an dem Eierdieb vorbei. Ich weiß nicht, ob er die Krallen rausgemacht hatte. Aber allein schon die Flügel. Mensch, Valentin, Spannweite zwei Meter fünfzig! Wenn du damit einen verpaßt kriegst, die können dir doch alle Knochen im Leib brechen. Der Eierdieb macht eine Reflexbewegung, verliert das Gleichgewicht, stößt so eine Art Jodler aus, und abwärts geht . . .» Die Verbindung riß ab.

«Groschen, Henry», sagte Adler. «Groschen.»

Er setzte sich in die Küche, blätterte in Illustrierten. Dann stützte er den Kopf in beide Hände und knetete seine brennenden Augäpfel. *Du bist auf dem besten Weg, ein alter Mann zu werden. Henry macht dir noch was vor, und Henry ist 63.* Adler fiel der Mann ein, der in Ochsenzoll lebte. *Der könnte es wert sein. Und es hilft nicht nur ihm, sondern auch dir.* Er gabelte die hartgebratenen Schinkenspeck-Würfel in den Mund und blickte an die Wand. *Ab sofort reißt du wieder regelmäßig den Kalender ab.*

«Sagen Sie das noch mal», stieß Gabriel fassungslos hervor. Die Empfangsdame lächelte hinreißend.

«Sie können nach oben. Ich melde Sie sofort», modulierte sie mit perlender Stimme.

«Wir werden erwartet?»

«Aber natürlich. Warum denn nicht?» Die Empfangsdame brachte sie an den Lift. Als sie drinstanden, trat sie auch hinein, drückte den zweiten Knopf von oben, lächelte strahlend und verließ die Kabine.

«Jetzt ist es soweit», sagte Henry.

Gabriel boxte ihn in die Seite. «Jetzt zeigen wir den Eingeborenen, was eine Harke ist.»

«Meine Herren, Sie moralisieren wie alte Jungfern, Pardon», sagte Reiher-Verkaufsleiter Ulf Bohnsack und lächelte eisig. Sie saßen auf den Lederelementen der Sitzecke. In der bauchigen Kanne kühlte der restliche Tee ab.

Henry griff in das Schälchen mit Kandis-Stücken. Seine folgenden Sätze waren von knackenden Beißgeräuschen durchsetzt. «Herr Bohnsack, Sie sind für den Einsatz der Pestizide verantwortlich.»

«Nein, nein, meine Herren», unterbrach Bohnsack, ans Fenster tretend, «so geht das doch nicht. Solange Sie, also Ihre Regierung, von der europäischen Nachfrage nach Kaffee profitieren, ist alles gut, und Sie ziehen fröhlich die Preisschraube auf dem Weltmarkt an. Wir zahlen und verlangen nichts weiter als gleichbleibend gute Qualität. Die erreicht man wie? Indem man verhindert, daß Schädlinge und Krankheiten die Plantagen vernichten. Und da soll eine so hilfreiche und lebensnotwendige Sache wie Düngen und Bekämpfen von Schädlingen ein Verbrechen sein? Aber meine Herren.» Bohnsack blickte aus dem Fenster. «Wir alle wissen doch, was passiert, wenn wir ab morgen auf den Einsatz von Chemikalien verzichten würden: Eine Katastrophe ungeheuren Ausmaßes wäre die Folge. Der Kaffee-Anbau bräche zusammen und damit die Handelsbilanz Ihres Heimatlandes, mit dessen Vertretern wir, das habe ich schon einmal betont, bisher nur die allerbesten Erfahrungen gemacht haben.»

Gabriel nahm Henry ein Kandis-Stück fort und sagte: «Sie greifen den Ereignissen voraus. Uns geht es im ersten Schritt nur darum, daß sich bei Ihnen ein Gefühl von Betroffenheit und Verantwortung einstellt. Dann erst halten wir Sie für reif, daß wir über eine Änderung von Anbau-Methoden und Preispolitik verhandeln könnten.»

«Na, hören Sie mal», rief Bohnsack munter.

«Leider ist es aber so», fuhr Gabriel fort: «Ihnen fehlen alle Grundlagen. Ihnen fehlt die Kultur. Ihnen fehlen Ethik und Einsicht. Was Sie besitzen, ist Pathos, Scheinheiligkeit, Geldscheffelei und das Bestreben, Ihre egozentrische Karte bis zum letzten auszureizen. Sie spielen ein gewagtes Spiel, Herr Bohnsack, und Sie sind dabei, es zu verlieren.»

Bohnsack trat neben den Schreibtisch, auf dem die Umsatz-
zahlen für das erste Quartal lagen. *Verlieren, ich lach mich tot.*

«Meine Herren, können Sie ein offenes Wort vertragen?»
Henry knackte ein Stück Kandis. «Meine Herren, wenn es uns
nicht gäbe, müßten Sie uns erfinden», sagte Bohnsack und
zeigte sein berühmtes jungenhaftes Lächeln. «Ohne uns wäre bei
Ihnen der Teufel los. Ohne uns müßten wir noch nicht einmal
über Luftbrücken und Millionen-Spenden zur Bekämpfung der
Hunger-Katastrophe sprechen. Müßten wir nicht, weil Sie
längst verhungert wären.»

«Es ist ein . . .»

«Nein», unterbrach ihn Bohnsack, «es ist kein Geschäft auf
Gegenseitigkeit. Wir trinken Ihren Kaffee gern, das gebe ich zu.
Aber in meinem Land würden keine Unruhen ausbrechen,
wenn es keinen Kaffee mehr gäbe. Wenn Sie allerdings auf unsere Devisen verzichten müßten, bräche Ihnen das bißchen soziale Stabilität, zu dem Sie es gebracht haben, in Null Komma-
nichts unter dem Hintern weg. Und wenn Sie jetzt kein ganz
sensationelles neues Argument mehr aus dem Hut zaubern,
meine Herren, würde ich vorschlagen, daß wir unser Gespräch
beenden. Hat mich gefreut. Aber es bringt doch nichts.»

Dann standen sie sich gegenüber. «Wenn Sie meinen, Herr
Bohnsack, daß das hier das letzte Wort war . . .» knirschte
Henry.

«Also, da fehlt mir wirklich die Phantasie, mir noch einen
zweiten Akt vorzustellen», erwiderte Bohnsack gutgelaunt.
«Heh, hallo, guter Mann, das muß aber wirklich nicht sein», rief
er, unsicher lachend.

«Bitte recht freundlich», sagte Henry, der plötzlich eine Polaroidkamera vorm Gesicht hatte.

«Ich bin von Natur aus freundlich», murmelte Bohnsack kokett und konzentrierte sich. Unterdessen war Gabriel an den
Schreibtisch getreten. Nach schnellem Blick nahm er einen
Brieföffner, einen grünen Kugelschreiber und eine Lupe an sich,
steckte sie ein. Ein Blitz, und Henry sagte:

«Danke.»

«Fürs Familienalbum?» fragte Bohnsack. Sie verabschiedeten
sich.

«Das bringt doch nichts», sagte Henry mißmutig.

«Aber es könnte wie ein Dammbruch sein», konterte Gabriel. Sie saßen im Studentenheim. Jedes Stockwerk hatte eine Ausbuchtung des Flurs. Hier, gleich neben der Küche, standen Sessel, Stühle, Tische. Hier spielten die Studenten Skat und Mensch-ärgere-dich-nicht. Und wenn das Fernsehgerät lief, hielten sich hier mehr als zwei, drei Personen auf.

«Hey, ihr», rief Maggie, die angehende Theologin.

«Wir dürfen sie nicht verprellen», flüsterte Gabriel, als er Henrys genervtes Gesicht sah.

«Schlankheit gefällt wegen des besseren Anschlusses im Beischlaf und der Mannigfaltigkeit der Bewegung», sagte Henry leise, ohne die Augen von der fülligen Maggie zu nehmen. Gabriel schüttelte den Kopf:

«Dies ist eine Theorie, die meines Erachtens in der Psychologie eben das vorstellt, was eine sehr bekannte in der Physik ist, die das Nordlicht durch den Glanz der Heringe erklärt.»[*]

◆

[*] «Über Geld spricht man nicht. Geld hat man.» Aber woher haben Henry und Gabriel das nötige Geld?

Alles begann mit einer durchzechten Nacht (Gin und Campari), wie sie der weltberühmte Schriftsteller Ernest Hemingway (1899–1961) auf seiner Afrika-Reise Anfang der fünfziger Jahre regelmäßig zu veranstalten pflegte. Wiewohl Hemingways Chief Skinner Makau, der Gewehrträger Ngui und auch der Chief Scout Kyungu zum Stamm der Wakamba gehörten, trieb es Henrys Eltern vom Stamm der Kikuyu in die Nähe des berühmten Amerikaners. Henrys Vater gehörte zu den letzten schwärmerischen Anhängern englischen und deutschen Kolonial-Geistes und schrieb in seiner Freizeit heimlich Gedichte und Kurzgeschichten, die er jedoch niemandem zeigte, da er Analphabet war.

Hemingway – wiewohl fast ständig unter Sprit – gefiel der bescheidene Mann, und er lud ihn zum Mittrinken ein. Im Verlauf einer solchen Nacht kam es dann zum denkwürdigen Handel: Hemingway schwatzte Henry sen. eine seiner Kurzgeschichten ab mit dem spitzbübischen Plan, sie in einen Kurzgeschichten-Band aufzunehmen – um alsdann zu beobachten, ob die Literatur-Kritik den Wechsel in Stil und Temperament bemerken würde.

Das Buch erschien mit der untergejubelten Short Story, Hemingways Ruhm wurde gemehrt (1954 Nobelpreis für Literatur); niemand erkannte das schwarze Schaf. King'ee («Der Mann mit dem Bart»), wie

78

«Wollen wir heute abend nicht was gemeinsam unternehmen?» fragte Maggie. Im Hintergrund stand ein Mädchen, das Henry und Gabriel noch nie gesehen hatten. «Das ist Veronika», rief Maggie. «Veronika hat mich besucht, und sie würde auch mitkommen.» Damit waren die Würfel gefallen.

Sie sind wieder da. Ich spüre ihre Blicke im Nacken. Rochus Rose legte das Metallstück zur Seite, griff sofort wieder zu und entriß es den Händen des Klempners, der neben ihm arbeitete und kein Stück Metall liegen sehen konnte, ohne es sofort in sein Kunstwerk zu integrieren. Da der Klempner bei der Auswahl der Einzelteile nicht wählerisch war, würde die Metall-Plastik bald die Ausmaße der Werkstatt erreicht haben. Die Breitwand des Raums füllte sie schon fast vollständig.

«Och», sagte der Klempner enttäuscht, «das hätte so gut gepaßt.»

«Nein», erwiderte Rose und fühlte die Blicke im Rücken.

«Sieht aus wie eine Pistole», sagte der Klempner kichernd. «Nur der Griff fehlt noch. Das hat so was Gefährliches. Das würde meiner Plastik gut stehen. Sie kommt mir noch zu zahm vor, meinst du nicht?»

Rose betrachtete des Klempners Plastik. «Sie sieht wild aus, ungebändigt. Sie wird bald den Raum sprengen.»

«Meinst du wirklich?» fragte der Klempner erfreut.

«Komm, wir gehen jetzt zu ihm hin», sagte Irene zu Adler. «Ich habe heute extra die Tour getauscht. Ich will hinterher wenigstens das Gefühl haben, daß ich etwas versucht habe.»

«Aber vorsichtig», sagte Adler, «ganz vorsichtig. Sonst geht er uns wieder stiften.»

◆

Hemingway in Afrika genannt wurde, erwies sich als Ehrenmann. Seit 1956 erhielt Henry sen. aus dem Verkauf des Buches sowie aus dem Erlös sämtlicher Nebenrechte exakt 50 Prozent. Henry sen. legte das Geld sorgfältig an, ermöglichte seinen dreizehn Kindern eine vorzügliche Schulbildung – und als sich sein zweitjüngster Sohn Henry mit dem Wunsch einer Europa-Reise an den greisen Erzeuger wandte, beschaffte der Traveller Schecks und die Kreditkarte von Visa.

Sie betraten die Werkstatt. Einige Patienten blickten sich um, unwillkürlich gingen Irene und Adler langsamer. Beide spürten, wie die unbekannte Situation ihr Verhalten veränderte. Adler räusperte sich.

Sie kommen. Sie kesseln dich ein. Der Konzern macht Ernst. Wüst-hoff ist ein Verräter. Sie haben ihn niedergeschlagen. Oder bestochen. Der Konzern ist reich. Die Feile entglitt seinen Händen. Hektisch griff er nach ihr, hechtete auf den Boden. Er stieß mit Adler zusammen, der sich bückte, um das Werkzeug aufzuheben.

«Hoppla», sagte Adler und blickte Rose an, der, halb liegend, dicht vor ihm gelandet war. Roses Blick irrte panisch umher. Adler hatte einen Blackout. Das Bestreben, auf der Stelle etwas zu sagen, was den verängstigten Mann beruhigte, führte zu einer völligen Lähmung. Sie blickten sich an. Rose rappelte sich auf, Irene kam hinzu.

Der Klempner hatte schon lange darauf gewartet, einen Blick einzufangen. Er nötigte die Besucher vor seine Plastik und begann sofort, begeistert und selbstvergessen zu erzählen. Rose schlich zum Ausgang, verließ die Werkstatt aber nicht, sondern beobachtete die Dreiergruppe.

«Halt dich locker», flüsterte Irene, «er beobachtet uns. Benimm dich um Gottes willen einfach mal normal.»

«Ich könnte dich ja würgen», bot Adler an. Er haßte sich für seine Unfähigkeit, souverän mit der Situation umzugehen. Der Klempner erzählte und erzählte. Adler und Irene wagten nicht, ihn stehenzulassen.

«Jetzt sag schon was», forderte Irene Adler auf. «Nicht zu laut und nicht zu leise. Irgendwas, damit er Vertrauen faßt.»

«Willst du nicht lieber was sagen?»

«Oh, ja», rief sie plötzlich so laut, daß sogar der Klempner erschrak, «das ist wirklich eine schöne Plastik. Schön groß. Da steckt bestimmt viel Arbeit drin, wie?»

«Willst du ein Megaphon?» fragte Adler leise. Irene funkelte ihn an. Sie spürten, wie Rose sie umrundete.

Sie wollen dich testen. Du mußt einen guten Eindruck machen, Sicherheit durch Sichtbarkeit. Nicht zu frech sein, dann greifen sie an. Du mußt dich so verhalten, daß du wie ein Kind wirkst. Kinder schlägt man nicht. Oder wie ein Hund. Hunde schlägt man erst recht nicht. Zö-

gernd ging Rose auf seinen Platz zu, holte Luft und ließ sich auf den Hocker sinken. Plötzlich war der Mann neben ihm.

«Hier», sagte Adler und legte die Feile vor Rose auf den Tisch. «Guten Erfolg auch.» Adler lächelte und ging zu Irene zurück.

«Na?» forderte er Beifall. «War doch schon ganz gut, oder?»

«Immerhin. Du hast ihn nicht getreten und auch nicht vom Hocker gestoßen.»

Rose saugte jedes Wort begierig auf. *Klar, daß sie unschuldig tun. Darauf sind sie trainiert. Wahrscheinlich sind sie sogar bewaffnet. Aber morgen ist auch noch ein Tag. Und es gibt Ziel-Fernrohre. Ab morgen verläßt du nicht mehr das Haus. Sollen sie kommen und dich ausräuchern. Lebendig kriegen sie dich nicht.*

Wüsthoff betrat die Werkstatt. «Na, Herr Rose. Sie werden Ihren Besuch nicht los.» Rose lächelte leicht.

Irene und Adler nutzten die Gelegenheit und folgten dem Arzt. «Wir wollen wirklich nur mit Ihnen reden, Herr Rose», sagte Irene.

Rose starrte sie an, blickte den Arzt an. «Sagen Sie der Frau, sie soll gehen. Ich bin nicht zu sprechen.»

«Aber, Herr Rose», sagte Wüsthoff, «ich bin doch da. Ihnen kann absolut nichts passieren.» Er berührte Rose an der Schulter, spürte, wie angespannt der Mann war. *Wie eine Sehne, der springt dir gleich weg.*

«Es ist wegen Ihrer Wohnung», begann Adler.

«Sagen Sie dem Mann, daß ich keine Wohnung habe.»

«Aber das weiß ich doch», fuhr Adler fort. «Ich habe sie doch selber leergeräumt.» Zwar trat ihn Irene noch gegen die Wade, und der Arzt drehte sich schnell um, doch Adler erkannte selber die Wirkung seines Satzes. Plötzlich stand Rose kerzengerade. Stocksteif verließ er die Werkstatt. «Aber, Herr Rose», rief Adler, «ich habe doch keine Schuld. Das war Ihre Schwester. Ihre Schwester hat uns gesagt, daß Sie einverstanden sind. Hören Sie doch, Ihre Schwester ...»

«Kannst aufhören, er ist draußen», sagte Irene tonlos. Adler atmete schwer.

«Junger Mann», sagte Wüsthoff, «mir scheint, Sie haben ein gewisses Talent, im richtigen Moment das Falsche zu sagen.»

Irene nickte zustimmend: «Er kann es aber auch umgekehrt.»

«Rochus, du?» Karin Drummer wich zwei Schritte nach hinten, breiter war der Flur nicht. Rose warf die Tür ins Schloß, Karin flüchtete in den größten Raum. Sie hatte gewußt, daß sie ihren Bruder wiedersehen würde. Für diesen Tag hatte sie sich zahlreiche Sätze zurechtgelegt. Roses erster Satz ließ schon alles zusammenkrachen.

«Wir sind Bruder und Schwester. Warum haßt du mich so?»

«Ich hasse dich doch gar nicht.»

«Wer hat meine Wohnung geplündert? Wieviel haben sie dir dafür gegeben?»

«Glaubst du denn, der Vermieter heizt deine Wohnung, bis du geruhst, eines Tages zurückzukehren? Wer soll denn die Miete bezahlen? Wir etwa? Aber so bist du, und so warst du immer. Seit ich denken kann. Du hast deine komischen Sachen angestellt, und ich konnte sie ausbaden. Von Vater habe ich ja nie Rückendeckung gekriegt. Der stand ja immer auf deiner Seite. Dieser alte Narr.» Sie lachte verzweifelt auf.

«Warum hast du meine Wohnung geplündert?» Die Erkenntnis, daß er keinen Standort mehr hatte, schlug Rose entgegen wie eiskalte Luft, die einem den Atem raubt.

«Ach, laß mich doch mit deiner Wohnung zufrieden. Ich will mich nicht mehr schämen müssen, nur weil ich so einen Bruder habe. So einen ... so einen ...» Sie trat nach hinten, nahm mit den Augen Maß. «So einen dicken, verrückten Bruder, der alles kaputtmacht, was er anfaßt.»

«Das meinst du nicht wirklich. Das ist nur deine Wut, Karin, bitte.»

«Das meine ich aber wirklich, seit langem schon. Und ich wollte dir das auch schon lange sagen. Nachher glaubst du noch, ich mag dich, weil ich deine Schwester bin. Aber du irrst dich. Ich habe keinen Bruder. Mein Vater ist tot, meine liebe Mutter ist leider schon viel länger tot. Und du bist für mich auch gestorben, damit du es weißt. Raus, laß uns endlich in Ruhe! Ich will nicht mehr.»

Rochus Rose ging zum Wohnzimmerschrank und öffnete die beiden unteren Türen. Karin brauchte vier Tassen, um zu begreifen, daß Rose systematisch ihr Hochzeitsservice zerstörte.

82

Sie sprang auf ihn zu, griff mit beiden Händen in seine Haare. Rose grunzte und wischte sie mit einer Hand weg. Sie schleuderte gegen den Sessel, der Sessel stürzte um, Karin griff erneut an und wurde wieder zurückgeworfen. Ein Porzellanstück nach dem anderen zerschellte auf dem Parkettboden. «Hilfe! Hilfe! Er bringt mich um! Polizei! Er will mich ermorden!» Rose gelangte zu den Kuchentellern. Es klingelte, Karin rannte hinaus. Sekunden später stürmte der Mann ins Wohnzimmer.

«He, Sie, sofort hören Sie auf damit. Sie sind ja außer sich. Sie sind eine Gefahr, hören Sie auf, sonst...»

Rose erhob sich mit der Suppenterrine in der Hand. Der Nachbar blieb stehen, Karin lief von hinten gegen ihn.

«So unternehmen Sie doch was. Schlagen Sie ihn zu Boden.» Mit kaum wahrnehmbarem Schwung schlug Rose die Terrine gegen die furnierte Eiche. Porzellan splitterte. Rose streckte die spitzige Terrine dem Nachbarn entgegen. Der Mann bekam einen heftigen Schreck. Karin eilte aus dem Raum. Der Nachbar hielt beide Hände abwehrend vor die Brust.

«Ist gut, ist schon gut. Wir beruhigen uns jetzt alle, dann sieht die Welt gleich ganz anders aus.» Rose schwieg und schritt auf den Nachbarn zu. Der suchte nach Worten, Rose machte einen weiteren Schritt. Der Nachbar flüchtete.

Rose ging in den Flur. Er sah, wie Karin ins Badezimmer huschte und die Tür abschloß. In seinem Kopf hallte es wie in einem großen leeren Saal. Eine Polizeisirene ertönte, wurde lauter. Rose ließ die Terrine fallen und verließ ohne Eile die Wohnung. Er machte den beiden Polizeibeamten Platz, die ins Haus stürmten. Später nahm er eine U-Bahn. Die Endstation hieß Ochsenzoll.

Im Freigehege der Meerschweinchen und Kaninchen standen kleine Häuser, die den Eindruck einer Tier-Stadt simulierten. Kinder hingen mit den Oberkörpern über dem Zaun und versuchten, die hektisch umherschießenden Tiere zu streicheln. Ein paar Eifrige überstiegen den Zaun. Von weitem hob ein Wärter nachsichtig drohend einen Arm und scheuchte die Eindringlinge zurück. Die kleine Stadt mit den Meerschweinchen und Kaninchen war eines der beliebtesten Ziele des Zoos. Maggie, Veronika, Henry und Gabriel – seit Tagen unzertrennlich – schlenderten an den Meerschweinchen vorbei. Veronika, die Geographie und Sport studierte, machte einige Bemerkungen über die Bedeutung von Streicheltieren für die affektive kindliche Entwicklung. Daraufhin stellte sich Gabriel als Streicheltier zur Verfügung. Alle lachten, was das Zeug hielt.

Sie waren so sehr mit Lachen beschäftigt, daß der Junge ihrer Aufmerksamkeit entging. Er beteiligte sich nicht an der allgemeinen Ausgelassenheit seiner Altersgenossen. Statt dessen stand er ein Stückchen abseits und drückte die Tasten eines Taschenrechners. Aus der Jackentasche ragte ein Schreibblock. Manchmal schien es, als ob der Junge ärgerlich wurde. Mit einem Finger tippte er auf die Tiere im Gehege, zählte sie. Als ein Kind ihm die Sicht nahm, drängte er sich nach vorn, zählte erneut. Dann drückte er wieder auf dem Taschenrechner herum, zog den Block aus der Tasche und schrieb etwas auf. Mißmutig stapfte er danach über den Weg. Auf der anderen Seite lagen der riesige Kinderspielplatz und ein Imbißstand im Blockhaus-Ambiente, vor dem Holzbänke und Holztische aufgebaut waren. Der Junge krabbelte neben einer Frau, die eine Currywurst verzehrte, auf die Bank.

«Und ich hatte doch recht», sagte er finster. Irene blickte ihn an. «Mami, ich gehe jetzt zu einem von den Wärtern und frage ihn nach den Meerschweinchen.»

«Till, bitte.»

«Nein, Mami, ich will es jetzt wissen. Ich kann schon an gar nichts anderes mehr denken. Ich lasse bestimmt bald in der Schule nach. Dann muß ich abgehen und kann kein Abitur machen.»

Irene nahm die Sonnenbrille ab. «Verwechselst du mich vielleicht gerade mit deinem Vater? Oder mit seiner Freundin?»

«Ach was», sagte Till, «die ist doch blond. Und du bist nur schwarz.» Till schwärmte seit zwei Wochen für ein blondhaariges Mädchen aus der Parallelklasse. Sie hatte seine Werteskala umgekrempelt.

Irene hätte ihren Sohn gerne abgewimmelt. Doch plötzlich merkte sie, daß eine Mutter, die schräg gegenüber saß und ihrem Kind Eßsitten beibrachte, unauffällig zuhörte.

«Was willst du den Wärter denn fragen?»

Till strahlte und schmiegte sich an seine Mutter. Irene stellte die Pappe mit der Currywurst zur Seite. «Wo sie die Meerschweinchen lassen. Nein, falsch. Ich will fragen, warum die Meerschweinchen nicht mehr werden, obwohl sie sich doch ununterbrochen paaren. Allein fünfzehnmal, als ich zugeguckt habe. Das macht so viele kleine Schweine . . .»

Das Kind von schräg gegenüber hörte hingerissen zu. Erfolglos versuchte seine Mutter, es vom Zuhören abzuhalten.

§ 2 des Tierschutzgesetzes schreibt eine gesunde und artengerechte Ernährung vor.

«. . . so viele Schweine, daß die gar nicht alle reinpassen in die kleine Stadt. Komm, wir gehen einen Wärter suchen.»

Ungeduldig wartete Till, bis seine Mutter die Currywurstpappe in eine Abfalltonne geworfen hatte. «Siehst du», sagte im Hintergrund die Mutter zu ihrem Kind, «so macht man das.»

«Und warum machst du es dann nicht?» fragte das Kind. Daraufhin klatschte es, und das Kind plärrte.

«Herr Wärter, Herr Wärter, so warten Sie doch», rief Till und zog Irene an der Hand hinter sich her. *Wie peinlich.* Der Wärter bewölkte, als er das Kind sah, die Stirn. Die Wolken verflogen, als er der Mutter ansichtig wurde. «Herr Wärter», Till keuchte vor Aufregung, «Sie müssen mir das aber auch sagen, sonst kann ich nicht mehr schlafen.»

«Na, na, kleiner Mann», entgegnete der Wärter gemütlich, «was haben wir denn auf dem Herzen?»

«Warum lieben sich bei euch ständig die kleinen Meerschweinchen, und es werden aber nie mehr von den Meerschweinchen?» krähte Till.

«Die beiden Frauenzimmer umarmten sich aus Grimasse und hingen zusammen wie zwei Vipern in coitu», sagte Henry und blickte Maggie und Veronika an.

Gabriel, mit dem er in Veronikas kleiner Wohnung saß, staunte. «Wie das? War es nicht schön in den letzten Tagen?»

«Starke Empfindung, deren sich so viele rühmen, ist nur allzuoft die Folge eines Verfalls der Verstandeskräfte.»

«Aber das Gegenteil ist richtig», begehrte Gabriel auf: «Es sind gewiß wenig Pflichten in der Welt so wichtig als die, die Fortdauer des Menschengeschlechts zu befördern, und sich selbst zu erhalten, denn zu keiner werden wir durch so reizende Mittel gezogen, als zu diesen beiden.»

«Es ist wirklich nichts abscheulicher, als wenn sich selbst zugezogene Strafgerichte noch einlaufen, nachdem man schon lange angefangen hat, sich zu bessern», entgegnete Henry, blickte Gabriel an und wandte sich lächelnd ab.

«Na denn», sagte Gabriel, nun auch lächelnd, «beenden wir unsere schöpferische Pause, wenden wir uns wieder unserer Mission zu. Eigentlich schade», sagte er versonnen und blickte Maggie an, die er in den letzten Tagen liebgewonnen hatte.

«Stimmt», sagte Henry, der den Blick verfolgte, «die gesundesten und schönsten, regelmäßig gebauten Leute sind die, die sich alles gefallen lassen. Sobald einer ein Gebrechen hat, so hat er seine eigene Meinung.»

Gabriel blickte ihn erstaunt an: «Lieber Freund, du kleidest deine Gedanken so sonderbar, daß sie nicht mehr aussehen wie Gedanken. Fällt es dir denn nicht auch schwer, Veronika Lebewohl zu sagen?»

«Ach», erwiderte Henry, «es hält sich in Grenzen. Ihr Unterrock war rot und blau und sehr breit gestreift und sah aus, als wenn er aus einem Theatervorhang gemacht wäre. Ich hätte für den ersten Platz viel gegeben, aber es wurde nichts gespielt.»

«Du Schlawiner», sagte Gabriel und tätschelte Henrys Arm: «Die Nonnen haben nicht allein ein strenges Gelübde der Keuschheit getan, sondern haben auch noch starke Gitter vor ihren Fenstern.»

«Und was habe ich an den Stäben gerüttelt», sagte Henry nachdenklich.

«Dieses ist dem Menschen so natürlich als das Denken oder das Werfen mit Schneebällen.»

Plötzlich fanden sie das ausgelassene Verhalten der beiden Frauen, das sie doch eine Woche lang genossen hatten, nur noch befremdlich. «Sie lesen nur und sehen nicht und trinken Hühnerbrühe.»

Die Schwarzen erhoben sich. Henry erklärte ihre Mission, Gabriel unterstützte ihn. Die Frauen hatten große Mühe, sie zu verstehen.

«Endlich», sagte Gabriel draußen und schritt beherzt von dannen. Die Luft schmeckte nach Knospen und jungem Grün. Die Erde schien Wohlgerüche auszusenden.

Verabredet waren sie für 18 Uhr gewesen, Egon kam eine knappe Stunde zu spät. Adler nahm an, daß Egon eine diesbezügliche Bemerkung fallenlassen würde. Aber Adler kannte Egon nicht. «Dich kenne ich von irgendwoher», sagte er zu Irene und steckte einen Finger ins rechte Nasenloch. Es war dies die Geste, mit der Egon Nachdenken signalisierte. Er zählte diverse Kneipen auf, und als Irene zugab, in einer von den Kneipen schon einmal gewesen zu sein, freute sich Egon. «So, denn mal los mit die jungen Pferde», sagte er, schleuderte seinen Pferdeschwanz auf den Rücken und begann sich eine Zigarette zu drehen.

«Willst du denn nicht mitschreiben?» fragte Adler verwundert.

«Oder Tonband», fügte Irene hinzu.

«Papperlapapp», sagte der Redakteur der alternativen Tageszeitung, «was man im Kopf hat, kann man getrost schwarz auf weiß und so weiter. Also bitte, ich habe auch nicht ewig Zeit.»

«Also, es ist so . . .» begann Adler.

«Päuschen mal eben. Ihr hättet nicht zufällig einen Kaffee?»

Adler wußte nicht genau zu sagen, wie er sich seinen ersten Kontakt mit den Massenmedien vorgestellt hatte. Jedenfalls fühlte er sich ernüchtert.

«Kaffee gibt es hier nicht», sagte Irene schneidend.

«Aber . . .» begann Adler verblüfft.

Sie fiel ihm sofort ins Wort: «Hier gibt es nur noch Tee, und das ist auch der Grund, warum wir dich sprechen wollten.»

Egon steckte den Finger in die Nase. Flexibel wie er war, nahm er diesmal das andere Loch. «Moment, damit ich das richtig schnalle. Wollt ihr mir eine sensationelle Story stecken, oder wollt ihr mir Küchentips geben?» Das Telefon klingelte. Ein offensichtlich wütender Mann wollte Egon sprechen. Adler setzte unterdessen Wasser auf. Offenbar hatte Egon einen Termin verschwitzt.

Irene kam in die Küche. «Der ist doch gaga», flüsterte sie, pikte einen Finger gegen die Schläfe und drehte die Hand mehrere Male schraubenförmig hin und her.

«Vielleicht sind die heute alle so», sagte Adler.

«Dann sollten sie ein Jahrbuch herausgeben und keine Tageszeitung.» Irene paßte auf, daß er nicht aus Versehen Kaffee kochte.

Egon, der am Telefon allen Vorwürfen seines Gesprächspartners geschmeidig auswich, bat mit unverschämten Gesten darum, den Becher zum Telefon getragen zu bekommen.

«Ich schmeiß ihn raus», schnaufte Adler.

«Dann schreibt er eine Glosse über dich und deine Tankstelle», gab Irene zu bedenken. Sie hatten Glück, weil sich Egons Gesprächspartner wohl so sehr erregt hatte, daß er das Telefonat abrupt beendete.

«Alles easy», sagte Egon, «man braucht schon ein dickes Fell als Journalist. Habe ich die Milch übersehen oder habt ihr noch keine auf den Tisch gestellt?» Adler brachte es fertig, sie zu holen. «Oh», sagte Egon und blickte bekümmert auf die Milchtüte, «nur H? Ich finde frische ja irgendwie schmackhafter.»

Irene fing schnell an: «Egon, hier läuft ein dickes Ding. Stichwort: Chemie. Wäre das nicht was für euch?»

Egon mußte erst in sein Becherchen pusten. «Hier in unserer

Stadt?» Sie nickten erleichtert. Beide hatten das Gefühl, daß es jetzt endlich losging. «Und Chemie?» Nun nickten sie fast ausgelassen. «Na, das ist ja ein Ding», sagte Egon und zog mit spitzem Geräusch den Tee in die Speiseröhre. «Erzählt doch mal.»

«Hier gibt es die Firma Reiher AG. Die stellt Pflanzenschutzmittel her, giftige. Die werden in Afrika und Asien und Südamerika angewendet. Also auf den Reisfeldern, Bananen, Baumwolle, Tabak, was die da so haben.»

«Kaffee», sagte Adler.

«Die sprühen da wie mit der Gießkanne rum. Immer volle Kanister aus dem Flugzeug, ob da unten gerade Menschen rumlaufen oder nicht. Ist denen doch egal. Das gibt Tote, Egon.» Irene lehnte sich über den Tisch. «Nicht einen oder zwei. Sondern Hunderte, Tausende. Und das jedes Jahr. Na, was sagst du nun?»

Egon sagte gar nichts, guckte nur. «Asien, sagt ihr?» Sie nickten.

«Und Südamerika und Afrika auch», fügte Irene eifrig hinzu.

«Das ist ja alles ganz schön weit weg», sagte Egon.

«Stimmt», bestätigte Adler, «das liegt südlich von Harburg.»

«Ich habe natürlich einen Grund, warum ich diese Frage stelle», erwiderte Egon altklug.

«Da hätte ich auch nie dran gezweifelt», entgegnete Adler. *Vielleicht muß man den einfach bei Laune halten. Wie einen Seehund mit Heringen.*

«Wir machen hier ja nur den Regionalteil.»

«Wissen wir doch.»

«Und Afrika liegt da ja nun gerade nicht mehr mit drin.»

«Aber die Firma», Irene wurde eindringlich, «die hat ihren Sitz in Hamburg. Und damit fällt die Geschichte doch in euren Zuständigkeitsbereich.»

«Aber Chemie», sagte Egon gedehnt. «Wir hatten in der letzten Zeit so viel Chemie, habt ihr garantiert gelesen. Ihr seid doch bestimmt Abonnenten, wie?» *Leider, leider. Noch.* «Ihr habt nicht zufällig was anderes als Chemie auf Lager?» fragte Egon hoffnungsfroh. «Der Ansatz ist ja schon ganz gut.»

«Egon», sagte Adler eindringlich. «Wir haben bisher noch

mit niemandem gesprochen. Du bist der erste. Was sagst du denn dazu?»

Egon steckte den Finger in die Nase. «Naja.» Schweigen. «Ihr müßt das verstehen.» Egon blickte sie freundlich an. «Wenn eine aktuelle Meldung da wäre, sagen wir mal, Chemie-Arbeiter gibt den Löffel ab, oder irgendwo werden Fässer ausgebuddelt, dann wäre das was anderes. Aber so. Ist natürlich toll, daß ihr zuerst an uns gedacht habt.» *Haben wir nicht, Egon. Haben wir ganz und gar nicht.* «Aber was ich euch gesagt habe, werden euch die bürgerlichen Blätter genauso sagen. Und der Rundfunk sowieso.»

«Du meinst also», begann Irene tastend, «wenn was passieren würde, dann wärt ihr alle sofort da? Wenn was passiert, das sich als Zeitungsmeldung eignet?»

«Genau», sagte Egon zufrieden, «ein Anlaß, ein aktueller. Am besten was, was sich fotografieren läßt.»

Egon blieb noch sitzen, nachdem er den Tee ausgetrunken hatte. Er plauderte und ließ sich von Irene Tips für die Pflege seiner langen Haare geben. Adler verließ, nachdem er Irene einen langen Blick zugeworfen hatte, den Raum, um in der Grube den Unterboden eines Fiat auf den TÜV vorzubereiten. Es war eine abendfüllende Beschäftigung. Bis auf das Gummi der Reifen konnte Adler die Elektrode hinhalten, wo er wollte. Immer verschweißte sie ein Loch.

Als Egon bemerkte, daß er seinen nächsten Termin bereits um eine halbe Stunde verpaßt hatte, erhob er sich ohne Anflug von Eile und trug den Becher in die Küche. Dabei stieß er gegen den Stapel schmutziger Teller. Zwei fielen herunter und zersplitterten auf dem Beton-Boden. «Oh, pardauz», rief Egon, blickte auf die Uhr und sagte: «Ich will nicht unverschämt sein, aber ich bin spät dran und . . .»

«Geh schon», sagte Irene.

Egon stieß mit seinem demolierten Audi 80 so stürmisch zurück, daß der Scirocco abbremsen mußte. Während der Redakteur, lässig grüßend, auf die Straße bog, beschloß Golze, sich die Nummer zu merken. Dann sah er Irene in der Tür des Kassenraums stehen und vergaß die Autonummer.

«Unser Kriminaler», begrüßte ihn Irene nicht unfreundlich. Golze wurde das Herze weit.

«Guten Abend», sagte er mit belegter Stimme.

«Mörder hopsgenommen?» fragte Irene und ging in die Küche.

Golze fand sie damit beschäftigt, Scherben zusammenzufegen. «Schön, dich mal allein zu sehen.»

Irene blickte ihn so eindringlich an, daß Golze unwillkürlich Halt an der Spüle suchte und nach dem Herabstoßen eines Tellers auch fand. Er bestand darauf, die Scherben selbst zusammenzukehren. Während sie noch um den Besen rangen, kam Adler herein. «Na?» fragte er eisig. «Polterabend üben?»

«Das war Egon», log Irene. Golzes Kopf schoß herum, seine Augen wurden vor Rührung feucht. *Ab jetzt haben wir ein Geheimnis miteinander.* Als er Adlers Blick spürte, ging Golze tanken.

Adler gesellte sich zu ihm und verfolgte interessiert die Anzeige. «Donnerwetter», sagte er höhnisch, «fast 12 Liter. Kleinen Abstecher nach Neufundland gemacht, wie?» Er drohte Golze mit dem Finger und kletterte in die Grube, wo er lustlos an dem Fiat herumschweißte. *Immer noch besser, als sich die neueste Räuberpistole von dem Kerl anzuhören.*

Als Golze eine Minute, mit dem Portemonnaie in der Hand, vor der Kasse gestanden hatte, guckte er in die Küche und fragte: «Wo kann ich denn hier mal ...»

«Durch die Tür und gleich rechts», erwiderte Irene, die gerade Scherben auf die Schaufel schob.

«Nein, nein», sagte Golze, «das meine ich doch nicht. Ich meine bezahlen.»

Als Irene ihm gegenüberstand, stellte Golze fest, daß er nur noch einen Zehnmarkschein hatte. «Kann ich vielleicht ausnahmsweise mit einem Scheck ...» Er schrieb den Scheck aus, reichte ihn samt Karte hinüber.

«Ich denke, du heißt Golze.»

«Heiße ich auch.»

«Heißt das hier Golze?» Golze las ‹Achim Lachmund› und verging vor Scham. Fieberhaft schrieb er einen neuen Scheck aus. «Woher weißt du eigentlich meinen Nachnamen?» fragte Irene verwundert. «Ich kann mich nicht erinnern, daß ich ihn ... He! Hast du etwa in euren allwissenden Computer geguckt?»

«Aber nein», wehrte Golze ab.

«Na, na.»

Golze machte ein Kußmund-Gesicht. «Wäre es denn so schlimm?» fragte er mit kindlicher Stimme. «Ist es denn kein ausreichender Grund, wenn ich ... also wenn ich dich ... ich meine ...»

«Nein», sagte Irene streng, «das rechtfertigt zwar vieles. Aber das nicht.» *Hoffentlich fragt sie dich jetzt nicht, wieso sie da überhaupt drin ist.* «Moment mal», sagte Irene, «wieso bin ich da eigentlich gespeichert? Ich kann mich nicht daran erinnern, daß ich euch Bullen jemals ...» Golze litt. «... in die Hände gefallen bin. Informier mich doch mal.»

«Ich bin dafür nicht zuständig. Ich habe nur mal ganz kurz geguckt.»

«Wollen wir uns nicht hinten reinsetzen?» fragte Irene und lächelte hinreißend.

Golzes Herz machte einen Sprung. «Äh», sagte er und mußte Luft holen. «Ich habe gedacht, wir zwei, du und ich, wir könnten doch eigentlich mal zusammen ... ich meine, nur ins Kino natürlich. Ich bezahle auch.»

Irene konzentrierte sich darauf, ernst zu bleiben. «In der Innenstadt läuft eine Polizisten-Verarsche», sagte sie, «was hältst du von der? Kannst du vielleicht als Fortbildung von der Steuer absetzen.»

«Können wir natürlich auch», haspelte er beflissen.

«Würdest du wirklich? Ich meine: Es ist ja nur mit mir und ...» Irene kam dicht an ihn heran. «Aber ich wäre dann doch endlich einmal so richtig beschützt. Wie in Abrahams Schoß. *Du mußt sofort beim Computer nachfragen, wer dieser Abraham ist.* Wenn mich dann einer dumm von der Seite anquatscht», fuhr Irene fort und setzte diesen Augenaufschlag ein, der schon ganz andere zur Raserei getrieben hatte, «dann muß ich mir das doch nicht gefallen lassen, oder?»

«Natürlich nicht», trumpfte Golze auf. «Der Kerl kriegt eins auf die Schnauze und wird hopsgenommen. Der wird seines Lebens nicht mehr froh.»

Adler, der in diesem Moment ins Zimmer kam, drehte sich um und ging wieder raus. Dann stoppte er. *Wer hat hier eigentlich Heimrecht? Du oder dieser Gendarm?* Adler ging wieder hinein.

Golze sagte gerade: «... Wird er noch lange dran denken, das kann ich dem aber schriftlich geben.»

«Und keine falsche Rücksichtnahme, nicht?» fragte Irene mit butterweicher Stimme.

«Keine falsche Rücksichtnahme», bestätigte Golze schneidig. «Wir haben für solche faulen Kunden ein paar ganz spezielle Tricks auf Lager. Die sind zwar oberfaul, aber auf einen groben Keil gehört ein grober ... also, ich meine ...»

«Na klar», sagte Irene, die nun fast schnurrte.

«Dabei natürlich immer den Rechtsstaat im Hinterkopf», sagte Golze. «Aber man kann schon mal kurz und trocken zuschlagen, wenn einem die Kandidaten gar zu dumm kommen. Da hat jeder Vorgesetzte volles Verständnis für.»

«Und die Richter?» fragte Adler.

Golze mußte sich kurz besinnen. «Wieso Richter? Die erfahren davon doch nichts. Wird doch alles schon auf dem Dienstweg niedergeschlagen. Noch nichts vom schlechten Gedächtnis bei uns Polizeibeamten gehört? Da ist jeder neunzigjährige Tattergreis aber ein Kopfrechen-Wunder gegen.»

«Ach so», sagte Adler müde.

«Darf ich dich einladen?» fragte Golze leise und blickte Adler an. Der wies auf Irene, Golzes Kopf folgte seinem ausgestreckten Arm.

«Du mußt am Wochenende aber doch Taxi fahren», warf Adler ein.

«Stimmt», sagte Irene zu Golze, «leider muß ich am Wochenende fahren. Ich bin nämlich eine arme Studentin, die auf jede Mark dringend angewiesen ist.»

«Allein erziehende Mutter ist sie noch dazu», bemerkte Adler. Er wollte fair zu Golze sein.

«Weiß ich doch», erwiderte der fast beleidigt.

Adler legte Kohlen nach. «Und sie wohnt in einer WG mit lauter Studenten.»

«Nur Studenten?» fragte Golze zaghaft. Adler nickte finster.

«Was verdient eigentlich ein Polizist?» fragte Irene, als sie und Adler in der Tür des Kassenraums standen und Golze beim Wegfahren zusahen.

«Zu viel. Auf jeden Fall zu viel.»

«Ach, ich weiß nicht, an irgendeinem Ende sind sie ja auch nützlich.»

«Das kann ich nicht beurteilen. Ich habe mich mein Leben lang immer nur am anderen Ende aufgehalten.» Golze grüßte aus dem Wagen zackig mit einer Hand. «Willst du wirklich mit dem Kandidaten ins Kino?»

«Vielleicht erweitert es ja meinen Horizont. Baut alte Vorurteile ab.»

«Dafür baut es aber hundert neue auf. Außerdem fängt der doch bestimmt gleich an zu knutschen und an dir rumzumachen. Heißen doch nicht umsonst ‹Greifer›, die Polizisten.»

«Ach ja, knutschen», seufzte Irene und legte den Kopf an Adlers Schulter.

«Wie geht es denn deinem Traummann? Träumt er noch, oder war er schon bei dir zu Hause?»

«Einmal. Als Till bei seinem Vater geschlafen hat.»

«Kenne ich», knurrte Adler. An einem solchen Abend war er auch einmal Gast in Irenes Zimmer gewesen. Er hatte sich eine lange Schramme geholt, weil Till seinen Taschenrechner im Bett liegengelassen hatte. «Und wie war's so?»

«Och, wie so was eben geht.»

«Hast bei seinem Abgang bestimmt ‹man sieht sich› gesagt.»

«In dieser Richtung, ja.»

«Ach, Irene», seufzte Adler und ließ seinen Kopf auf ihre Schulter sinken, «wir haben alles, was ein altes Paar ausmacht. Wir kennen uns in- und auswendig, wir wissen, was der andere denkt und tut.»

«Aber wir sind kein Paar», sagte Irene.

Gabriel blieb vor der Tür stehen. «Das bringt doch nichts. Hier waren wir doch schon.» Mißmutig kickte er einen Stein weg. «Ich verstehe dich nicht.»

Henry lächelte optimistisch: «Es gibt keine wichtigere Lebensregel in der Welt als die: Halte dich, soviel du kannst, zu Leuten, die geschickter sind als du, aber doch nicht so sehr unterschieden sind, daß du sie nicht begreifst.»

In der Eingangshalle stolperte Gabriel über dicke Kabel, die durchs Foyer liefen. Die nicht schöne, aber schön zurechtgemachte Frau am Empfang wich leicht nach hinten, dann lächelte sie: «Was kann ich für Sie tun?»

«Die da! Die nehmen wir. Die sind gut. Kommen Sie! Kommen Sie!» Henry und Gabriel drehten sich um, ein Mann eilte auf sie zu.

Als er vor ihnen stand, starrte er sie unverschämt an. Grinsen entstellte sein Gesicht. «Herrlich», sagte der Mann ergriffen und rief der Empfangsdame zu: «Melden Sie uns oben an, Guteste. Und sagen Sie den Kollegen, ich käme da mit was ganz Feinem.» Strahlend musterte der Mann die Schwarzen, hakte sich bei ihnen ein und zerrte sie Richtung Aufzug.

«Reiß dich zusammen», zischte Gabriel Henry zu, «man kann wirklich, wenn man in einem schlechten Wagen sitzt, ein solches Gesicht machen, daß der ganze Wagen gut aussieht, auch vom Pferd gilt das.» Sekundenkurz flackerte das Gesicht des Mannes wie eine Kerze, die Zug bekommt.

Während der Fahrt rieb er sich fortgesetzt die Hände: «Ich hoffe, Sie spielen mit. Es wäre zu unser aller Nutzen.» Henry studierte die Weltkarte, auf der Farbpunkte die ausländischen Niederlassungen der Reiher AG markierten.

Als der Mann den Haufen hin- und hereilender Leute sah, bekam er noch mehr Farbe im Gesicht. Er spielte Vortrupp, Henry und Gabriel hielten sich hinter ihm. So glitten sie bis ins Vorzimmer des Direktors. Ein aufgeschwemmter Mann im Hawaii-Hemd saß mit einer Arschbacke auf der Schreibtischkante und telefonierte mit seinem Hund. Seine kurzen, ansatzlos aus den Bronchien herausgestoßenen Laute klangen allesamt wie Variationen von «Wuff». Am Hals baumelte eine Stoppuhr. Im nächsten Zimmer stand ein noch größerer Schreibtisch. Davor hatten sie Scheinwerfer plaziert. Der Reiher-Direktor stand ein wenig abseits und rauchte mit Verkaufsleiter Bohnsack eine Zigarette. Eine dralle Frau, 1,60 m, kam auf die Schwarzen zu. Sie trug ein enges T-Shirt mit einer großen Micky Maus vor dem ballonförmigen Busen. Unsicher betrachtete sie die Schwarzen. «Was soll ich denn da schminken?»

Henry und Gabriel wurden von Menschen umringt. Auch der Direktor und Bohnsack kamen näher. Bohnsack war ganz und gar nicht begeistert. «Kurz», brüllte jemand.

Der Mann mit dem Hawaii-Hemd eilte herbei. «Da sind sie ja, sind sie ja. Können wir ja anfangen, anfangen», hechelte er und machte eine Handbewegung. Scheinwerfer flammten auf.

«Also», sagte der Mann im Hawaii-Hemd und nestelte an der Stoppuhr, «Sache ist die, ist die. Ihr Deutsch verstehen oder Bahnhof? Capito? Na wunnebar. Wir ...» Er machte eine Rundumbewegung, «.. Wir sind vom Fernsehen. Habt ihr euch bestimmt schon gedacht, schon gedacht, oder was? Fünfundvierzig Minuten-Feature. ‹Deutsche Manager – kalte Technokraten oder Angestellte mit Hirn, äh, Herz?› Mit Herz, ihr versteht? Bumm, bumm, wie Trommel.» Er schlug sich mit der Faust auf die Herzgegend.

«Wir haben soeben ein Interview mit Herrn, mit Herrn, mit dem da abgedreht.» Er zeigte auf den Direktor, einen schalen Mittvierziger, der irgendwie tuberkulös wirkte. «Sind soweit klar», fuhr der Mann im Hawaii-Hemd fort. «Nun die Idee unseres hier ... äh ... von dem da.» Er wies auf den Mann, der die Schwarzen hergeführt hatte. «Bißken Alltag. Nicht so gestellt mit Frage und Antwort, sondern wie der Meister da, wie er eine Besprechung mit Gästen hat, pflegt, na ja, ist ja klar. Spielt ihr mit? Ein bis zwei Fragen, der Direktor antwortet, und ihr laßt ihn gefälligst ausreden. Vorher bißchen Begrüßung shake hands, schubidubi, et altera pars, haha, Platz nehmen, Schlückchen Kaffee und dann die Fragen. Macht ihr mit? Sie machen mit, fein. Achtung!» Der Mann klatschte in die Hände. Plötzlich herrschten Professionalismus und gespannte Erwartung.

Henry und Gabriel, die nicht wußten, wie ihnen geschah, mußten ins Vorzimmer gehen, einen Schrei abwarten und dann klopfen. Sie gingen auf den Direktor zu, schüttelten ihm die Hand. Der Direktor bat zur Sitzecke und begann sofort, über Golf-Handicaps, Kurzurlaube im Elsaß und über die Reize von Wein- bzw. Zigarren-Seminaren zu plaudern.

«Wir wollen die Gelegenheit nutzen, um mit Ihnen über etwas sehr Wichtiges zu sprechen», unterbrach ihn Henry.

«O ja?» sagte der Direktor und strahlte, sprach sofort wieder über das Elsaß.

«Ihre Firma tötet Menschen», fuhr Henry fort.

«Oh, töten, köstlich», entgegnete der Direktor und schmunzelte breit.

«Jawohl, töten», sagte Henry. «Das ist eine scheußliche Sache
und ...»

Der Direktor lachte: «Nun lachen Sie doch mit. Lassen Sie
mich nicht im Regen stehen.» Er lachte lauter, Henry und Gabriel
blickten sich an. Ansatzlos wurde der Direktor ernst, sprang so
abrupt auf, daß die Schwarzen ebenfalls aufstanden, schüttelte
beiden die Hand, und der Mann im Hawaii-Hemd rief:

«Gestorben.»

Schlagartig war der Raum mit Plauder-Geräuschen erfüllt.
«Da haben Sie ja ein paar saubere Laiendarsteller angeschleppt»,
knurrte der Direktor den Mann an, der die Schwarzen herge-
bracht hatte. «Da ist ja der Komödienstadl besser.»

Henry bekam einen Mann zu fassen, dem Kopfhörer um den
Hals hingen: «Sie haben ja gar keinen Ton aufgenommen.»

«'türlich nicht», erwiderte der Mann, «war auch nicht vorgesehen. Stummes Bild, und der Autor pappt nachher seinen Text
drüber.»

Scheinwerfer und Mikrofone wurden abgebaut, Henry und
Gabriel traten auf den Direktor zu, Bohnsack mischte sich ein:

«Meine Herren, wir hatten bereits das Vergnügen. Ich glaube,
was gesagt werden mußte, ist gesagt worden, empfehle mich.»
Während er Gabriel diskret vom Direktor abdrängte, näherte
sich Henry dem Schreibtisch. Er nahm ein gerahmtes Bild, auf
dem zwei Kinder zu sehen waren, einen Flamingo aus weißem
Stein sowie, nach kurzem Zögern, ein Diktiergerät an sich. Als
Gabriel sah, daß Henry fertig war, verließen sie den Raum.

Sie hörten nicht mehr, wie der Mann im Hawaii-Hemd sagte:

«Gute Idee mit den Diplom-Bimbos. Bißchen Lokalkolorit,
bißchen Bastrock, Farbtupfer, Tupfer, obwohl: Wir drehen ja
nicht in Schwarzweiß, was, Pfeiffer?» Er stieß dem Kameramann vor die Brust und lachte fürchterlich.

«Ulf Bohnsack, die lausigste Rückhand nördlich des Mains! Ulf,
ich freue mich.» Gernot Lustig, zweiter Mann von Bohnemann,
fand Zeit, sich den Schweiß von der Stirn zu wischen, dann umarmte er Bohnsack. Sie waren umgeben von sattem «Plopp,

Plopp, Plopp», dem Geräusch einer Tennisanlage in der Frei-luftsaison. Lustig blickte an Bohnsack herunter.

«In dieser Altherren-Kluft lassen sie dich hier aber nicht auf-laufen. Dein Ausstatter hat um das Jahr 1910 den Anschluß ver-loren, wie?»

Lachend dirigierte Lustig Bohnsack in einen Plastiksessel der Club-Terrasse und brachte bei Mechthild, der Tochter des Päch-ters, zwei Fruchtsäfte auf den Weg. Bohnsack kam unverzüglich zur Sache.

«Natürlich sind das die gleichen Kandidaten», sagte Lustig danach und biß auf dem Strohhalm herum. «Es gibt keinen Grund zu der Annahme, daß von solchen Pärchen plötzlich gleich mehrere aus dem Boden schießen. Diese Neger, also nee.»

«Mal abgesehen von der Hautfarbe, was haben die vor? Und was mich am meisten beunruhigt ... ich darf doch offen zu dir reden?»

Lustig nickte ermutigend. *Immer raus mit den schwachen Punk-ten. Mein Langzeit-Gedächtnis ist phänomenal.*

«Unter uns Fachleuten müssen wir über die Argumentation der beiden kein Wort verlieren», erklärte Bohnsack. «Unerträg-lich moralisch; unbeleckt von Detail-Wissen; auf beiden Augen blind und so weiter. Aber was ist, wenn die nun einen Hansel beim ‹Spiegel› oder beim Fernsehen finden, der nicht gleich ein-schläft, sondern denen zuhört?»

Lustig stieß einen leisen Pfiff aus und spuckte ein Stückchen abgebissenen Strohhalm auf die Terrasse. «Das wäre wenig fein.»

«Eben. Aber das kennen wir doch, spätestens seit dieser Frie-densbewegung. War es nicht 1963? Oder 1983? Vor Jahrzehnten jedenfalls. Und dieses Jammern und Zähneklappern um jeden Baum, der bei uns im Weg steht. Das Klima bei uns will mir wenig rational vorkommen. Ich sehe internationale Verwick-lungen am Horizont heraufdämmern. Und dann, Gernot, dann ist nicht nur mein Stall am Arsch gepackt, sondern auch deine Riesen-Bratpfanne, die du scherzhaft ‹Kaffee-Rösterei› nennst.»

Mechthild, die ihre süßen Siebzehn über die Terrasse trug, nahm von zwei nachdenklichen Männern die neue Bestellung entgegen. Obwohl um die Mittagszeit keiner der Spitzenspieler des Clubs trainierte, stand ein Kiebitz hinter dem haushohen

Gitterzaun. Er traute der Frühlingswärme wohl nicht so ganz, er trug einen Trenchcoat.

«**Ein geübter Detektiv**, der jemanden beschattet, hüpft gewöhnlich nicht von Einfahrt zu Einfahrt und versteckt sich nicht hinter Bäumen und Masten. Er weiß, daß es nichts ausmacht, wenn der Betreffende ihn dann und wann sieht.»

Dashiell Hammett,
Tip für Detektive

«Gestatten Sie mir ein offenes Wort, Ulf?»

«Sagen Sie schon», entgegnete Bohnsack und stocherte in dem fetten Stück Fleisch herum.

«Sie sind, was Essen betrifft, ein Banause. Hier, sehen Sie», sagte der Ressort-Leiter Wirtschaft einer großen Illustrierten. Bohnsack zwang sich, ihn anzublicken. Triumphierend hielt ihm der Mann einen Gabelbissen fetttriefenden Fleisches entgegen.

«Wir nennen es bei uns in Franken Schweinsschäuferle», erklärte er versonnen und betrachtete den fettigen Klumpen, wie ein Liebhaber die Geliebte betrachtet. Dann biß er zu. Bohnsack griff schnell zum Glas.

«Ja, ja», sagte der Mann kauend. «Ihr Moorbewohner. Aber unseren Wein saufen, das könnt ihr.»

Zwar freute sich Bohnsack, daß der Mann, den er zum Essen in das Spezialitäten-Lokal eingeladen hatte, offensichtlich kein gesteigertes Interesse auf das Thema verspürte. Dennoch fühlte er nach:

«Es taucht also nichts diesbezügliches auf Ihrem kurzfristigen oder mittelfristigen Redaktions-Kalender auf?»

«Pah», stieß der Mann an dem Kartoffelkloß vorbei und nahm einen tiefen Schluck Rauchbier. Bohnsack suchte mit den Augen Halt an einem Nürnberger Stich. «Köstlich», sagte der Franke schmatzend. «Lieber Herr Bohnsack, was meinen Sie, wie viele sensationelle Geschichten uns Tag für Tag angeboten werden? Häufig gleich mit Angabe des Preises und der Kontonummer.»

«Und das sind immer Seifenblasen?»

«Nicht immer. Manchmal sind es auch Scheißhaufen. Stinkende Scheißhaufen. Ein Hollersträubele?» Bohnsack merkte nicht gleich, daß letzteres eine fränkische Spezialität war.

Den Direktor des Funkhauses traf Bohnsack wenig später. Der Mann kannte die Firma Reiher AG nicht einmal. Das fand Bohnsack einerseits empörend, andererseits vermittelte es ihm ein Gefühl grenzenloser Befriedigung.

«Aber wenn nun jemand direkt auf Sie zukommen würde», sagte Bohnsack anläßlich einer Hausführung zum Redakteur einer Boulevardzeitung. Der Mann lachte:

«Kommt ein Neger aus dem Busch und pinkelt ein Unternehmen an, das Tradition hat, Arbeitsplätze sichert, noch nicht mal einen bösen Schornstein aufzuweisen hat und seine Abfälle so geschickt vergräbt, daß sie bisher niemand ausgebuddelt hat. Na, hören Sie mal, Sie haben doch nichts zu befürchten. Sie doch nicht.»

Der Mann lachte und lachte und hörte erst auf zu lachen, als Bohnsack ihm nebenbei die Zusendung eines Flugtickets samt einiger Tage Hotelaufenthalt in Kenia in Aussicht stellte. Die Männer tauschten einen warmen Händedruck des Einverständnisses.

Irene war die ganze Nacht gefahren. Der Umsatz war bescheiden, die Touren kurz. Zweimal hatte man sie versetzt, ein Betrunkener war gerade noch aus dem Wagen gekommen, bevor er sich übergab. Um drei hatte sie in einem Lokal am Schlachthof Kassler und Sauerkraut gegessen und heftiges Sodbrennen bekommen. Sie war eine Nacht-Apotheke angefahren und mußte sich vom Diensthabenden dumm anquatschen lassen, daß sie ihn wegen einer Lappalie wie Rennie von der Couch geholt hatte.

Irene wollte nur noch ins Bett. Die Kioske öffneten gerade, sie holte sich eine Zeitung. «Gift in der Brause-Flasche! Makabrer

Wußten Sie das über diese Länder?

<table>
<tr><td rowspan="11" style="writing-mode: vertical">Aus «Capital»</td><td>Reiseland/
Beste Reisezeit</td><td>Sprachverständigung/
Fremdeneinstellung</td><td>Verkehrsverbindungen</td></tr>
<tr><td>Kenia
November bis
März</td><td>Suaheli; Geschäftssprache
Englisch. / Fremdenfreund-
lich, offen, Massais lassen
sich nur gegen Geld fotogra-
fieren. Allergisch gegen Ras-
senarroganz.</td><td>Wenig Eisenbahn- und Flug-
verbindungen. Überland-
fahrten am besten mit dem
Auto. Organisierte Safaris
sind mit Funkgerät ausgerü-
stet, Straßenpatrouille
in Nationalparks.</td></tr>
</table>

Scherz oder Vorbote terroristischer Aktionen? Wie gestern bekannt wurde, ereignete sich vor drei Wochen in einer Kaffee-Filiale im Stadtteil Niendorf ein Zwischenfall, über dessen Einschätzung die Fachleute streiten. Zwei dunkelhäutige junge Männer entfesselten in dem Geschäft erst eine wirre Diskussion und stellten plötzlich eine Brause-Flasche auf den Tisch. Danach verschwanden sie eilig. Die Analyse des Inhalts ergab, daß es sich um eine hochgiftige Flüssigkeit handelt, deren Zusammensetzung den bei uns gebräuchlichen Pflanzenschutzmitteln entspricht. Wie die Pressestelle der Kriminalpolizei mitteilt, steht noch nicht fest, was die Hintergründe des makabren Vorfalls sind. Helga W., Angestellte der Filiale, die die Polizei alarmierte: ‹Die hatten so einen merkwürdigen Glanz in den Augen. Denen traue ich alles zu.› Die Pressestelle der Kriminalpolizei: ‹Es besteht kein Grund zur Panik.› Allerdings sei Wachsamkeit oberstes Gebot.»

Irene fuhr nach Hause. Ein Student, der sie für die Tagesschicht ablöste, würde gegen acht Uhr den Wagen übernehmen.

«Mami, Mami! Liebe Irene!» rief Till und flog an den Hals der Mutter. «Ich habe heut nacht kein einziges Mal nicht von Meerschweinchen geträumt. Freust du dich jetzt?»

«Die Kupplerin ist da», raunte Hajo dem ankommenden Adler zu und wies mit dem Daumen über die Schulter.

«Wie geht das denn? Bezahlt die jetzt schon Rabauken dafür, daß sie Tag und Nacht ihre Autos zu Schrott fahren?»

«Mach du das. Die fliegt auf deinen Charme mehr als auf meinen.»

«Ach, Hajo, ich würde das nicht Charme nennen, was du im mündlichen Verkehr mit Menschen an den Tag legst.»

Behörden und Polizei	Krankheitsprophylaxe/ Medizinische Vorsorge	Reisesicherheit	Tabus/ Verhaltensregeln
er britisch, langwierig, ekt.	Malaria, Cholera, Gelbfieber, Typhus. / In Nairobi und Mombasa gute Krankenhäuser, an der Küste Flying Doctor Service.	Nairobi bei Nacht für Einzelpersonen gefährlich, an der Küste sorgen Patrouillen für ausreichende Sicherheit.	Nacktbaden verboten.

«Doris nennt das auch nicht Charme», sagte Hajo und ließ den Kopf hängen.

«Na, Frau Holländer, den Kavalieren mal wieder gezeigt, wie man Kavalierstarts macht?»

Frsu Holländer, eine kämpferische und laute Mittdreißigerin, die zu Autos ein Verhältnis hatte wie Politiker zur Wahrheit, klopfte streitlustig auf das Dach ihres Wagens.

«Ihr von der Werkstatt glaubt wohl, mit uns könnt ihr's machen, was?»

Zwar war Adler durchaus dieser Meinung, doch darum ging es jetzt nicht. Er setzte sich hinters Steuer, drehte den Schlüssel, fuhr an. Der Wagen schüttelte sich, war dann ruhig.

«Üben, üben», rief Frau Holländer, die das Rütteln für einen Fehler Adlers hielt.

«Die Mitnehmerscheibe ist Asche, liebe Frau Holländer. Und verantwortlich dafür ist zum wiederholtenmal ihre schädliche Neigung, an Ampeln die Sau rauszulassen.»

«Besser da als anderswo», erwiderte sie patzig.

«Dann wird's aber teuer», sagte Adler.

«Und ein Irrtum ist ausgeschlossen?»

«Wenn es nicht Ihr Wagen wäre, ein Irrtum wäre nicht ausgeschlossen. Aber so ...» Adler stieg aus. «Sollen wir das gute Stück gleich dabehalten?»

«Und wie soll ich von hier wegkommen? Ihr liegt sowieso viel zu weit ab vom Schuß.»

«Für diese Fälle bieten wir unser stabiles, formschönes und trittleichtes Tourenrad an», sagte Adler und wies auf das vergammelte Tankstellen-Fahrrad.

Sie lachte: «Die passenden Oberschenkel dafür hätte ich.» Adler lächelte breit und immer breiter. «Anfang kommender Woche bringe ich ihn euch, okay?»

«Wir setzen Sie auf die Warteliste und halten eine unserer zwei Dutzend Hebebühnen frei.»

Adler stellte gerade Geschäfts- und Steuer-Ordner ins Regal. Er verwandte viel Sorgfalt darauf, daß alle Ordner genau mit der Kante des Regalbretts abschlossen. Da kam Hajo ins Büro.

«Adler, da sind welche. Die waren vorhin schon mal da.»

Sie standen vor den Garagen: zwei junge Männer. Sie trugen Jeans, Leder und Stiefel.

«Adler, was gibt's?»

Sie stellten sich vor: Heino und Krausi. Adler und seine Tankstelle kannten sie über gemeinsame Bekannte. Während sie schwadronierten, stellte sich Adler mit dem Gesicht zur Sonne. *Das bißchen, was es in dieser Gesellschaft umsonst gibt, soll man mitnehmen.* Krausi war es, der zum Thema kam:

«Wir betreiben einen Fahrrad-Laden. In Eimsbüttel, Hinterhof. Keine gute Laufgegend, aber billig. Hast du vielleicht schon von gehört: Schrott-Räder ankaufen oder sperrmüllen, dann in Schuß bringen und verkaufen.»

«Second hand.»

«Second hand. Wir machen das noch nicht lange. Letzten Herbst haben wir angefangen, und obwohl der Winter ja nicht die große Rad-Zeit ist, hat es sich ganz gut angelassen. Seitdem es wärmer ist, rennen uns die Leute regelrecht den Laden ein.»

«Wie schön für euch.»

«Wir sind nämlich unerhört preisgünstig», warf Heino ein wenig altklug ein.

«Wir können also eigentlich nicht klagen», fuhr Krausi fort. «Unser einziges Problem: Der Laden ist zu klein, wenn wir die Räder anständig präsentieren wollen. Und das muß man. Diese Fahrrad-Fuzzis sind ja unerhört preisbewußt, Stiftung Warentest, Preise runterhandeln, na, wem sage ich das?» Er lächelte Adler kumpelhaft an. «Mit einem Wort: Wir brauchen eine größere Werkstatt, mehr Platz, wo wir die Räder auseinandernehmen, wo wir Ersatzteile lagern können, wo wir auch mal ein halbfertiges Stück hängenlassen können.»

Lange Zeit hatte Adler nicht gewußt, auf was sie hinauswollten, jetzt ahnte er es.

«Als wir vor ein paar Tagen . . .»

«. . . vor zwei Tagen.»

«. . . vor zwei Tagen einem Freund von unseren Problemen erzählt haben, da hat der deinen Namen in die Diskussion geworfen.»

«Wollt ihr euren Laden nach hier verlegen? Würde ich euch von abraten. Das ist nicht nur eine schlechte Laufgegend, das ist überhaupt keine Laufgegend. Wer sich hierher verirrt, der läuft nur deshalb, um schnell wieder in bewohntes Gebiet zu kommen.» *Jawohl, immer ans eigene Bein pinkeln. Wärmt so schön, der Strahl.* Adler genoß die Sonne.

«Nicht den Laden», sagte Krausi, «die Werkstatt.»

«Hier?»

«In einer der Garagen. Das ist zwar auch nicht riesig, aber für unsere Zwecke wär's dufte. Wir würden auch garantiert nicht stören. Wir sind ja nur abends hier.»

Adler blickte die beiden an. *Kommt, Jungs, da fehlt noch was.*

«Wir würden natürlich auch was dafür zahlen», ließ Heino vermelden. Adler lächelte ihn an. *Wenn du was sagst, hat das irgendwie Rasse und Klasse.*

«Obwohl», erwiderte Krausi unlustig, «ich bin dagegen. Ich meine nämlich, daß so was zur ganz normalen Solidarität gehört, die wir Linken untereinander üben müssen, wenn wir jemals Erfolg haben wollen.»

«Durchaus bedenkenswert», sagte Adler, «aber mir war, als ob ihr eure Zweiräder zusammenmontiert, um sie anschließend mit feinem Gewinn zu verkaufen. Richtig so?» Heino nickte.

Adler schoß seine Lieblingsfrage ab: «Wieviel?»

Während Krausi noch mit sich rang, sagte Heino: «Ein Blauer.»

«Pro Tag?»

«Monat natürlich.»

«150.»

«Wie?»

«150.»

«Das ist viel Geld.»

«Ich habe ja auch viel Platz.»

«Also, ich finde», meldete sich Krausi, «so geht das . . .»

Sie einigten sich auf 150. Dafür stellte ihnen Adler die äußere Garage zur Verfügung. Sie war vom Tankstellenbetrieb am weitesten entfernt und besaß an der Seite einen separaten Eingang.

Irene glühte. Während des Redens schlug sie bekräftigend mit der Hand auf die alte Tischdecke und den eingewirkten Schriftzug: ‹Der fleißigen Hausfrau›. Da die Decke schon so alt war, handelte es sich nicht um provozierend-reaktionäres Rollenverständnis, sondern um Nostalgie.

«Wenn ich's euch doch sage», trumpfte Irene auf, «eine Schweinerei sondergleichen. Das wäre mal eine Gelegenheit, alle Linken, und was sich sonst noch so zur Szene rechnet, aus den Wohngemeinschaften herauszuholen.»

Maria wollte gerade den Mund aufmachen, da fügte Irene hinzu: «Und aus den Eigentumswohnungen.» Maria verstand die Anspielung auf ihren neuen Geliebten und verstummte eingeschnappt.

«Aber wir haben doch schon so viel Arsen, Giftschlamm, Dioxin, Glykol und und und, also mir reicht es langsam», sagte Johannes mäkelig und fuhr selbstvergessen mit einem Finger das Rankenmuster der Tischdecke nach. Manchmal kam er bis an ihr Ende, meistens verlor er sich im Gewirr der Ranken. Dann wurde Johannes traurig.

«Aber die persönliche Betroffenheit», rief Irene. «Da gibt es einen Mann, der hat das alles in mühevoller Kleinarbeit herausgekriegt, und das hat den so fertiggemacht, daß er jetzt in Ochsenzoll sitzt. Wer weiß übrigens, wie die genauen Umstände sind, die ihn dorthin gebracht haben? Vielleicht hat ja einer dran gedreht.»

«Oder der hat selber dran gedreht», erwiderte Maria und drehte einen Finger, den sie gegen die Stirn hielt, hin und her. Jetzt, wo Irene die Bewegung bei jemand anders sah, kam sie ihr abgeschmackt vor.

«Man hört ja wenig Gutes von denen in Ochsenzoll», sagte Johannes bedächtig.

«Hast du jemals was wirklich Tiefgehendes von denen gehört?» fragte Irene gereizt.

Johannes, der ein feines Gespür für Klimaverschärfungen besaß, hob den Kopf. «Jetzt werden wir ein ganz klein wenig moralisch, wie?»

«Nenn es, wie du willst», sagte Irene ärgerlich. «Ich habe es nicht darauf angelegt. Ich kenne den Mann auch nur durch Adler und seine Entrümpelei. Aber ich weiß schon viel zuviel von ihm, um jetzt so tun zu können, als wenn nichts gewesen wäre.»

«Dann kümmere dich doch in unserem Namen um ihn mit, ja?» schlug Maria vor. «Irgendwie macht mich das alles nicht an. Das kommt mir so privat vor.»

«Ich liefere euch hier die Fälle frei Haus, und ihr sitzt da und räsoniert.»

Johannes meldete sich: «Ich hab den Kopf voll. Ich mache nämlich gerade Examen, wenn ich das mal in aller Bescheidenheit anmerken dürfte.»

«Ich gebe zu, daß ich im Augenblick ein bißchen gehandicapt bin», sagte Maria und verdrehte die Augen.

«Willst du auf die Tatsache anspielen, daß du es nach zwanzig Anläufen geschafft hast, diesen Schiffsmakler in dein Bett zu ziehen?» fragte Irene böse.

«Du weißt eben nicht, was Liebe ist», erwiderte Maria freundlich. «Du warst doch schon fast ein halbes Jahr nicht mehr verliebt. Du bist doch versteinert.»

«Einmal ist hier einer morgens den Flur entlanggesprintet», petzte Johannes. «Der kam aus Irenes Zimmer.»

«Das war Till», erwiderte sie, «der ist inzwischen ein erwachsener junger Mann. Das hast du nur nicht so mitgekriegt, weil du dich nie um ihn gekümmert hast.»

«Bin ich der Vater?»

«Gott bewahre, nein. Das wüßte ich.»

«Na bitte. Und außerdem ...»

«... Außerdem machst du Examen.»

Irene stand auf, blieb in der Tür stehen. «Was ich noch sagen ...»

«Ja?»

«Ach nichts.»

Rochus Rose schlug den Kragen des Trenchcoats hoch und zog den Schlapphut ins Gesicht. Er drückte sich an den Schwarzen, die den Eingang der Soul-Disko auf der Reeperbahn flankierten, vorbei. Auf der Tanzfläche wogte es hin und her, auf den Gängen zwischen Bar und den Tischen im Hintergrund herrschte Stop-and-go-Verkehr. Rose blieb an der Tür stehen. *Erst die Innentemperatur annehmen, dann weiter.*

Mit seitlich versetzten Schritten wanderte er zu stampfenden

Baßläufen an der Bar vorbei. Der Keeper blickte ihn an, schaute weg. Dann schoß sein Kopf herum.

«Aber hallo! Sam Spade-time?»

Rose lächelte geschmeichelt. Der Keeper hob eine Flasche, Rose schüttelte den Kopf.

«Bin im Dienst.» Er drängelte weiter.

«Ach nee, im Dienst», sagte fünf Minuten später Hermann der Cherusker und zwirbelte eine Kette in der Hand. Rose saß ihm gegenüber, ließ sich von der protzigen Möblierung des Büros nicht beeindrucken.

«Wie kommst du eigentlich in den freien Westen?» fragte der Cherusker. «Dachte, daß dich der Polterabend letzten Winter länger aus dem Verkehr ziehen würde.»

«Die Glaserinnung hat eine Kaution für mich gestellt.»

«Die Glaserinnung, was sagt man dazu?» Wie immer, wenn es um Humor unterhalb von Sahnetorten-Schlachten ging, wurde der Cherusker von einem Gefühl der Unsicherheit heimgesucht.

«Ich brauche eine Spritze», sagte Rose und nahm den Hut ab.

«Hexenschuß? Äitsch?»

«Blei.»

«Und ich dachte schon, es wär was Ernstes.» Rose bekam den Blick mit, den der Cherusker in Richtung Wandschrank warf.

«Die Metallpreise sind zur Zeit hoch», begann der Cherusker die Verhandlungen.

«Komm Hermann, doch nicht mit mir.»

«Rochus Rose, wenn's für jemand anders wäre, wäre mir nicht bange. Aber ich trau dir nicht. Du bist in der Lage und trägst das gute Stück nicht nur zur Dekoration mit dir herum.»

«Wieviel?»

«Für Freunde weniger.»

«Wieviel?»

«Sieben fünfzig, Mehrwertsteuer erlasse ich dir.»

«Ich will nicht den Preis für deinen Todfeind wissen, sondern für mich.»

«Sieben glatt, drunter geht nichts.»

«Der Griff muß nicht vergoldet sein.»

«Sechs fünfundsiebzig und Schluß und aus. Ich bin nicht die Heilsarmee.»

«Fünf.»

«Weißt du, was ich eben verstanden habe? Fünf. Ist das nicht köstlich?»

Rose stand auf. «Hör zu, Cherusker, ich befreie dich von deinem Sperrmüll, und du benimmst dich ähnlich intelligent wie im Juli 82.»

Der Kopf des Cheruskers schoß hoch, die Wangenmuskeln arbeiteten, die Kette schleuderte herum. Der Rauch aus dem Zigarillo kam in kurzen Abständen. Dann stand er auf.

«Also, Rochus.»

«Ja?»

Der Cherusker ging zum Wandschrank. Rochus wählte eine alte Mauser-Pistole und zahlte.

Zwei Minuten später stand er unter dem schmutzig-erleuchteten Schild ‹Notausgang›. Seine Augen sortierten die Anwesenden. Er fand ihn auf der Tanzfläche. Rose schmunzelte, für einen Außenstehenden war es kaum zu erkennen. Deutlicher war die Beule in der rechten Manteltasche sichtbar.

Ulf Bohnsack ließ die Sau raus. Die Mittänzer mußten ausweichen, als er, seine Frau Roberta von sich stoßend und sie wieder an sich ziehend, den letzten Minuten vor Mitternacht huldigte. Bohnsacks 44. Geburtstag stand unmittelbar bevor.

«Jomo, nicht so doll», rief Roberta. Bohnsack riß sie an sich, kreiselte sie rock 'n' roll-mäßig um die eigene Achse. Einige Takte lang schob er sie schwül übers Parkett, beide Hände auf ihr Gesäß pressend. Die überwiegend schwarzen Besucher der Diskothek wichen aus, so gut sie konnten.

«Jomo, mach halblang», rief Roberta keuchend.

«Muß sein, Robbie. So jung kommen wir nie mehr zusammen.» Bohnsack hatte sich von seiner Frau zum Geburtstag gewünscht, daß sie mit ihm nach langer Zeit wieder in eine schwarze Diskothek ging. Bisweilen überkam Ulf Bohnsack eine große Sehnsucht nach den beiden Jahren, die er in Kenia verbracht hatte.

«Ich kann nicht mehr», rief Roberta lachend und ließ sich gegen Bohnsack sinken. Er lotste sie von der Tanzfläche zur Bar, hob sie auf einen hochbeinigen Hocker und bestellte Bacardi mit Ginger Ale. Danach scherzte er so lautstark mit seiner Frau, daß einer der beiden Schwarzen auf den benachbarten Hockern genervt das Gesicht verzog.

«Ach Gabriel, lieber Gabriel», sagte Henry klagend, «was ist wohl die Ursache, daß ich mich zuweilen um 9 Uhr über eine Sache gräme, um 10 Uhr nicht mehr und vielleicht um 11 wieder? Ich bin mir keiner Wallungen von Trostgründen deutlich dabei bewußt, aber es müssen doch welche sein.»

«Sie haben uns lächerlich gemacht», erklärte Gabriel trübsinnig.

«Auf den Neger-Embryo ein Lied!» rief Henry laut und hob sein Glas gegen Gabriel. Der tat es ihm nach, und Henry rief: «Auf den Neger-Embryo ein Lied! Könnte sehr vortrefflich werden. Ruhe, kleiner Schwarzer. Hier in diesem Branntwein schindet dich kein Zuckerkrämer. Wie glücklich, wenn der Schinder deines Vaters und deiner Brüder hier schliefe, wie du nicht entwickelt, wieviel Schandtaten wären unentwickelt geblieben.»

«Prost, Henry», sagte Gabriel. Klirrend stießen sie die hohen Gläser aneinander, tranken.

«Wir müssen jetzt Ernst machen», sagte Henry in normaler Lautstärke, «wir haben es im guten versucht. Sie haben keine Antenne dafür. Jetzt müssen wir Ernst machen.» Er blickte Gabriel an und bekam von dem hinter ihm stehenden Mann schon wieder einen Schubs. Henry drehte sich um.

«Na, Akklimatisation gelungen?» lästerte Bohnsack, der in solchen Situationen kaum zu schlagen war.

«Sie in einem solchen Etablissement?» Bevor Bohnsack antworten konnte, sagte Henry:

«Die Fliege, die nicht geklappt sein will, setzt sich am sichersten auf die Klappe selbst.»

«Oha», konterte Bohnsack, «ein kleiner Dichter.»

«Einer von den Negersklaven in den Plantagen der Literatur», entgegnete Henry mit wegwerfender Handbewegung.

«Na denn, schönen Abend noch, die Herren.» Bohnsack wollte sich abwenden.

«Auf ein Wort noch, Sie ambulantes gutes Gewissen», sagte Gabriel und spürte, daß die Frau an Bohnsacks Seite mehr sein mußte als eine entfernte Bekannte. Darum sagte Gabriel es auch zu ihr: «Was ist denn der Mensch anders als eine Kaffeetasse? Er sammelt im Köpfchen, um ins Schüsselchen auszugießen, und das Schüsselchen taugt ohne Köpfchen nichts und das Köpfchen nichts ohne Schüsselchen. Denken Sie mal drüber nach.»

«Aha», sagte Bohnsack nüchtern. *Laß dir bloß nicht die Stimmung verderben.* «Schönen Abend noch», murmelte er, zog Roberta auf die Tanzfläche und mußte einige lästige Fragen beantworten.

«Haben wir genug zusammen?»

Gabriel nickte. «Es reicht, um anzufangen. Aber wollen wir nicht vorher noch den Kanister leermachen?»

«Wir müssen haushalten. Wir haben nur noch vier Liter. Wir sind kein Multi, wir sind nur ein Duo. Prost Gabriel.» Sie stießen an, bestellten Nachschub. Der Mann hinter der Theke brachte ihn ihnen auf demselben Tablett, auf dem er dem Ehepaar neben ihnen die Bacardis kredenzte. Als der grelle Schrei einer Frau ertönte, blickte der Keeper in die Richtung, aus der der Schrei kam.

«Liebling, laß das», flüsterte Hajo heiser und blickte sich nervös um.

«Ach nee», rief Doris wieder sehr laut, «hat mein starker Herr Ehemann Schiß, daß er mich gegen einen von denen hier —» sie zeigte mit einer Kopfbewegung auf die Schwarzen — «verteidigen muß? Die sind bestimmt viel stärker als mein starker Herr Ehemann. Das sieht man denen ja an, daß die Saft und Kraft haben.» Herausfordernd taxierte sie einen großgewachsenen Schwarzen, der irritiert zwischen ihr und Hajo hin- und herblickte.

Hajo packte sie an den Schultern. «Doris, Liebling, beruhige dich doch.»

«Doris, Liebling! Doris, Liebling!» äffte sie ihn erbarmungslos nach. «Dein Doris Liebling muß mal Pipi machen. Dein Doris Liebling flüchtet schon nicht.» Sie machte eine gezielte Pause. «Jedenfalls heute nicht. Heute noch nicht.»

Hajo würgte es im Hals. Er wußte, daß sein Versuch, mit

Doris auszugehen und sich über einen fröhlichen Abend wieder näherzukommen, gescheitert war.

Mit brennenden Augen beobachtete Hajo, wie Doris einen Mann mit Blicken anmachte. Der Mann sprach sie an, sie entzog sich ihm. Er griff nach ihrem Arm, Doris war schneller. Sie stieß einen massigen Mann in hellem Trenchcoat an und eilte zur Toilette. Der Mann im Trenchcoat griff in die rechte Manteltasche.

Rose sah Doris verschwinden. Dann ließ er seinen Blick wieder durch die Diskothek schweifen. Er achtete darauf, daß sich nie zu viele Menschen in seinem Rücken befanden.

«Mitternacht! Es ist vollbracht», rief Ulf Bohnsack, holte die Champagnerflasche aus dem Kübel, goß ein und reichte Roberta ein Glas. Sacht stießen sie an, tranken. Dann küßte sie ihn zärtlich auf den Hals.

«Doris, warte doch», rief Hajo verzweifelt und eilte zum Ausgang. «Tschuldigung», rief er dem Mann im Trenchcoat zu. Der Mann schlug den Kragen hoch.

Doris stand am Straßenrand und hielt Ausschau nach einem Taxi.

«Doris», sagte Hajo mit belegter Stimme und berührte sie am Arm.

Sie schüttelte ihn ab wie ein Insekt. «Laß das. Zum Beschützerspielen hast du auch kein Talent. Hol lieber den Wagen.»

Hajo hatte sich zur Feier des Tages einen Mercedes ausgeliehen. Ein Spediteur, der in Billbrook arbeitete, hatte den Wagen zur Inspektion gebracht.

«Und spiel nicht wieder Lauda», knurrte Doris, nach dem Gurt fingernd.

«Ja, ja», knurrte Hajo und ließ die Kupplung zu früh kommen. Der Wagen machte einen Hopser nach vorn. Es klirrte.

«Na toll», sagte Doris, «schnall ich mich eben wieder ab.» Dann schrie sie ihn an:

«Du Tranfunzel! Was kannst du eigentlich?»

Hajo legte die Hände aufs Lenkrad und stieß die Stirn immer wieder gegen die Hände. *Zwei Cola-Rum, macht elf Mark, ich meine, 0,6 Promille maximal. BMW-Schlußleuchte im Einkauf 85,70, mit Montage 140. Daimler-Scheinwerfer im Einkauf, macht ... wenn das Adler erfährt ... und dieser Spediteur.* Vor der Frontscheibe tauchte das strahlende Gesicht eines Betrunkenen auf.

«Treffer!» rief er und machte das Victory-Zeichen. Hajo starrte ihn an.

«Willst du hier übernachten?» keifte Doris. «Jetzt tu doch was.»

Hajo stieg aus, besah sich den Schaden und ging in die Diskothek zurück. Der Disc-Jockey wollte nicht. Erst als er merkte, daß Hajo keinen dummen Witz machte, griff er zum Mikro.

«Kleines Päuschen mal eben. Wir haben ein Malheur zu beklagen. Befindet sich zufällig der Fahrer des BMW mit dem amtlichen ...»

«Kaum 44 und dann das», sagte Ulf Bohnsack und umarmte Roberta.

«Junger Mann, sind Sie vielleicht ein ganz klein wenig beschwipst?» fragte Roberta kichernd.

Als Hajo die lockere Reaktion des Paares sah und dann einen Blick auf die stocksteif im Wagen sitzende Doris warf, schlug ihm Verbitterung in den Magen.

«Das kriegen wir alles wieder auf die Reihe», sagte Hajo beflissen, «ist ja auch nicht so schlimm.»

Bohnsack griff in die Innentasche des Jacketts. «Kommen wir zum offiziellen Teil. Ich schlage vor, wir lassen die Polizei ...»

«Das wollte ich auch gerade vorschlagen», sagte Hajo eifrig. Einige Umstehende lachten. «Es ist nämlich so: Ich kann so was, ich meine, ich bin Kfz-Mechaniker und ...»

«Na, na», drohte Bohnsack munter, «geben Sie's zu, Sie fahren jeden Abend die Straßen ab, dellen Autos an und führen Ihrer Werkstatt Kunden zu. Pfiffikus.»

Hajo war fassungslos. *Auf die Idee wäre ich nie gekommen. Warum ist Adler noch nicht darauf gekommen?*

«Es ist mir auch sehr peinlich», sagte Hajo.

«Junger Mann, machen wir's kurz», sagte Bohnsack, den der Vorfall zu langweilen begann. «Hier haben Sie meine Karte. Geben Sie mir Ihre Nummer. Wir telefonieren uns morgen zusammen und regeln die Geschichte. Alles klar?»

«Siehst du, lieber Göttergatte», sagte Doris, als Hajo sich

seufzend hinters Lenkrad sinken ließ, «so was imponiert mir. Locker, souverän, gutaussehend.» Sie blickte zur Seite. «Ich sagte ‹gutaussehend›.»

Als sich Hajo einfädelte, stand der Betrunkene immer noch am Straßenrand. Strahlend machte er das Victory-Zeichen. Hajo antwortete mit der Lichthupe.

«Donnerwetter, rasant, rasant», sagte Doris höhnisch. Hajos Wangenknochen arbeiteten.

«Ah, was für ein Städtchen, wo sich immer ein Gesicht aufs andere reimt», giftete Henry.

«Und da», sagte Gabriel und wies auf eine Gruppe junger Leute mit grotesken Frisuren und Motorrollern. «Ich glaube nicht, daß unter der sogenannten studierenden deutschen Jugend die Summe leerer Köpfe je größer gewesen ist als jetzt.»

An einer Ampel mußten sie warten. Auf der anderen Seite stand ein Paar. Gabriel lächelte unfroh:

«Die Braut war pockengrübig und der Bräutigam finnig. Spötter sagten, wenn das Pärchen nur erst zusammengeschmiedet wäre, so gäben ihre Gesichter ein treffliches Waffeleisen.»

Auch der nächste Mann mit etwas herbem Aussehen bekam sein Fett ab.

«Er schien eher Tischlerarbeit zu sein als ein wirklich menschliches Geschöpf.» Sie blickten sich an. «Und was jetzt? Fühlen wir uns ernsthaft besser?» fragte Henry bitter.

«Nein und nochmals nein», rief Gabriel, «wir von Gottes Ungnaden, Tagelöhner, Leibeigene, Neger, Fronknechte und so weiter.»

«Also machen wir es jetzt?»

«Wir machen es. Jetzt.»

Erst als sie Rose in der Metallwerkstatt nicht fand, fiel ihr auf, wie naiv die Annahme war, ihn dort regelmäßig anzutreffen. Irene fragte einen Mann, der in der Werkstatt arbeitete. Er antwortete nicht. Da kam der Klempner. Stürmisch faßte er Irene am Arm und wollte ihr die Fortschritte seiner Plastik zeigen. Sie entzog sich und stromerte über das weitläufige Gelände. Aufs

Geratewohl fragte sie einen Mann. Er war Beschäftigungs-Therapeut, zeigte sich sehr mitteilungsbedürftig und begann heftig zu flirten. Irene konterte. Die Mischung aus spöttischem Blick und quicker Rhetorik reichte aus, um 98 Prozent aller Männer abfahren zu lassen. Doch der Therapeut war Profi, charmant noch dazu. Er hakte sich bei ihr ein:

«Kleiner Rundgang gefällig?»

Irene antwortete gar nicht erst.

Sie schicken immer dieselben. Sind das die besten, die sie haben? Und wo ist der Mann heute? Sichert er den Rückzug? Rose witterte nach hinten, ließ sich zurückfallen, bis fast 50 Meter zwischen ihm und dem Paar lagen. *Keiner, nur sie. Anfang Dreißig, souverän, bißchen kiebig, Haar schwarz, zu kurz. Körper verspannt, als wenn sie im Auto sitzt und in den Rückspiegel guckt.* Rose verringerte den Abstand.

«Wüsthoff hat mir erzählt, daß Sie den Rose besuchen», sagte der Therapeut. «Gibt es irgendeinen bestimmten Grund dafür?» Sie lächelte ihn an. «Na, denn eben nicht. Behalten wir die Hosen eben an. Ist ja keine Volkszählung», sagte der Therapeut muffelig. «Der Mann ist eine Mensch gewordene Schnecke. Ständig auf der Hut. Immer den Rücken frei, immer die Tür im Auge. Und wenn mehr als ein Fremder im Raum ist, sucht sich Rose einen anderen Raum. Sie haben doch sicher einen Spiegel in einer der 30 Taschen Ihrer Hochgebirgs-Jacke.»

«Wieso?» fragte Irene empört. Sie haßte es, wenn jemand ihr Weibchen-Verhalten unterstellte.

«Nun machen Sie schon.»

Unlustig holte sie den kleinen Spiegel aus der Tasche. «Mann, nun übertreiben Sie die Eitelkeit aber», versuchte sie zu spotten.

«Rücken Sie mal dicht ran an meinen Charakterkopf.»

«Ach, nee.»

«Ja, ja.» Der Therapeut drehte sich um. Rose versuchte noch, hinter einen Baum zu springen. «Herr Rose, einen Moment mal.»

Dann standen sie sich gegenüber. Roses Augen flackerten. Der Therapeut erkannte, daß der Patient klar war.

«Andere würden sich alle Finger danach lecken, solch entzükkenden Besuch zu kriegen. Und Sie verstecken sich hinter einem Baum. Herr Rose, Herr Rose. Zur Strafe gehen Sie mit der

Dame jetzt einmal ums Karree.» *Ist eine Chance. Du hast Heim-vorteil. Vielleicht verplappert sie sich.*

Rose wartete 20 Minuten auf einen Fehler der Agentin. Er konnte nicht umhin, ihr Geschick zu bewundern. *Zu dir schicken sie nicht die Luschen, sondern die erste Garde. Aber sie kriegen dich trotzdem nicht.* Nach 20 Minuten hatte Irene viermal gesagt, daß Adler die Wohnung nur auf Grund der falschen Aussage der Schwester leergeräumt hatte. Roses Lächeln blieb hochmütig und wissend.

«Was ist mit diesem Aktenordner?»

Rose schnurrte in sich zusammen, die Hand schoß in die Tasche, umfaßte die Tabletten.

Haldol

Mittelstarkes Medikament gegen Psychosen. Wird in vielen Kliniken als ‹Hausmittel› eingesetzt.
Die wichtigsten Nebenwirkungen: Benommenheit, Krämpfe, Zittern, Unruhe, Hemmung der intellektuellen Leistungsfähigkeit, Depression, Angst, Beeinträchtigung von Libido und Potenz.

Das Mittel gilt laut ‹Bittere Pillen› als **therapeutisch zweckmäßig**.

«Wieso?» Er räusperte sich.

«Sind Sie denn nun Detektiv?»

«Detektiv?» Seine Stimme wurde brüchig.

Irene spürte, wie sich der Mann verkrampfte. Sie blieb stehen, blickte ihn beruhigend an und sagte:

«Aber, Herr Rose, fühlen Sie sich bedroht? Will Ihnen jemand ans Leder? Sie können es mir ruhig sagen. Sie können mir vertrauen.»

«Das hätten Sie wohl gern.» Rose lachte verzweifelt. «Ihr kriegt mich nicht. Ich bin euch über. Bleibe ich eben für immer hier. Aber ihr kriegt mich nicht. Nie. Das können Sie Ihren Auftraggebern ruhig sagen.» Mit schnellen Schritten ging Rose davon.

«Aber, Herr Rose, warten Sie doch! Herr Rose!»

«Kannst du ein offenes Wort vertragen?» fragte Gabriel, als sich Henry mehrere Male um die eigene Achse gedreht hatte.

«Natürlich nicht, das weißt du doch. Was wolltest du denn sagen?»

«Daß du aussiehst wie ein Frosch.»

«Darf ich dich daran erinnern, daß du genauso aussiehst.»

Gabriel blickte an sich herunter. Die Monteurhose war knall-
grün. In den Karos des Oberhemdes kämpften Rot und Blau
vergeblich gegen die Übermacht des Grüns.

«Gut, daß ich mich nicht ansehen muß», murmelte Gabriel
und ging zum Bett, auf dem die Informations-Zettel lagen. «Der
schwarze Kontinent reicht dem weißen Hamburg seine grüne
Hand! Neugründung des Blumen-Service ‹Augentrost›. Büro-
pflanzen sind schön. Regelmäßige, fachkundige Pflege ist uner-
läßlich. Ab sofort bietet unser Service seine Dienstleistung an:
die Pflege exotischen Grüns durch ausgebildete afrikanische
Fachleute (Akademiker! Garantiert keine Asylanten!). Die Experten benutzen ein Mittel, das in Afrika Tag für Tag in unglaub-
lichen Mengen angewandt wird und bei Kaffee, Mais und Kakao
überraschende Wirkung zeigt. Was für Afrika gut ist, kann für
Deutschland nicht schlecht sein! Öffnen Sie unseren Experten
die Türen!»

«Und davon 500 Zettel», sagte Gabriel vorwurfsvoll. «Wir
brauchen doch nur eine Handvoll.»

Henry, der gerade den Zerstäuber auf den Rücken schnallte,
sagte: «Das mußte sein. Sonst hätte es Verdacht erregt.» Gabriel
nahm die Klemmbretter und Lieferscheine vom Bett und
drückte die zu kleine Schirmmütze auf den Schädel.

Die Räder schlossen sie an einem Laternenpfahl an. «Das Vorderrad eiert», sagte Henry und trat gegen das Vorderrad.

«Bei mir ist der Lenker locker, und der Rücktritt funktioniert
nicht», knurrte Gabriel. «Mir gefielen die Typen im Laden von
Anfang an nicht.»

«Haben aber einen guten Ruf bei den Eingeborenen hier.»

«Denen ist der natürliche Instinkt abhanden gekommen. Das
rieche ich doch, daß es bei denen stinkt.»

Henry löste den schwarzen Kanister mit dem Totenkopf und
den gekreuzten Bananen vom Gepäckträger. Dabei brach eine
Strebe des Gepäckträgers ab.

Sie betraten die Empfangshalle der Kaffeefirma Bohnemann.
Freundlich nickten sie dem Mann am Empfang zu. Der ehema-

lige Nachtwächter der Passau Paderborner Versicherung freute sich, daß er es an seinem ersten Tag auf der neuen Arbeitsstelle gleich mit so vielen freundlichen Menschen zu tun bekam. *Das ist doch ganz was anderes hier. Und dann noch Neger. Hier ist die Welt zu Gast.*

Sie begannen im fünften Stock. «Guten Morgen, guten Morgen. Wir sind die Mohren aus dem Blumenland. Sie haben bestimmt schon von uns gehört. Könnten Sie ein klitzekleines Stückchen zur Seite rücken? Ihre Blumen werden es Ihnen danken. Na, das ist ja eine prächtige Plantage.»

Der Angestellte glotzte sie an und rückte zur Seite. Henry begann, die Pflanzen systematisch zu besprühen. Der Kanister war auf dem Rücken festgeschnallt.

«Hier», sagte Gabriel strahlend, «eine Empfehlung vom Chef. Und wenn Sie vielleicht so nett wären, sich auf dieser Liste einzutragen. Statistik, Statistik, das alte Übel.»

«Kenne ich», sagte der Angestellte neunmalklug und schluckte etwas herunter.

«Beachten Sie auch die Rückseite», forderte Gabriel ihn auf. «Achtung! Achtung! Das dicke Überraschungs-Ei! Rufen Sie ab 15 Uhr die unten angegebene Telefonnummer an. Sie erfahren, ob Sie gewonnen haben. Kleine Ursache – große Wirkung!»

Auf diese Weise deckten sie alle Stockwerke ab. Zwei Frauen wollten sie in eine Fachsimpelei über Grünpflanzen verwickeln. Sie entkamen der gefährlichen Situation, indem sie Eile vortäuschten. Beim Verlassen des Gebäudes winkten sie dem Pförtner zu. Der winkte gönnerhaft zurück. *Eine ganz andere Atmosphäre. International irgendwie. Hier wirst du alt und grau.*

«Dieses war der erste Streich», sagte Gabriel und mühte sich aggressiv mit dem Fahrrad-Schloß ab. Friedlich radelten sie Richtung Reiher AG. Beim Abschließen der Räder brach Henry die andere Strebe des Gepäckträgers ab.

Sie sahen so professionell aus, daß sie auch hier ohne Probleme den Aufzug erreichten. In der Reiher AG hatte das Prinzip der Hydro-Kultur viele Freunde. Sonst gab es kaum Unterschiede zu Bohnemann. Allerdings handelten sie sich zwei Bemerkungen ein, die auf ihre Hautfarbe anspielten. Eine Frau, etwa 40, die in der Abteilung als Stimmungskanone berüchtigt

war, begann leise den deutschen Schlager ‹Habba Habba Kanni-
bali› aus dem Jahre 1979 zu singen. Und ein junger Schnösel, der
vor kurzem als Versicherungs-Bezirksvertreter gescheitert und
heilfroh war, daß er bei Reiher untergekommen war, rief: «An
dieses Mannes Nase hing / zu Schmuck und Zier kein Nasen-
ring.» Als er Henrys Blick sah, brachte er sich flink hinter dem
Rücken einer Kollegin in Sicherheit.

«Zum Anschwärzen seien die Schwarzen am besten», murmelte Henry.

Sie hatten im obersten Stockwerk zwei Büros erledigt und
wollten gerade das dritte betreten, als sie am anderen Ende des
Flurs Stimmen hörten. «Muß reichen für diese Etage», sagte
Henry und nahm die Hand von der Klinke.

«Fragen Sie doch mal diskret in der Redaktion an», sagte im
gleichen Moment Verkaufsdirektor Ulf Bohnsack auf der anderen Seite der Tür. Seine Hand lag schon auf der Klinke.

«Aber das gibt doch keiner von denen zu», erwiderte seine
Sekretärin.

«Weiß ich ja», sagte Bohnsack ohne besonderes Interesse.
«Aber der Direktor vermißt nun mal sein Diktiergerät. Und Sie
wissen doch: Wenn man Männern ihr Lieblingsspielzeug weg-
nimmt, werden sie fürchterlich.» Sie lächelten sich an. «Also,
seien Sie so lieb, ja? Kurzer Anruf bei den Fernseh-Menschen
und sachlich fragen, ob einer von den Herren oder die Micky-
maus-Dame versehentlich das Ding eingesteckt hat.»

Bohnsack öffnete die Tür, trat mit einem Bein auf den Flur –
Henry und Gabriel verließen soeben den Flur –, Bohnsack kam
noch einmal zurück: «Und wenn Sie lebensmüde sind, fragen
Sie auch gleich nach einem Flamingo, besondere Kennzeichen:
weiß, geschmacklos, Schnabel zum Fingernägelreinigen geeignet; und nach dem Bild mit den schrecklichen Blagen.»

Henry sprühte, und Gabriel verteilte Flugblätter – fünf Stockwerke brachten sie auf diese Weise hinter sich. Bei Reiher mußten sie eine kritische Situation überstehen. Das war, als ein Angestellter fragte: «Und der freundliche junge Mann, der früher
immer die Pflanzen gepflegt hat? Wo ist denn der abgeblieben?»
Gabriel lächelte, und Henry kullerte mit den Augen.

«Ach, du Scheiße», sagte der Angestellte, «das tut mir aber leid.» Henry und Gabriel wechselten einen langen Blick und kürzten ihren Aufenthalt in diesem Büro ab.

Pünktlich um 15 Uhr setzte ein Sturm auf die Telefonnummer ein, die auf der Rückseite des Flugblatts stand.

Wenige Minuten vorher brachten zwei dunkelhäutige Männer in Monteuranzügen an einer Telefonzelle des U- und S-Bahn-Knotenpunkts Jungfernstieg einen Aufkleber an: «Gesperrt wegen dringender Reparaturarbeiten». Die Störung betraf nur eine der drei Telefonzellen, es war das Anruftelefon. Die beiden Männer mühten sich augenscheinlich nach Kräften, die Störung zu beheben. Sie drängten sich sogar zu zweit in den engen Zellenraum und veranlaßten mehrere Passanten zu freundlichen Bemerkungen über die Deutsche Bundespost.

In dichter Abfolge kamen die Anrufe an.

«Guten Tag. Heute vormittag haben wir Ihnen einen Besuch abgestattet. Dabei besprühten wir Ihre Grünpflanzen mit einer Flüssigkeit, die in Ihrem Sprachgebrauch Pflanzenschutzmittel heißt. Nach Angaben der Firma Reiher AG ist dieses Mittel für Tiere und Menschen vollkommen harmlos. Die Wahrheit ist: Allein in unserer Heimat Kenia starben durch hemmungslosen Einsatz dieses Mittels auf Kaffeeplantagen im letzten Jahr 103 Menschen. Auf der ganzen Welt sind es im Jahr wenigstens 5000. Ihren Pflanzen droht natürlich keine Gefahr. Sollte es Sie wider Erwarten dennoch jucken, hier ein kleiner Tip: Kratzen! Kopfschmerzen und Übelkeit gehen in der Regel bald vorbei. Wenn nicht, sollten Sie bei einem Arzt vorbeigehen.

Der Reingewinn der Firma Reiher AG betrug im letzten Geschäftsjahr 80 Millionen Dollar. Daran war die Tochter

Giftinformationszentrale

Telefon 63 85 33 45 / 46
(für Hamburg)
Bitte bei Anruf sofort folgende
Informationen durchgeben:

1. Wer ruft an?
2. Wer ist vergiftet?
3. Was wurde von wem eingenommen?
4. Wieviel wurde eingenommen?
5. Wann wurde das mutmaßliche Gift eingenommen?
6. Wie ist der Zustand des ‹Vergifteten›?

‹Reiher Kenia› mit sieben Millionen beteiligt. Herzlichen Glückwunsch.»

Der Inhalt des Tonbands verbreitete sich in weniger als zehn Minuten durch alle Büroräume der Firmen Bohnemann und Reiher. Viele Angestellte begannen augenblicklich, sich an den Armen, auf dem Kopf, an der Brust, am Schienbein, in den Schamhaaren oder im Gesicht zu kratzen. Wer sich in der Nähe eines Spiegels befand, blickte hinein, suchte ängstlich nach ersten Spuren der Vergiftung.

«Warum denn wir? Warum ausgerechnet wir?» stieß eine ältere Frau zitternd hervor.

«Na, das haben die doch gesagt, weil wir das Gift herstellen», erwiderte ein Kollege.

«Und weil wir uns keine Gedanken machen», fügte ein anderer hinzu.

«Sie ... Sie Betriebsrat Sie», polterte ein vierter los. «Wenn Sie nur in Sicherheit sind. Da mag die ganze Welt in Trümmer fallen.»

«Na na», erwiderte der Betriebsrat und kratzte sich an der Brust.

«Was tut er da?» rief die Frau mit den Händen auf der Herzregion.

«Wieso? Ich mache doch gar nichts», sagte der Betriebsrat und kratzte sich weiter. Dann wurde er aschfahl im Gesicht, schloß und öffnete in schneller Folge die Hände und riß mit einer einzigen Bewegung das Hemd auf. Er trug ein Unterhemd mit weitem Ausschnitt, in den der Mann mit beiden Händen hineingriff und wild herumzukratzen begann. Da er stark behaart war, schnitt das Geräusch empfindlichen Gemütern zutiefst in die Ohren.

«Ich muß hier raus», sagte die ältere Frau.

«Ich komme mit», flüsterte der Betriebsrat tonlos.

«Dann bleibe ich hier», erwiderte die Frau erschreckt.

Alle stürzten aus dem Raum. Vor den Toiletten und den wenigen Waschräumen ging es hoch her. Halbnackte, fast nackte und einige völlig nackte Menschen kämpften um die Wasserhähne und Duschen. Wer nicht warten wollte, tauchte Gesicht und Arme in die Wandbecken der Klosetts. Hemmschwellen,

Schamschranken und Peinlichkeitshürden brachen zusammen. Wer noch einen Rest von sozialem Denken übrigbehalten hatte, war so nett und drückte den Kopf seines angeekelten Nachbarn in das Pinkelbecken.

Polizeisirenen näherten sich den Gebäuden, überall Rufe und Schreie. Telefone klingelten, Menschen eilten von einem Ort zum anderen, Fenster klirrten. Auf übliche Weise ließen sie sich wegen der Klimaanlagen nicht öffnen. Blumentöpfe, Vasen, komplette Blumenbänke wurden aus den eingeschlagenen Fenstern gekippt. Die Menschen auf dem Bürgersteig sprangen entsetzt zur Seite. Wer am heftigsten sprang, geriet auf die Fahrbahn. Autofahrer konnten nur ausweichen, indem sie ihre Fahrzeuge nach links rissen. Dadurch kamen sie auf die Gegenfahrbahn, und es hätte Dutzende von Unfällen gegeben, wenn nicht die Fahrzeuglenker auf dieser Fahrbahn ihre Gefährte nach rechts gerissen hätten. Einige gerieten dabei auf den gegenüberliegenden Bürgersteig und trieben Passanten zu grotesken Sprüngen. Einer sprang mitten durch eine Scheibe. Er zog sich eine klaffende Fleischwunde zu. Der Dekorateur, der gerade das Fenster schmückte, klebte ein Stück Tesakrepp auf die größte Wunde und wurde dann ohnmächtig. Er wirkte inmitten des Bettwäsche-Ambientes nicht unpassend.

Die Feuerwehr erschien. Über die Dächer der Nachbarhäuser robbte das Mobile Einsatzkommando heran. Ein Untertrupp, dessen Leiter in der Eile die falsche Hausnummer verstanden hatte, fand sich auf einem Dach der anderen Straßenseite wieder. Hektischer Sprechfunkverkehr hob an, wie der Trupp Anschluß an den Mutter-Trupp auf der Reiher-Seite finden sollte. Versuchsweise wurden zwei Leinen über die Straße geschossen. Die erste setzte den Leiter des Mutter-Trupps außer Gefecht, die zweite verhedderte sich im Neonschild der Reiher AG und riß es herunter. Das war besonders tragisch, weil in der Rundung des ersten R ein Amsel-Pärchen brütete. Die Lokalpresse hatte mit Bild darüber berichtet, und der Angestellte, der in seiner Freizeit Kanarienvögel züchtete und es seit nunmehr fünf Jahren immer wieder schaffte, ein Vogelpaar, das dumm genug war, zum Brüten in das R (1981 und 1983 entstand das Nest im zweiten R von Reiher) zu locken, hatte sich eine kleine Anerkennung der Geschäftsleitung abholen dürfen.

Die Eingangshalle wimmelte von Polizisten. Neben der Telefonanlage hielten jeweils zwei Polizeibeamte zwei Schwarze fest. Verkaufsleiter Bohnsack setzte seinen gesamten Charme ein, um den ranghöchsten Polizeibeamten zu überzeugen:

«Das sind Gäste unseres Hauses.»

«Na klar», entgegnete der Beamte höhnisch. Er blickte auf die Namensschildchen, die die Schwarzen an den Aufschlägen ihrer eleganten Anzüge trugen. Betont umständlich las er vor: «Sigurd Yohawi Wenhai.» Der Schwarze nickte, der Beamte riß mit kurzem Ruck das Namensschild ab.

«Ich dachte, daß diese plumpen Tricks der Vergangenheit angehören. Warum schulen wir eigentlich für teures Geld unsere Beamten auf die neuesten Taktiken der Damen und Herren Terroristen, wenn die uns dann in den Rücken fallen und ihre ollen Kamellen von 1914/18 auspacken, häh?»

Der Schwarze blickte hilfesuchend zu Bohnsack. Der drängte sich vor:

«Ich kann das alles aufklären, diese Herren sind Kunden des Hauses. Geschäftsfreunde.»

«So», sagte der Beamte, «das würde ich an Ihrer Stelle aber niemanden hören lassen. Könnte sich nämlich schädlich auf Ihr Haus auswirken, nicht wahr, Herr ...» Er inspizierte das Namensschild des zweiten Schwarzen. «... Herr Khadiyoum, ich lach mich tot, haha.» Er riß das Schild ab.

Vor dem Eingang landeten Angestellte in den Sprungtüchern der Feuerwehr.

«Huh, wie auf dem Rummel!» rief die Frau begeistert, als man ihr aus dem Sprungtuch half.

Als nächstes kam ein komplettes Blumenfenster samt Fensterrahmen herunter.

«Ich gieße das Zeug aber nicht», bemerkte muffelig der junge Feuerwehrmann, der die Töpfe vom Tuch klaubte.

«Empörend», rief ein älterer Passant. «Gerade Sie müßten ja nun wirklich Wasser genug haben. Empörend.»

«Laß gut sein, das reicht», sagte Henry, als Gabriel unbedingt noch einmal das kleine Kassettengerät an die Muschel des Telefonhörers halten wollte.

«Aber es ist mein Text, ich bin stolz auf ihn», erwiderte Gabriel störrisch.

«Es gibt in Deutschland mehr Schriftsteller, als alle vier Erdteile zu ihrer Wohlfahrt nötig haben», sagte Henry bestimmt.

«Wenn du meinst», knurrte Gabriel und packte das Kassettengerät ein. Sie verließen die Anruf-Telefonzelle im U- und S-Bahn-Knotenpunkt Jungfernstieg.

«Alles wieder heile?» fragte ein großer Junge, der aussehen wollte wie Elvis Presley. Gabriel nickte, Henry sagte:

«Es ist eine richtige Beobachtung, wenn man sagt, daß Leute, die zu stark nachahmen, ihre eigene Erfindungskraft schwächen. Dieses ist die Ursache des Verfalls der italienischen Baukunst.»

Sie gingen zum Alster-Anleger, wo die Fahrräder geparkt waren. Sie hatten die Ketten um die Vorderräder und den Fahrradständer geschlossen. Vorderräder und Ketten waren noch da.

In dieser Sekunde fiel wieder ein Mann ins Sprungtuch der Feuerwehr. Eine Passantin blickte den Mann an und schrie auf. Sofort war ein Feuerwehrmann zur Stelle und warf dem Mann eine Decke um die Schultern.

«Lassen Sie das doch.» Der Mann streifte die Decke ab. «Was hat die Frau denn?» fragte er den Feuerwehrmann. «Mir fehlt doch nichts.» Der Feuerwehrmann wies mit dem Kopf nach unten. Der Mann folgte der Bewegung, verstand nicht. Der Uniformierte kam dicht an sein Ohr.

«Sie haben nichts an.» Der Mann starrte auf den Feuerwehrmann, dann glitt sein Blick wie in Trance über die 200 Menschen, die ihn vom gegenüberliegenden Bürgersteig aus anblickten. Blitzschnell schlug der Mann beide Hände vor dem Mittelpunkt ihres Interesses zusammen.

«Ist in der Innenstadt eine Demo, von der ich nichts mitgekriegt habe?» fragte Adler. Er arbeitete an Frau Holländers maroder Kupplung. Neben dem Wagen plärrte ein Kofferradio.

«Wann war denn die letzte Demo, von der du etwas mitge-kriegt hast? Wir haben jetzt Mitte der achtziger Jahre.» Hajo, der nebenan stöhnend versuchte, die Türverkleidung einer vom Zoll gefilzten Ente einzupassen, blickte zwischen Adler und Irene hin und her.

«Mitten in der Woche läuft das Geschäft sowieso schon nicht doll», knurrte Irene, «und dann noch die City dicht. Da hätte ich genausogut im Seminar eine Runde schlafen können.»

«Doris ist wieder da», sagte Hajo in einer Aufwallung von Vertraulichkeit zu Irene.

«Wie oft war sie denn verschwunden, seitdem du es mir das letzte Mal erzählt hast?» Verbissen arbeitete Hajo weiter.

«Sah wie Selbstmord aus», fuhr Irene fort. «Stand viel Feuer-wehr herum.»

«Wo genau?»

«Ganz dicht bei der Chemiefirma, die unser spezieller Freund ausgekundschaftet hat.»

«Und du willst tatsächlich mit ihm gesprochen haben?» Adler bemühte sich nicht, seine Verwunderung zu verbergen.

«Neidisch?»

«Wenn's der Sache dient.»

Ein Lastwagen bog um die Garagen und wurde mit dem Heck vor das Seitentor rangiert. Nur die Schnauze des Wagens ragte noch hervor.

«Sind ja richtig fleißig, deine neuen Untermieter», sagte Irene.

«Seit gestern liefern sie Räder an. Junge, Junge, ich habe ge-dacht, ich handele mir eine Klitsche ein. Aber die machen das wirklich professionell. Die arbeiten mit großen Stückzahlen. Mir soll's recht sein, kriegen sie bald eine Mieterhöhung. Der eine von den beiden war ja so dafür, alternative Projekte zu unterstützen.»

Irene wechselte das Thema: «Der Rose, der bleibt nicht mehr lange in Ochsenzoll. Dann schnappen wir ihn uns und machen mit ihm die große Enthüllungs-Story.»

«Aber wenn der Rose die Schnauze voll hat und nur seine Ruhe haben will?»

«Dann beginnt unsere Überzeugungsarbeit», sagte Irene,

«also meine. Wir wollen ja, daß er länger als eine halbe Stunde draußen bleibt. Dich kriegt er erst zu sehen, wenn er seelisch wieder völlig stabil ist.»

«Als Belastungstest», kicherte Hajo.

«Mach lieber ein bißchen dalli, dalli, du BMW-Bruchpilot», blaffte ihn Adler an. «Unser Freund, der Joint, kommt in einer halben Stunde.»

«Warum läßt er die Verkleidung denn nicht gleich ab?» fragte Hajo. «Wenn er dauernd nach Holland fährt und an der Grenze sowieso gefilzt wird.»

«Telefon», sagte Adler, «geh mal ran.»

«Freie Tankstelle, Pillau. Guten Tag.»

«Valentin! Bist du's?»

«Hier ist Hajo. Hajo Pillau.»

«Valentin! Was ist los bei dir? Da ist irgendwer in der Leitung.»

«Henry, ich bin's. Hajo. Du weißt doch: Hajo.»

«Ach, Hajo. Du Pfiffikus, warum meldest du dich denn nicht?»

«Ist was passiert bei dir, Henry? Es ist noch nicht 18 Uhr.»

«Die Kreatur richtet sich nicht nach den Tarifen der Bundespost, mein Junge. Die Adler sind da.»

«Wieso? Die waren doch die ganze Zeit da. Oder was habt ihr bewacht?»

«Die kleinen, du Dummbeutel, die Jungen. Heute vormittag geschlüpft. Na, was sagst du nun?»

«Gratuliere.»

«Das kannst du auch, das kannst du auch. Hier gehen die Flaschen rum. Das muß gefeiert werden. Ihr könnt eine Flasche Sekt auf meine Kosten trinken. Oder zwei. Aber nicht mehr. Sind ja auch nur zwei Adler. Ist das nicht schön?»

«Henry, ich habe ziemlich viel zu tun.»

«So? Interessiert dich wohl nicht. Ich schlage mir hier die Nächte um die Ohren, damit deine Kinder lebendige Adler sehen können und nicht nur im Lesebuch. Aber Herrn Pillau interessiert das alles ja nicht, wenn er nur einen Motor hat. Noch besser: einen kaputten Motor. Dann kann Herr Pillau basteln.»

«Henry, ich freue mich ja auch über deine Adler.»

«Wirklich?» Henrys Tonfall wechselte von Verbitterung zu

Kameraderie. «Das wollte ich dir auch geraten haben, du alter Norweger. Wie geht es der Frau? Alles im Griff?»

«Wenn sie mal zu Hause ist.»

«Hajo, du machst was falsch mit Doris.»

«Jedenfalls mache ich mit Motoren weniger Fehler.»

«Eine Frau ist ja auch komplizierter. Viel mehr Einzelteile. Obwohl: Mehr Typen als bei Motoren gibt's da auch nicht, was?» Henry lachte. «Käthe war hier.»

«Wer?»

«Käthe.»

«Ach, Käthe.»

«Rauscht plötzlich mit einer Taxe durch den Wald und im Kofferraum ein Zweimannzelt. Junge, Junge, ich auf meine alten Tage im Zelt. War natürlich toll. Fühle mich richtig entschlackt. Wie geht es Adler?»

«Irene ist gerade da.»

«Also nicht so gut.»

«Och.»

«So? Na ja, Hajo, hinter mir steht einer.»

«Was will der denn?»

«Telefonieren. Wir müssen doch jetzt die, äh, na, nun sag schon ... genau: die Massenmedien informieren. Das ist doch was Symbolisches, zwei Adler. Da werden die doch bestimmt ...»

«Was war denn?» fragte Adler.

«Henry. Die Adler sind ausgeschlüpft. Und Henry ist zu seiner Käthe in den Schlafsack geschlüpft.»

«Man ist so alt, wie man sich fühlt», sagte Irene.

«Für dich muß ein Mannsbild nur Glatze haben oder graue Schläfen, und du verzeihst ihm hundertmal soviel wie einem jungen Hüpfer, wie?»

Sie blickte Adler an. «Meinst du wirklich? Aber Hans ist erst 38. Das ist doch kein großer ...»

«Wer ist Hans? Dieser Gelegenheits-Geliebte?» Sie nickte. Adler wollte gerade um Themenwechsel bitten, da rauschte ein Scirocco aufs Gelände.

«Irene, Kundschaft.» Hajo kicherte.

Golze stieg aus, blickte sich um, sah sie nicht. Während er Benzin einlaufen ließ, schlossen sie Wetten ab. Adler tippte auf maximal 10 Liter, Hajo hielt es für möglich, daß es 15 würden. Irene schlenderte zu Golze. Er bemerkte sie erst, als sie hinter ihm stand.

Der Kriminalassistent wirbelte herum, nahm Kampfstellung ein, entspannte sich sofort wieder, um sich auf neue Art zu verspannen. «Oh, oha, hallo, Irene. Da wäre ich mal wieder.»

«Hast du heute einen Konjunktiv verhaftet?» Er verstand es nicht, sie blickte auf die Anzeige und hielt zwei Hände mit ausgestreckten Fingern in die Höhe. Adler hatte eine Flasche Sekt gewonnen.

«Kassier ihn ab», rief Adler. Er und Hajo gackerten albern.

«Alles lustig, alles vergnügt, was?» sagte Golze. Heute hatte er reichlich Kleingeld dabei. Weil es ihm, wie gewöhnlich, nicht gelungen war, die Mark vollzutanken, bestand er darauf, 98 Pfennige auf den zerschrammten Glasteller zu zahlen. «Der Nachbar war es übrigens nicht.»

«Ach, sag bloß», erwiderte Irene höhnisch.

«Der Nachbar war's nicht», sagte Irene zu Adler und Hajo.

«Nicht?» erwiderte Adler nachdenklich und blickte den hinter Irene hertrottenden Golze an. «Das wirft ein ganz neues Licht auf die Sache, was?»

«So ist es, so ist es», erwiderte Golze beflissen. «Hat zwei Nächte gedauert, bis wir den Kandidaten so weichgeklopft hatten, daß er die Hose runtergelassen hat. Und wißt ihr, wo der war?»

«Im Puff», mutmaßte Hajo, weil es ihm auf der Zunge gelegen hatte.

«Woher weißt du das?» fragte Golze völlig verblüfft. «He, hallo!» fuhr er fort und lächelte irritiert. «War das fidele Quartett in der besagten Nacht vielleicht doch kurz hier?»

«Ich denke, die waren zu Fuß», entgegnete Adler.

Golze schlug sich gegen die Stirn. «Stimmt ja, zu ärgerlich. Na, da habt ihr noch mal Glück gehabt. Aber Puff ist schon ganz okay.»

«Na, na», meinte Irene.

«Ich doch nicht», rief Golze, «der Nachbar. St. Georg, Rostocker Straße, Stundenhotel. Der Nachbar hatte auch nichts mit der Witwe, auch wenn er so verdächtig auf ihrem Rücken rumgeschrubbt hat damals. Das war Reflexzonenmassage. Hat er in einer Programmzeitschrift gelesen, sagt er. Und er hat nur gedacht, daß, wenn er den Punkt auf dem Rücken von der Witwe findet, daß das dann den Hahn zudreht, und sie hört auf zu weinen. An und für sich ein ganz vernünftiger Gedanke.»

«Hier, halt mal», sagte Hajo und drückte Golze die Innenverkleidung der linken Tür in die Hand.

«Also, Witwe null, aber trotzdem Bock, der Nachbar. Deshalb ist er überhaupt auf das Kappenfest gegangen, hat er gesagt: Lage peilen, gucken, ob was läuft. Hat er im Fernsehen gesehen, sagt er. Im Rheinland läuft offensichtlich was im Karneval. Da haben alle eine Chance, besonders bei Kappenfesten.» Golze schmunzelte.

«Wie war's denn auf eurem Kappenfest?» fragte Adler.

«Aber hallo, das war eine Sause. Manni Wiener hat einen neuen Rekordversuch unternommen, seine Spezial-Disziplin: Hähnchen-non-stop-Verzehr. Einer aus Bergedorf hat einen halben Flattermann vorgelegt, insgesamt sechs oder sieben halbe Hähne, und Manni wollte Revanche. Hat sich aber gleich am Anfang verschluckt, an 'nem Flügel. Und zwei vom Betrug haben sich mit schwarzem Tesafilm ein Kreuz übers Gesicht geklebt, haben tote Terroristen gespielt. Ja, ja, Phantasie muß man haben.»

«Hier, halt das auch mal», sagte Hajo und drückte Golze die nächste Innenverkleidung in die Hand.

«Aber der Rücken-Schrubber hat keine abgekriegt auf dem Fest. War ja Karneval, und da wollte er sich's nicht durch die Rippen schwitzen.»

«Hat der keine Frau?» fragte Irene.

«Natürlich hat der eine Frau», erwiderte Golze. «Wer so aussieht, hat immer eine Frau. Alte Berufserfahrung.»

«Und war die Frau nicht mit auf dem Fest?»

«Natürlich nicht.»

«Hier, halt das auch noch mal.»

«Mann, ist das schwer. Schraubt ihr hier Panzer zusammen? Die Frau ist zu Hause geblieben, fernsehen. Da hält die mehr von. Deshalb hat er uns ja auch so lange angelogen, wegen seiner Frau. Dabei sind wir natürlich tipptopp diskret. Von uns erfährt

sie es nicht. Was haben wir denn da? Läuft die Tour de France
schon?» Golze sah zu den beiden Männern hinüber, die auf
Rennrädern über das Tankstellen-Gelände kurvten.

«Untermieter», sagte Adler.

«Untermieter, soso. Wir haben die Dame, bei der er war.»

«Wie war die denn so?» fragte Hajo lauernd.

«Na ja.» Golze blickte Irene an. «Wie die eben so sind. Nicht
schön, nicht häßlich. Er hatte gute Karten, war ja Kappenfest.
War ja praktisch inkognito da.»

«Und woran hat sie ihn wiedererkannt?»

«Woran? Na ja.» Golze blickte Irene an. «Da gibt es natürlich
immer ein paar Indizien in so einer Situation zwischen Prostitu-
ierter und Freier, an die man sich ...» Golze schluckte. «Ich
glaube, ich muß dann wieder. Habe ich übrigens schon erzählt,
daß wir jetzt den Schatzmeister von ‹Penuntia›, das ist der Karnevalsverein, auf dem Kieker haben?»

«Sag bloß», höhnte Adler, «warum denn?»

«Die hatten was miteinander, die Leiche und der Schatzmeister. Geld, Schulden, nicht gerade ein Pappenstiel.»

«Könnte man mit der Summe mehr als 10 Liter Sprit bezahlen?» fragte Irene.

«Aber dicke.» Golze blickte sie an und fragte: «Wo kann ich
denn mal ...?»

«Durch den Verkaufsraum und dann ...»

«Nein, nein, ich meine, die Dinger hier.» Unschlüssig hielt er
die Türverkleidungen in den Händen.

«Da hin», sagte Hajo. Golze stellte die Verkleidungen ab. Dabei fielen zwei kleine, mit Stanniol umwickelte Päckchen heraus. Golzes Hände waren mit einem Schmierfilm überzogen.

Er rieb sich die Hände, wobei er die Schmiere verteilte, lächelte: «Also dann. Ihr könnt mir Glück wünschen.» Bei der
Fahrt vom Gelände wäre er beinahe mit einem Radfahrer zusammengestoßen. Irene, Adler und Hajo sahen, wie Golze halb aus
dem Auto stieg und drohte. Der Radfahrer winkte ab und ra-
delte ohne Eile davon.

So aufgeregt hatte Roberta Bohnsack ihren Mann bisher ganz
selten erlebt. «Hier ist die Hölle los», rief er ins Telefon. «Alle

sind total durchgedreht. Jeder verhaftet jeden, jedes zweite Fenster ist rausgebrochen. Wenn du nicht aufpaßt, wirft dir einer mit einem Blumentopf die Rübe ab. Aber es sind kaum noch Blumentöpfe da. Der Krankenstand, Moment mal, Allensteich hat eine vorläufige Statistik erstellt . . .» Roberta Bohnsack hörte es rascheln. Sie blickte durch die Glasfront in den Garten. Aus der Küche drang der Geruch von zerlassenen Zwiebeln. «84 Prozent. Der Krankenstand beträgt 84 Prozent. Und weißt du, weswegen?»

Der Vierklang intonierte das Klopfen von Beethovens Haushälterin. «Klitzekleinen Moment, Liebling, ja? Es hat geläutet.» Sie öffnete die Tür. Die Männer trugen Jeans, Hemden und Sportmützen. Beide hielten Taschen in der Hand, und beide waren Schwarze.

«Schönen Gruß aus der Heimat», sagte einer lächelnd und nahm die Mütze ab. «Es ist soweit. Ein kurzer Check als Vorbereitung auf die Regenzeit.»

«Aber wir haben doch noch nicht mal Sommer. Das Unkraut ist doch noch gar nicht groß.»

«Die größten Dinge der Welt werden durch andere zuwege gebracht, die wir nichts achten, kleine Ursachen, die wir übersehen und die sich endlich häufen.»

«Na, wenn es so ist», sagte Roberta, «bitte sehr.» Sie wies auf den Garten. Die beiden grüßten und gingen ums Haus. Sie eilte zum Telefon zurück.

«88. Eben ist Allensteichs aktualisierte Statistik reingekommen. 88 Prozent», erzählte Bohnsack schockiert. «Alle Toiletten und Waschräume sind demoliert. Das war eine kollektive Panik. Keiner war mehr ansprechbar. Und das alles wegen der Blumenkiller.»

Die Schwarzen tauchten auf der Gartenseite des Grundstücks auf. Sie winkten Roberta durch die Glasfront zu, sie winkte zurück.

«Ach, Ulf», sagte sie, «du darfst das den Leuten nicht übelnehmen. Menschen mit schwarzer Hautfarbe strahlen nun einmal auf den ersten Blick etwas Fremdes aus. Weißt du noch?»

«Ist ja okay», entgegnete er, «aber die haben sich hier die Kleider vom Leibe gerissen, also unsere Leute. Und weißt du, warum?» Roberta mußte unwillkürlich lächeln, als sie sah, wie die Gärtner kleine Zerstäuber aus den Taschen holten und Pflanzen, Büsche sowie die prächtigen alten Bäume des Anwesens besprühten. «Weißt du, warum, Roberta? Weil die schwarzen Freunde mit Juckpulver oder was weiß ich ein Happening veranstaltet haben und groß rumtönen, daß sie Rache nehmen und daß sie Gift versprühen, weil unser Haus Gift herstellt, das sie in Kenia ihren Leuten über den Kürbis schütten, so daß sie krank werden oder daran eingehen. Sterben, meine ich.»

Auf den Gesichtszügen von Roberta Bohnsack war immer noch das Lächeln. Die jungen Männer tollten über den Rasen. Sie sprangen, lachten, wiesen sich gegenseitig auf irgend etwas hin. Einmal richtete einer den Zerstäuber gegen den Kollegen, der flüchtete mit grotesken Sprüngen. Auf den Gesichtszügen von Roberta Bohnsack war immer noch ein Lächeln. Doch das Lächeln fror ein, mehr und mehr.

«Wenn du mich fragst, ein Studentenulk», fuhr Bohnsack fort, «leider ein erfolgreicher. Irgendein Hully-Gully auf unsere Kosten. Wie wenn ein Laientheater seine Leute losschickt. ‹Zauberei›», er bemühte sich, das Wort verächtlich auszusprechen. «‹Rache der Dritten Welt an der Ersten›. Wenn ich das schon höre. Wie damals diese Eiferer im Seminar. ‹Internationalismus›, ‹Solidarität mit den Opfern des Kolonialismus›, meine Güte, was haben diese SDS-Leute rumgetönt. Das ist so ein richtiger verspäteter APO-Streich, was die heute bei uns abgezogen haben. Ich sehe die Schlagzeilen schon vor mir.»

«Ich auch», sagte Roberta und blickte mit ängstlichen Augen in den Garten. «‹Zwei Schwarze verseuchen den wunderschönen Garten des Verkaufsleiters der Reiher AG.›»

«Das fehlte ja noch», Bohnsack lachte müde. Dann ließ er den Tonfall seiner Frau in sich nachhallen und rief alarmiert ins Telefon: «Was hast du da eben gesagt?» Und als sie nicht gleich antwortete: «Roberta, Liebling, so sag doch was. Wie hast du das eben gemeint? Was ist los? Sind sie da? Sind sie jetzt bei uns? Unternimm nichts, begib dich nicht in Gefahr. Ich bin gleich da. Geh nicht aus dem Haus, hörst du?» Bohnsack warf den Hörer auf die Gabel. Er tat das mit so viel Schwung, daß der Hörer vom Telefon fiel und neben der hastig hingekritzelten Statistik von Allensteich liegenblieb.

Bohnsack stürzte die Treppen hinunter. Feuerwehr, Mobiles Einsatzkommando und gemeine Polizisten sammelten ihre Utensilien ein. Bohnsack stürzte durchs zerstörte Foyer nach draußen. *Die Ratten verlassen das sinkende Schiff.* Trübsinnig machte Allensteich, der Leiter der Stabsabteilung Planung einen Haken hinter Bohnsacks Namen auf der Liste.

So rücksichtslos hatte Roberta Bohnsack ihren Mann bisher ganz selten erlebt. Zentimeterdicht schrammte er mit dem Wagen an den Steinpfeilern des Zauns vorbei und bremste so abrupt, daß die Reifen über den Sand scheuerten. Da es seit Tagen nicht geregnet hatte, hing der aufgewirbelte Sand minutenlang in der Luft.

«Wo sind sie? Sind sie noch da?» Sie stand in der geöffneten Haustür und schwieg. Bohnsack stürmte durch den Flur in den Wohnbereich und eilte bis an die Glasfront. Wütend fummelte er an den Vorhängen herum, weil er wie gewöhnlich nicht gleich den Knopf für die Versenkung des Glasfensters fand.

«Sie sind weg», sagte Roberta tonlos. Die Glasfront senkte sich ab.

«Na los», murmelte Bohnsack ungeduldig. Als das Glas noch einen halben Meter hoch war, stieg er darüber hinweg. Er stürzte auf die Agaven zu, hielt vorsichtig die Nase an den Busch.

«Sei vorsichtig», ertönte Robertas Stimme hinter ihm, «vielleicht ist es giftig.»

Bohnsack eilte weiter zum Wacholder, befühlte die Nadeln. Dann ging er gefaßt auf die Blutbuche zu. *Wenn ihr der was getan habt, tu ich euch auch was. Das dauert hundert Jahre, bis die so ist.* Bohnsack betrachtete die Blätter. Er hatte das Gefühl, als ob ein dünner Film auf ihnen lag. Aber er war nicht sicher, das machte ihn aggressiv. «Was haben sie alles besprüht? Wie viele waren es? Kamen sie wirklich aus Kenia?»

«Besprüht haben sie bis auf mich und das Haus alles, was sich außerhalb des Hauses befindet. Zwei waren's. Ich würde sagen, es waren Kikuyu. Beide.»

«Das kommt alles sofort ins Labor. Nach der Analyse wissen wir mehr.»

«Glaubst du denn, hier tauchen tatsächlich Schwarze auf und besprühen uns mit Gift?»

Bohnsack blickte sie an. Auf dem Nachbargrundstück vergnügten sich Kinder im Swimmingpool; die Sonne schien angenehm warm und nicht drückend heiß; die Vogelwelt spielte eine Melodie dazu. Bohnsack blickte seine Frau an: «In meiner Eigenschaft als Realist würde ich sagen: Möglich ist vieles.»

«Und deine Branche war bisher nicht besonders zimperlich, wie?»

«Nein, war sie wohl nicht.» Plötzlich fühlte sich Bohnsack müde und zerschlagen.

«Da war ein Anruf, gleich als die beiden weg waren.»

«Sag schon.»

«Der junge Mann, der uns hinten draufgefahren ist. Er sagt, er will endlich den Wagen reparieren, aber er erreicht dich nicht.»

«Soll wieder anrufen», murmelte Bohnsack ohne Interesse. Dann ging er in den Garten und rupfte Blattwerk von Büschen, Pflanzen und Bäumen. Er hatte keine Augen für den Mann im Trenchcoat, der neben dem Wagen stand und nach einem letzten Blick auf Bohnsack ohne Eile fortging.

Die politischen Hörfunk-Magazine am späten Nachmittag waren voll mit den Vorfällen in Hamburg. Anfangs verdutzt, dann mit wohligem Vergnügen, hörten Millionen zu Hause und auf dem Heimweg, wie eine Panik in zwei Firmen zu absonderlichen Kollektiv-Reaktionen geführt hatte. Natürlich standen die in den Straßen herumirrenden Nackten im Mittelpunkt. Aber auch die «Vollbäder im Pissoir», wie es ein Reporter formulierte, waren nicht ohne. Die Wasserwerke registrierten am Ende der aktuellen Radiosendungen einen dramatischen Rückgang des Wasserverbrauchs. Diese Hemmung währte mehrere Viertelstunden, normalisierte sich dann recht zügig, erreichte jedoch bis Mitternacht nie den langjährigen Durchschnittswert.

Während die Pressestelle der Polizei auf Anfrage betonte, daß wahrscheinlich sechs Schwarze an der Aktion beteiligt gewesen seien, höchstens jedoch vierzehn, schwankten die Angaben bei

den unmittelbar Betroffenen in der Kaffeefirma und dem Chemiewerk zwischen 3 und 4¹. Das Polizeilabor prüfte bis tief in
die Nacht alle Proben auf die Natur des Giftes. Die Kranken-
häuser in der näheren Umgebung der betroffenen Firmen ver-
zeichneten starken Zulauf in Ambulanz und Bettenbelegung.
Nach 19 Uhr warf die größte Tageszeitung am Ort ihren Titel
«Die schwarze Rache schlägt zurück» aus dem Blatt. Im dritten Hörfunkprogramm hatte ein Kommentator eben diese
Formulierung benutzt. Nachdem sich jedoch der Chef vom
Dienst die durchschnittliche Hörerzahl der dritten Programme
besorgt hatte, wurde die Headline erneut ins Blatt gerückt. In
den Haupt-Nachrichtensendungen berichteten Angestellte der
Firmen sowie Polizeibeamte von ihren Erlebnissen. In den
Spätnachrichten erschienen erste Phantom-Bilder. Durch
einen technischen Fehler waren sie um mehrere Halbtöne zu
stark abgedunkelt. Es dauerte nur Sekunden, bis erste Hinweise aus der Bevölkerung bei den Polizeidienststellen einlie-
fen.

Während Rotationsmaschinen Millionen von Zeitungen
druckten, lagen Henry und Gabriel in einem ohnmachtsähnli-
chen Schlaf, den ein paar REM-Phasen nur unwesentlich auf-
hellten.

Am nächsten Morgen fühlten sie sich erfrischt und guter Dinge.
Der Kiosk-Pächter beim Studentenheim pflegte die Blätter un-
tereinander an ein Gerüst zu klammern und rechts und links ne-
ben seine Bude zu stellen.
**«Die schwarze Rache schlägt zurück», «Terror hinter Negermaske»,
«Schwarze Laubfrösche sprucken Gift und Galle», «RAF: Neue
Waffe Giftbomben»**
Einzig die kleinste Tageszeitung mußte wieder aus dem Rahmen
fallen.
**«Total-Rotation bei Fenstern und Fensterrahmen. Glaser im
Stress.»**

Henry und Gabriel kauften alle Zeitungen. Auf dem Flur begegnete ihnen Maggie. Sie ließ eine Zeitung hinter ihrem Rücken
verschwinden und verzog sich eilig in ihr Zimmer. Sie lasen sich
vor.

«Wahnsinnige unterwegs! Am bisher schönsten Frühsommertag des ganzen Jahres hätte 500 Menschen beinahe das letzte Stündchen geschlagen. Kurz vor 12 drangen zwei als Blumenboten verkleidete Banden in die Kaffeefirma Bohnemann sowie in das Chemiewerk Reiher im Zentrum der Stadt ein. Die Kommandos griffen die nichtsahnenden Angestellten mit mehreren Litern des hochgiftigen Unkrautvernichtungsmittels E 605 an. Egon W., einer der Überfallenen, mit noch schreckensbleichem Gesicht: ‹Auf einmal waren die da, und dann ging es auch schon los.› Egon W. ist für mindestens drei Wochen krankgeschrieben. Zwei Dutzend Angestellte der Reiher AG sprangen in Panik aus den Fenstern. Alle erlitten Stauchungen, Prellungen, Schürfwunden. Vier Beine brachen.»

Eine andere Zeitung:

«Alarmierende Meldung der Chemiker: Unter Umständen arbeiten die Terroristen mit einem bisher nicht bekannten Super-Gift. Während es schnell gelang, Rückstände von E 605 auf allen Grünpflanzen in beiden Firmen festzustellen, blieb die weitere Analyse bisher ohne Erfolg. Ein Polizei-Chemiker: ‹Wir rechnen mit dem Schlimmsten. Dann ist die Überraschung wenigstens nicht so groß.› Übersetzt man die diplomatische Formulierung, heißt das: AIDS, Pocken und Lepra haben Konkurrenz bekommen. Wenn die Internationale der Terroristen ein wahnsinniges Genie dazu gebracht hat, für ihre wirren Weltverbesserungs-Pläne ein bisher nicht bekanntes Super-Gift zu synthetisieren (herzustellen, die Red.), droht den Bewohnern unserer Stadt und allen Menschen in allen zivilisierten Staaten Gefahr für Leib und Leben. Nach diesem feigen Attentat ist nichts mehr wie früher. Dämme sind gebrochen. Warum haben die Täter ihre Gesichter schwarz geschminkt? Heißes Gerücht, das auf den Fluren des Polizeipräsidiums gehandelt wird: Es waren Schwarze.»

«Na?» fragte Henry lauernd. «Sieht nicht so aus, als ob irgendwer irgend etwas begriffen hat.» Mißmutig nahm er die nächste Zeitung.

«Pflanzengift in feinem Vorgarten – Die Besitzer eines Luxus-Bungalows im Elbvorort Othmarschen wurden gestern nachmittag Opfer eines mysteriösen Überfalls von zwei Schwarzen, die unerkannt entkommen konnten. Die Täter besprühten das Pflanzgut des geschmackvoll und teuer angelegten Gartens mit einem Stoff, dessen Analyse bis Redaktionsschluß nicht abgeschlossen war. Ein Chemiker: ‹Wir arbeiten eng mit dem Tropen-Krankenhaus zusammen.›»

«Nein, es sieht wirklich nicht so aus, als ob sie etwas begriffen hätten», sagte Henry und umrandete mit einem Kugelschreiber die Buchstaben r   a i und w

«Hier, das ist aber nett», rief Gabriel:

«D e G uen P nthe im L ndesve b nd H mbu g h ben dem Le te des h e- s gen Hö funk-Jugendfunks die Eh enm tgl edsch ft ve l ehen. Beg ün-

dung: ob ohl ku z vo dem Sp ung übe die Pens onsg enze, h be der us-
geze chnete bew esen, d ß m n ‹ uch b s ins fo tgesch ttene lte Jugend-
l chke t und Sp nnk ft e h lten› könne. Die G uen P nthe eisen usd ücklich d uf h n, daß de Beschluß übe d e Ve le hung de Eh enm tgl edsch ft
schon vo zehn T gen gef llen se . Ke nesf lls se e ls e kt on uf d e
T ts che zu ve stehen, d ß bes gte Hö funk-M nn vo zwe T gen   h-
rend e ne L ve-Sendung bei geöffnetem M k ofon e ngeschl fen se und
s ch e ne Pl tz unde obe h lb de l nken ugenb ue zugezogen h be.»

«Na, hoffentlich hat er ein gutes Heilfleisch», sagte Henry.
«Bei alten Leuten weiß man ja nie.»

Im weiteren Verlauf des Tages verließen sie das Zimmer nicht.
«Vielleicht liegt es am hiesigen Schulsystem», meinte Henry
nachdenklich. «Es ist gewiß besser, eine Sache gar nicht studiert
zu haben als oberflächlich. Denn der bloße gesunde Menschen-
verstand, wenn er eine Sache beurteilen will, schließt nicht so
sehr fehl als die halbe Gelehrsamkeit.»

«Sie brauchen vielleicht einfach nur länger», gab Gabriel zu
bedenken. «Wir müssen Geduld mit ihnen haben.»

«Parathion!» bellte Bohnsack den verschüchterten Chemiker
an. «Ich bitte mir ein Quentchen mehr Ernst aus. Die Lage ist
nun wirklich so.»

«Aber wenn wir doch nur E ...»

«Sie gehen mir auf die Nerven», sagte Bohnsack schneidend.

Parathion(-äthyl) hat unter
dem Handelsnamen E 605 traurige Berühmtheit erreicht. Parathion ist das bekannteste und in
größtem Umfang eingesetzte
Insektizid. Es wirkt als nicht-
systematisches Kontakt-, Fraß-
und Atemgift gegen Insekten,
aber auch gegen Spinnmilben.

«Sie könnten ja selbst ...»
setzte der Chemiker an. Seine
Eigenart, Sätze nach der Hälfte
abzubrechen, steigerte Bohnsacks Aggressivität.

«Tschuldigung,   Meister»,
sagte der Glaser. Er stieß Bohn-
sack fast um. Genervt sah der Verkaufsleiter den Handwerkern
zu, die neue Fenster einsetzten.

Wie Bohnsack so in einem bestimmten Winkel auf die Schei-
ben blickte, blendete ihn die Reflektion des Sonnenlichts. Das
Gleißen auf der Scheibe betäubte die Augen. *Schwarze und E 605.*
Roberta sagt, sie kamen aus Kenia. Du warst in Kenia. In Kenia haben

wir ein Werk. Rache. Rache wofür? Dafür? Dafür doch nicht. Wenn das alle machen würden ... wenn das nur ein Hundertstel machen würde ... wir könnten uns begraben lassen. Das wäre das Ende. Nein, nicht das Ende. Nur das Ende von unserer Art zu wirtschaften. Und zu leben. Schwarze. Und E 605. Der Glaser schloß das Fenster, das Glas wurde durchsichtig. Ernüchtert blickte Bohnsack auf das gegenüberliegende Kaufhaus.

«Geben Sie her», sagte er unwirsch zum Chemiker, «wenn man nicht alles selber macht.» Er zog die Anzugjacke aus, schnappte sich den erstbesten Kittel und scheuchte den Chemiker vom Stuhl.

Der Mann wurde Zeuge, wie Bohnsack die hohe Schule der chemischen Analyse zelebrierte. Souverän spielte er auf der Tastatur des vorbildlich ausgestatteten Laboratoriums. Zwischendurch bat er zwei Chemiker hinzu, die ihm assistierten und eigene Versuchsreihen durchzogen. Sie arbeiteten eine Stunde lang.

«Also E 605», sagte Bohnsack nachdenklich und zog den Kittel aus. – Ein Bergdorf im Hochland von Kenia, weitab von den Ausläufern des Tourismus an der Küste. Das Zentralkrankenhaus 30 Kilometer entfernt, eine Grundschule seit wenigen Jahren am Ort. Bohnsack und Roberta zu Gast bei der Lehrerin. Eine Dänin mit dem witzigsten Deutsch, das Bohnsack je gehört hat. Der Spaziergang durch das Dorf. Bohnsacks Stolz, daß er die Sprache beherrscht. Das ruhige Selbstbewußtsein der Bewohner. Und der alte Mann mit den Figuren aus Lehm. Die Guten – die, die Bohnsack für gut hält – stehen abseits auf dem Boden: Rinder, Elefanten, Ziegen, Affen. Sie interessieren den Mann nicht. Er wirft die anderen in den Sand. Das sind die, die Bohnsack für mißlungen hält, Entwürfe, Ausschuß. Der alte Mann wirft die Figuren, betrachtet sie, geht um sie herum. Der Ernst im Gesicht des Mannes. Die dänische Lehrerin will erklären, Bohnsack winkt ab. Sie zieht Roberta nach hinten, dort sprechen die Frauen, lachen. Bohnsack kommt nicht los von dem Mann. Nur einmal blickt der Mann von den Figuren auf. Ihre Augen treffen sich, Bohnsack gerät in die Defensive, der Mann entläßt ihn aus dem Blick, widmet sich den Figuren. Dann spricht er: «Es sieht nicht gut aus.» Hinterher hatte sich

Bohnsack geärgert, daß er nicht nachgefragt hatte, als der Mann hinzufügte: «Es sieht nicht gut aus. Ihr werdet die Erfahrung machen müssen.»

Heute meinte Bohnsack manchmal, daß die Sätze des alten Mannes einfacher gewesen waren. Vielleicht war es Bohnsack, der in die Worte des Mannes das Geheimnis hineingebracht hatte. Vielleicht konnte Bohnsack nicht einfacher denken, damals. Dabei war es sein Ziel, Gelassenheit zu erreichen, um berufliche Probleme, private Gefühle und grundsätzliche Wahrheiten auf eine Schnur zu ziehen. Bohnsack suchte noch nach den Fäden. Ihn beunruhigte nicht das Gift, er hatte einen viel schlimmeren Verdacht.

«Dann gratuliere ich auch», sagte der Chemiker zu Bohnsack.

«Wieso?»

«Na, wenn's Gift ist, kann man ja was dagegen tun.» Der Chemiker hatte richtig Farbe gekriegt.

Bohnsack blickte ihn fragend an.

«Gegengift, wir entwickeln ein Gegengift», sagte der Chemiker verschwörerisch.

«Quatsch», murmelte Bohnsack.

«Aber die Leute würden uns das aus den Händen reißen», klagte der Chemiker.

Bohnsack blickte aus dem Fenster.

«Da sind Sie ja endlich», rief Hajo und sprang auf.

«Wieso?» fragte Bohnsack, aus komplizierten Zusammenhängen aufgeschreckt, und blieb im Vorzimmer stehen.

«Der junge Mann bestand darauf, auf Sie zu warten», erklärte die Sekretärin entschuldigend.

Bohnsack blickte Hajo an. «Ach, deshalb.»

«Genau», sagte Hajo. «Nachher glauben Sie noch, ich bin einer, der Unfallflucht begeht.»

«Würde ich nie denken, Sie sind das genaue Gegenteil. Sie begehen Unfälle an denen, die nicht schnell genug fliehen können.»

Hajo lächelte verkniffen. *BMW-Humor, kenne ich. Finde ich ekelhaft. Doris findet ihn geil.* «Und jetzt? Jetzt wollen Sie mir meinen Wagen wegnehmen, und ich kann mit dem Roller nach Hause fahren? Oder wie?»

«Ach wo», sagte Hajo schnell. «Sie können meinen nehmen, natürlich nur, wenn Sie wollen.»

«Was bewegen Sie denn?»

«Einen Scirocco.»

Die Sekretärin bemühte sich nicht, ihr Kichern zu unterdrükken.

Bohnsack lächelte. «Lassen Sie gut sein. Ich arbeite ja in einem Stall, wo ich ohne Probleme an einen Ersatzwagen komme. Nehmen Sie meinen also in Herrgotts Namen mit. Hier . . .» Er zog den Schlüssel aus der Tasche, warf ihn Hajo zu. «. . . Steht auf dem Parkplatz in der besseren Ecke. Das ist die mit den Hundemarken vor jedem Platz.»

«Danke, vielen Dank», entgegnete Hajo, «in zwei Tagen haben Sie ihn wieder, garantiert picobello. Wie neu.»

«Das eilt nicht. Sie sind zur Zeit eines meiner kleineren Probleme. Ich darf mich empfehlen.» Bohnsack ging in sein Büro und hatte Hajo bis zu dem Moment vergessen, an dem er vor seinem leeren Parkplatz stand und mißmutig feststellen mußte, daß er heute keinen Firmenwagen mehr bekommen würde.

Was in diesen Tagen noch geschah: In allen Zeitungen erschienen aktualisierte Phantombilder. Danach war klar, daß tatsächlich Menschen und nicht Rinder oder Spiegelkarpfen die Firmen besucht hatten. Die Zahl der Hinweise überstieg die Zahl von 300. Ein Polizeisprecher bezeichnete einen bis zwei davon als hoffnungsvolle Spuren.

Gegen 11 Uhr vormittags weigerte sich am Taxi-Standplatz Goldbekufer ein Taxifahrer, einen schwarzen Fahrgast zu befördern. Der Schwarze, ein Doktorand aus Ghana, ließ sich nicht abwimmeln und bestand auf Beförderung. Als sich der Taxifahrer hartnäckig weigerte, bestand der Schwarze wiederholt darauf, den Grund für die Weigerung zu erfahren. Die Ärzte des Allgemeinen Krankenhauses Barmbek stellten bei dem Doktoranden eine Platzwunde an Stirn und Kinn sowie mehrere Risse an Hemd und Hose fest. Der Mann gab eine vorzügliche Beschreibung des Taxifahrers. Ein solcher Mann war jedoch bei den Kollegen am Halteplatz Goldbekufer sowie bei allen Funkdiensten der Stadt unbekannt. Auch die drei Fahrer, die zur Zeit des Zwischenfalls am Halteplatz gestanden hatten, konnten keine näheren Auskünfte geben. Nach übereinstimmender Aussage sahen sie in der fraglichen Zeit einem Angler am Goldbek-Kanal dabei zu, wie er seine Angel ins Wasser hielt.

Die Firmenspitze der Reiher AG informierte den Bundesverband der Chemischen Industrie über eine mögliche Klimaverschlechterung bezüglich des Images der chemischen Industrie. Daraufhin wurde in einer ad hoc einberufenen Sitzung beschlossen, eine Anzeige zur Pflege der Atmosphäre zu erstellen, die bei Bedarf kurzfristig regional und auch bundesweit geschaltet werden konnte. Innerhalb weniger Stunden zogen an allen Eingängen der Reiher AG sowie der Kaffeefirma Bohnemann Angestellte eines Wach-Unternehmens auf: übellaunige Männer, ausgestattet mit Box- und Karatekenntnissen sowie einem berstenden Selbstbewußtsein. Noch am selben Nachmittag mußte sich ein junger Angestellter von Bohnemann in ärztliche Behandlung begeben. Er hatte einen Wachmann nach dessen Aussage «dumm von der Seite angequatscht».

«Norddeutscher Rundfunk, guten Tag.»

«Guten Tag. Ich möchte bitte die Sendung sprechen, die bei Ihnen immer nachmittags läuft.»

«In welchem Programm?»

«Haben Sie denn mehrere?»

«Machen Sie die Leitung frei.»

«Warten Sie. Im Ersten. Erstes Programm.»

«Da läuft keine Informationssendung.»

«Dann im Zweiten.»

«Ich verbinde. Warten Sie.»

Eine Stimme forderte Henry in Deutsch und Englisch auf, Musik zu genießen. Beim Kirchenfunk war es ganz lustig, in der Sportredaktion litt der Sprecher wohl an Atemnot. Zwischendurch stellte ihn jemand zur Zentrale zurück, dann kam die Pressestelle, die von nichts wußte. Und dann hatte Henry einen Redakteur am Telefon, der zuständig war.

«Schnell», knurrte der Mann, «ich ersticke in Telexen.»

«Ich bin einer von denen, die die Kaffeefirma und das Chemiewerk besucht haben.»

«Na und?»

Gabriels Mund formte lautlos ein Wort, das Henry anfangs nicht begriff. Dann verstand er. «Ich bin ein Terrorist.»

Am anderen Ende fiel etwas um, Stimmen zischelten, ein Piep-Ton ertönte. «Moment», rief der Mann flehentlich. Es knallte, dann der Mann: «Wir sind soweit. Wer sind Sie?»

«Einer der Terroristen. Wir sagen Ihnen ein letztes Mal, was wir mit unserer Aktion beabsichtigt haben.»

«Warten Sie, warten Sie, wir sind gleich soweit. Jetzt. Bitte sprechen Sie. Langsam und deutlich. Eine Frage vorweg: Wie ist Ihr Name?»

«Der tut nichts zur Sache. Also ...» Und Henry erzählte dem Redakteur, was er und Gabriel seit Wochen den Menschen in der Stadt erzählt hatten. Der Rundfunk-Mann unterbrach ihn nicht, fragte erst am Ende:

«Ist das alles? Haben Sie Ihre Erklärung vollständig vorgelesen?»

«Wieso Erklärung? Ich habe nicht vorgelesen.»

«Natürlich, natürlich», sagte der Mann beflissen. «Und der Name?»

«Welcher Name?»

«Ich meine Ihr Kommando. Hat Ihr Kommando keinen Namen?»

Henry blickte Gabriel an, der mitgehört hatte.

«Ballaballa», flüsterte Gabriel und tippte sich gegen die Stirn.

«Deutschmann», flüsterte Henry zurück.

«Hören Sie noch?» rief der Redakteur aufgeregt. «Legen Sie nicht auf! Ich verspreche Ihnen, daß wir keine Fangschaltung gelegt haben.» In der Leitung knackte es ganz fürchterlich.

«Wir befürchten nichts», sagte Henry ärgerlich.

Im Radiobüro ging es drunter und drüber. Mehrere Kollegen waren damit beschäftigt, mitzuschreiben und Telefonleitungen zu schalten. Ein Techniker schnitt das Telefongespräch mit.

«Aber das Kind muß doch einen Namen haben», bat der Rundfunk-Mann fast kläglich. «Jedes Terror-Unternehmen hat einen Namen. Warum Ihres nicht? Bitte.»

Gabriel kicherte. «Also, wenn Sie darauf bestehen», sagte Henry.

«O ja, bitte, das wäre sehr freundlich.»

Henry blickte sich in der Zelle um. Hans-Dieter grüßte Renate und hatte seine Telefonnummer dazugeschrieben; Freizeit-künstler hatten alle As mit einem Kreis umrundet; diverse Taxi-Unternehmen baten um Anruf; mehrere Türken wollten oder sollten raus aus der Zelle; und Joe hatte seinen Schniepel hingemalt. Dann war da noch der kleine, amateurhaft gestaltete und an den Rändern weitgehend abgekratzte Aufkleber «Wir bewegen die Welt – und Ihre Möbel auch. Rufen Sie uns an. Wir fliegen für Sie aus. Umzugs- und Entrümpelungs-Unternehmen Adler Kühn».

«Also», sagte Henry, «Kommando. Kommando Flieg, Adler Kühn.» Henry war selbst überrascht. «Klingt doch gut, oder?»

«Wahnsinn», flüsterte der Rundfunk-Mann, der vor Begeisterung ganz heiser geworden war. «Wiederholen Sie bitte.»

«Gerne. Kommando Flieg, Adler Kühn. Haben Sie das?»

«Kühn mit h?»

«Selbstverständlich.»

«Mit h, aha, ist ja nicht zu fassen.» Der Rundfunk-Mann blickte sich im Büro um. Freudestrahlende, gutgelaunte Gesichter. Die Sekretärin warf ihm eine Kußhand zu. Zwei Kollegen hoben die Daumen zum Zeichen des Sieges. Der Techniker war mit der Qualität der Aufnahme zufrieden.

«Hallo! Hören Sie, sind Sie noch dran? Haben Sie genug Groschen?» Das Gesicht des Redakteurs glühte vor Begeisterung, als Henry antwortete:

«Was soll die Geschichte mit den Groschen?»

Ortsgespräch. Du bist ge-ni-al. Schlauer als die Polizei erlaubt. Haben die vom Privat-Fernsehen deine Nummer? Du mußt sie ihnen sofort stecken.

«Warum diesen Namen? Was wollen Sie damit sagen?»

«Ja, also ...»

«Gib mal her», sagte Gabriel und nahm den Hörer. «Hören Sie?» Der Rundfunk-Mann keuchte. *Noch einer. Es ist ja nicht zu fassen. Dieser Tag darf nie zu Ende gehen.*

«Flieg, Adler Kühn», sagte Gabriel, «das ist die Fortbewegungsweise des Aars. Die Welt muß noch nicht sehr alt sein, weil die Menschen noch nicht fliegen können.»

In Henrys Gesicht ging die Sonne auf. «Gib her», flüsterte er, nahm den Hörer und fügte hinzu: «Ein Kopf mit Flügeln ist doch immer besser als ein Herz mit Testikeln.»

«Mensch», sagte der Rundfunk-Mann verblüfft, «Sie haben ja recht. Das fällt mir erst heute auf. Wo habe ich bisher nur meine Augen gehabt?»

«Verhalten Sie sich nun entsprechend», forderte Henry ihn auf.

So muß sich ein Säugling fühlen, wenn die Nabelschnur zerschnitten wird.

«So», sagte Henry zufrieden. «Mehr können wir nicht tun. Wir geben ihnen noch 24 Stunden. Oder 48, und dann möchte ich einen Sinneswandel sehen.»

«Flieg, Adler Kühn», kicherte Gabriel, «allerliebst. Aber wahrscheinlich zu dick aufgetragen, was?»

«Würde ich auch denken», sagte Henry, «aber ich weiß nicht, was die denken.»

Der Hörfunk berichtete in epischer Breite über den Anruf der schwarzen Terroristen. Sie brachten das komplette Telefonat, reduziert lediglich um die Passagen, in denen der Rundfunkmann Zeit schinden mußte, um Kollegen und Technik zu alarmieren. Auch einige allzu beflissene und ein wenig dusselige Passagen fehlten. Das führte dazu, daß praktisch nur noch die beiden Anrufer zu vernehmen waren.

Schlagzeilen des nächsten Tages: «Die Ruhe vor dem nächsten Sturm: unerträglich»; «Hamburger, trinkt mehr Kaffee – jetzt heißt es, Flagge zeigen»; «Appell von Jimmy Hartwig: ‹Hanseaten, macht keinen Scheiß›»; «Sex-Skandal in Sauna: Schwarzer Konsul zerschoß mit Blasrohr aufgeblasene Präservative»; «Malermeister Benno Schwarz: ‹Ich kann doch nichts dafür› – Terroristen bedrohen die Existenz fleißiger Selbständiger».

Natürlich berichtete die Presse auch über das Telefongespräch mit den Terroristen: «Flieg, Adler Kühn! – Von der RAF zur Lyrik-Werkstatt»; «Flieg, Adler Kühn! – Tödliche Poesie»; «Flieg, Adler Kühn! – Sturzflug in den Massenmord».

Irene las die Schlagzeilen, als ihr Gelegenheits-Geliebter einem fliegenden Händler die Morgenzeitung abkaufte. Das war am Ende eines Zuges durch diverse Lokale. Er steckte das Blatt in seine Fischgräten-Jacke. Irene zog ihm, vor seiner Wohnungstür stehend, die Zeitung aus der Tasche. Danach hatte sie es sehr eilig, hineinzukommen.

«Brummel, brummel.»

«Adler? Hier Irene. Ich bin gerade bei einem, äh, Freund und sehe gerade die Zeitung von heute. Da ist ...»

In der Leitung knackte es. Irene starrte den Hörer an, wählte erneut.

«Immer noch nicht wach.»

«Adler, du Blödmann. Findest du das witzig, oder was?»

«Was?»

«Na, die Schlagzeile.»

«Vorlesen.»

«Flieg, Adler Kühn! Von der RAF zur Lyrik-Werkstatt.»

«Wo steht das?» Adler öffnete beide Augen. Irene nannte den Namen der Zeitung. «Wie spät ist es?»

«Nach sechs.»

«Dann schlafe ich jetzt aus und dann ...»

«Adler, das ist keine Alberei am WG-Küchentisch, das hier ist, ich weiß noch nicht, was es ist, aber es hat ein anderes Kaliber. Zieh dich an und komm her.»

«Was soll ich?»

«Oder ich komm zu dir.»

«Bist du denn schon fertig?»

«Womit?»

«Ich denke, du bist bei einem von deinen Kerlen.»

Mit wundem Herzen sah Irene zu, wie der Gelegenheits-Geliebte einen wunderschönen Frühstücks-Tisch bereitete. Auch der Raum war wunderschön. Weit und breit keine Autoreifen, Pirelli-Kalender und Rückbänke von ausgeschlachteten Pkws. Auf dem Weg in die Küche küßte er Irene zart auf die Haare. In diesem Moment kam ihr Adler wie ein Bauer vor.

«Also ich zu dir», sagte sie.

«Ich habe aber nichts zu essen im Haus.»

Düfte von Tee, Omelett mit viel Schinken, hausgemachter Brombeermarmelade und ein üppiger, bunter Blumenstrauß riefen ihr zu:

«Bleib, bleib doch.» Irenes Magen schloß sich diesem Wunsch voll inhaltlich an. Mit schlechtem Gewissen nahm Irene bei dem Geliebten ein schnelles Frühstück ein. Er war wunderbar einfühlsam und stellte keine Frage. *Ein bißchen interessierter könntest du ruhig sein.* An der Wohnungstür drehte sie sich um:

«Du hättest mich ruhig fragen können, wo ich auf einmal so schnell hin muß.»

Er lächelte. Lächeln war für seine Sätze das, was für einen Dieselmotor das Vorglühen ist. «Du wirst wissen, was du tust.»

«Klar weiß ich das», brummte Irene, als sie durch das aufwendig renovierte Treppenhaus eilte: «Ich lasse eine seltene Gelegenheit sausen, um einem asozialen Schmutzfinken ein Stück Dauerwurst fürs Frühstück zu kaufen.»

«Ach», stieß Irene hervor. Sie hatte nicht damit gerechnet, daß eine Frau ihr die Tür öffnen würde. Peinlich berührt, ließ sie die Fleischwurst hinter dem Rücken verschwinden.

«Komm ruhig rein», forderte die Frau Irene freundlich auf, «ich bin gleich weg.»

Im Badezimmer pfiff und sang jemand. *Typisch. Nach Monaten mal eine Frau auf der Bude, und schon tut er wunder wie locker.* Neugierig beobachtete Irene die Frau beim Schminken vor dem Flurspiegel. Die Frau behielt die Ruhe, das beeindruckte Irene. Adler kam.

«Wenn ich mal eben vorstellen dürfte: Roswitha, das ist Irene. Irene, das ist Roswitha. Adler ist Adler, aber wem sage ich das?» Einen Evergreen summend, setzte er sich an den Küchentisch.

«Tschüs», sagte Roswitha und verabschiedete sich mit einem Kuß auf die Wange. Adler, der nicht aufgestanden war, zog sie herunter und küßte sie auf den Mund.

Irene wäre am liebsten auch gegangen. Unwohl fläzte sie sich auf den Stuhl. «Mit deinem Appetit ist wieder alles in Ordnung, was?»

Selbstzufrieden mümmelte Adler eine Scheibe Pumpernickel mit seiner Leib- und Magenspeise: Fleischwurst. «Bedien dich», sagte er, «du weißt ja, wo die Sachen stehen.»

«Da», sagte sie und pfefferte ihm die Zeitung hin.

«Ah ja», reagierte er, als ob er eben erst wieder daran dachte.

«Lies aber bitte schneller, als du kaust. Ich habe heute nachmittag noch etwas vor.»

Adler las. «Nett, die Roswitha, wie?» fragte er, ohne aufzuschauen.

«Ganz gut soweit. Sparkassen-Angestellte?»

Er blickte hoch. «Sachbearbeiterin. Spedition. Südamerika–Europa.»

«Na, toll. Dann kriegst du jetzt ja immer ganz bunte Briefmarken.» Irene roch an der Fleischwurst.

«Kann ich mir nicht vorstellen, daß Neger durch die Stadt laufen und die Leute mit Gift angreifen», sagte Adler und schlug auf die Zeitung.

«Ach, Adler, du bist niedlich.» Irene beugte sich über den Tisch und küßte ihn auf die Wange. *Igitt, wie das riecht. Douglas-Drogerie. Und auf solchen Gestank fliegen Männer. Entwürdigend.* «Wenn wir dieses Geschreibsel mal von allem entkleiden, was Stimmungsmache und Verbiegung ist, was bleibt dann?»

«Dann bleibt nichts mehr.»

«Ja doch», entgegnete Irene genervt, «aber ein bißchen was bleibt eben doch: daß es Leute gibt, unter Umständen Afrikaner, die ein Anliegen haben.»

«Hatte ich gestern auch», sagte Adler, unverschämt grinsend. «Aber dann kam Roswitha, und jetzt habe ich kein Anliegen mehr. Bis zum nächstenmal.»

«Adler!»

Er verließ die Küche, kam mit einem Aktenordner zurück. «Kaffee?» fragte er und goß sich Kaffee ein.

«Danke, nein. Tee wäre nett.»

«Tee ist nicht da.» Er nahm einen Schluck und schlug den Ordner auf. «Rekapitulieren wir. Vor vielen Monden räume ich eine Wohnung leer und nehme dabei diverse Aktenordner in meine Obhut. Dein Söhnchen Tillman, dieses Abziehbild seiner Frau Mama, bringt die Seiten in die richtige Reihenfolge, und was lesen wir? Wir lesen den Namen des hiesigen Chemiewerks Reiher.»

«Das wäre erstens.»

«Das wäre erstens. Zweitens lesen wir heute in der Zeitung, daß – egal wer – zwei hiesige Firmen mit E 605 einnebelt: eine Kaffeefirma und ein Chemiewerk.»

«Reiher.»

«Reiher. Ich habe mich noch mal in den Ordner vertieft. Guck da», sagte Adler, der die ganze Zeit über geblättert hatte.

Die Meldung hatte nur zehn Zeilen. «Da lacht die Bohne. Importfirma und Großrösterei Bohnemann blickt auf zufriedenstellendes Geschäftsjahr zurück ...»

«Diese Meldung macht keinen Sinn», sagte Adler, «wenn sie nicht in irgendeinem Zusammenhang mit Reiher steht. Über Reiher erzählt uns der Ordner eine Menge. Über Bohnemann nur diese Meldung.»

«Und just diese Firmen beehren die – wer auch immer – mit ihrem Besuch», sagte Irene nachdenklich.

«Darf ich dich darauf aufmerksam machen, daß du gerade Roswithas Krümel vom Teller futterst?»

Irene schob den Teller von sich. «Mir fällt was ein. Im Winter habe ich doch mal zwei Schwarze von der Tankstelle mit in die Stadt genommen.»

«Ich erinnere mich dunkel.»

«Muß Februar gewesen sein. Vielleicht auch später.»

«Ja und?»

«Wir haben ein wenig geplaudert. Ich war ein bißchen neugierig, sie waren ein bißchen schweigsam. Aber eines wollten sie doch wissen: wo eine bestimmte Kaffeefirma sitzt und wo ein bestimmtes Chemiewerk.»

«Und ich soll jetzt die Namen raten», sagte Adler begeistert. Im Mundwinkel hing ein Stückchen Fleischwurst.

An diesem Morgen hatte Hajo nichts zu lachen. Es begann damit, daß der Fahrer eines Mittelklasse-Wagens nach dem Tanken einstieg und ohne zu zahlen vom Gelände fuhr. Später erhielt Hajo den Anruf eines Bekannten, der ihm im Vertrauen mitteilte, daß er Doris händchenhaltend mit einem anderen Mann in den Harburger Bergen gesehen habe. Eine Viertelstunde später war Hajos Unterlippe abgenagt. Dann kam der Taxifahrer. Adler und Hajo waren zu den Männern in den imitierten Lederjakken und mit der Bild-Zeitung zwischen den Vordersitzen stets betont korrekt. Dank Irenes Werbung und nachfolgender Mundpropaganda waren sie tatsächlich eine Anlaufstelle für Droschken geworden. Der Taxifahrer rangierte vor die Säule, nahm den Schlauch, erwiderte Hajos Gruß und begann zu tanken. Dabei blickte er sich auf dem Gelände um – und riß plötzlich den Einlaufstutzen so ungestüm aus dem Tank, daß ein Schwall Benzin auf den Boden und die Schuhe des Mannes spritzte.

«He, du da», blaffte er Hajo an, «komm mal her.»

Hajo hatte es nicht besonders gern, wenn jemand in diesem Ton mit ihm redete. «Irgendwelche Probleme?»

«Das wird sich noch herausstellen, wer die Probleme hat», fauchte der Taxifahrer und ärgerte sich über die vollgesauten Schuhe. «Was haben wir denn da?»

Hajo folgte seinem ausgestreckten Arm. «Norden, würde ich sagen. Nordosten.»

«Haha, wirklich sehr komisch. Ich meine das da.»

Hajo wußte nicht, was der Mann meinte. «Ich kann nichts sehen. Der Transit steht davor.»

«Den Transit meine ich.»

«Wieso?»

Der Taxifahrer holte eine Zeitung vom Vordersitz. «Und das da?» Hajo las die «Flieg, Adler Kühn»-Schlagzeile. Er wollte dem Mann die Zeitung aus der Hand nehmen. «Nichts da. Das ist meine Zeitung.»

«Aber ich verstehe nicht ...»

«Ich verstehe um so besser. Da», sagte er und warf Hajo ein Geldstück zu, «mehr ist es ja wohl nicht.» Hajo blickte auf 5 Mark. Der Taxifahrer stieg ein, kurbelte die Scheibe herunter: «War sowieso nicht, weil wir euch besonders sympathisch finden. War nur aus Nettigkeit für Kußmaul.»

Fünf Minuten später erschien Adler, er brachte eine Zeitung mit.

«Wie kommen diese Ganoven dazu, unseren guten Namen zu mißbrauchen?» rief Hajo aufgebracht. Der nächste Taxifahrer fuhr vor. Er zog eine Show ab und startete mit durchdrehenden Reifen. «Los», rief Hajo, «wir nageln sofort Schilder zusammen und stellen die an die Einfahrten. Nachher werfen uns noch mehr mit denen in einen Topf.»

«Wir könnten auch den Transit in die Garage fahren», schlug Adler vor.

«Daran habe ich gar nicht gedacht.»

«Siehst du. Und das ändert auch nichts am Prinzip.»

Hajo verstand nicht.

«Wie kommst du darauf», fragte Adler, «daß das Ganoven sind, die sich da zufällig so genannt haben wie wir?»

«Na ... na ...» haspelte Hajo.

«Weil's in der Zeitung steht?»

«Ja, natürlich. Die lügen sich so was doch nicht zusammen.»

«Im Radio haben sie es auch gebracht», sagte Adler.

«Im Radio? Um Gottes willen.» Hajo war ehrlich entsetzt. «Da müssen wir doch was gegen tun. Die machen uns ja kaputt.»

«Diese unbekannten Gift-Leute wehren sich auch gegen etwas.»

«Sagen die», entgegnete Hajo häßlich. «Was wollen die denn hier bei uns? Sollen sie doch bei sich zu Hause für Ordnung sorgen.»

Adler faßte Hajo an beiden Schultern und schüttelte ihn: «Junge, nun krieg dich mal wieder ein. Wir wollen doch nicht genauso hysterisch werden wie die anderen.»

Hajo blickte ihn mit brennenden Augen an. «In den Harburger Bergen», stieß er hervor, «Doris. Hand in Hand mit einem Kerl.»

Kurz vor 13 Uhr betrat ein junger Mann eine Filiale der Hamburger Sparkasse. Er zwang den Kassierer mit vorgehaltenem Zerstäuber, ihm 16000 Mark in eine Plastiktüte zu stecken. Auf dem Weg zum Ausgang besprühte der Mann das Grünpflanzen-Ensemble der Schalterhalle und verschwand mit unheimlichem Lachen. Eine unverzügliche Analyse des Sprühstoffs ergab H_2O mit Brombeersaft.

Sie klopfte nicht erst an, sie war gleich drin. Gabriel, aus schwerem Traum geschreckt, brauchte Sekunden, bis er sich orientiert hatte. Henry machte Licht. «Oh nein», rutschte ihm heraus, als er Maggie im urigen Nachthemd sah.

«Ihr müßt verschwinden», flüsterte die Studentin erregt.

«Du mußt verschwinden», stellte Gabriel klar.

«Sie wollen die Polizei holen.»

«Wer?»

«Welche aus dem zweiten Stock. Sie wollten das schon machen, als ihr gerade hier eingezogen wart. Wir haben sie damals noch besänftigen können. Das ging jetzt nicht mehr.» Maggies Gesicht ließ keinen Zweifel.

Sie sprangen aus den Betten, zogen sich hastig an. Henry fragte: «Was haben die denn gegen uns?»

«Beeilt euch. Ich glaube, der eine hat schon telefoniert.»

«Und du? Warum warnst du uns?»

«Och», sagte Maggie. Mehr sagte sie nicht. Sie brauchten wenig mehr als zwei Minuten. «Halt, nicht zur Tür raus. Nicht durch den Flur. Lieber durchs Fenster, Balkon und über den Rasen. Da sind auch weniger Laternen.» Maggie riß die Gardinen zur Seite, öffnete die Balkontür.

Sie eilten hinaus, warfen Koffer und Kanister auf den Rasen. Gabriel sprang. Henry wollte hinterher, besann sich, ging zu Maggie, nahm sie kurz und fest in die Arme und sagte: «Danke.»

«Haut endlich ab, ihr Finstermänner», flüsterte sie und bemühte sich zu lächeln. Aber sie weinte schon.

Adler führte Roswitha in seine Stammkneipe. Zwar fühlte sie sich in den Lokalen wohler, in denen sie mit ihren früheren Freunden verkehrt hatte und wo die Wirte ohne besondere Aufforderung Spesen-Quittungen ausstellten. «Aber neue Männer heißt neue Kneipen», lachte Roswitha und drückte Adlers Arm. Als ein Theken-Gespräch zeitweise politisch zu werden drohte, langweilte sie sich. Doch als es dann mit Geblödel und Würfelspielen weiterging, war sie guter Dinge. Draußen rollte ein Sommergewitter vorbei. Einige standen am Fenster und sahen den Blitzen zu. Als der durchnäßte Mann hereinstürzte, sprangen sie schimpfend zur Seite. Hajo nahm Kapuze und Regenhaut ab und sah sich suchend um.

Eine halbe Stunde später standen sie vor dem Transit. Die Stablampen beleuchteten die Reste des Wagens. Adler war schockiert, aber auch beeindruckt: «Die müssen doch eine Stunde lang auf das Ding eingeschlagen haben. Warum haben sie nicht ein Streichholz reingeworfen? Dann wäre die Sache ausgestanden gewesen.»

Sie hatten sich aus der Werkstatt geholt, was Hammer war oder sich zum Schlagen benutzen ließ. Der Wagen war schrottreif. Mit leuchtendem Orange hatten sie über eine Seitenfront die Worte «So geht es Terroristen» gesprüht. Die Dose lag vor dem Wagen. Adler kickte sie zur Seite.

«Wieso Terroristen?» fragte Roswitha, in deren Wagen sie gekommen waren.

«Ach Schatz», sagte Adler und spürte irritiert, wie sie sich seinem Versuch, sie zu umarmen, entzog. «Mußt du gar nicht ernst nehmen.»

«Als wenn ich es geahnt hätte», murmelte Hajo. «Ich bin ja eigentlich nur noch mal hergefahren, weil ich am Tag nicht dazu gekommen bin, am BMW zu arbeiten.» Hajo hatte sein Fahrrad nehmen müssen, weil Doris mit dem Scirocco unterwegs war. «Und dann dieses Scheiß-Gewitter. Es hat dermaßen gedonnert, daß ich dicht an die Kerle rangekommen bin. Die haben mich erst bemerkt, als ich vor ihnen stand.»

«Und du hast keinen erkannt?»

«Woher denn?» erwiderte Hajo ärgerlich. «Fremde Visagen. Die haben sich auch gar keine Mühe gegeben, sie zu verbergen. Der eine hat mich sogar noch geschubst. Hier ...» Er drehte den Arm, erst jetzt sahen sie den abgeschrammten Ellenbogen.

«Aber warum denn Terroristen?»

Adler erklärte Roswitha den Sachverhalt. Er war nicht mehr nur irritiert, sondern genervt, als es ihm wieder nicht gelingen wollte, sie zu berühren. Ärgerlich packte er fest zu und provozierte eine heftige Gegenwehr Roswithas. «Dann verpiß dich doch», sagte Adler bitter. «Lauf zu deinen Krawatten-Männern.» Adler mußte nur auf das Wrack des Transits blicken, um deprimiert zu werden. Er fühlte eine große Wut, und wußte nicht, gegen wen er sie wenden sollte. «Junge, du mußt dir trockene Sachen anziehen. Du zitterst ja», sagte er zu Hajo.

«Als wenn ich es geahnt habe», murmelte der.

«Komm, drinnen sind Klamotten.» Adler nahm Hajos Arm, dirigierte ihn Richtung Kassenraum. Nach ein paar Metern blieb er stehen. «Und du? Kommst du nicht mit?»

Roswitha blickte ihn verlegen an: «Du mußt mich verstehen», sagte sie, «aber es ist ...»

«Klar», unterbrach Adler sie spöttisch, «verstehe ich doch.» Er wartete, bis sie weggefahren war. Dann eilte er zum Transit, griff sich den Vorschlaghammer und schlug auf den Transit ein, immer und immer wieder. In der Tür des Kassenraums stand Hajo, eine Decke lag um seine Schultern. Das Gewitter war nach Osten gezogen. Wetterleuchten knipste in kurzen Abständen gleißende Lampen an. Kein Donnerschlag übertönte mehr die harten Hammerschläge.

Henry stellte sich an den Straßenrand und hielt den Daumen raus.

«Laß das doch», brummte Gabriel. Beide waren völlig durchnäßt. Henry ließ den Daumen draußen. 30 Meter vor ihnen schaltete der Fahrer des Feuerwehrwagens die Sirene ein. Henry ließ den Daumen fallen, Gabriel riß ihn zur Seite. Vier Feuerwehr-Züge rauschten über die dampfende Straße und spritzten Wasserfontänen nach rechts und links.

«Was will denn die Feuerwehr bei Regen?» fragte Henry konsterniert. Sie mutmaßten und kamen der Organisation bundesdeutscher Notdienste recht nahe. Minutenlang hatte der Autoverkehr geruht. Jetzt rutschten wieder vereinzelt Wagen über die Seenplatte. Kurz darauf hielt ein Taxi. Der Fahrer musterte sie ohne Sympathie. «Kommen Sie, Mann», lockte Henry, «wir sind naß, o. k., aber unsere Scheine sind trocken.»

«Eure Visagen gefallen mir nicht», knurrte der Taxifahrer, «mir wird so schwarz vor Augen.» Er fuhr rasant an, sie sprangen zur Seite.

«Ist dir klar, daß wir auf der Flucht sind?» fragte Henry, ohne den Blick von der Straße zu wenden.

«Ich habe Nomaden in der Verwandtschaft.»

«Wir müssen irgendwo bleiben. Wo sollen wir hin?»

«Ein Hotel. Eine Pension. Oder zur Polizei gehen. Dann kommen wir ins Gefängnis.»

Vor ihnen tauchte eine Station für S- und U-Bahnen auf. Sie gingen näher, standen vor vergitterten Eingängen. Gabriel rüttelte an den Stäben.

«Lassen Sie das, Sie!» rief eine Männerstimme. Ihre Augen suchten das Dunkel ab, sie gingen weiter. Hinter ihnen klirrte es, die Scherben der zersplitterten Flasche rutschten bis auf wenige Meter an sie heran. Irgendwo in der Ferne schlug ein Blitz ein.

«Das Wetter ist noch das Schönste an diesem Land», sagte Gabriel.

Sie wurden dann von einem Vertreter mitgenommen, dessen Kombi bis unters Dach Lexika und andere Nachschlagewerke füllten.

«Ich habe mich hinterm Deich verquatscht», erzählte er und gähnte ungehemmt. «Morgen früh oder heute früh stoße ich auf die Mainlinie vor. Mir bekommt das nicht, diese Lüttjen Lagen. Bißchen Wein, das wird mir guttun. Ihr habt in eurem Kanister nicht zufällig ein Schlückchen? Na ja. Schönes Wetterchen, wie? Kam von der Nordsee rüber, als ich losfuhr. Ich hatte es während der gesamten Fahrt über mir hängen. Wie im Zeichentrickfilm. Und die Donnerschläge. Als wenn es dir einen Reifen wegreißt.»

«Ein physikalischer Versuch, der knallt, ist allemal mehr wert als ein stiller, man kann also den Himmel nicht genug bitten, daß, wenn er einen etwas will erfinden lassen, es etwas sein möge, das knallt; es schallt in die Ewigkeit.»

Der Mann blickte kurz zu Henry hinüber. «Lichtenberg, 1742 bis 1799.»

Ihre Köpfe, wiewohl müde, enttäuscht und besorgt, wurden regelrecht zu dem Mann herumgerissen.

«Donnerwetter», sagte Henry anerkennend, «wissen Sie eigentlich, daß Leute wie Sie in diesem Land fast ausgestorben sind?»

«Das hat mir meine Frau auch gesagt, bevor sie mit dem Amtmann durchgebrannt ist. Liegenschafts- und Katasteramt, bodenständiger geht's wirklich nicht.»

«Trösten Sie sich», sagte Gabriel, ein Lexikon durchblätternd, «eine seltsamere Ware als Bücher gibt es wohl schwerlich in der Welt. Von Leuten gedruckt, die sie nicht verstehen; von Leuten verkauft, die sie nicht verstehen – Tschuldigung; gebunden, rezensiert und gelesen von Leuten, die sie nicht verstehen; und nun gar geschrieben von Leuten, die sie nicht verstehen.»

«Sie wollen nicht zufällig nach Süddeutschland?» fragte der

Vertreter. Das Hoffnungsvolle in seiner Stimme war nicht zu überhören.

«Wir sind hier noch nicht fertig», sagte Henry.

«Aber dann geht es wieder in den Süden, was?»

«Dann ja. Tief in den Süden. Aber erst dann. Die Deutschen schreiben die Bücher, aber die Ausländer machen, daß sie sie schreiben können.»

Zwischen Alster und Hauptbahnhof ließ der Vertreter sie raus. «Wollen Sie eins?» fragte er noch und reichte ein Lexikon durchs geöffnete Fenster.

«Hier», sagte Henry und tippte sich gegen die Stirn. Als ihm die Zweideutigkeit der Geste bewußt wurde, präzisierte er: «Wir haben es hier drin. Das unterscheidet uns von den Eingeborenen hier.»

«Das wäre mein Ruin», erwiderte der Vertreter, warf das Buch achtlos nach hinten, grüßte mit knapper Handbewegung und fuhr davon.

«Und nun?» fragte Henry trübe und blickte sich um.

«Die Fliege, die nicht geklappt sein will, setzt sich am sichersten auf die Klappe selbst», entgegnete Gabriel und nieste herzhaft.

«Man sollte Katarr schreiben, wenn er bloß im Halse, und Katarrh, wenn er auf der Brust sitzt», sagte Henry.

«Komm», forderte ihn Gabriel auf, «laß uns ein Dach überm Kopf suchen. Hier ist es mir zu windig. Ach, Henry, es sieht schlecht aus. Wir von Gottes Ungnaden, Taglöhner, Leibeigene, Neger, Fronknechte und so weiter.»

«Verzage nicht», tröstete Henry. «Schau, da geht es in die Unterwelt.» Sie stiegen in das Gewirr der unterirdischen Gänge hinab.

«Keinen Schritt gehe ich weiter», sagte Gabriel und starrte auf die unendlich langen Kachelwände. Henry zog ihn wortlos mit sich. Angewidert betrachtete Gabriel die riesigen Werbe-Plakate. «Arschwische mit Mottos», stieß er hervor. Sie schlurften deprimiert die kalt erleuchteten Gänge entlang. Im Hintergrund hing ein diffuses Rauschen. In einer geschützten Ecke lagen zwei schlafende Männer.

Plötzlich packte Henry seinen Freund am Arm. «Da!»

Gabriel sah es sofort: «Eine Tür in der Wand. Deutschland, Deutschland.» Sie traten näher. Die stählerne Tür stand zwei Hände breit offen. Von drinnen kam Licht, es erschien ihnen gelber als das Licht draußen.

«Öffentlicher Schutzraum», las Henry auf dem unscheinbaren Schild oben neben der Tür. «Das finde ich anständig. Ob das für die ist, die den Gang beim ersten Anlauf nicht schaffen?»

«Das würde mich wundern», entgegnete Gabriel und öffnete die Tür. Sie mußten sich nicht erst verständigen. Sie verhielten sich automatisch vorsichtig.

«Ich habe Bilder von deutschen Jugendherbergen gesehen. Sie sehen so ähnlich aus», sagte Henry leise. Sie standen in einem niedrigen, aber weitläufigen Raum, der nur deshalb so eng wirkte, weil dicht an dicht zahlreiche Etagenbetten standen. «Das ist doch ...» setzte Henry an. «Da sollte man doch gleich mal ...» Und er trat schnell vor die Tür und nahm den Dietrich an sich.

«Ich weiß nicht, wer vor uns hier war», sagte er beim Zurückkommen, «aber er tat es zum richtigen Zeitpunkt. Gabriel, wir haben eine neue Heimat.»

Henry schleppte ihre Utensilien zum nächsten Bett. Danach ließ er sich auf die Matratze fallen, wippte auf und nieder. «Aber», sagte Gabriel unzufrieden, «wenn wir hier unter der Erde festsitzen, kommen wir doch nie mehr zu ...»

«Sprich den Namen nicht aus», bat Henry flehentlich, «ich möchte den Namen nicht mehr hören, wenigstens einen Tag lang. Ich brauche das einfach zur Erholung. Es ging in den letzten Wochen um nichts anderes mehr.»

«Soll ich R sagen?»

«Sag R, und wir wissen, was gemeint ist: ein schwerfälliges, gefährliches Monstrum, das lange nicht einmal gemerkt hat, wie wir gegen es Sturm laufen. Ich hasse R.»

«Wir warten hier unten zwei, drei Tage ab, dann starten wir einen Großangriff. Den letzten – mit Feuer und Schwert. Der wird R aus den Angeln heben.»

Auf diese Weise machten sich Henry und Gabriel Mut. Sie redeten noch weiter über die Reiher AG und fielen danach in einen schweren Schlaf.

Rochus Rose wartete ab, bis die Atemzüge der Männer zehn Minuten lang gleichmäßig waren, dann löste sich der schweißüberströmte Mann vorsichtig aus dem Spalt zwischen Wäschespind und Wand und näherte sich Zentimeter für Zentimeter der Tür. Einmal drehte sich Gabriel schwungvoll um die halbe Achse. Mehr Panik-Anfälle erlitt Rose nicht. Es war ihm gleichgültig, ob einer der zahlreichen Passanten stutzte, als sich plötzlich die Tür eines Schutzraums für Katastrophenfälle öffnete.

Auf der Rückfahrt nach Ochsenzoll starrte Rose ununterbrochen auf das Fenster, doch er sah nichts. *Die Welt hat sich gegen dich verschworen. Du bist eben doch nicht verrückt. Du hast eben doch nicht zu viel Phantasie. Du hast recht. Du hattest immer recht. Du darfst jetzt keine Zeit mehr verlieren. Du mußt dir endlich Bohnsack schnappen.* Der Gedanke durchfloß Rose wie ein Wärmestrom.

«Post! Post für Rochus Rose!» Der Pfleger wedelte mit einem Brief. Rose schlitzte den Umschlag mit einer Feile auf. Das Blatt Papier trug Briefkopf und wenige mit Filz geschriebene Sätze, der Briefkopf stammte von einer Freien Tankstelle. Darunter stand:

«Lieber Herr Rose! Überlegen Sie es sich doch noch einmal. Sie werden draußen dringender benötigt als da drinnen. Sie können jederzeit zu uns kommen. Wir freuen uns.» Unterschrift Valentin Kühn.

Wüsthoff betrat den Raum, Rose ließ das Papier mit einer gleitenden Bewegung verschwinden. Der Arzt stellte sich vor die Plastik, die unglaubliche Ausmaße angenommen hatte. «Alfred, Alfred», sagte Wüsthoff, «ich verstehe nicht viel von Kunst. Aber ich verstehe ein bißchen von Statik. Und ich sage Ihnen: Ihr Werk ist bedroht. Nicht von der Ignoranz der Kritiker, sondern von der Macht der Schwerkraft.»

«Papperlapapp», entgegnete Alfred mit wegwerfender Handbewegung. Ehe Wüsthoff ihn daran hindern konnte, war er aufgestanden und hatte begonnen, mit beiden Armen an der Plastik herumzurütteln. Das über drei Meter hohe Gebilde schwankte bedrohlich. «Sehen Sie», rief Alfred munter, «wie ein Halm im Wind. Wie ein Baum. Ein Baum gibt nach, aber er fällt nicht.»

«Ich weiß nicht, ich weiß nicht», murmelte Wüsthoff von der Tür.

«Alfred hat Querverbindungen eingezogen», sagte Rose, «es hat jetzt mehr inneren Halt.» Vor einigen Tagen hatte er beim Klempner für den Torso seiner selbstgefeilten Pistole einen Satz Dietriche eingetauscht: Dietriche für Sicherheitsschlösser. Die Pistole war sofort Teil der Plastik geworden.

Während Wüsthoff beim Klempner ein Bewußtsein für die Gefahren seiner Arbeit zu wecken suchte, ruhte Roses Blick lächelnd auf den beiden. Einmal lächelte Wüsthoff zurück. *Schmeichel dich nur ein. An meine Unterlagen kommst du nicht heran. Original und Kopie: alles in Sicherheit, alles im Kopf.* Rose war zu der Überzeugung gekommen, daß Wüsthoff vielleicht gar nicht wußte, daß er ein Werkzeug des Konzerns war, eine willfährige, biegsame, rückgratlose Gliederpuppe mit Lachfalten. Er fühlte den Umschlag nahe am Herzen. *Der Konzern ist klug. Schritt 1: Zerstörung deiner logistischen Basis durch Vernichtung der Wohnung. Karin Drummer als Strohfrau. Schritt 2, vielleicht auch 1, auf jeden Fall alle Aktionen begleitend: Einlieferung des Feindes in die Nervenklinik und ununterbrochene Zufuhr von Drogen zur Ruhigstellung: lebender Toter. Doktor Wüsthoff als Strohmann. Schritt 3: Human Touch durch Auftritt von jungen Leuten, deren Aufgabe es ist, sympathisch zu wirken, Interesse zu heucheln und den Feind aus dem Mauseloch zu locken. Strohleute: Valentin Kühn und Irene ohne Nachnamen. Schritt 4: Zermürbung durch den Alltag. Jeder auf der Straße kann der Killer sein. Jede einlaufende U-Bahn kann die sein, die dir den Kopf vom Rumpf abtrennt. Auto ipso. Strohleute: Hamburger Bevölkerung. Nicht unsachlich werden: Hamburger Bevölkerung zwischen 6 und 80. Schritt 5: Der Konzern engagiert Schauspieler, die Schmierentheater spielen und ihn in der Öffentlichkeit als Opfer dastehen lassen. Fehler des Konzerns: Die Querverbindungen zu Bohnemann werden deutlich. Geniestreich des Konzerns: Die Schauspieler haben Talent. Unter Umständen Zusammenarbeit mit Detektiven und / oder Wüsthoff und / oder Karin und / oder Valentin Kühn und / oder Irene ohne Nachnamen und / oder Hamburger Bevölkerung zwischen 6 und 80. Ergebnis: Entdeckung des Verstecks im Atombunker. Schritt 6: Bohnsack als Sympathieträger. Bohnsack war in Afrika. Bohnsacks Verschwinden wird einen Auf-*

schrei hervorrufen. Aber Fehler: Bohnsack hat keine Kinder. Bohnsack hat nur eine Frau. Ohne weinende Kinder ist das nichts. Bohnsack ist die schwache Stelle, und du hast sie entdeckt: Das ist deine Stärke.

Rose lächelte Wüsthoff zu, den der Klempner in der Zwischenzeit wieder dicht vor die Plastik gelockt hatte. *Der Konzern, das sind Personen, Bohnsack ist ganz oben. Schnapp dir Bohnsack, in den Bunker mit ihm. Und dann soll er der Welt sagen, was der Konzern tut: Zahlen, Verbrechen, Vernichtung. Warte, warte noch ein Weilchen, dann kommt Rochus auch zu dir.* Rose lächelte nun geradezu überschwenglich. Wüsthoff freute sich, daß es dem Patienten so gut ging.

Am späten Abend fuhren Henry und Gabriel in die schwarze Diskothek. Als sie die Polizisten vorm Eingang sahen, drehten sie gleich wieder um.

«Falsch kombiniert, Freunde», rief ihnen ein Schwarzer zu, dem sie nach wenigen Metern begegneten, «die sind zu unserem Schutz da.»

«Wie das?»

«Bombendrohungen. Anonyme Anrufe dutzendweise, und vor zwei Tagen gab's 'ne mittlere Schlägerei.»

Sie drehten erneut um und begannen zu zechen, wurden schnell betrunken, tranken weiter und bekamen die zweite Luft. Gabriel bestand darauf zu tanzen, Henry sah ihm bei den Bewegungen zu. Er mußte sich bald abwenden, weil ihm übel wurde, wenn er sich auf bewegliche Punkte konzentrierte. Und Gabriel war sehr beweglich. Plötzlich erhielt er einen Schlag in den Rücken, der ihn nach vorn auf die Theke warf. Verdutzt blickte er in Irenes prüfendes Gesicht.

«Sie waren das nicht zufällig, oder?» fragte sie unsicher und doch aggressiv.

«Was war ich nicht?»

«Taxi. Ich suche den, der mir gerade stiftengegangen ist, ohne zu zahlen. Und ich werde ihn finden.»

Henry blickte Irene auffordernd an, er wartete darauf, daß sie ihn endlich erkannte. «Na? Klickt's da oben?»

Irene stutzte. Gabriel kam vom Tanzen zurückgewankt.

«Klar, die beiden Tramper vom Winter.» Irene strahlte: «Reiher, Bohnemann. Na, das ist ein Ding. So sieht man sich wieder. Wer gibt denn nun einen aus?»

«Willst du nicht deinen entlaufenen Fahrgast suchen?»

«Jetzt nicht mehr.» Irene erklomm den Hocker. Sie trug eine schwarze Lederhose und eine dunkelblaue Seidenjacke. Auf dem Rücken prangte ein stilisierter Adler. In den Krallen trug er drei Pfeile. Nach einem verstohlenen Blick auf den Bargeldbestand bestellte Gabriel.

Adler stand im Kassenraum und blickte nach draußen. Erneut beschlich ihn Wut über das süffisante Verhalten der Polizeibeamten, die sich den zerstörten Transit angeguckt hatten. «Also, ob wir die finden», hatte einer gesagt, «das kann, wie die Stimmung derzeit ist, praktisch jeder zweite gewesen sein. Beantragen Sie doch eine Namensänderung.»

Adler legte den zentralen Lichtschalter um. Alles Licht erlosch, bis auf die Nachtbeleuchtung. Im gleichen Moment schoß das Taxi mit solchem Schwung über die Bodenwelle hinter der Einfahrt, daß es den Wagen anhob.

«Guck mal, wen ich dir mitgebracht habe», rief Irene.

Adler roch die Fahne der Schwarzen. «Dauert es länger oder können wir hier im Stehen ...»

«Nun komm schon», sagte Irene drängelnd, «räum deine Reifen vom Sofa und spendier eine Runde Wein. Es wird eine lange Nacht. Wenn ich dir erzähle, wo die beiden ihre Klamotten gebunkert hatten, lachst du dich scheckig.»

Im gleichen Moment startete auf der gegenüberliegenden Straßenseite ein kleines schwarzes Auto. Roswitha fühlte sich traurig, aber nicht zu sehr. *Das wäre sowieso nichts geworden. Oder nur mit viel Anstrengung. Warum kompliziert, wenn's auch einfach geht.* Im Radio spielten sie Udo Jürgens. Das war einfach mehr Roswithas Ding. *Zwei Tage ausschlafen. Dann ist Wochenende. Dann orientierst du dich neu.*

Es wurde eine lange Nacht. Adler zeigte über Henrys und Gabriels Bunker-Versteck haargenau das Ausmaß an Verwunderung und Anerkennung, das Irene so guttat, als ob sie selbst auf diese Idee gekommen wäre. Anfangs ernährten sie sich von

Wein, Zigaretten und Schokolade. Gegen drei ließ Irene über Funk ihre Verbindungen spielen und bekam per Taxi vier Portionen Eisbein und Sauerkraut angeliefert. Gabriel wurde von einem Lachanfall geschüttelt, und auch Henry wollte anfangs nicht glauben, daß dieses Essen, von dem sie schon so viel gehört hatten, tatsächlich existierte. Gabriel reagierte mit kolossalem Durchfall. Die Schwarzen berichteten, ohne etwas auszulassen, von ihren Erlebnissen und Aktivitäten, seitdem sie in der Stadt waren, also seit März. Irene und Adler entschuldigten sich im Namen aller anständigen Menschen für die Übergriffe, die in den letzten Tagen geschehen waren. Sie berichteten über den geheimnisvollen Rochus Rose und seine Ermittlungen. Die vier verstanden sich, das lag nicht nur am Alkohol.

«Wahnsinn», sagte Irene schwärmerisch. «Ihr habt Mut, geil. Ich bewundere euch.»

Henry und Gabriel blickten sich an, blickten zu Adler. «Warum?»

«Warum was?»

«Warum bewunderst du uns? Was macht denn ihr, wenn euch Ungerechtigkeiten drücken?»

Adler mußte ganz dringend mal raus, Irene ließ ein gedehntes «Jaaa, wißt ihr ...» ertönen und war froh, als Adler zurückkam.

«Natürlich bleibt ihr hier», sagte sie kategorisch. Nicht nur die Schwarzen, auch Adler war überrascht.

«Aber viel Platz ist hier nicht gerade», brachte er ziemlich verzagt vor.

«Nichts da», trumpfte Irene auf. «Hier ist genug Platz. Es ist nur nicht besonders wohnlich.»

Unwillkürlich strich Adler über die Seitenlehne des Sofas.

«Und hier vermutet euch keiner. Das ist entscheidend», stellte Irene befriedigt fest. Gabriel fand zwar, daß es penetrant nach Benzin stank, aber das Argument mit der Sicherheit leuchtete ihm ein.

«Wunderschön», sagte Irene händereibend, «jetzt gehen wir alle in die Heia, und morgen besprechen wir das weitere Vorgehen. Jetzt sitzen wir ja direkt an der Quelle, was?» Neckisch stieß sie Adler gegen die Rippen.

«Ja, denn», murmelte Adler unschlüssig, nahm einen Karton

Rücklichter vom Stuhl und stand mit dem Karton herum. Irene kommandierte, rotierte, scheuchte die Männer. Nach zwanzig Minuten sah es im Aufenthaltsraum wohnlich aus.

Im Hintergrund begann Irene zu lachen. Sie hielt den Kanister mit den gekreuzten Bananen in die Höhe. «Wieso?» fragte Adler. «Ihr habt doch kein Auto, oder ...?»

Gabriel nahm ihr den Kanister ab. «Bitte Obacht, der Inhalt ist gewissermaßen tödlich.»

«Ist das das Gift? Wie habt ihr das bloß durch die Kontrollen am Flughafen gekriegt?» fragte Irene beeindruckt.

«Das war nicht schwer», erwiderte Gabriel. «Henry hat ihnen etwas vorgesungen. Henry, sing mal.» Und Henry sang:

«... Vor dem Krale sitzt der Häuptling,
und er nagt an einem Säugling.
Von dem abgenagten Knochen
tut die Frau dann Suppe kochen.»

An dieser Stelle fiel Gabriel in den Gesang ein:

«Umba umba assa umba umba assa
umba eeo eeo eehh.»

«Hört bloß auf», sagte Irene schaudernd, «ich finde euern Geschmack nicht besonders toll.»

«Unser Geschmack», rief Gabriel belustigt. «Euer Geschmack. ‹Negeraufstand ist in Kuba› heißt das Ding, aus einem Fahrten- und Jugendliederbuch.»

«So», sagte Irene eine Viertelstunde später, «da wären wir.» Angelegentlich blickte sie aus dem Taxi auf das Haus, in dem Adler wohnte. Adler beobachtete sie aufmerksam. Beide waren nervös und empfänglich für minimalste Vibrationen.

«Also dann», sagte Adler und spielte am Fenster-Heber herum, «dann gehe ich wohl mal.»

Sie blickte ihn kurz an, dann sofort wieder woandershin. «Ja, das mach mal. Morgen wird ein heißer Tag.»

«Also dann ...»

«Ist noch was?» fragte sie mit einer Mischung aus Erwartung und Bärbeißigkeit. Ihr Blick schüchterte ihn ein.

«Nee, nix. Sollte was sein?» Blicke hin und her.

«Warum fragst du mich? Ich frage dich.» Blicke vor und zurück. Adler spielte am Türöffner. Aus Versehen berührte er ihn zu fest, die Tür sprang auf. *Mist, verfluchter.* Sofort entspannte sich Irene und startete den Wagen. Adler schaute ihr nach, bis sie um die Ecke bog.

«Um Gottes willen», sagte Hajo mit flacher Stimme und legte eine Hand auf die Herzregion. Sein Puls hämmerte. Es war sieben Uhr. Hajo, der mit dem Frühdienst dran war, hatte aufgeschlossen und war in den Aufenthaltsraum gegangen. Das Telefon klingelte. «Pi-pi-pillau.»

«Hast es an der Blase, was?»

«Ha-hallo, Adler. Ich muß dir was sagen.» Hajos Stimme war leise und löcherig.

«Ich dir auch.»

«Aber ich habe etwas ganz Wichtiges ...»

«Und ich erst. Hör zu. Im Zimmer hinten dürften zwei schwarze Gesellen nächtigen, wenn sie noch nicht ausgeflogen sind.»

«Sag bloß.»

«Hast du sie schon ...?»

«In diesem Moment.»

«Na, dann laß sie schlafen. Die sind soweit ganz freundlich. Irene hat sie adoptiert. Und das kam so ...» Adler erzählte.

Hajos Puls kam vom Gipfel herunter. Als er das erste Mal über eine Bemerkung Adlers lächeln konnte, kam einer der Schwarzen aus dem Raum geschlurft und ging zur Tür. Er grüßte nachlässig, kratzte sich an der Brust, hielt die Nase in den Morgen und schlurfte zurück, wobei er murmelte: «Zu hell, viel zu hell.» Hajo atmete gerade aus, da erschien der Kopf des Schwarzen in der Tür: «Und zu früh. Viel zu früh.»

«Alles klar, Alter?» fragte Adler gähnend. «Ich hau mich wieder in die Falle. Ich bin überhaupt nur hochgeschreckt, weil ich dachte, nachher verjagst du die noch. Das muß ja nicht sein.»

«Nein», antwortete Hajo mit belegter Stimme, «das muß wirklich nicht sein.»

Die Frauen kicherten und stießen sich im Gehen mit den Armen an. Sie hatten die Hände voller Plastiktüten von Horten,

die sie durch das unterirdische Gänge-Viertel des Hauptbahnhofs in Richtung U-Bahn trugen.

«He, hallo, Sie», rief die mutigere von beiden, «Ihnen fällt
gleich das Baguette aus der Tüte.»

Der Mann im Trenchcoat stutzte, blickte sie an und verstaute
das Brot.

«Hausmann, was?» sagte die andere Frau beim Vorübergehen
neckisch. «Da sehen Sie mal, wie das ist.»

Rochus Rose näherte sich dem Eingang zum Schutzraum.
Ohne sich durch prüfende Blicke und Umdrehen verdächtig zu
machen, öffnete er mit Hilfe des Dietrichs die Tür. Drinnen begann er sofort, die Tüten auszupacken. Er hatte beim Einkauf
das Schwergewicht auf haltbare Lebensmittel gelegt. *So, Bohnsack, damit du mir nicht vom Stengel fällst.*

Ulf Bohnsacks Augenmuskulatur hatte seinem Augenarzt rund
zwei Drittel eines vierradangetriebenen Pkws finanziert. Der
Mediziner hatte in diesem Zusammenhang den Ausdruck
«Schnapp-Muskulatur» geprägt und war hochgestimmt in die
Fachliteratur eingedrungen, um herauszufinden, ob er unter
Umständen begriffsbildend gewirkt hatte. Bohnsacks Augen
neigten dazu, sich bisweilen nicht im Brennpunkt zu treffen,
sondern quasi auszuklinken und beide Augen zu Einzelakteuren
werden zu lassen. Es entstand dann der Eindruck von zwei Ein-
zelbildern. Beide Bilder waren mehr als die Hälfte, aber weniger
als das gewohnte Ganze. Bohnsack liebte diese Bilder. Er fühlte
sich in solchen Momenten, die nicht täglich, doch regelmäßig
auftraten, angenehm schläfrig. Heute vormittag erwischte ihn
die Extratour der Augen-Muskulatur vor einem der beiden Ba-
dezimmer-Spiegel. Roberta war bei der Ortsgruppe von Terre
des Hommes und konnte ihn nicht durch Liebkosungen oder
andere Störungen aus dem tranceähnlichen Zustand herausrei-
ßen. Die Ortsgruppe strickte Pullover für frierende Kinder in
der Dritten Welt.

Wie Ulf Bohnsack da vor dem Spiegel stand, sich gleichzeitig
sah und nicht sah, dicht bei sich war und auch nur Zuschauer
seiner selbst, dazu unausgeschlafen, bedrückt und urlaubsreif,
sprang ihn die Erkenntnis an. *Du mußt sie warnen. Du mußt alle*

warnen. Ein großes Unglück steht bevor. Du weißt es, die Überbringer des Unglücks wissen es, sonst weiß es niemand. Du hast ein Geheimnis mit diesen Gift-Menschen. Vielleicht bist du der einzige, der sie versteht. Das ist kein Terror, was die wollen. Da steckt mehr dahinter, und du blickst hinter den Spiegel. In diesem Moment leitete seine Augenmuskulatur die Wende ein. Bohnsack hatte wieder ein Bild vor Augen: Es war das Abbild des Alltags.

«Na, Egon, alter Schlaffi, was sagst du nun?» Irene hatte ihre Entertainer-Rolle der letzten Nacht wieder aufgenommen. Die Schwarzen, Adler und der Redakteur der alternativen Tageszeitung hatten sich auf die Sitzgelegenheiten verteilt. Hajo machte Dienst. Egon schleuderte seinen Pferdeschwanz auf den Rücken und drehte sich nach dem vielen Erzählen erst mal eine Zigarette.

«Was soll denn der bewirken?» fragte Henry, als ob Egon gar nicht anwesend wäre.

«Der soll die Kunde von eurer Tat in die Welt hinaustragen», erklärte Adler ohne besondere Zuversicht. «Nicht wahr, Egon, das sollst du doch?»

Egon leckte einmal hin und einmal her, hielt mit Kennermiene die bananenförmige Zigarette in die Höhe und bat um Feuer.

«Also, daß es die tatsächlich gibt», murmelte er, die Schwarzen musternd. Dann fiel ihm etwas ein. Vielleicht war es nach langer Zeit das erste Mal, denn es riß ihn beinahe vom Stuhl:

«Soll ich die mal fotografieren?» fragte Egon freudig erregt. Adler ärgerte sich, daß der Redakteur wie selbstverständlich Irene anblickte.

«Au ja, kannst du das denn?»

Egon machte eine eitle Handbewegung. «Aber lässig.» Er griff zur Minolta und machte sich wichtig an dem Gerät zu schaffen. «Das ist ein Fotoapparat», sagte er zu Henry und Gabriel.

Die Schwarzen blickten ihn fassungslos an.

«Ein Bild sagt mehr als tausend Worte», fügte Egon altklug hinzu.

«Wir brauchen natürlich einen neutralen Hintergrund», sagte Irene, «von wegen der Gefahr, daß die Schmiere eine Bildbefragung veranstaltet.»

Egon erklärte den Schwarzen, was sie unter «Schmiere» zu verstehen hätten.

Adler schlug die Seitenwand der Garagen vor. «Das muß ich mir natürlich erst ansehen», sagte Egon.

«Natürlich», äffte Adler ihn nach. Beim Hinausgehen klopfte Egon ihm freundschaftlich auf die Schulter. Adlers Hand zuckte.

«Ach, ist das schön», sagte Adler und genoß den Anblick von drei gleichzeitig tankenden Wagen. Im Hinterkopf hörte er das Geräusch einer Registrierkasse.

«Hinten rum», flüsterte Irene aufgeregt. Hajos und Adlers Blicke trafen sich. Hajo tippte gegen die Stirn.

Die Wand neben Garage Nr. 7 paßte Egon nicht. «Da ist ein Riß», mäkelte er. «Der macht mir die ganze Symmetrie kaputt. Das ist kein Kinkerlitzchen, müßt ihr wissen. Otto Steinert hat auch immer gesagt, daß ...»

Während Egon erzählte, was Otto Steinert immer gesagt hatte, führte Adler die Gruppe zur Wand neben Garage Nr. 1. Dort stand ein Fahrrad, Adler stellte es zur Seite. Im gleichen Moment schob jemand von innen das Tor mit solcher Wucht zur Seite, daß alle einen Schreck bekamen.

«Hallo, Krausi», sagte Adler überrascht.

Krausi rieb sich die Augen. «Was soll denn dieser Volksauflauf hier?» fragte er ungnädig. Sein harscher Tonfall irritierte Adler.

«Mußt dich nicht aufregen. Kleiner Foto-Termin.» Er wies auf die Schwarzen.

Krausi sortierte die Szene. Plötzlich wurden seine Augen ganz groß. «Aber das Rad kommt nicht mit drauf», sagte er hastig und schob das Rad in die Werkstatt.

Egon dirigierte die Schwarzen in eine Position, die ihn zufriedenstellte. Dann drückte er mehrmals auf den Auslöser.

«Warum pennst du denn bei euren Rädern?» fragte Adler.

«Termine, die Termine, kennst du doch sicher», antwortete Krausi und schlug einen kumpelhaften Ton an.

Plötzlich fühlte sich Adler ziemlich mies. *Hier stinkt doch was, du Backpfeife. Du lügst doch.*

«Alles *roger*», rief Egon.

Während der Redakteur, seine Minolta streichelnd, von dannen zog, bestieg Krausi einen Wagen, der hinter den Garagen stand. Adler blickte ihm hinterher. *Ein Alfa, sieh mal an.*

Als Egon fast die Redaktion erreicht hatte, kam im Radio die Meldung durch, daß der ältliche Jugendfunk-Chef des Hörfunks angekündigt hatte, in einer Badeanstalt vom Zehn-Meter-Brett springen zu wollen. Er wolle damit allen süffisanten Bemerkungen bezüglich seiner Eignung und Spannkraft entgegentreten.

«Und jetzt zeige ich euch was ganz Feines», sagte Irene vergnügt.

Sie führte sich an diesem Abend wie ein Zeremonienmeister auf. Befremdet spürte Adler, daß die Schwarzen ihre Show offensichtlich genossen. Während Irene draußen war, hatte Adler Mühe, ein Thema zu finden, über das er mit den beiden sprechen konnte. Es entstand eine Pause, die Adler als peinlich empfand.

«Hier», sagte Irene triumphierend und ließ den Aktenordner auf den Tisch fallen.

Die letzten Meter legte er mit einer Vorsicht zurück, bei der ihm rund um den Kopf angebrachte Augen und mehrere Zusatz-Paare Ohren gute Dienste geleistet hätten. Um seine Verfolger zu verunsichern, hatte er am Hauptbahnhof die U-Bahn verlassen. Nach dem Fußmarsch von fast einer Stunde schwitzte Rochus Rose am ganzen Körper. Er hatte auf dem Weg einige Male das Gefühl gehabt, daß es ihm die Luft abdrückte. Dann hatte er beide Arme nach außen gewinkelt und die Abwesenheit von Wänden und enger Kleidung genossen.

Der Anblick der Tankstelle ließ ihn zurückzucken. Um Zeit zu gewinnen, passierte er sie auf der gegenüberliegenden Straßenseite und bog an der nächsten Querstraße rechts ab. Befriedigt registrierte er die Abwesenheit von Unsicherheit, Furcht, Panik. Er wollte es wissen, wollte seinen – wenn auch schon äußerst festgefügten – Verdacht zur Gewißheit härten.

Rose näherte sich der Tankstelle von hinten. Er sah einen schwitzenden Mann von etwa Vierzig, der, neben dem Reifenstapel stehend, urinierte. Sein anfangs verbissener Gesichtsausdruck wich zunehmender Zufriedenheit. Der Mann bemerkte Rose nicht, sonst hätte er zweifellos weniger selbstvergessen abgeschüttelt und eingepackt.

Rose umging die Rückseite der Garagen und sah das Fenster des Aufenthaltsraums schon von weitem.

«Das ist eine gute Arbeit», sagte Henry anerkennend und überließ Gabriel den Ordner.

«Wie kommt der Mann dazu? Woher weiß er?»

«Ich beknie den seit Wochen, aus seinem Mauseloch rauszukommen, damit ich endlich mehr erfahre», antwortete Irene mit tragischer Betonung. «Er weigert sich. Aber ich habe guten Grund zu der Annahme, daß er sich bald anders besinnt. Adler, könntest du vielleicht mal das Fenster schließen? Es kommt doch nur Hitze herein.» Adler stand auf, schloß das Fenster.

Rose schnellte nach vorn, preßte sich an die Wand. Das Fenster wurde geschlossen, dann war Ruhe. Ein schneller Rundum-Blick: Niemand war aufmerksam geworden. Rose näherte sich dem Fenster, holte Atem und schob seinen Kopf vor das Glas. Ab der folgenden Sekunde übersetzte etwas, das in Roses Körper Gastrecht genoß, dem schockierten Mann die Signale, die seine Augen aus der Welt in den Kopf transportierten. Die Frau, die ihm schön getan, und der linkische Mann, dessen brachialen Charme er rührend gefunden hatte, saßen mit den von aller Welt gesuchten schwarzen Terroristen zusammen und blätterten in einem Aktenordner. *Alle auf einem Haufen! Lachen. Oh, was für ein schlechter Film: eine miese Kaschemme, weitab vom Schuß.* Dann erkannte Rose seinen Aktenordner. *Und auch das! Sie haben deine Wohnung leergeräumt! Sie haben es nicht einmal für nötig gehalten, dich zu belügen. Sie glauben, sie haben dich im Sack. Konzern-Agenten! Warum ist Bohnsack nicht hier? Sie wollen dich kaltmachen. Oder dir einheizen. Weiß und Schwarz spielen Schach. Und du, du sollst der Bauer sein.*

Wie von einem Steckschuß getroffen, schritt Rose, sich nicht ums Entdecktwerden kümmernd, um die Garagen herum. *Fahrn, fahrn, fahrn auf der Autobahn.* Er nahm den BMW, der

Schlüssel steckte. Ein junger Mann stürzte aus einer der Garagen und wollte sich Rose in den Weg stellen. Er rief etwas, gestikulierte wild, schrie, drohte mit geballter Faust.

Rose kümmerte sich einen Dreck um Regeln, Vorfahrten, Autos, Radfahrer und Fußgänger. Er mähte eine breite Spur zur Seite spritzender Wagen und Menschen durch die Stadt. Flüche und Vogelzeigen begleiteten seinen Weg. Zweimal kam Rose ins Schleudern.

«Sie sind doch balla, balla!» schrie ein aufgebrachter Autofahrer. «Sie gehören doch nach Ochsenzoll.»

In Ochsenzoll gelang es ihm noch, den Wagen zu verlassen. Dann brach der große Mann zusammen. Zwei Pfleger waren nötig, um ihn ins Bett zu bringen. Rose, dessen Geist herumwaberte, fühlte den Einstich der Nadel. *Haldol tut wohl.*

«Der hat den BMW geklaut», stieß Hajo voller Entsetzen hervor.

Adler sprang auf: «Das hatten wir ja bisher noch nie. Wer denn?»

«So ein Kleiderschrank mit stierem Blick. Der hätte mich glatt breitgemangelt, dieser Verrückte.» Hajo ließ sich auf einen Stuhl fallen. «Und dann ausgerechnet den BMW. Wie soll ich dem das bloß beibringen? Der zeigt mich doch an.»

«Könntet ihr das nicht draußen ...?» sagte Irene nervös.

«Du bist ja so mies», erwiderte Hajo bitter und ließ sich von Adler hinausführen.

Drinnen plante Irene die nächsten Schritte: «Die Wahrheit muß ans Licht. Ihr müßt von eurem Terroristen-Image weg. Also, Mobilisierung der Öffentlichkeit, Medien, Organisationen, Demonstrationen, Resolutionen.» Jedes Wort bekräftigte sie mit einem Faustschlag auf den Aktenordner.

Gabriel kramte im Koffer. «Da», sagte er, «Lupe, Flamingo, Diktiergerät, Kugelschreiber, Brieföffner, Bild.» Henry begleitete jedes Wort mit einem Faustschlag.

«Sehr nett», sagte Irene leichthin, «aber eure Souvenirs können wir uns später angucken. Dazu ist jetzt keine Zeit.» Adler kam zurück.

«Ich habe die Sachen herausgeholt, weil es jetzt an der Zeit ist», sagte Gabriel.

«Voodoo, was?» Adler hatte einfach ins Blaue hinein getippt. Die Schwarzen blickten ihn ernst an.

«Nein. Wir rufen die Geister unserer Ahnen», erklärte Gabriel. «Und das hier sind unsere Fetische.»

Ach du Scheiße, die glauben noch an den Medizinmann. Außenrum feinsten Zwirn auf der schwarzen Haut, aber darunter den Bastrock.

«Also», sagte Irene, die Probleme auf sich zukommen sah, «das tun wir jetzt am besten alles wieder in den Koffer, einverstanden?»

Sie schüttelten den Kopf.

«Aber ich habe euch doch gesagt, was als nächstes zu tun ist», rief sie verzweifelt. «Adler, nun sag doch auch mal was.»

«Stimmt schon. Hat sich eigentlich bewährt, so vorzugehen.»

«Wir machen es jedenfalls auf unsere Weise», sagte Gabriel und berührte vorsichtig die Gegenstände.

«Das ist doch Schnickschnack», rief Irene, griff den Kugelschreiber und hantierte, während sie weitersprach, mit ihm herum. «Schwarze Magie? Kalter Kaffee. Leute, wir haben Ende 20. Jahrhundert. Weswegen ihr hier seid, das sind supermoderne Erzeugnisse der chemischen Industrie. Wir besprechen hier keine Warzen.»

«Denk an deinen Heilpraktiker», warf Adler ein.

Sie schoß einen wütenden Blick ab. «Also wirklich», erregte sie sich, «ihr müßt uns schon glauben, daß wir wissen, wie man diese Sache aufzieht. Hiermit», rief sie und fuchtelte mit dem Kugelschreiber herum, «hiermit lockt man keinen Hund hinter dem Ofen hervor.»

Gabriel saß schon eine Weile da und summte eine einfache Melodie.

Irene hatte immer stärker an dem Kugelschreiber herumgebogen, das Gehäuse knackte vernehmlich. In diesem Moment brach der Pfahl, mit dem Friedemann Milz, Direktor der Kaffeefirma Bohnemann, im letzten Herbst den überhängenden Ast der prächtigen Trauerweide auf seinem Grundstück abgestützt hatte. Der Pfahl brach mit trockenem Splittern, der zentnerschwere Ast der Weide schwang nach unten und zerschlug dem gerade in diesem Moment unter dem Baum hindurchgehenden Milz den Oberarm.

«Erlaubt, daß wir es nach unserer Art machen», sagte Henry und nahm Irene vorsichtig den kaputten Kugelschreiber aus den Händen.

«Aber ...» wollte Irene wieder anfangen.

«... Wir wollen darüber nicht diskutieren», sagte Henry verbindlich. Irene war eingeschnappt.

Polizei kam, um den Diebstahl des Pkws aufzunehmen. Adler brachte die Schwarzen in Garage Nr. 1 und fragte Heino:

«Darf ich die beiden so lange bei dir abstellen, bis die Grünen wieder weg sind?»

Heino fiel beinahe der Taschenrechner aus der Hand. Er schoß vom Stuhl hoch, seine Stimme knisterte vor Erregung:

«Mensch, wieso denn Bullen?» Unauffällig brachte er die Unterlagen in Sicherheit, nach denen Henry den Hals verdrehte.

«Auto geklaut», sagte Adler betrübt. «Ist nicht gut für den Ruf. Aber der ist ja sowieso versaut.»

«Das ist mein Sohn Till. Till, das sind Henry und Gabriel. Wir haben die beiden im Winter schon mal getroffen.» Irene schob das Kind in den Aufenthaltsraum.

Till beäugte die Schwarzen mit großen Augen. Schweigend umrundete er sie und ignorierte alle Anbiederungsversuche. Sie ließen ihm die Zeit, die er brauchte. 20 Minuten später saßen sie zusammen am Tisch, und Till erklärte auf seine immer etwas umständliche Art die Spielregeln von «Mau Mau» und «Schwarzer Peter».

Als die fremden Männer sich gelehrig zeigten, faßte Till Vertrauen und rückte mit seiner Meerschwein-Geschichte heraus. Henry und Gabriel drängelten sich nicht danach, aber einer mußte es machen. Als Gabriel das nächste Spiel vergeigte, nahm er es als Zeichen.

«Paß mal auf, kleiner Mann.» Er räusperte sich. Till hörte hingebungsvoll zu.

«Das ist so.» Gabriel räusperte sich. Till organisierte ein Glas Brause.

«Danke. Also, du weißt doch, es gibt Tiere, die fressen Gras.»

«Meerschweine», sagte Till eifrig.

«Und es gibt Tiere, die fressen Fleisch. Löwen zum Beispiel.»

«Adler auch.»

«Und dann gibt es Tiere, die fressen andere Tiere nur dann, wenn sie noch lebendig sind.»

«Warum denn das?»

«Die sind eben so, die brauchen das. Schlangen brauchen das.»

Gabriel machte eine Pause und gab Till Gelegenheit, die Zusammenhänge zu erkennen. Fasziniert sahen die Schwarzen zu, wie sich auf Tills Gesicht der gesamte Erkenntnisprozeß von Ungläubigkeit über Nicht-wahrhaben-wollen bis zur Lösung abbildete.

«Und ihr meint . . .» Till brach ab.

Irene wunderte sich später, warum ihr Sohn im Gegensatz zu früher nicht mehr darauf bestand, wenigstens alle zwei Wochen in den Zoo zu gehen.

§2 des **Tierschutzgesetzes** *schreibt eine gesunde und artengerechte Ernährung vor.*

Riesenschlangen *werden mit Mäusen, Ratten und Meerschweinchen gefüttert. Das Töten der Futtertiere durch Erdrosseln geht unglaublich schnell, wenn die Schlangen Platz zum sicheren Zustoßen und Legen der Schlingen haben. Hält man den Riesenschlangen das Futtertier mit einer langen Pinzette so vor, daß sie beim ersten Zustoß sofort den Kopf zu fassen bekommen, so beschleunigt man den Vorgang des Würgens und Schlingens.*

Irene hatte eine Tour nach Altona und nutzte die günstige Gelegenheit, um in der Redaktion der Tageszeitung vorbeizuschauen. Sie sah Egon schon von weitem. Er stand mit einer Gruppe junger Leute vor dem Leuchttisch und betrachtete eine Menge Fotos.

«Egon, Egon», sagte der dienstälteste Redakteur, «wenn dein Auftrag gewesen wäre, Neger im Tunnel zu knipsen, würde ich sagen, du hast ihn phantastisch gelöst. Aber so.»

Alle Bilder waren schwarz, schlicht und einfach schwarz.

«Aber hier», sagte Egon, griff ein Foto und hielt es gegen das Fenster, «wenn man genau hinguckt, da ist was drauf, kein Zweifel.»

Henry (■) und Gabriel
Foto: Egon

«Sind das die Bilder, die du bei uns gemacht hast?» fragte Irene bestürzt.

«Ich begreife das nicht», murmelte Egon bekümmert. «Ich habe alles so gemacht wie immer.»

«Eben», sagte eine Frau. Sie umarmte Egon: «Komm, Junge. Die Welt ist voller Motive.»

Während sich alle vor Lachen ausschütten wollten, verließ Irene die Redaktion.

Um sich abzulenken, drehte sie das Radio bis zum Anschlag. Auf Höhe eines Lattenkamp-Freibades winkten ihr zwei Männer aufgeregt zu. Zwischen ihnen stand ein älterer Herr im Bademantel, der schlapp und zusammengefallen wirkte. Irene drehte die Musik leiser. Die Männer bugsierten den älteren Herrn auf den Rücksitz.

«Sie», sagte Irene, «ich habe nichts dagegen, Ihren Herrn Vater zu fahren. Aber der tropft doch.» Tatsächlich hatte sich um die türkisfarbenen Plastik-Badelatschen des Seniors eine kleine Pfütze gebildet.

«Schnell», sagte einer der Männer, dessen Stimme Irene bekannt vorkam, «sofort ins nächste Krankenhaus. Er ist mit dem Kopf so unglücklich aufs Wasser gefallen, daß er sich das Gehör verstaucht hat. Oder wie das heißt.»

Währenddessen öffnete der Alte immer wieder den Mund, sagte «Aah» und «Ooh» oder «Papp», schloß den Mund und begann von vorn.

«Druckausgleich», sagte der dritte Mann. «Ich bin nämlich Wissenschafts-Redakteur, müssen Sie wissen. Druckausgleich.»

«Sie kommen nicht mit?» fragte Irene.

«Ob Sie wohl so nett sind und allein …?» sagte der Jüngere, nestelte einen Fünfzigmarkschein aus der Hose und verlangte eine Quittung. «Ich muß natürlich gleich ins Funkhaus.»

Sie eilten davon, Irene lehnte sich nach hinten und betrachtete den alten Mann, wie er, «Aah» und «Ooh» und «Papp» sagend,

172

traurig auf der Rückbank hing. «Geht's denn wieder?» fragte sie. Er lächelte sie an, antwortete nicht. *Mensch, der hört ja nichts.* Irene drehte das Radio bis zum Anschlag und hörte die Stimme des Mannes mit der Quittung.

«Adler, die kochen schon wieder», sagte Hajo zwei Tage später mit vorwurfsvollem Gesicht.

«Sollen sie doch. Wer kocht, sündigt nicht.»

«Aber sie waschen hinterher nie ab. Und sie sauen immer unheimlich die Töpfe ein. Außerdem mag ich das Zeug nicht, das sie kochen.»

«Du hast so was nur noch nie gegessen.»

«Habe ich nicht, und jetzt weiß ich, daß ich gut daran getan habe.»

Als Adler in das angewiderte Gesicht Hajos blickte, bemächtigte sich eine märchenhafte Vision seiner Phantasie.

Am nächsten Tag fuhr ein Mittelklasse-Wagen, mit Reinhold am Steuer, auf das Tankstellen-Gelände. Der Pkw zog einen hellgelben Wagen ohne Fenster, der an einen Wohnwagen erinnerte, dafür aber eigentlich zu groß war. Adler dirigierte den Wagen auf die Position, die er für die beste hielt: zwischen Tankstelle und Garagen, mehr zur Tankstelle hin. Reinhold half ihm, die Blenden vom Wagen abzunehmen.

«So», sagte Adler, händereibend den Imbißwagen betrachtend, «und jetzt Fett in die Pfanne.»

«Au ja», hetzte Hajo, «schön heiß und fettig. Das erfrischt richtig bei 29 Grad im Schatten.»

«Sonne kommt, Sonne geht. Aber unser Wagen, unser Wagen bleibt. Außerdem ist das eine tolle Tarnung für die beiden. Damit rechnet die Polizei doch als letztes, daß die hier halb-öffentlich rumlaufen.»

«Allround-Terroristen», sagte Hajo grimmig, «erst machen sie Blumen kaputt. Und jetzt unsere Mägen.»

«Ich glaube, ich hab's», sagte Henry, der mit mehreren Zetteln aus einer Garage kam.

«Zeig her.» Adler las vor:

«Kitumbua – Fladen aus geröstetem Reis

Molo-Lamm – nicht aus Molo, aber aus Lamm
Samosas – Pasteten mit Fleischfüllung
Posho – mit Obst

Für den eiligen Gast:
Bananen – so und so
Kolbenmais – echtes Tankstellen-Essen
Pan – scharf und gut.»

«Köstlich», sagte Adler, schnalzte mit der Zunge und drückte Hajo den Zettel in die Hand. «Wann könnt ihr anfangen?»

«Frühestens Montag.»

«Dann fangt an», sagte Adler, «und am Wochenende machen wir die Preisliste. Na, Hajo, alter Griesgram, wie klingt dir das: ‹Preisliste›?»

Hajo lachte: «Das ist die Stelle, wo sie in den Comics immer Dollar-Zeichen im Augapfel haben.»

«Deutsch-Mark gut, was?» Ehe Adler sich wieder in die Gewalt bekam, hatte er Henry schon auf die Schulter geschlagen.

Und Hajo rief: «In euren Comics hängen wahrscheinlich Perlen in den Augen. Oder habt ihr schon das Geld erfunden?» Adler zog den Kopf ein.

Henry antwortete mit eisklirrender Sachlichkeit: «Es waren einmal Muscheln. Jetzt sind es Shillings. Wir nennen sie Bobs.»

«Bobs», wiederholte Hajo konsterniert. «Mein Vater heißt Bob.»

«Sag mal», Adler wandte sich an Henry, «was treibt ihr eigentlich in den Garagen? Das hat mein Untermieter gar nicht gern. Der ist so schreckhaft.»

«Wir wohnen da jetzt.»

«Wo?»

«In dem Büro, das da steht. Das hat Atmosphäre. Der Raum von dir, der hat ... also der ist ... ich meine ...»

«... Schon gut», sagte Adler hilfsbereit. «Manchmal verstehe sogar ich.»

«Na, schwarze Schafe unter den Kunden?»

Hajo blickte hoch. Beinahe wäre er Golze auf die modisch beschuhten Füße getreten. «Da fehlt noch Gold.» Er zeigte auf die schwarz-rot abgesetzten Slipper des Kriminal-Assistenten.

«Meinst du?» fragte Golze bestürzt. «Ich fand's eigentlich ganz schön so.»

«Du mußt es wissen», sagte Hajo. *Früher habe ich mich auf diesem Gelände wohl gefühlt. Jetzt kann ich nirgendwo mehr hin. Neger, Fahrrad-Diebe, Dummschwätzer. Doris, wo bist du?*

«Habt ihr euern Mörder?»

«Wieso unsern? Wir suchen den doch nicht zu unserem Privat-Vergnügen.»

«Für mich braucht ihr euch die Mühe nicht zu machen.»

«Na hör mal», Golzes Gesicht zeigte eifernden Ernst, «so darf man das aber nicht sehen. Die Polizei ist doch für den Bürger da.»

«Ich bin kein Bürger. Ich verdiene 1800 brutto.»

Golzes Versuch, Hajos Logik nicht aus den Augen zu verlieren, forderte den ganzen Scharfsinn des Kriminalisten. «Darüber müssen wir uns unbedingt bei passender Gelegenheit noch mal unterhalten», rief Golze dem davonschlurfenden Hajo hinterher.

«Keine Drohungen», murmelte Hajo.

Adler blickte zufällig hoch, scheuchte Henry ins Haus und ging zu Golze. «Hallo, Schnüffler», rief er.

Golze war geschmeichelt. «Man bemüht sich, man bemüht sich. Aber dazu fehlt mir doch noch einiges.»

Alles, Golze, alles. «Den Mörder hinter Schloß und Riegel?» Adler zog Golze am Arm vom Haus fort.

«Ach was», sagte Golze mißmutig. «Schöne Scheiße. Wenn du glaubst, daß es der Schatzmeister von ‹Penuntia› war, hast du dich aber getäuscht.»

«Jetzt habt ihr nicht mehr viel zur Auswahl.»

«Na, einen ja noch», entgegnete Golze hoffnungsvoll.

«Und der muß es jetzt sein, wie?»

«Wird ihm nichts anderes übrigbleiben.» Adler brachte Golze dazu, sich auf die Bank zu setzen, die vor den Garagen stand. «Ist eine neue Methode, die wir verfolgen: Den Täter dadurch einkesseln, daß man alle rauskriegt, die es nicht waren. Ist auch diskreter, findest du nicht?»

«Das kann man so oder so sehen.»

«Na klar», sagte Golze ernsthaft. «So ist das ja immer. Das

macht die Chose ja so verdammt schwierig. Ach, wenn ich Tank-wart wäre, hätte ich ein einfacheres Leben.»

«Wir haben auch unsere Sorgen.»

«Ja, was? Kann ich mir denken. Dieses viele Benzin. Und das stinkt ja auch.»

Das riecht ehrlicher als dein 8 × 4-Dufthammer. «Warum fällt denn der letzte Hauptverdächtige aus?» fragte Adler. Die Vorstellung, daß Henry und Gabriel in diesem Moment die Preisliste erstell-ten, machte ihm Golze erträglich.

«Warum! Warum! Weil er kein Motiv hat, dieser Spielverder-ber», erwiderte Golze muffelig.

«Aber wenn man tief genug gräbt, wird sich doch bestimmt was finden lassen.»

Golze lächelte ihn kumpelhaft an. «Klar, haben wir unsere Trickkiste. Wir haben auch dies und das probiert. Wenn es nur um Raub gegangen wäre, bißken Rauschgift, Pipapo, dann hätten wir den eingesargt, und der wäre weg gewesen wie Schmidts Katze. Aber es geht ja um Mord. Da wird man natürlich vorsich-tiger. Mensch, Mord, stell dir das mal vor. Mord – das ist doch das höchste. Dahinter kommt doch nichts mehr.»

«Doppelmord.»

Golze wiegte nachdenklich den Kopf. «Stimmt auch wieder.»

«War es denn überhaupt Mord?»

«Natürlich war es Mord. Da ist doch die Mordkommission mit befaßt.»

«Ach so, dann natürlich.»

«Das mit den Schulden hat mir bis zuletzt Hoffnung gemacht», sagte Golze. «Der Schatzmeister hat nämlich bei der Leiche Schulden gehabt. Schulden und Schatzmeister und dann noch in einer Bank angestellt, da wird man doch wach. Ein paar Schulden habe ich auch, und du? Finanzen im Griff?»

In der Fahrrad-Garage fiel etwas um. *Du mußt denen die Miete erhöhen.*

«Lebt auf ziemlich großem Fuß, der Schatzmeister. Hat sich gerade eine Yacht gekauft. Na ja, was heißt Yacht? Mehr so ein Boot, wo man gerade nicht mehr selbst rudern muß. Aber das gibt's auch nicht umsonst.»

«Vielleicht hat er einen Sack Kohle aus dem Karnevalsverein

abgeschaufelt.» Adler hatte die Bemerkung nicht besonders ernst gemeint.

Golze sprang auf und riß Adler an den Schultern in die Senkrechte.

«Was hast du da eben gesagt? Sag das noch mal, was du da eben gesagt hast.»

Adler blickte ihn erstaunt an.

«Mußt keinen Schreck kriegen», stieß Golze hervor. «Das, was da so gefährlich blitzt in meinen Augen, das ist der Instinkt des Tigers, wenn er Blut gerochen hat. Dann verfolgt er die Fährte, und dann kann der Hirsch, oder was das ist, schon mal langsam an die letzte Ölung denken. Denn dann kommt Golze. Dann ist Schlachtfest.»

«Ich habe doch nur einen Gedanken geäußert.»

«Deshalb bin ich ja so alarmiert. Mit so was habe ich im Büro doch nie zu tun.»

«Na, wenn es so ist.» Adler fand Gefallen an dem blöden Spiel. «Dann guck doch mal nach, ob der Schatzmeister für seine Yacht die Kasse vom Karnevalsverein angezapft hat.»

Das nächste, was Golze von sich gab, sagte er schon im Laufen. «Muß los, tut mir leid. Wenn das stimmt, kriegst du einen Orden.»

«Und was ist mit Benzin?» rief Adler. «Nachher bleibst du mit leerem Tank liegen.»

Golze stoppte, als wenn er gegen eine Wand gelaufen wäre. «Du denkst auch an alles.» Er tankte 9,8 Liter und wäre beim Herunterfahren vom Gelände beinahe mit einem Radfahrer zusammengestoßen. Golze schoß mit dem Oberkörper aus dem Wagen:

«Was machst du Altig eigentlich, wenn du nicht hinter der Wand wartest, daß ich vorbeikomme, damit du mir vor den Kühler fahren kannst?»

Krausi machte das bekannte Fick-dich-ins-Knie-Zeichen. Aber Golze mußte ja los.

Fünf Minuten umschlich Hajo das Telefon und drehte Bohnsacks Visitenkarte um und um. Dann legte er sie auf den Tisch und wählte. Die Sekretärin stellte sofort durch.

«Bohnsack. Na, Sie Experte?»

«Herr Reiher, Herr Reiher, es ist etwas Schreckliches passiert.»

«Mein Wagen ist weg.»

«Woher wissen Sie das?» Hajo war so perplex, daß er alle Zurückhaltung fahrenließ.

«Weil ich eben einen Anruf bekommen habe, daß er in Ochsenzoll steht.»

«Das ist ein Ding.»

«Trotzdem Glück für Sie. Das Gefährt ist noch reparaturbedürftiger geworden. Wollen Sie immer noch oder soll ich ihn – wie es ja das einzig Vernünftige wäre – in meine Werkstatt geben?»

«Mir ist das Ganze ja so peinlich.»

«Das hoffe ich. Also holen Sie den Wagen in Ochsenzoll ab. Der Schlüssel steckt. Ich sage Ihnen jetzt die genaue Adresse ...»

Johannes hatte einen Freund, der eine Schwester hatte, deren Freundin einen Journalisten kannte, der bei einem als seriös geltenden Magazin arbeitete. Während Adler mit Gabriel den Großmarkt nach Einkaufsquellen durchforstete, fuhr Irene mit Henry in ein Lokal an der Außenalster.

Der Journalist kam pünktlich. Nach wenigen Fragen wußte er, daß Henry aus Kenia stammte und sich in Mombasa auskannte. In der folgenden halben Stunde gingen die beiden die Hotels der Stadt durch, schwerpunktmäßig die Strandhotels im Süden. Das *Leopard Beach* hatte es dem Journalisten wegen der fünf Hektar bougainvilleabewachsenen Korallengärten angetan. Außerdem hatte er herausgefunden, daß die Telefonnummer des Hotels die gleiche war wie die Durchwahl-Nummer seines Büros.

Irene versuchte mehrmals, die beiden auf das Thema zu bringen. Doch die Männer stellten gerade fest, daß durch den Teil der Toskana, in dem sich der Journalist für einen Teil seiner fünfzehn Monatsgehälter im letzten Jahr ein bescheidenes Anwesen zugelegt hatte, Henry schon einmal mit der Eisenbahn gefahren war. Als auch das besprochen war, hatten sie marinierte Jakobsmuscheln, Seeteufel in Basilikum mit Zwergorangen sowie eine

178

possierliche Wachtel auf Pilzen verspeist. Der Journalist zückte einen winzigen Block und machte sich freundlicherweise eineinhalb Notizen zu Henrys und Gabriels Aktion. Während Irene versuchte, zu Wort zu kommen, ging es über Sorbet sowie Lammrücken zum Käse. Ein geeistes Kokosnußmus mit Cassisfeigen schloß die Mägen. Danach mußte der Journalist dringend los.

Zu Hause mistete Irene mehrfach den ahnungslosen Johannes an, der einen Freund hatte, der eine Schwester . . .

«Wahnsinn», sagte Adler. Sie standen um die eingekauften Lebensmittel herum. «Und jetzt brauchen wir einen Lohnabhängigen. Ihr könnt ja schlecht gleichzeitig verkaufen und kochen. In den Ausschank stellen wir . . . ja wen? Reinhold?»

«Selber essen macht fett», sagte Hajo.

«Stimmt. Reinhold wäre für das Essen die Endstation. Wen denn dann?»

«Wir könnten einen arbeitslosen Lehrer einstellen», schlug Hajo vor. «Das hätte Stil irgendwie. Einen Akademiker als Fritten-Mann. Laß deine Kontakte spielen, du kennst doch solche Leute.»

«Von früher.»

«Natürlich nur von früher.» Hajo wußte, wo Adlers empfindliche Stellen lagen.

Noch am selben Abend kam der erste Lehrer. Er interessierte sich für die Sicherheit am Arbeitsplatz, für die Urlaubsregelung und die Altersversorgung. Sie komplimentierten den Mann hinaus.

Kandidat zwei trat am nächsten Morgen an, der dritte Lehrer kam gleich danach.

Reinhold machte es dann fürs erste.

«Und keine Freundschaftspreise», befahl Adler. «Kein Skonto bei Barzahlung und keine Preisverschärfung bei Taxifahrern.»

Henry und Gabriel bestanden darauf, sich in einem Fachgeschäft am Hafen mit zünftiger Kochberufsbekleidung auszustatten.

«Bißchen übertrieben, finde ich», sagte Adler.

Gabriel fand das überhaupt nicht: «Wieviel in der Welt auf Vortrag ankömmt, kann man schon daraus sehen, daß Kaffee, aus Weingläsern getrunken, ein sehr elendes Getränk ist oder Fleisch, bei Tische mit der Schere geschnitten, oder gar, wie ich einmal gesehen habe, Butterbrot mit einem alten, wiewohl sehr reinen Schermesser geschmiert.»

Auf die Kochmützen verzichteten sie bald, weil sie ihnen ständig am Türrahmen herunterfielen. Adler malte Stelltafeln und warb für die Eröffnung von «Schnell, Schwarz, Schonend – 1. schwarzer Imbiß der Stadt».

Der Tag der Eröffnung kam. «Das Wichtigste ist, daß einer am Stand steht und so tut, als ob er ißt und überlebt», sagte Adler. Er hatte für diesen Zweck seinen Freund Flynn engagiert. Flynn ließ sich immer dann, wenn ein Wagen auf das Gelände fuhr, eine Pastete oder Banane über den Tresen schieben. Hinter dem Imbiß-Wagen stand ein Zelt, in dem Henry und Gabriel die Küche bedienten.

Eine Urlauber-Familie aus Dänemark machte den Anfang. Nach dem letzten Bissen verriet Reinhold ihnen, daß sie die ersten gewesen wären und deshalb nichts zu bezahlen hätten. Henry und Gabriel kamen aus dem Zelt und bedankten sich per Handschlag bei den Dänen. Die Familie brach überstürzt auf, in der ersten Apotheke versorgten sie sich mit Bullrich-Salz und Kohletabletten. Erst südlich von Kassel entspannten sie sich wieder.

Dann kamen zwei Taxifahrer, die, sich gegenseitig Mut zusprechend, fünf Minuten die Speisekarte studierten und jeder eine geröstete Banane verzehrten.

Am Ende des ersten Tages waren sie rechtschaffen müde. Vom Reingewinn holte Adler eine Flasche Champagner, die sie andächtig aussüffelten. Danach packte Henry, unbeachtet von den Weißen, den Korken in einen Briefumschlag. Er hatte längere Zeit eine einfache Melodie vor sich hingesummt, bevor er den Korken in der Mitte durchschnitt.

Bohnsack erfuhr davon durch Zufall. Am Nachbartisch im Firmen-Casino saß die Sekretärin des Direktors und erzählte einem

Bekannten von dem Briefinhalt, den sie am Morgen in den Papierkorb geworfen habe. Bohnsacks Blick wurde starr, er verschmähte das köstliche Birnenkompott und hetzte in den fünften Stock.

«Sie sollten Ihren Arbeits-Vertrag genauer lesen», lachte der Direktor, «Papierkörbe leeren gehört nicht zu Ihren Aufgaben.»

Bohnsack, der den Inhalt des Papierkorbs auf den Schreibtisch der Sekretärin gekippt hatte, holte die Korken-Hälften hervor. «Und so was schmeißen Sie weg!» sagte er anklagend.

«Erst mal habe nicht ich das weggeworfen, sondern Frau Kant. Zweitens hätte ich es bestimmt weggeworfen, wenn sie mir nicht zuvorgekommen wäre. Was pflegen Sie denn mit solchem Unfug zu machen?»

«Ich nehme das ernst», sagte Bohnsack. «Sie halten das wahrscheinlich für einen Korken, der zerschnitten wurde», fuhr er fort.

«Genau das mache ich.»

«Falsch», erwiderte Bohnsack vibrierend, «falsch. Das ist ein Zeichen. Es ist der Versuch, Kontakt aufzunehmen.»

«Warum schicken die Champagner-Leute dann nicht ein nettes Präsent-Paket, wie wir es alle lieben?» Der Direktor war amüsiert.

«Herr Direktor, das ist ein Zeichen von den Leuten, die uns mit dem Gift besucht haben.»

In diesem Moment kam die Chefsekretärin vom Essen zurück. Nur ihrer tadellosen Sozialisation war es zu verdanken, daß sie Bohnsack nicht das Gesicht zerkratzte. Gehorsam sammelte er den Abfall in den Papierkorb.

Der zweite Tag verlief mau, der dritte trostlos, aber dann war Kundschaft da. Henry und Gabriel kamen kaum noch zum Kartenspielen. Hajo mußte Reinhold ablösen, der sich den Magen verdorben hatte. Mit Cola und Bananen brachten sie ihn durch. Adler, dem das Finanzamt soeben fällige Vorauszahlungen gestundet hatte, nahm am Telefon den Glückwunsch seines Steuerberaters entgegen.

Gleich darauf klingelte es erneut.

«Kühn.»

«Adler? Er ist tot, einer ist tot.»

«Meine Güte, Henry. Wer denn? Kenn ich ihn?»

«Natürlich kennst du ihn. Ich habe dir doch erzählt, daß sie geschlüpft sind. Oder war es Hajo?»

«Ach so, ein Adler ist gestorben.»

«Jawohl, ein Adler. Du brauchst gar nicht so zu tun, als ob das ganz unwichtig ist. Wir alle hier sind niedergeschlagen.»

«Mensch, Henry, du weinst ja fast.»

«Und? Darf ein Mann nicht weinen? Muß ein Mann seine Tränen immer zurückhalten?»

«Nein, nein, wenn dir danach ist, wein ruhig ein bißchen. Du mußt entschuldigen. Wahrscheinlich bin ich gerade kein besonders guter Gesprächspartner für dich. Bei uns hat sich nämlich in der Zwischenzeit allerhand getan.»

«Aus dem Horst geworfen haben sie das Flaum-Knäuel. Da kennen die nichts. Friß oder stirb. Und wenn er stirbt, dann aus den Augen, aus dem Sinn. So ist die Natur eben. Es ist nur brutal, wenn man es hautnah miterlebt. Aber ich merke schon, ich störe. Tut mir leid. Ich wollte dir nicht deine wertvolle Zeit rauben.»

«Nun mach mal halblang, Henry.»

«Ich habe schon verstanden. Du mußt es mir gar nicht ...»

Das Gespräch brach ab. *Ach, Henry. Ob Adler oder halbes Hähnchen. Flattermänner sind sie alle, und als Flattermänner müssen sie enden.*

Irene telefonierte mit dem Journalisten der bekannten Zeitschrift. Und mit Egon. Der Journalist befand sich auf Recherche-Reise für einen Report über eine funkelnagelneue Sekte. Egon bereitete seine erste Foto-Ausstellung vor. Er hatte ihr den Titel «Neger im Tunnel – ein poetisches U-Bahn-Märchen für Schwarzfahrer» gegeben. Gerade an diesem Vormittag hatte er einen Termin bei der Hochbahn AG gehabt. Sie wollte seine Bitte, die Ausstellung mit 2500 Mark zu sponsern, wohlwollend prüfen.

«Hey! Du sollst neue Preisschilder malen und kein Kunsthandwerk herstellen.» Adler blieb im Detektiv-Büro stehen und sah zu, wie Gabriel den weißen Flamingo des Reiher-Direktors mit rotem Filzstift bemalte.

Henry hielt ein Papp-Täfelchen in die Höhe: «Gut so?»

«Bißchen krakelig. Aber die Gestaltung der Zahlen reißt alles wieder raus», sagte Adler. Nach der Woche mit Einführungs- preisen wollte er es riskieren und voll zulangen.

Gabriel bestieg das Tankstellen-Fahrrad und brachte den Fla- mingo zum Briefkasten.

Seitdem die Schwarzen im Büro von Rochus Rose wohnten, schlief Adler zu Hause. Einen Abend schlich er ums Telefon und versuchte dann, nachdem er sich entschlossen hatte, Roswitha nicht anzurufen, ihre Nummer zu vergessen. Es war die sicher- ste Methode, sie unverlierbar ins Hirn zu brennen. Irene kam kurz vorbei und nervte Adler mit ihrem Aktionismus.

«Mensch, wenn keiner drauf einsteigt, dann können wir doch nichts daran ändern. Ich habe zufällig eine Tankstelle und keinen Rundfunksender.»

«Dann demonstrieren wir», trumpfte Irene auf. «Du weißt, was das heißt?»

«Das heißt Flugblatt, Text, Organisationen keilen, Demo an- melden, Demo machen, kalten Arsch kriegen im Winter, Son- nenstich im Sommer und eine Ladung Wasserwerfer rund ums Jahr.» Irene ging bald wieder.

Mehrere Sekunden gelang es Adler, das Klingeln in seinen Traum einzubauen. Dann öffnete er die Augen, stand auf.

«Was ist denn?»

«Herr Kühn? Machen Sie bitte auf, es ist dringend.»

Adler öffnete, im nächsten Moment sprangen die beiden Poli- zisten, die vorne standen, gegen die Tür und warfen Adler an die Wand des Flurs. Im Treppenhaus standen noch mehr Unifor- mierte. Angst gellte durch Adlers Kopf, Angst vor Schmerzen, körperlicher Gewalt, Schüssen.

Zwei Zivile aus dem Hintergrund betraten die Wohnung. «Herr Valentin Kühn?» Es war keine Frage. «Herr Kühn, wir nehmen Sie fest. Wollen Sie wissen, weshalb?» Adler nickte. «Verdacht auf Mitwisserschaft im Falle fortgesetzten schweren Diebstahls, Raub, Drogenbesitz ...»

«... Drogenbesitz nicht», unterbrach sein Kollege.

«Drogenbesitz ist immer dabei, wenn man nur genügend gräbt», entgegnete der Unterbrochene störrisch. «Wo war ich stehengeblieben?»

«Bei Rauschgift», antwortete Adler.

«Sehen Sie», freute sich der Beamte. «Außerdem Hehlerei. Ob Banden-Kriminalität dazukommt, wird sich zeigen. Reicht aber auch so schon. Können wir nicht mal ins Wohnzimmer gehen? Ist doch ungemütlich hier.»

«Das ist das Wohnzimmer.»

«Ach so.»

Adler zog sich unter den wirklich diskreten Blicken eines Uniformierten Hemd, Hose, Strümpfe und Schuhe an.

«Und nun erklären Sie mir, was das soll.»

«Gerne», schmunzelte der Beamte. «Ich sage nur Krausi. Schon mal gehört?»

«Das ist mein Untermieter.»

«Ach ja? Sie geben es zu?»

«Warum nicht? Bringt 150 im Monat. Leider erst seit zwei Monaten.»

«Und was bringt es unterm Tisch?»

«Wieso unterm Tisch?»

«Schieben Sie sich die Tausender etwa in aller Öffentlichkeit in den Rachen?»

Adler schaute in alle Gesichter. Keiner wirkte besonders unfreundlich, keiner blickte besonders freundlich. Sie sahen sich alle ähnlich. «Bitte eine Erklärung», sagte Adler.

«Gerne.» Wenn man den Beamten um etwas bat, freute er sich. «Wir haben vor ...» er blickte auf die Uhr «... vor 32 Minuten auf dem Gelände Ihrer Freien Tankstelle und Werkstatt im Stadtteil Billbrook eine Razzia durchgeführt und bei der Gelegenheit drei Männer festgenommen.»

Ogottogott, Henry, Gabriel, das tut mir so leid. Krausi tat ihm nicht leid.

«Weiter», sagte Adler bedrückt.

«Es handelt sich um die Herren Hans-Jürgen Glatt, genannt ‹Krausi›, Heinz-Henning Bollermann, Spitzname ‹der Pazifist› sowie Heino Meier, kein Spitzname.» *Ihr schwarzen Teufelsbrü-*

184

der, wo seid ihr bloß so schnell abgeblieben? «Wir trafen die Herren in der Garage mit der Laufziffer Numero eins, Klammer auf, eins, Klammer zu, an.»

Das Weitere erzählten sie Adler auf der Fahrt zur Tankstelle. «Die Brüder haben seit zwei Jahren den heimischen Fahrrad-klau-Markt zielstrebig monopolisiert. Angefangen als kleine Kraucher, hier mal eins, da mal eins. Dann erkannten sie die Segnungen eines Konzentrations-Prozesses und teilten sich nach Mafia-Manier die Stadt in vier Teile: Norden, Süden, Osten, Westen.»

«Wieso vier? Sie haben doch nur drei verhaftet.»

Die Gesichter der Polizisten zeigten vergnügte Mienen. «Nummer vier sitzt hier», frohlockte der wortführende Beamte. «Oder wollen Sie uns erzählen, daß Sie von nichts gewußt haben und den lieben Jungs nur auf Grund ihrer vertrauener-weckenden Pockennarben-Gesichter die geeigneten Räumlich-keiten zur Verfügung gestellt haben? Aber Herr Kühn, einen solch gemeinen Vorwurf der Blauäugigkeit erhebt niemand von uns gegen Sie. Das wäre ja geradezu beleidigend. Wir lieben in-telligente Gegner. Sie werten indirekt ja auch uns auf. Glauben Sie, dem HSV würde es Spaß machen, Woche für Woche gegen Bad Segeberg oder Buxtehude spielen zu müssen?»

«Natürlich bin ich nicht der unbekannte Vierte.»

«Und was die da in der Werkstatt treiben, haben Sie auch nicht gewußt?»

«Habe ich nicht, nein.» *Oh, ist das peinlich. Alle werden über dich lachen. Du mußt hier weg. Die Stadt wechseln, neuen Namen zule-gen. Am besten ins Ausland.*

«Ich finde das unfair, daß Sie uns so etwas zumuten», sagte der Beamte mit kokett-weinerlicher Stimme. «Das haben wir nicht verdient.»

«Hören Sie schon auf», knurrte Adler. Daraufhin schwiegen sie so beredt, daß Adler dem Fahrer fürs Einschalten des Radios dankbar war.

«Mit Paukenhöhle und Ohrtrompete – das neue Magazin für den . . .» das nächste Wort brüllte der Moderator: «hörbehinder-ten Hörer.»

Erschreckt schaltete der Polizist das Radio ab. Adler war die Stimme bekannt vorgekommen. *Hat der früher nicht andere Sendungen gemacht? Mehr für Jüngere?*

Und dann dachte Adler, er sähe nicht richtig. Auf dem Gelände standen kreuz und quer geparkte Fahrzeuge: Streifenwagen, Mannschaftswagen, Zivil-Fahrzeuge. Die müde Nachtbeleuchtung brannte noch. Hell zeichnete sich die weißgelbe Beleuchtung des Imbißwagens von der Morgendämmerung ab. Gedämpft sickerte das Licht des Küchen-Zelts durch den Stoff. Adler zählte. 18 Polizeibeamte belagerten den Imbiß. Eßgeräusche, Unterhaltungen und die Dämpfe aus der Küche lagen über dem Gelände. Der erste Esser bemerkte ihre Ankunft.

«Kommt her. Hier gibt's was ganz Feines zu spachteln. Hört sich alles an wie Diktatoren aus Südamerika, aber ex-zel-lent.»

«Na, Herr Kühn, da haben Sie sich ja ein zweites, kulinarisches Standbein geschaffen», sagte der wortführende Beamte anerkennend. «Bißchen überteuert, wenn Sie mich fragen. Aber flinke Bedienung. Und alles frisch vom Feuer, das hat man gern.» Er winkte, bis die Bedienung im Wagen ihn bemerkte.

«Natürlich laden wir Sie ein», stellte der Beamte klar.

«Hajo», stieß Adler fassungslos hervor, «wie kommst denn du hierher?»

«Hallo, Chef», sagte Hajo gehetzt. Der Schweiß lief ihm in Rinnsalen über Gesicht, Hals und Ausschnitt des T-Shirts. «Nachdem sie mich freigelassen hatten, haben sie mich gleich hierbehalten, damit ich den Kellner mache.»

«Sie», sagte Adler zu dem Beamten, «der weiß aber von nichts. Das ist ein Angestellter von mir, der kümmert sich nicht um das, was hinter den Kulissen läuft.»

«Klingt aber nicht besonders kollegial, was Sie da sagen. Hatten Sie hier nicht mal die ganz große Sause vor? Kollektiv? Kasse machen? Kommunismus in Norddeutschland?»

«Woher wissen Sie denn das schon wieder?» Der Beamte lächelte selbstgefällig und nahm Hajo geröstete Bananen und Reisfladen ab. Da raste mit Blaulicht ein Streifenwagen aufs Gelände. Mit qualmenden Reifen hielt er knapp vor dem Imbißstand. Freudestrahlend sprang der uniformierte Beifahrer aus dem Auto und schwenkte zwei Flaschen Ketchup in den hoch erhobenen Händen. 18mal ertönten Rufe: «Aah, wie bei Muttern, mehr, mehr.»

«Schade, daß Sie eine Kanaille sind», drückte der kauende Beamte heraus, «Ideen haben Sie doch. Das muß doch fein was abwerfen.»

«Weiß ich nicht», entgegnete Adler lustlos, «wir machen das erst seit einer Woche.»

«Ich bin sicher, da bleibt ganz schön was hängen. Ihren beiden Hiwis da hinten in den Sielen werden Sie's ja wohl nach alter Kolonial-Art nicht gerade aufdrängen, den Mehrwert, habe ich recht?»

«Hiwis?»

«Na, diese wieseligen Kongolesen.»

«Entschuldigen Sie mal kurz», sagte Adler hastig und eilte um den Wagen herum ins Küchen-Zelt. Gabriel wischte sich mit einem Handtuch das Gesicht ab. Er reichte es an Henry weiter, der seinen Schweiß dazuwischte. Dann knüllte er das Handtuch zusammen und warf es in den Topf, in dem das Hackfleisch schmorte.

«Guerilla-Taktik», erklärte Henry, mit einem Holzlöffel umrührend. «Wir bekämpfen sie gezielt an den Mägen. Dann sind sie in 100 Jahren ausgestorben, denn dann klappt es auch mit der Liebe nicht mehr, denn die Liebe geht ja durch ...» Er stieß donnernd auf.

«Mensch, Henry, du bist ja betrunken», sagte Adler.

«Polizei, Polzei, Plotzei, Platzei, Platzerei, Plackei, Plackerei. Auf den Schreck mußten wir einfach was trinken. Wie sollten wir das sonst nervlich durchhalten?» Gabriel sah aus, als ob er gleich umkippen würde. «Und dann diese Bullenhitze.»

Draußen erhob sich Stimmengewirr, das schnell anschwoll und deutlich wurde. «Manni ran – noch ein Lamm!» Adler verließ das Zelt. «Kolbenmais – um jeden Preis!» Sie umringten einen Mann, der mit rotem Gesicht Speiseöl auf einen Maiskolben goß und den Maiskolben, ohne mehr als vier-, fünfmal zu kauen, verschlang.

Rauschender Beifall.

«Manni kann's nicht lassen», sagte der wortführende Beamte, der plötzlich wieder an Adlers Seite war. «Neuer Rekordversuch. Nachdem der Kollege aus Bergedorf ihn mit den halben Hähnchen abgehängt hat, will Manni jetzt natürlich eine echte Marke setzen. Wer ißt schon Maiskolben im Akkord?»

Manni Wiener brachte es auf neun Kolben, dann mußte er zu einem Streifenwagen geführt werden, wo man ihn auf die Rückbank legte. Zwei Beamte begleiteten Adler zu Garage Nr. 1. Als sie an einem Mannschaftswagen vorbeikamen, ertönten dumpfe Geräusche. Adler blickte auf die kleinen Fenster. Dahinter sah er Gesichter, einen Moment lang glaubte er Krausi zu erkennen.

«Donnerwetter», murmelte Adler, als er die Garage betrat.

«Das haben Sie auch noch nicht gesehen?»

«Noch nie.» Offensichtlich hatten sie immer erst abends richtig losgelegt. Was Adler nur als Klitsche erlebt hatte, war jetzt eine professionelle, mit allen Schikanen ausgerüstete Fahrrad-Werkstatt.

«Hiermit zum Beispiel», sagte der Beamte und hielt eine Feile in die Höhe, «dürften sie die Fabrikations-Nummern entfernt haben.»

«Wieviele Räder sind das denn?» fragte Adler beeindruckt.

«Wir zählen noch. Schätze, daß die täglich rund zwanzig Velos geklaut haben. Die haben beim Verkauf nicht unter 200 Mark gekostet. Die besseren das Doppelte.»

Adler schloß die Augen und rechnete. *Die haben den Bogen raus. Das ist Stil.*
Später versuchte Adler bei mehreren Gelegenheiten, Freunden und Bekannten von seiner Nacht im Untersuchungs-Gefängnis zu erzählen. Er gab es jedesmal nach wenigen Sätzen auf, weil er spürte, daß nur ein Bruchteil seiner Gefühle in den Sätzen vorkam.

Im Polizeipräsidium erhielt er ein frugales Frühstück. Ein Beamter führte ihn zur Vernehmung. Auf dem Flur begegneten sie einem Mann, der eine Pappnase und ein keckes Käppi mit Fasanenfeder trug. Sie hatten den Maskierten schon passiert, als er plötzlich rief: «Aber hallo! Was halten wir denn hiervon?» Sie drehten sich um, der Maskierte nahm die Pappnase ab, der Beamte erschrak.

«Tach, Golze, so sieht man sich wieder.»

«Na, aber sag mal», haspelte Golze, «das kann sich doch nur

um einen grausamen Scherz handeln.» Er blickte den Beamten an. «Der Mann hier ist ein Informant der Polizei», sagte Golze laut.

Adler blickte sich um. *Wenn das einer hört.*

«Ich kenne diesen Mann seit vielen Monaten», fuhr Golze fort, «und zwar persönlich. Ich lege für diesen Mann meine Hand ins Feuer, einen Fuß noch dazu. Wer ist denn für diesen Skandal verantwortlich?»

Der Beamte nannte Namen und Kommissariat und zog mit Adler ab.

«Den Sonnenuntergang erlebst du als freier Mann», rief Golze ihnen hinterher.

Eine halbe Stunde später durfte Adler das Gebäude verlassen. Der unbekannte vierte Verantwortliche war gefaßt worden. Vor dem Eingang stand Hajo.

«Ein Freund in der Not», sagte Adler mit belegter Stimme und nahm den schüchtern lächelnden Monteur in die Arme. Adler war gerührt. Er verzichtete darauf, Hajo zu fragen, wer den Betrieb aufrechthielt.

«Da waren welche von der Presse, die wollten die Werkstatt fotografieren. Ich hab's ihnen verboten. Da haben sie gesagt, sie dürften, von wegen öffentlichem Interesse. Da habe ich sie gelassen. Stimmt das mit dem öffentlichen Interesse?»

«Was weiß ich? Komm, ich lade dich zu einem sagenhaften Frühstück ein.»

Sie kehrten in ein Schnösel-Café im Universitäts-Viertel ein und vertrieben mit ihrer guten Laune die Leichenbitter-Atmosphäre des Ladens, der aussah wie ein Ausstellungsraum von Villeroy & Boch.

Zurück fuhren sie mit Hajos Scirocco, in den Doris eine ziemliche Delle gefahren hatte. Das erste, was Adler sah, war Irene in eklatant großer Monteurhose, wie sie einem peinlich berührten BMW-Fahrer mit großer Geste etwas überreichte. Reinhold mühte sich, die Reihe wartender Wagen abzufertigen. Aus dem Augenwinkel sah Adler, daß es rund um den Imbißwagen aussah wie im Volksparkstadion nach einem Heimspiel des HSV.

«Da», sagte Irene zum BMW-Fahrer, und drückte ihm den Pirelli-Kalender in die Hand, «da haben Sie was Bleibendes. Da können Sie immer an mich denken.» Herzliches Gelächter bei hubraumschwächeren Fahrern.

Adler ging in das Detektiv-Büro. Henry und Gabriel lagen da wie tot. Auf dem Schreibtisch stand ein Papp-Schild, es war an eine Zigarren-Kiste gelehnt. «Für den Chef. Kasse.» Adler öffnete, ihm wurde warm ums Herz.

«Hätte ich nicht gedacht, daß die alle ordentlich bezahlen würden», sagte Hajo. «In Wildwest-Filmen bezahlen die Viehdiebe doch auch nie.»

Draußen ertönten Stimmen. Adler befreite einen Jaguar-Fahrer vom polemisierenden Reinhold. Danach bedankte er sich bei ihm, daß er auf der Tankstelle ausgeholfen hatte. Und dann stand er Irene gegenüber. Sie hatte beide Daumen hinter den Latz der Hose geklemmt.

«Danke», sagte Adler.

Irene winkte großkotzig ab. «Pah. Gar nicht der Rede wert. Das fällt bei mir alles unter Solidarität.» Er küßte sie auf die Wange. Danach ließ er seine Wange noch ein bißchen an ihrer Wange liegen. Irenes Haut war heiß.

«Guck mal. So sieht das aus, wenn Schnecken Hochzeit machen.»

Sie fuhren auseinander. Till und Hajo standen hinter ihnen.

«Was du alles weißt», sagte Hajo beeindruckt.

«Kannst mich loslassen», meckerte Till.

Hajo lockerte den Griff um Tills Nacken. «Zwei Ventile», murmelte Hajo finster. «Dieses Kind ist für eine Tankstelle das, was Golze für die Polizei ist.»

«Vorsicht», hauchte Ulf Bohnsack mit vibrierender Stimme, «ganz, ganz vorsichtig. Um Gottes willen nicht berühren. Nicht tief einatmen. Wer hustet, wird sofort entlassen.»

«Na, na», begehrte der Direktor auf.

«Nun verschwinden Sie endlich, Mann! Für diese Freundlichkeiten haben wir hinterher noch genug Zeit.» Bohnsacks Tonfall zwang den Direktor aus dem Sessel. Sein Referent und die Sekretärin standen irritiert daneben. Auf dem Schreibtisch lagen braunes Packpapier und ein kleiner Karton, der offensichtlich schon mehrmals benutzt worden war. Den roten Flamingo hatte der Direktor voller Wiedersehensfreude sofort wieder auf seinen angestammten Platz gestellt.

«Mensch, Bohnsack, was haben Sie denn?» fragte der Direktor, sich aber doch der Tür nähernd. Bohnsack umrundete den Flamingo.

«Raus!» bellte er. «Wenn einer draufgeht, reicht es völlig.»

«Herr Bohnsack, fehlt Ihnen was?» fragte die Chefsekretärin erfreut. Ihre Apotheke war im ganzen Haus berühmt. Weniger bekannt war, daß sie eine penible Statistik über ausgegebene Kopfschmerz- und andere Mittel führte. Von Zeit zu Zeit warf der Direktor einen Blick auf diese Statistik.

«Was . . .?» begann der Referent.

«Kommen Sie», sagte der Direktor und verließ das Büro.

Bohnsack umkreiste den Flamingo, roch daran, berührte ihn zart, rieb die Fingerspitzen aneinander und roch an ihnen. Er ließ sich in den Sessel des Direktors sinken und wäre beinahe hintenüber geschlagen, weil die Federung butterweich eingestellt war. Bohnsack rutschte auf die Vorderkante der Sitzfläche, lockerte beide Hände und ergriff den Porzellan-Vogel. Andächtig wog er die Figur in beiden Händen. Zweimal klopfte er mit dem Fingerknöchel gegen das Tier. Dann griff er zum Brieföffner und schabte an der Farbschicht. In dieser Sekunde plärrte die Sprechanlage. Bohnsack ließ den Flamingo fallen. In der Sprechanlage ertönte ein Schmerzensschrei. Bohnsack eilte zur Tür. Direktor und Sekretärin beugten sich über den Referenten, der verspannt auf dem Teppich lag.

«Was ist denn?»

«Ich weiß nicht», murmelte der Direktor betroffen. «Er war an der Sprechanlage, wollte Sie fragen, wie es aussieht. Und dann hat er plötzlich geschrien und ist zusammengesackt. Als ob er einen elektrischen Schlag bekommen hätte. Elektrischer Schlag an der Sprechanlage. So ein Quatsch.» Bohnsacks Augen wanderten zur Sprechanlage und von da zum Flamingo.

Am frühen Abend erschien ein Lkw, vier Männer luden die Fahrradwerkstatt auf.

«Au, wird das peinlich», sagte Adler, der mit Hajo die Aktion beobachtete.

«Wieso? Wenn wir doch nichts gemerkt haben.»

«Du bist naiv.»

«Ich denke, du bist naiv?»

«Das ist ja das Schlimme. Ich kann mir das nicht leisten. Mir sieht man jede Dußligkeit nach. Aber Naivität ... das gibt Hohn und Spott.»

«Du hast vielleicht Sorgen», sagte Hajo erstaunt.

Henry und Gabriel kamen aus der Fahrrad-Werkstatt. Jeder schob ein Rad.

«Na, noch schnell lange Finger gemacht?»

Henry blickte ihn so finster an, daß Adler Beklommenheit ankroch:

«Wenn man so widerlegt wird, so weiß ich doch auch fürwahr nicht, was man mit Ehren noch tun kann, als allenfalls dem Gegner die Fenster einschmeißen.»

«Was hat er denn?» fragte Adler.

«Wir haben unsere gestohlenen Räder wiedergefunden», antwortete Gabriel. «Oder das meiste davon. Die Vorderräder sind jetzt neu.» Sie schoben weiter.

«Habe ich dir übrigens schon erzählt, daß Doris und ich in eine WG ziehen?» fragte Hajo scheu und doch stolz. «Haus, in Norderstedt. Unten ein befreundetes Paar und oben wir.»

«Norderstedt. Da wäre Dänemark aber die sauberere Lösung.»

«Adler.»

Adler rang sich ein zuversichtliches Lächeln ab: «Letzter Versuch?»

«Doris und ich, wir haben uns gründlich ausgesprochen. Wir waren uns sogar einig. Entweder wir trennen uns, oder wir machen einen letzten Versuch.»

«Ihr in eine WG.»

«Ja und? Du hast doch selbst jahrelang in WGs gewohnt. Und Irene wohnt auch in so was. Und Reinhold sowieso.»

«Das liegt nur daran, daß man für Leute wie Reinhold solche Wohnform eigens erfunden hat.»

«Jedenfalls hatten unsere Bekannten das Haus an der Hand,

und sie haben noch welche gesucht. Adler, ich glaube, diesmal klappt es.»

Falsch, Hajo. Diesmal wird es auch nicht klappen. Es wird nie mehr klappen, und das spürst du auch selber.

Hajo hatte noch etwas auf dem Herzen: «Ist natürlich nicht billig, so ein Haus.»

«Ist eben Ballungsgebiet und nicht der Bayerische Wald.»

Hajo wand sich. «Doris hat ja noch die Halbtagsstelle.»

«Ist doch toll. Welche Friseuse hat so was schon?»

«Sag mal, willst du mich nicht verstehen?»

«Hajo, nein. Es geht nicht. Es geht einfach nicht. Darf ich dich daran erinnern, daß wir beide das gleiche verdienen mit dem geringfügigen Unterschied, daß ich einen Haufen Schulden am Hals habe? Und Verantwortung noch dazu.»

«Weiß ich. Das hat der frühere Chef von Doris auch immer gesagt.»

Du redest also wie ein Friseur. Ein Unglück kommt selten allein.
«Es geht nicht, Hajo. In echt, wie Doris sagen würde.»

«Auch nicht 50 Mark?»

«Was helfen dir 50 Mark?»

«Kleinvieh macht auch Mist.»

«Vorschlag: Wir warten ab, wie sich der Imbiß entwickelt, und in einem Monat sprechen wir uns wieder. Einverstanden?»

«Ach», sagte Hajo und warf einen mißvergnügten Blick in Richtung Aufenthaltsraum. «Was da übrigbleibt, geht doch gleich wieder drauf. Irgendwovon müssen die Mohren ja auch leben.»

«Aber sie gelten als genügsam», sagte Adler.

«Soll Irene sie doch bei sich unterbringen, wenn sie dringend Neger braucht. Das hier ist eine Tankstelle. Und eine Werkstatt, praktisch eine Fabrik.»

«Ach, Hajo», sagte Adler, «das ist ein weites Feld.» *So, mein Lieber. Das hat Doris' Friseurmeister garantiert nicht draufgehabt.*

«Weiß ich. Das sagt mein Vater auch immer.»

Als am Abend immer noch die Überreste der Polizei-Fresserei herumlagen, sprach Adler Gabriel darauf an. «Das ist ja nicht gerade appetitlich.»

«Dann mach es weg», entgegnete Gabriel scharf. «Du weißt, wo der Besen steht.»

Adler wollte ihm die gereizte Antwort geben, die er für angebracht hielt, als es sich draußen anhörte, als ob jemand fegte.

«Na bitte, geht doch», sagte Adler befriedigt und ging hinaus.

«Keine Panik, alles im Griff», sagte Golze, eifrig weiterfegend. «Dein Küchen-Boy hat mir einen Besen besorgt. Kann ja nicht so bleiben hier. Was macht das denn für einen Eindruck? Als wenn unser Verein keine Manieren hätte. Wir sind vielleicht unfähig und korrupt. Aber wir sind sauber. War die Presse schon da? Siehst du, das kommt davon. Und wir können dem Bürger unser schlechtes Image mühsam aus dem Schädel hämmern. Na, das haben wir gleich. Wo ist eine Mülltonne?»

Henry eilte mit einem Müllsack herbei. «Da hinten liegen in Form einer Pfütze noch die Reste von dem Maiskolben-Rekordversuch Ihres Kollegen», sagte Henry höflich. Golze überhörte die Bemerkung.

«Übrigens bin ich auch gekommen, um mich für die schlechte Behandlung von gestern nacht zu entschuldigen. Übereifer, purer Übereifer. Aber immer noch besser als Schlendrian, findest du nicht auch?»

«Nein, finde ich nicht.»

«Findest du nicht, aha. Na ja, freies Land, freie Meinung. Und wir sorgen dafür, daß es so bleibt. Ich habe mich umgehört, da und dort.» Golze kippte die Reste in den Müllsack und kam dicht an Adler heran. «Was ich dir jetzt sage, dürfte ich dir gar nicht sagen.»

«Tu nichts, was du nicht verantworten kannst.»

«Es ist so: Die waren gar nicht hinter den Fahrrad-Dieben her. Die hatten dich auf dem Kieker.»

«Du spinnst doch.»

«Wenn ich's dir sage. Achim Golze lügt nicht, außer wenn es sein muß. Flieg, Adler Kühn. Sagt dir das was?»

«Doch, dunkel», entgegnete Adler vorsichtig. «Hat da nicht mal was in der Zeitung gestanden?»

Golze freute sich: «Staatsbürgerliche Pflicht erfüllt, fein, fein. Flieg, Adler Kühn, das ist der Name von dem Neger-Kommando, das hier wilde Sau gespielt hat. Immer rein in die Büros und die Duftmarken in die Ecke setzen wie Bello an der Laterne. Aber dann Fersengeld. 100 Meter in 10 Sekunden. Schnell sind sie ja, muß ihnen der Neid lassen. Leider auch schnell wieder weg. Das weiß ich alles von der Terror-Abteilung. Kaum war das damals im Radio durchgekommen, diese Flieg-Adler-Kühn-Kiste, da haben die flugs die Telefonbücher durchgeguckt, wie viele Kühns bei uns rumlaufen. Und die Adlers noch dazu. Und dann die Doppelnamen. Und alle Schreibweisen. Und dann alle die ohne Telefon. Und dann zusammengezählt, und dann haben sie gemerkt, daß es so ja auch nicht geht. Dann haben sie rausgekriegt, daß du diesen Spitznamen hast oder was das ist. Muß irgendwo eine alte Kartei geben, in die du mal reingeraten bist. Geht ja schnell so was. Na, hier war es für einen guten Zweck, und ab eine Viertelstunde später standest du unter Dauer-Bewachung, hat mir die Abteilung Terror erzählt. 24 Stunden am Tag, Junge, Junge, du sicherst Arbeitsplätze. Dankschreiben vom Personalrat kommt später. Aber sie haben nichts rausgekriegt, weil du, also ich will nicht indiskret sein, aber dieses Fräulein Grabowski, vorne Roswitha, die hätte ich nicht so schnell ins Kraut schießen lassen. Mann, die hatte doch was. War natürlich kein Meisterwerk, das Foto, das unsere Leute mir gezeigt haben. So wacklig aus der Hand geschossen. Aber Ottootto, da bleibt man doch am Ball. Oder besser an beiden Bällen.»

Golze lachte kehlig.

«Ist ja nicht gerade un-bunt, dein Vorleben, Respekt, Respekt. Und dann die Geschichte in Bremen, war 79, richtig? Oder 80. Mit Zahlen kannst du mich jagen, deshalb gewinne ich auch nie im Lotto. Wenn mir mal einer mein Auto klaut, ich müßte mir die Nummer aufschreiben, sonst wüßte ich sie nicht. Eine Telefonnummer gibt es natürlich, die habe ich mir sofort gemerkt, du wirst sie kennen. Liegt alles nur an der Bewohnerin, ach ja. Ihr wart ja mal zusammen, das habt ihr mir aber verschwiegen, ihr Ferkel.»

Golze drohte dem völlig fassungslosen Adler neckisch mit dem Finger.

«Na, nun hat's nichts genutzt, nun weiß ich es doch. Merk dir das für später.»

Adler lotste ihn zum Imbiß und ließ sich zwei Cola reichen.

«Danke», sagte Golze. «Wo war ich stehengeblieben? Auf Irene. Du scheinst nicht gerade ein Experte in länger dauernden Beziehungen zu sein, was? Na ja, auch eine Taktik: scharf ran, abseilen, nächste Kundin. Manche lieben das. Ich nicht so, ich bin mehr romantisch veranlagt. Ich hatte mal einen Chef, der war auch romantisch veranlagt, der war eine Marke. Apropos Marke: das mit dem angeblich geklauten Golf, 81, oder war es 82? Das halte ich, im Vertrauen gesagt, für einen lupenreinen Versicherungsschwindel. Stimmt's?»

«Der stand auf dem Fischmarkt und ist mir beim Hochwasser abgesoffen», stammelte Adler.

«Wer's glaubt», rief Golze fröhlich. «War wahrscheinlich ein Platzregen, und der Wagen hat nasse Reifen gekriegt, aber maximal. Ist ja auch egal. Ist nicht meine Abteilung und außerdem ... das hättest du wohl gern, daß ich dir die Geschichte von der Taucherausrüstung und der Pentax und der Reisegepäckversicherung damals in Griechenland erzähle. Aber mich legt man nicht so schnell rein. Ich bin nämlich ein Kriminaler, ein heller, und kein Schäfer oder Kleingärtner. Apropos Kleingärtner ...»

«Golze», sagte Adler völlig geschafft, «das ist alles nicht wahr, was du hier abläßt. Sag mir, daß das alles nur ein schrecklicher Traum ist.»

«Die hatten dich auf dem Kieker. Und nur weil du ein anständiger Mensch bist, hoffen wir, daß es so bleibt ...» Golze rempelte ihn vertraulich an, «... und weil hier ja nichts weiter los war. Nur dein Knecht Ruprecht ist ab und zu mal übers Gelände gelatscht. Doch wer kommt da des Weges? Unser freier Mitarbeiter Kommissar Zufall. Denn siehe, was läuft den Kollegen vor die Netzhaut? Genau: die Fahrrad-Diebe. So ist das gekommen, ganz einfach, wenn man's weiß, wie? Aber ich rede hier und rede und muß doch längst meinen nächsten Fall aufklären. Danke für die Cola, oder war die gar nicht ausgegeben?»

Adler winkte müde ab, Golze freute sich.

«Finde ich auch okay so: Wir geben euch Sicherheit, ihr spendiert uns eine Cola. Ohne Rum, sind ja im Dienst. Ich bin da im allgemeinen eisern, aber wir haben ein paar Schluckspechte in unseren Reihen, Junge, Junge, wer nichts wird, wird Wirt. Adjöh, sagt Achim Golze, nichts für ungut und immer dran denken: Die Polizei schläft nicht.»

Golze stellte Adler den Müllsack vor die Füße und stieg in den Scirocco.

«Haste mal ein Bier, Reinhold?» Reinhold reichte es raus. Adler stürzte das Bier hinunter.

«Auf ein Wort noch!» *Nein!!!* Er drehte sich um, Golze drehte die Scheibe herunter. «Dein Tip mit dem Schatzmeister von ‹Penuntia› war nett gemeint, aber leider falsch. Der hat keinen Pfennig aus der Kasse genommen, weil in der Kasse nämlich Ebbe ist. So kann's kommen. Aber wir bleiben dran. Und wenn du mal wieder einen Tip hast, ich wäre der letzte, der ihm nicht nachgehen würde. ‹Polizei und der Bürger / sind ein Paar wie Edgar Wallace und der Würger.› Geil, was? Zitat Manni Wiener aus seiner Büttenrede beim letzten Betriebsausflug. Das ist Volkshumor, wie wir ihn lieben. Noch mal, adjöh.»

Am nächsten Tag ging bei Reiher ein Brief ein, der ein Polaroid-Foto enthielt. Die Botenmeister hatten von Verkaufsleiter Bohnsack den Befehl erhalten, ihm alle Schriftstücke, die nicht an bestimmte Adressaten gerichtet waren oder sonstwie einen geheimnisvollen Eindruck machten, auf dem kurzen Dienstweg unverzüglich zuzustellen.

Um halb zehn hatte er das Bild auf dem Schreibtisch. Es zeigte eine Verkehrsampel, die auf Gelb stand. Im Hintergrund waren Häuser, Baumspitzen und Autos mehr zu erahnen als zu erkennen. Neben die Verkehrsampel waren mit Filzstift von oben nach unten die Zahlen 3, 2 und 1 geschrieben. Bohnsack stützte den Kopf in beide Hände. *Langsam. Laß dir Zeit. Konzentrier dich. Kon-zen-trier dich. Tief eintauchen. Kenia, ich komme. Hand in Hand durchs Kaffeeland.* Trotz der hermetischen Bräune glühten Bohnsacks Wangen eine Nuance dunkler. Und dann verstand er. *Rot-Gelb-Grün – die Phasen der Ampel. Grün-Gelb-Rot – diese Stadien durchlaufen Kaffee-Früchte während des Reifeprozesses. Reiher, Kaffee, Neger, alles hängt zusammen, alles fließt. Und du, du bist der Schleusenwärter.* Bohnsacks Blick glitt zur Wand. Über dem Zweier-Element der Sitzecke hing ein

Bild Emmanuel Reihers, des Gründers der Firma. *Ich werde ihnen die Augen öffnen, Chef.*

Das Telefon klingelte. «Bohnsack.»

«Lustig, von Bohnemann. ‹Sie liefern eine leere Tasse / wir liefern Bohnen, unsre Asse.› Genug gescherzt, ich habe hier was für Sie.»

Bohnsacks Herz machte einen Hüpfer. «Nun sagen Sie schon.»

«Ich würde es ja für Haare von einem Besen oder so was in dieser Preislage halten. Für was halten Sie es?»

Die nächsten Worte rief Bohnsack schon im Stehen: «Nichts anfassen, nichts verändern! Ich bin in einer Viertelstunde da. Zwanzig Minuten maximal.»

«n'Abend, verehrte gnädige Frau», nölte der Direktor von Reiher und hängte seine Nase über Robertas Handrücken. Er zählte bis zwei und kam wieder in die Senkrechte. Alle standen an der Glasfront, Bohnsack führte gerade die beleuchtete Blutbuche vor. Man war beeindruckt: drei leitende Herren von Bohnemann. Nach dem Reiher-Chef trafen noch Lustig, Bohnsacks Sekretärin und ein Chemiker von Reiher ein. Roberta war wie immer eine astreine Gastgeberin. Die an sich schon schöne Frau trug untergründige Eleganz und bot erlesene Tropfen an. Bis auf Bohnsacks Sekretärin, die solchen Luxus nicht oft mitgemacht hatte, gossen sich alle besinnungslos das Zeug rein.

Man talkte, scherzte, erzählte Anekdötchen, lästerte ein wenig. Dann schlenderte man zum Tisch im Eß-Bereich, der Platz für zwölf Personen bot.

«Ulf, Ulf, Sie lieben es dramatisch», sagte Bohnsacks Chef. Labberig hing sein Tonfall zwischen Vorwurf und Bewunderung. Der Vierklang schlug an, das Plaudern brach ab. Roberta lachte kurz und überraschend zickig. Bohnsack blickte in alle Gesichter. Er fühlte, daß sie ihm die Führerrolle überließen.

«Ich mache dann mal auf», sagte er mit fester Stimme.

Bohnsack kam, einer alten Frau den Arm zum Einhaken bietend, in den Wohnbereich zurück. Die Frau war höchstens einsfünfundfünfzig. Unter dem dünnen Mantel trug sie ein grell gemustertes Schürzen-Kleid. Die Schuhe waren schwer, wenn auch nicht klobig. Ihr Gesicht war mürrisch, von ungesundem Grau-Gelb. Die Fingerspitzen der linken Hand waren noch gelber.

Bohnsack öffnete den Mund, da quakte sie: «Zigarette.»

In fieberhafter Beflissenheit beeilte man sich, ihr eine Zigarette anzubieten. Mißtrauisch zuckte ihr Kopf, dann nahm sie ein Stäbchen und brachte ihre großporige Nase aus dem Einzugsbereich der entflammten Feuerzeuge. Ihre Augen waren flink, die Ohren strahlten etwas Lässiges aus: groß, wie durch häufiges Waschen ausgeleiert. Die Frau streifte den Mantel ab, Bohnsack fing ihn auf, reichte ihn Roberta weiter und geleitete die Frau zum Tisch.

«Recht so?» fragte er.

«Wird gehen», brummte sie. Die Frau besaß auch nicht ansatzweise den Charme alter Menschen.

«Setzen», blaffte sie los. Einige wollten amüsiert schmunzeln, doch sie nahmen Platz. Stühle rutschten über Parkett.

«Hochheben», kommandierte die Frau.

Bohnsacks Sekretärin kam mit einem Tablett aus der Küche, der Chemiker brachte den Rest. Wenig später hatte jeder eine Tasse vor sich stehen, daneben lag eine Serviette. In der Tischmitte stand eine bauchige Kaffeekanne.

«Milch und Zucker haben wir natürlich gleich weggelassen», sagte Bohnsack pfiffig zu der alten Frau.

«Zigarette.»

Bohnsack legte ihr ein Päckchen hin.

«Dann mal los», blökte die Frau.

Bohnsack dachte daran, wie ihm die Alte beim Vorgespräch gesagt hatte: «Sie müssen mich hassen, das tut ihrer Phantasie gut. Wenn sie mich mögen, werden sie schlapp. Das bringt nichts.»

«Tassen weg. Teller her», bellte die Alte. Sie befolgten die Anweisung. «Kaffee abgießen», lautete die nächste Order, «warten», die übernächste.

Während sie warteten, wollte kein Gespräch in Gang kommen. Jemand sagte einen Satz, ein anderer eine Entgegnung, dann brach es ab.

«Piekfeine Bude, das hier», sagte die Alte und hustete rücksichtslos über den Tisch.

«Sie wohnen wahrscheinlich in einem Hexenhaus», unternahm Lustig einen Versuch, in die Offensive zu kommen.

«Erbpacht, 99 Jahre, die Geier, die werden sich wundern», antwortete die Alte und lachte zum erstenmal wirklich herzhaft. Die Zähne waren zweifellos das Neueste an ihr, neuer vor allem als der Atem. Bohnsack servierte Cognac für die Herren, Marillen-Likör für die Damen.

«Kein Korn da?» Bohnsack mußte passen. Gnädig akzeptierte sie Aquavit.

«Reicht. Kann losgehen jetzt», blaffte die Alte. Alle rückten nahe an den Tisch. «Stromsperre, oder was?» Roberta mußte die Kerzen vom Tisch räumen und den Dimmer bis zum Anschlag aufdrehen.

«Ich hab es doch nur gut gemeint», murmelte sie entschuldigend.

«Das sagen alle», höhnte die Alte. *Kotzbrocken.* Der Kaffeesud wurde in einen Topf gegossen und in der Küche aufgekocht. Dann bekam jeder einen Klacks auf seinen Teller gehauen. Der Reiher-Direktor bekam auch einen Klacks auf die Hose. Interessiert sah die Alte zu, wie er das Gesicht verzog.

«Ist heiß, ja? Das ist gut. Muß heiß sein.»

Auf den Tellern sammelte sich die restliche Flüssigkeit.

«Abgießen. In die Tassen.»

Man goß.

«Und jetzt immer schön der Reihe nach.» Die Alte konzentrierte sich.

«Also. Was sehen Sie? Sehen Sie was?»

Jeder sah in seinem Kaffeesud Gegenstände und Figuren: Autoreifen, Fenster, einen Hund, Zahlen, einen Busen, ein Schwert, Brille, Sektflasche.

«Papperlapapp», sagte die Alte, stand auf und umrundete, bei jedem Teller stehenbleibend, den Tisch.

«Mein Beileid», sagte sie zur Sekretärin Bohnsacks. Die sah kläglich drein. «Kreuz. Kreuz ist nicht gut. Wissen doch, was Kreuz bedeutet?» Die Alte schnitt mit spitzem Daumen quer über ihren Hals. Die Sekretärin mußte trocken schlucken.

«Das ist nie und nimmer ein Kreuz», begehrte sie auf.

Die Nebenleute guckten. Es ergab sich eine Mehrheit für Kreuz.

«Fenster, klar. Oder hat einer was gegen Fenster?» Keiner hatte was dagegen. «Fenster ist nicht so schlimm wie Kreuz, aber schlimm genug. Einbruch. Empfehle Sicherheitsschlösser.»

«Aber hier», rief Lustig gutgelaunt, «ich habe nur einen Buchstaben. Das ist garantiert harmlos.»

«Ein H, Mann Gottes, wie haben Sie sich bis in Ihr hohes Alter so viel Naivität erhalten? H ist das letzte. Passen Sie bloß auf. Urlaub wäre nicht schlecht. Lassen Sie das hier hinter sich.»

Während sie weiterwanderte, versuchte Lustig flüsternd, Bundesgenossen für seine Meinung zu gewinnen, daß die Alte plemplem sei.

«Vierecke, drei Vierecke. Ach du Scheiße.»

«Aber warum bloß?» fragte Roberta erschrocken.

«Warten Sie's ab. Ich würde an Ihrer Stelle das kleine Schwarze schon mal zum Lüften raushängen. Haben Sie ein kleines Schwarzes?» Roberta nickte betroffen.

«Sehen Sie.»

Dann kam sie zum Reiher-Direktor. Ihr Gesicht erstarrte. Im nächsten Moment saß die Alte auf seinem Schoß.

«Was ist denn? Fehlt Ihnen was?» fragte er besorgt.

«Mir? Sie sind gut.» Die Frau griff seine Hand, fühlte seinen Puls. Dann blickte sie ihm fortgesetzt in die Augen. Sie stand auf, legte eine Hand auf seine Schulter und murmelte:

«So jung noch. Es ist erschütternd.»

Dann ging sie zum nächsten. Sie wurde immer bedrückter. Ihre naßforsche Frechheit wich aufrichtiger Besorgnis.

Einige Aquavit tauten sie auf. Sie erlaubte Bohnsack sogar, seine Hand auf ihren Unterarm zu legen.

«Geht's wieder? Soll ich einen Arzt holen?»

Sie blickte ihn an:

«Arzt? Wäre nicht schlecht. Aber nicht für mich. Für Sie. Holen Sie viele Ärzte. Mieten Sie sich ein Krankenhaus, wenn es so was gibt.»

«Müßte ich checken lassen», murmelte Bohnsack automatisch.

«Ich habe nun wirklich mein Leben lang im Kaffeesatz gelesen», sagte die Alte nüchtern. «Ist nicht einfach, wissen Sie, so gerne, wie ich Kaffee trinke. Man verliert die Unvoreingenommenheit. Ist immer analytisch dabei, entsetzlich.»

«Wie bei Sexualwissenschaftlern», krähte der Reiher-Chemiker dazwischen. Roberta und die Sekretärin dampften ihn mit Blicken ein.

«Nächsten Herbst sind es 50 Jahre», fuhr die Alte versonnen fort. «Meine Mutter hat es auf 42 Jahre gebracht. Hinten in Ostpreußen, das war das richtige Land dafür. Schottland stelle ich mir auch ganz schön vor, ich wollte immer mal hin. Fast 50 Jahre . . .»

«. . . 49», sagte Lustig, der es nicht ertrug, wenn jemand mit Zahlen fahrlässig umging.

«Blasen Sie sich ruhig noch mal auf», sagte die Alte und bedachte ihn mit traurigem Blick. «Haben Sie Kinder?»

«Wieso?» begehrte Lustig auf.

«Zwei hat er», sagte Roberta.

«Die armen Hascherln», murmelte die Alte und zog etwas in der Nase hoch. «Es ist diese absolute Eindeutigkeit, die mich erschüttert. Ist ja immer mal ein Kreuz dabei. Oder eine Schlange. Bleibt nicht aus. So ist das Leben. Aber es kommen sonst auch Dreiecke vor, Häuser, ein Kreis. Boten für glückliche Ereignisse: Liebe, Heirat, Erbschaft.»

Die Frau hielt das Glas hin, Bohnsack goß ein. Der Chemiker wollte Roberta leise erklären, wie er das vorhin mit dem Sexualwissenschaftler gemeint hatte und ritt sich dabei immer tiefer rein.

«Ich führe Buch, mit heute sind es 4097 Lesungen. Heute ist das erste Mal, daß ich nur Schwarz sehe.» Sie blickte alle der Reihe nach an.

«Himmelherrgott», schrie die Alte plötzlich los, «warum ist bei euch noch nicht einmal ein Vogel dabei? Ein Adler meinetwegen. Was seid ihr bloß für Menschen?»

Am nächsten Tag ging bei Reiher ein gefütterter Umschlag ein, der 24 Zigaretten-Kippen enthielt. Zwei Kippen trugen Spuren von Lippenstift.

Am nächsten Tag war Samstag.

Am nächsten Tag war Sonntag.

Am nächsten Tag fand die Poststelle bei Bohnemann ein besonderes Päckchen. Es enthielt – nichts.

«Absolut nichts», stieß Bohnsack hervor. «Nichts, nichts, nichts, verdammt noch mal», rief er außer sich und schlug mehrmals auf den Schreibtisch, hinter dem der Direktor saß. In der Sitzecke kauerte ein Mann, dessen Augenlid zuckte und den der Direktor Bohnsack gegenüber als alten Schulfreund ausgegeben hatte. «Ein Unglück», rief Bohnsack, «die Luft vibriert, die Erde zittert, die Welt zieht sich zusammen. Jeden Moment kann es losgehen. Und was machen wir? Wir sitzen herum und schwatzen dummes Zeug. Das ist unerträglich.»

«Was sollen wir denn machen?»

Bohnsack beugte sich über den Tisch. «Sie nehmen es noch immer nicht ernst.»

«Muß ja wohl erlaubt sein.»

Bohnsack lachte auf. «Die Zeichen wollen zu uns sprechen. Aber wir hören nicht zu. Nur einen gibt es, der hört.» Er senkte seine Stimme zu heiserem Flüstern:

«Ich habe Ohren zu hören.»

«Sagen Sie mal, Bohnsack, warum versuchen Sie es nicht mit einer Kur?»

Bohnsack wich zurück. «Kur? Ich? Ausgerechnet jetzt?»

«Oder Urlaub. Mal richtig ausspannen. Alle fünfe gerade sein lassen. Packen Sie Badehose und Roberta ein und jetten Sie auf die Fidschis, Seychellen, Karibik, Kuba meinetwegen. Wenn's nur hilft.»

«Sie», knurrte Bohnsack und bekam vor Anspannung kaum die Zahnreihen auseinander, «Sie sind ein Defätist.»

«Das nehmen Sie zurück», sagte der Direktor ruhig.

«Wissen Sie, was ich tun werde?» rief Bohnsack höhnisch. «Und das kann Ihr Herr Schulfreund ruhig mitanhören. Ich werde lachen. Lachen werde ich. Und wissen Sie auch wie?»

«Na?»

«Haha», rief Bohnsack unfröhlich. «Hahaha.» Und immer weiter und immer verzweifelter lachend, verließ er den Raum.

Der Direktor ging zur Sitzecke. «Na? Jetzt haben Sie's mitgekriegt. Immer noch skeptisch?»

Der Mann wiegte den Kopf. «Ich habe starke Zweifel, ob es in diesem Fall mit einem Urlaub getan wäre.»

«Was schlagen Sie vor?»

«Der Mann muß hier weg. Wenn er erst Anhänger gewinnt, könnte eine Ketten-Reaktion entstehen.»

«Das tut mir leid», sagte der Direktor. «Es sah so aus, als ob Bohnsack eine Zukunft vor sich hat.»

«Ganz recht», sagte der Psychiater boshaft: «Es sah so aus. Sie gebrauchen die richtige Zeitform. Sie wissen, was Sie zu tun haben?» Der Direktor nickte.

Bohnsack vertraute sich Roberta an. Sie war sehr lieb, striegelte sein blondes Haar, bot ihm an, einen Pickel am Halsansatz auszudrücken und machte ihm Komplimente bezüglich seiner beruflichen Energie. Aber sie sagte auch: «Ausspannen kann nie schaden. Was hältst du davon, wenn ich dich für ein Wochenende nach Kampen einlade?»

«Du nimmst mich auch nicht ernst», stieß er hervor.

«Aber Liebling», gurrte sie, sein Haupthaar gegen den Strich verwüstend, «warum bist du auf einmal nur so?»

«Ich hätte nichts dagegen, wenn ein anderer den Warner spielt. Aber es gibt keinen anderen. Es gibt nur mich. Ich kann mich dem nicht entziehen.»

In der Nacht schreckte Bohnsack aus unruhigem Schlaf hoch. Wieder hatte er das Gefühl, als ob der Sony im Rattan-Regal diesen merkwürdigen Glanz ausstrahlte. Mit brennenden Augen starrte er auf das Rechteck. Und dann sprang ihn der Gedanke an. *Du mußt mit ihnen Kontakt aufnehmen.*

Bevor er am nächsten Morgen ins Büro fuhr, begab sich Bohnsack zur Kleinanzeigen-Annahme der seriösen Tageszeitung und formulierte unter den erst spöttischen, dann ärgerlichen Blicken der Angestellten: «Stichwort Bohnemann und Reiher!

Aktivposten bitte umgehend melden bei Seele, die im Gleichklang schwingt. Telefon . . .»

«Jux-Anzeigen haben wir an sich gar nicht gern», sagte die Frau.

Die Anzeige erschien in der nächsten Ausgabe. Zweimal riefen Witzbolde an, die Bohnsack schneidend abfertigte. Nach 17 Uhr verfiel er in dumpfes Brüten.

Am folgenden Vormittag gab er Anzeigen in allen örtlichen Tageszeitungen auf. Das Tages-Seminar für Firmennachwuchs aus der ganzen Republik brachte er mühsam hinter sich. Vom gemütlichen abendlichen Teil stahl er sich mit einer Lüge fort. Den nächsten Tag verbrachte er neben dem Telefon. Nachmittags rief ein Journalist an, der wissen wollte, wer oder was hinter den Anzeigen steckte. Bohnsack kanzelte ihn ab und ertappte sich dabei, wie er – wartend – auf seinen Fingernägeln herumkaute.

Irene bestand darauf, daß zwei Garagen leergeräumt wurden. Henry und Gabriel halfen, Reifen und Ersatzteile auszulagern.

Sie weigerten sich jedoch, auf der Versammlung zu sprechen. «Macht ihr euer Ding», sagte Gabriel, «wir machen unser Ding. Vor zwei Monaten hätten wir bestimmt geredet. Vor zwei Monaten wußten wir noch nicht, was wir heute wissen. Wir sind über das Stadium des Diskutierens hinaus.»

«Typisch», maulte Irene, «wir dürfen uns für euch in die Bresche werfen. Aber von Ausbeutung reden.»

Gabriel ließ sie stehen und ging ins Detektiv-Büro: «Fertig.»

«Dann fangen wir an», erwiderte Henry, der gerade das Polaroid-Foto von Ulf Bohnsack an den Rollschrank pinnte. «Mit größerer Majestät hat noch nie ein Verstand stillgestanden», fauchte er, Bohnsack betrachtend.

«Dabei wäre es so einfach», sagte Gabriel und stellte sich neben den Freund. «In jeder Fakultät sollte wenigstens ein recht tüchtiger Mann sein. Wenn die Scharniere von gutem Metall sind, so kann das übrige von Holz sein.»

«Balsa», höhnte Henry und ging zum Schreibtisch, wo die Wurfpfeile lagen.

«Genug», sagte Gabriel mit fester Stimme.

«Genug», sagte Henry, zielte, warf und traf.

«Verdammt noch mal, ihr mit eurer Erdbeertorte», brüllte Ulf Bohnsack und rieb sich die Stelle am Hals, wo ihn die Biene erwischt hatte.

«Möchtest du nicht doch ein Stück?» rief Roberta von der Terrasse.

«Warum eigentlich nicht?» murmelte Bohnsack, stand auf und knickte ein. Der Schmerzensschrei drang bis zur Terrasse. Roberta eilte um die Hausecke. «Liebling, was ist?»

«Nichts», drückte Bohnsack heraus. «Dieser verdammte Meniskus. Als wenn einer mit dem Messer reinfährt.» Er stützte sich auf Roberta und wurde an diesem Nachmittag von Stichen, Zerrungen, Dehnungen und ganz und gar unerklärlichen Schmerzen an diversen Körperteilen heimgesucht.

«Wie im Sommersemester 68», sagte Irene mit strahlenden Augen. Über 80 Besucher strömten an diesem Nachmittag zusammen. Die Sonne klebte an einem wolkenlosen Himmel.

«Hallihallo, da sind wir mal wieder», sagte Martin und schlug Adler auf die Schulter.

«Martin, wo hast du deine beeindruckende Urlaubsbräune gelassen?»

«Reden wir nicht darüber», bat Martin.

«Was hat er denn?»

«Bauherrenmodell», antwortete Martins Lebensgefährtin Yvonne. «Schwer reingefallen. Frißt uns die Haare vom Kopf. Scheiß Kapitalismus. Immer wenn du denkst, du hast ihn im Sack, stellt er dir ein Bein.»

«Guck mal hier», sagte Hans und rieb mit dem italienischen Hemdsärmel den roten Stern blank, der über dem Mützenschirm prangte. «Lohnt sich eben doch, die alten Sachen aufzuheben. Die Geschichte wiederholt sich.»

«Korrespondiert geschmackvoll mit der Farbe des Wägelchens», sagte Adler und blickte auf den fabrikneuen roten Mercedes 190 E, an dem für acht Tausender eine Rundum-Spoiler-Landschaft angebracht war.

«Der Wiederverkaufswert», erklärte Hans wichtig, «man hat das Geld ja nicht, um es zum Fenster hinauszuschmeißen. Was fährst denn du gerade? Immer noch diesen vergammelten Volvo?»

Adler deutete auf das Tankstellen-Fahrrad.

Ein Buchladen aus dem Universitäts-Viertel hatte einen Büchertisch aufgebaut; Irene und ein Mitdreißiger brachten über den Garagentoren ein Transparent an: «Solidarität mit den Opfern der Chemie-Konzerne». Hajo war mit dem Sound-Check der kleinen Lautsprecher-Anlage beschäftigt. Man schlenderte übers Gelände, guckte, fachsimpelte, holte sich schmutzige Finger. Henry und Gabriel waren im Küchenzelt, der Imbiß machte blendende Umsätze.

«Geil, was?» rief Irene Adler im Vorbeieilen zu.

Till kam, er hatte einen Haufen Kinder im Schlepptau: «Das hier ist der Chef. Was der Chef sagt, wird gemacht. Das kennt ihr nicht aus euren WGs.»

«Was sind We-ges?» krähte ein Junge. Till lächelte verächtlich und scheuchte den Trupp zum nächsten Besichtigungs-Punkt. *Diese Kinder, wo haben die bloß alle diese Kinder her? Vor vier Jahren hatte keiner Kinder, und jetzt kommen die ersten schon zur Schule.*

Die Frau, die gerade das Gelände betrat, strickte im Gehen. «Das ist die hohe Schule», murmelte Adler und rief ihr zu: «Was wird es denn?»

«Na, was wohl?» erwiderte die Frau. Und in ihrem verschleierten Blick hatte Adler schon die Antwort gelesen, bevor sie sich über den Bauch streichelte.

In Hajos Gesicht ging die Sonne auf. «Da kommt Doris.» Er rannte seiner Frau entgegen. Doris trug knallenge Jeans, auch ihre Bluse war sehr figur-betont.

«Hallo, Adler, sieht man sich mal wieder», sagte Doris lässig. Neben ihr wirkte Hajo wie ein Schuljunge.

«Immer noch Feuer und Flamme für die neue Wohnform?» fragte Adler. Der Blick, den Doris Hajo zuwarf, reichte ihm. *Armer Hajo.*

«Komm, ich zeig dir alles», hechelte Hajo und zog Doris am Arm davon. Sie warf Adler ein hochnäsiges Lächeln zu. *Die lacht den aus, und der merkt das nicht. Betriebsblindheit. Aber so sind wir Männer, wenn wir erst mal richtig lieben. Wie mit 120 km / h durch den Nebel.*

Irene rief zum Sammeln. Die wenigen Stühle waren für die Schwangeren und zwei Verstauchte. Alle anderen standen. Irene trug ein weißes Kleid. Der Rock hatte mehr Löcher als das Oberteil. Schon nach wenigen Sätzen kam sie zum Thema:

«Wir haben die Aufgabe, die Öffentlichkeit auf dieses Unrecht aufmerksam zu machen. Die Dritte Welt ist darauf angewiesen, daß wir ihr beistehen. Wir haben jetzt aus todsicherer Quelle die Namen von zwei Firmen, die mit Ausbeutung und Todesfällen ihren Reibach machen. Wir haben die Kampagne, die seit Wochen in den Massenmedien gegen die Afrikaner gefahren wird, die nichts anderes getan haben, als Aufmerksamkeit zu wecken für die verzweifelte ...»

«... Posho! Rote Grütze! Fladen! Wer will noch mal, wer hat noch nicht?» Zwei Schwarze, die ganz in Weiß gekleidet waren, drängten sich durch die Zuhörerreihen. Beide trugen einen Bauchladen, in dem leckere Nahrungsmittel dampften. Die Rote Grütze dampfte natürlich nicht.

«Guck mal, unmöglich!»

«Wir wollen Afrika helfen, und die machen hier den Neger.»

«Etwas kolonialistisch, aber Hunger kennt keine Weltanschauung.»

Irene hatte Lust, vor Wut ins Mikrofon zu beißen.

Als die Schwarzen alles verkauft hatten, eröffnete Irene die Diskussion. Die ersten Redner sprachen noch mit vollem Mund. Aktionisten wollten auf der Stelle losschlagen; Besonnenere wollten gleich nach dem Urlaub aktiv werden; Theoretiker forderten eine gründliche Einarbeitung in die Materie. Irene las ihren Vorschlag für ein Flugblatt vor. Die Zwischenrufe kamen postwendend:

«Üben! Üben!»

«Der gute Wille allein macht's nicht.»

«Laß da mal den Vati ran.»

In zwei Minuten hatten sie den Text des Flugblatts völlig zerpflückt, Irene blickte sich hilflos um.

Die Kinder begannen zu toben. Hajo mußte sich stärker um die kleinen Destrukteure als um die gelangweilte Doris kümmern. Man beschloß eine Pause von fünfzehn Minuten, während der vier Leute sich den Text des Flugblattes vornahmen.

«Was soll ich denn nun schreiben?» rief verzweifelt der Redakteur der alternativen Tageszeitung. Der Egon-Nachfolger war noch neu in dem Gewerbe, auf seinen Notizzetteln sah es aus wie im Kopf von Helmut Kohl. Im Bestreben, die jeweils neueste Flugblatt-Version nicht zu verpassen, hatte er hektisch mitgeschrieben. Jetzt war sein Papier alle.

Adler genoß den Blickkontakt zu einer Frau, die er nicht kannte. Er hatte die Lage gepeilt und war sicher, daß sie ohne männliche Begleitung hier war. *Nur eine Freundin. Zähneputzen, Hemd wechseln und dann deinen Charme versprühen, daß sie glaubt, sie sei die Garbo.* Die Frau hatte mehr Ähnlichkeit mit Doris als mit Irene.

Während vorne der Flugblatt-Text immer noch einmal abgeändert wurde, näherte sich Adler zwanglos der Frau. Er hatte als Hausherr keine Schwierigkeit, mit ihr ins Gespräch zu kommen. Es ließ sich auch gut an, sie scherzten, lachten lauthals, und Adler blickte zuversichtlich in die Zukunft, besonders in die nähere. Am Rande bekam er mit, wie sich die Versammlung auflöste. Die Freundin der Frau schlenderte heran. *Der drückst du jetzt 5 Mark für ein Eis in die Hand.* Die Freundin lächelte Adler an, umarmte die Frau. Und dann küßten sie sich, daß erst das Räuspern eines Beobachters Adler darauf aufmerksam machte, wie fassungslos er die beiden anstarrte.

Er leistete Hajo, der Doris mit Hilfe von Bier vergessen wollte, Gesellschaft. Sie saßen zu viert im Küchenzelt, als Irene hereinkam.

«Flaschen zu Flaschen», sagte sie bitter und blickte auf den gelichteten Kasten Bier.

«Ach, Frauen», murmelte Hajo bitter.

«Ach, Frauen», sagte Gabriel. Bei ihm klang es optimistischer.

«Kommt einer mit baden?» fragte Adler.

«Ich schon mal garantiert nicht», sagte Hajo und wischte sich Schaum vom Mund. «Ich muß nach Ochsenzoll.»

«Aber, Hajo», rief Irene, «warum hast du uns denn nie davon erzählt, daß es so ernst ist?»

«Haha», sagte Hajo unlustig. «Ich hole den BMW ab. Der muß endlich fertig werden.»

«Fährst aber vorsichtig diesmal, ja?» sagte Irene mit milder Häme. Sie war so mild, daß Hajo sie immer wieder für aufrichtige Besorgnis hielt.

«Also, wer kommt nun mit baden?»

Es wurden vier Autos voll. Till stand, mit einem Schwimmring um den Bauch und zwei Ringen um die Oberarme, zwischen den Zapfsäulen. Adler schlich sich von hinten an, zog den Nippel aus dem Ventil. Till bekam einen Weinkrampf.

«Jetzt siehst du mal, wie sich das Auto fühlt», sagte Adler schadenfroh. Irene bot ihm Schläge an. Adler las in der Zwischenzeit den abgesegneten Flugblatt-Text. In einigen Tagen sollte vor dem Reiher-Werk eine Demonstration stattfinden.

«Wo stecken denn unsere schwarzen Edelsteine?» Irene blickte sich um.

«Schon da», rief Gabriel und kam tänzelnd näher.

Irene wandte sich ab.

«Du riechst wie zehn nackte Neger, wenn ich das mal so offen sagen darf.»

«Du darfst.»

Henry folgte in einer weiteren Duftwolke.

«Steh du mal den ganzen Tag in altem Fett herum. Da gelüstet es dich nach einem Duft, bei dem sich die Lungen weiten.»

Dreimal fuhr Ulf Bohnsack im Leihwagen über die mächtige Köhlbrandbrücke. Sie führt von der Autobahn über einen Nebenarm der Elbe in den Freihafen. Als er das dritte Mal am Häuschen der Zollbeamten vorbeikam, trat ein Zöllner auf die Straße. Bohnsack betätigte den elektrischen Fensterheber und verringerte das Tempo.

«Haben Sie ein Fernglas?» frage er den älteren Beamten.

«Logo», erwiderte der gemütlich.

«Dann nehmen Sie das Ding vor Ihre Optik und richten Sie es auf die Brücke», rief Bohnsack und beschleunigte mit durchdrehenden Reifen.

«He, Sie ...» rief der Beamte, aber das hörte Bohnsack schon nicht mehr.

Während er bis zum Scheitelpunkt der 53 Meter hohen

Brücke rollte, ließ Bohnsack den Plan an seinem geistigen Auge vorbeihuschen. *So muß es gehen, so wird es gehen.* Bohnsack war so zeitig aufgebrochen, daß es die Zeitungen in die morgigen Ausgaben hineinkriegen würden. Auf dem Rücksitz lagen – unter einem Popeline-Mantel verborgen – Steigeisen. Bohnsack wußte nicht, ob sie ihm an einem Stahlmast helfen würden. Auf die Blutbuche im Garten war er mit den Dingern ohne Probleme hinaufgekommen.

Wegen der rostenden Pylonen fanden den gesamten Sommer über Ausbesserungen an der Brücke statt. Ein kleiner Bauwagen, auf dem Seitenstreifen abgestellt, kündete von der Arbeit. Bohnsack fuhr den Wagen so dicht an die Seitenbegrenzung, daß Metall an Metall scheuerte. Ein entgegenkommender Pkw hupte ihn an. Bohnsack stieg aus, holte den Mantel von der Rückbank und zog ihn an. *Diese albernen Steigeisen vergißt du besser.* Er kletterte über die Leitplanke und blickte, das Geländer mit beiden Händen fest umgreifend, in die Tiefe. In diesem Moment konnte Ulf Bohnsack den Berufswunsch, Bergmann zu werden, leicht nachvollziehen.

«Mensch Meier», sagte der ältere Zollbeamte und drückte das Fernglas gegen die Brille. «Nun sag bloß, der Kerl ...» Der jüngere Kollege griff zum Telefon.

Für einen Pförtner benahm sich der Mann in Ochsenzoll sehr manierlich. Natürlich waren seine Gesten zu wichtigtuerisch. Und er tat, als ob er die meisten Mediziner und Psychologen persönlich ausgebildet hatte. Mehrmals nannte er das Krankenhaus «mein Stall». Doch nebenbei fand er Gelegenheit, Hajo den BMW zu zeigen. Er stand gleich neben dem Haupteingang.

Hajo genoß das Schnurren der sechs Zylinder. Er fühlte sich so wohl, daß er das diffuse Gefühl ignorierte. Er suchte auf den Kassetten nach der Beschriftung, drückte Stevie Wonder ein und genoß den satten Sound. Und dann fühlte Hajo Metall im Nakken. Er verriß den Wagen, kam auf den Bürgersteig, steuerte gegen und kam wieder auf die Straße.

«Ruhig! Ganz ruhig bleiben. Musik aus. Langsam weiterfahren. Dann passiert dir nichts.»

Der Mann richtete sich auf. Hajo wollte den Kopf drehen, der Mann verstärkte den Druck der Waffe. Im Spiegel sah Hajo Trenchcoat, Schlapphut und Sonnenbrille. Sie war ungewöhnlich schwarz.

«Wieso? Was . . .?»

«Du hast Sendepause. Jetzt bin ich dran. Nächste Ampel links.»

«Wollte ich sowieso.»

«Schnauze.»

«Ist das eine Entführung?»

«Blitzmerker.»

Ogottogott, Doris, Adler, Christian. Dein Vater wird entführt.

«Nun mal los, bißchen schneller. Richtung Hauptbahnhof.»

«Warum Hauptbahnhof?»

«Klappe, Bohnsack. Das wirst du früh genug sehen.»

«Wer ist Bohnsack?»

Der Mann lachte: «Nicht mit mir, Bohnsack. Keine Bauerntricks.»

«Aber ich heiße nicht Bohnsack. Ich heiße Pillau.»

«Schluß jetzt.» Die Waffe im Nacken.

«Wenn ich's Ihnen doch sage.» Hajo fühlte eine ungeheure Freude in sich aufsteigen. «Bohnsack ist der, dem der Wagen gehört. Ich heiße Pillau, Hajo Pillau. Ich überführe den Wagen nur. Ich repariere den doch.»

In Rochus Rose brach etwas zusammen. Er nahm die Sonnenbrille ab, lehnte sich über den Vordersitz, starrte Hajo an. Der versuchte, ein zuversichtliches Gesicht zu machen. In Rose schoß unbändige Wut hoch. Er drückte die Pistole gegen Hajos Hals. *Der macht Ernst.* Hajos Herzschlag setzte aus, er wurde blind vor Angst.

«Paß auf, Mensch! Da vorne!»

Hajo versuchte noch, den Wagen rechts vorbeizureißen, doch er streifte den wartenden Linksabbieger. *Gott sei Dank nur ein Scirocco. Stoßstange, Scheinwerfer, Ausbeulen, Lack. 400 Mark an Material sind's doch.*

«Nicht stehenbleiben.»

«I wo. Fahrerflucht ist meine Spezialität.» Hajo fuhr rechts ran. Sein Herz hämmerte.

«Und jetzt raus», sagte er tonlos. «Die Entführung, oder was das war, ist zu Ende. Vielleicht klappt's beim nächstenmal.»

Der Mann machte keine Anstalten, auszusteigen.

«Raus jetzt!» brüllte Hajo. «Ich kann auch gleich zur Polizei fahren.»

«Ich verstehe das nicht», murmelte Rose verzweifelt. «Alles war bis ins letzte geplant.»

«Komm, komm, Mann. Halbe Stunde Fußmarsch, und du bist wieder in der Klapsmühle. Wenn du gleich aussteigst, vergesse ich die Sache vielleicht auch.» Hajo wollte hier weg, nur weg.

«Warum willst du das tun?»

«Weiß nicht. Habe sonnabends immer meinen sozialen Tag. Andere Leute baden sonnabends. Ich bin sonnabends sozial.» Hajo lachte bitter auf.

«Wo ist Bohnsack? Hat er dich geschickt? Bist du sein Leibwächter?»

«Es ist gut. Der Film ist zu Ende. Hau endlich ab.»

Rose stieg aus, Hajo jagte den Wagen rücksichtslos auf 90 km/h hoch.

«Wenn Sie noch einen Zentimeter näher kommen, stoße ich mich ab. Wollen Sie das verantworten?»

Der Feuerwehrmann blieb stehen. Gelassen kratzte er sich an der Wange. Er wurde stets in die erste Reihe geschickt, wenn in der großen Stadt jemand irgendwo herunterzuspringen drohte. Seine verantwortungsvolle Aufgabe war ihm dermaßen in Fleisch und Blut übergegangen, daß er seit Jahren darauf verzichtete, Frei- oder Hallenbäder aufzusuchen. Dabei war er seit früher Kindheit eine richtige Wasserratte gewesen. Doch der Anblick von Menschen, die sich von Ein-, Drei-, Fünf- oder Zehn-Meter-Brettern in die Tiefe stürzten, wühlte ihn innerlich so auf, daß er danach nervlich völlig am Boden war.

Ulf Bohnsack stand in der Kabine, die 50 Meter über dem Wasser außen am Geländer hing. Bohnsack gab dem Kasten, mit dem Ausbesserungs-Arbeiten erledigt wurden, einen Schubs, wie man es auf dem Rummelplatz in der Schiffsschaukel tut. Ein junger Feuerwehrmann mußte sich abwenden.

Bohnsacks Gesicht wäre schweißnaß gewesen, wenn nicht der starke, fast schmerzende Wind es ihm immer wieder trockengefegt hätte.

«Hören Sie zu», rief Bohnsack.

«Dafür bin ich da», sagte der Feuerwehrmann ruhig. Hinter ihm standen Feuerwehrzüge und diverse Streifenwagen. Zwei Notarzt-Wagen warteten im Hintergrund. Die Köhlbrandbrücke war seit 20 Minuten für den Verkehr gesperrt.

«Was macht er jetzt?» fragte der ältere Zollbeamte am Fuß der Brücke den Kollegen.

«Jetzt verhandeln sie. Wahrscheinlich will er, daß seine Frau erscheint und ihm ewige Treue schwört.»

«Du mußt nicht immer von dir auf andere schließen.»

«Hören Sie zu!» rief Bohnsack. «Ich nenne Ihnen jetzt meine Bedingungen. Erstens: Ich brauche ein Kofferradio.»

«Bei Ihnen piept's wohl.»

«So eins nicht. Ich will eins mit astreinem Empfang. Grundig ist da, soweit ich weiß, ganz gut. Zweitens: Ich habe eine Nachricht. Ich verlange, daß Sie diese Meldung an den Rundfunk weitergeben. Sie soll jede halbe Stunde ausgestrahlt werden. Sie bringen mir das Radio, damit ich nachprüfen kann, ob meine Forderung erfüllt wird.»

«Was wollen Sie denn durchgesagt haben?» fragte der Feuerwehrmann. *Bestimmt was Obszönes. Wundert mich sowieso, daß nicht schon längst mal einer auf den Trichter gekommen ist. Diese Sauigel.*

«Haben Sie was zum Mitschreiben?» fragte Bohnsack. «Bleiben Sie stehen!» rief er aufgeregt und begann zu schaukeln.

Der Feuerwehrmann hatte sich in seiner unauffälligen Art der Kabine bis fast auf Reichweite genähert. Er wich zwei Schritte zurück. Sie dirigierten einen Streifenwagen heran. Ein Beamter hielt das Mikrofon so weit wie möglich in Bohnsacks Richtung.

«Also», rief er, «mein Name ist Ulf Bohnsack. Ich bin Verkaufs-Direktor in der Norddeutschland-Zentrale des Chemiewerks Reiher Aktiengesellschaft. Vor wenigen Wochen haben zwei oder mehrere schwarzhäutige Männer uns und einer zweiten Firma einen Besuch abgestattet. Ich fordere diese Männer auf, sich umgehend mit mir in Verbindung zu setzen. Zur Not auch mit meinem Chef . . .»

So, mit diesem ‹zur Not› hast du den Bogen endgültig überspannt. Der Direktor von Reiher saß im Auto, als die Aufnahme pünktlich zur halben Stunde aus dem Radio kam.

«. . . Ich wiederhole: Sie haben in mir keinen Feind zu fürchten. Lassen Sie sich nicht zu unüberlegten Handlungen hinreißen. Nennen Sie uns Ihre Forderungen, wir werden uns einigen . . .»

Nach diesem Satz verschärfte der Direktor die Sanktionen noch. Nicht nur, daß Bohnsack mit sofortiger Wirkung seines Postens enthoben war. Er strich ihm obendrein die Abfindung, und als er die Aufnahme noch einmal hörte, auch alle Ansprüche aus der betrieblichen Altersversorgung.

Insgesamt viermal hörte Bohnsack seine Botschaft aus dem Radiorecorder kommen. Der Himmel hatte sich bezogen, der Wind schmerzte auf der Kopfhaut und in den Ohren.

«Kannst du noch was sehen?» fragte der junge Zollbeamte am Fuß der Brücke.

«Eins a. Das ist ein Nachtglas. Hallo. Es gibt Bewegung. Jetzt ist er gesprungen oder . . .»

«Es reicht», sagte Bohnsack und ließ sich aus der Kabine helfen. Als er festen Boden unter den Füßen fühlte, wurden ihm die Knie weich.

Zweimal noch traf sich eine Kerngruppe und feilte an der Formulierung des Flugblatts. Als im letzten Moment wieder tiefgreifende Meinungsverschiedenheiten aufflammten, einigte man sich auf eine Minimallösung. Der Text des Flugblatts umfaßte danach sieben Sätze.

Auf der kurzfristig einberufenen Betriebsversammlung berichtete der Direktor von Reiher über den Geschäfts-Verlauf des letzten halben Jahres, über den Abschluß der Reparaturarbeiten nach dem Überfall der schwarzen Terroristen und über die Berufung des neuen Verkaufsleiters Gerd Rann. Fragen nach dem Verbleib von Ranns Vorgänger Bohnsack beantwortete der Direktor ausweichend, indem er von einer «plötzlichen, schweren

Erkrankung» Bohnsacks sprach. Gerd Rann, aus der Konzern-Zentrale eingeflogen und noch in einem Hotel logierend, stellte sich seiner Abteilung in einer kleinen Rede mit Umtrunk vor. Rann legte ein mörderisches Arbeitstempo an den Tag. Nach einer Woche strahlte Bohnsacks Herrschaft, die wirklich nicht ohne gewesen war, den milden Schein vorruheständlerischer Beschaulichkeit aus.

«Videorecorder, Espressomaschinen. Also nein, wie ordinär.» Angewidert blätterte Kriminalassistent Golze in der Akte herum und befühlte die Pflaster auf Nase und Stirn.

«Da weiß ich wenigstens, woran ich bin», sagte der Festgenommene auf der anderen Seite des Schreibtischs störrisch.

Golze kam von dem dumpfen Gefühl nicht los, daß ihm der Name Fred Frenzel bei anderer Gelegenheit schon mal untergekommen war. «Ganz stolz für 24 Jährchen», sagte Golze anerkennend, «aber die Regelmäßigkeit, mit der wir dich hopsnehmen, müßte dich doch mal zu fünf Minuten Gedankenmachen antörnen. Das wird doch nichts mit dir als Dieb.» Wieder befühlte er die Hinterlassenschaft des BMW-Fahrers, der seinen Scirocco von hinten angedellt, dadurch Golzes Kopf gegen das Lenkrad gestoßen und dann auch noch Fahrerflucht begangen hatte. Golze blätterte, las da einen Absatz und dort einen Satz. Er schmunzelte, gluckste, las laut vor:

«Gab F. bei der Einvernahme weiter an: ‹Ich hatte den Bus voll mit Espresso-Maschinen und Recordern. Alles Stereo und auch ein paar Kameras. Ich wollte gerade los, da hörte ich Lachen und Geblöke von der Straße her. Ich nahm durch das Fenster eine Inaugenscheinnahme vor bzw. guckte raus. Die vier Vatis waren stinkeduhn und verkleidet wie im Fernsehen beim Karneval. Sie sprachen in eindeutiger Weise über Nutten, wo sie wohl drauflos wollten. Der vierte wollte vorher urinieren. Die drei gingen schon vor. Der Urinant fing an, wobei er heftig schwankte. Da kam ein Auto. Der Scheinwerfer erwischte den Urinanten voll von vorne, wenn Sie wissen, was ich meine. Das Auto fuhr gleich weiter, aber der Urinant hatte wohl einen Schreck bekommen. Jedenfalls zappelte er plötzlich so merkwürdig rum. Er verlor dann das Gleichgewicht, fiel hin, zuckte ein bißchen und war dann aber still. Den Vorwurf der unterlassenen Hilfeleistung kontere ich mit den drei Kumpels, die er ja dabeihatte. Die hätten doch ...»»

Golze brach ab und blickte den festgenommenen Frenzel an. Er ärgerte sich, wie leicht es jedermann fiel, seinem Blick standzuhalten. *Ausgerutscht! Weil ihm ein Auto seinen Ziesemann beleuchtet, wird meine Pappnasen-Leiche zappelig, schlägt lang hin und ward nicht wieder.* Golze hatte plötzlich keine Lust mehr zu diesem Beruf. Nase und Stirn schmerzten höllisch.

«Hier, nun nehmen Sie schon. Das beißt nicht.» Wütend versuchte Irene, dem Angestellten das Flugblatt in die Hand zu drücken. Sie standen zu dritt vor dem Eingang von Reiher und streckten den Ankommenden Flugblätter entgegen. Ein Trupp von dreißig Menschen hatte sich vor einem meterlangen Transparent versammelt: «Solidarität mit den Opfern der ChemieKonzerne».

«Na endlich», murmelte Irene, als der mit Technik vollgepackte Wagen des Hörfunks um die Ecke bog. Die Techniker hatten gerade aufgebaut, die Reporterin war kaum dazu gekommen, die erste Frage an Irene zu richten, als auf dem Bürgersteig das Getrappel schwerer Schuhe erklang. Im Laufschritt polterte ein Schwung Polizisten um die Ecke.

«Nicht appetitlich, aber nötig», sagte Verkaufsleiter Rann, der im fünften Stock am Fenster stand und zusah, wie die Demonstranten verhaftet wurden.

«Die wehren sich gar nicht», sagte seine Sekretärin beeindruckt.

«Was hier gefehlt hat», knurrte Rann, «waren klare Verhältnisse. In der letzten Zeit war dieses Haus nicht mehr von einem Urwald-Kral zu unterscheiden. Was hier fehlte, war der köstlich kühle Durchzug von abendländisch-technokratischer Denkweise.»

«Das sind die letzten», sagte in diesem Moment im Küchenzelt Henry zu Gabriel. Er legte die Bananen in die Pfanne und warf die Schalen über die Schulter nach hinten.

«Aaaiiiiioooooahhh!» gurgelte es aus Ranns Kehle, dann rutschte sein Fuß auf einer Bananenschale weg, wurde nach vorne geschleudert und brachte den ganzen Mann ins Trudeln. Rann sah die Steintreppe, die er aus Fitnessgründen zu nehmen pflegte, auf sich zukommen. Er versuchte noch, sich am Geländer festzukrallen. Doch sein Schwung war viel zu groß, sein verzweifelter Klammergriff fand keinen Halt. Rann stürzte zwölf Stufen hinunter, fiel auf die Plattform, wollte sich aufrichten, setzte mit dem rechten Fuß auf, unter dem noch die halbe Bananenschale klebte, und stürzte weitere zwölf Stufen hinunter. Er beendete einen Klönschnack zwischen zwei Männern, indem er zwischen ihnen einschlug wie eine Kanonenkugel. Die Männer schrien vor Schreck und Überraschung auf, und ausgehend von dieser Quelle raste binnen weniger Sekunden eine Unruhe durch das Gebäude, die bei den sensibilisierten Menschen blitzschnell zu Panik mutierte und in einer entsetzlichen Massenflucht endete, in deren Verlauf ein halbes Dutzend Angestellter durch Fußtritte und splitternde Glastüren teilweise schwer verletzt wurden.

Irene und Adler konnten durch die Glasfront des Präsidiums schon die Außenwelt sehen, als es hinter ihnen rumorte. Golze eilte durchs Foyer.

«Mensch», stieß er hervor, «der Rechtsstaat ist schneller, als ich laufen kann. Na, wie habe ich das gedeichselt? Kaum drinnen, schon wieder draußen.»

«Die mußten uns laufen lassen», knurrte Irene, «das weißt du genau.»

«Stimmt schon», sagte Golze altklug, «aber sie hätten es noch ein wenig in die Länge ziehen können, wenn der gute Achim nicht Einfluß genommen hätte. Das erfordert Fingerspitzengefühl und . . .»

«Wieso erfordert das Fingerspitzengefühl, einem eins in die Schnauze zu schlagen?»

Golze starrte Adler an. «Menschenskind, das sehe ich ja jetzt erst. Was hast du denn mit deinem Kinn gemacht?»

Adler lachte bitter auf.

«Aber immerhin ein Pflaster auf Staatskosten», setzte Golze

flink hinzu. «Im Blutungenstillen macht uns keiner was vor. So hat alles seine guten Seiten.»

Adler dirigierte Irene zum Ausgang.

«Halt!» rief Golze. Augenblicklich tauchten diverse Beamte auf und machten Anstalten, Irene und Adler einzukesseln.

«Das sage ich dir», stieß Adler mit einem plötzlich hochschießenden Ingrimm hervor, «wenn mir einer von den Kameraden zu nahe kommt, dem tu ich was an. Der kriegt ein Ding ab. Ich sage nur: Vorruhestand.» Entsetzt sah Irene, wie ein Beamter seine Dienstwaffe zog.

«Laß stecken», sagte Golze, der Komplikationen heraufziehen sah.

«Na, komm doch», forderte Adler den Polizisten auf und winkte ihn mit beiden Händen näher. «Komm, du mieser Faschist und leg mich in Notwehr um.»

«Faschist», murmelte Golze, «das wird teuer. Das hätte er nicht sagen dürfen. Alles kann ich auch nicht niederschlagen.»

«Komm doch», geiferte Adler.

So hatte Irene ihn noch nie erlebt.

«Hier!» Nun brüllte Adler regelrecht. Er zog die Lederjacke aus und riß sein Hemd mit beiden Händen bis zum Gürtel auf.

«Hierhin», rief er dem Polizisten zu und hielt ihm die nackte Brust entgegen.

Im Hintergrund wurde die Besuchergruppe aus Kenia, die sich in der Stadt über Ordnungsbehörden in westlichen Industriestaaten informieren wollte, unauffällig in einen anderen Gang dirigiert.

«Du Affenarsch», sagte Irene. Ihre Stimme war kalt vor Zorn. «‹Faschist›! Auf so was warten die doch nur.»

«Du mußt mir die Knöpfe wieder annähen», sagte Adler und dirigierte das Auto zwischen den Lastwagen, die Billbrooks Straßen beherrschten, Richtung Tankstelle. «Paß doch auf!» rief er einem Fahrer zu und zog knapp an dem Lastwagen vorbei. Der Fahrer schickte ihm die Lichthupe hinterher.

«Ich nähe dir natürlich keinen Knopf an», stellte Irene klar.

«Wir mischen jetzt die beiden Bimbos auf, damit die endlich

mal wegkommen», knurrte Adler. «Entweder die unternehmen endlich was Richtiges, oder ich setze sie auf die Straße. Ist doch albern so was. Die mit ihrem Hokuspokus.» Rücksichtslos bremste er einen Pkw aus.

«Wo sind die Kerle?» rief er Hajo zu.

«Weiß ich nicht. Ich bin hier, um zu arbeiten», sagte Hajo und beugte den Oberkörper wieder in den Motorraum.

Adler eilte zum Imbißwagen. «Auch das noch! Zugesperrt. Dienstverweigerung.»

Adler rannte in den Aufenthaltsraum.

«So, ihr Spezialisten, jetzt reden wir . . .» Er hielt inne, Irene folgte ihm. Auf dem Tisch lag ein Zettel. Er war gegen einen Kochtopf gelehnt.

«Lieber Adler! In dem Topf sind die Tageseinnahmen. Wenn du diese Zeilen liest, sitzen wir schon in der fliegenden Kiste. Danke für die Gastfreundschaft. Es ist nicht leicht, wenn man aus verschiedenen Ecken kommt. Dafür haben wir es gut gepackt. Das meinen Henry und Gabriel. Du mußt Irene küssen. Je einmal von jedem von uns. Wir haben es uns nie getraut. Und denkt daran: Alle unsere besten Gedanken haben wir in einer Art von Fieber-Rausch, im Fieber von Kaffee erregt.»

Irene hatte mitgelesen. «Na?»

«Los!» rief Adler. «Die kriegen wir noch.»

«Ja, wozu denn?»

«Ich will sie sehen. Die können nicht einfach verschwinden.» Er nahm das schnellste Auto, was auf dem Hof stand.

Adler fuhr wie eine besengte Sau.

Am Flughafen waren zu dieser Tageszeit schon wieder Parkplätze zu finden. Die Geschäftsreisenden kehrten mit den Abendmaschinen zurück. Adler fuhr den Porsche bis zum Eingang für Auslandsflüge und setzte ihn schräg auf den Bürgersteig. Sie sprangen heraus, mußten sich nicht mit Worten verständigen, liefen direkt zur Anzeigetafel.

«Da», sagte Adler seltsam ruhig. «Hamburg via Frankfurt nach Mombasa.»

«Zwei Minuten sind nicht viel, was?»

«Zwei Minuten zu spät sind wie ein ganzes Leben zu spät. Los, auf die Plattform!»

Als sie die Aussichts-Plattform erreichten, hob gerade eine Maschine ab.

«Ich weiß nicht, ob sie das sind», sagte Adler, «aber für den Rest meines Lebens werde ich jedem erzählen, daß ich gesehen habe, wie sie starteten.»

Sie standen am Geländer, kamen wieder zu Atem.

«Willst du die Hälfte der Küsserei jetzt gleich an Ort und Stelle haben?» fragte Adler, ohne den Blick von dem kleinen Punkt am Himmel zu nehmen.

«Freiheit», sagte Gabriel aufatmend und ließ den Gurt aufschnappen. Im gleichen Moment schnallte sich ein leitender Angestellter von Reiher in seinem Wagen los. Er lehnte sich über den Beifahrersitz zum Handschuhfach, als ihm der betrunkene Sportwagenfahrer hinten reinfuhr.

Sie orderten Whisky.

«Prost», sagte Henry und stieß sein Plastik-Glas gegen Gabriels. In diesem Moment knallte eine Möwe gegen das Panorama-Fenster im Sitzungssaal der Kaffeefirma Bohnemann, in dem Direktor Milz die erste Sitzung nach seiner Genesung leitete. Die Wucht des Vogels war so groß, daß Glassplitter meterweit in den Sitzungsraum fielen. Milz wurde von einem Stück im Nacken getroffen. Er spürte einen feinen Schmerz, griff sich an den Hals und starrte auf seine blutbesudelte Hand.

Bei Adler war der Dampf raus. Zeitweise fuhr er dermaßen vorschriftsmäßig, daß sich ein Streifenwagen hinter ihn klemmte und erst abbog, als er wieder auf 70 km/h gegangen war. Als sie die Tankstelle erreichten, war die Finsternis dabei, die Stadt zuzudecken. Die Nacht-Beleuchtung verbreitete ihr müdes Licht.

«Verwesung. Überall Verwesung», sagte Adler und blickte angewidert auf die Schmuddel-Ecken des Geländes.

«Da», flüsterte Irene und drückte Adlers Arm. «Da ist Licht.»

«Wo?»

«Da hinten. In der Garage.»

«Hajo, Hajo, Energie verpulvern können wir uns nicht leisten.» Adler näherte sich der Garage, Irene blieb an seiner Seite.

«Das ist ja Nummer 4», sagte Adler verwundert. «Da steht doch das Detektiv-Büro.»

Das Garagentor stand so weit offen, daß sich ein Mensch hindurchdrücken konnte. Adler tat es als erster, wartete auf Irene.

Sie blieben stehen. Rose hatte die Stablampe über einen Wandhaken gehängt. Ihr scharfer Schein erhellte die zwölf Quadratmeter, die seine Möbel in der viel größeren Garage einnahmen. Was jenseits der Möbel war, lag im Dunkeln. Rose stand bewegungslos vor dem Schreibtisch. Dann streckte er die Hand aus, berührte die Tischplatte. Er strich über die Telefonbücher, nahm einen Bleistift, hielt ihn gegen das Licht, legte ihn wieder in die Schale.

«Mensch», flüsterte Irene.

In diesem Moment hatte auch Adler die Pistole entdeckt, die Rose in der am Körper herabhängenden linken Hand hielt. Sie sahen, wie er die Pistole in die Tasche des Trenchcoats steckte. Er trat vor den Rollschrank, in dem die Aktenordner standen.

«Klebstoff?» fragte er, ohne den Kopf zu drehen.

«Oben im Schrank», sagte Adler und mußte sich räuspern.

Rose nahm die Plastikflasche, griff den Ordner mit der Aufschrift ‹Reiher› und ging zum Schreibtisch. Er setzte sich, schlug den Ordner auf und suchte eine leere Seite. Er faßte in die Manteltasche und glättete den Zeitungsausschnitt. Dann klebte er ihn ein. Die Schlagzeile lautete: «Chemie-Riese kapituliert nicht vor schwarzen Terroristen. Reiher: ‹Einziger Grund für Schließung des Zweigwerks in Kenia ist Unrentabilität›.»

Irene und Adler lösten sich aus dem Dunkel, traten ins Büro. Ihre Blicke trafen sich mit denen von Rose. Ruhe und Gewißheit war in allen Augen.

Dann blickte Rose auf ein leeres Blatt Papier: «Ein Henry hat angerufen. Er war sehr aufgeregt. Ich hatte Mühe, ihn zu beruhigen. Er hat gesagt, ich soll euch sagen: Der junge Adler ist ausgeflogen. ‹Flieg, Adler Kühn.›»